Jasmyn

'n Juffrou vir Skurwekop

Met 'n ysterhand regeer Bertus Kruger oor sy klein konin-kryk – Skurwekop se landbouskool. Totdat juffrou Annie Delport die eerste vrou word wat die heiligdom van hier-die mannedomein betree. Gou hou sy die seuns se harte in die holte van haar hand – en inspireer hulle onwetend om 'n dans van die liefde spesiaal vir hul juffrou te skep.

Hard soos kameeldoringhout

Wat vrees sy die meeste? Dié wilde, ongetemde land, of hierdie woeste barbaar? Martie Schlage trek ongenooid agter transportryer Braam Potgieter aan, want ná haar ma se dood móét sy net by haar sendelingpa uitkom.

"Braam is wild, so hard soos kameeldoringhout. Wan-neer hy die dag besef jy is 'n vrou, wil ek nog sien hoe gedra hy hom soos 'n heer!" het Pieter van Bergen ge-waarsku. Maar waarheen kan Martie vlug? En wil sy vlug?

Sandroos uit Meob

As Ansa maar net nooit haar vrouwees in 'n swart nonne-gewaad probeer verskuil het nie; as sy net nie 'n leuenweb oor Braam Venter geweef het nie . . . Maar dit was ter wille van suster Theresa, ter wille van oorlewing. Want hoe moes hulle anders uit die verlate spookdorp Meob by die beskawing uitkom?

Louw Greyling het net een doelwit – vergelding en om Braam Venter en sy diamante te kry. Suster Ansa is die padkaart na daardie skat. Min kon hy droom dat daar ook 'n roete na sy hart is . . .

Sarah du Pisanie

Omnibus 8

'n Juffrou vir Skurwekop
Hard soos kameeldoringhout
Sandroos uit Meob

Jasmyn

Eerste uitgawe van:
'n Juffrou vir Skurwekop: JP van der Walt, 1986
Hard soos kameeldoringhout: JP van der Walt, 1986
Sandroos uit Meob: JP van der Walt, 1987

Jasmyn
is 'n druknaam van NB-Uitgewers,
'n afdeling van Media24 Boeke (Edms) Beperk,
Heerengracht 40, Kaapstad
© Die skrywer 2013
Alle regte voorbehou

Omslagfoto: Gallo Images

Geset in op 11.5 op 14.5 pt Janson
Gedruk en gebind deur Paarl Media,
Jan van Riebeeck-rylaan 15,
Paarl, Suid-Afrika

Eerste uitgawe 2004

ISBN 978-0-624-06573-9
ISBN 978-0-624-06574-6 (epub)
ISBN 978-0-624-06575-3 (mobi)

Inhoud

'n Juffrou vir Skurwekop

1

"Meneer Kruger, waar dink jy moet ek nou iemand anders
kry? Dink jy dis maklik om iemand met sulke kwalifikasies
sommer net in die hande te kry?"

"Ek gee nie om nie! Al pluk jy ook nou 'n ander een
van 'n boom af. Wat de drommel dink jy moet ek met 'n
vroumens hier maak?" Die man aan die ander kant van die
verbinding se stem is hees van sarkasme.

"Jy is veronderstel om haar as 'n leerkrag te gebruik,
meneer Kruger. Dis al wat die departement van jou ver-
wag."

"Ek wil haar nie hê nie! Dis 'n seunskool, 'n landbou-
skool! Kan jy dit nie verstaan nie?"

"Die seuns kan niks daarvan oorkom om deur 'n baie
bekwame onderwyseres geleer te word nie, meneer Kruger.
Hulle sal beslis nie smelt nie."

"Meneer Lindtveld, jy verstaan die posisie moedswillig
verkeerd." Bertus Kruger se stem is nou sissend, sag van
woede. "Dis 'n proefskool . . . 'n spesiale soort skool. Ons
woon op 'n plaas dertig kilometer van die naaste dorp af.
Hier, meneer Lindtveld, is net seuns. Selfs ons kok is 'n
Ovambo en daarby 'n man. Sê dit nie vir jou iets nie, me-
neer Lindtveld?"

"Meneer Kruger, juffrou Delport is bewus daarvan dat
dit 'n seunskool is. Ons het haar ingelig daaromtrent. Ná
'n gesoebat en baie mooipraat, het sy ingewillig om vir 'n
jaar te gaan. Ek is bevrees ek kan jou ontsteltenis net nie
begryp nie. Jy en meneer Fourie is tog seker mans genoeg
om die sport af te rig?"

Woedend gooi Bertus die gehoorbuis op die mikkie neer

en haal hard asem. Annie Delport staan handewringend in die personeelkamer langs die kantoor waar sy feitlik elke woord van die gesprek kon hoor.

Vanoggend vroeg het 'n ouerige man, oom Brand, haar met 'n netjiese vragmotortjie op die stasie kom haal. Die oubaas was sonder woorde toe hy haar sien en het vier keer gevra of sy seker is dat sy die Delport is wat op Skurwekop kom skoolhou. Sy het net laggend haar bagasie aangegee en haar nie verder ontstel oor die man se reaksie nie. Hy het seker maar 'n ouer vrou verwag.

Nou eers verstaan sy oom Brand se ontsteltenis. Meneer Kruger, die hoof van die skool waarvan die personeel tot dusver net uit hom en nog 'n onderwyser bestaan het, het nooit verwag dat hulle vir hom 'n vrou sou stuur nie.

Die agtergrond van die skool interesseer haar geweldig. Meneer Lindtveld het haar so een en ander vertel. Hier was glo 'n groot behoefte aan 'n landbouskool. Die boere in die omtrek het toe saamgespan en die skoolgebou en 'n koshuis hier opgerig. Tot dusver is die skool feitlik selfonderhoudend en verder sorg die boere goed vir alles wat nodig is. Dat hier egter geen ander vroue sou wees nie, is vir haar net so 'n groot skok. Sy het darem 'n kok en 'n matrone hier verwag.

Bertus Kruger vloek saggies en tel dan weer die gehoorbuis op. Dit sal hom niks baat om kwaad te word nie. Hy is nog niks nader aan 'n oplossing vir sy probleem nie.

Ten eerste is daar nie 'n trein terug vir die juffrou voor oor drie dae nie. Daar ry net twee treine per week hiervandaan na Windhoek. Ten tweede is die naaste boere ongeveer dertig kilometer van die skool af; sy kan dus nie by een van hulle gaan woon nie. Die skool is op sy grond opgerig hier by die fontein. Hier is landerye en krale en stalle. Dit het 'n spogskooltjie geword. Daar is al glad 'n waglys van seuns wat hierheen wil kom. Hierdie landbouskool, waar die seuns al van jongs af kan leer boer, beteken vir die boere geweldig baie. Vir die meeste van hulle voel dit na 'n vermorsing van tyd om hul kinders jare lank op die gewone skoolbanke te hou en dan kom boer hulle tog maar nadat hulle matriek geskryf het.

Vinnig draai hy die slinger van die telefoon. "Martie, skakel my tog weer deur na die man daar in Windhoek," grom hy vies in die gehoorbuis.

"Het hulle jou dan afgesny, Bertus?"

"Hm . . ." Bertus het nie nou lus vir 'n geselsie met die praatgierige telefoniste nie.

"Meneer Lindtveld!"

"A! Meneer Kruger . . . Ek hoop jy het 'n bietjie afgekoel."

"Meneer Lindtveld, ek probeer jou dit net aan die verstand bring dat hier geen geriewe vir 'n vrou is nie. By die koshuis is twee badkamereenhede. Alles is in een vertrek – die storte en toilette, asook 'n badkamer wat uit dieselfde lokaal uitgaan."

"Meneer Kruger –"

Die man se stem wat so stroperig slim is, irriteer Bertus tot onder sy voetsole en laat sy nek behoorlik jeuk. Hy val hom dus ongeskik in die rede.

"Sy kan nie tussen die seuns gaan stort nie. Jy weet tog dis net sulke halwe muurtjies wat die storte van mekaar skei."

"Ek ken die opset daar, meneer Kruger, ek was al daar. Jy sou tog vanjaar in jou eie huis gaan woon het en daar is dus 'n ekstra kamer beskikbaar vir haar."

"Die kamer is nie die probleem nie! Dis die ander geriewe wat die probleem is."

"Dit behoort nie so 'n groot probleem te wees nie, meneer Kruger. Ek is seker daarvan dat daar 'n plan gemaak kan word."

"Natuurlik is dit 'n probleem!" Bertus rem aan sy oopnekhemp.

Hierdie Lindtveld laat altyd sy bloed kook.

"Meneer Kruger, ek en juffrou Delport se pa is ou kennisse. Ek het haar persoonlik genader om die pos te aanvaar. Sy kan Afrikaans en Engels en wiskunde gee. Selfs vir die matrieks. Hier is niemand anders wat bereid is om te gaan nie. Geen jong onderwyser is bereid om op 'n plaas te gaan wegkruip nie. Onderwysers is in elk geval baie, baie skaars."

"Maar –"

"Luister, meneer Kruger, jy mors my tyd. Jou skool is niks beter as enige ander skool nie. Omdat jy nie juis geld van die departement nodig het nie, maak jy asof ons almal op aandag moet kom as jy iets nodig het. Wel, juffrou Delport is al wat ek jou kan aanbied. As jy haar nie wil hê nie, sorg dan dat sy so gou moontlik terugkom in Windhoek – op jou koste! Dan is ek ook jammer, maar dan kan ons jou nie verder help nie. Tot siens!"

Bertus staan verslae met die gehoorbuis in sy hande. Hy kyk verdwaas daarna en plaas dit dan woedend terug.

Met lang treë stap hy by die deur uit om die verdwaasde Annie Delport nog steeds in die vertrek langs die kantoor te sien sit. Sy spring vinnig op toe hy uitkom en stap nader. "Juffrou, jy kan saam met ons eet en dan sal meneer Brand jou terugneem dorp toe."

Woede blits skielik in Annie Delport se groot, bruin oë.

"Dorp toe?"

"Ja, stasie toe!" Bertus wil by haar verbyloop, maar met twee vinnige treë staan sy voor hom.

"Daar is eers oor drie dae weer 'n trein. Moet ek nou drie dae lank op die stasie gaan sit?"

"Daar is 'n hotel. Jy kan daar gaan bly."

"Ek sal dit nie doen nie. Die departement het my hiernatoe gestuur. Hulle het my gesoebat om te kom en ek het beloof om vir 'n jaar te bly. Ek breek nie my woord nie. As hulle my nie hier wil hê nie, kan hulle my self laat terugkom."

Sprakeloos staar Bertus na die blitsende oë, terwyl twee rooi kolle ook nou haar wange versier.

"Waar dink jy gaan jy slaap?"

"Op 'n bed! Enige bed! Of slaap die onderwysers hier gewoonlik op die vloer?"

Bertus kners op sy tande. Nou sal sy ook nog staan en sukkel. Hy karring liewer alleen aan met ou Anton as dat hy nog ekstra probleme op sy skouers laai.

"Juffrou, dit is 'n seunskool!"

"Nou wat daarvan? Moet ek nou op my knieë gaan staan en my hande in aanbidding vou omdat ek toegelaat word om in 'n seunskool te wees?"

Bertus sug en gooi sy hande in die lug.

"Hier is nie geriewe vir 'n vrou nie. Verstaan jy dit ook nie?"

"Dis blykbaar net die badkamer wat 'n probleem is. Ek kan regtig nie dink dat dit so erg kan wees nie. Ek gaan koop vir my 'n sinkbad op die dorp en bad in my kamer."

Bertus kyk verslae na die astrante vroumens.

"Juffrou, waar kom jy eintlik vandaan?"

"Kaapstad."

"Ek het so gedink."

"Wat bedoel jy?"

"Stadsmense weet niks van die platteland af nie. Hier is seuns wat amper so oud soos jy is. Hulle is groot, sterk seuns wat al 'n vrou kan waardeer."

"Wel! Wat daarvan?"

"Jy kan nie daar tussen hulle gaan bly nie."

"Ek sluit my deur."

13

"Juffrou, bewys my 'n guns en gaan terug. Ek het genoeg probleme, ek soek nie nog nie. Ek sal jou hotelkoste betaal en ook jou kaartjie terug Windhoek toe."

Annie kyk op in die smeulende oë van Bertus Kruger en iets koppigs kom steek dwars in haar vas.

"Nee, ek wil nie! Ek het nog nooit weggehardloop nie. Almal sal net dink ek kan nie 'n sukses daarvan maak nie. My pa en my broers het voorspel dat ek dit nie op 'n plaas sal uithou nie."

Woedend swaai Bertus om en stap met lang treë deur toe. Met sy hand op die deurknop draai hy eers weer om.

"Moenie sê ek het jou nie gewaarsku nie. Sodra jy wil teruggaan, sê my net."

Annie bly verdwaas staan toe die deur agter hom toeklap. Waarheen nou? Sy kyk om haar rond: Die skool bestaan uit drie klaskamers en die kantoor, asook hierdie personeelkamer.

"Waar is die koshuis en waar is my bagasie?" wonder sy hardop, tel haar handsak op en stap met lang treë by die deur uit. Haar netjiese ligblou rokkie swiep om haar kuite en die twee fyn, donkerblou skoentjies rond haar uitrusting af tot iets baie fyn en vroulik.

Buite staan sy 'n oomblik lank stil om aan die helder sonlig gewoond te raak. Sy lig haar hand voor haar oë en bekyk die wêreld om haar. 'n Ent weg is nog 'n wit gebou wat nestel onder groot koeltebome. Hierdie plekkie is 'n ware paradys! Oom Brand het vanoggend vir haar vertel dat hier 'n sterk fontein is. 'n Mens kan sommer aan die digte, welige plantegroei sien dat hier nie 'n gebrek aan water is nie.

'n Breë voetpaadjie loop van die skool af tot by die koshuis. Alles is so ver as wat die oog kan sien pynlik netjies. 'n Entjie agter die skool steek selfs twee rugbypale uit en met verbasing sien Annie aan die ander kant van die skool 'n tennisbaan. Voorwaar, hier is alles! Die gemeenskap kyk baie goed na hul skooltjie. Geen wonder Bertus Kruger is so grootkop nie. Hy dink natuurlik die boere se geld kan alles koop. Tot onderwysers ook!

Sy praat saggies met haarself terwyl sy met haar hoëhakskoentjies versigtig met die voetpaadjie langs stap. Sy wens net die ongeskikte meneer Kruger wou haar darem gewys het waar haar kamer is. Groot grasperke omvou die koshuis en koeltebome maak donker kolle op die groen gras. Teen die spierwit mure rank trosse rooipers bougainvillea. Dit omskep die eenvoudige wit gebou in iets uit 'n lentesprokie: Annie trek haar asem skerp in. Dis so mooi en rustig hier dat dit haas ondenkbaar is dat al hierdie skoonheid geregeer kan word deur so 'n befoeterde en ongepoetste mens soos Bertus Kruger.

Toe sy nader stap en half om die gebou beweeg, sien sy dat die koshuis in 'n U-vorm gebou is. By die ingang gaan staan sy doodstil om alles in te neem. Die binnehof van die koshuis is nog mooier as wat dit buitekant is. Die grasperk lyk soos 'n groen mat wat met baie sorg netjies en versigtig oopgesprei is. Die gras word omsoom deur 'n rand van die lieflikste blomme en struike.

Dis betowerend mooi! Annie wonder vaagweg of dit nie vermors word op seuns nie. Kan hulle al dié skoonheid waardeer?

'n Groot flambojant staan in die middel van die binnehof. Trosse helderrooi blomme wat soos fyn orgideë vertoon, hang weelderig aan die sambreelagtige takke.

Daar is 'n spierwit tafeltjie om die stam van die boom. Dit lyk so uitnodigend dat Annie vurig wens dat sy nou daar kan gaan sit en rustig 'n koppie tee drink.

Die blomme en struike rank tot teenaan die groot stoep wat reg rondom loop. Nou eers let Annie op dat al die kamers op die stoep uitloop. Die kamerdeure is groen geverf en dit skakel volmaak in by die sprokiestoneel, asof dit deur 'n baie kunstige hand spesiaal daardie skakering groen geverf is.

"Waarheen moet juffrou se bagasie gaan?"

Annie kyk verskrik om. Oom Brand wat haar vanoggend op die stasie kom haal het, staan stram agter 'n struik op met die snoeiskêr nog in sy hand.

"Ek het maar eers juffrou se bagasie in die eetkamer neergesit. Ek het nie geweet in watter kamer dit moet kom nie. Het meneer Kruger vir jou gesê in watter kamer jy moet intrek?"

"E . . ." Annie kyk verbouereerd na die vriendelike oubaas. Sy het so gehoop dat hy inisiatief sou neem en dit in die kamer sou neersit waar hy dink sy behoort in te trek.

"Ek . . . e . . . ek gaan in meneer Kruger se ou kamer tuis." Sy onthou skielik flardes van die gesprek wat sy gehoor het toe haar nuwe skoolhoof en meneer Lindtveld gesels het.

"Is juffrou seker? Meneer Fourie het dan al sy goed daar laat indra voor die skool gesluit het."

"Nee, dan slaan ek die bal seker mis, dan moet ek in meneer Fourie se ou kamer intrek."

"Wat dan van Kobus?"

Annie kyk hom dom aan.

"Wie?"

"Meneer Fourie en die hoofseun het altyd 'n kamer gedeel. Kobus is mos die hoofseun."

"O, krismispoeding!" Annie slaan haar hand voor haar mond en giggel onbeheers. "Dis geen wonder meneer Kruger is so ontsteld omdat sy nuwe onderwyser 'n vrou is nie."

Oom Gawie Brand kyk haar eers verbaas aan en dan trek die lagplooitjies fyn saam om sy oë en verkreukel sy hele gesig stadig voordat hy rukkerig soos 'n ou Fordjie begin saamlag.

"En nou, oom, wat maak ek nou?"

"Wat sê meneer Kruger?"

"Hy wil hê ek moet dadelik teruggaan. Maar dit kan ek nie doen nie. Waar gaan ek nou 'n pos kry? En buitendien sal dit lyk asof ek weghardloop."

Woordeloos juig oom Gawie haar toe. Bertus Kruger is sommer 'n verstokte oujongkêrel, al kan hy nie veel ouer as dertig wees nie. Hy het 'n liefdesteleurstelling gehad wat maak dat hy niks en niemand vertrou nie. Hy is suur en vol draadwerk. Die arme seuns het 'n bietjie pret en vrolikheid nodig.

"Oom, kom wys vir my hoe lyk die koshuis. Dan dink ons solank 'n plan uit."

"Nou toe, kom, juffroutjie."

"My naam is Annie, oom."

"Ek sal graag vir jou juffrou Annie sê, maar dan moet jy vir my oom Gawie sê."

Soos twee samesweerders stap oom Gawie met haar na die punt van die U-vormige gebou.

"Sien, kindjie, die gebou lyk soos 'n U. Hier waar jy nou ingekom het, is die opening. Albei kante lyk dieselfde. Daar is alkant vier kamers elk met vier beddens daarin."

Hulle begin sommer by die kant naaste aan hulle en Annie loer nuuskierig by die eerste kamer in. Dit lyk maar soos 'n gewone koshuiskamer met hoë beddens en bedkassies met hangplek vir die seuns se klere. Langs die slaapkamers is die badkamereenheid. Dit bestaan uit drie storte, een bad, ses wasbakke en 'n paar toilette. Aan die ander kant van die badkamer is nog 'n vertrek. Dis die slaapkamer wat meneer Fourie en die hoofseun gedeel het. Dis 'n mooi, ruim vertrek met twee beddens, asook twee lessenaars en twee gemakstoele en 'n koffietafel daarin.

"Hier maak die gebou nou sy draai. Langs hierdie kamer is die kombuis en langs dit is die eetkamer." Oom Gawie

17

geniet dit tog te baie om toergids te speel. "Die ander kant van die gebou lyk presies dieselfde. Die onderwyser se kamer aan daardie kant is nou meneer Fourie se nuwe kamer. Dis ook ruim, en dit het 'n buitedeur wat aan die ander kant uitgaan. Meneer Fourie het altyd gekla dat hierdie kamer te na aan die kombuis is. Hy sê die werksmense raas soggens wanneer hulle kom ontbyt maak." Annie byt op haar lip. Dis seker meer privaat as die kamer 'n deur aan die ander kant ook het; dan hoef jy nie altyd deur die binnehof in te kom nie. Sy staan 'n oomblik lank besluiteloos. "Hoeveel seuns is hier, oom?"

"Vanjaar sal hier dertig wees, kindjie."

"Hier is twee en dertig beddens, nè, oom?"

"Ja, kind, hoekom?" Oom Gawie frons.

"Wel, die hoofseun moet dan saam met die onderhoofseun in 'n kamer gaan. Ek dink in elk geval hy sal dit meer geniet. Dis seker aaklig om 'n kamer met 'n onderwyser te deel."

Oom Gawie lag saggies.

"Ja, Kobus hou ook niks daarvan nie. Meneer Kruger voel egter dat die hoofseun nie saam met die ander seuns in 'n kamer moet slaap nie, want dan sal hy nie gesag oor hulle kan uitoefen nie."

Annie keer die sarkastiese aanmerking op die punt van haar tong.

"Wel, ek is nou baie jammer vir meneer Kruger, maar die hoofseun kan ook nie by my slaap nie, want dan sal ek weer geen gesag kan uitoefen nie!"

Oom Gawie gooi sy kop agteroor en lag skaterend, om dan sy hand vinnig voor sy mond te druk.

"Hoor nou net hoe luidrugtig kan ek raak! En ek is 'n ou man!"

"Sal oom my asseblief help om my goedjies hier in te dra? Ek sal so bly wees."

"Juffrou Annie, onthou net ek doen dit op jou instruksies."

"Ja, oom." Haar gesiggie is doodonskuldig, maar oom Gawie kan die duiweltjies in die groot, bruin oë sien dans.

"Wanneer kom die seuns dan, oom?"

"So namiddag se kant. Hulle kom maar so laat moontlik. Hulle is nooit haastig om hier te kom nie."

Annie kyk hom vraend en ongelowig aan.

"Ag, hulle werk hard hier en . . . 'n kind is mos maar nie lief vir skool en veral vir 'n koshuis nie."

"Haai, oom, dis dan die mooiste en rustigste plek wat ek nog ooit gesien het. Die kinders behoort gretig te wees om hiernatoe te kom. Ons was dan altyd behoorlik haastig om weer by die koshuis te kom ná so 'n lang vakansie. Daar was so baie om oor te gesels en te vertel!"

Oom Gawie sug net en stap voor haar uit. Hy tel die groot tas op sonder om verder kommentaar te lewer. Annie tel die twee kleiner tassies op en rek haar treë agter oom Gawie aan. Hy sit die tasse in die middel van die kamer neer. "Juffrou moet maar sê as daar nog iets is. Ek moet liewer nou gaan, netnou soek meneer Kruger my. Hy sal seker nou-nou kom kyk of ek al die struike klaar gesnoei het."

Annie maak haar mond oop om iets te sê, maar bedink haar net betyds en klap dit vinnig toe.

By die deur draai oom Gawie om en aan die frons op sy voorkop kan Annie sien dat iets hom hinder.

"Juffrou Annie, watter badkamer gaan jy gebruik?"

"Dit, oom Gawie, was die twispunt vanoggend tussen meneer Kruger en meneer Lindtveld. Ek sal maar self iets moet prakseer. Ek dink nie meneer Kruger gaan sy vinger verroer om my te help nie."

Sy stap saam met oom Gawie by die deur uit en saam gaan staan hulle in die badkamereenheid se deur. Hand in die sy bekyk sy die spulletjie. "Hier is twee ingange na hierdie eenheid toe, oom Gawie. As hulle dit net hier afskort, sommer met houtplanke of iets, dan kan ek hierdie ingang gebruik en die seuns die ander een. Dan is die badkamer en die een toilet aan hierdie kant mooi afsonderlik. Die seuns gebruik seker nooit die badkamer nie. Soos ek seuns ken, sal hulle net die storte gebruik."

Annie loer onderlangs na oom Gawie en wag vir wat gaan kom. Haar pa en Kosie, haar een broer, sê altyd: "Alles lyk so maklik wanneer Annie begin werk uitdeel."

"Al wat ons nodig het, oom Gawie, is 'n paar planke. Dit gaan nie vreeslik moeilik wees nie."

"Hm!" Oom Gawie bekyk die spul op en af en meet dit dan met lang treë af.

"Ja-nee, wat! Dit kan maklik gedoen word. Dis net . . ."

Annie se gesiggie breek oop in 'n breë glimlag.

"Ai! Baie dankie, oom."

"Wag! Wag, meisiekind! Ek het niks te sê hier nie. Ek is maar net die nutsman. Ek hou net alles in stand en kry my opdragte by meneer Kruger."

"Net solank ek weet oom Gawie kan dit doen sonder dat ons eers toestemming van die president moet kry."

Oom Gawie lag saggies.

"Ons sal in elk geval toestemming van meneer Kruger moet kry. Ek sal hom sommer nou gaan vra en dit dan gou kom doen voordat die seuns hier aankom."

"Dankie, oom!" Annie glimlag breed en oom Gawie het lus en druk haar styf teen hom vas. Sy lyk nou net soos Estertjie, sy enigste kind. Waaroor die kind nou ook met 'n Duitser moes gaan staan en trou het en nou so ver van hom af is, weet hy nie.

Oom Gawie stap vinnig met sy kort beentjies terug skool toe. Annie pak al singend en heeltemal tevrede met die wêreld haar goed uit.

Sy sal netnou vir oom Gawie vra om die ander bed en die ekstra lessenaar uit te neem. Dan sal die kamer heerlik ruim wees.

Sy bekyk haar nuwe tuiste skewekop. Sy sal die boekrak tot teen daardie muur skuif waar die ander bed nou staan. Wanneer sy weer op die dorp kom, sal sy vir haar 'n mooi potplant en 'n staander koop vir die hoekie naby die venster.

Die gordyne wat voor die venster hang, is pragtig. Sy sal net vir haar 'n vrouliker beddeken en 'n ligroos matjie kry. Dit behoort die kamer baie geselliger en vroliker te laat lyk.

'n Ligte tikkie aan die deur laat haar vinnig opkyk. Oom Gawie staan bedremmeld voor haar en dit laat haar moed in haar skoene sak.

"Hy wil niks weet nie, juffrou Annie. Hy . . . e . . . hy sê jy gaan tog terug en dit sal nie nodig wees nie."

"Sê hy! Gmf!"

Dié vreemde uitdrukking laat oom Gawie weer al sy frustrasie van so ewe vergeet en hy glimlag ondeund.

"Ons sal dan doodeenvoudig 'n ander plan moet maak, oom."

Annie druk by hom verby en stap weer na die badkamer toe. Sy bekyk dit met 'n "Hm!" en 'n "A!". Haar planne neem sommer gou weer vorm aan.

Oom Gawie beweeg soos 'n skadubeeld agter haar aan, heeltemal bereid om al die hulp aan te bied wat nodig mag wees.

"Oom Gawie, het oom vir my 'n stuk draad en 'n tang en . . . Ja, dit behoort eers al te wees."

"Draad en 'n tang? Ja, natuurlik, kind. Hoe lank moet die draad wees?"

"Van daardie muur af tot by daardie een, oom Gawie."

Oom Gawie vra nie verder nie. Hoe minder hy weet,

hoe veiliger is dit. Hy sal hom net verontskuldig en sê dat hy net vir die juffrou die goed gegee het waarvoor sy gevra het. Hy is tog veronderstel om van enige onderwyser opdragte te kry.

Hy is sommer gou terug met die draad en 'n tang.

Annie sleep 'n stoel uit haar kamer nader en hou haar hand uit vir die tang en die draad. Met 'n behendigheid wat oom Gawie verstom, draai sy die draad om die venstertjie se knip vas. Sy sleep die stoel tot teen die teenoorgestelde muur en klim dan weer op. "Sal oom my asseblief help om die draad styf te trek? Ek is nie sterk genoeg nie."

Oom Gawie vra nie vrae nie. Hy trek die draad styf en bind die punt aan die vensterknip vas. Hy het 'n baie goeie idee wat nou in daardie koppie broei. "Dankie, oom, nou sal ek self verder regkom."

Oom Gawie vat die tang en die draad en verdwyn vinnig by die deur uit. Hy sal liewer later kom kyk wat hier aangaan. Vir alle praktiese doeleindes weet hy g'n sout of water van wat hier gebeur het nie.

Hy sien haar 'n rukkie later met twee lakens en 'n deken in die badkamer verdwyn en hy kan nie help om saggies te lag nie.

Die juffroutjie hang natuurlik nou die goed aan die draad op as 'n afskorting. Sy het 'n wasbakkie in haar kamer en nou het sy vir haar 'n badkamer en een toilet afgeskort met die lakens en deken.

Nie lank daarna nie kom sy by die deur uitgestap en toe sy hom sien, kom sy vinnig nader.

"Oom Gawie, sal dit moontlik wees om daardie een bed en lessenaar wat ek nie gaan gebruik nie, uit my kamer te neem? Die lessenaar kan oom sommer in die hoofseun se nuwe kamer laat sit."

"Seker, juffrou Annie, ek doen dit graag."

Oom Gawie roep hard na iemand in die kombuis en 'n

groot man kom vinnig nader gehardloop. Hy groet vriendelik, maar Annie kan die openlike verbasing en nuuskierigheid op sy gesig lees.

"Filemon, help tog gou hier."

Oom Gawie en Filemon dra die bed en die lessenaar uit en nou kan Annie na hartelus haar meubels skuif.

2

"Wat de drommel! Meneer Brand!"

Bertus Kruger se woedende stem weerklink deur die rustige stilte. Annie se hande verstil en nog met die rok in haar hande stap sy vinnig deur toe.

"Ja, meneer Kruger?"

"Wat gaan hier aan?"

"Waar, meneer Kruger?"

"Hier in die badkamer. Moenie nou vir jou dom hou nie!"

Annie stap ongeërg tot skuins agter Bertus Kruger.

"Wie se werk is dit?" Bertus beduie woedend na die wit lakens en die rooi-en-groen gestreepte deken wat netjies met kopspelde vasgesteek is.

"E . . . e . . ." Oom Gawie maak ongemaklik keel skoon.

"Dis myne, meneer Kruger."

Bertus swaai om en Annie begroet sy blitsende oë met 'n skynheilige glimlaggie.

"Dit behoort te werk, meneer Kruger. 'n Boer kan altyd 'n plan maak!"

"Haal dit dadelik af!" Rooi van woede sis hy die woorde afgemete uit.

"Ek dink nie dit sal wenslik wees nie, meneer Kruger.

Die badkamer se deur kan wel sluit, maar as ek nou uit die badkamer kom, kan dit net wees dat van die seuns nie geklee is nie. Jy ken tog seuns . . . Ek weet, ek het drie broers."

"Juffrou Delport . . ." Bertus stik van woede in sy woorde.

"Ja, meneer Kruger?" Haar stem is stroopsoet."

"Jy gaan nie hier bly nie!"

"Sê wie?"

"Sê ek!" Vererg sluk hy die woorde in, vies vir homself dat hy haar staan en napraat. As sy nou 'n seun was, het hy haar behoorlik gestraf.

"Dis nog altyd my skool! Verstaan jy my, juffrou Delport? Hierdie seuns is opgevoede, gedissiplineerde kinders en ek sal nie sulke . . . sulke onwelvoeglikheid hier toelaat nie."

"Meneer Brand sê hy kan dit met 'n paar planke afskort, meneer Kruger. Dis jy wat dit nie wil toelaat nie. Dit sal baie onwelvoegliker wees as ek die badkamer net so saam met die seuns moet gebruik."

Buite homself van woede storm Bertus Kruger by die deur uit.

In sy kantoor sit hy 'n oomblik lank met sy kop in sy hande. Wat moet hy doen? Die departement sal waaragtig nie 'n ander onderwyser vir hom stuur nie. Meneer Lindtveld en sy trawante is jaloers op hierdie skool wat so selfonderhoudend is. Hulle soek net heeldag iets teen die skool.

Hy en ou meneer Fourie het heel goed aangegaan. Ou Anton is al diep in die vyftig, maar hy is 'n toegewyde onderwyser, net so 'n bietjie aan die sukkelkant. Hy neem selde self 'n besluit. Hy wat Bertus is, het al dikwels gevoel dat dit sy taak as hoof oneindig sal vergemaklik as ou Anton tog net van die kleiner besluite op hom wil neem. Die

24

skool het so uitgebrei dat hulle nou dringend nog 'n leer-krag nodig het. Hulle het met agt seuns begin, almal toe in standerd sewe. Die eerste jaar was dit net hy. Die volgende jaar het daar sewe nuwelinge bygekom. Toe het Anton ge-kom om te help. Die jaar daarna het daar ses nuwelinge by-gekom. Vanjaar verwag hulle nege nuwelinge. Daar is nou altesaam dertig leerlinge in vier verskillende standerds.

Vanjaar het hy sy eerste matriekklas. Hulle gaan soveel ekstra aandag nodig hê. Dis absoluut noodsaaklik dat hy nog 'n onderwyser kry.

Hy het alles so netjies beplan. Die nuwe outjies sal 'n groep vorm, en die standerdagts en -neges sal 'n groep vorm, sodat die matrieks alleen kan wees. En nou dit!

As hy geweet het hulle beoog om vir hom 'n vroumens te stuur, sou hy self gedurende die vakansie 'n onderwyser gaan soek het. Hulle het hom egter net laat weet dat ene A.M. Delport die pos aanvaar het.

Hy gryp skielik die telefoon en draai die slinger met mening.

Ek sal my nie laat intimideer nie! Hulle sal eenvoudig vir my 'n ander onderwyser móét stuur. As hulle nie wil nie, sal ek en Anton maar weer alleen moet aansukkel. Die sewes en agts moet dan maar 'n groep vorm en die neges en tiens een.

"Hallo, Bertus!" Martie gee kortasem antwoord.

"Ja! Martie, ek wil –"

"Bertus, neem tog net eers hierdie hooflynoproep, asse-blief."

"Goed." Bertus wag dat die oproep moet deurkom. Ou Lindtveld het hom seker nou bedink en iemand anders ge-kry. Hulle sal darem ook moet leer hy laat nie met hom speel nie.

"Meneer Kruger?" 'n Vrouestem klink in sy oor op.

"Ja, dis hy wat praat."

"Meneer Kruger, dis mevrou Jordaan, Anton Fourie se suster."

"Môre, mevrou. Anton is nog nie hier nie. Ek verwag hom eers teen die namiddag se kant."

"Ek weet, meneer Kruger. Hy is nog hier by my. Hy . . . hy is siek. Ons weet nog nie wat makeer nie. Hy het die vakansie hier gekuier en die afgelope week is hy nie gesond nie. Hy wou vanoggend ry, maar hy is so siek dat ons hom in die bed gestop het. Die dokter was nou net hier en hy reken hy wil hom 'n paar dae in die hospitaal laat opneem. Hy wil 'n paar toetse doen."

Bertus staar geskok na die gehoorbuis in sy hand, asof dit 'n slang is wat hom gaan pik.

"Maar, mevrou . . ."

"Meneer, hy is vreeslik ontsteld. Hy weier koppig om hospitaal toe te gaan. Ek is baie bekommerd oor hom. Hy sê egter hy sal net gaan as die nuwe onderwyser wel daar aangekom het, want hy kan jou nie so alleen met die seuns los nie."

Stom staar Bertus voor hom uit.

"Het hy dalk al gekom, meneer Kruger, sodat ek Anton die versekering kan gee?"

"Ekskuus?"

"Ek vra of hy al gekom het?"

"Wie?"

"Die ander onderwyser." Die vrou se stem klink effens geamuseerd.

"Ja . . . ja, sy is hier . . ."

"O, maar dis wonderlik! Dan kan Anton eers hospitaal toe gaan vir die toetse. Baie dankie, meneer, ek sal jou weer later bel om te sê wat die uitslae van die toetse was."

"Ja . . . ja, dis goed so." Verdwaas sit Bertus die gehoorbuis neer.

Wat gaan hom nog alles vandag tref? Hy staar verwilderd voor hom uit. Die telefoon lui skril: twee langes en 'n korte, twee langes en 'n korte. Asof van ver af registreer dit eers ná die derde luitoon by Bertus dat dit sy lui is.

"Ja?"

Dis Martie se kortasem stemmetjie wat in sy oor opklink.

"Watter nommer wou jy gehad het, Bertus?"

"Nommer?"

"Ja, jy het mos netnou vir 'n nommer geskakel? Toe sê ek jy moet net eers die hooflyn vat."

"O, ja! Nee . . . nee, ek wil nie meer 'n nommer hê nie."

"Skort daar iets?"

"Nee, nee, alles is in die haak."

Hy sit die gehoorbuis terug. Soos 'n ou man gaan staan hy voor die venster. Vandag verskaf die pragtige tuin en netjiese landerye hom geen plesier nie.

Hierdie skooltjie is gebou op 'n deel van sy plaas. Hy het dit afgestaan vir die skool. Sy plaashuis is ongeveer twee kilometer hiervandaan.

Vanjaar wou hy weer in sy eie huis gaan woon het. Hier sou twee onderwysers gewees het om na die seuns in die koshuis om te sien. Hy sou meer aandag aan sy eie boerdery kon gee, want sy middae sou nie meer so geheel en al deur die seuns se bedrywighede in beslag geneem word nie. En nou dit!

Oom Brand kyk maar dat alles op sy plaas reg gaan. Hy het goeie werkers en sy plaas is 'n pronkstuk hier in die kontrei. Hy wou egter vanjaar rustiger leef, dinge ietwat afskaal. En hy wou ekstra tyd aan sy eerste matriekklas bestee.

'n Ligte, huiwerige tikkie aan sy deur laat hom met 'n sug omdraai.

"Ja?"

Oom Gawie staan effens verleë voor hom.

27

"Meneer Kruger, die juffrou – wat nou van haar?"

"Ek weet nie, oom Gawie. Anton Fourie is ook nog siek. Hulle het hom in die hospitaal opgeneem."

"Haai, meneer Kruger, en nou?"

"Nou weet ek nie, oom Gawie. Nou weet ek regtig nie meer nie."

"Moet ek die juffrou maar terugneem dorp toe?"

Bertus Kruger kyk by oom Gawie verby. As hy haar nou terugstuur, sal die departement sommer uit pure moedswilligheid nie vir hom 'n ander onderwyser stuur nie. En sê nou net Anton kan dalk nie hierdie kwartaal al terugkom nie? Wat maak hy dan?

"Skort tog maar die badkamer met 'n paar planke af, oom Gawie. Daardie lapgedoentes sal nie werk nie."

Oom Gawie moet sukkel om die glimlag van sy gesig af te hou.

"Goed, meneer Kruger."

Hy verdwyn vinnig en Bertus sien hoe hy behoorlik wegdraf met sy kort beentjies. Hy is natuurlik vreeslik haastig om vir haar te gaan vertel dat Bertus Kruger vandag sy moses teëgekom het.

Annie glimlag toe sy 'n rukkie later die gekap en getimmer in die badkamer hoor.

"Hy moet darem dink hy kan my sommer wegjaag soos 'n brandsiek hond," praat sy saggies met haar spieëlbeeld. Dis al amper twee-uur en sy voel rasend honger. Sy wens iemand wil haar kom roep vir ete. Peinsend stap sy later uit en gaan staan op die stoep. Dan stap sy met besliste treë kombuis toe. As dit sy idee is om van haar ontslae te raak deur haar uit te honger, ken hy haar nog sleg.

"Goeiemôre, of liewer, goeiemiddag." Sy groet vriendelik toe Filemon nader kom.

"Hoe laat eet die mense hier? Ek is so honger soos 'n wolf."

"Gewoonlik eenuur wanneer die seuns hier is. As meneer Kruger alleen hier is, soos vandag, eet hy maar wanneer hy kom."

Annie staan besluiteloos rond. Sy wonder of sy ook nou sonder kos moet bly omdat meneer Kruger nie hier is om te eet nie.

Filemon kyk half verbouereerd rond.

"Maar . . . die kos is klaar as juffrou dalk wil eet."

"Dankie, Filemon, dit sal lekker wees. Die trein het vroeg op die stasie gekom en ek het dus nie ontbyt op die trein gekry nie. Die hongerpyne knaag nou behoorlik."

Filemon glimlag breed en Annie stap deur na die eetkamer waar net een tafel gedek is.

Dis goeie kos – heerlike, vars groente en baie lekker vleis, maar alles is net opgekook. Die vleis is effens gebraai, maar Annie voel dat hulle darem baie beter kan doen met dit wat tot hulle beskikking is.

Ná die ete gaan lê sy 'n bietjie op haar bed. Vir Bertus Kruger het sy nog nie weer met 'n oog gesien nie.

Eers teen vieruur se kant hoor Annie gedempte stemme buite. Dit moet die seuns wees wat nou begin aankom. Hulle is egter baie stil en stemmig. Aarde, dis onnatuurlik! Seuns is raserige, lawaaierige goed. Sy het mos darem self drie broers.

Alles is baie streng en formeel hier. Bertus Kruger regeer die seuns natuurlik met 'n ysterhand. Dit lyk beslis so! Sy sal maar liewer 'n paar briewe huis toe skryf. Sy sal haarself nie nou al aan die seuns gaan bekendstel nie. Dit gaan in elk geval chaos wees.

'n Ligte tikkie aan haar deur laat haar vinnig regop sit en voordat sy kan antwoord, loer iemand met 'n rooi seunskuif om die deur. Hy sien haar nie dadelik raak nie, maar stoot net die deur met sy voet oop en skuif 'n groot tas by die deur in. Annie glimlag. Dis natuurlik Kobus Snyman, die hoofseun.

"Hallo." Annie staan op en sy kan die giggeltjie vir die verbaasde uitdrukking op die seun se gesig net nie keer nie.

"Ek- . . . ekskuus!" Die seun staan verbouereerd rond en sy hande en voete voel skielik uit verhouding uit groot sodat hy nie weet wat om daarmee te maak nie.

"Ek is juffrou Annie Delport. Jy is seker Kobus Snyman?"

Die rooikop knik net ongelowig sy kop op en af, heeltemal uit die veld geslaan.

"Daar was so 'n klein misverstand, Kobus. Blykbaar het hulle sommer aangeneem dat die nuwe onderwyser 'n man is. Jy slaap van nou af in die kamer aan die ander kant van die badkamer. Jy en die onderhoofseun sal 'n kamer deel."

Die seun kry geen woord uit nie en sluk swaar aan die knop in sy keel.

Annie lag lekker.

"Dis nie nodig om so verbaas te wees nie. Ek dink jy sal dit ook meer geniet. Ek kan nie dink dat dit lekker is om saam met 'n onderwyser in een kamer te slaap nie."

"Nee, meneer . . . ek bedoel, ja . . . nee, juffrou, ek . . ."

"Kamer nommer vier is jou kamer, Kobus. Ek is jammer vir die ongerief. Maar dis darem seker nie te erg nie, nè?"

"Nee, me- . . . nee, juffrou."

Vinnig gryp hy sy tas en verdwyn heeltemal deur die wind by die deur uit.

Annie loer versigtig deur die skrefie van die deur. Oor vyf minute sal al die inwoners van die koshuis seker weet dat hier 'n juffrou in plaas van 'n meneer is.

Haar skatting is heeltemal uit! Dit duur net drie minute voordat die laaste deur oopgaan en nuuskierige oë uit alle rigtings na haar kamerdeur staar.

Oënskynlik baie ongeërg kom die seuns op die stoep uit en drentel daar rond. Hulle loer egter kort-kort na die toe kamerdeur, doodnuuskierig om die nuwe juffrou te sien.

"En toe, wat staan julle so rond? Julle weet jul tasse moet uitgepak wees voor aandete!" Bertus Kruger se harde, nors stem laat die seuns vinnig in hul kamers verdwyn.

"Ongeskikte ding!" Annie se woorde slaan vas teen die groen geverfde deur.

Hy het natuurlik die meeste van hulle nog nie eens gesien of gegroet nie. Nou raas hy sommer. Hy gaan seker nog al sy frustrasies oor haar ook op die seuns uithaal.

Sy wens meneer Fourie wil kom. Dalk is hy vriendeliker en behulpsamer en sal sy by hom kan vasstel wat daar alles van haar verwag word.

"Jan, kom help jy en Oswald my gou! Ek sal weer van my goed hiernatoe moet bring. Meneer Fourie is siek en sal nie nou al terugkom nie. Ek sal eers weer my ou kamer betrek totdat hy terug is." Bertus Kruger blaf die woorde sonder 'n tikkie vriendelikheid uit terwyl hy wegstap.

Twee seuns kom vinnig nader gedraf. Die skraalste een steek sy hand na Bertus toe uit en groet beleef.

"Goeiemiddag, meneer."

"Middag, Jan. Het julle lekker vakansie gehou?" Bertus skud die seun se hand afgetrokke en dit lyk nie juis asof hy op 'n antwoord wag nie.

"Ja, dankie, meneer."

Annie giggel saggies. Dis snaaks dat die seun hom nie salueer nie. Hy is so styf en militaristies. Sy sal haar mooiste aandrok verwed dat hy 'n militaristiese bynaam het.

Met lang treë stap Bertus voor die seuns uit sonder om verder aandag aan hulle te skenk. Dis doodstil in die koshuis totdat die wit bakkie se dreuning gehoor word en dit om die koshuis verdwyn.

31

"Ek. het gedink ou Zeus sal darem 'n bietjie vriendeliker wees ná die vakansie. Maar die miere byt! Dit byyyt!"

Die vrolike stem hier naby haar kamerdeur laat Annie vinnig haar hand voor haar mond druk. Sy het hul humorsin onderskat. Hy is dus nie 'n sersant-majoor soos wat sy hom sou doop nie; nee, hy is Zeus, die hoof van die Griekse gode.

"Haai, jy moet saggies, Persephone hoor vir jou."

"Wie is dit?" Die stem is nou beslis gedemp.

"Ou Kobus sê ons het 'n vroumens hier in Jan Salie se kamer."

"Ek wil weet wie Persephone is, Pieter. Ek is nie so op die hoogte met die Grieke nie."

"Persephone was die mooi dogter van die godin van landbou."

'n Gedempte gelag bars los en Annie giggel saam.

"Wie was die een met die klomp slange op die kop?"

"Ou Medusa."

"Wel, dalk lyk sy so! Geen regdenkende mens sal hier kom skoolhou nie, veral nie 'n mooi, jong juffrou nie."

Annie wens sy kan die stemme se eienaars sien.

"Ou Kobus het haar mos gesien. Hoe sê hy, hoe lyk sy?"

"Hy het te groot geskrik. Hy sê hy het nie nog tyd gehad om te kyk ook nie."

Annie stap na die spieël toe en kam haar hare. Sy trek haar rok se kraag reg en smeer 'n bietjie lipstiffie aan haar lippe.

By die deur haal sy eers 'n slag diep asem. Sy het nou wel drie broers, maar dis darem nie heeltemal dieselfde as om dertig seuns gelyktydig aan te durf nie. Haar handpalms is klam toe sy die deurknop draai en uitstap op die stoep. Die geselskap droog eensklaps op en al die seunsgesigte draai stadig na haar kant toe. Daar is net omtrent tien van hulle, maar vir Annie voel dit soos 'n see van gesigte wat haar aanstaar. "Ek is juffrou Delport, jul nuwe onderwyseres." Sy steek haar hand na die een naaste aan haar uit. 'n Kuiltjie kom speel wegkruipertjie in haar wang toe sy na die verdwaasde, ongelowige gesig kyk. "Wat is jou naam? Jy lyk of jy 'n spook gesien het."

"Pieter. Pieter van Greunen, juffrou."

"Goeiemiddag, Pieter." Sy skud sy hand en hou dit dan uit na die een langs hom.

"Org van Rensburg, juffrou." Annie kan dadelik hoor dat dit die vrolike stem van netnou is.

Sy groet die hele groep seuns met die hand en probeer om soveel name moontlik te onthou.

"Kry 'n mens nie smiddae hier 'n bietjie koffie nie?" Sy kyk verlangend na die kombuis se kant toe.

"Ja . . . ja, juffrou. Hulle sit dit altyd daar op die tafeltjie neer. Moet ek vir juffrou gaan haal?"

"Ek sal dit self gaan kry, dankie, Org. Ek het net nie geweet of hier koffie is nie."

Hulle tou agter haar aan tot by die tafeltjie.

"Gaan juffrou hier bly? Ek bedoel . . . hier in die koshuis?"

"Ja, dit lyk nie juis of ek 'n keuse het nie."

Annie glimlag vir die seun met die mooi, bruin oë. Sy sal later hulle almal se name weer vra. Hierdie groep is seker nie van die matrieks nie. Hulle moet jonger wees. En hulle is beslis nie nuwelinge nie – daarvoor is hulle te bekend met die omgewing.

Die seuns skink vir hulle ook koffie in en gaan sit saam met Annie onder die boom.

"In watter standerd is julle?"

Sy blyk toe reg te wees. Ses van hulle is in standerd agt en vier is in standerd nege.

"Waar is al die matrieks dan? Ek het nog net vir Kobus, die hoofseun, ontmoet."

"Hulle is by die skool om die nuwelinge welkom te heet en so 'n bietjie rond te wys. Hulle sal nou-nou hier wees, juffrou."

"Ek het netnou gehoor meneer Kruger sê dat meneer Fourie siek is. Weet julle iets daarvan?"

"Nee, juffrou, dis die eerste woord wat ons daarvan gehoor het en dis ook maar al . . . Maar meneer Kruger sal –"

Annie kyk na die onnutsige gesiggie. As sy hom nou 'n halwe kans gee, sal hy allerhande goed oor Bertus Kruger kwytraak. Sy weet hulle wil haar toets en kyk aan wie se kant sy is.

Haar lojaliteit kry egter die oorhand en sy praat hom vinnig dood.

"Ja, siestog, nou gaan meneer Kruger baie sukkel, want ek is ook nog rou hier. Ek hoop maar net dat ek hom so-veel moontlik sal kan help. Julle sal my tog maar moet by-staan."

Sy sien hoe hulle toeklap. Dis jammer. Maar sy kan nie dislojaal wees teenoor die skoolhoof nie. Dit maak nie saak wat haar gevoelens oor hom is nie. Sy en hy behoort 'n span te vorm. Sy voel baie sterk oor sekere dinge wat nie vir haar reg lyk hier nie, maar dis nie in haar aard om ie-mand agter sy rug te bespreek nie.

"Lui daar saans 'n etensklok?"

"Ja, juffrou."

"Nog ander klokke? Wat moet julle alles saans doen? Ek was nog nie vantevore by 'n landbouskool nie en beslis nog nooit in 'n seunskoshuis nie."

Die seuns lag. Hierdie juffroutjie lyk heeltemal hanteer-baar. Hulle sien vir haar kans. Hulle sal haar net moet toets en kyk hoe ver 'n mens met haar kan gaan. Sy sal moet oorgehaal word na hul kant toe.

"Ons eet gewoonlik saans halfsewe, juffrou. Daar lui net

een klok. Van halfagt af studeer ons in die eetsaal tot half-tien."

Sy wil nie die seuns ophou nie, dalk is daar nog dinge wat hulle moet doen. Sy verdwyn dus gou weer na haar kamer toe. Met beklemming sien sy hoe hulle saamkoek om haar te bespreek toe die deur agter haar toegaan. Hierdie klompie gaan moeilik wees. Hulle gaan haar toets en sy sal net moet sorg dat sy die toets slaag. Sy sal graag wil sien dat die seuns meer ontspanne is en dat hier 'n bietjie meer vrolikheid heers, maar darem nie ten koste van alle reëls en dissipline nie. Sy sal maar geduldig moet wag en kyk wat die toekoms vir haar inhou hier op Skurwekop.

3

Annie vee die hare van haar klam voorkop af weg. Hierdie hitte mergel elke greintjie energie uit haar liggaam.

Sy kyk na die klomp seunsgesigte voor haar. Hierdie groep is besig om haar geduld tot die uiterste te beproef. Sy is gedurig in haar pasoppens as hulle in die nabyheid is.

Die afgelope week was vir haar 'n vuurproef. Die matrieks is oor die algemeen 'n klomp volwasse seuns, maar dis die standerdagts en -neges wat haar gedaan maak.

Ongelukkig, met meneer Fourie se siekte, is die seuns nou weer so ingedeel dat die standerdneges 'n groep vorm saam met die matrieks. Sy moet dus haar klas so aanbied dat die een klomp kan aangaan met werk terwyl sy met die ander groep besig is.

Op hierdie oomblik is die matrieks in die klas langsaan besig met wiskunde, terwyl meneer Kruger die nuwelinge by die stalle het. Sy het dus die middelgroep almal saam vir Afrikaans.

Dis onheilspellend stil en die hele atmosfeer is gespanne. Hierdie klomp saam in een klas beteken net onheil! Annie is enigiets te wagte.

Die afgelope paar dae was daar al 'n spinnekop in haar laai, twee paddas in haar bed, 'n rubberslang in haar tas en die wit kopbeen van die een of ander klein diertjie onder haar servet. Sy vertrou hierdie klomp skynheilige gesiggies glad nie meer nie.

Haar kop is seer van die hitte en sy het regtig nou genoeg gehad van al hierdie kinderagtigheid. Verder is Bertus Kruger onvriendelik en gesels hy nie eens oor die nodigste met haar nie. Hy het haar nog net gewys waar haar klaskamer is en waar sy boeke en skryfbehoeftes kan kry.

'n Paar keer al het hy bot ingekom en teen die kosyn geleun en geluister terwyl sy besig was om 'n les aan te bied. Hy luister seker of sy nie dalk iewers 'n fout gaan maak nie.

Hy sal egter lank luister voordat hy dit sal hoor. Sy was nie verniet een van die beste studente in haar klas nie. Sy kan darem spog met 'n B.A.-graad met Afrikaans en Engels as hoofvakke.

"Pieter, neem asseblief vir my die opstelboeke in."

"Watter opstelboeke, juffrou?" Org van Rensburg is die ene onskuld.

"Die opstelle wat julle vir vandag moes geskryf het."

"Juffrou het nie vir ons opstelle gegee om te skryf nie."

"Org, asseblief, ek het nie vandag lus vir jul lawwigheid nie. Pieter, neem asseblief die boeke in."

Pieter staan traag op. Org beduie vir hom met sy oë dat hy moet saamspeel.

"Intussen gaan ons voort met die voorgeskrewe boek. Julle kan solank jul boeke uithaal, dan vertel ek julle in breë trekke waaroor die storie gaan en wat ek wil hê julle moet doen terwyl julle dit deurlees."

"Maar, juffrou, in verband met die opstelle . . ." Org kan soms so knaend soos 'n kleuter wees.

Annie maak of sy hom nie hoor nie. Sy vat die voorgeskrewe boek en gaan sit op die punt van die tafel.

Sy sien uit die hoek van haar oog hoe Org iets uit sy tas haal. Omdat sy hom egter wil ignoreer, kyk sy anderpad en gesels met die kinders in die ry langs die ry waarin Org sit.

"Juffrou, oppas!"

Annie sien hoe 'n vaal muisie reg op haar afgehardloop kom.

Hiervoor staal sy haar al lankal. As hulle moet weet hoe bang sy vir 'n muis is, sal hulle dit uitbuit en sal sy muise om elke hoek en draai in haar pad kry.

Toe die verskrikte muis egter 'n meter van haar af is, is al haar goeie voornemens na die maan en met 'n sprong staan sy bo-op die stoel terwyl sy half verbaas na haar eie bloedstollende gil luister.

Waar Bertus Kruger so skielik vandaan gekom het, weet niemand nie. Toe die gil egter wegsterf, staan hy lewensgroot in die klaskamer se deur.

"Wat gaan hier aan?"

'n Doodse stilte begroet die ysige woorde. Hulle wag dat Annie eerste moet praat en vir Bertus die hele storie moet vertel.

Annie klim so waardig moontlik van die stoel af. Sy lig haar ken beslis en kyk hom waterpas in die oë.

"Ek demonstreer 'n deel uit die voorgeskrewe boek wat ons behandel, meneer Kruger. Jammer as ek jou gesteur het. Ek het gedink jy is by die stalle."

Bertus frons en kyk onbegrypend na haar rooi wange en dan na die stil, te bedeesde klomp seuns.

"Drama is nie een van die vakke wat jy hier moet doseer nie, juffrou Delport."

37

Hier is baie beslis 'n groot skroef los. Bertus kan dit met 'n stok aanvoel.

"Ek wil jou pouse in die kantoor spreek, juffrou."

Hy draai om en stap met lang treë oor die stoep. Hy sal al sy goed verwed dat die juffrou nou net 'n yslike leuen vertel het. Hy is doodseker daarvan dat die seuns haar skrikgemaak het. Die gil was te opreg. Maar hoekom verkla sy hulle nie? Sy weet tog hy sal so iets nie ongestraf laat verbygaan nie. Sulke ongedissiplineerdheid sal hy nie duld nie.

Annie wag doodstil totdat sy sien hoe hy met die voetpaadjie langs terugstap na die stalle toe. Haar stem is beslis en dalk net effens te skerp om natuurlik te wees. "Nou, Org van Rensburg, soek jy daardie muis en jy vat hom hier uit. En moenie vir my sê jy weet nie waarvan ek praat nie, want dan klap ek jou persoonlik!"

Org kyk verleë voor hom. Hy het self gedink ou Zeus is by die stalle. Niemand sal so iets waag as hy weet hy is in die nabyheid nie.

"Wanneer jy klaar is, gaan was jy eers jou hande voordat jy weer in my klas inkom, en dan sal ek vir jou sê wat jou straf sal wees vir sulke . . . sulke kinderagtigheid!"

Met blitsende oë sluit sy die hele klas in.

"Ek is nou siek en sat vir hierdie kinderagtigheid. 'n Mens maak 'n grap en dan kry jy end daarmee. Dis net kleuters wat oor en oor dieselfde grap maak en dit elke keer amusant vind. Julle is amper mans; 'n mens verwag dit nie meer van julle nie."

Org bekruip die muis wat bewend in die hoek probeer wegkruip.

Annie doen haar bes om nie in daardie rigting te kyk nie. Haar waardigheid het vandag 'n groot genoeg knou gekry. Sy loer net onderlangs toe Org met die muis aan sy stert by die klas uitstap. Toe Org terugkom en skaam voor haar kom staan, kyk sy hom vies aan.

"Nou is die arme muis natuurlik doodgemaak, en dit alles deur jou toedoen! Hy het jou nie gehinder nie, Org. Nog minder hinder ek jou. Hoe julle ook al daarteen opsien dat 'n vrou julle leer, die feit bly staan dat daar geen man was wat kans gesien het om hier op 'n plaas te kom bly nie. Ek was bereid om die opoffering te maak en dit steek julle nou almal dwars in die krop. Sal julle eerder sonder 'n onderwyser, of dan onderwyseres, hier wil wees?"

"Ek is jammer, juffrou." Org kyk verleë op sy skoene.

"Dit gaan nie die saak ongedaan maak nie. Ek het 'n gek van myself gemaak en meneer Kruger gaan dit nie oorsien nie. Jy wou jou soos 'n kind gedra, Org, en daarom gaan ek jou soos 'n kind straf. Jy gaan die eerste hoofstuk van hierdie voorgeskrewe werk oorskryf. Ek het baie lus en laat jou soos 'n laerskoolkind 'n duisend keer uitskryf 'Ek moenie kinderagtig wees nie'."

Org gaan stil op sy plek sit. Hy het darem nie verwag dat sy die blaam op haar sou neem nie. Hy kyk na die skraal gesig wat nou bleek en gespanne lyk en die skaamte oorweldig hom.

"Juffrou! Juffrou, ek sal vir meneer Kruger gaan sê dit was ek wat juffrou skrikgemaak het met die muis." Org voel soos 'n hond.

Niemand hou daarvan om na meneer Kruger se kantoor ontbied te word nie. Hulle het tog al gesien dat meneer Kruger haar ignoreer en dit lyk nie of hy vreslik beïndruk is met die nuwe juffrou nie. Nou moet sy alleen, en dit deur sy toedoen, die leeu in sy hok gaan aandurf.

"Ek kan na myself omsien, dankie, Org. Hier is genoeg probleme; dis nie nodig dat julle dit deur kinderagtigheid vermeerder nie."

Die klas is doodstil toe Annie die voorgeskrewe boek oopmaak en die storie begin voorlees. Teen die tyd dat die klok vir pouse lui, is die klas meer gespanne as Annie. Sy kan aanvoel dat hulle gewilliglik die straf wat sy nou gaan kry op hulle sou wou neem.

Siestog! Hulle is in werklikheid 'n dierbare klomp kinders. Hulle word net te veel gedissiplineer, sodat daar nie tyd vir speel en kind wees ook is nie.

Die glimlag wat breed en stralend moet wees, is maar vaal en bewerig. Sy lig haar kop ekstra hoog toe sy by hulle verbystap kantoor toe.

Gewoonlik drink sy sommer 'n koppie tee in die klaskamer. Dis tog belaglik om alleen in die personeelkamer te sit en tee drink. Bertus verwerdig hom nie om saam met haar 'n koppie tee te drink nie. Hy sit pouses vasgenael in sy kantoor waar hy blykbaar vreeslik besig is.

Sy is so ingedagte dat sy nie vir Bertus Kruger of die lang, aantreklike man met sy ligte krulkop sien voordat sy vinnig aan haar arms vasgevang word nie. Sy ruk soos sy skrik, maar die twee groot hande om haar boarms keer gelukkig dat sy nie haar balans verloor nie.

"Aarde, juffroutjie!" Die blonde man staar met openlike bewondering na die blosende gesiggie hier naby hom.

"Bertus!" Die man kyk laggend na die nors Bertus. "Dit was 'n bom wat gebars het toe ons hoor dis 'n juffrou wat nou hier skoolhou, maar as die boere moet sien hoe sy lyk . . . Wel, ek weet nie of hulle die skool se drumpel sal deurtrap en of hulle dalk dadelik hul seuntjies uit die skool sal haal nie."

"Aag, kom, Schalk, moet jy tog nie ook verspot wees nie – ek kry genoeg van kinderagtigheid." Bertus se stem is so onvergenoeg dat Annie baie lus het en skop hom op sy skeen.

Die ou buffel! Hy gun haar nie eens 'n ou komplimentjie nie. Vies vir Bertus glimlag sy breër vir die blonde man as wat sy in haar hart voel. "Hoekom op aarde sal hulle hul kinders uit die skool wil haal, meneer . . . e . . .?"

"Potgieter, Schalk Potgieter."

Hy steek sy hand na haar uit en sy skud dit plegtig.

"Ek is Annie Delport. Aangename kennis, meneer Potgieter."

Sy gee vir Bertus 'n vuil kyk. Hy kon darem die ordentlikheid gehad het om haar aan die man voor te stel.

"Hulle sal bang wees hul seuntjies leer nie, juffrou. As ek so 'n mooi juffrou moes gehad het, sou ek net heeldag na haar wou kyk. Ek sou nooit na vervelige boeke gekyk het nie!"

Blosend trek Annie haar hand uit syne. Sy staan 'n entjie terug. Dit sal haar leer om koketterig met vreemde mans te wees net om vir Bertus Kruger te wys dat iemand haar wel raaksien. Nou is sy skaam en sonder woorde vir die warm begeerte in die man se oë.

"Verskoon my, asseblief, meneer Potgieter." Sy draai beslis na Bertus. "Jy wou my gespreek het, meneer Kruger. Sal ek solank in die kantoor gaan wag?"

Sy kyk op en die donker frons op Bertus se gesig laat haar vinniger padgee as wat goed is vir haar waardigheid.

Bertus vat Schalk se arm beslis en stap in die rigting waar sy bakkie geparkeer staan. Schalk rem egter glimlaggend terug en roep na Annie.

"Ons sal weer gesels, juffrou Annie! Ek kom een van die dae vir jou kuier!"

Annie antwoord hom nie. Sy hou net haar rug baie regop en styf terwyl sy wegstap. Hy is darem hopeloos te voor op die wa. Hy dink seker hy is vreeslik aantreklik.

Sy skink solank vir haar tee in en roer dit ingedagte.

"Jy kan maar deurkom kantoor toe, juffrou." Bertus grom die woorde in haar rigting. Hy stap ook sommer voor haar by die kantoordeur in en gaan sit agter sy massiewe lessenaar.

"Maak asseblief die deur toe."

41

Annie grinnik. Hy ken darem die woordjie asseblief. Dalk roskam hy haar nou behoorlik en mag die kinders dit nie sien nie.

Gewoonlik leef sy haar in sulke situasies in. Dié gedagteflits word nou so werklik dat sy beswaarlik die lag van haar gesig kan afhou.

Toe sy omdraai, is haar oë dus vol pret in plaas van vrees, en onmiddellik is Bertus woedend. Wie dink sy is sy dat sy hom hier in sy eie kantoor vir die gek wil hou?

"Juffrou Delport, ek sal hierdie blatante uitdagings en ondermyning van my gesag nie 'n oomblik langer duld nie."

Annie frons.

"Maar . . ." Sy kan nou glad nie die kloutjie by die oor bring nie.

"Ek praat nou, juffrou Delport. As iemand jou nog nie geleer het dat 'n mens nie iemand anders in die rede val nie, sal ek dit as my plig beskou."

Annie pers haar lippe saam. Ou matie, dink sy, nou gaan jy darem sukkel om weer 'n boe of 'n ba uit my mond te kry. Penregop soos 'n kind wat sy afranseling kom haal, gaan staan sy voor die lessenaar.

"Sulke ongedissiplineerdheid soos vanoggend in jou klas sal nie hier op Skurwekop toegelaat word nie. Buitendien glo ek nie dat jy iets gedemonstreer het nie. Ek wil nou weet wat presies daar aangegaan het en wie daarvoor verantwoordelik was."

Annie staan egter doodstil en antwoord hom nie. Bertus kyk vererg op toe die stilte rek en rek.

Die skraal skouertjies is agteroor getrek en haar hele lyf is kersregop. Die donkerbruin hare hang los op haar skouers en wip guitig onder by die punte op. Dit is los en blink en omraam die fyn gesiggie. Twee groot, bruin oë kyk hom onbevrees van onder lang wimpers aan. Die ligblou rok met die patroon van fyn wit blommetjies pas knus om die dun middeltjie en klok wyd uit, sodat dit sag en vol om haar kuite hang.

"Ek het met jou gepraat, juffrou Delport!"

"Is jy dus klaar, meneer Kruger? Jy het ook gesê dat ek jou nie in die rede mag val nie."

Bertus maak sy vuiste oop en druk met sy handpalms op die lessenaar terwyl hy op sy tande kners. Hierdie vroumens sal hom nog teen die mure laat uitklim.

"Ek wag vir 'n antwoord, juffrou. Wie was vanoggend verantwoordelik vir die chaos in jou klas?"

"Ek is jammer om van jou te verskil, meneer Kruger, maar daar was geen chaos in my klas nie. Ek het reeds verduidelik wat gebeur het."

"Jy jok! Ek verwag absolute eerlikheid van al die leerlinge en ook van jou! Ek verwag ook dat jy te alle tye vir hierdie kinders 'n voorbeeld sal wees. Hulle kom almal uit gegoede huise. Hul ouers onderhou hierdie skool finansieel. Hulle het dus die volste reg om te verwag dat ons hul kinders dissipline en eerbaarheid sal leer en dat my personeel hulle nie sal skuldig maak aan laakbare gedrag nie."

Annie staar hom net stil aan en dit maak Bertus buite homself van woede.

"En ek verwys ook na jou gedrag van 'n paar oomblikke gelede, juffrou."

Annie kyk hom uit die veld geslaan aan. Sy kan aan niks dink wat sy verkeerd gedoen het nie.

"Nou speel jy weer jou onskuldige rolletjie, nè, juffrou? Vroumense is mos goed daarmee. Hulle maak wat hulle wil en is dan vreeslik verontwaardig as hulle met hul eie gedrag gekonfronteer word." Hy huiwer 'n oomblik voordat hy sy tirade hervat. "Ek praat van Schalk Potgieter, juffrou, as jy jou geheue verfris wil hê. Hy is die distrik se grootste losbol. Hoe vreemd dit ook al vir my is, is dit 'n feit dat die meisies in trosse agter hom aanloop. Jou koketterigheid van netnou het beslis nie op barre aarde geval nie. Die seuns se ouers sal glad nie daarmee tevrede wees as hulle moet weet dat my enigste leerkrag in hierdie stadium ook in die optog agter Schalk aan is nie."

Woede maak Annie heeltemal onverskillig. So 'n nare suurknol van 'n gefrustreerde mens! Waar kry hy die reg om haar sommer van allerhande dinge te beskuldig?

"Meneer Kruger, ek hou skool hier op Skurwekop en jy is my skoolhoof, maar wat ek met my lewe en my vrye tyd doen, het niks met jou of met hierdie kinders se ouers te doen nie. Julle het my nie gekoop nie!"

"Nee, juffrou, ek het jou beslis nie gekoop nie. Ek wil jou nie eens present hê nie. Jy is egter te dikvellig. Jy het jou kanse mooi opgeweeg en gedink dat jy hier 'n ryk boer kan uitslaan. Jy dring daarop aan om hier te bly, want jy weet dat as ek jou summier terugstuur, sal die departement nie moeite doen om vir my 'n ander onderwyser te stuur nie. As jy egter uit jou eie gaan, gee dit ons 'n beter kans. Maar nou sit ons met jou!"

Annie kyk hom geskok aan. Sy maak haar mond oop om iets te sê, maar klap dit dan vinnig toe toe sy skielik warm trane agter haar ooglede voel brand. As sy nou iets sê, gaan sy huil, en daardie satisfaksie sal sy hom nie gee nie.

Sy draai dus sonder verskoning om en stap deur toe.

"Ek is nog nie klaar nie! Kom hier!"

Annie ruk egter net die deur oop en klap dit hard agter haar toe.

"Buffel! Ongeskikte buffel!" Sy sis die woorde saam met 'n verlate snikkie uit.

"Juffrou!" Org staan ontsteld nader van waar hy om die hoek vir haar gestaan en wag het. Hy vat haar saggies aan die arm en stap woordeloos saam met haar na die klaskamer toe. Annie soek wild na 'n sakdoek en blaas dan haar neus hard.

"Juffrou, ek . . . ek is vreeslik jammer! Ek gaan nou na meneer Kruger toe –"

"Nee, jy doen dit nie!"

"Asseblief, juffrou. Ek weet hoe dit voel as meneer Kruger 'n mens in die hande kry. Hy laat jou soos 'n wurm voel. Vir my sal hy net 'n pak slae gee en dis nie so erg nie."

"Dan sal hy my nog steeds soos 'n wurm laat voel omdat ek vanoggend vir hom gejok het. Dis nou agter die rug, Org. Vergeet nou daarvan."

"Sit juffrou nou, dan gaan haal ek vir juffrou 'n koppie tee."

Annie glimlag deur haar trane vir Org wat so verleë en jammer is.

"Dankie, Org, dit sal lekker wees."

Hy kom sit die tee voor haar neer en sy neem dit dankbaar. "Dankie, Org, dit gaan heerlik wees."

Sy glimlag teer toe die lang, skraal seun by die deur uitgaan. Sy grappie van vanoggend het lelik geboemerang. Sy is egter seker daarvan dat sy nou 'n lewenslange vriend van Org van Rensburg gemaak het.

Ná pouse het sy die matrieks vir wiskunde. Vir hierdie span is sy ligvoet. Hulle is 'n stil, ernstige klompie seuns. Kobus Snyman, die hoofseun, is die gewone agtien jaar, maar daar is van die seuns wat al ouer is. Paul Erlank word binnekort twintig. Hy is 'n stil, groot seun wat glo baie goed rugby speel en reeds onder die keurders se aandag vir die Suidwesspan is.

Hierdie seuns kan haar altyd so stil en onderlangs dophou. Sy kan nie agterkom of hulle wag dat sy 'n fout moet maak en of hulle haar so sit en bekyk omdat sy 'n vrou is nie.

Sy glo vas dat die seuns te veel onderdruk word. Hulle kry nie kans om te lag of te speel nie en iets soos die natuurlike verkeer met meisies van hul ouderdom is daar glad nie.

Selfs hul sport is geen plesier nie. Net die beste word van hulle verwag. Almal se oë is op Skurwekop gerig en die geringste wat hier verkeerd gaan, kan veroorsaak dat die skool gesluit word. Die kinders word dus gedryf om bomenslike prestasies te behaal.

As die slim meneer Kruger net wil besef dat hy twee keer soveel uit die seuns kan haal deur hulle gelukkig en ontspanne te laat wees.

Sy is al halfpad deur die wiskundeles toe die groot gestalte van Bertus Kruger in die deur verskyn. Hy ignoreer haar en wag totdat sy swyg voordat hy hom tot die seuns wend. "Sport begin vanmiddag soos gewoonlik, Kobus, kom spreek my asseblief ná hierdie periode. Ons sal iets moet uitwerk in verband met die tennis. Meneer Fourie is nie hier nie."

"Ja, meneer."

Sonder om vir Annie verskoning te vra vir die onderbreking, draai hy om en stap by die deur uit.

"Julle moet asseblief die oefening voltooi. Dit is dus al vir vandag. Is daar een van julle wat nie duidelikheid het oor die werk nie?"

"Ek, juffrou." Paul Erlank lig hom effens op, maar sy lang bene steek vas onder die bank.

"Wat is dit wat jy nie verstaan nie, Paul? Ek sal dit weer vir jou verduidelik."

"Ek weet nie wat dit is nie, juffrou. Ek het sommer net heeltemal van die wa afgeval wat wiskunde betref. Hoe ek dit tot nou deurgekom het, is vir my onverstaanbaar."

Die ander lag vir Paul se growwe, eerlike stem.

Annie kyk na Paul en sy kan die opregtheid in die groot seun se oë sien.

"Wanneer het juffrou 'n kansie? Dan kom ek liewer na juffrou toe. Dit sal darem vreeslik vervelig vir die ander ouens wees as juffrou dit nou alles weer moet verduidelik. Hulle is soveel slimmer as ek."

"Wel, middae net ná ete. Ek het gewoonlik niks te doen tot studietyd nie. Kom gerus vanmiddag na my kamer toe, dan sal ek jou help."

"Dankie, juffrou."

"Julle kan maar solank begin met die huiswerk; dan het julle nie so baie vir vanmiddag nie, veral noudat die sport weer begin."

Kobus kyk fronsend na die ouens om hom en byt ingedagte aan sy pen.

"En as jy nou so frons, Kobus?"

"Ek weet nie van die tennis nie, juffrou. Meneer Fourie het altyd tennis afgerig. Paul en André en Nico speel rugby. Hulle is glad nie tennisspelers nie. Ek en Christo en Boef is met die atletiek gemoeid en ons program is baie straf. Dis net Flenters wat met die tennis kan aangaan, en hy kan dit nie alleen doen nie."

"Ek sal help, Kobus. Ek speel ook tennis."

"Sal juffrou?" Kobus is opreg dankbaar en Annie glimlag net vir die klomp seuns.

"Weet meneer dat juffrou ook kan tennis speel?"

"Ek weet nie, Kobus. Hy het my nog nooit gevra of ek speel nie."

Kobus lag sag. Hulle wonder al lankal wat in meneer Kruger se kop aangaan. Hy was nog nooit 'n ou vir vroumense nie. Daar is 'n storie dat hy 'n liefdesteleurstelling gehad het. Meneer Kruger is baie styf en formeel teenoor die juffrou en hulle sal darem baie graag wil weet wat tussen hulle gebeur het.

Flenters, eintlik Gerrit Steenkamp, is 'n stil en ingetoë

seun. Ná skool kom hy skaam nader en vat Annie se tas by haar.

"Die tennis begin net ná studie, juffrou. Ons trek gewoonlik sommer voor studie al aan, dan kan ons dadelik begin speel. Daar is 'n hele paar van die kleintjies wat speel en ons het net die twee bane."

"Goed, Gerrit, ek sal gereed wees."

"Juffrou moet maar liewer vir my Flenters sê. Niemand noem my ooit Gerrit nie."

Annie sorg dus dat sy haar ná die ete aantrek vir tennis. Paul behoort ook nou-nou te kom vir die ekstra wiskunde-les.

Sy het nog nie eens haar tennisskoene aan nie toe Paul aan die deur klop. Sommer so op haar sokkies maak sy die deur vir hom oop. "Kom binne, Paul. Sit sommer daar by die lessenaar, dan kan ons gesels."

Paul verkyk hom aan die pragtige juffrou met haar sonbruin bene in die kort tennisrokkie. Hy voel hoe sy hart in sy borskas begin bons.

Annie is heeltemal onbewus van wat in die groot seun se kop aangaan en sy gesels op haar gemak met hom oor die probleme wat hy met wiskunde het. Stadig ontspan Paul en kort voor lank het hy heeltemal daarvan vergeet dat die nuwe onderwyser eintlik 'n vrou is. Stadig val die dinge wat hom tot nou toe so laat kopkrap het in hul voue en hy glimlag breed.

"Dis eintlik baie eenvoudig, juffrou. Ek het maar altyd geraai en gehoop dis reg. Daar was net 'n muur en daarom het niks sin gemaak nie. Nou kan die wiskundevraestel maar kom!"

Die studieklok maak 'n einde aan hul les en Annie tel die boeke op wat sy tydens die studie wil gaan merk.

Die matrieks het vergunning om in hul kamers te studeer, maar die res moet almal in die eetsaal bymekaarkom.

Paul wil die boeke by haar neem, maar sy keer vinnig.

"Nee wat, dankie, Paul, jy moet dan 'n onnodige draai loop. Oefen julle nou al rugby? Dis mos nog te vroeg in die jaar?"

"Ons oefen eintlik net saam met die atlete om fiks te word, juffrou. Ons het ons eie span hier op Skurwekop. Meneer Kruger is self 'n baie goeie rugbyspeler en hy gee vreeslik baie aandag aan die rugbyspan."

Paul klink so trots en Annie glimlag breed vir hom toe sy die kamerdeur agter hulle toetrek.

"Ek moet draf, ons is sowaar laat."

Die seuns is al in die eetsaal en Annie stap vinnig kop onderstebo nader.

"Juffrou Delport!" Die stem hier by haar is sissend sag. Sy kyk stadig op, vas in die blitsende grysblou oë.

"Ja, meneer Kruger?"

"Gaan trek vir jou ordentlik aan! Ek sal nie toelaat dat jy halfnaak hier tussen die seuns rondloop nie. Ook nie dat jy seuns in jou kamer onthaal nie."

Annie kyk verbaas na hom en dan na haar tennisrok.

"Maar ons het net ná studie tennis."

"Jy gaan nie so tussen die seuns in nie."

Hy sien uit die hoek van sy oog hoe die seuns doodstil sit en amper nie asemhaal nie soos hulle hul ore spits om te kan hoor wat hier buite gesê word.

Soos 'n staalklem span sy hand om haar arm en sy word amper na haar kamer gesleep. Hy draai die deurknop en stoot haar na binne. Woedend gooi sy die boeke op die lessenaar neer en kom staan reg voor hom in die oop deur.

Sy sien egter hoe die seuns deur die eetkamer se venster loer. Sonder om twee keer te dink, gryp sy hom aan die arm, trek hom in haar kamer in en druk die deur beslis agter hom toe.

"Wat . . .?"

49

"Die kinders verrek hul nekke om te kan hoor hoe jy my oor die kole haal. Hoekom spaar jy hulle nie die moeite en neem my eetkamer toe en laat my daar op 'n stoel staan nie? Ek is mos net vier jaar oud en het geen maniere of ordentlikheid nie!"

Twee rooi kolle van verontwaardiging brand op haar wange.

"Jy hét ook geen ordentlikheid nie! Jy laat die seuns toe om hier in jou kamer in te kom en dit terwyl jy . . . so skamel geklee is."

"Speel jy tennis, meneer Kruger?"

"Ja, juffrou, maar ek het nie nou tyd om hulle af te rig nie. Die atletiek is nou die belangrikste."

"Wel, speel jy gewoonlik in 'n langbroek en 'n langmouhemp?"

Sy kyk op in die nors gesig en wag nie vir 'n antwoord nie.

"Hou op om kinderagtig te wees! Dis nie meer die agtiende eeu nie. Kry dit vir eens en altyd in jou kop dat ek nie in hierdie seuns belangstel nie. Ek stel in hul geleerdheid en opvoeding belang en dis al! Hoe gouer hierdie seuns egter leer dat 'n vrou in 'n kort rokkie tennis speel, hoe minder sal hulle hulle daaraan vergaap as hulle teen ander spanne speel." Sy sluk diep. "Wat Paul betref, ek het hom gehelp met wiskunde. Ek kan egter insien dat dit nie reg was om hom hier te woord te staan nie. Daarom sal ek daardie deel van die skrobbering aanvaar en in die toekoms sal ek die seuns in die eetsaal spreek wanneer dit nodig is."

Bertus staan stil en uit die veld geslaan na haar en kyk. Sy het nou die wind heeltemal uit sy seile geneem. Hy maak sy mond oop om iets te sê, maar sy praat al klaar weer.

"Ek kan nou ander klere aantrek, maar die kinders sal dadelik weet dat dit die rede is hoekom jy my oor die kole gehaal het. Dit sal hulle aan die wonder sit en dinge laat

50

opmerk wat glad nie nodig was nie. Hierdie seuns het almal ma's en die meeste het susters ook. Andersins kan ek nou hier uitgaan soos wat ek is en hulle sal nie raai waaroor dit alles gegaan het nie."

Sy staan terug en wag op sy antwoord.

Bertus gluur haar nog steeds woedend aan. Sy was darem nou grootmoedig genoeg om te erken dat dit verkeerd was om vir Paul in haar kamer ekstra klas te gee. Dit het hom onkant betrap. Hy het gereken sy sou haar op daardie punt ook wou verdedig. Hy snork dus net verontwaardig en swaai om om uit te stap.

Sy wip egter rats voor hom in voordat hy by die deur kom.

"Moet ek ander klere aantrek?" Sy meet hom met haar oë en die eerste keer sien hy watter mooi bruin oë sy het. Hy sien ook hoe sag haar hare om haar wange krul voor dit aftuimel na haar skouers toe.

"Maak tog soos jy wil! Jy doen dit in elk geval."

Hy druk by haar verby en stap met lang treë by die deur uit.

Annie tel haar boeke op en stap na die eetkamer toe. Sy kan beswaarlik haar lag hou toe sy sien hoe vinnig die nuuskierige gesigte voor die venster verdwyn.

4

Bertus tik op die tafel en 'n doodse stilte sak oor die dertig seuns in die eetsaal toe.

"Kobus, ek gaan net ná ontbyt in dorp toe. Ek laat alles in jou hande. Ek wil niks, absoluut niks, van een van julle hoor nie!" Hy kyk die spannetjie tydsaam deur en Annie moet sluk aan die onvergenoegdheid wat in haar opstoot.

Hy ignoreer haar geheel en al. Sy is al drie weke hier en nog steeds het hy nie veel meer as 'n paar sinne met haar gepraat nie.

Vandag is Saterdag en dit sal die eerste dag wees dat hy nie hier by die koshuis is nie. Hy het sy intrek in die ander kamer kom neem en hy is net eenvoudig oral. 'n Mens is te bang om hard te praat.

"Die tennisbane moet gerol word en die rugbyveld se gras moet gesny word. Julle weet wie verantwoordelik is daarvoor. Dit moet alles netjies wees wanneer ek vanaand terugkom. Ek sal moontlik laat wees, Kobus, moenie vir my wag nie."

"Ek wonder of hy 'n meisie het." Jan fluister sag onderlangs vir Oswald.

Annie moet haar kieste vasbyt om nie te lag nie. Sy sit reg langs Oswald en Jan en sy kan elke woord hoor wat gesê word.

"Wie sal tog na hom kyk? Hy sal vir hom 'n vrou in 'n slagyster moet vang." Oswald kyk vies na Bertus se groot gestalte.

Daar is 'n gedempte opgewondenheid aan die ontbyttafel en Annie wonder of dit die feit is dat Bertus die res van die dag nie hier gaan wees nie.

"Dit was darem nie nodig dat ons die bane moet rol én die gras moet sny op hierdie sonnige Saterdag nie." Org kla kliphard toe hulle buite hoorafstand van Bertus is.

"Nee, ou matie, nou maak die groot indoena seker dat ons nie kan rondlê soos niksdoeners nie."

Annie kyk met hartseer in haar hart na die klompie seuns. 'n Gedagte kom kruip so vinnig uit sy skuilplek en weer terug dat dit 'n tweede keer moet kom loer voordat sy daaraan aandag skenk.

Toe Bertus se bakkie oor die bult verdwyn, storm die seuns uitgelate in die binnehof van die koshuis uit.

"Jippie! Jippie! Een dag van vryheid, gelykheid en broederskap!" rond Pieter die uitbundige uitroepe af.

Annie lag kliphard waar sy ook in haar oop kamerdeur verskyn.

Pieter met sy groot liefde vir die Griekse mitologie kom buig galant voor haar.

"O Persephone, Pluto het pas uit die onderwêreld gekom om die skone kind van Demeter te vra om die dag, hierdie heerlike somersdag, saam met hom en sy medegevangenes deur te bring."

"Ag, Pieter, jy's 'n verspotte kind! Ek het egter 'n briljante idee gekry."

Die seuns kom drom almal om haar saam.

"Kobus moet net eers sy toestemming gee."

Kobus staan nader en sy rooi kop vlam behoorlik teen die agtergrond van groen grasperke en wit mure.

"Juffrou is die baas, nie ek nie."

"O nee, meneertjie, jy is in beheer geplaas oor alles en dit sluit my in."

Die ander lag en staan vrolik nader. Hierdie juffrou raak al dierbaarder. Org van Rensburg sal deesdae vuisslaan as iemand haar te na wil kom.

"Ek het gedink ons trek nou almal ons oudste klere aan en dan kom help ons almal werk. Daarna kan ons gaan piekniek hou. Ons vra vir die kok om vir ons piekniekkos te maak en dan kan hy ook die dag vry kry."

Sy sien geen geesdrif op die seuns se gesigte vir die kok se piekniekkos nie en lag klokhelder.

"Goed, ek sê julle wat: Gaan werk julle solank, dan maak ek vir ons kos en dan kry ek julle by die rugbyveld."

"Want sy is 'n gawe juffrou! En ons sê almal so!" begin die seuns soos een man sing. Jan sit die verspotte liedjie in met sy growwe stem en die ander sing vals saam en wil haar op hul skouers kombuis toe dra, maar sy keer laggend.

"Nee, wag, julle raak stuitig! Is hier nie 'n swembad nie?"

"Jaaa!" Dis meer 'n juigkreet as wat dit 'n antwoord op haar vraag is.

Kobus verduidelik sommer namens almal. "Dis nie juis 'n swembad nie, juffrou, dis 'n lekker groot dam. Dit loop vol uit die fontein en die orige water loop aan die ander kant uit. Die dam is dus altyd lieflik skoon en die water word aan die ander kant met 'n stroompie weggevoer."

"Hoe ver is dit hiervandaan?"

"Net hier anderkant, juffrou."

"Wat sê jy, Kobus, sal ons dit doen?"

"Vir my klink dit heerlik, juffrou, maar wat sal meneer Kruger sê as hy daarvan te wete moet kom?"

"Mag julle dan nie daar swem nie?" Sy kyk vraend na Kobus.

"Ja, ons mag. Meneer Kruger het ons al een of twee keer daarheen geneem vir oefening. Hy gaan gewoonlik saam . . ."

Annie besef dadelik dat dit geen ontspanning was nie. Oswald, wat altyd meer praat as wat nodig is, gaan voort waar Kobus opgehou het.

"Dan is dit tog nie lekker nie, juffrou. Ou Zeus staan soos 'n generaal op die damwal en ons moet swem so al wat ons kan. Hy is so bang hy lag en sien dit in die weerkaatsing van die water."

"Oswald, jy moenie sulke dinge sê nie. Dalk het meneer Kruger 'n seer waarvan ons nie weet nie. Ander mense se boeke is duister om te lees."

Annie is skielik jammer vir Bertus wat so ongewild is by die seuns. Op hierdie pragtige stukkie aarde kan die kinders so gelukkig wees.

Oswald laat sak sy kop skaam en die ander kyk haar met oë vol heldeverering aan.

"Nou toe, weg is julle! Julle moet gou maak! Org, jy gaan tog net weer staan en praat en niks verder doen nie. Kom help jy my in die kombuis. Sodra julle klaar is, gaan ons swem."

Teen die tyd dat Annie 'n ou langbroek en 'n hempie aangetrek het, is die seuns almal weg en druk aan die werk. Hulle doen die werk met ywer, en dit net omdat daar die vooruitsig van 'n bietjie plesier is.

"Filemon, wat gaan jy vir middagete maak?" vra Annie die kok toe sy in die kombuis kom.

"Ek wou net wors gebak en aartappels gaargemaak het, saam met tamatieslaai."

"Luister, Filemon, ons wil die wors gaan braai by die dam. Ek sal vir ons toebroodjies maak. Is hier vrugte wat ons kan kry om saam te neem?"

Filemon staar haar oopmond aan.

"Jy kan dan vroeg loop vandag, Filemon. Ons sal sommer vanaand ook self kos maak."

Filemon stap na die koelkamer en maak die deur oop. Daar is heerlike waatlemoene en druiwe, perskes en groenmielies.

"Kan ek maar van hierdie vrugte vat, Filemon?"

"Ja, juffrou, net soveel soos juffrou wil. Die kinders kry nie die goed opgeëet nie, hier is te veel."

Annie sug. Daar kan sulke lekker geregte gemaak word met die vars groente en vrugte. As Filemon maar net 'n slag sy verbeelding wil gebruik!

Sy pak die wors en groenmielies in die groot plastiekhouers waarin die vleis gewoonlik gebêre word. Die waatlemoene is heerlik koud en sy laat Org sommer ses grotes eenkant neersit. 'n Mandjie perskes en druiwe word ook ingepak en sy en Org spring aan die werk en maak 'n stapel toebroodjies. Dis nog vroeg en die seuns sal onmoontlik nou al klaar wees met die werk. Annie kyk op haar horlosie.

"Ek gaan net gou vir julle iets lekkers maak om te eet."

Sy krap in die spens rond totdat sy al die bestanddele vir 'n suurlemoentert bymekaar het, en binne 'n uur staan twee smullekker terte eenkant in die yskas.

"Hier is so baie melk, Org, ons gaan nie nou tee maak nie. Ons vat net die kan melk en die terte na die rugbyveld toe."

Org dra die kan melk en 'n mandjie met plastiekglase. Annie dra 'n skinkbord met die twee terte daarop en hulle stap al geselsend rugbyveld toe.

Die gras is klaar gesny en moet nog net bymekaargehark word. Hulle word luidrugtig begroet toe hulle nader kom en Paul maak 'n netjiese draai met die grassnyer voordat hy langs hulle stilhou en van die sitplekkie afspring.

Hy is amper 'n kop langer as Annie en hy kan die bewondering nie uit sy oë hou toe hy die skinkbord by haar vat nie.

"Dit gaan darem lekker wees, juffrou. Ons het nog nooit so iets hier op Skurwekop gekry nie."

"Dis omdat hier nog nooit 'n vrou op Skurwekop was nie. Dit lyk vir my al wat julle nodig gehad het, was 'n vrou!"

Onder groot gelag en geskerts verdwyn die twee terte soos sneeu voor die reën. Die seuns drink groot glase vol van die romerige melk en Annie wonder hoekom hulle nie meer kere vir die seuns melk in die plek van koffie of tee gee nie.

"Nou toe, kom ons help almal om die gras bymekaar te hark!"

Annie spring eerste op en gryp 'n hark. Daar is gelukkig omtrent tien harke en baie vinnig lê daar oral bondels gras wat deur 'n paar ander weggery word na die komposhoop.

"Langenhoven het gesê: Jy kan jou swaarkry met lekkerkry klaarkry – wel, ek hoop dis Langenhoven wat dit gesê het!" Die uitbundige Pieter lag uitgelate vir homself. Die seuns bêre gou al die gereedskap en kyk dat alles netjies is, want hulle weet ou Zeus sal kom fout soek.

Annie staan en beskou die berg kos wat op die kombuisvloer uitgestal staan.

"Hoe ver sê julle is dit na die dam toe?"

"So omtrent twee kilometer, juffrou."

"Dis darem 'n klomp kos wat ons so ver wil dra. Ek wonder of dit so 'n slim plan was. Sal ons nie maar hier braai en dan gaan swem nie?"

"Ag nee, juffrou, ons dra liewer die goed!"

"Ek sê julle wat," sê Kobus en staan nader.

Nou eers sien Annie die onnutsigheid raak wat hy al heeldag so met mag en mening moet onderdruk.

"Gaan vang julle gou Filemon se vier donkies, dan span ons die wa in. Dan kan die meeste van ons sommer op die wa ry!"

Vyf seuns spring gelyktydig weg nog voor Kobus behoorlik klaar gepraat het.

"Vra net eers vir Filemon!" Kobus maak sy hande bak en skree agter die ander aan.

'n Halfuur later is die wa ingespan en is dit vol handdoeke en kos. Verder sien jy net arms en bene. Elkeen het sy swembroek sommer onder sy klere aan, want by die dam is nie verkleeplek nie.

Gedagtig aan Bertus se vorige skrobbering het Annie 'n stemmige eenstukbaaikostuum aangetrek. Sy kom klouter op die wa met haar kitaar in haar hand en dit laat 'n rumoerige gejuig losbars, sodat Kobus al sy dae het om die donkies vas te hou.

"Maar sie julle so raas! Netnou hardloop die donkies met ons weg!"

Die paar wat nog aankom, sluip op hul tone nader en Annie lag skaterend vir die stuitigheid.

"O, julle is 'n verspotte klomp goed! Hallo, oom Gawie!"
Sy wuif vrolik vir oom Gawie wat die verspottigheid met 'n
breë glimlag staan en bekyk. "Wil oom nie saamkom nie?"
"Nee wat, dankie, kinders. Ek sal hier bly en kyk dat
niks skeefloop nie. Netnou lui die telefoon of so iets. Gaan
geniet julle die dag. Julle kry min genoeg die kans."
"Tatta, oom Gawie! Maar . . . maar nou het oom nie kos
nie, ons het Filemon die dag vry gegee."Annie slaan haar
hand oor haar mond en staar grootoog na oom Gawie.
"Dis niks nie, juffrou Annie. Ek kan na myself kyk. Ek
sal wel iets kry om te eet. Ry julle nou. Dit doen my ou
hart goed om die kinders so vrolik te sien."
Hulle is skaars weg, toe skuif Annie die kitaar op haar
knie reg en begin die snare tokkel.
"Kom ek met die wa, dan sê sy sommer ja!" Die seuns
sing uit volle bors saam.
Annie laat later die kitaar sak en kyk na die seuns wat so
spontaan saamsing.
"Doen julle nie volkspele nie?"
"Nee, juffrou, en die skool op Outjo vra gereeld of ons
nie wil kom saamspeel nie. Die meeste leerlinge is meisies
en hulle het altyd 'n tekort aan seuns."
"Nou hoekom gaan julle nie?"
"Meneer Kruger sê dis te ver. Hy stel ook nie belang
nie. Al waarin hy belangstel, is dat ons die rugbybeker en
die tennisbeker en 'n paar atletiekbekers elke jaar moet te-
rugbring."
"Ag, dan kom julle mos darem uit. Julle moet met die
skool op Outjo reël dat hulle volkspele hou of 'n geselllig-
heid reël vir die aande wat julle daar wedstryde speel."
"Dit sal nie help nie, juffrou. Sodra die wedstryd verby
is, moet ons in die bussie klim sodat ons vroeg terug kan
wees hier op Skurwekop. Meneer Kruger sê netnou vang
ons iets aan wat die skool se naam skade kan aandoen."

'n Stil woede kom maak in Annie se binneste nes. Hoe kan hy die kinders se jong dae so laat verbygaan sonder enige plesier? En dit alles oor 'n skool se goeie naam! Het hy geen vertroue in die seuns nie? Hoekom sal hulle nou iets gaan aanvang wat die skool se naam kan skaad?

Sy neem haar stilweg voor dat sy die saak nie net hier gaan laat nie.

Die seuns begin dadelik vuur maak toe hulle by die dam kom, en Annie staar sprakeloos na die ongereptheid en skoonheid van die natuur om haar.

Die omgewing is pragtig! Sy is nie in staat om die woorde van bewondering wat in haar opwel hardop uit te spreek nie.

Sy lig haar hand voor haar oë om die omgewing beter te kan bekyk. Sy klim op die damwal en staar ver oor die pragtige, groen veld.

"En daardie plaashuis wat so weggesteek sit daar tussen die bome? Wie s'n is dit?"

Kobus klouter op die wal en kom staan langs haar.

"Dis meneer Kruger se huis, juffrou."

"Woon hy alleen daar?"

"Ja, juffrou."

"Is hy al lankal hier?"

"Soos wat ek verstaan, is dit sy geboortegrond hierdie, juffrou. My ouers is sy bure. Ons woon net aan die ander kant van die plaas. Sy pa, ou oom Bertus, het altyd hier geboer en meneer het die grond by hom geërf."

"Dan ken julle hom lankal?"

"Nie vir hom nie, juffrou. Ek het oom Bertus goed geken. Hy was ook so 'n stroewe mens soos meneer. Vandat ek egter kan onthou, was meneer weg: eers hoërskool toe en toe universiteit toe en later jare glad oorsee. Hy het maar eers huis toe gekom nadat sy pa oorlede is."

"En sy ma, Kobus? Leef sy ook nie meer nie?" Annie

is vreemd nuuskierig oor die stroewe, ongelukkige Bertus Kruger. Hy moes sekerlik tog die een of ander ongelukkigheid belewe het om so 'n ongemaklike soort mens te word. Geen mens kan so gebore word nie.

"Nee, juffrou, van haar weet ek maar min."

"Dink jy sy lewe nog?"

"Almal bly altyd stil as 'n mens oor haar uitvra, juffrou. Maar van wat ek nou al so hier 'n bietjie en daar 'n bietjie gehoor het, het sy blykbaar vir oom Bertus gelos vir 'n ander man. Meneer was toe maar nog 'n klein seuntjie. Of sy dus nog lewe, weet ek nie. Ons ken maar net vir oom Bertus wat so alleen met sy seuntjie hier gewoon het."

'n Diep jammerte roer in Annie. Arme, ongelukkige kind! Sy sien hom al met sy grysblou oë en donker hare so alleen sonder 'n ma grootword. Hoeveel vreugde het sy nie in haar kinderjare geken nie, met twee dierbare ouers en drie broers wat haar almal tot in die afgrond bederf het!

"Dis natuurlik die rede waarom hy so swaar met ander mense kommunikeer. Arme man!" Annie sug.

Sy klink so simpatiek dat Kobus verbaas na haar kyk.

"My pa sê ook altyd ons moet hom probeer verstaan. Hy sê meneer was nie altyd so erg stroef en ongeskik nie. Hy was heel menslik, veral toe hy en Rina Visagie nog uitgegaan het. Sy sou vir hom gewag het, maar toe hy van Duitsland af terugkom, was sy reeds getroud met Danie Potgieter."

Annie byt diep ingedagte haar lip vas. Siestog! Die meisie was dalk die enigste liefde wat hy in sy lewe geken het en toe laat sy hom ook in die steek.

"Haai, waarna staar julle twee so?" Pieter trap vas en wip rats op die damwal. "Ek dog julle sien 'n vlieënde piering!"

Kobus lag en stamp Pieter van die wal af.

"Jy moet liewer sorg dat daardie vuur behoorlik brand,

of die ander ouens sien so 'n lang, dun, vlieënde voorwerp deur die lug trek, een met sulke bruin velskoene aan!"

Toe die vuur lekker brand, stroop Annie haar langbroek en bloes af en voordat die ander naby haar kan kom, is sy met 'n sierlike boog in die heerlike, koel water.

Die seuns volg haar en dop soos kurkproppe oral om haar op.

Hulle jaag mekaar en druk koppe onder die water; hulle swem resies en duik. Dis 'n baie moeë maar uitgelate klompie mense wat later op die gras neersak.

"Jammer vir jou, ou Kobus, maar jy sal die vleis moet braai. Jy is die hoofman oor dertig."

Annie strek haar lui op haar handdoek uit, glad nie van plan om hulle te help nie.

"Nee, nou is juffrou darem skelm! Juffrou is die leerkrag, die hoër gesag wat na ons wel en wee moet omsien!"

"Sê wie?"

Org staan lui op. "Ek sal braai. Ek skuld nog vir juffrou 'n guns. Sy het 'n lelike afranseling gekry oor my simpel ou grappie."

"Vertel, vertel, dit klink na nuus!" Kobus kyk geamuseerd na Org.

Effens verleë vertel Org vir Kobus die storie.

"Wat het ou Zeus toe alles vir juffrou gesê?" Paul staan aggressief nader.

Annie lag vir die kwaai uitdrukking in sy oë.

"Nee, dit was nie soveel oor die gille wat ek 'n afranseling gekry het nie, dit was oor iets heel anders. Wie is Schalk Potgieter eintlik? Ek bedoel . . ."

Die groot seuns wat om haar staan, lag skielik uitbundig.

"O! Die wind waai van die ander kant af!"

Annie bloos toe sy besef dat sy sommer weer gepraat het voordat sy gedink het.

"Ag, dis glad nie wat julle dink nie! Ek ken nie eens die man nie. Ek bedoel maar net: is hy getroud?"

"Nee, hy is nie getroud nie, juffrou, maar hy is 'n ou haan! Hy . . ." Boef lag skeef toe die ander hom ongelowig aanstaar omdat hy ook nou so spontaan saamskerts. Gewoonlik is hy die stil een wat altyd baie ver in die agtergrond bly.

Kobus buk ongeërg oor na Annie toe die ander aan die argumenteer raak oor die braai van die wors.

"Dis sy broer wat met meneer se meisie getrou het toe hy oorsee was."

"O!"

Vir Annie is baie dinge omtrent Bertus Kruger nou skielik duideliker. Hy kon ook hierdie dag saam met hulle geniet het. Hierdie kinders het so baie liefde om te gee. Hulle sou hom van liefde kon voorsien het wat 'n leeftyd kan hou.

Sy wonder watter soort mens sy pa was. Stroef, sê Kobus. Hy het dalk vir Bertus gedruk om meer en meer te presteer, totdat hy alles wat vir hom dierbaar was, verloor het. Is dit dalk die rede hoekom hy die seuns so dryf?

Die wors is heerlik en die seuns eet soos mense wat weke laas kos gehad het. Die waatlemoene verdwyn die een na die ander en hulle voel uiteindelik soos vet paddas wat nie kan beweeg nie. Daar is nie eens meer genoeg krag in hul lywe oor om mekaar met die skille te smeer nie.

"Ek sal nou eers 'n rukkie moet lê en dan baie stadig moet opstaan, want anders ruk my sluk af." Annie draai versigtig op haar sy. "Dit was heerlik! Dis die lekkerste waatlemoene wat ek nog geëet het. Die druiwe . . . nou ja! Daarvan sal ek niks sê nie, want die Boland –"

"O, so! Nie meer 'n enkele stukkie vrugte vir Persephone nie!" Pieter lig hom effens op en swaai sy hand lui om sy standpunt te bekragtig.

Annie lag net en maak haar oë toe. Daar daal 'n rustige stilte oor die klompie lui mense onder die groot koeltebome neer. Dis Jan en Oswald wat die vrede 'n rukkie later wreed versteur. Ná 'n halfuurtjie se rus raak dinge vir hulle te dooierig en nou begin hulle 'n smeerdery met die taai skille. Arme Annie ontgeld dit behoorlik. Dis vir die seuns nie juis pret om mekaar te besmeer nie en dus word sy dertig keer gesmeer!

"Nee, nou mors julle darem te veel met my!" Laggend duik sy in die dam.

"Ouens, ons sal moet oppak." Kobus kyk verlangend na sy horlosie en wens hy kan die tyd 'n bietjie terugskuif.

"Ag, nee wat, ou Kobus, nog net so 'n halfuurtjie!"

"Jammer, manne, maar daar is van julle wat nog moet gaan melk. Ons kan nie bekostig dat daar iets skeefloop nie."

Moeg maar baie tevrede laai hulle die leë houers op die wa. Kobus laat hulle al die skille ook optel sodat hulle dit in die komposgat kan gaan gooi.

"Org, kyk tog asseblief dat die vuur goed dood is. Gooi sommer sand bo-oor en maak dit gelyk, dan is dit netjies ook."

Annie sien hoe noulettend die groot seuns alles nagaan om te kyk of dit reg en netjies is. Hulle stel 'n pragtige voorbeeld vir die jongeres.

Wel, Bertus Kruger, dit het jy darem reggekry, dink sy. Hierdie seuns sal jou nie in die skande steek waar dit netheid aangaan nie.

Sy skuif haar reg op die wa en tel haar kitaar op haar knie. Die nat swembroek druk nat kolle deur haar bloes en langbroek. Haar hare hang kartelend agter haar kop af waar sy dit met 'n rekkie vasgemaak het. Haar gesiggie is blinkskoon en onskuldig. Die son sak stadig weg agter die groot bome toe die wa skommelend en tydsaam met die grondpad langs beweeg, sy vrag 'n groep moeë, gelukkige seuns en 'n juffrou met 'n blink gesiggie wat weggesteek tussen hulle sit.

"Heb mijn wagen vol geladen . . ." sing hulle uit volle bors en die klank dra ver oor die stil veld.

Bertus Kruger staar oopmond en heeltemal verstom na die vreemde toneel.

Hy het 'n halfuur gelede hier aangekom om die hele koshuis en die hele omgewing in 'n vreedsame stilte aan te tref. Geen sterfling was êrens te sien nie, nie eens Filemon was in die nabyheid nie.

Smeulend van woede het hy afgestap tennisbane toe. Daar was alles egter in orde en netjies. Die bane was gerol en die rollers gebêre. Selfs by die rugbyveld was daar niks waarmee hy kon fout vind nie. Tot die gras is netjies op die komposhoop gegooi. Nie 'n dingetjie is uit sy plek nie.

Verdwaas is hy terug. Hy het sedertdien ongeduldig gewag.

Hy het geweet hy sou vroegerig terug by die koshuis wees, maar hy wou hulle toets. Hy wou kyk wat maak sy wanneer hy nie hier is nie. As die kat weg is, is die muis baas. Hy het vanoggend spesiaal vir Kobus in bevel geplaas.

Vanaand wou hy daardie Kobus Snyman se velle vir hom afgetrek het as hy hom laat voorsê het deur 'n popgesiggie. Met haar vroulike lis is sy tot alles in staat.

Hy weet egter nie wat hy verwag het nie. Hier diep binne-in hom het hy seker maar gedink dat sy en die groot seuns 'n koers sou inslaan en die ander net so aan die genade sou oorlaat. Hy het beslis nie verwag dat die hele koshuis op die ou wa sou rondry nie. Party van die standerdsewes loop langs die wa, maar hulle sing met net soveel oorgawe soos die ander.

64

Iets raak stil in Bertus. Hoeveel keer in sy lewe het hy nie ook begeer om sommer net kind te wees nie . . .

Hulle was by die dam, hy kan dit nou sien. Party van die seuns het nog hul swembroeke aan en hul hemde hang in 'n worsie om hul nekke.

Hoeveel keer wou hy nie ook net lag en speel en vergeet van presteer nie, maar vir hom was daar nooit so 'n kans nie! Hy moes hulle wys – eers net vir sy ma en toe later sommer vir die hele wêreld. Hy moes haar wys wat sy verbeur het die dag toe sy weggeloop en hom en sy pa net so gelos het. Sy moes sien tot watter hoogtes kon haar seun klim sonder haar hulp.

Bertus kan hierdie vreemde gevoelens nie verstaan nie. Hy sug. Te veel jare al onderdruk hy hierdie menslikheid wat na die oppervlak wil kom.

Hy sien hoe die wa by die kraal stilhou en dan hoor hy Kobus se vrolike stem.

"Nou toe, kêrels, wie melk vanaand?"

Agt seuns klim van die wa af.

"Hoekom so baie van julle? Daar melk mos gewoonlik net vier op 'n slag." Kobus kyk onbegrypend na die agt seuns.

"Ons help maar gou met die los werkies solank hulle melk, dan is ons vroeg klaar. Ons is bang julle gaan al die kos opeet wat juffrou gaan maak." Oswald se harde stem dra suiwer deur die stillug.

"Komaan, julle grys perde! Sleep ons vuurwa tot by die koshuis sodat ons die oorblyfsels van ons proviand kan gaan bêre vir beter dae." Pieter jaag die donkies met kleurryke taal aan. Hy staan regop soos 'n Romeinse soldaat op 'n strydwa.

'n Glimlag kom krap onverwags aan Bertus se mondhoeke.

Wie sou nou kon dink dat ou Pieter soveel sêgoed het? Hy is dan altyd so bedees.

Bertus is skielik vreemd onwillig dat die kinders moet weet hy is terug. Hulle lyk so gelukkig en tevrede, flits dit deur sy gedagtes. Die bakkie is in die motorhuis, dus sal hulle nie eens opmerk dat hy al terug is nie.

5

Bertus kyk verbaas na sy weerkaatsing in die spieël. Nou hoekom sou hy nou so vinnig hier by sy kamer ingeglip het? Word hy nou gek of oud of wat gaan aan met hom?

Hy druk met sy hand teen sy voorkop. Sy kop is effens seer! Hy is tog nie nou lus vir 'n konfrontasie met die kinders nie, veral nie waar sy by is nie.

Sy kan hom altyd so onskuldig en dan so verbaas aankyk as hy haar voor stok kry oor iets. Dit laat hom monsteragtig en gemeen voel.

Môre sal hy met 'n arendsoog die plaas deurgaan. Laat daar net een ding verkeerd wees. Hierdie seuns sal dan sien dat sy gesag nog hier geld.

Hy dink skielik daaraan dat nog vier seuns by die kraal afgeklim het om die ander te help, sodat hulle ook nog 'n bietjie plesier uit die res van die dag kan hê.

Bertus gaan sit stil in die diep leunstoel in sy kamer. Die vensters is oop en hy kan elke woord hoor wat daar gesê word.

"Julle ramme moet nou gaan stort en sorg dat alles netjies is. As Zeus môre iets verkeerd kry, bars ons!" Dis Kobus se stem wat luid by sy venster ingedra word.

Bertus frons. Dis mos van hom wat hulle praat. Zeus! Verspotte goed! Hy het al gewonder wat sy bynaam is. Hoekom sou hulle hom so noem? Dink hulle regtig hy reken hy is die hoof van die gode?

Daar is 'n uitbundige lawaai soos die klomp storm vir storte en aan die gille en gelag kan Bertus hoor dat dit baie jolig gaan. Hy wonder wat van Filemon geword het. Die etensklok moes lankal gelui het.

Haar stem het hy nog nie weer gehoor nie. Sy het seker ook gaan bad en haar gaan mooimaak vir die seuns. Sy moes seker al gesien het hoe kyk Paul en Kobus en Flenters na haar. Klein flerrie!

Die gezoem van stemme beweeg eetsaal se kant toe en Bertus loer versigtig deur 'n skrefie van die gordyn.

Die seuns stap egter nie by die eetsaal in nie, die meeste tros kombuis toe.

Dan hoor hy die eerste keer weer haar laggende stem.

"Nee, uit hier! Julle is al onder my voete! Jan, dra jy en Oswald daardie tafeltjie uit en dan sit julle die borde en glase daarop neer. Ons kan sommer buite op die gras eet. Dis so lekker buite."

"Ja!" 'n Koor van growwe seunstemme klink op.

Sy sit twee groot bakke op die tafeltjie neer en skep vir die seuns in, wat dit luidrugtig en waarderend ontvang.

Dit raak rustig op die gras en oral sit seuns met hul borde op hul skote.

"Ai, juffrou, dis heerlik! Kan juffrou nie vir Filemon leer om macaroni-en-kaas te maak nie?"

"Ek kan dit maar so af en toe self vir julle maak. Hou julle daarvan?"

"O ja!"

"Asseblief, grote Persephone! Ons van die onderwêreld sal dan altyd u gewillige slawe bly." Pieter is op sy knieë voor haar met sy vurk oor sy hart gevou.

"Goed, Pluto! Onthou net jy en jou medeslawe van die onderwêreld sal moet help skottelgoed was. Ons kan nie vanaand alles so vuil los vir Filemon nie." Haar laggie klink klokhelder op.

"Pluto sal dit vir die skone godin doen."

Bertus glimlag in die donker. Hy wens hy het die moed gehad om hier uit te stap en saam met hulle te gaan sit en eet, om so deel te word van die vrolike geskerts en gelag. Hy het so 'n behoefte daaraan. Op dertigjarige ouderdom voel hy soos 'n ou, verbitterde mens. Daar was en is nou nog so min sonskyn in sy lewe, so bitter min!

"Ai, juffrou, ek wens ou Zeus wil meer kere weggaan. Ons moet vir hom 'n meisie op die dorp kry, sodat hy gereeld sy ry kan kry."

Bertus wag gespanne dat Annie moet antwoord op Paul se voorstel. Hy is skielik gretig om te hoor wat sy gaan sê.

"Ja, dalk maak die liefde hom sommer sag en inskiklik!" Dis sowaar Boef wat ook 'n stuiwer in die armbeurs te gooi het, nog voordat sy kan antwoord.

"As dit liefde is wat hy nodig het, kan hy mos maar op juffrou Annie ook verlief raak. Dit sal baie makliker wees." Hierdie aanmerking kom sowaar van een van die nuwelinge wat nog nat agter die ore behoort te wees.

'n Growwe gelag bars los.

"Arme Persephone – as ou Zeus op haar verlief moet raak! Hy sal nie weet wat om te doen nie. Hy sal haar oor die kop slaan soos die oermense en haar na sy grot toe sleep." Jan lag vir sy eie grappie en die ander borduur elkeen 'n stukkie daarop voort.

"Julle raak nou skoon stuitig. Kom ons gaan was die skottelgoed."

"Nee, juffrou, kom ons drink eers melk. Daar is nog twee waatlemoene ook. Kan ons dit nie maar eet nie?"

"Nie hier op die gras nie. Julle sal van die pitte hier mors en meneer Kruger sal nie daarvan hou nie. Ons kan darem gou eers melk drink. Daar is nog perskes ook as julle wil hê."

Die seuns sien vir alles wat eetbaar is kans ná die dag se swem en baljaar.

68

Bertus kan homself nie verstaan nie. Hy het sowaar lus en sê vir die kinders dat hulle tog maar die waatlemoene op die gras mag eet. Wat sal 'n paar pitte op die gras nou saak maak? Skaam en vies vir homself laat sak hy sy kop in sy hande.

"Kobus, hoe laat dink jy sal meneer Kruger terugkom?"

Haar mooi stem ruk Bertus uit sy eie gedagtewêreld. Hy wil hê sy moet iets van hom sê. Hy wil weet wat sy van hom dink, hoe sy voel.

"Persephone vis uit na Zeus se doen en late . . . Wat moet ek vasstel? Wat?" Pieter is al weer besig om drama-ties toneel te speel en Bertus loer deur die skrefie van die gordyn.

"Ag, Pieter, kan jy nooit ernstig wees nie?" Annie lag hulpeloos. "Ek wil net weet of ons vir hom moet kos warm hou of nie."

Jan kom sit langs haar en sy stem is vol terglus.

"Is juffrou tog nie bekommerd oor meneer Kruger nie?"

Oswald, wat ook vandag die geleentheid kry om van sy opgekropte terglus ontslae te raak, is dadelik by.

"Ja, dié gedagte is glad nie sleg nie . . . glad nie. Hoe lyk dit, juffrou? Vir beter dae hier op Skurwekop! Ag toe, juf-frou! Dan is hy so sag soos 'n lam en hy eet uit juffrou se hand en dan kan juffrou hom probeer beïnvloed en sal hy ons dalk toelaat om af en toe by die meisies te gaan kuier. Teen hulle tennis te speel . . . of liewer, sáám met hulle tennis te speel."

"Nee, ouens, julle kan dit nie aan die arme Persephone doen nie! Hoekom moet sy nou so 'n groot offer bring vir Skurwekop? Ons sal maar 'n ander slagoffer moet soek." Boef kom lê op sy maag voor die ander.

"Nou is julle baie lelik! Almal van julle!" Haar stem is gemaak kwaai. "Ek dink meneer Kruger is 'n baie aan-treklike man en die meisie wat hom kry . . ."

Sy bly 'n oomblik stil en Bertus sit gespanne en wag dat sy moet klaar praat. Dis Oswald wat tergend aanpor.

"Toe, sê? Wat kry sy?"

"Sy sal 'n standvastige en baie presiese en netjiese man kry. Kyk net hoe mooi is alles hier om julle. Dis 'n lushof!"

"Sy gaan nie met Skurwekop trou nie, juffrou, sy kry vir Zeus!" Oswald los nie die storie nie. Hy is glad nie van plan om op 'n dwaalweg gelei te word nie.

"Ek dink meneer Kruger is eintlik 'n eensame mens, Oswald. Daar het dalk dinge in sy lewe gebeur waarvan ons niks weet nie. Geen mens is sommer net sonder rede verbitterd en moeg vir die lewe nie. Hy het dalk 'n seer waarmee ons hom kan help. As ons hom dalk meer vriendskap en liefde aanbied, kan ons daardie seer genees."

Dis lank stil voordat iemand weer praat. Bertus kom agter dat hy sy hande vasklem en stil en gespanne sit en wag.

"Ons is darem 'n klomp nare, ongepoetste goed, nè, juffrou? Skurwekop het lankal 'n vrou nodig gehad."

Bertus sien hoe Annie haar hand uitsteek en saggies oor Org van Rensburg se wang vee.

"Verwyt jy jou nog steeds oor die storie van die muis, Org? Dit was regtig niks nie. Ek het sommer onnodig hard gegil. Ek is van kleins af verskriklik bang vir 'n muis."

Org vang haar hand en druk galant 'n soen in haar palm.

Kobus staan vinnig op. Hy het dan nou glad 'n knop in sy keel.

"Kom, die hoofman oor dertig sal die voorbeeld stel en die voortou neem. Ons gaan die skottelgoed was. Juffrou Annie, juffrou hoef nie te help nie, want juffrou het kos gemaak."

"Ek gaan glad nie nee dankie sê nie. Julle hoop verniet so. Ek is so lui soos 'n mokkel."

" 'n Watse ding, juffrou?"

"Nee, dis sommer 'n woord wat my oom altyd gebruik. Jy kry dit in geen woordeboek nie."

Die pinkvoete, soos die nuwelinge genoem word, word kamer toe gestuur. Hulle aanvaar dankbaar die vergunning, want ná vandag se baljaardery gaap hulle reeds lang gape.

Bertus sien hoe sy haar op die naat van haar rug uitstrek op die gras en haar hande onder haar kop vou.

Annie se gedagtes bly kring om Bertus Kruger en die seuns se tergery. Hy is 'n aantreklike man! Hy is groot en fris met pragtige breë skouers. Sy donker hare is altyd skoon en blink sodat dit los en dig om sy kop vou.

Ná wat Kobus haar vanoggend vertel het, voel sy jammer vir hom. Arme mens, elkeen het in sy lewe iemand anders nodig, iemand wat vir hom lief is! Geen mens kan so alleen en eensaam deur die lewe gaan nie.

Sy wonder hoe lyk die meisie wat hom in die steek gelaat en toe so in sy dop laat kruip het. Kobus sê die man is Schalk Potgieter se broer. Sou hy ook so glad en . . . oorbewus van homself wees?

Die skottelgoedwassers kom sak weer langs haar op die gras neer en Oswald gee vir haar die kitaar aan.

"Kom ons sing nog 'n bietjie, asseblief, juffrou."

"Goed, maar ons moenie te veel lawaai nie. Die kleintjies slaap seker al."

"Ons sal vir hulle 'n wiegeliedjie sing. Hulle sal dink hulle is in hul ma's se arms." Jan maak sy oë toe en begin saggies 'n wiegelied neurie.

Die jong stemme klink so mooi in die aandstilte, so hartseer en vol verlange dat Bertus sy oë sluit en soos 'n ou man agteroor teen die stoel se leuning lê.

Dit word stil en rustig in sy binneste. Hy het baie om oor na te dink, so vreeslik baie! Maar nou wil hy eers net so stil sit – doodstil sodat hul stemme al die misslierte en rookwolke uit sy verstand kan wegvee. Vannag ... môre sal hy alles wat vanaand hier gesê is, uithaal en orden. Hy sal dit oordink en weer beleef. Dis tog goed om soms dinge omtrent jouself uit iemand anders se mond te hoor.

Dit raak later heeltemal stil en die goeienag-fluisteringe het lankal weggesterf, toe sit hy nog steeds roerloos in die stoel – weggevoer na iewers waar dit rustig en vol vrede is.

Hy raak eers weer bewus van die wêreld om hom toe die hongerpyne sy maag laat saamtrek. Hy het nie vanmiddag geëet nie, en toe ook nie vanaand nie. Hy staan op en rek hom behaaglik uit. Sy het mos gesê sy bêre vir hom kos. Hy kan gerus gaan proe hoe smaak haar kos.

Die hele koshuis is donker. Sonder om sy lig aan te skakel, sluip hy stil-stil kombuis toe. Die bak met die kos is toegemaak in die lou oond. Dit is heerlik warm en 'n geurigheid trek saam met die wasempie uit die kos. Hy snuif dit behaaglik in.

Hy gaan sit sommer eenkant by die kombuistafel. Hy gaan tog nie nou alleen in die eetkamer sit en eet nie. Hy is al besig met sy tweede bord vol van die heerlike gereg toe hy die sagte voetval agter hom hoor. Vinnig swaai hy om. Annie staan in die deur met 'n ligroos kamerjas aan. Dit hang tot op haar voete in sagte, donsige voue. Haar hare is los en blink en die blinkskoon gesiggie staar verbaas na hom.

"O, ek . . . ek is jammer." Haar hand gaan onmiddellik na haar hals toe en ongemerk knoop sy die knopie onder haar keel ook toe.

"Goeienaand, juffrou Delport." Ná die seuns se gespot vroeër vanaand kyk hy met ander oë na haar. "Skort daar iets?"

"Ek . . . e . . . nee. Ek het jou nie gehoor kom nie en . . .

72

e . . . toe sien ek die kombuislig is aan en ek dog toe die seuns . . . Ek . . . e . . . ek het gedink Filemon het die lig aan vergeet."

"Nee, hy het nie. Ek het die lig self aangeskakel." Hy vat 'n hap van die kos en kyk dan met 'n glinstering in sy oë na haar.

As dit nie so vergesog was nie, sou Annie kon sweer dat daar nou 'n tergliggie in sy oë is.

"Die kos is heerlik vanaand. Ek moet vir Filemon komplimenteer. Hy kan dit gerus meermale vir ons maak."

Annie sluk aan die droogheid in haar keel. Arme Filemon, sy het hom nou in 'n vreeslike ding laat beland. Sy moet tog net onthou om hom môreoggend vroeg te waarsku om niks te sê nie. Sy sal vir hom die resep haarfyn afskryf.

"Ja . . . e . . . . ja. Ja, dit was baie lekker."

Annie kyk verbouereerd rond en staan 'n entjie terug. Bertus is skielik onwillig dat sy sommer weer moet gaan. Hy wens sy wil 'n rukkie langer hier bly.

Annie voel vreemd en ongemaklik in sy geselskap. Die seuns se tergery kom dring al op die voorgrond.

"Ek . . . e . . . Dan sê ek maar goeienag, meneer. Ek wou net kom seker maak het van die lig."

"Juffrou Delport, jy weet nie dalk waar bêre Filemon die koffie nie? Ek is tog nie lief vir melk nie."

Annie lek oor haar droë lippe en kyk verbaas na Bertus. Dan, onverwags, verskyn 'n kuiltjie in die sagte wang.

"Ek gaan trek my net gou aan en dan sal ek vir meneer kom koffie maak. Ek weet waar alles is."

Hy bekyk haar op en af en Annie probeer blosend dieper in die skaduwees inkruip.

"Dis nie nodig nie, jy is mos aangetrek. Ek sal vreeslik dankbaar wees vir 'n koppie koffie. Ek is hopeloos in die kombuis."

Annie gaap hom behoorlik oopmond aan. Wel, slaan dood en sleep weg! prewel sy in haar binneste. Toe sy net doodstil op een plek bly staan, kyk Bertus effens geïrriteerd op. Maar dan roer iets soos skaamte en skuld in hom en het hy lus om ook soos Org te sê: Ons is darem 'n klomp nare, ongepoetste goed, nè, juffrou!

Die mag van die gewoonte laat hom egter frons en voordat hy homself kan keer, is sy stem weer stug.

"Toemaar, ek sal regkom."

Annie lag 'n ongelowige, vreemde laggie en stap by hom verby. Sy is vreeslik bewus van die dun kamerjas wat so sag om haar vou. Sy skakel die ketel aan en krap in die kas vir die groot blik koffie. "Daar is een ding hier op Skurwekop waarvan ek niks hou nie en dis die koffie! Ek hou niks van kitskoffie nie. Ek moet eendag vir meneer regte koffie maak." Sy weet sy praat nou sommer van skone senuweeagtigheid, maar dis darem beter as om met 'n mond vol tande te staan.

Bertus kyk op en steek vinnig nog 'n hap kos in sy mond. Die klomp seuns het hom nou skielik van die juffrou se vroulikheid bewus gemaak en dit maak hom skoon verbouereerd.

Annie meet die koffie in die koppie af. Haar hande is dom van verleentheid en sy mors 'n streep op die kas.

"Wil jy nie ook koffie hê nie?"

Annie kyk blosend op toe Bertus skielik hier langs haar praat.

"Nee . . . nee, ek dink nie so nie."

"Ag, drink maar 'n koppie koffie. Jy is nou wakker. Ons het nog nie veel gesels vandat jy hier is nie. Ek sal graag wil hoor of jy probleme het."

Annie kyk hom wantrouig aan. Sy hoop nie hy het dalk gedrink nie, want nog nooit het hy so vreemd opgetree nie. Sy ruk haar gedagtes bymekaar toe sy die frons op

Bertus se voorkop sien. Sy sou nog meer verbaas gewees het as sy nou sy gedagtes kon lees.

Bertus is skielik vreeslik skaam en bewus van sy eie ongepoetsheid en buffelagtigheid die afgelope ruk. Sy het hom vanaand verdedig toe die seuns allerhande dinge omtrent hom kwytgeraak het. Sy het glad gesê sy dink hy is 'n aantreklike man. Hy het dit regtig nie verdien nie. Vandat sy hier aangekom het, probeer hy om vir haar die lewe so onaangenaam moontlik te maak.

Sy moet vreeslik hard werk omdat Anton Fourie nie hier is nie. Maar nog geen enkele klagte het oor haar lippe gekom nie. Selfs die seuns word verdedig. Kyk nou maar die muisstorie met Org. Om te dink dat die seuns hom seker as voorbeeld geneem het. Hy het tog baie goed geweet die seuns sal haar siel probeer uittrek en haar allerhande poetse probeer bak. Diep in sy hart het hy dit seker goedgekeur en gehoop hulle skrik haar behoorlik af sodat sy sal weggaan.

Woordeloos haal Annie nog 'n koppie uit die kas en skink vir haar ook koffie in. Sy gee sy koffie vir hom en gaan sit by die verste punt van die tafel.

"Meneer Fourie sal eers volgende kwartaal terug in die tuig wees. Daar was vandag 'n briefie in die pos."

Annie knik net. Sy kan aan niks dink om te sê nie.

"Daar is vir jou ook pos."

Annie se gesig breek oop in 'n stralende glimlag.

"Dis gaaf! Ek het al gewonder of my mense my vergeet het."

"Dis ongelukkig alles in die kantoor. Ek sal dit môreoggend vir jou gaan haal."

"Dankie."

"Sien jy kans om die hele kwartaal so alleen aan te sukkel? Is dit nie te veel vir jou nie?"

"Nee, wat, dit gaan goed. Die seuns is baie gedissiplineerd."

Annie sê dit half afgetrokke en Bertus kyk vinnig na haar.

"Dit lyk nie juis of jy daarvan hou dat hulle gedissiplineerd is nie?"

Annie trek net haar skouers op en speel met die teelepel in die piering.

"As hulle nie 'n stewige hand aan die leisels het nie, ruk hulle handuit. Met so 'n klomp seuns bymekaar kan 'n mens nie streng genoeg wees nie." Bertus probeer haar uitlok, maar haar antwoord stel hom teleur.

"Jy sal seker die beste weet, meneer Kruger."

Fronsend kyk hy na haar. 'n Blinde mens kan met 'n stok aanvoel dat sy sy hantering van die seuns glad nie goedkeur nie. Hy wonder hoekom sê sy nie so nie, sy is gewoonlik so astrant.

Alles in hom voel deurmekaar. Hy was nog al die jare tevrede met homself soos hy is. Hy het nog nooit gedink dis nodig om die dinge binne-in hom uit te haal en te ontleed nie.

Hy het gaan studeer en toe sy pa dood is, het hy gevoel dis sy plig om te kom boer. Hierdie landbouskool waar hy sy kennis kan toepas, was vir hom die vervulling van 'n droom. Hier wil hy nog groot en buitengewone prestasies behaal. Hierdie skooltjie se naam moet verewig word in die geskiedenis. Hier gaan nog groot manne gevorm word, manne wat nog diep spore in die samelewing gaan trap.

Annie drink haar koffie vinnig en staan op voordat hy daardie frons op sy gesig in woorde kan omsit. Sy voel so skuldig oor vandag se rondbaljaardery met die seuns dat hy dit seker op haar gesig kan lees. Hoe gouer sy dus uit sy geselskap kom, hoe beter. Netnou laat glip sy iets en dan is die seuns en veral Kobus in groot moeilikheid.

Sy wens egter sy kon hom vertel hoe die seuns vandag se uitstappie geniet het. Hulle is tog mos net kinders! Die lewe bestaan mos nie net uit werk en plig nie. Hy sal baie meer uit die seuns kan haal deur saam met hulle dinge te doen en 'n spangees, 'n samehorigheidsgevoel en 'n trots vir hierdie pragtige plek te kweek.

"Ek moet gaan slaap, dis al baie laat. Nag, meneer Kruger."

Sy is al amper by die deur uit toe sy hom hoor brom: "Nag, juffrou . . . dankie vir die koffie."

Lank lê sy in die donkerte en staar. Wat sou oor sy lewer geloop het? Gewoonlik wil hy haar soos 'n swart miertjie van die aarde af wegvee as sy in sy pad kom.

Arme, eensame mens! Hoe min liefde moet hy nie ook maar in sy lewe ontvang het nie! Al wat hy geken het, was 'n verbitterde pa, 'n ma wat nie omgegee het nie en 'n meisie wat hom in die steek gelaat het. Hierdie dinge het van hom 'n verbitterde, ongemaklike soort mens gemaak.

6

Maandagoggend is die rus en vrede van die naweek soos 'n wasempie vergete.

Alles is deurmekaar en die duiwel loop met lang treë in die skool rond.

Die een koei is sommer net siek toe die seuns gaan melk. Filemon is laat met die ontbyt en die enjin wat die krag opwek, besluit dis 'n goeie tyd om te staak.

Annie voel hoe haar wange gloei toe sy voor haar eerste klas van die oggend staan. Hier gaan vandag probleme kom. Die seuns is almal oorstuur oor die koei wat siek is. Dit lyk amper vir haar asof elkeen homself daarvoor blameer en hulle maak dus die onnodigste foute.

Die laat ontbyt het weer die duiwel in Bertus wakker

gemaak en al die gedagtes van vrede en liefde wat Saterdag-aand en Sondag so in hom gespook en gewoel het, is ver-gete.

'n Gekletter en die geluid van brekende glas in die bio-logieklas wat net langs Annie se klas is, laat hulle almal versteen. Dis eers toe Bertus se bulderende stem tot hulle deurdring dat daar weer 'n bietjie lewe in hul lam spiere kom.

"Kobus Snyman, as ek my sonde nie ontsien nie, klap ek jou van hierdie aardbodem af! Julle dink noudat julle in matriek is, is julle te groot vir 'n ordentlike pak slae. Nie een van julle is nie! Ook nie jy nie, verstaan my baie mooi. So 'n lomp mens is nie die amp van hoofseun werd nie!"

Annie kners op haar tande. Hoe kan hy die arme kind so voor die ander verneder?

"Maak dadelik daardie gemors skoon en kom spreek my dan in my kantoor. Julle ander kan solank stalle toe gaan – ek is binne tien minute daar. Alles moet dan skoon en gereed wees sodat ons met die les kan voortgaan."

Die reuk van formalien wat nou by Annie se klas inge-sweef kom, gee haar 'n goeie idee van wat in die klas langs-aan gebeur het.

Arme Kobus! Al die seuns is effens op hul senuwees oor Saterdag en nou moet die koei ook nog gaan staan en siek word. As dit moet uitlek dat hulle Saterdag nie by die kos-huis was nie, sal Bertus sommer die koei se siekte daaraan koppel.

Bertus storm met 'n onweersgesig by Annie se klas verby na die kantoor toe.

"Juffrou, kyk daar!"

Een van die seuns wys na die venster.

'n Wit motor met 'n vreemde registrasienommer hou voor die deur stil en 'n lang, ouerige man, geklee in 'n netjiese donker pak, klim uit.

Annie voel hoe haar bene lam word.

Daardie registrasienommer beteken net een ding: dis 'n inspekteur!

Berge val op my en heuwels bedek my, prewel Annie onhoorbaar.

"Luister, julle, gaan voort met die wiskunde-oefening. Ek wil nie 'n piep uit hierdie klas hoor nie. Peet, Dawie, kom ons gaan help gou vir Kobus. Dis 'n inspekteur wat nou net daar stilgehou het."

Toe Annie in die klas langsaan kom, voel sy lus om die moedelose Kobus styf teen haar bors vas te druk en hom te sus soos 'n baba.

Die arme ding het nie minder as drie bottels van 'n rak afgestamp nie. Die hele vloer is vol formalien. Oral lê stukke ingewande van diere rond en in die een hoek lê 'n stokstywe slang.

"Peet, gaan kry jy vir ons 'n emmer water, 'n lap en 'n mop. Kyk in die pakkamer. Gooi sommer 'n bietjie seep en ontsmettingsmiddel in die water."

Peet knik net en verdwyn vinnig.

"Kobus, gebruik die skoppie en die besem en vee al hierdie gemors en stukke glas bymekaar. Jy kan dit in die emmer gooi sodat Dawie dit kan gaan weggooi. Of miskien moet jy dit liewer begrawe, Dawie."

"Ja, juffrou."

Kobus skep die gemors op en toe die grillerige goed vies-vies deur Dawie weggedra word, kom daar meer lewe in Annie.

"Nou sal ek ook help." Sy lag vir haarself enKobus grinnik verleë.

"Hou jy die skoppie vas, Kobus, dan vee ek die stukkies glas met die besem op."

Teen die tyd dat Peet met die emmer water en die mop daar aankom, is die ergste gemors al opgeruim.

"Ons moet roer, Kobus, hier is 'n inspekteur," sê Annie en begin om die vloer behendig met die mop skoon te vee.

Peet vra nie vrae nie. Hy sak net op sy knieë langs Kobus neer en droog so vinnig moontlik die vloer op.

"Dankie, ou Peet, jy kan maar vir ons die emmer gaan bêre. Gaan sommer terug klas toe, ek is nou daar."

"Goed, juffrou."

Annie vee nog eers gou die spatsels teen die lessenaar se pote en van die naaste banke af.

"So ja, Kobus, dalk kom die inspekteur niks agter nie."

"Ek sal my ook eers moet gaan skoonmaak. Ek stink nou behoorlik."

Annie lag.

"Was maar net jou hande en gaan dan na meneer Kruger se kantoor toe sodat hy kan weet dis klaar opgeruim; Die duiwel is behoorlik los vandag."

"Ja, juffrou. En baie dankie! Wat het ons al die tyd sonder juffrou hier gedoen?"

"In vrede gelewe!"

Kobus glimlag net breed en drafstap dan kantoor toe.

Dawie kom saam met haar by die klas aan.

"Dankie, Dawie."

"Dis 'n plesier, juffrou."

Omtrent tien minute later stap die vriendelike inspekteur by haar klas in.

Sy hoor 'n rukkie later die groter seuns terugkom na die klas langs hare en dan ook Bertus se diep stem.

Arme Kobus! Hy sal nog vanmiddag gestraf word vir sy ou ongelukkie. Sy hoop nie Bertus gee hom 'n onredelike swaar straf nie, want dan sal sy net nie kan stilbly nie. Enige mens kan iets laat breek.

Meneer Van Tonder kan geen fout vind met haar klas nie en hy prys haar mildelik vir die manier waarop sy die twee verskillende standerds gelyktydig hanteer.

Sy en Bertus drink later saam met die inspekteur tee en hy haal weer die onderwerp op.

"Jy handhaaf jou besonder knap hier tussen die seuns, juffrou. Ek hoop nie dis vir jou baie ongerieflik nie. Ons is egter in 'n vreeslike penarie. Ons kan nie eens vir julle iemand in meneer Fourie se plek stuur nie."

Annie kyk skaam voor haar toe die inspekteur na Bertus draai. "Of wat sê jy, Bertus? Toe was al jou lawaai oor 'n vrou hier op Skurwekop heeltemal onnodig en ongegrond."

"Hm!" Bertus brom iets en meneer Van Tonder lag lekker.

"Ek behoort darem ook van beter te weet as om vir jou so iets te vra. Was jy dan nie vier jaar lank een van my leerlinge nie? Jy sal mos nooit erken jy het 'n fout gemaak nie."

Bertus lag verleë en kyk dan reguit na Annie. Haar woorde van Saterdagaand is weer helder en brandend in sy gedagtes.

"Ja, sy gedra haar knap. Ek . . . e . . . ek en sy stem net nie altyd saam oor die manier waarop die seuns gehanteer moet word nie."

Annie kyk opreg verbaas na hom en meneer Van Tonder grinnik.

"Jy sal 'n groot deegroller nodig hê om hom te oortuig, juffrou. Wat sê hy alles as jy dit waag om van hom te verskil?" Die terglustige meneer Van Tonder fluister hard agter sy hand en Annie lag klokhelder.

"Nee, ek het nog nie in soveel woorde van hom verskil nie, meneer Van Tonder. Meneer Kruger dink maar sommer ek stem nie saam nie."

"Dit klink darem vir my altevol na 'n lekker storie, juffrou. Kan ons twee nie eenkant toe gaan nie, dan skinder ons lekker van hom!"

Annie staan glimlaggend op.

"Ek moet teruggaan klas toe. Die pouse rek darem nou baie lank uit. Met twee standerds in een klaskamer kom ons nie voor met ons werk nie."

Meneer Van Tonder staan galant op en wag dat sy moet gaan.

"Nou gaan ek en Bertus tog van jou skinder terwyl jy nie hier is nie."

"Dit sal meneer Kruger goed doen om 'n slag stoom af te blaas. Ek glo hy sal baie hê om oor my te vertel." Annie glimlag stroopsoet in Bertus se rigting en hy kyk haar vies agterna.

Klein klits! Sy lewer hom nou netjies aan die terggees van 'n Gert van Tonder uit.

Die groter seuns is doodstil in die klas langs hare. Annie weet dat Bertus nog steeds met die inspekteur besig is. Sy het ook gehoor dat hy die kok laat weet het dat meneer Van Tonder vanmiddag saam met hulle eet.

Die dag raak rustiger en die vrede wat hierdie pragtige plek altyd in haar ontlok, begin stadig weer in haar op-stoot. Sy sit ingedagte by die lessenaar en staar ver uit oor die lieflike plaas.

"Juffrou . . ." Kobus se rooi kop loer om die deur.

"Ja, Kobus?" Al haar aandag is dadelik by hom. Hy lyk ontsteld en bekommerd.

"Dis Bella, juffrou. Sy is sieker. Ons sal die veearts moet laat kom, maar meneer is nog besig met die inspekteur. Ek weet nie wat om te doen nie."

"Aarde, Kobus, is daar iets wat ek kan doen?"

"Kan . . . kan juffrou nie asseblief vir meneer gaan sê nie? Meneer sal my nie eens te woord staan nie. Hy is nog woedend oor vanoggend."

"Ag, bog, Kobus, hy is darem nie 'n monster nie! Dit was mos net 'n ongeluk."

Kobus byt sy lip vas en Annie weet in watter vertwyfeling die arme kind nou is. Bertus sal hom waarskynlik nie 'n kans gee om te verduidelik hoekom hy hom kom steur nie. Hy sal Kobus beledig oor sy voortvarendheid, veral omdat die seun op hierdie oomblik glad nie in sy guns is nie.

Sy kners op haar tande. Hoekom is Bertus Kruger tog so 'n buffel? Die kinders het 'n heilige vrees vir hom. Sy besluit vinnig wat om te doen. "Bly net 'n rukkie hier by my klas. Hulle kan nie ook nog raas nie, dan is ons albei onderdeur."

"Ai, dankie, juffrou. Ek koop vir juffrou die grootste melkskommel wat ek op die dorp kan kry!"

"Grappie! Wanneer dink jy nogal sal ons op die dorp kom om daardie skuld te kan vereffen?"

"Juffrou, as meneer dalk vra, sê maar net vir hom ou Bella lê nou en sy steun aanmekaar. Haar buik begin ook swel."

"Goed."

Toe sy by die kantoor kom, vee Annie oor haar hare en tik liggies aan die deur. Sy hoor die growwe gemurmel van die stemme daaragter.

Daar is egter geen reaksie nie en sy klop weer, hierdie keer 'n bietjie harder.

Die stemme raak stil en toe hoor sy Bertus se afgemete treë nader kom.

Hy ruk die deur so vinnig oop dat sy skrik en 'n entjie retireer.

"Jy weet tog ons is besig en wil nie gesteur word nie, juffrou. Daar is niks wat nie kan wag tot vanmiddag nie."

"Kan ek jou net 'n minuut lank spreek, meneer Kruger?"

Annie besef dadelik hoekom Kobus so onwillig was om self te kom. Vir hom sou Bertus nie net gefrons het nie, hy sou hom sommer afgejak het.

Toe Bertus geen aanstaltes maak om by die deur uit te

kom nie, fluister sy amper paniekerig: "Dis dringend, asseblief!"

Bertus loer oor sy skouer na Gert van Tonder wat belangstellend deur 'n lywige lêer blaai.

"Verskoon my net 'n oomblik, asseblief."

"Seker, Bertus."

Bertus trek die deur agter hom toe en dan sis hy saggies: "Wat is dit?"

"Dis Bella, die koei. Sy is sieker. Sy lê en steun en haar buik swel ook nou."

Sy sien hoe Bertus frons.

"Wat weet jy van koeie af?"

"Niks! Kobus het vir my kom sê."

"Hoekom het hy dit nie self vir my kom sê nie? Hoekom moet jy sy vuil werk doen?"

Annie vererg haar bloedig.

"Omdat hy jou langer ken as ek, meneer Kruger. Hy het presies geweet watter ontvangs hy sal kry. Vir hom sou jy nie eens 'n kans gegee het om te verduidelik nie en die koei sou gevrek het voordat iets vir haar gedoen kon word."

Bertus frons weer gevaarlik en Annie sien hoe die spiere in sy kakebeen beweeg.

"So onmoontlik soos wat dit vir jou mag klink, meneer Kruger, is die seuns lief vir die koei. Hulle is almal boerseuns en hulle is lief vir die diere. Ou Bella is egter hul gunsteling."

Annie sien hoe sy die wind uit sy seile neem en dit gee haar 'n vreemde soort genoegdoening. Ou Zeus moet darem nie dink sy sal soos die arme kinders vir hom skrik nie.

"Kobus sê ons moet dadelik 'n veearts kry. Dis al, dankie, meneer Kruger."

Annie draai om en stap weg sonder om weer om te kyk

en laat 'n verdwaasde en verslae Bertus agter. Hy kan so-waar nie aan 'n enkele woord dink om haar toe te snou nie. Heeltemal onlogies maal dit deur sy verstand dat sy praat van "ons". Sy sê "ons" moet 'n veearts kry. Dan sê die seuns nog as hy op haar sou verlief raak . . . Gek! Simpel gek! Dis wat hy is!

"Ai, juffrou, baie dankie. Wat sê meneer?"

Annie kyk na die dierbare gesig van die rooikop. As die ander nie sou lag nie, sou sy hom nou styf teen haar vas-gedruk het.

"Hy sê hy sal dadelik bel, Kobus." Sy verdraai maar die waarheid so 'n bietjie sodat daar weer 'n bietjie sonskyn vir hom in hierdie dag kan wees. Alles is vandag teen hom, arme kind!

"Moet ek na Bella toe gaan, juffrou? Ek is so bekom-merd oor haar."

"Ja, Kobus, gaan gerus. Ek sal vir meneer Kruger sê as hy jou soek. Gebruik maar jou eie oordeel en help haar soveel jy kan. Jy weet mos wat om te doen. Ek sal verant-woordelikheid aanvaar vir wat daar gebeur."

"Baie dankie, juffrou."

"Niks te danke nie. Dit gaan jou 'n melkskommel kos. Ek sal dit nie vergeet nie."

Kobus glimlag breed en draf dan met lang treë af kraal toe.

Kort voor middagete sien Annie die veearts se bakkie aangery kom. Dit draai sommer dadelik weg na die stalle toe.

Aan die eettafel soek haar oë na Kobus, maar hy en Boef is nie daar nie. Sy sal graag wil weet wat sê die veearts van ou Bella. Bertus sê egter niks nie en sy wil hom ook nie vra nie.

Meneer Van Tonder gesels aanmekaar oor mense wat

Annie nie ken nie, en ná die ete stap hy en Bertus weer terug skool toe.

Annie skep twee borde kos uit vir Kobus en Boef en gaan sit dit in die lou-oond in die kombuis. Sy gaan kry haar laphoedjie en stap dan af stalle toe. Kobus sit langs Bella en vryf liefderik oor die groot, bruin kop.

"Hoe gaan dit hier?"

Kobus kyk vinnig op en Annie kan sommer sien dat sy gedagtes nou baie ver weg was.

"Wat sê die veearts, Kobus?"

Kobus noem 'n geleerde naam en Annie skud laggend haar kop.

"Ek het nie 'n idee waarvan jy praat nie. Is dit ernstig?"

"Ja, dit kan wees as 'n mens dit nie gou keer nie, juffrou. Die veearts sê ons was darem betyds. Hy sê ons het die regte ding gedoen deur vir haar soutwater te gee. Dit het haar lewe gered."

Kobus lyk skaam maar ook 'n tikkie trots omdat hy reg opgetree het.

"Wat het meneer Kruger gesê?" Annie kyk bekommerd na Kobus. Sy hoop tog nie Bertus Kruger het weer alles kom omkrap met sy buffelagtigheid nie.

"Hy het niks gesê nie, juffrou. Hy het net verlig gelyk toe die veearts sê dat ons haar kan deurhaal."

"Waar is Boef?"

"Hy is hier agter, juffrou. Hy het net gou die emmers gaan skrop wat ons vanoggend gebruik het."

"Ek het vir julle kos in die lou-oond gebêre. Gaan eet julle gou, ek sal solank hier sit. Is daar iets waarna ek moet oplet?"

"Nee wat, juffrou. Sy is nou rustig. Die dokter het haar 'n inspuiting gegee. Sy moet vanaand weer medisyne inkry. Ek wil haar net nie alleen los nie . . ."

"Nou toe, weg is julle!"

86

"Dankie, juffrou." Kobus rek sy lang liggaam uit. "Juffrou is dierbaar! Ek weet nie wat ek vandag sonder juffrou sou gedoen het nie."

"Nou vergroot jy darem 'n bietjie, Kobus."

"Nee, dis waar, juffrou. Vanoggend het juffrou my eers kom help met die klas se skoonmaak en toe het juffrou vir meneer gaan sê van ou Bella."

"Ek het gewonder hoe jy die klas so vinnig skoongemaak het."

Verskrik swaai hulle om en sien Bertus in die deur staan.

Annie kyk vinnig van hom na Kobus en sy sien hoe die seun se gesig verstrak.

Bertus sien dit ook en 'n diep skaamte oorweldig hom. Is hy werklik so 'n ondier? Hy weet tog dat Kobus nie moedswillig die goed gebreek het nie. Hy was sommer vanoggend weer vol duiwels. Die seun het vandag soveel inisiatief aan die dag gelê deur die koei te dokter en die veearts te laat roep.

"Ek dink juffrou Delport is besig om julle klomp ramme vreeslik te bederf. Een van die dae sal sy wil hê julle moet gaan piekniek hou en al sulke dinge."

Annie kyk wantrouig na hom. Sou hy iets agtergekom het? Bertus se gesig is egter die ene onskuld.

Sy lig haar ken en kyk hom waterpas in die oë.

"Dis 'n baie goeie plan, meneer Kruger. Die lewe bestaan nie net uit werk nie. Hierdie seuns het ontspanning meer nodig as dissipline. Dit sal 'n gees van samehorigheid skep."

Iets soos 'n glimlag trek om Bertus se mond en hy draai na Kobus.

"Gaan eet nou eers. Jou kos word koud."

"Dankie, meneer, maar kan ek nie eers net met meneer praat nie."

"Alleen?"

"Wel . . . ja, meneer. Ek sal graag die ou sakie van vanoggend afgehandel wil hê. Ek . . . e . . . ek hou nie daarvan dat straf so lank uitgestel word nie."

Bertus kyk verbaas na Kobus. Die kinders het grootgeword. Kobus is 'n man! Hy sal glad nie verbaas wees as hierdie klomp groot seuns deur die bank 'n bietjie verlief op die juffrou is nie.

"Wel! Ek dink ons moet maar daarvan vergeet. Jy het mos vergoed daarvoor. Die klas was skoon toe die inspekteur daar ingekom het en verder het jou optrede vandag ou Bella se lewe gered."

Annie sien die verbasing en ongeloof op Kobus se gesig en sy sluk aan die knop in haar keel.

Bertus kyk geamuseerd na hulle. Dan buk hy oor ou Bella, skielik skaam dat hulle moet weet dat hy ook toegeeflik en gaaf kan wees.

Kobus laat hom ook nie verder nooi nie. Hy knipoog vir Annie voordat hy fluit-fluit koshuis toe draf.

Annie gaan sak aan die ander kant van die koei neer.

"Arme ou Bella! Sy is darem nou rustig." Sy is nie eens bewus daarvan dat dit die eerste keer is dat sy spontaan met hom gesels nie.

"Ja, dis die verdowende inspuiting. Maar sy lyk goed. Dankie."

Annie kyk verbaas op in die ernstige, grysblou oë hier naby haar. 'n Snaakse weekheid kom sit in haar knieë.

"Dankie? Waarvoor?"

"Dat jy vanoggend vir Kobus so bygestaan het."

"Ag . . . dit! Dis niks nie, ek doen dit graag."

"Is alle vroue so?"

"Hoe?" Annie lag verleë en haar neusie verkreukel in drie fyn plooitjies wat Bertus 'n paar oomblikke lank sprakeloos laat.

88

"So . . . jammer vir die seuns! Jy was tog bang ek foeter dalk vir Kobus."

"Jy kan hom tog nie nou meer lyfstraf gee nie. Hy is groot – die vernedering sal vir hom blywend wees. En buitendien sou hy mos nie die bottels moedswillig afgestamp het nie. Kobus is 'n dierbare kind."

"Jy het dan nou net gesê hy is groot."

Annie lag sag en vryf saggies oor die gladde, bruin vel van ou Bella se blad.

"Nou het jy my netjies in 'n hoek." Sy probeer nie eens om uit die situasie te kom nie en Bertus kry sommer nuwe waardering vir haar.

Sy leun agteroor tot teenaan die lusernbaal en stoot haar bene lank voor haar uit.

"Ek sal hier bly totdat die seuns klaar geëet het. Jy het seker nog baie om te doen."

"Nee, ek het niks om te doen nie. Die seuns kan maar die koshuis se dak en mure afbreek."

"Hulle sal nie dinge doen waaroor jy jou hoef te skaam nie. Hulle is vandag in elk geval almal so ontsteld oor ou Bella. 'n Mens sal sweer daar is dood in die huis. Hulle is regtig oulike seuns."

Bertus glimlag net en Annie dink dat hy seker nou weer dink sy is net jammer vir die seuns en soek 'n kans om hulle voor te praat.

Sy kyk stil na die groot man hier by haar. Sy swart hare blink in die dowwe lig en terwyl hy so roerloos sit, is sy gesig sag en ontspanne en sonder die kenmerkende frons.

Hy kyk skielik op in haar peinsende oë. Dit laat haar liggies bloos en vinnig wegkyk. Hy staan op en kyk af na die elfagtige gesiggie met die blink, bruin hare wat so sag op haar skouers krul.

"Ek sal oom Gawie vra om 'n rukkie hier te kom sit. Die seuns moet gaan studeer. Kobus-hulle moet vanmiddag

ook nog atletiek oefen, want daar is Saterdag 'n byeen-
koms op Otjiwarongo."

Annie is dadelik die ene belangstelling.

"Kan ons saamgaan?"

Bertus kyk haar verbaas aan en dan trek sy mondhoek
effens skeef vir die gretige gesiggie.

"Wie is die ons, juffrou?"

"Ons almal! Ons kan mos met die bus gaan! Ons kan die
ouens ondersteun wat deelneem. Dit sal so baie vir hulle
beteken."

Bertus frons en Annie staan vinnig op sodat sy hom nie
hier van onder af hoef te sit en beloer nie.

"Asseblief, meneer Kruger! Die seuns sal dit so geniet.
Dalk . . . dalk kan ons sommer met die meisieskoshuis reël
dat hulle die aand 'n bietjie gesellig saam verkeer, volkspele
speel of so iets."

"Hokaai! Waar val jy nou uit? Ek sien in elk geval nie
kans om dertig van hulle heeldag op te pas nie."

"Ek sal dit doen! Hulle is tog groot en hoef nie meer
heeldag opgepas te word nie."

"Ek dink net die atlete moet gaan."

Annie sug en lyk so teleurgesteld dat Bertus nie kans
sien om sommer net uit te stap nie. Hy maak sy mond oop
om iets te sê, maar die gedagtes wat in sy kop kom, is so
onsamehangend dat hy sy lippe vinnig saampers en uitstap.
'n Rukkie later kom los oom Gawie haar af en dan stap sy
ingedagte terug koshuis toe.

Die seuns is stil en bedruk. Annie kan dit aanvoel en toe
die studietyd verby is, vra sy hulle om eers 'n bietjie te wag
voordat hulle na hul kamers gaan.

"Luister, dit gaan baie beter met ou Bella. Kobus kan
gou vir julle kom verduidelik wat sy makeer en watter be-
handeling sy nou kry, dan leer julle sommer almal ook iets.
Danie, gaan roep jy gou vir Kobus."

Met 'n breë glimlag verduidelik Kobus aan die ander wat hulle wil weet en dis 'n meer ontspanne en tevrede klomp seuns wat onder die boom gaan koeldrank drink.

Donderdag roep Bertus die seuns in die eetsaal bymekaar.

"Soos julle weet, is daar Saterdag 'n atletiekbyeenkoms op Otjiwarongo. Tien van ons manne gaan deelneem. Ek het besluit dat ons Saterdag almal saam kan gaan – daar is oorgenoeg plek in die bus. Dan kan julle ander die atlete gaan ondersteun."

'n Doodse stilte begroet die aankondiging en Annie kry Bertus skielik uit haar hart uit jammer. Hy het natuurlik nou 'n applous verwag en die seuns is te verbaas en te bang om te roer.

Sy spring dus op en klap haar hande bokant haar kop terwyl sy uitgelate juig.

Hulle kyk haar eers 'n sekonde of wat verbaas aan voordat daar 'n groot lawaai losbars. Die seuns lag en fluit en klap uitgelate hande. Bertus staar net verstom na die gewoonlik stemmige seuns.

Hy lig sy hand en onmiddellik is almal stil.

"Wel. Ek het regtig nie gedink julle sal dit so baie waardeer nie."

"Meneer," sê Kobus skielik en staan plegtig op, "ek wil net namens die atletiekspan baie dankie sê. Dit sal wonderlik wees om te weet ons het soveel ondersteuners. Ons hoop om nie een van ons ondersteuners of vir meneer teleur te stel nie."

Bertus moet sluk aan die knop in sy keel. Die afgelope vier jaar regeer hy hulle met 'n ysterhand. Hy het nog nooit opgelet wat hy hulle alles ontneem nie. 'n Astrante juffroutjie met groot, bruin oë moes eers sy oë kom oopmaak.

"Ek is seker julle sal ons nie teleurstel nie, Kobus."

Org se hand gaan ook op en Bertus kan sy verbasing

nie wegsteek vir die vrymoedigheid wat die kinders nou skielik aan die dag lê nie. En dit alles net oor 'n enkele ou toegewinkie.

"Meneer, kan ons maar 'n banier maak met die woord Skurwekop daarop? Dan kan ons dit op die paviljoen vassit waar ons gaan sit."

"Ja, goed."

"Heng, dankie, meneer!"

Annie wag totdat die kinders uit die saal is en stap dan na Bertus toe wat hulle met gemengde gevoelens agternakyk.

"Meneer Kruger, ek wil ook net baie dankie sê. Dit sal soveel vir die seuns beteken."

Bertus glimlag afgetrokke.

"Die seuns behoort eintlik vir jou dankie te sê, juffrou."

"O nee, en ek wil ook nie hê hulle moet weet dat ek die sakie aangeroer het nie. Dit beteken vir hulle so oneindig baie omdat die voorstel van jou af gekom het. Hulle het soveel respek vir jou en so iets sal dit sommer laat omsit in liefde."

Bertus kyk stil na haar.

"Maak dit dan vir jou saak of die kinders vir my lief is, juffrou, en of hulle my maar net vrees?"

Annie se groot oë is ernstig en onverwags skiet hulle vol trane.

"Elkeen van ons het liefde nodig, so oneindig nodig! Ons kan nie daarsonder voluit lewe nie."

Sy draai vinnig om en stap uit voordat die trane kan opdam en oor hul walle stoot.

Annie lyk soos die lente self toe sy vinnig nader draf in
'n spierwit rok en wit sandale. Om haar dun middeltjie is
'n breë, groen-en-wit gestreepte serp gebind en 'n groen-
en-wit laphoedjie sit ongeërg op haar glansende bruin
hare.

Sy gee haar kitaar vir Kobus aan voordat sy in die bus
klim.

"Kom, kom, juffrou! Moet ons altyd vir die vrou van
Skurwekop wag?" Org is vanoggend uit sy vel en baie
vrolik.

"Ekskuus? Waar is meneer Kruger?" Annie vra dit neus
in die lug om te wys dat sy nie laaste is nie. "Ek is voor
hóm hier."

Sy stap deur die bus en gaan sit op die agterste sitplek
wat hulle vir haar oopgehou het.

"Meneer Kruger sal seker nie saam met ons ry nie, juf-
frou. Hy ry gewoonlik met sy eie motor."

"Ag nee, hy sal dit mos nie doen nie. Nie vandag nie.
Ons ry dan almal saam soos een groot familie." Sy kyk
fronsend na die seuns. Dit sal maar moeilik gaan om hulle
te laat glo dat Bertus Kruger ook 'n vriendelike en genaak-
bare kant het.

"Hy ry nooit graag saam met ons nie, juffrou. Buiten-
dien sal dit baie lekker wees as dit net juffrou is wat saam
met ons ry. Ons kan dan sing en raas en lag . . ." Flenters
se harde basstem dra deur die hele bus.

"Ag, nee wat, julle moet nie altyd sulke goed sê nie! Kyk
net wat het meneer Kruger nie alles vir julle gedoen om
hierdie dag moontlik te maak nie. Wees julle net 'n slag
spontaan en vriendelik met hom en dan sal hy ook so met
julle wees. Julle kan mos nie verwag dat hy sal oorloop van
vriendelikheid en liefde vir julle as julle julself toesluit vir

hom nie. Liefde kweek liefde! Geen mens, hoe gehard ook al, is bestand teen liefde nie."

Annie se stem is so ongewoon ernstig dat die seuns haar net stil aankyk.

"Ja, ek kan glo dat hy nie bestand sal wees teen juffrou se liefde nie, maar wat wil hy met ons s'n maak?"

Annie kan nie sien wie hierdie stukkie wysheid kwytgeraak het nie en die ander vind dit natuurlik baie snaaks.

"Ja, ek dink nie hy sal vreeslik beïndruk wees deur ouens soos Boef en Paul en Flenters se liefde nie," laat 'n ander hoor.

"Ag, aan julle is tog nie salf te smeer nie. Kobus, gaan kyk asseblief waar meneer Kruger is. Dalk kan jy hom gou help. Hy is seker net besig om die geboue te sluit en 'n laaste paar dingetjies te doen."

Bertus Kruger staan stil agter die bus. Hy hoor elke woord wat daar gepraat word. Hy wás van plan om met sy eie motor te ry. Hy weet mos goed dat die seuns dit meer geniet wanneer hy nie by is nie.

Hy druk sy motorsleuteis in sy sak en stap ongeërg om die bus. Hy loop hom byna in Kobus vas wat uitgelate by die bus se deur uitspring.

"O, hier is meneer! Is daar iets waarmee ek gou vir meneer kan help?"

"Ek is klaar, dankie, Kobus. Wag julle vir my?"

"Ja, meneer."

"Het julle daardie mandjie appels en die mandjie lemoene ingelaai? Hierdie klomp gaan lus wees vir 'n eetding net sodra ons oor die bult is."

"Ja, meneer, dis in."

Kobus staan eerbiedig opsy sodat Bertus kan inklim.

Oom Gawie kyk goedkeurend na Bertus en glimlag breed agter die stuurwiel van die bus.

"Kom, meneer Kruger, ons wag net vir jou. Die seuns

moet nog 'n bietjie uitrus en bene rek voordat hulle kan gaan hardloop." Oom Gawie loer oor sy skouer na die klompie atlete. "Het julle almal jul spykerskoene, weg-springblokke, frokkies, atletiekbroeke . . .?"

"Ja . . . oom . . . Gawie!" Hulle sê dit afgemete soos 'n klomp kleuters. Dis deel van die ritueel. Oom Gawie moes eenkeer omdraai omdat een van die seuns sy rugbystewels vergeet het en hy laat hulle daardie voorval nooit vergeet nie.

"Waar sit ek?" Bertus kyk oor die dertig seunsgesigte heen, almal nou taamlik bedees.

"Meneer sal maar daar agter by juffrou moet sit. Sy gaan netnou vir ons kitaar speel."

Bertus stap in die smal paadjie af. Van waar Annie sit, kan sy hom gemaklik dophou. Hy is geklee in 'n kortbroek en 'n blou geruite hemp wat hom jonk en baie aantreklik laat lyk. Hy het 'n blou hoedjie in sy hand wat hy vandag as skerm teen die kwaai Suidwesson wil gebruik. Sy oë lyk vreemd verleë en ongemaklik toe hy langs haar tot stil-stand kom.

'n Jammerte vir hierdie groot man kom vou om Annie. Hy is 'n arme, ongelukkige mens. Hoeveel geluk en ver-vulling kon hy nie al hier op Skurwekop gesmaak het as iemand hom net wou leer wat liefde is nie!

Sy skuif uit die bank en glimlag breed vir hom.

"Ek is jammer, maar jy sal moet inskuif. Ek sal nie kan kitaar speel daar in die hoek nie."

Bertus skuif sonder 'n woord in tot teen die venster.

Die bus trek weg en Annie val effens teen hom toe sy weer gaan sit. Sy bloos liggies, maar maak of dit niks is nie.

Die seuns is stil en dit hinder Annie. Hulle moet tog net nie dat hierdie uitstappie boemerang nie. Bertus moet sien hoeveel hulle dit geniet.

Sy wag net totdat hulle by die hek uit is en die bus egalig op die grootpad ry. Sy tel haar kitaar op wat langs haar in die paadjie staan.

"Kom, kom, meneertjies! Vandag gaan julle sing totdat jul tonge aan jul verhemeltes vaskleef!"

"Hoekom is juffrou so kwaai met ons? Wat het ons nou weer gesondig?"

Org se gees word nie maklik gedemp nie en Annie het lus en soen hom.

"Omdat julle my siel so uitgetrek het toe ek hier gekom het. Vandag gaan julle betaal."

Sy tokkel op die snare en sit dan met 'n suiwer, soet stem die eerste vrolike liedjie in. Die seuns val saam in en nie baie kilometers verder nie sing hulle uit volle bors, die stugheid en skaamheid skoon vergete. Bertus sing nie saam nie, maar Annie kan tog aanvoel dat hy begin om te ontspan. Hy vermaan nie die seuns oor enige onbenullighede nie. Hy glimlag selfs een of twee keer lui vir 'n kwinkslag wat een kwytraak.

Dit moedig die seuns aan en kort voor lank is hulle heeltemal verspot. Annie sit later laggend haar kitaar neer.

"Nee, geen mens kan lag en kitaar speel nie."

"Ek sal 'n bietjie speel, juffrou." Boef hou sy hand uit vir die kitaar en verbaas oorhandig Annie dit aan hom.

Sy het nie geweet hy kan speel nie. Sy het nog geen musiekinstrumente in een van hul kamers gesien nie. Hulle word seker nie toegelaat om dit saam te bring nie.

Boef se groot hande vee liggies oor die snare en Annie sit onwillekeurig meer regop toe hy begin speel. Boef speel soos 'n meester. Die seuns voel haar belangstelling aan en hulle sing sagter sodat die pragtige klanke van die kitaar bo die sang uitstyg.

Spontaan klap sy vir hom hande.

"Dis pragtig, Boef! Waar het jy geleer om so te speel?"

"My pa. Juffrou moet hom hoor – hy is 'n meester!"

"Jy ook, Boef! Regtig! Speel nog vir ons, asseblief."

Bertus luister geïnteresseerd. Hy kan nie 'n musiekinstrument bespeel nie. Hy het egter 'n oor vir musiek en sing self graag. Al hierdie mooi dinge het egter mettertyd in die vergetelheid geraak. Hy het kontak met die tyd en die lewe verloor.

"Wie van julle ken ''n Handvol gruis uit die Hantam', daardie besonderse liedjie?" vra Annie.

Omtrent tien hande gaan op.

"Kom ons leer dit gou vir die ander. Dis altyd vir my een van die mooiste liedjies."

Boef begin saggies speel.

"Ken jy dit, Boef?"

"Ja, juffrou."

Annie sing voor met haar mooi, suiwer stem. Ná die eerste strofe kyk sy na Bertus en haar oë is so eerlik en opreg dat Bertus nie kan weier toe sy hom vra nie.

"Sing saam, toe! Jy behoort dit tog te ken."

"Ja, ek ken dit."

"Ons begin weer voor."

Bertus val met sy diep stem in en Annie loer verras na hom. Hy sing pragtig! Met 'n bietjie afronding kan sy stem ontwikkel tot iets heel besonders. Sy sien egter hoe ongemaklik hy in die vreemde rol is en sy wens sy kan sy hand vashou om hom meer selfvertroue te gee.

"Weet julle, ek ontdek vandag soveel talent hier. Ons moet 'n koor stig op Skurwekop. Jy sing pragtig, Bert- . . . meneer Kruger."

Bertus is skielik baie ongemaklik en verleë en kyk sommer deur die venster. Die seuns skater dit uit van die lag.

"Hoe is meneer dan nou skaam?" Kobus, wat al van die dag met die siek koei die meeste van sy vrees vir Bertus verloor het, is vol bravade.

"Nee, meneer het mos gedink hy gaan vryspring. Meneer sal moet keer. Sy gaan vir ons vreeslike goed leer. Ons sal een van die dae huishoudkunde moet neem en netbal speel ook." Org sien al weer 'n gaping om van sy opgekropte lewenslus ontslae te raak.

Dis of die ys skielik met 'n kragtige hamer gebreek is.

Die eerste keer glimlag Bertus breed en spontaan en vir die meeste van die seuns is dit 'n vreemde ervaring om hom so gelukkig te sien.

"Ek het my bes gedoen om van haar ontslae te raak, maar sy klou soos klitsgras. Ek was my hande in onskuld. Julle sien dan julle kry haar ook nie weg nie, nie eens met 'n muis nie." Bertus kyk reguit na Org en Org is 'n oomblik lank uit die veld geslaan, maar dan begin die stout liggies in sy oë glinster.

"Waar het meneer dit gehoor? Ek sal my twee oogtande verwed dat dit nie by juffrou was nie. Sy is soos 'n oester!"

"Dankie, Org." Annie glimlag vir Org. "Ek is darem bly om te sien jy vertrou my. Maar waar hét jy dit gehoor, meneer Kruger?"

Bertus wens sy wil hom liewer op sy naam noem. Sy het haar netnou amper verspreek en dit het iets warms in hom wakker gemaak. Dis lekker om te weet dat sy dalk aan hom dink as Bertus en nie as meneer Kruger nie.

"Dis my geheim! Ek kan net so dig wees as ek wil."

Te gou na die kinders se sin is hulle op Otjiwarongo. Vandag wil hulle die lekker uitrek soos 'n tameletjie.

Die seuns span dadelik en baie trots hul banier oor die stukkie paviljoen wat vir hulle uitgehou is. 'n Hele paar skole is betrokke by die atletiekbyeenkoms en oral is 'n doenigheid van 'n ander wêreld om alles gereed te kry.

Annie sien hoe die seuns onderlangs na die meisies van

98

die meisieskool loer wat net langs hulle op die paviljoen sit. Sy stamp saggies aan Bertus.

"Kan hulle nie maar die meisies gaan help nie? Dit lyk darem so ongemanierd as hulle hier sit en die meisies moet so sukkel."

Bertus kyk af in die blink, bruin oë en 'n snaakse lam gevoel kom knoop op sy maag.

"Of . . ."Annie raak verbouereerd toe hy haar so stil aanstaar. Sy wil tog niks doen wat vandag sy gramskap kan opjaag nie. "Of wil jy liewer nie?"

Bertus kyk na haar en besef sy wag op 'n antwoord, maar hy het geen benul wat sy gevra het nie.

"Ja . . . Ja, seker!"

Toe hy die bly lig in haar oë sien skyn, weet hy dat dit darem die regte antwoord was.

Sy roep na Boef en Flenters wat die naaste aan haar staan.

"Meneer sê julle moet die meisies 'n bietjie gaan handgee. Hulle kry nie daardie goed vas nie. Julle is mos groot en sterk."

"Ja, juffrou, seker, juffrou! Dankie, meneer." Die seuns bondel halsoorkop oor na die meisies toe.

Bertus se gesig vertrek in 'n breë glimlag.

"Jy bederf die seuns, weet jy? Jy is nog by alles 'n regte ou knoeier ook. Dis soos die seuns sê, een van die dae gaan jy hulle leer netbal speel."

Annie glimlag ondeund en knipoog vir hom.

"Jy is net jaloers omdat daar nie 'n mooi, jong juffroutjie by is nie, anders was jy eerste daar om te gaan help."

"Gmf!" Bertus snork gemaak verontwaardig. Toe hy die pret in haar oë sien, kan hy nie help om weer die warm gevoel van geluk in sy binneste te voel roer nie.

"Vir jou straf sal jy nou saam met my moet loop en help soek na 'n plek waar ons kan koffie drink."

Annie wens sy het die vrymoedigheid gehad om haar hand deur sy arm te steek. Sy giggel sag toe sy dink aan die verontwaardiging op sy gesig wat so iets sal uitlok.

"Wat is so snaaks?"

"Nee, niks nie."

"Is dit vir my wat jy loop en lag?"

"Moenie verspot wees nie! Kyk, daar is 'n stalletjie."

Hulle is nog besig om hul koffie te drink toe die aankondiging oor die luidsprekers kom dat al die atlete op die baan moet verskyn. Die spanne stap in gelid om die baan. Elkeen dra sy banier voor hom. Die Skurwekoppers lyk maar min en is slegs 'n ou handjie vol teen die atlete van die ander skole. Annie voel egter die trots in haar opstoot. Hulle is groot, sterk seuns met sonbruin arms en bene en lyk pragtig in hul spierwit atletiekklere.

Sy en Bertus juig en klap hande toe die tien seuns by die paviljoen verbykom.

Die seuns vaar verbasend goed in die verskillende items. In al die items wat die oggend afgehandel word, eindig 'n Skurwekopper onder die eerste drie. Hulle groot hoop lê egter by Kobus. Hy móét vandag sy beste lewer.

Kobus se tyd in die honderdmeter was al op Skurwekop tien komma sewe. Hy behoort vandag beter te vaar. Hul baan is nie so goed soos hierdie een nie en Annie is ook nie juis die beste tydhouer nie.

Hulle glo dat Kobus vandag hier 'n rekord kan opstel, maar hulle wil ook hê dat hy moet kwalifiseer om aan die Suid-Afikaanse Junior Kampioenskap te kan deelneem.

Annie se hande is klam van die sweet toe Kobus begin opwarm. Bertus kyk na die spanning op die skraal gesiggie. Sou sy dalk 'n bietjie verlief wees op Kobus? Sy is nie soveel ouer as hy nie.

Sy kyk vinnig op, vas in die peinsende, grysblou oë en sy glimlag bewerig.

"Dit sal so baie vir Kobus beteken as hy vandag kan kwalifiseer vir die Junior Kampioenskap."

"Ja! Maar hy sal!" Bertus klink so seker dat Annie dankbaar glimlag.

Die seuns sak in die wegspringblokke en skop-skop om gemaklik in die wegspringposisie te kom. Sy sien hoe die spiere op Kobus se arms bult. Die Skurwekoppers is doodstil. Almal se oë is vasgenael op elke beweging van hul geliefde hoofseun.

Die seuns se beenspiere span styf toe hulle in gereedheid kom, hul koppe lig en dan stip voor hulle uitstaar, die vingerpunte liggies op die grond.

Die afsetter neem vir Annie onnodig lank en die spanning laat 'n knop op haar maag vorm. Sy knyp haar oë toe en bid woordeloos.

Bertus glimlag sag. Hy weet Annie is nou te bang om te kyk, te bang dat Kobus swak gaan wegspring.

Die skoot klap! Annie spring regop en asof die ander net vir haar gewag het, staan hulle gelyktydig op en dan dreun die harde seunstemme hier agter haar.

Kobus is een bondel spiere! Dit lyk asof al die spiere van sy kakebeen tot by die punte van sy tone snaarstyf gespan is. Sy treë is lank en dit lyk asof hy 'n entjie bokant die aarde sweef.

"Kom . . . kom . . . kom, Kobus!" roep Annie.

Kobus en 'n atleet van Outjo hardloop die eerste vyftig meter kop aan kop.

Annie ruk soos sy skrik toe Bertus se harde stem skielik die kinders s'n oordonder.

"Komaan, Kobus, nóú!"

Kobus se treë rek en met elke neersit van sy voete kruip hy onder die ander atleet uit. Met 'n laaste kraginspanning sweef hy oor die aarde en breek die lint 'n goeie drie meter voor die volgende atleet.

Annie se hande klem styf om Bertus se arm en warm trane loop oor haar wange.

"O, Bertus, ek het hom nog nooit so gesien hardloop nie! Hy moet 'n fantastiese tyd opgestel het!"

Bertus kyk af in die opgewonde gesiggie. Alles in hom raak stil en dis asof hy wag . . . gespanne wag vir iets, en hy kan dit nie 'n naam gee nie.

Om hulle raak die seuns histeries en niemand is bewus van hulle nie. Hulle kon net sowel alleen op 'n eiland gewees het.

Hy sit sy hand op hare wat so styf om sy arm klou, en sy stem is vir hom vreemd toe hy praat. Dis sag en teer.

"Ek sal gaan vasstel. Jy sal dit tog nooit hou totdat hulle die aankondiging maak nie."

Sy glimlag dankbaar en nou eers word sy bewus van sy groot hand wat so gerusstellend op hare rus. Sy bloos liggies en los sy arm. Sy soek sommer na 'n sakdoek in haar handsak om nie in sy tergende oë te kyk nie.

Sy sien die opgewondenheid in sy lenige liggaam toe hy met lang treë oor die baan na die beamptes toe stap. Hy klop Kobus, wat besig is om sy sweetpak aan te trek, joviaal op die skouer en stap verby na die tydopnemers toe.

Aan die breë glimlag op sy gesig en die spontane manier waarop hy vir Kobus gelukwens, kan sy sien dat die tyd baie goed moet wees. Hy slaan sy arm om Kobus se skouers en gee hom 'n druk.

'n Warm gevoel kom lê om Annie se hart. Hierdie belangstelling van Bertus se kant af beteken vir Kobus so oneindig baie. Die seuns wil tog so graag hê hy moet trots wees op hulle.

Annie kan nie wag nie en stap Bertus tegemoet toe hy vinnig oor die baan aangedraf kom.

"Hoeveel?" Sy is so opgewonde soos 'n kind.

"Tien komma vyf!"

"Sjoe! Regtig?"

"Ja, dis fantasties!" Die opgewondenheid maak Bertus se gesig jonk en vrolik en hy het lus en tel haar op en swaai haar in die lug.

Die seuns kom drom om hulle saam en dan bars 'n spontane gejuig los toe Bertus vir hulle die tyd sê.

Kobus glimlag trots van oorkant die baan af toe hy die rumoerigheid sien en hy wuif vir hulle.

Annie gryp haar kitaar en soos een van die kinders sing sy uitbundig en vol lewenslus. Dit dreun soos die seuns saamsing.

"O! Ons het 'n man, sy naam is Kobus . . .! Sy naam is Kobus . . .!"

Annie sing met oorgawe en toe sy Bertus se trotse glimlag sien, is daar 'n groot dankbaarheid in haar hart. Hy is vandag so anders, so heeltemal anders! Sy hoop sy sal die seuns hierdie jaar kan leer om vir hom al die liefde te gee wat hy nog al die jare moes ontbeer. Hy het dit so nodig!

Sy wens Kobus met 'n klapsoen geluk toe hy by die paviljoen kom. Bertus kyk ongemaklik weg en hy kan die vreemde gevoel in hom nie verklaar nie. As dit nie so vergesog was nie, sou hy kon sweer dis jaloesie.

"Jy hoef nie meer vir my 'n melkskommel te koop nie, ou Kobus. Dit was nou genoeg beloning." Sy slaan haar arm om sy lyf en gee hom 'n drukkie.

"Nee, niks daarvan nie, belofte maak skuld!" laat Bertus onverwags hoor.

Die seuns en Annie kyk afwagtend na hom en sy sug verlig toe sy die ondeundheid in sy oë sien. 'n Oomblik lank was sy bekommerd.

"Jy het daardie melkskommel swaar verdien. Maar omdat ek net so bly is, sal ek ná die byeenkoms vir julle almal gaan melkskommels koop."

"Jippie! Meneer is sommer 'n bak ou!"

Die seuns is skoon uitgelate en Bertus kan sy verbasing nie wegsteek nie. Nog nooit het hulle soveel vrymoedigheid teenoor hom gehad nie.

"Dankie, meneer, dit sal baie gaaf wees. Soos ek vir juffrou ken, sal sy die grootste een bestel en ek is maar platsak." Kobus knipoog vir Annie en sy lag vrolik.

"Daarvan kan jy baie seker wees!"

Die vrolikheid bedaar gou toe een van Skurwekop se ander atlete gaan aantree vir die vierhonderdmeter.

Skurwekop doen goed! Bertus kan nie aan 'n ander dag in sy lewe dink wat hy meer geniet het as hierdie eenvoudige atletiekbyeenkoms nie. Die seuns behandel hom nog steeds met die nodige respek, maar meer soos 'n geliefde as 'n gevreesde onderwyser. Annie bly die hele dag sprankelend. Dit lyk nie juis of die hitte enige uitwerking op haar het nie. Bertus sien darem dat haar neus en wange rooier word hier na die namiddag se kant toe.

Dis 'n moeë maar baie tevrede klomp mense wat ná die atletiekbyeenkoms op die kafee toesak.

Die arme kelners draf rond om twee en dertig melkskommels gereed te kry.

Kobus kom met 'n blok sjokolade by Annie aan en sit dit voor haar neer.

"Aangesien meneer nou my skuld gaan betaal, wil ek darem self ook ietsie gee."

Annie se glimlag is sag en baie teer.

"Dankie, Kobus, dit gaan heerlik wees. Ek gaan dit sommer nou net hier opeet. Ek is baie lief vir sjokolade en kan die goed tog nooit bêre nie. As ek weet ek het iewers sjokolade, dan trek dit my soos 'n magneet!"

Bertus sit ontspanne agteroor en beskou die klomp seuns. Hy is tóg lief vir hulle. Hy het net nooit geweet hoe om dit vir hulle te wys nie. Hy het om die waarheid te sê nie omgegee of hulle dit weet of nie, solank hy hulle net kon help om te presteer en die beste kwalifikasies te verwerf. Nou eers sien hy hoeveel leemtes daar in sy optrede is.

"Wel, juffrou Delport, wat gaan jy en jou seuns vanaand doen?" Hy kyk tergend na Annie.

"My seuns?"Annie kyk opreg verbaas na hom. "Hoekom vra jy dit vir my? Jy is mos die baas. Hulle maak soos jy sê."

"Ek is glad nie meer so seker of ek die baas is nie. Dit wil dan al vir my voorkom asof ek nie meer 'n sê het nie!"

Annie lag verleë.

"Sies, meneer Kruger, nou is jy darem onredelik. Ek . . . e . . ."

Bertus lag vir die verleë gesiggie.

"Ek maak sommer 'n grappie, juffrou. Of dink jy nie ek is in staat tot 'n grappie nie?"

Annie bloos en Bertus draai na Kobus.

"Aangesien jy vandag ons harte so bly gemaak het, kan jy sê wat julle vanaand wil doen, Kobus."

"Heng, dankie, meneer! Bedoel meneer nou ons kan vanaand op die dorp bly?" Kobus kan sy ore omtrent nie glo nie.

"Ja."

"Hier wys 'n baie goeie fliek vanaand, meneer. Of . . . e . . . sal dit dan te laat raak?"

"Nee, julle kan maar gaan fliek. Ons ry dan net ná die fliek. Ons sal met oom Gawie reël. Hy kuier by mense hier op die dorp totdat ons wil ry."

"Meneer . . ." Org staan ook 'n bietjie nader. Aangesien ou Kobus nou die ding aangeroer het, kan hulle maar net sowel kyk hoeveel hulle uit die transaksie kan kry.

"Die meisies gaan ook vanaand fliek. Ek bedoel . . . kan . . . e . . . mag ons maar van hulle vra om saam met ons te gaan?"

Annie sien hoe gespanne die groter seuns op Bertus se

antwoord wag en sonder dat sy daarvan bewus is, sit sy haar hand pleitend op Bertus se arm.

Bertus kyk na die skraal handjie op sy arm en met 'n kopknik beduie hy sameswerend vir Org.

"Julle beskermengel pleit al weer vir julle."

Org en Kobus skater dit uit van die lag en die ander verrek behoorlik hul nekke om ook in die grap te kan deel. Hulle het nie soveel menslikheid en selfs 'n humorsin van ou Zeus verwag nie.

Met meer respek kyk hulle na Annie. Dit lyk regtig of die juffrou 'n positiewe uitwerking op hom het. Hulle moet net sorg dat hierdie saak enduit gevoer word.

Bloedrooi van verleentheid trek Annie haar hand weg.

Bertus lag saggies.

"Goed so! Dis hoog tyd dat iemand jou ook skaam maak en op jou plek sit. Jy raak glad te groot vir jou skoene." Sy tergende stem weerspreek egter sy woorde en Annie lig haar ken beslis.

Org gee hulle nie verder kans om Annie te terg nie. Hulle moet darem nou hierdie saak van die meisies afhandel. Die yster moet gesmee word solank dit nog warm is.

"Kan ons maar, meneer? Die koshuis is net 'n hanetreetjie van die fliek af. Ons sal binne tien minute nadat die fliek uit is by die bus wees."

"Ja, goed. Het julle manne genoeg geld saamgebring?"

"Ja, meneer. Dankie, meneer."

Bertus loer onderlangs na Annie om te sien watter uitwerking Kobus se opgewondenheid op haar het. Sou sy dalk nie daarvan hou dat Kobus so opgewonde is oor die vooruitsig om saam met 'n ander meisie uit te gaan nie?

Sy glimlag egter en lyk heeltemal gelukkig en tevrede, en onwillekeurig sug hy van verligting.

"Wel, juffrou Annie, of hoe sê die seuns vir jou?" Bertus kyk glimlaggend na haar toe die groter seuns by die deur uitbondel, haastig om elkeen 'n meisie vir die aand te nooi. Die jongeres wat nog nie belangstel nie, drentel by die toonbank rond op soek na iets om te eet.

"Jy sal skrik as jy hoor wat noem hulle ons agter ons rug." Annie lag.

"Weet jy dan?"

"Ja, ek het hulle al gehoor."

"Wat noem hulle my?"

"Nee, ek wil nie klik nie. Dalk . . . dalk hou jy nie daarvan nie." Sy kyk ongemaklik op haar hande. Sy gaan darem nou 'n bietjie te ver. Bertus is nou wel vriendelik vandag, maar 'n mens weet nooit wanneer tokkel jy op die verkeerde snaar nie.

"Ag, toemaar, ek weet. Hulle noem my Zeus. Maar ek weet nog nie wat noem hulle jou nie."

Annie giggel sag. "Wanneer hulle met my praat, is ek juffrou Annie, maar wanneer Pieter verspot is of wanneer hulle agter my rug praat, is ek Persephone."

Bertus se oë begin vonkel. Hy het al gehoor hulle noem haar so, maar sy lyk nou net so stout en onmoontlik soos een van die kinders terwyl sy dit met so 'n sedige gesiggie vertel. Hy gooi sy kop agteroor en lag skaterend.

Verbaas kyk Annie na hom. Dit laat hom tien jaar jonger lyk.

"Die godin van landbou se dogter! Dis nogal goed."

"Jy behoort baie meer te lag. Dit laat jou . . ."Annie bly verskrik stil. Sy wens sy wil leer om nie altyd so uit haar beurt te praat nie. Sy wens sy wil leer om eers te dink en dan te praat.

"Dit laat my wat, Persephone?"

"Nee, ek is jammer, ek kan altyd so uit my beurt praat."

"Ek wil graag weet."

Blosend kyk Annie in die tergende oë.

"Dit laat jou jonk en gelukkig lyk."

"Ja!" Skielik is die frons weer tussen sy oë en Annie is vreeslik spyt dat sy nou die ontspanne atmosfeer so kon bederf met 'n onsinnige opmerking.

Sy sit haar hand op sy arm en haar stem is sag.

"Ek is jammer. Ek wou nie nou alles bederf nie. Ek is ongelukkig so dat ek sommer net praat oor dit wat in my kop kom. Ek kom altyd in die vreeslikste moeilikheid daaroor."

'n Glimlag trek om sy mondhoeke.

"Ek het al vergeet hoe om te lag. Dis goed om weer te lag en te lewe. Daar is weer sin in die dae . . ."

Bertus kyk na die hand op sy arm. Sy trek dit vinnig weg en hy glimlag stadig.

"Juffrou, mag ek jou vra om vanaand saam met my te gaan fliek? Of . . ."

"Baie dankie, meneer Kruger, dit sal baie aangenaam wees."

Bertus moet die begeerte om haar styf teen hom vas te druk met mening onderdruk. Hy wil die sproetjies oor haar neusbrug saggies met sy lippe streel en sy vingers deur haar lang hare vleg. Hy kyk lank na haar voordat hy weer praat.

"Ek moet gou gaan reël dat die seuns vanaand hier by een van die koshuise mag eet. Hulle kan sommer daar stort as hulle wil."

"Ek sal vir my sommer 'n kamer in die hotel bespreek sodat ek my ook 'n bietjie kan opknap. Ek het ongelukkig nie vir my iets saamgebring om aan te trek nie."

"Nie een van ons het nie. Jy sal jou maar vanaand vir jou klomp mansmense moet skaam, want ek sal met hierdie kortbroek moet gaan."

'n Warm, behaaglike gevoel sprei deur Annie. Dis so lekker as hy haar so insluit en deel van hulle maak. Hy praat so gemaklik van haar klomp mansmense.

"Jy lyk in elk geval heeltemal goed, juffrou Annie."

Die fliek is toe baie goed. Annie is egter moeg en toe sy eers ontspanne en gemaklik in die sagte stoel sit, is dit 'n stryd om haar oë oop te hou.

Bertus se breë skouer druk liggies teen hare en sy wens sy kan haar kop op sy skouer laat rus en sommer net wegdommel.

Pouse stamp Bertus liggies aan haar arm.

"Kom ons gaan drink 'n koeldrank. Jy sit en slaap dan al!"

"Ek slaap glad nie. Ek is net lui."

"Gmf! Ek ken daardie soort lui wat elke kort-kort ligte snorkgeluidjies maak!"

Annie lag. Wat haar betref, kan Bertus haar maar heeldag terg – as hy net altyd in so 'n gemaklike en ontspanne luim sal wees.

Hy gaan haal vir haar 'n koeldrank en hulle staan soos twee trotse ouers hul seuns en dophou.

"Die seuns is heeltemal op hul gemak by die meisies. Ek het gedink hulle sou skaam wees," fluister Annie saggies in Bertus se oor toe Kobus vir sy meisie 'n koeldrank bring en hulle in 'n ernstige gesprek gewikkel raak.

"Hulle is darem net skooltyd onder die tiran se oë. Vakansies het ek geen seggenskap oor hulle nie."

Annie kyk vinnig na Bertus en is verbaas oor die seer in die grysblou oë.

"Dis glad nie wat ek bedoel het nie . . ."

Hulle kan nie verder daaroor praat nie, want 'n lang, blonde man kom glimlaggend na hulle toe aangestap.

"Hallo, mooi ding! Ek het gewonder of ou Bertus jou al van Skurwekop af verjaag het. 'n Mens sien jou dan nooit nie."

Annie kyk gesteurd op in die blou oë van die aantreklike Schalk Potgieter. Sy kan aanvoel hoe Bertus onmiddellik in sy dop kruip en sy het lus en skop die grinnikende man op sy skeen. Hy het darem 'n hoë dunk van homself! Sy is seker hy gee homself volpunte vir sy voorkoms wanneer hy saans voor die spieël staan.

"Ons is besig, meneer Potgieter. Ons het 'n vol program en ons kan nie heeldag op die dorp rondlê nie. Ons kom net in as ons skoolaktiwiteite het, soos vandag." Sy antwoord Schalk so uit die hoogte dat Bertus vinnig na haar kyk.

"Wel, dan sal ek jou maar net moet verlos van daardie afgesonderde bestaan. Wat van volgende Saterdag? Ek kom haal jou en dan kom fliek ons weer."

"Nee dankie, meneer."

"Ag, noem my sommer Schalk."

Annie ignoreer hierdie woorde egter en gaan net aan waar sy opgehou het.

"Ek dink nie so nie, meneer. Ons het reeds iets aan die gang volgende Saterdagaand. Dis klaar gereël."

Sy kyk nie na Bertus nie, want 'n ligte blos verkleur haar wange.

"Dit moet seker die een of ander verveligheid daar by die skool wees. Wel, dan sal ek maar moet opoffer en dit kom meemaak as ek jou wil sien."

"Nee! Dis net vir die kinders en personeel."

"Ag, Bertus sal nie omgee nie! Ek kom loer so van tyd tot tyd daar in. Ons is maar almal betrokke by die skool se bedrywighede. Of wat sê jy, Bertus?"

Bertus se mond vertrek en Annie kan sien hoe hy sukkel om ernstig te bly. Vandat hy agtergekom het hy kan lag, lyk dit asof hy sommer oor alles wil lag.

Sy het darem nou vir haar 'n yslike gat gegrawe en kop eerste daarin geval.

"Ja, seker! Kom gerus."

"Dankie, ek het juis nuus wat ek vir jou ook wil vertel. Dalk dink jy dis goeie nuus."

Schalk groet en verdwyn tussen die mense. Vies kyk Annie die selfgenoegsame man agterna.

"Jy kon my darem gehelp het."

Bertus lag gedemp.

"Nou hoe is dit dan dat jy nie uit so 'n eenvoudige ou situasietjie kon kom nie? Jy is dan altyd so vol planne. Dit sal jou leer om so blatant te staan en jok."

"Wat kon ek anders doen? Ek wil nie met hom uitgaan nie. Hy dink die stof verander in goud waar hy trap."

"Jy kon vir hom gesê het dat ek jou uitneem."

Annie bloos bloedrooi en die eerste keer sedert sy hom ken, het sy geen antwoord vir hom nie.

Sy worstel darem die fliek deur sonder om aan die slaap te raak, en dis met 'n gevoel van saligheid dat sy later in die bus klim en haar lekker regskuif op die bank. Sonder om te verduidelik het sy eerste ingeskuif. Bertus se breë skouer druk liggies teen hare toe hy langs haar kom sit.

"Wil jy nie hier op die punt sit nie? Gaan jy nie weer kitaar speel nie?"

"Nee, dankie! Ek gaan nou slaap en nou kan jy maar lag en spot, want ek gee nie eens meer om of ek snork nie."

Die seuns is gou terug van die koshuis waar hulle die meisies gaan wegsien het, en kort voor lank gooi die bus se ligte breë, blink bane deur die stil maanlignag.

Almal is gedaan maar baie tevrede met die lewe. 'n Paar seuns probeer nog 'n bietjie sing, maar toe hulle geen ondersteuning kry nie, gooi hulle ook maar die handdoek in. Annie draai effens skuins en laat rus haar kop teen die rugleuning. Die bus wieg haar geleidelik teen Bertus se skouer vas en hy draai 'n bietjie meer skuins sodat sy makliker kan lê.

Hy kyk af na die tevrede gesiggie hier teen sy skouer en heeltemal teenstrydig met sy geaardheid wens hy dat hulle twee nou alleen kon wees . . . heeltemal alleen!

111

8

Terug by die skool is Bertus weer in homself gekeer, maar daar is tog die gevoel dat hy meer genaakbaar is.

Maandagoggend nadat hy klaar uit die Bybel gelees en gebid het, loer hy vinnig in Annie se rigting voordat hy met 'n onpersoonlike stem aankondig: "Daar sal Saterdagaand 'n debat wees. Kobus, jy kan die onderwerp kies en sorg vir drie sprekers aan elke kant. Juffrou Delport sal verdere reëlings tref."

Annie byt haar kieste vas om nie te glimlag nie. Dierbare ding! Hy wil iets reël vir Saterdagaand wanneer Schalk hier aankom.

Sy kom gou agter hoeveel die seuns sang geniet en neem haar voor om 'n koortjie saam te stel. Daar is later in die jaar 'n kompetisie vir skoolkore.

Bertus is glad nie ongeneë met die voorstel toe sy dit later teenoor hom noem nie, seker omdat Schalk toe ook die Saterdagaand met die debat net 'n uur gebly het. Hy was later hopeloos verveeld, veral toe hy sien hy maak geen hond haaraf by Annie nie.

Bertus kon maar net sy kop skud. As sy dalk belangstel in Schalk Potgieter, is dit die regte benadering. Schalk sal dit nooit kan verwerk dat daar iewers op hierdie aardbodem 'n vrou rondloop wat nie in 'n beswyming voor sy voete neerval nie. Hy sal weer en weer kom kuier. Nou is hy mos 'n slag die jagter!

Die dae vleg die een in die ander en hulle is behoorlik begrawe onder die werk. Die kwartaal snel ten einde sonder dat een van hulle dit verwelkom.

Toegegooi onder al die verpligtinge raak Bertus weer stiller en meer kortaf en Annie kan later kwalik glo dat hy 'n dag lank so spontaan en dierbaar was. Sy wens sy kon meer doen om vir hom die las ligter te maak. Haar program is egter reeds so vol, veral noudat sy die koor ook nog namiddae inpas.

"Juffrou, waarheen gaan juffrou vir die vakansie? Dis seker te ver om huis toe te gaan?" vra Kobus een middag en val langs haar in toe hulle terugstap koshuis toe.

"Weet jy, Kobus, ek het nog nie eens daaraan gedink nie. Wanneer sluit die skool?"

"Volgende week, juffrou."

Annie gaan staan stil en slaan haar hand oor haar mond.

"Jy jok! Dit kan nooit al die einde van die kwartaal wees nie!" Kobus lag vir die verbaasde gesiggie.

"Nou hoekom op aarde sal ek daaroor jok, juffrou?"

"Wel, dan sal ek vinnig daaraan moet begin dink."

"Juffrou kan by ons kom kuier. My ma sal dit geniet."

"Nee, Kobus, dit kan ek darem nie doen nie."

"Hoekom nie, juffrou?"

"Ek ken nie eens jou ouers nie."

"Juffrou het hulle dan ontmoet daardie naweek toe hulle my kom haal het."

"Dit was net aangename kennis en tot siens. Ek kan dit mos nooit doen nie!"

Kobus argumenteer nie verder nie. Hy sal sy ma gaan bel en sê sy moet juffrou Annie persoonlik nooi.

Net ná die aandete is daar dus 'n telefoonoproep vir Annie. Alles in haar trek saam. As dit weer daardie lastige Schalk Potgieter is, gaan sy sowaar vandag ongeskik wees. Sy probeer altyd op 'n beskaafde manier van hom ontslae raak, maar hy is nou erger as klitsgras. Hy verstaan net nie 'n skimp nie!

"Goeienaand, juffrou Delport hier." Haar stem is meer kortaf as wat sy bedoel.

"Goeienaand, juffrou Annie, dis Magriet Snyman hier, Kobus se ma."

"Goeienaand, mevrou." Annie lag verras.

113

"Juffrou, ek wil jou graag nooi om die vakansie by ons te kom deurbring."

"Mevrou, nee, dis nou weer Kobus se werk . . ."

Die vrou aan die ander kant lag.

"Ja, dit ís sy werk. Hy het 'n vreeslike liefde en verering vir sy juffrou Annie. Dit sal vir my heerlik wees om iemand te hê om mee te gesels. Ons het net die twee seuns en party dae raak die mans my heeltemal oor."

"Ai, mevrou!"

"Noem my sommer tannie Magriet, kind. Ek aanvaar glad nie nee vir 'n antwoord nie. Ons kry jou volgende Vrydag wanneer ons vir Kobus kom haal. Hier kan jy lekker rus; jy het reeds so hard gewerk hierdie kwartaal."

Die Snymans se plaas is die mooiste plek wat Annie nog gesien het. Daar is tot 'n swembad en groen-groen grasperke wat die plaas in 'n lushof omskep. As sy gedink het Skurwekop is 'n paradys, het sy beslis nog nie hierdie plaas gesien nie.

Magriet en Koos Snyman is die dierbaarste twee mense en Annie geniet die vakansie terdeë.

Kobus se ouboet, Pieter, 'n prokureur in Windhoek, kom ook die derde dag van die vakansie onverwags daar aan. Sy verloofde, Sandra Pienaar, is ook by. Sy is 'n pragtige donkerkopmeisie – skaam en teruggetrokke, maar baie innemend.

"Juffrou is nou al vier dae hier op die plaas en juffrou het nog nie eens perdgery nie." Kobus soek net altyd iets om haar mee besig te hou.

"Kan die juffrou ooit perdry?" Kobus se pa is net so 'n terggees soos hy.

"Ja, ek kan. Ek ry oom se ou seuntjie so toe onder die stof dat hulle hom sal moet soek!"

"Dit wil ek sien!" Kobus is die ene verontwaardiging.

"Sandra kan nie perdry nie, Kobus. Terwyl ek haar leer, kan jy en Annie in die veld gaan ry," keer Pieter dadelik toe dit lyk of die ryery hulle almal gaan insluit.

Annie het lanklaas perdgery en sy is glad nie so 'n goeie ruiter soos sy gespog het nie. Sy geniet egter die rit terdeë.

"Wie se plaas is dit daardie, Kobus?" Hulle hou die perde in en die hele omgewing lê oopgesprei in die helder oggendson.

"Dis meneer Kruger se plaas, juffrou. Dis 'n pragtige plaas!"

"Seker darem nie so mooi soos julle s'n nie?"

"Ons plaas is natuurlik vir my die mooiste en heerlikste op die hele aarde, maar meneer Kruger s'n is 'n pronkstuk. Alles is baie netjies en goed beplan. Hy het al spesiale toekennings gekry vir die mooiste plaas in die distrik."

"Regtig?"

Skielik is sy nuuskierig om die plaas te sien, om te sien hoe lyk hy tussen dit waarvoor hy lief is.

"Kom ons gaan sê vir hom môre." Sy sê al weer die eerste ding wat in haar kop kom. 'n Dofrooi gloed stoot in haar nek op en sy wens sy kon haar tong afbyt toe sy die skelm laggie op Kobus se gesig sien.

"Ag, nee wat, dankie, juffrou, dis genoeg dat ons die hele kwartaal in sy ontevrede gesig moet vaskyk. Ek sien tog nie nog gedurende die vakansie ook daarvoor kans nie."

"Skaam jou, Kobus."

"Juffrou kan maar gaan, dan kry ek juffrou weer oor 'n uur of wat hier. Ek sal solank na die drade gaan kyk."

"Nee, ek ry saam met jou."

Kobus sit 'n oomblik lank ingedagte. 'n Nuwe idee kom kruip op die voorgrond van sy gedagtes en hy glimlag ingenome.

Ou Zeus het so baie verander vandat juffrou Annie hier

115

is. Hy is ontspanne en maak selfs af en toe 'n grappie. Die dag met die atletiekbyeenkoms op Otjiwarongo het hulle hom sowaar nie geken nie. Hy wat Kobus is, moet darem nie so 'n goeie kans onbenut laat verbygaan nie. As meneer Kruger net eers 'n slag ordentlik verlief raak, behoort hy so mak soos 'n lam te wees.

"Ek is sommer lelik, juffrou. Ons kan gerus vir meneer gaan groet. Hy is seker ook maar eensaam. Ons kan hom sommer nooi om vanaand by ons te kom eet."

Annie kyk wantrouig na Kobus. Hy laat sy perd egter stadig teen die heuwel afstap.

"Daar is meneer by die krale. Kan juffrou hom sien?"

"Ja, ek sien hom." Annie wonder verbaas hoekom haar hart nou skielik so tamboer speel in haar borskas. Sy het hom tog al vantevore in 'n kortbroek gesien. Hy lyk egter vandag vir haar groter en manliker as ooit.

'n Bly lig skyn in Bertus se oë toe hulle hul perde by die kraal inhou. Annie sien dit en bêre die wete diep in haar hart om dit later te ontleed.

"Môre! Ek het darem nou gewonder wie dit is wat saam met Kobus hier aankom."

Hy steek sy hand na Annie uit. Sy gly van die perd af en kom staan langs hom.

"Ek kuier die vakansie by Kobus-hulle. Hy het my vertel watter pragtige plaas jy het en toe was ek nuuskierig om dit te sien."

"Kom nader, dan gaan drink ons 'n bietjie koffie."

Kobus verstom hom vir ou Zeus. Liewe aarde, die man is glad menslik en gasvry, en hy kan sweer dat hy bly is om hulle te sien.

"Ek wil nog gou na die drade gaan kyk, meneer. Ek sal nou-nou weer vir juffrou hier kom haal."

Voordat Annie nog iets kan sê, druk Kobus sy hakke in die perd se sye en hy galop weg.

Bertus kyk af in die verleë, effens afgehaalde gesig.

"Is jy dan bang om alleen hier by my te bly? Ek eet nie jong juffrouens op nie. Veral nie nou nie . . . Wat sal ek dan volgende kwartaal doen as meneer Fourie nog steeds siek is?"

"Ag, jy is verspot!"Annie lag lig en vrolik.

Haar woorde klink oortuigend genoeg, maar hy weet nie dat sy nie so naby hom wil wees nie, nie noudat hy so vriendelik en anders is nie. Haar hart kan sy nie 'n oomblik lank vertrou nie. Haar hart is sommer 'n ou verraaier! Dit sal haar maklik in die steek laat. Voordat sy haar oë uitvee, is sy verlief op hierdie man, want hy maak allerhande skoenlappers in haar binneste wakker.

Hierdie vreemde, eensame, geslote mens ontstel haar. Sy wil hom beskerm. Sy is vir hom jammer. Sy wil hê die kinders moet lief wees vir hom. Sy self wil . . . Ag, sy weet nie wat sy wil nie! Dit sal beter wees as sy nie daaroor dink nie.

Die plaas is werklik mooier as Kobus-hulle s'n. Alles is netjies en agtermekaar. Nie die kwaaiste matrone of sersant-majoor sal hier 'n rafel of 'n skroef uit sy plek vind nie.

Die huis is kolossaal, met die pragtigste antieke meubels en Persiese matte. Geelkoperpotte en allerhande soorte ornamente duik op die mees onverwagse plekke op. Annie kan in haar geestesoog sien hoe van daardie bakke vol blomme sal lyk.

"Dis regtig 'n pragtige plek, Bert- . . . meneer Kruger."

"As ek jou op jou naam noem, sal jy my nie maar ook op my naam noem nie?"

Annie moet sluk aan die knop in haar keel. Daar is 'n gefladder in haar borskas. Sy knik net en laat haar blik skaam sak.

Haar skaam gesiggie met die dowwe blos wat teen haar

nek opkruip, maak iets primitiefs in Bertus wakker. Hy wil haar wild in sy arms vasvang en haar soen totdat sy smeek om genade.

Bertus aanvaar sonder teëstribbeling Kobus se uitnodiging vir ete. Kobus lag stilletjies by homself. Meneer Kruger hou hom verniet so ongeërg. Dis tog net om naby juffrou Annie te wees. Hy sien mos hoe loer hy so onderlangs na haar.

Kobus se ma is baie ingenome met die idee van 'n vleisbraaiery en eie aan die Suidwesters, vir wie dit geen moeite of ontwrigting is nie, word die ander bure ook sommer genooi.

Bertus kom daar aan net toe die son begin sak. Hy is groot en aantreklik en vanaand is Annie bly dat haar hare mooi blink op haar skouers hang en dat haar middeltjie dun en breekbaar lyk in die vroulike pienk rok.

Dit word 'n heerlike, gesellige aand. Die Van Greunens is net sulke aangename mense soos Kobus se ouers. Hulle is 'n middeljarige egpaar en hulle beny Magriet en Koos omdat hulle so bevoorreg is om albei hul kinders by die huis te hê.

Hulle eet sommer buite op die groot grasperk. Die jong mense sit op 'n kombers op die gras, terwyl die vier ouer mense ewe stemmig om 'n tafeltjie sit. Kobus het dit so beplooi dat Bertus tussen hom en Annie sit. Annie kan nie help om bekommerd te wonder wat in daardie rooi kop aan die broei is nie. Met blosende wange wonder sy of die seuns nie dalk al dieper in haar hart gekyk het as wat sy tot nou toe self wou doen nie.

"Die vleis is heerlik, Kobus." Sy lek haar vingers af en hou haar bord uit vir nog 'n stukkie wors.

"Wat van nog 'n bietjie pap ook, Annie?" vra Magriet en skep 'n groter porsie as wat Annie gevra het.

"Nee, dankie, tannie Magriet, ek eet sommer net agter die lekker aan."

Bertus vat die bord by Kobus en gee dit vir Annie aan. Haar vingers raak warm en intiem aan syne toe sy die bord by hom vat. Sy is dankbaar vir die donker wat die blos op haar wange verberg.

"Ek hoor Rina en Danie Potgieter is toe eindelik geskei. Sy is glo sak en pak terug by haar ouers op die plaas."

Annie kan voel hoe Bertus hier langs haar verstyf.

Mevrou Van Greunen is nie bewus daarvan dat hulle al twee gespanne na die gesprek tussen haar en Magriet luister nie.

"Ag, nooit! Ek het nie geweet hulle het probleme nie. Hulle was dan maar vier, vyf jaar getroud." Magriet is opreg geskok.

"Nee, maar ek het altoos vir my ou man gesê dit gaan nie uitwerk nie. Daardie Danie is ook maar 'n losbol so groot as wat jy kan kry."

Annie loer onderlangs na Bertus. Sy sien hoe hy sy kakebene op mekaar klem en hoe 'n spiertjie in sy wang vinnig spring.

"Gelukkig het hulle darem nie kinders gehad nie, anders was dit tog so 'n treurige affêre."

Bertus sit sy bord neer en Annie sit vinnig haar hand op sy arm.

"Nog iets vir jou? Ek sal vir jou gaan haal."

"Nee wat, dankie."

Die nuus van Rina en Danie het darem nou te skielik op hom afgekom. Dis asof dit nie wil registreer nie. Dis seker wat Schalk hom wou vertel het.

Annie se hart ween vir hom. Arme mens! Hoekom moet Rina nou juis in sy lewe terugkom en alles weer kom oopkrap? As sy hom een keer in die steek gelaat het vir 'n ander man, sal sy dit weer doen. Hy sal haar nooit weer kan vertrou nie. Hoekom juis nou? Sy en die seuns begin nou net vordering maak. As Rina 'n jaar later teruggekom het, het hy dalk 'n ander perspektief op die lewe gehad.

Sy wens sy kan hom troos en vir hom sê sy weet van Rina; dat sy hom wil help, hom teen Rina sal beskerm. Sy moet egter doodstil sit en hom alleen met hierdie stryd los.

Bertus kyk af na die stil gesiggie hier langs hom. Rina se beeld was altyd so helder in sy gedagtes, maar vanaand kan hy dit glad nie onthou nie. 'n Fyn gesiggie omraam met lang, bruin hare skuif gedurig voor die ander bekende beeld in.

Hy sal eers weer vir Rina moet sien om te weet hoe hy voel. Hy sal haar nooit weer vertrou nie! Hy verkies die eensaamheid en verlange en die gevoel dat niemand omgee nie.

Hy glimlag af na Annie se bekommerde gesiggie. Sy het so 'n fyn aanvoeling vir iemand anders se gemoedstoestand. Sy het seker nou aangevoel dat hierdie nuus iets met hom te doen het.

Dankbaar sien Annie hoe hy later weer ontspan en gemaklik agteroor leun terwyl hulle koffie drink.

Pieter staan op en trek Sandra aan haar hand op.

"Kom ons gaan stap 'n entjie met die pad langs. Ons moet 'n bietjie van hierdie kos probeer verbrand. Ons sal nooit vannag kan slaap nie."

"Ja, dis 'n goeie plan." Kobus is dadelik by. Pieter kyk vies na hom.

"Niemand het jou saamgenooi nie. Moenie so 'n ou pretbederwer wees nie!"

Sandra druk blosend haar kop teen Pieter se skouer vas en dit laat die ander skater van die lag.

Annie staan op en stof die grassies van haar rok af.

"Ek dink 'n stappie is net wat ons almal nodig het. Ons drie sal in die teenoorgestelde rigting stap, Pieter."

Bertus bly egter sit en Annie hou haar hand uitnodigend uit. "Kom, stap saam! Dit sal heerlik wees."

"Nee wat, ek is te oud vir sulke speletjies. Stap jy en Kobus maar."

"Ag, kom, moenie vir jou soos ou Metusalag hou nie."

Sy vingers sluit warm om hare toe hy gemaak verontwaardig opstaan.

"Julle het deesdae geen respek vir my nie."

"Ons het, meneer. Ek weet nie van juffrou nie, maar ons sal niks waag nie!"

"Hm! Dis sommer 'n storie vir jou pa se ore. Wanneer ons by die skool is, waag julle glad te veel. Ek was net te besig om julle 'n bietjie kort te vat."

"Jy moet laat ek agterkom die kinders raak jou oor, buurman. Ek sal my hulp moet kom aanbied," lag Kobus se pa.

"Nee, oom sien mos hoe gaan dit. Die onderwyseres het nie vir my respek nie, en sy leer die kinders ook so."

Annie hoor die tergklank in sy stem. Sy hand omvou hare nog steeds en dit wil haar laat lag en sing van die warm vreugde wat haar skielik so lig en vrolik laat voel.

Sy trek versigtig haar hand uit syne. Die ondeunde Kobus staan hulle met valkoë en dophou. Hulle stap ver met die plaaspad langs en Kobus is vol kwinkslae.

"Wat betaal meneer my as ek nou verdwyn?" Hy gaan staan laggend in die middel van die pad. "Ek reken nou so: Pieter wil my nie saam met hulle hê nie, so meneer sal ook seker graag van my ontslae wil raak."

"Ag, Kobus, nou is jy darem baie stuitig!" Annie wens die aarde wil oopgaan en haar insluk. Sy loop sommer vinniger sodat sy 'n tree of wat voor hulle kan kom.

"Ek moet eers hoor wat jou prys is. As dit nie te hoog is nie, kan ons altyd besigheid doen," klink Bertus se diep stem agter haar op.

Annie wag nie vir nog sulke lawwighede nie, maar begin vinnig met die stofpad langs hardloop – met Kobus se skaterlag in haar ore.

"Juffrou hardloop verkeerde kant toe! Die huis is anderkant toe!"

"Ek sal jou kry, Kobus Snyman!" Sy kners die woorde hygend uit.

Sy hoor voetstappe agter haar en versnel haar pas, net om 'n paar treë verder stewig om haar middel vasgevang te word.

Nie vir 'n oomblik dink sy dat dit Bertus sal wees wat agter haar aanhardloop nie. Dit kan net Kobus wees wat haar so gemaklik inhaal. Sy klap dus wild na die hande om haar middel en raas hygend en kortasem.

"Is jy laf om . . . om sulke verspotte grappe te maak? Ek wens meneer Kruger draai jou nek om!"

"Nou hoekom sal ek dit wil doen?"

"Jy! Ag, tog!"

Bertus se hande skuif op en kom rus warm en stewig om haar skouerknoppe.

"Hoekom is jy so verbaas? Het jy nie gedink ek sal jou kan inhardloop nie? Jy is dan so 'n klein ou juffroutjie met sulke ou verspotte sandaaltjies aan."

"Ek . . . e . . ." Annie is erg verleë en weet nie waar om te kyk nie.

"Annie!"

"Hm?" Haar oë bly vasgenael op sy bors.

"Is jy tog nie skaam vir my nie? Jy weet tog Kobus terg net."

"Ek sal hom kry! Hy is 'n regte duiweltjie!"

"Nie so lank gelede nie was hy 'n dierbare seun, as ek reg onthou."

Sy stem is sag en teer en so heeltemal anders dat sy net skaam haar kop teen sy bors vasdruk. Sy is te bang om op te kyk. Sy is bang dat hy dit wat sy nie 'n naam wil gee nie in haar oë sal lees.

Hy druk haar 'n oomblik lank saggies teen hom vas. Dan hou hy haar 'n entjie van hom af weg.

"Die seuns is onmoontlik! Ek vertrou hulle gewoonlik nie twee tree onder my oë uit nie. Ek wens ek kon weet wat nou weer in Kobus se kop aangaan."

Annie hoor dat sy stem sag en vol pret is en sy weet dat hy dit goed bedoel met die seuns.

Bertus vat haar hand. Asof dit die natuurlikste ding in die wêreld is, begin hy terugstap huis toe met haar hand warm en intiem toegevou in syne.

9

Die nuwe kwartaal begin met soveel probleme dat Annie 'n week later nie kan glo dat sy so 'n heerlike, rustige vakansie gehad het nie.

Meneer Fourie is nog steeds siek en daar is maar min hoop dat hy gedurende die nuwe kwartaal sal terugkom.

Bertus is so begrawe onder die werk dat hy nie eens kans kry om sy nuwe persoonlikheid 'n uitkomkans te gee nie. Hy is stug en oorwerk. En Annie wonder of sy haar nie maar verbeel het dat hy een aand gedurende die vakansie haar hand styf vasgehou het terwyl hulle in die stil maanlignag gestap het nie.

Die bome se blare is stadigaan besig om te verkleur. Dis die enigste teken van die naderende herfs.

Haar koor vorder baie goed en dit vergoed vir die teleurstellings. Hulle moet oor 'n maand aan die koorkompetisie in Windhoek deelneem en hulle gebruik elke ekstra oomblik om te oefen.

Annie dryf die seuns ongenadiglik. Bertus moet tog nie teleurgesteld wees in haar nie. Hy moenie dink dat die seuns minder presteer omdat hy hulle deesdae meer sosiale vryheid gee nie.

'n Ligte kloppie aan Annie se klaskamerdeur laat haar die les onderbreek.

"Kom binne!"

"Juffrou, meneer sê juffrou moet die seuns werk gee vir 'n kwartier of 'n halfuur en dan asseblief na die kantoor toe kom."

"Dankie, Christo, ek maak so."

Sy blaai in die boek op haar tafel.

"Maak oefening veertien klaar. Diegene wat nie nou klaarkry nie, moet dit vanmiddag saam met jul tuiswerk doen. Ons kan nie bekostig om onnodig tyd te mors nie. Ons is reeds agter."

Die seuns haal hul boeke uit en Annie stap vinnig deur toe.

"Nie 'n woord nie, hoor! Het jy ook gehoor, Danie? Jou mond hoor 'n mens altyd kilometers ver."

"Ja, juffrou."

Annie tik liggies teen Bertus se kantoordeur. Sy sluk aan die droogheid in haar keel.

Sy is skoon laf! Snaaks dat 'n kantoor altyd so 'n uitwerking op 'n mens het. Sy probeer haar eie kinderagtigheid so wegdink, maar diep in haar weet sy dat dit nie die rede is vir haar skielike senuweeagtigheid nie.

"Kom binne!"

Sy draai die knop en stap binne.

Bertus sit agteroor in sy stoel en hy lyk vir haar anders. Daar is 'n frons op sy voorkop soos gewoonlik, maar tog is daar iets vreemds aan hom. Iets waarsku haar dat alles nie pluis is nie.

Dis egter eers toe sy die deur agter haar toedruk dat sy

die pragtige vrou in die netjiese, modieuse ryklere sien. Sy sit met haar bene gekruis en is 'n toonbeeld van selfvertroue en ontspanne rustigheid.

"Kom binne, Annie, Ek wil jou graag aan Rina Potgieter voorstel. Jy ken haar swaer, Schalk."

Annie kyk verbouereerd van Bertus na Rina en steek werktuiglik haar hand uit. Sy kry dit egter reg om haar stem neutraal te hou. Dit laat haar beter voel, want haar hele binneste is in beroering by die aanhoor van die naam wat sy die afgelope ruk al honderde kere in haar gedagtes om en om gedraai het.

"Aangename kennis, mevrou."

"Rina, dit is Annie Delport, ons nuwe onderwyseres."

Rina lig haar wenkbroue en groet Annie met 'n slap hand.

"Ek was vreeslik verbaas toe ek hoor dat Bertus nou 'n onderwyseres hier het. Wat maak jy alleen hier tussen die mans?"

Annie frons. Sy hou nie van die vrou se stemtoon nie. Dit klink so vulgêr.

"Dis darem net meneer Kruger wat hier is, mevrou. Die ander is net seuns." Sy wag nie vir 'n antwoord van die vrou nie, maar draai na Bertus. "Jy het my laat roep, meneer."

"Dis nie nodig om formeel te wees nie, Annie. Ek en mevrou Potgieter is ou vriende. Ek weet dis ons ooreenkoms tydens skoolure, maar hier is tog nie nou leerlinge naby nie."

Annie draai haar effens skuins sodat die Rina-vroumens nie die ongeloof op haar gesig moet sien nie. Sy is seker daarvan dat Bertus haar iets aan die verstand wil bring, maar sy is nou net soos 'n donkie, niks dring tot haar deur nie.

Sy sien die dringendheid in Bertus se oë en stadig gaan daar vir haar 'n lig op.

"Sal jou klas 'n halfuur lank alleen kan regkom, Annie? Ek wil hê jy moet gou saam met ons tee drink."

"Seker, Bertus, dit sal heerlik wees. Ek voel reeds vanoggend so dors. Dit bly maar warm."

Sy sien met genoegdoening die frons op die lang, blonde vrou se mooi gesig. Arme Bertus! Annie kan nie help om lig en vrolik te voel nie. Dat hy haar sowaar gebruik vir morele ondersteuning teen die aanvalle van sy eerste liefde, is vir haar baie goeie nuus. Die tee staan reeds op die lessenaar en Annie veroorloof haar die voorreg om die plig van gasvrou oor te neem.

"Kan ek sommer vir jou melk en suiker ingooi, mevrou?"

"Net 'n bietjie melk, asseblief."

Annie gee haar koppie aan en trots sien sy dat haar hande kalm en rustig is. Sy oortref haarself vandag.

Sy span haar in om te onthou hoeveel melk en suiker Bertus altyd in sy tee drink. Hulle drink egter so min saam tee dat sy met die beste wil ter wêreld nie kan onthou nie. Om hom egter nou te vra, sal net sy hele plan beduiwel.

Sy gooi dus 'n bietjie melk en 'n halwe teelepel suiker in sy tee.

"Van wanneer af vat jy so min suiker? Ek moes jou dan altyd keer, Bert. Onthou jy nog? Ek het altyd gesê jy sal suiker ingooi totdat dit met 'n punt bokant die tee uitsteek!"

Bertus lag ondeund en Annie moet sukkel om 'n giggeltjie te keer.

"Ek neem al jare lank net twee teelepels suiker in my tee. Annie reken egter ek raak nou oud en moet na my figuur begin kyk."

"Skaam jou, juffrou Delport. Ek dink Bert is een van die bes geboude mans wat ek nog gesien het."

Annie byt hard aan die binnekant van haar kieste en Bertus sien die ondeundheid op haar gesig.

"Nee, mevrou, netnou sê die kinders vir hom ou Vaatjie! Hy moet deesdae ook harder oefen. Jy moet net sien hoe goed doen dit hom. Hy kan al amper net so vinnig soos Kobus, ons beste atleet, hardloop."

Rina kyk vies na die jong onderwyseres wat so eie is met Bertus. Dit het sy darem nie verwag nie. Sy het gedink sy kan net terugkom en weer haar plek in Bertus se hart en arms inneem.

Bertus het nou nie in soveel woorde gesê dat daar 'n verhouding tussen hom en die onderwyseres is nie, maar hy kon darem nie wag om haar te roep en haar voor te stel nie.

"Dit sal nooit gebeur nie. Hy sal altyd so lenig en aantreklik bly. Hy is net een van daardie soort mans. Sy pa was ook so." Rina is nou die ene verontwaardiging.

Annie lag net en drink tydsaam haar tee. Haar hart gaan uit na Bertus. Sy wens sy kan iets doen om hom te help. Sy bid tog net dat hierdie vrou nou nie weer sy hele lewe kom deurmekaarkrap nie. Hy is reeds so in homself gekeer. Dalk het sy klaar weer alles oopgekrap.

Rina verloor belang in die kuiertjie en is sommer haastig nadat sy haar tee gedrink het. Bertus staan op en stap saam met haar deur toe. Hy keer egter vinnig toe Annie ook wil loop.

"Net so 'n oomblik, Annie, ek wil jou nog graag oor iets spreek, asseblief."

Hy vergesel Rina tot op die stoep, vra dan verskoning en draai terug na sy kantoor. Hy druk die deur agter hom toe en blaas gemaak sy asem uit.

Annie se laggie is klokhelder en spontaan en weer eens moet Bertus hom in toom hou om haar nie vas te druk en deeglik te soen nie.

Die ontmoeting met Rina was toe heel anders as wat hy altyd gevrees het. Dis so 'n verligting dat hy sommer

127

lus het en lag hardop. Toe sy vanoggend by daardie deur ingestap het, was dit soos 'n vreemdeling wat hy die eerste keer gesien het. Hy het gewag vir die verlange, die haat, die gevoel van verwerping om hom weer te bekruip, maar dit het nie gekom nie.

Daar was 'n stil vrede in sy binneste. Eensklaps was dit vir hom 'n obsessie om haar en Annie langs mekaar te sien. Dit sou sommer vir Rina ook stof tot nadenke gee. Sy is baie seker van haar saak omdat hy nog nie getroud is nie. Sy reken natuurlik hy treur nog al die jare oor haar.

Toe Annie in die deur verskyn, het hy dadelik geweet: sy staan kop en skouers bo Rina uit! 'n Mens sal 'n leeftyd nodig hê om Annie te vergeet, nie net vyf jaar nie! En sy het baie vinnig die situasie opgesom en besef dat hy wil hê sy moet maak of hulle mekaar beter ken as net kollegas.

"Dankie, Annie."

"Dankie? Waarvoor?"

"Dat jy my hier uit die leeu se bek kom red het."

"Skaam jou, meneer Kruger! Sy is 'n pragtige vrou."

"Ja, ek het ook eens op 'n tyd so gedink. Sit 'n bietjie. Ek . . . ek sal jou graag die storie wil vertel."

Annie luister aandagtig en laat nie 'n oomblik deurskemer dat sy die verhaal al vantevore gehoor het nie.

"En nou, meneer?"

"Hoe noem jy my?"

Sy kyk blosend op haar hande en 'n stil verwondering kom lê in hom. Sy kan altyd so pragtig skaam word.

"Ek is jammer . . . Bertus . . . Wat gaan jy nou doen? Sy is mos nou vry. As jy haar nog wil hê, dan . . ."

"Sou jý?"

"Wat?"

"Sou jý iemand terugneem as hy jou een keer in die steek gelaat het?"

Annie skud net haar kop liggies heen en weer en kyk af.

"Ek wou haar laat verstaan dat ek nie al die jare nog oor haar treur nie. Jy het my wonderbaarlik bygestaan." Hy lag saggies. "Daardie tee was net aaklig bitter."

Annie lag verlig omdat hy kans sien om nog grappies te maak.

"Jy kan bly wees ek het dit nie in my kop gekry dat jy glad nie suiker in jou tee drink nie!" Sy staan op en stap deur toe. "Dit was in elk geval 'n plesier, Bertus. Sê maar as jy weer hulp nodig het. Jy het my ook al vantevore uit 'n verknorsing gered met haar swaer."

"Annie!"

Haar hand verstil op die deurknop en sy draai om terwyl haar hart wild in haar kuiltjie klop.

"Toemaar . . ."

Teleurgesteld draai sy terug en maak die deur sag agter haar toe. Sy stem was so sag en vriendelik. Sy wens hy het gesê dat hy . . . dalk . . .

Jy is nou 'n verspotte ou bakvissie! raas sy met haarself.

Die dag snel ten einde sonder dat sy Bertus weer sien. Tydens aandete kom roep Filemon hom. Annie, wat aan die onderpunt van die tafel sit, kan nie hoor wat die probleem is nie.

Hy eet net haastig sy kos en vra dan verskoning. 'n Rukkie later sien sy sy bakkie om die koshuis ry in die rigting van sy plaas.

Arme man! Hy het by al sy probleme en berge werk nog sy eie boerdery ook om te behartig.

Asof die kwartaal nie vol genoeg is nie, kom pla Schalk Potgieter haar ook nog tydig en ontydig.

Eers het hy haar gereeld skool toe geskakel. Sy het hom later kortaf gevra om dit asseblief nie weer te doen nie. Nou skakel hy haar gewoonlik as hulle besig is om te eet.

Hierdie Saterdagmiddag het sy egter al haar werk opsy

geskuif en sit sy met 'n boek rustig agteroor in een van haar leunstoele.

'n Ligte kloppie aan haar deur laat haar gesteurd opkyk.

"Binne!"

"Juffrou, meneer Potgieter is hier. Hy wil juffrou spreek."

Annie kyk hulpsoekend na Pieter.

"Nou waar de drommel dink hy moet ek hom onthaal?" Sy brom dit onderlangs, maar Pieter proes dit uit van die lag toe hy om die hoek verdwyn.

Annie borsel haar hare en stap uit.

Schalk Potgieter staan selfversekerd teen 'n stoeppilaar en rook.

"Middag, mooi ding! Jy lyk kompleet of 'n mens jou kan eet."

Annie het lus en klap hom. Dink hy dalk dat hierdie koshuis leeg is? Sestig ore is nou gespits om te hoor wat daar gesê word. Môre is sy weer die teiken van die seuns se spottery.

"Ek is jammer, Schalk, maar jy kan nie hierheen kom nie. Hier is geen plek waar ek jou eens 'n koppie koffie kan aanbied nie. Ek kan jou tog nie in my kamer onthaal nie."

"Hoekom nie?" Schalk is werklik verbaas en Annie kyk hom vies en uit die hoogte aan. Hy gaan egter ongesteurd voort: "Kom ons gaan fliek vanaand op die dorp. Ek vra jou nou vroeg genoeg sodat jy nie weer 'n verskoning het nie."

Schalk verwag inderdaad nie dat sy weer 'n verskoning sal hê nie, want hy is opreg verbaas en teleurgesteld toe sy weier.

"Nee, ek kan ongelukkig nie. Bertus is nie hier nie. Hy is op sy plaas en ek kan nie die kinders so alleen los nie."

"O, is dit al Bertus?"

"Luister, Schalk, dis beslis nie die beste plek vir 'n gesprek dié nie. Kom ons gaan stap 'n entjie."

Annie stap ook sommer voor hom uit. Sy neem die voetpaadjie wat krale toe lei en Schalk val langs haar in.

"Kom ons gaan sit dan liewer in my motor. Ons kan 'n entjie gaan ry as jy wil."

Annie antwoord hom nie eens nie. Sy hou net aan stap totdat sy seker is die kinders kan hulle nie hoor nie.

"Nee, dankie, Schalk.Ek het jou reeds gesê hoekom ek nie van die koshuis af wil weggaan nie."

"Jy neem jou werk glad te ernstig op, Annie. 'n Mens is geregtig op ontspanning ook. Ek weet Bertus is 'n slawedrywer, maar ek sal hom hieroor gaan spreek. So kan dit nie voortgaan nie!"

"Dit gaan jy beslis nie doen nie. Hier is meer werk as wat ons twee in 'n jaar kan klaarkry. Ek sal nie toelaat dat jy hom met sulke onsinnighede lastig val nie. Ek stel nie belang in meer vrye tyd nie."

"Ek wil dit net vir jóú doen, Annie. Ek sien jou nooit. Jy is altyd besig met dinge van die skool."

"Maar ek het jou nog nooit rede gegee om oor my bekommerd te wees nie, Schalk. Jy het ook nie nodig om vir my geselskap te wag nie. Jy het mos baie ander vriendinne by wie jy kan gaan kuier."

"Jy speel nou sommer hard to get, soos die Engelse sal sê, Annie. Wel, jy het my net waar jy my wil hê. Ek is gek na jou. Ek wil jou by my hê, elke oomblik van die dag. Ek dink nie meer aan iemand anders nie . . . Dis net jy."

"Schalk!" Annie gaan staan geskok en draai na hom toe sodat sy hom vol in die oë kan kyk. "Jy bluf net jouself! Ek het jou geen aanleiding gegee nie. Ek gaan nou nie verder draaie gooi nie. Ek gaan nou baie blatant vir jou sê: moet my asseblief nie weer besoek of skakel nie. Ek stel nie belang nie! Jy mors jou tyd én myne."

Annie sien moedeloos dat haar woorde en stem nie genoeg erns bevat om Schalk af te skrik nie.

Hy staan nader en lig haar gesig met sy vinger. 'n Don Juan-glimlag span om sy mondhoeke en sy oë is blink en vol selfvertroue.

"Jy jok, Annie, my skat! Ek weet jy is doodbang vir ou Bertus Kruger. Maar ek is nie! Buitendien is Rina terug. Hy sal nou nie eens oplet as jy nie saans meer by die koshuis is nie, want hy sal meestal nie daar wees om jou op te pas nie. Hy wag al jare dat sy moet terugkom en hy sal haar nie weer deur sy vingers laat glip nie."

Schalk se woorde skok haar, en woede maak haar nou onverskillig vir sy gevoelens.

"Schalk Potgieter, kry dit asseblief nou eens en vir altyd in jou kop: ek wil jou nie hê nie! Ek haat dit om ongeskik te wees, maar dis al taal wat jy blykbaar verstaan!"

Sy sien die ongeloof op sy gesig en die spiertjie wat spring-spring in sy wang.

"Is daar dan iemand anders, Annie?"

'Ja, Schalk, daar is iemand anders. En dis iemand wat vir my baie, baie dierbaar en baie spesiaal is."

Hy staar haar geskok aan. Dis net nie aanvaarbaar vir sy ego nie. Hy kan nie glo dat 'n meisie bo-oor hom kan kyk en getrou kan bly aan iemand twee duisend kilometer ver nie.

"Wel! Hoekom het jy nooit gesê daar is iemand anders nie? Ek . . . e . . . ek sou dan nie my tyd so gemors het nie!"

"Dit was jou eie besluit, Schalk. Ek het nie een van jou uitnodigings aanvaar nie. Ek het ook nie een keer vir jou gevra om my te bel of te kom kuier nie. Om die waarheid te sê, dit het my elke keer in 'n geweldige verleentheid geplaas."

"Die . . . die ander ou – wat doen hy?"

Annie soek naarstiglik in haar gedagtes rond na 'n kandidaat vir hierdie vakante betrekking. Dis egter net Bertus Kruger se groot gestalte wat haar gedagtes oorheers.

"Hy is ook 'n onderwyser."

"O!" Schalk lyk asof hy ten minste verwag het dat dit 'n kroonprins of 'n oliesjeik moes wees.

Dit dring glad nie tot hom deur dat dit dalk Bertus kan wees na wie sy verwys nie. Hy sal Bertus nooit in daardie deel van die legkaart probeer inpas nie. Hy is sommer net Bertus Kruger; nors, onvriendelike Bertus Kruger wat nog al die jare vir Rina wag.

"Wel, dan gaan ek maar."

Schalk lyk so afgehaal dat Annie hom onverwags jammer kry.

Sy sit haar hand op sy arm en haar stem is sag en vriendelik.

"Ek is jammer, Schalk, dis maar net die beloop van die lewe. Vir een mens raak jy liewer as vir 'n ander. 'n Mens kan nie jou hart voorsê nie."

Hy sit sy hand oor hare en glimlag suur. Annie ontstel haar nie vreeslik oor sy ontevrede gesig nie. Sy weet goed hy sal nie veel langer as vier en twintig uur oor haar treur nie.

Soos Annie verwag het, is die seuns die volgende oggend vol terglus en lawwigheid.

"Môre, mooi ding!" groet Oswald joviaal toe hy by haar verbystap.

Annie maak egter of sy hom nie hoor nie en kners net op haar tande. Hulle sal nou weer aanhou en aanhou met dieselfde grap. Sy is darem party dae baie lus om hierdie klomp rammetjies se strotte vir hulle in te druk.

In die klas is daar 'n onderlangse geloerdery en kortkort 'n fluistergesprek. As Annie kon hoor waaroor daar skielik so bespiegel word, sou die hare op haar kop almal regop gestaan het, want vir die seuns lyk dit of hul planne besig is om skeef te loop.

Hulle moet sorg dat juffrou Annie en ou Zeus by mekaar uitkom. Hierdie Schalk Potgieter gaan moeilikheid maak wat verhelp kon gewees het.

"Ons moet sommer 'n slag 'n bunsenbrander onder ou Zeus sit. Ek sê julle, hy weet nie hoe vry 'n mens nie. Hy sit nog so en slaap, dan vry daardie ou haar onder ons neuse uit," fluister Pieter ernstig vir Oswald, wat bevestigend knik.

"Pieter, wat gaan vanoggend met julle aan? Julle is vandag soos seuntjies! Wag totdat julle buite kom en dan gesels julle."

"Ai, juffrou, dis sake wat nie kan wag nie."

"Wel, dit beter wag tot ná skool, anders hou ek julle hier tot vieruur toe."

Dit raak later in die dag rustiger en Annie begin stadig ontspan.

Bertus is stil en bekommerd. Een van sy stoetverse is siekerig. Oom Gawie is juis vanoggend op sy plaas, maar hy bly maar bekommerd. Die opregte goed is so pieperig. Die veearts het darem belowe hy sal vanoggend uitkom.

Hy loer na sy horlosie en sit dan die klas aan die werk. Hy wil net gou gaan kyk hoe dit daar gaan.

Hy en die veearts kom gelyktydig op die plaas aan.

"Môre, Bertus, ek dog jy is by die skool."

"Ek is bekommerd oor die vers. Ek het gehoop ek kry jou hier sodat ek kan hoor wat haar makeer."

"Môre!"

Nou eers sien Bertus vir Schalk Potgieter wat aan die ander kant van die veearts se bakkie uitklim.

"Môre, Schalk, is jy vanoggend die dokter se assistent?"

"Ja! Nie dat ek juis van veel hulp sal wees nie. My motor

het vanoggend bekwaald geraak. Die motorwerktuigkundige sê dit sal 'n paar dae daar by die motorhawe moet bly. Ou Dok was toe so vriendelik om te sê ek kan saam met hom ry. Hy moet daar by my ook 'n draai kom maak."

Die veearts ondersoek die vers en gee haar 'n inspuiting.

"Sy behoort gou weer op die been te wees, Bertus. Dis goed dat julle so iets van veesiektes weet, want dan roep julle darem altyd 'n ou vroegtydig. Ek los hierdie twee inspuitings hier. Gee haar elke dag een."

"Dankie, Dok. Ek is maar altyd bekommerd oor hulle. Hulle kos so baie geld en dan is hulle so pieperig."

"Kan ek gou my hande gaan was, Bertus?"

"Hier is 'n kraan, maar jy kan sommer by die huis ook kom was. Kom gerus, dan laat maak ek vir julle tee. Ek moet ongelukkig nou teruggaan skool toe."

"Dok kan sommer by my huis tee drink, Bertus. Dit gaan seker maar dol daar by jou. Ek verstaan meneer Fourie kom nie hierdie kwartaal terug nie."

Schalk gesels vrolik, sy groot liefde vir die juffrou al klaar weer iets van die verlede.

"Nee, hy is nog steeds siek. Maar ek moet sê, juffrou Delport kwyt haar baie goed van haar taak. Ek wou aan die begin niks weet nie, maar ek moes my mening oor haar vinnig verander. Sy is baie pligsgetrou. Ons sal net 'n ander plan moet maak wat haar verblyf betref. Dis moeilik so in die seunskoshuis. Nie dat sy kla nie, sy val maar by alles in."

"Ja, sy is oulik en nog iets vir die oog ook. Ek het my bes gedoen om haar hier te hou vir ons gemeenskap, maar sy wil niks weet nie. Sy sê nou die dag vir my sy het nou iemand wat vir haar baie dierbaar en baie spesiaal is. Sy sal seker binnekort trou. Die jong juffroutjies hou mos nie lank nie."

135

Bertus kan Schalk net geskok aanstaar.

"Het sy gesê sy gaan binnekort trou?"

"Nie in soveel woorde nie, maar as 'n mens so getrou is aan jou geliefde soos sy, moet jy die skoot hoog deur hê. Sy wou nie eens een keer saam met my gaan fliek het nie!" Diep ingedagte ry Bertus terug skool toe. Snaaks, hy het nog nooit aan Annie se verlede gedink nie. Stommerik wat hy was! Natuurlik sal daar iemand wees. Sy is 'n pragtige meisie met 'n baie mooi geaardheid. Dis net vir hom snaaks dat 'n man so 'n meisie sal toelaat om so ver van hom af weg te gaan.

Dis waar wat Schalk sê. Sy gaan met niemand uit nie. Sy bly altyd net by die koshuis en gedurende die vakansie was sy by Kobus-hulle op die plaas.

Bertus sug. Die eerste vrou wat weer iets in hom wakker gemaak het, blyk ook buite sy bereik te wees. Sal geluk hom dan elke keer ontwyk net sodra dit binne sy bereik kom?

10

"Ek sê nou vir julle dit gaan werk!" Oswald beduie wild met sy hande.

"Ouens, ou Zeus is nie 'n tiertjie wat hom met suurpap sal laat vang nie." Pieter klink glad nie so oortuig van die uitvoerbaarheid van die plan nie.

"Ek stem saam met Oswald. Die ou fossiel moet net wakker gemaak word. Juffrou is klaar verlief op hom. Ek sê julle, ek is seker daarvan." Kobus staan eintlik regop en bekyk die ander uit die hoogte, asof hy iets weet wat hulle nie weet nie.

"Ai, dis net vir my swaar om te aanvaar dat sy so stupid

kan wees om op ou Zeus te gaan staan en verlief raak."
Boef se gesig is een verontwaardigde plooi en die ander
lag gedemp.

"Ja-nee, Boef, ek glo ook nie sy sal regtig so simpel wees
nie; sy het te veel tussen haar ore. Ou Kobus, ek dink jy
maak 'n groot fout." Flenters is net so onoortuigbaar soos
Boef.

"Julle moet net eers besluit wat julle wil hê! Wil julle hê
daardie laventelhaan moet haar hier kom uitsleep? Is dit
wat julle wil hê?" Oswald swaai sy vinger in die rondte om
seker te maak hy sluit almal in. "Kom ek vertel julle presies
wat dan gaan gebeur. Dan gaan die grote Zeus uit sy Rip
van Winkel-slaap wakker skrik, en moenie dink hy gaan
dan liewer vir ons wees as nou nie. O nee, dan gaan hy al sy
frustrasies op ons uithaal. Laat ek julle nog iets vertel: die
tweede dwaling gaan erger wees as die eerste een. Daarvan
kan julle baie, baie seker wees."

Oswald beklemtoon elke woord met dodelike erns.

"Goed, kom ons som net eers die hele situasie op." Ko-
bus is nie verniet hoofseun nie. Hy neem nou die leiding.
"Ten eerste neem ons aan dat juffrou Annie vir ou Zeus
omgee, hoe onmoontlik en vergesog dit ook al mag klink.
Ten tweede het ou Zeus al soveel verander vandat sy hier
is, dat ons met sekerheid kan aanneem dat sy 'n heilsame
invloed op hom het. Reg?"

"Ja, man, moenie nou weer staan en hoogdrawend raak
nie. Kom tot die punt." Flenters skop vies na die drafskoen
onder die bed wat met sy blou tong vir hom lê en loer.

"Goed! Die oplossing van die situasie lê nou daarin dat
ons vir juffrou Annie permanent hier moet hou. Dit bete-
ken dat ons die twee by mekaar moet uitbring."

"Ja, goed, ons is nou Kupido! Al wat ek nou wil weet,
is: wat doen Kupido?" Daar is nie 'n sweem van spot in
Oswald se stem nie.

"Hy is 'n skut! Hy skiet pyle!" Pieter kan nie die kans onbenut laat verbygaan nie.

"Ag, gaan vang 'n haan! Julle is erger as 'n klomp pienk-voete!"

Kobus mik vererg 'n vuishou na Pieter se skouer. Kan hulle dan nie verstaan dis 'n dringende saak nie? Hierdie Potgieter raak nou hans. Hy kom kuier dan glad al by die koshuis.

"Ons moet dadelik iets uitdink, kêrels. Juffrou Annie moet in die een of ander penarie beland en ou Zeus moet haar gaan red."

"Dit lyk my jy is nie 'n boer nie, ou Kobus, maar eerder 'n liefdesverhaalskrywer!"

Kobus ignoreer hierdie kwinkslag en wag vir voorstelle.

"Kom, manne, kom! Nou sit julle asof julle boontjies ingesluk het en wag dat dit moet ontkiem!"

"Ag nee, ou Kobus, man! 'n Mens kan mos nie 'n lief-desverhaal uit jou duim suig nie." Paul se growwe stem klink so verontwaardig dat die ander uitbars van die lag.

"Goed, ek sal julle sê wat! Julle gaan nou dink dat die rook so staan. Vanaand ná studie kom ons weer hier in my kamer bymekaar. Dan moet elkeen 'n plan hê en dan soek ons die beste een uit."

Teen koffietyd loer Annie onderlangs na die klomp seuns. Hulle is buitengewoon stil en ingedagte. Hulle lyk soos mense wat 'n yslike probleem het. Sy wonder of daar dalk iets skeefgeloop het tydens een van die periodes wat hulle by Bertus gehad het.

"Oswald!" Sy roep hom nader toe hy later voor haar deur verbystap.

"Ja, juffrou?"

"Skort daar iets?"

"Nee, hoekom, juffrou?" Oswald kyk verbaas en half

ongelowig na haar. Hy hoop tog nie sy het iets gehoor wat hulle vanmiddag bespreek het nie.

Annie kyk na die te onskuldige gesig. Sy weet dadelik iets is nie pluis nie, maar in haar wildste drome sou sy nooit kon raai wat aangaan nie.

"Julle is so stil en julle lyk so bekommerd. As dit iets is waarmee ek kan help, moet julle net sê."

Oswald kyk na die bekommerde gesiggie en skielik wens hy dat hy in ou Zeus se skoene kon wees. Dit sal darem baie aangenaam wees om haar te red.

"Dankie, juffrou, ons sal sê as dit nodig is."

'n Plan is stadig besig om in sy agterkop te ontkiem. Sy is tog alte begaan oor hul welsyn. Dit kan dalk net die geboorte van 'n plan wees.

Teen die tyd dat hulle weer vergader, het Oswald al 'n ruwe raamwerk vir die plan. Daar sal nou net baie koppe nodig wees om die fyner besonderhede in te vul.

"Sien, ouens, toe sy vanmiddag vir my vra wat skort, toe besef ek ons kan haar besorgdheid oor ons of ou Zeus gebruik. Een van ons kan dalk seerkry, of iets nodig hê, of verdwaal of iets onsinnigs aanvang en dan kan sy ons te hulp snel sodat sy ook daar vasgevang sit . . ."

Van al die planne klink Oswald s'n na die een met die meeste moontlikhede.

"Wel, ja, Oswald se plan is goed! Ons kan nou van die ander planne daar begin invoeg," besluit Kobus.

Die kringetjie se koppe sak laer en die fluistergesprek raak ernstiger en intenser. 'n Uur later is die klomp samesweerders tevrede met hul plan.

As Annie dus die volgende oggend kon weet waar die oënskynlik onskuldige vraag vandaan kom, sou sy nie 'n greintjie belangstelling getoon het nie.

"Juffrou, kan ons nie een dag voor die eksamen weer 'n slag piekniek hou nie? Ons is al so suf van al die leer."

Annie kyk verras op. Dit sal heerlik wees. Sy wonder wat sal Bertus sê. Hy het so baie verander. Hy laat hulle soveel dinge toe wat in die verlede absoluut taboe was.

"Ons kan vir meneer Kruger vra, Pieter. Dit behoort lekker te wees."

"Ja, juffrou, dalk geniet hy dit net soveel soos ons laas keer en kan dit 'n gereelde instelling word." Pieter se stem is sagter net ingeval ou Zeus in die nabyheid is.

"Juffrou, kom ons vra sommer vir meneer of ons dit nie hierdie Saterdag kan hou nie. Daar is nog twee naweke voor die eksamen," kom die versoek van Oswald.

"Saterdag speel die seuns rugby op Outjo, Oswald. Het jy vergeet? Dan is Paul en André en Nico nie hier nie."

Oswald blaas kastig teleurgesteld soos 'n ballon af. Die voorstel van eerskomende naweek is deel van die plan, sodat Annie nie agterdogtig moet raak nie. Sy trap dus netjies in die slagyster.

"Maar wat van volgende Saterdag? Ek sal sommer vir meneer Kruger vra as ek hom netnou sien. Dan reël ons alles vir die volgende Saterdag."

"Dankie, juffrou. Sal ons weer dam toe gaan?"

"Dink julle nie dis al 'n bietjie te koud vir swem nie? Ons kan maar net daar gaan vleis braai."

Kobus is skoon kortasem van opgewondenheid. Die plan vorder baie beter as wat hulle gedink het. Sy maak al die voorstelle wat hulle so ongemerk wou ingooi.

"Dan kan ons liewer berg toe gaan, juffrou. Daar is allerhande rotstekeninge en sulke goed wat ons graag vir juffrou wil wys."

"Regtig, Kobus? Ek sal dit baie graag wil sien. Sal 'n mens met die wa naby die plek kan kom?"

"Ja, juffrou, dis glad nie vreeslik ver hiervandaan nie. Daar is ook 'n lekker fontein waar ons kan piekniek hou en dan kan ons daarvandaan verder stap."

"Goed, Kobus, ek sal vir meneer Kruger vra."

"Sal juffrou sommer vandag nog vir hom vra? Dan kan ons solank begin reëlings tref."

"Daar is mos nie baie reëlings wat getref moet word nie, Kobus, of hoe? Ons gaan mos nie bergklim nie! Of is die tekeninge baie hoog op? Ek is maar skrikkerig vir hoogtes."

Kobus moet homself keer om nie hardop te juig nie. Die plan raak al meer uitvoerbaar.

"Sal juffrou? Asseblief, juffrou!"

"Goed, ek sal hom pouse vra."

Bertus kyk verbaas op toe sy tydens pouse binnestap ná 'n ligte tikkie teen die deur.

"Môre, Annie. Ek sit so begrawe onder die vraestelle en goeters. Die eksamen is sommer om die draai."

"Kan ek jou nie help nie? Jy werk so hard."

Bertus glimlag en sy oë is sag toe hy haar antwoord.

"Jy ook! Jy is heelwat skraler as toe jy hier gekom het."

Annie bloos liggies toe sy die opregtheid in sy oë sien.

"Is jy baie besig of kan ek vyf minute van jou tyd in beslag neem?"

"Seker, Annie! Kom ons drink gou tee."

Sy keer toe hy wil opstaan.

"Ek sal self vir my 'n koppie gaan haal. Sit gerus."

Sy kom terug met die koppie en skink vir hulle albei tee in. Met 'n vonkeling in haar oë gooi sy twee opgehoopte teelepels suiker in sy tee.

Bertus se oë is stil op haar hande gerig en dan sprei 'n breë glimlag oor sy gesig.

"Jy sal eendag jou man vreeslik bederf, weet jy?"

"Dit sal heerlik wees. Jy moet my ma sien. Dis iets ysliks! My pa sit en spin soos 'n ou groot mannetjieskat as Mamma hom so bederf."

Toe sy besef wat sy gesê het, kyk sy vinnig op. Hoe kan sy sulke dinge sê? Sy weet tog van sy huislike omstandighede.

"Is jou ouers baie lief vir mekaar?"

"Ja, baie! Hulle hou nog steeds hande vas en Pappa steel nog kort-kort soentjies as hy dink ons kyk nie."

"Dis soos dit hoort."

"Bertus, die seuns vra of . . . e . . . ons nie volgende Saterdag piekniek kan gaan hou nie? Dit sal hulle die wêreld se goed doen om voor die eksamen 'n bietjie weg te breek."

Annie kyk in die tergende oë en sy kan hom glad nie verstaan nie. Wat omtrent haar vraag vind hy skielik so amusant?

Hy verraai egter nie sy gedagtes nie. Hy vra net: "Waarheen wil julle gaan – dam toe?"

"Nee, dis nou te koud om te swem. Die seuns sê daar is rotstekeninge in die berg wat hulle vir my wil wys."

"Ek weet darem nie, Annie, dalk is dit gevaarlik!"

"Asseblief, Bertus, jy gaan mos saam? Die seuns wil so graag hê dat jy ook moet saamgaan."

Sy swyg verleë toe hy haar net woordeloos opsommend sit en aankyk.

"Sal jy?" Haar stem is sag en pleitend.

"Dis nie waar nie, Annie. Hulle wil my tog nie daar hê nie. Hulle wil vir jou die tekeninge gaan wys. Ek sal net jul pret bederf."

"Dis nie waar nie! Jy weet dit! Kyk hoe geniet hulle dit elke keer as jy saamgaan rugby en atletiek toe."

"Julle kan maar gaan. Ek het ongelukkig vreeslik baie werk. Buiten die vraestelle wat moet klaarkom, het ek nog agterstallige werk op my plaas ook. Ek kan nie 'n Saterdag so verspil nie."

Bertus kan die teleurstelling op haar gesig nie verstaan

nie. Sy kan tog nie teleurgesteld wees omdat hy nie saam-gaan nie? Sy het dan iemand aan wie sy so getrou bly, ie-mand wat vir haar baie dierbaar is.

Sy staan op en hy voel skielik vreeslik jammer vir homself. Dit sou tog vreeslik aangenaam gewees het. Die vraestelle behoort dan al klaar te wees en sy plaas sal niks oorkom as hy 'n dag nie sy aandag daaraan skenk nie. Dis sommer die mag van die gewoonte wat hom laat weier het. Dis ook dieselfde mag wat hom nou teëhou om van plan te verander.

"Baie dankie vir die toestemming. Kan ons maar die wa gebruik om die kos mee te vervoer?"

"Julle het nie verlede keer gevra nie."

"Ekskuus?" Annie staar hom ongelowig aan. "Ek . . . e . . . ek weet nie waarvan jy praat nie."

"Toemaar, vergeet dit. Ek sal jou eendag vertel as ek meer tyd het."

Annie maak die deur sag agter haar toe met Bertus se tergende laggie in haar ore. Sy sal maar liewer nie vir die seuns vertel dat hy weet van die vorige keer nie. Dalk strem dit hul geesdrif vir hierdie uitstappie.

Die seuns is vreemd teleurgesteld omdat Bertus nie saamgaan nie. Gewoonlik lyk dit asof hulle hom maar net verdra om haar ontwil en dat hulle dit baie meer sou geniet het sonder hom. Dit doen haar hart egter goed om hul teleurstelling te sien. Sy wens vuriglik dat Bertus nou hier was sodat hy dit ook kon sien.

"Vra hom self, Kobus. Dalk besluit hy dan om saam te kom."

Pieter stamp liggies aan Oswald en aan die tevrede trek-ke op hul gesigte lyk dit of Annie se woorde nou die een of ander stelling bewys het.

Die seuns is die res van die dag onrusbarend stil en An-nie loer bekommerd na hulle. Hulle is egter naarstiglik besig om planne te beraam. Hulle kan nie vir ou Zeus hier los nie. Dit sal nie help om hul plan so te wysig dat hulle hom later moet kom roep nie. Dalk kry hy koers dorp toe sodra hulle weg is.

Tydens die rugbyoefening die middag kry Kobus sy kans.

"Meneer, as ons nou Saterdag vir Outjo wen, sal meneer dan saam met ons kom piekniek hou?"

Bertus kyk verras na Kobus. 'n Warm gevoel stoot in sy bors op. Die kinders wil sowaar hê hy moet saamgaan. Hy het hulle nou 'n gulde geleentheid gegee om alleen te gaan en hier kom vra hulle hom weer.

"Ag, toe, meneer!" Paul staan ook nader en Bertus kan die verbasing nie van sy gesig weer nie. Hy wonder darem of hier nie weer die een of ander onheil uitbroei nie.

"Hoekom is julle skielik so gretig dat ek saam moet gaan piekniek hou? Wil julle my van 'n krans afstamp?"

Kobus besef hulle sal moet fyn trap en nie die pap te dik aanmaak nie.

" 'n Mens weet nooit, meneer!" Hy lag gemaak verleë. "Meneer, die ding is nou eintlik so: dis nie juis vir meneer wat ons so nodig het nie as meneer se kennis. Ek . . . e . . . ek het vir juffrou gesê ek sal vir haar die rotstekeninge gaan wys, maar ek was 'n bietjie voor op die wa. Ek was nog net een keer daar. Ek kan nie meer so lekker onthou waar die tekeninge is nie . . ."

Kobus klink so opreg verleë dat Bertus dit uitskater van die lag.

"O! Nee, nou verstaan ek beter. Ek het darem gedink dis te goed om waar te wees."

"Hoe bedoel meneer nou?"

"Nee, daardie juffroutjie vertel heeldag vir my dat julle my geselskap kastig so geniet en graag wil hê ek moet saam met julle na plekke toe gaan. Ek het al vir haar gesê julle is net bang ek trek julle velle af, julle gee niks vir my om nie."

"Hoe kan meneer dan so sê? Ons sien mos nou meneer is . . ." André bly ongemaklik stil.

"Is wat, André?"

André lag verleë en staan versigtigheidshalwe 'n treetjie agteruit.

"Is nie so 'n sleg ou nie, meneer."

"Oppas maar, jul juffroutjie tref maar net voorsorg dat ek julle nie te veel sal mishandel wanneer sy weg is nie."

"Gaan sy dan weg, meneer?"

Bekommerd kom staan die seuns in 'n kring om hom.

" 'n Jong meisie sal mos nie vir altyd skoolhou nie. Ek verstaan juis daar is iemand wat vir haar wag."

"Ag, wie sê so? Sy het nog niks vir ons gesê nie." Kobus klink so seker van homself dat Bertus sommer lus het en klop hom op die skouer.

"Nee, ek het maar net so iets gehoor."

"Wel, ek weet net van die Potgieter-ou wat hier kuier en hy is taamlik skaars deesdae. 'n Mens laat nie jou waardevolle goed so onbeskerm nie."

Elke gesigsuitdrukking of beweging van Bertus word baie fyn dopgehou. Hulle moet darem sien of die ou fossiel nie dalk 'n teken van jaloesie toon nie. Hy stel hulle egter teleur.

"Nou toe, terug op die veld! Julle sal geen beker wen as julle hier rondstaan nie."

"Sal meneer saam gaan piekniek hou as ons wen? Asseblief, meneer!"

"Wen eers, dan gesels ons weer." Bertus blaas op sy fluitjie en nog 'n uur lank sweet die seuns elke druppel krag uit hulle uit.

"Jong, Kobus, watter bog praat Zeus van 'n ander kêrel?" Oswald bly maar bekommerd oor die storie.

Kobus vryf hom hard met sy handdoek droog en kyk nie eens op nie.

"Hy probeer sommer by ons uitvis of ons nie iets weet nie. Dis vir my 'n baie goeie teken. Dit wys darem hy dink aan haar."

"Ek weet darem nie."

"Ek kry ook al die gevoel ons plan gaan platval." Pieter is nie meer naastenby so entoesiasties soos vroeër nie.

"Dalk is die skape se slaapgoed te sterk vir haar en lê en slaap sy teen die krans en weet nie eens as ou Zeus haar kom red nie."

"Jy en Oswald het aanvanklik die grootste monde gehad, en nou is julle soos twee nat komberse. As daar 'n probleem kom, dan los ons dit op," sê Kobus beslis.

"Ja, of dalk maak die medisyne haar net dottie en dan sit en blêr sy daar teen die krans soos 'n bok as ou Zeus daar aankom." Oswald voel hy kan darem nie vir Pieter in die steek laat nie en deel sy bekommernis.

"Ek dink ons moet vir Persephone kry dat sy Saterdag gaan rugby kyk," is Flenters se bydrae.

"Wat van almal wat nie rugby speel nie? Hulle kan nie alleen hier bly nie. Ou Zeus-hulle speel ook Saterdag." As hoofseun is Kobus altyd die een wat hierdie probleme raaksien.

"Juis, dis hoekom sy moet saamgaan. Ons kan mos weer met die bus ry en almal kan saamgaan."

"Ja, ons ry in elk geval met die bus, want ons is te veel vir die bakkie. Ek twyfel egter of ou Zeus dit sal toelaat. Dit sou 'n baie goeie plan gewees het as sy kon saamgaan. Ek sal moet kyk of ons nie 'n plan kan maak nie."

"Ag, Kobus, dis 'n goor plan. Wat kan hy nou in die bus doen? Dink jy nou hy kan haar daar my liefie, my duifie? Tussen dertig van ons?"

"Niemand verwag dat hy haar in die bus moet vra om

met hom te trou nie, Pieter, moenie simpel wees nie. Ons moet hulle net soveel moontlik in mekaar se geselskap kry, sodat ou Zeus sal saamgaan as ons berg toe gaan."

"En as sy net een keer vir Zeus kan sien rugby speel . . . ketang! Haar hart sal so bokspring dat sy van die dorp af soos 'n kangaroe sal terugspring Skurwekop toe!"

Kobus bind sy handdoek om sy middel en demonstreer hierdie geweldige hartklop met lang spronge oor die nat vloer.

"Kom, kom, manne! Julle het nie tyd om hier te staan en ginnegaap nie. Julle moet by julle boeke kom! Die eksamen is op hande."

Verskrik loer die seuns na Bertus wat groot in die deur staan.

"Hoekom raas julle so?"

"Kobus is 'n kangaroe, meneer." Pieter proes dit uit van verligting toe hulle besef dat Bertus hulle nie gehoor het nie.

Bertus kyk vies na Kobus wat kop onderstebo teen die anderkantste muur staan.

"Jy is mos darem nie meer 'n laerskoolkind nie, Kobus! Jy is mos al verby die stadium van aandag trek!" Bertus draai om en stap uit, maar daar is iets sags in sy oë en stem. Hy is glad nie meer so streng en onverdraagsaam nie.

Dit gaan ook nie ongesiens verby nie – veral nie by hierdie opmerksame groep wat op soek is na 'n swak plekkie in die eens gevreesde meneer Kruger se harnas nie.

Kobus het dus baie meer vrymoedigheid as vroeër toe hy 'n rukkie later aan Bertus se kamerdeur klop.

"Meneer, juffrou en die ander wil graag Saterdag saamgaan rugby toe. Kan ons hulle maar saamneem? Die bus ry tog."

"Hoekom vra sy nie self nie?" Ongeloof staan in groot letters oor Bertus se gesig geskryf.

"Sy . . . e . . . ek weet nie, meneer. Sy . . . e . . . sy het nie gevra of hulle kan saamgaan nie, sy het net gesê sy sal vreeslik graag meneer-hulle se wedstryd Saterdag wil sien."

"O!"

Bertus se hart klop opgewonde. Hy het al gewens dat hy die vrymoedigheid kon hê om haar te vra om saam te gaan. Dit sal lekker wees om te weet sy is ook tussen die mense wat hulle span toejuig.

"Wel, ja, sy kan maar gaan. Al die matrieks kan ook gaan, maar ek is nie so seker oor die ander seuns nie. Ek wonder of ons hulle nie maar hier moet los nie. Van hulle skryf Maandag 'n toets."

"Kan ons nie vir oom Gawie vra om na hulle te kyk nie? Dan kan Paul mos maar die bus bestuur, of . . . of meneer kan."

"Nou maar goed, Kobus. Ek sal oom Gawie vra. Ons sal net dadelik ná die wedstryd moet terugkom."

Kobus het elke druppel selfbeheersing nodig om nie in die lug te spring van opgewondenheid nie.

"Dankie, meneer."

Hy gaan klop aan Annie se deur en glimlag breed toe sy oopmaak.

"Juffrou, meneer Kruger vra of juffrou nie Saterdag wil saamgaan rugby toe nie. Hy sê hy sal vir oom Gawie vra om na die ander seuns te kyk. Die bus ry en daar is plek vir juffrou ook."

Annie se hart klop wild in haar kuiltjie. Sy staar Kobus oomblikke lank net met groot oë aan.

"Het . . . e . . . het hy so gevra, Kobus? Ek bedoel, sommet uit sy eie uit?"

"Ja, juffrou. Ek dink hy wil graag hê juffrou moet saamgaan, want hy speel ook Saterdag op Outjo. Juffrou weet mos dat meneer vir Otjiwarongo se span speel. Al die matrieks gaan ook saam, juffrou."

Annie druk haar hande teen haar blosende wange.

"Kobus, ek weet darem nie, jong! Ek dink nie ek moet gaan nie. Dalk . . . dalk kan oom Gawie nie die ander seuns hanteer nie."

"Ag, nee wat, juffrou. Sestien spelers gaan saam en vier matrieks wat nie speel nie, gaan ook saam. Hier bly net tien outjies oor. Meneer sal vreeslik teleurgesteld wees as juffrou nie saamgaan nie. Hy sal net weer dink . . . dat . . . e . . . dat juffrou nie omgee nie. Juffrou weet tog hoe gou kan hy weer in sy dop kruip. Hy sal sommer dink ons is nie lief vir hom nie . . ."

Kobus weet met sekerheid dat hierdie laaste sinnetjie haar sal oorreed. Hy wag dus geduldig met sy tong in die kies. Sy skraal gesig is die ene onskuld.

"Wel, goed dan! Dit sal lekker wees, dankie, Kobus!"

11

Annie kyk na Bertus se fors liggaam wat met soveel gemak op die veld draf. Die wit trui met die ligblou strepe steek helder af teen sy sonbruin vel. Haar hart slaan bollemakiesie in haar borskas en sy sien nie eens die seuns se onderlangse gestamp aan mekaar raak nie.

Die skoolspan het pragtig gespeel en net-net gewen. Bertus het pronkerig rondgestap asof hy persoonlik vir die seuns se oorwinning verantwoordelik was. Hy speel dus nou met oorgawe en al die selfvertroue wat 'n mens kan hê.

Annie se blik volg hom oral op die veld. Haar hart klop benoud en met donderende slae. Wanneer het hierdie liefde vir Bertus Kruger in haar kom skuil? Dis dan nou so oorweldigend! Dit wil haar versmoor. Sy wil sommer

149

opstaan en 'n ver ent in die veld gaan stap om hierdie beklemming, hierdie stroom wat haar wil meesleep, te gaan ondersoek.

Kort na rustyd kry Bertus die bal in die hande en bars met brute krag tussen sy teëstanders deur. Die seuns raak gek toe hy die bal agter die pale gaan druk en Annie kom nie eens agter dat sy regop staan en net so hard juig soos hulle nie. Bertus speel vandag soos iemand wat krag uit 'n bonatuurlike bron kry. As die seuns moes weet dat dié bron 'n juffroutjie met lang, bruin hare en groot oë is, sal hulle dadelik al hul knoeiery prysgee en agteroor sit en wag vir die uitslag.

Daar is 'n losgemaal en die bal kom aan Otjiwarongo se kant uit. Die spelers van Outjo veg verbete, want die eindfluitjie behoort nou te blaas en hulle loop met 'n skrale punt voor.

Annie wil uit haar skoene spring van opgewondenheid en sy knyp die arme Kobus se arm omtrent blou.

Bertus mik links en dan regs en dan glip hy soos seep deur die gaping. Die doellyn lê oop voor hom. Die Outjo-boere laat nie op hulle wag nie en sak soos vinke op hom toe. Met drie, vier manne om sy lyf val hy oor die doellyn en nog steeds sak die rooi truie op hom toe.

Die skeidsregter se hand skiet omhoog. Die Otjiwarongo-ondersteuners word gek toe die drie toegeken word.

"Juffrou, juffrou, dis meneer wat daar bly lê!"

Annie is dadelik op haar voete. Haar oë is groot en verskrik toe die groot liggaam doodstil bly lê. Die skeidsregter se fluitjie blaas hard en twee noodhulpmanne kom aangehardloop. Annie wag nie vir die seuns nie. Sy hardloop die treetjies van die paviljoen twee-twee af en druk die toeskouers ongeskik uit die pad.

O, Bertus! O, my liefling! Die woorde is 'n refrein wat in haar hart vasslaan.

Sy gee nie om wat die mense van haar dink nie. Met 'n snik van verligting sien sy hoe die noodhulpmanne sy arms om hul nekke trek en hom van die baan af drasleep.

Die skeidsregter laat die wedstryd voortgaan. Die doel-skop pale toe is mis, maar die eindfluitjie blaas en Bertus se span tree as oorwinnaars uit die stryd.

Al hierdie dinge registreer glad nie by Annie nie. Sy suk-kel net om by Bertus uit te kom. Toe hulle hom aan die kant van die veld neerlê, is sy op haar knieë langs hom. Teer vee sy die donker hare uit sy gesig. "Bertus! Bertus!"

Sy oë flikker oop. Hy lyk soos 'n seuntjie wat nou net wakker geword het, en Annie kan die verlate snikkie uit haar keel nie keer nie.

"O! My . . . O, Bertus!"

Bertus skud sy kop asof hy nie kan glo wat hy hier by hom sien nie.

Die een noodhulpman gee vir hom water en glimlag vir Annie wat nog steeds met 'n bekommerde gesig na hom sit en kyk.

"Daar is niks om oor bekommerd te wees nie, juffrou. Dit was net 'n stamp teen die kop. Hy is net 'n bietjie deur-mekaar. Hy sal nou reg wees."

Annie gee die arme man 'n vuil kyk. Hoe kan hy vir haar sê dis niks! Bertus het daar gelê . . . sommer net gelê . . . Sy het gedink hy is dood!

Bertus kom orent en wil teruggaan veld toe.

"Die wedstryd is verby, Bertus. Hoe voel jy?"

"Net so 'n bietjie dronk in die kop . . ." Hy staan op en die noodhulpman ondersteun hom totdat hy regop is.

"Hier is 'n paar pynpille, juffrou. Hy sal dalk netnou 'n bietjie hoofpyn hê."

Annie steek die pille in haar roksak en slaan haar arm moederlik om Bertus se middel.

"Ek sal regkom, Annie. Dit kos meer as 'n stamp teen

die kop om van my ontslae te raak." Bertus glimlag geamu-seerd af in die bekommerde gesiggie.

"Ek sal jou help tot by die kleedkamer. Netnou val jy."

"Ek gee nie om nie." Hy slaan sy arm stewig om haar skouers en Annie kan die wilde bruising van haar bloed deur haar are voel. "Dis baie aangenamer as om deur een van die noodhulpmanne gehelp te word. Jy is so sag en jy ruik so lekker, my skat."

Die seuns is skielik om hulle en almal praat gelyk.

"Kobus, gaan help jy en Paul vir meneer om te stort. Hy lyk vir my maar nog deurmekaar. Hy praat allerhande onsin," sê Annie blosend.

Bertus sukkel om nie te lag nie. Hy wens dat hy meer skoppe teen die kop kan kry, sodat sy meer dikwels bekom-merd oor hom kan wees. Dalk kan hy haar nog, onder die voorwendsel dat hy steeds deurmekaar is, soen ook.

Annie wag gespanne dat hulle moet klaarkry in die kleedkamer. Hy het netnou vir haar "my skat" gesê. Sou hy dalk gedink het dis Rina wat by hom is?

Vies skop sy na 'n klippie. Sy is jaloers! Sy is rasend ja-loers op enigeen vir wie hy "my skat" sal sê. Haar oë fyn-kam sy gesig toe hy uitkom. Op die oog af lyk hy heeltemal normaal en hy wil ook nie hê die seuns moet hom help nie.

"Ek is doodreg! Ek makeer niks nie! Julle moet net kom dat ons kan ry. Ek is half bekommerd oor oom Gawie al-leen met die ander."

"Ja, meneer!"

"Bertus!" 'n Melodieuse stem koer aansitterig hier agter hulle.

Annie ondervind 'n primitiewe drang om Rina Potgieter aan haar netjiese kapsel te gryp en haar in die stof rond te sleep.

"Ek sien jy het seergekry. Kom, ek neem jou met my

152

motor huis toe. Dit sal baie aangenamer wees as met die bus. Jy sal tog nie kan bestuur nie."

Annie moet erken dat dit die beste oplossing sal wees, maar sy wil nie hê hy moet saam met Rina ry nie.

Paul staan ongemerk nader. Hulle planne verloop so netjies; hierdie tierboskat moet nou nie alles kom deurmekaarkrap nie!

"Meneer kan in die bus op die agterste lang bank lê. Ek sal die bus bestuur."

"Dankie, Rina, ek sal ongelukkig nie kan nie. Die seuns is my verantwoordelikheid."

"Ag, kom nou, Bertus, die juffrou is mos daar om na hulle om te sien. Jy hoor dan die seun sê hy sal bestuur."

"Dankie, maar ek kan ongelukkig nie. Ek is verantwoordelik vir hulle. Ek sal egter graag jou aanbod aanvaar, Paul. Dalk kyk my oë oormekaar. Dis alreeds donker."

Hy steur hom nie verder aan Rina nie en Annie kry skaam vir die vreugde wat in haar kom nesskop.

Sy gaan sit ongevraag agter by hom op die lang bank en hou die twee pilletjies na hom toe uit.

"Neem dit vir jou kop."

"My kop is nie seer nie."

"O, mansmense is darem vreeslike goed!"

Die bus kom in beweging en Annie val liggies teen Bertus. Sy hand sluit warm oor hare wat die pille vashou, en sy oë is sag en tergerig toe sy na hom kyk.

"Ek weet van iets wat al die pyne in my dadelik tot bedaring sal bring."

"Wát is dit?"

Die seuns het hulle ewe onskuldig voor in die bus tuisgemaak en daar is 'n hele paar rye banke tussen hulle en die onderwysers oop.

"Jy moet weer so sag oor my gesig vee en trane in jou oë kry van bekommernis."

"Jy het regtig 'n harder skop gekry as wat ek gedink het."

Bertus lag net sag. Hy maak haar hand met sy ander hand oop en haal die pille uit. Dan gooi hy dit in sy hempsak. Hy strengel sy vingers deur hare sodat haar hand vasgevang lê in sy grote.

Die saligheid daarvan maak haar heeltemal lam. Sy is soos 'n bakvissie en weet nie of sy veronderstel is om haar hand weg te trek en of sy dit daar moet hou nie.

Hulle ry 'n hele ent in doodse stilte. Annie loer later bekommerd na Bertus wat so stil is. Is sy kop dalk baie seer? Mans reageer soms vreemd. Hy sal seker eerder die pyn uitstaan as om te erken dat sy kop seer is.

Sy kop rus gemaklik teen die rugleuning agter hom en met die eerste oogopslag lyk dit of hy slaap. Annie sit meer regop en draai effens skuins om hom beter te kan sien.

"Bertus . . ."

Hy antwoord haar nie dadelik nie, loer net vir haar onder sy wimpers deur. Daar wag 'n verrassing op daardie ander ou as hy dink hy wat Bertus is, gaan Annie weer vir hom terugstuur. Sy was vanmiddag so bekommerd oor hom. Toe hy sy oë daar langs die veld oopmaak, kon hy sweer dit was suiwer liefde wat 'n oomblik lank blink en helder tussen die trane te sien was.

"Bertus!"

"Ja, my lief?"

Sy draai heeltemal dwars in die bank en buig nader.

"Dis ek, Bertus, Annie! Is jou kop baie seer?"

"Hm . . ."

Dit klink vir Annie baie soos 'n kreun. Haar hand vlieg op en druk dan koel teen sy voorkop.

Hy mompel allerhande onsinnighede. Sy is dadelik op haar knieë bo-op die bank en vee liggies oor sy voorkop.

"Bertus! Bertus, hoor jy my?"

Sy vroetel in haar roksak vir haar sakdoek en vee oor sy voorkop waar nie eens 'n beduidenis van sweet of koors is nie.

"Hm!" Bertus rol sy kop van kant tot kant teen die rugleuning van die bank.

Hy wens sy wil inisiatief neem en sy kop op haar skoot trek. Hy sal net sy kans afwag en sodra die bus om 'n draai gaan, sal hy self oorval totdat sy kop op haar skoot lê.

"Bertus, asseblief, praat met my!"

Hy val vooroor sodat sy kop teen haar bors druk. Verskrik hou sy hom vas.

"Kobus! Kobus!" Sy gil die woorde uit. "Bring gou vir my water! Ek dink meneer het flou geword!"

Paul bring die bus tot stilstand en Kobus staan byna dadelik met 'n fles water langs hulle.

Annie klouter by Bertus verby en Kobus hou hom solank regop terwyl sy haar verspotte kantsakdoekie probeer natmaak.

Bertus loer onderlangs na haar en toe hy sien hoe haar aandag vasgevang is by die fles water, knyp hy Kobus liggies aan sy been. Kobus buig verskrik vooroor om beter te kan sien en Bertus knipoog vir hom.

Kobus keer die skaterlag in sy keel. Die ou fossiel het toe niks hulp nodig nie! Toe Annie dus met die nat sakdoekie nader kom, jaag Kobus die ander terug na hul plekke toe.

"Ons moenie vir meneer so toe staan nie. Hy is reeds benoud. Paul, ons moet maar liewer ry sodat ons by die koshuis kan kom."

Kobus sien hoe Annie bekommerd langs Bertus gaan sit en maak dat hy terugkom by sy sitplek. Bertus kantel stadig om totdat hy met sy lang liggaam dwars oor die bank lê, sy kop gerieflik op haar skoot.

As Annie minder bekommerd was, sou sy darem kon sien dat Bertus hom baie gemaklik regskuif vir 'n mens wat

155

nie beheer oor sy spiere het nie. En sy sien nie eens hoe Kobus en Paul 'n fluistergesprek voer nie. Ook nie hoe 'n boodskap baie versigtig van die een na die ander oorgedra word nie.

Haar volle aandag is net by Bertus, dierbare Bertus, wat skielik so 'n groot deel van haar hart kom inneem het.

Sy buk vooroor en haar gesig is 'n asemteug van syne af.

"Bertus," fluister sy, maar hy toon geen teken dat hy haar hoor nie.

Saggies vee sy oor sy voorkop en haar hand bly sommer teen sy wang toe sy vooroor buk en hom baie sag op sy mond soen.

"Asseblief, my liefling, jy moet tog net nie iets oorkom nie."

Die woorde is 'n tere fluistering, maar dit dring helder en trillend tot Bertus deur.

Hy wil net sy hand oplig om haar kop af te trek – hy sal haar nou deeglik hier agter die verskansing van die banke kan soen – toe die bus skielik begin ruk.

Hy lê dus doodstil. Hierdie klomp knape is slim genoeg om iets te prakseer. Hy sal maar nog 'n sekonde of wat flou speel.

"Kobus, Paul, wat gaan aan?" Annie se stem is hoog van bekommernis en die histerie wat stadig in haar groei.

"Ek weet nie, juffrou, die bus . . . Daar skort iets. Ons sal net gou kyk."

Die seuns klim almal uit om te gaan kyk wat aangaan. Annie hoor hulle vroetel in die enjin. Haar ma sê mos altyd 'n mansmens is nes 'n bobbejaan: as daar iewers 'n masjienkap oopgaan, moet almal gaan loer.

"Juffrou, ek dink ons moet gou koshuis toe draf en die bakkie gaan haal. Dis net twee kilometer hiervandaan."

"Asseblief, Paul, ons moet meneer in die bed kry en 'n dokter laat kom."

"Goed, juffrou."

"Kobus, bel jy die dokter sodra julle daar aankom."

"Ons dokter hom sommer met die beesmedisyne, juffrou. Daar is nog spuitstof."

"Moenie jou kinderagtig hou nie, Kobus, dis nie nou die tyd of plek vir jul lawwigheid nie!"Annie se stem was nog nooit so kwaai of benoud nie.

Kobus maak dat hy vinnig wegkom, want daardie kreun van ou Zeus was niks anders as 'n onderdrukte lag nie.

"Paul, sê die ander moet terugklim in die bus."

"Nee, juffrou, ons draf sommer almal koshuis toe. Die ouens moet in die bed kom. Hulle kan tog nie almal op die bakkie ry nie."

"Ja, ja, dis waar."

Annie se aandag is net halfpad by wat hulle sê. Sy vee weer bekommerd oor Bertus se gesig met die nat sakdoekie. Hy het nou net gekreun toe sy met Kobus gepraat het. Dalk is hy besig om sy bewussyn te herwin.

"Bertus, Bertus, praat asseblief met my!"

Bertus lê egter doodstil totdat daar 'n rustige stilte oor die bus hang. Hy wil nie deur een van die seuns gesteur word nie!

Annie druk sy kop teen haar vas en warm trane loop oor haar wange. Sy buig laer om beter te kan sien en laat dan haar lippe sag op syne rus. Haar verbeelding mislei haar, want dit het nou net gevoel of sy lippe onder hare beweeg het. Sy asemhaling kom swaar en hortend.

Sy kyk na die helder maanlignag buitekant, maar niks van die skoonheid van die natuur dring tot haar deur nie. Elke senuwee in haar liggaam is gespanne, elke sintuig is toegespits op hierdie man met sy kop op haar skoot.

Met 'n sug wat diep uit haar siel kom, draai sy terug – om vas te kyk in die grysblou oë wat haar ernstig en baie teer aankyk.

"Bertus . . ." Sy naam is skaars 'n fluistering en hy kan die blydskap en dankbaarheid in die woord hoor.

"Ja, my skat?"

Hy sien hoe die mondjie vertrek en dan plons 'n warm traan op sy wang.

"Dis nie Rina nie, Bertus. Dis net ek, Annie! Onthou jy my dan nie?"

Hy vat die sagte hand wat nog steeds teen sy wang lê en druk 'n soentjie in die palm daarvan.

"Wat is dit, Annie, my skat?"

Heeltemal verward en vreeslik verleë sit Annie terug teen die bank se leuning.

"Bertus, is jy . . . is jy nog deurmekaar?"

"Ek hoop nie so nie, my liefling.Want dan was al jou aandag net 'n droom, en ek wil nie hê dit moet 'n droom wees nie."

Annie is vuurrooi van skaamte. Hy lag saggies en sy druk hom vererg van haar skoot af.

"Jy het sommer gemaak of jy . . . of jy bewusteloos is!"

Bertus sit regop en sit sy arm agter haar op die rugleuning neer. Sy gesig kom nader en sy tergende grysblou oë is baie teer en baie naby aan hare.

"Dit was gemeen! Ek was bekommerd!" 'n Snikkie van verligting glip onverwags uit.

Sy kop sak laer en sy lippe rus sag en talmend op hare. Sy arm op die leuning sak af en kom lê om haar skouers terwyl hy haar stadig nader trek.

"Nie gemeen nie, my engel, net slim!"

"Hoe kon jy, Bertus? Ek . . . ek het 'n yslike gek van myself gemaak!" Sy probeer haar hande voor haar gesig druk, maar hy vat dit sag weg.

"Wat het jy dan gedoen, my liefling? Dit was dan so lekker hier op jou skoot met jou hand so teen my wang."

"Hou op! Jy spot met my!"

"Het jy dit bedoel toe jy netnou vir my 'my liefling' gesê het?"

Sy stem is hees van ingehoue hartstog en Annie kan die bewing in sy liggaam so naby aan hare voel.

'n Groot vreugde oorweldig haar. Dit laat alles in haar om en om tol totdat dit voel asof dit haar heeltemal gaan oorweldig. Sy staar net na hom met oë wat groot en blink is van die liefde.

Sy lippe rus weer sag op hare en beweeg dan teer al teen haar wang langs.

"Bertus!" Sy probeer hom liggies wegdruk. Sy kan nie helder dink wanneer hy so naby aan haar is nie. Sy moet seker maak of sy nie droom nie. Is dit nie maar die begeertes van haar hart wat haar nou dinge laat glo wat nie werklik is nie? Sy moet eers seker maak of sy hierdie groot vreugde in albei haar hande kan vashou.

"Ja, my liefling?"

Hy soen haar sag in haar nek terwyl sy hand strelend teen haar wang rus. Stadig skuif sy groot hand om haar kop totdat sy vingers in haar lang hare verstrengel raak. Met 'n kreun trek hy haar styf in sy arms en dan gaan sy lippe warm en eisend, besitlik oor hare. Annie hyg na asem. Dan gee alles in haar mee en lê sy sag en ontspanne teen hom, haar arms styf om sy gespierde liggaam gevou.

Hy soen haar lippe en oë, haar wange en dan weer die sagte kuiltjie in haar nek totdat sy willoos soos klei in sy hande is.

"Annie, wat van daardie ander ou? Wat van die een wat vir jou so dierbaar is?" Sy stem is grof en ongewoon hees toe hy die hare van haar voorkop wegvee en haar liggies op die voorkop soen.

"Wie?" Sy is heeltemal uit die veld geslaan.

"Schalk het my vertel. Jy het vir hom gesê daar is iemand anders."

159

Annie giggel net saggies.

"Ek sal jou nooit laat gaan nie, Annie. Ek het jou lief, so vreeslik baie lief. As . . ."

Sy sit haar vinger op sy mond.

"As daardie ou my nou vra, trou ek met hom. Maar dan moet hy dit binne die volgende twee minute doen."

Bertus draai sy kop half onbegrypend skeef. Hy kyk in die oë wat so blink en sag is, en met 'n uitroep van vreugde trek hy haar weer terug in sy arms.

"En al die tyd wil ek hom vermorsel, wil ek hom aan sy tone ophang!"

"Ek is bly jy was jaloers, want . . . ek was ook."

"Op wie?"

"Jou . . . jou Rina."

"My dierbaarste klein liefling, jy hoef nooit weer jaloers te wees nie, nooit nie! Jy is die mooiste en wonderlikste iets wat nog ooit in my lewe gebeur het. Sal jy met my trou, Annie? Asseblief. Sommer hierdie Junie-vakansie al!"

"Ja, graag! Maar hoekom is jy so haastig?" Sy leun gelukkig teen sy bors.

"Hierdie klomp groot seuns loer vir jou. Ek is bang hulle vry jou af."

"Verspotte mansmens!"

Die verwysing na die seuns laat Annie egter vinnig regop sit.

"Ek wonder waar draai hulle so lank? Hulle behoort al hier te gewees het. Jy het ons almal so bekommerd gehad."

"Die bus makeer niks. Hulle het sommer gemaak of dit gebreek het. Hulle wou net hul meneer 'n ordentlike kans met die juffrou gee."

"Hoe weet jy?"

"Ek ken my seuns. Ek maak hulle dan groot!"

"Ag, jy jok! Hoe kon hulle nou weet dat jy so 'n bedrieër

is? Hulle dink jy is bewusteloos. Hulle het natuurlik nou al die dokter laat kom. Hulle is net so bekommerd soos ek!" Bertus lag en trek haar aan die hand op.

"Kom, ek gaan wys jou."

Hy skuif agter die stuurwiel in en met die eerste draai van die sleutel vat die bus. Annie staar hom grootoog aan. "Dis net jy wat so dom is, my skat. Ek sukkel my dood om op jou skoot te kom sodat ek jou agter die bank kan soen waar die seuns ons nie kan sien nie. Nee, toe maak jy mos alarm! Toe knyp ek maar vir ou Kobus en beduie vir hom wat aangaan. Hy is 'n slim seun, daardie hoofseun van my. Hy het niks nodig gehad om 'n ou plannetjie vir sy meneer uit te dink nie!"

"O, julle is 'n gemene klomp goed! Hulle sit en lag hulle natuurlik nou flou vir die onnosel juffrou Annie!"

"Ek sal hulle persoonlik foeter as ek hoor hulle lag vir jou. Jy verdedig my dan altyd by die seuns. Ek het jou al gehoor."

"Wanneer?"

"Die dag toe julle gaan piekniek hou het."

Bertus vertel laggend die storie en Annie gaan staan langs hom en sit haar arms om sy nek terwyl sy 'n soentjie op sy hare druk.

Hulle hou met 'n sierlike draai langs die koshuis stil en Bertus druk uitgelate op die toeter.

"Wat maak jy nou?"

"Dink jy miskien hierdie seuns slaap? Hulle sit elkeen by 'n venster om te sien wat aangaan!"

Annie giggel saggies. Sy weet hy is reg.

Dis onheilspellend stil toe hulle by die ingang van die koshuis instap. Bertus en Annie is enigiets te wagte. Hy sit sy arm besitlik om haar skouers en sy kruip nader aan hom.

Skielik gaan al die ligte aan en die seuns storm uitgelate

161

op hulle af. Hulle praat en lag en draai al om Bertus en Annie totdat Bertus later sy hand in die lug hou.

"Julle praat almal gelyk. Kom ons gaan kyk liewer wat is daar in die kombuis om te eet. Hierdie vrousoekery maak 'n man honger!"

Die seuns het net gewag vir hierdie bevestiging en storm juigend op hom af. Hulle klop hom op die skouer en pomp sy arm. Met Annie het hulle niks uit te waai nie. Sy kruip dus onder Bertus se blad uit en hardloop kombuis toe.

Sy is so verleë dat sy kan doodgaan en Bertus staan daar tussen die seuns en pronk soos 'n kapokhaan! Hy verkneukel hom behoorlik in die seuns se baldadigheid. 'n Mens sou dink hy is die eerste man in die geskiedenis wat dit reggekry het om 'n vrou te vra om met hom te trou.

Die jillende, laggende bondel arms en bene kom by die kombuis in.

"Wel, nou het ons nie nodig om Saterdag berg toe te gaan nie. Nou kan ons liewer leer. Hierdie vrousoekery sou maak dat ons nog dop ook!"

"Waarvan praat julle?" Annie kyk met 'n bekommerde plooi op haar voorkop na Kobus se sedige gesig.

"Ons het ons planne mooi reggekry om juffrou daar so 'n klein ietsie te laat oorkom en dan moes meneer vir juffrou gaan red het . . . Ons het gereken meneer moet darem nou wakker gemaak word, want meneer sal nog so sit en slaap, dan vry daardie Potgieter juffrou hier onder ons uit – weg van Skurwekop af!"

"Ekskuus!" Bertus is die ene gemaakte verontwaardiging. "Ek kan my eie vrywerk doen, dankie!"

"Ek wonder darem, meneer. As dit nie vir ons inisiatief was nie, was juffrou nie eens vandag saam Outjo toe nie." Kobus laat nie toe dat Bertus te selfvoldaan raak nie.

"Moet net nie vir my sê dit was ook jul konkelwerk nie!"

Bertus draai na Annie. "Het jy gesê jy wil graag Outjo toe gaan omdat jy my so graag wil sien rugby speel?"

Verontwaardiging laat twee rooi kolle op Annie se wange uitslaan en Bertus skater dit uit van die lag.

"Julle klein duiweltjies! Vir my het hulle weer kom sê jy vra of ek nie wil saamgaan nie."

Annie los sommer die koffiemakery.

"Nou gaan ek nie vir julle koffie maak nie! Julle is 'n klomp knoeiers!"

"Toemaar, juffrou, Oswald is 'n puik koffiemaker. Flenters en Boef kan lekker toebroodjies maak. Ou Kobus hoef nie te help nie, want hy is Skurwekop se hoof-Kupido."

Pieter plaas homself in beheer en deel die werk soos 'n korporaal uit.

"Elke ou maak sy eie brood." Flenters is glad nie van plan om hom te laat vang nie.

Bertus kom staan langs Annie en sit sy arm styf om haar middel.

"Jy sal hulle mis, nè, my skat? Hulle is eintlik dierbare goed!"

"Ek gaan mos nie weg nie."

"Nie nou al nie, maar volgende jaar moet hulle vir my nog 'n onderwyser stuur. Ek wil nie hê my vrou moet werk nie. Sy kan maar ons eie seuns grootmaak. Ek wil ook rustiger begin leef. Ek sal iemand moet oplei wat hier kan oorneem."

Sy druk haar kop gelukkig teen sy skouer vas en beduie laggend na die hongerige seuns wat nou net oë het vir die brood en koue boudvleis.

"Vir Kupido's het hulle darem 'n vreeslike eetlus!"

Hard soos kameeldoringhout

1

Die son brand trillend neer op die wit seile van die watent. 'n Vlieg zoem lui en brommend, senutergend, al in die rondte.

Martie vee tam en totaal gedreineer van alle energie die hare van haar natgeswete voorkop af weg. Sy druk soos 'n ou vrou op haar kruis toe sy opstaan.

Die wa kraak kermend toe sy beweeg om agter by die opening van die tent uit te loer. Sy huiwer 'n oomblik lank in die opening voordat sy haar kop vinnig terugruk, so asof sy 'n skoot koue water in die gesig gekry het.

Ongelowig en glad nie seker of sy reg gehoor en verstaan het nie, steek sy weer versigtig haar kop uit om seker te maak.

Met groot, geskokte oë ruk sy dan haar kop terug en druk verskrik haar hande teen haar ore. Haar oë is rond en blink en die verwarde uitdrukking laat haar soos 'n vlugtende dier lyk.

Liewe aarde! Is dit waarvoor sy al twintig dae in hierdie versengende hitte wag? Is dit die antwoord op al haar gebede?

Nee! Sy prewel die woord magteloos. Dít kan sy nie aanvaar nie. Dit was haar enigste hoop. Al uitweg!

Haar bene het nie genoeg krag om haar weer tot by die smal bedjie agter in die wa te dra nie. Sy staar net stil en hygend voor haar uit, haar hande nog steeds styf om haar ore geklem.

Versigtig neem sy ná 'n paar minute haar hande weg. Die lawaai buite het nie afgeneem nie. Die vloeke het darem meer gedemp geraak namate die groot, bebaarde man verder van haar wa af beweeg het.

Asof sy 'n slang buitekant te wagte is, loer sy baie versigtig weer uit. Die groot gestalte is nou byna by die Duitser se huisie. Hy draai egter weer om om nog opdragte uit te bulder.

Martie se bene dreig om onder haar in te vou. Sy druk haar vuiste teen haar mond terwyl trane saam met die sweet oot haar wange loop.

Sy knyp haar oë styf toe en bid geluidloos: Liewe Vader, U het my gelei tot hier. Ek sal nie paniekerig raak nie. Ek verstaan nie nou u weë nie. Ek verstaan dit regtig nie. Ek weet net dat U ook die pad verder saam met my sal gaan.

Sy strompel terug na die bedjie en sak uitgeput daarop neer. Iewers sal sy nou eers krag vandaan moet kry voordat sy verdere besluite kan neem.

Alles binne-in haar is 'n warboel emosies. Vrees, paniek, algehele ongeloof en verslaentheid vermeng tot een kolkende massa.

Haar skraal liggaam pas gemaklik op die hol bedjie en sy sak terug teen die groot kussing met sy pragtige valletjiesloop wat haar nog altyd soveel plesier kon verskaf.

Die bekendheid van haar bed en haar eie kussing bring die rustigheid stadig in haar terug. Lank lê sy met geslote oë en dan soek-soek haar hand onder haar kussing totdat dit die verslete Bybeltjie raak vat. Soos 'n kind wat vertroosting by 'n geliefde speelding kry, klou sy dit krampagtig met albei hande teen haar bors vas. Dan eers kry haar gedagtes rigting.

Haar lewe was so ongekompliseerd en beskermd, eenvoudig en sonder opwinding. Toe skielik, sommer net op 'n dag . . . toe loop alles skeef!

Haar pa, Heinrich Schlage, is verbande aan die Rynse

Sendinggenootskap. Hy het dertig jaar gelede na die Paarl gekom om sendingwerk te doen.

Daar het hy haar ma, die fraaie Petronella du Toit, ontmoet.

Sy was van die eerste oomblik af dolverlief op die mooi Duitse sendeling wat sommer gou by die Du Toits kom perd afsaal het.

Hulle twee is 'n jaar nadat Heinrich daar aangekom het, getroud. Heinrich het glo gesê dat hy al aanstap veertig toe en nie onnodig wou wag nie.

Ongelukkig was hulle 'n hele paar jaar getroud voordat sy wat Martie is haar verskyning gemaak het. Vir Heinrich, wat altyd 'n "olyfboord" om sy tafel wou gehad het, was dit 'n groot teleurstelling dat daar vir hulle net een spruit gegee is.

Namate die besef dat sy hul enigste gaan wees vir hulle 'n werklikheid geword het, het haar ouers net nader aan mekaar gegroei.

Hulle drie was hartstogtelik lief vir mekaar. Hulle het geen behoefte aan ander se geselskap gehad nie. Hulle het jaloers gewaak oor hul kosbare alleentydjies.

Die lewe was mooi en goed vir haar. Haar ouers het haar oorlaai met liefde, maar ook met dissipline. Hul liefde vir mekaar, die natuur en vir hul Skepper het hulle ook aan haar oorgedra.

Martie ontspan stadig terwyl haar gedagtes terugvloei op die ou, bekende paaie. Sy voel weer die wind in haar gesig terwyl sy hoog op haar pa se skouers sit waar hulle in die veld ronddwaal. Pappa sou dan Mamma se hand styf in syne toevou en die hele wêreld het net aan hulle drie behoort.

Die reuk van die veld is so kennelik by haar dat dit in haar neus kriewel. Sy sien in haar geestesoog die oorvloed kleur en milddadigheid van die Boland.

Soveel lesse het sy daar in die veld gekry. Pappa sou haar van sy skouers aftel en hulle sou haar dan van die plante en die diere leer, van die wind en die reën, van water en grond.

Petronella, skraal en fyn, het seker maar 'n knou gekry met Martie se geboorte. Sy het nooit besef dat haar ma nie gesond is nie. Pappa het altyd alles op hom geneem en sy het dit as vanselfsprekend aanvaar.

Mamma was 'n geleerde vrou – 'n onderwyseres. Saam met die kinders op die sendingstasie het sy Martie ook sommer geleer. Die naaste skool was ver en hulle het nie kans gesien om haar, hul enigste, so ver weg kosskool toe te stuur nie.

Haar ouers het aangebied dat sy ná skool vir 'n jaar se verdere opleiding moes weggaan. Sy het egter botweg geweier. Haar plek was by hulle op die sendingstasie.

Aangesien sy altyd 'n groot voorliefde vir verpleging gehad het, het sy elke oggend omtrent twee kilometer na die sendinghospitaaltjie gestap en daar haar opleiding onder ou suster Heidie voltooi.

Wat 'n heerlike sendingspan kon hulle drie nie nou gemaak het nie: Pappa die sendeling, Mamma die onderwyseres en sy die verpleegster!

Sy het egter skaars haar opleiding by die hospitaaltjie begin toe die breuk in hul hegte gesinsband onverwags gekom het.

Daar was 'n brief van Duitsland af vir Pappa. Die sendingowerheid wou hê hy moes 'n sendingstasie bo in die noorde van Suidwes-Afrika gaan begin. Hulle het oral geprobeer om geskikte mense te kry om daarheen te gaan, maar niemand was beskikbaar nie.

Aangesien Pappa van Duitse afkoms is en daar heelwat Duitssprekendes in Suidwes is, was hy die aangewese persoon om so 'n groot guns van te vra. Voorts het hulle gevra dat hy eers alleen moes gaan en die sendingstasie gaan opbou voordat hy sy gesin daarheen laat kom.

Hulle was verslae en heeltemal ontwrig. Pappa het dae aanmekaar buite in die veld rondgedwaal. Martie het hom telkens op sy knieë aangetref waar hy besig was om hierdie ernstige saak met 'n Hoër Gesag uit te maak.

Sy onthou nog goed die verwese trek op sy gesig toe hy haar en Mamma van sy besluit verwittig het.

"Ek sal móét gaan. Ek het nie 'n keuse nie."

"Ons gaan saam, my man." Mamma het beslis opgestaan asof sy die saak as afgehandel beskou het.

Pappa het egter sy kop hartseer geskud.

"Dít, my liefling, was my grootste stryd. Julle sal nie kan saamgaan nie. Jou gesondheid is baie swak, jy weet dit tog. Ek kan nie my twee rosies na daardie wilde, ongetemde land neem nie."

Haar ma het smekend by hom gaan kniel en hy het teer oor haar wange gevee.

"Ek wil julle so bitter, bitter graag saamneem. Ek moet egter 'n stasie gaan bou. Sodra hulle iemand anders beskikbaar het, kom ek terug. Ek sal hulle so laat weet. Ek hoop om op die langste drie jaar weg te wees."

Die drie jaar het ses geword.

Hulle het darem so elke twee of drie maande 'n lekker lang brief van hom ontvang. Volgens hom het dit altyd goed gegaan. Hy was net altyd bekommerd oor hulle.

Intussen het sy pal by die hospitaal gewerk nadat sy haar opleiding daar voltooi het. Toe haar ma dus drie jaar ná haar pa se vertrek baie siek word, was sy in staat om haar self te versorg.

Petronella was egter baie beslis: haar man mag nie weet dat sy siek is nie. Martie het eers hewig kapsie gemaak en met haar geredeneer. Later het sy darem haar ma se standpunt begryp. Hy sal niks daaraan kan doen nie; hy sal hom

171

net siek bekommer. Teen die tyd dat hy die brief gekry en met die ossewa die hele ent pad teruggesukkel het, was haar ma dalk lankal weer gesond.

Die volgende twee jaar het Petronella elke winter siek geword en dit het elke keer langer en langer geneem om te genees. Die laaste jaar was sy omtrent pal aan haar bed gekluister. Die dae dat sy nie sleg gevoel het nie, was baie minder as die ander.

So saam met haar ma se gesondheidsprobleme het die jare en haar jong lewe ook verbygevlieg. Hendrik le Roux het later moeg geword vir wag. Hy kon net nie verstaan dat sy nie haar ma alleen kon los nie. Nog minder wou hy verstaan dat sy haar ook nie kon saamneem Oosgrens toe nie.

Ses maande gelede is haar ma een nag net stil-stil weg. Soos wat sy geleef het, so het sy ook gegaan: stil, vreedsaam, altyd bedag op die goeie.

Martie staar na die wit seil bokant haar en vee die trane met die agterkant van haar hand van haar wange af. Sy voel hoe die neerdrukkende moedeloosheid van destyds weer om haar wil toevou. Vandat hulle die dag vir Petronella in die ryk, vrugbare aarde weggebêre het, daar waar die blomme nou al weelderig groei, woed hierdie begeerte in haar: sy wil by haar pa kom!

Sy het nagte omgeworstel met die probleem. Sy wou self vir haar pa van sy groot verlies gaan vertel. Sy wou daar wees om hom te troos wanneer hy van sy verlies hoor. Sy weet hoe 'n groot skok dit vir hom gaan wees. Hy was dan nie eens daarvan bewus dat haar ma se gesondheid die afgelope drie jaar so agteruitgegaan het nie.

Soos die Groot Voorsiener egter altyd voorsien, was daar hierdie keer ook uitkoms. 'n Jong sendingpaar, Hans en Ilze Frieling, moes van die Kaap af Walvisbaai toe gaan.

Apools en sy kleinseun, Chrisjan, Martie-hulle se twee

getroue handlangers, het sonder om vrae te vra net eenvoudig hul goed begin pak. As sy gaan, moet hulle saamgaan. Daar is niemand anders wat na haar kan kyk nie.

Op die ou wa, wat beslis al beter dae geken het, het sy al haar aardse besittings gelaai en met die bietjie geld wat sy gehad het, moes sy 'n ordentlike span osse koop. Daar het dus nie veel oorgebly nie.

Hulle het stadig en rus-rus gevorder, sonder noemenswaardige teëspoed. Hans is 'n knap man. Sy twee hande staan vir niks verkeerd nie. Die paar probleme wat daar was, kon hy met gemak hanteer.

Oral langs die pad was daar boere wat hulle vriendelik gehelp het. Selfs deur die suide van Suidwes-Afrika het hulle 'n paar boeregesinne teëgekom. Hulle was maar min, maar darem genoeg sodat die reisigers nie heeltemal afgesonder gevoel het nie.

Vier lange maande is hulle al op pad. Volgens Hans het hulle besonder goed gevorder. Hulle het dit juis so beplan om voor die reëntyd by hul onderskeie bestemmings te wees.

Hier op Karibib moes haar en die Frielings se paaie egter skei. Hulle gaan Shepmansdorp toe. Dis 'n sendingstasie naby Walvisbaai en hulle moet nou wes draai. Hiervandaan moet sy nou noord gaan om by haar pa te kom. Volgens wat sy verstaan, is dit nog 'n groot afstand – maklik nog 'n maand of meer se trek met die ossewa.

Hierdie gevaarlike, woeste wêreld sal sy onmoontlik vrou-alleen kan aandurf. Apools is nie meer jonk nie en die omgewing is vir hom net so onbekend soos vir haar. Sy moes noodgedwonge wag totdat hier iemand verbykom wat noord gaan sodat sy saam met hulle kan trek.

Hier op Karibib, wat eintlik maar net 'n proviandpos is, wag sy nou al twintig dae lank. Sy het haar wa 'n entjie van Klaus Stolz se huis-winkel-hotel getrek en so wag en

173

wens sy die warm, droë dae om. Die Stolze is vriendelike, gasvrye mense. Hulle het egter 'n swetterjoel kleingoed. Martie kon dit nog nie regkry om hulle te tel nie. Hulle was nog nooit almal gelyktydig bymekaar nie en die een lyk net soos die ander.

Sy het dadelik besef dat dit vir hulle vreeslik ongerieflik moet wees om nog 'n gas ook in die kleine huisie te huisves. Sy slaap dus in haar wa en berei vir haarself etes voor. Sy kon darem haar voorrade hier aanvul.

Dis ook die joviale Klaus wat daarop aangedring het dat sy hier moet wag totdat een van die transportryers weer hierlangs kom.

"Jy is gedoriewaar gelukkig, juffrou." Sy geradbraakte Afrikaans was vir Martie soos musiek in haar ore. Sy kan heelwat Duits praat en verstaan, maar dit klink vir haar vreemd op haar eie tong.

"Hoe so, meneer Stolz?" Sy het angstig nader gestaan.

"Braam Potgieter is 'n paar weke gelede hier verby Walvisbaai toe. Hy is met drie waens vol velle en ivoor op pad – hy verkoop dit daar. Wanneer hy terugkom, laai hy altyd die waens vol voorrade, wat hy dan so streep-streep langs die pad aflaai."

"Gaan hy noordwaarts?"

"Ja, hy is tans ons enigste transportryer vir daardie deel. Die ander manne wil nie meer ry nie. Hy boer sommer daar naby jou pa se sendingstasie."

Sy kon huil van dankbaarheid. Dat alles so goed sou uitwerk, sou sy nooit kon droom nie. Skaam vir haar kleingelowigheid kon sy net stil-stil 'n dankgebed opstuur. Met 'n ligter hart kon sy 'n paar dae later van Hans en Ilze afskeid neem.

Die dae was vir haar eindeloos lank. Die afgelope week al stuur sy elke oggend vir Apools met die perd in die rigting van waar die waens moet kom. As sy net weet dat hulle aan die kom is, sal hierdie vreeslike angstigheid in haar bedaar.

Haar ongeduld spruit uit haar haas om by haar pa te kom. In haar verbeelding sien sy al die plooitjies om sy oë saamtrek van skone verbasing. Sy kan al sy verraste uitroep hoor en sien hoe hy sy arms vir haar oophou. Hy sal haar vasgryp en styf teen hom vasdruk.

Haar oë is sag as sy aan haar pa dink en 'n sagte glimlag plooi stadig om haar mond. Hy sal haar natuurlik nie meer kan oplig en in die rondte swaai nie – sy is darem nou al te groot! Sy is al . . . ja, laat sy dit maar aan haarself erken: sy is 'n oujongnooi! Ander meisies van vyf en twintig is lankal getroud en het al 'n hele string kinders.

Vanoggend het Apools hier aangejaag gekom met die perd. Hy het uitgelate afgespring en sy hoed in die lug geswaai. Martie het vinnig nader gehardloop.

"Hulle is aan die kom, juffrou Martie. Daar is drie waens."

Sy het al haar goed nagegaan. Alles is egter skoon en netjies. Om die dae om te kry, het sy die hele wa uitgepak en uitgeskrop. Die seil van die watent is ook weer wit geskrop, die potte is blink geskuur en elke dingetjie is net reg. Die man moet tog nie nodig hê om vir haar te wag nie.

Volgens Klaus vertoef Braam Potgieter nooit lank hier op Karibib nie, want hy hou daarvan om vinnig te trek. Hy sal uiters vir 'n dag of twee oorstaan.

Met 'n vinnig kloppende hart vol verwagting het sy die waens sien aankom. Sy het haar oë skrefies getrek teen die skerp sonlig. Die man het geleidelik in haar gesigsveld verskyn. Sy het haar oë 'n paar keer geknip en gewag dat hy nader moes kom. Met haar hand bokant haar oë as skerm, kon sy nie glo wat sy sien nie. Dit was die grootste mens met die weligste swart baard wat sy al ooit in haar lewe gesien het.

175

Van ver af kon sy sy bulderende stem hoor soos hy op die osse en die touleiers skree. Dit was eers toe hy nader kom dat sy kon hoor dat die bulderende woorde deurspek is met vloekwoorde.

In haar vyf en twintigjarige bestaan het sy nog nooit iemand so wild en ongetem, so na aan 'n barbaar soos hierdie man gesien nie.

Haar hande bewe liggies en sy vat die Bybeltjie stywer vas. Sy maak haar oë toe om kalmte in haar gemoed te kry, want net om weer aan die man te dink, laat haar bewe.

Sy maak die Bybel sommer hier voorlangs oop. Dit kalmeer haar altyd om sommer net te lees. Later onthou sy wel party van die dinge wat sy nou so gedagteloos lees. Dit help haar darem om van die verskrikking daar buite te vergeet.

Die lettertjies dans voor haar oë in die skemerte van die watent.

En die Here het vir Abraham gesê: Gaan uit jou land en uit jou familie en uit jou vader se huis, na die land wat ek jou sal wys.

Haar angstigheid verdwyn geleidelik en dit voel of sy weer vry kan asemhaal. Sy sluit haar oë sodat die betekenis van die woorde diep in haar deurmekaar gemoed kan indring.

Abraham het in die geloof getrek. Hy het ook nie geweet waarheen hy gaan of wat verder van hom sal word nie. Hy het net geglo.

Met 'n effense sug maak sy die Bybeltjie toe en sonder om haar oë te sluit, prewel sy saggies: "Here, is dit dan geloof wat ek kortkom?"

Sy staan op, maak haar lang hare los en borsel dit vinnig uit. Die bolla word behendig agter haar kop vasgedraai sonder dat sy eintlik besef wat sy doen. Sy vee met haar hande oor haar netjiese grys rok en rol die moue af. Die

176

wit, gestyfde kragie word reggetrek en dan eers voel sy netjies genoeg om na buite te gaan.

Besluiteloos draai sy rond. Sy moet nou besluit. Sy moet nou aan die Here en aan haarself erken of sy ook bereid is om in die geloof te trek, soos Abraham.

Sy strengel haar vingers inmekaar en knyp haar oë styf toe voordat sy geluidloos bid: Ja; Here, ek glo! Ek sal gaan. Ek sal soos 'n Abraham die onbekende ingaan, want, Here . . . ek . . . ek het nêrens anders om heen te gaan nie.

Sy voel tog beter en selfs haar hart is effens ligter toe sy agter by die wa uitklim.

Buite staan sy eers 'n oomblik stil en luister. Alles is egter rustig. Sy het langer daar in die watent gelê en droom as wat sy besef het. Die man se osse is al uitgespan en weggelei. Verder weg kan sy die gedempte stemme van sy handlangers hoor.

Sy haal diep asem en probeer haar gedagtes skoonmaak van die skrik van vroeër vanmiddag. Sy moet kalm en heeltemal op haar gemak lyk wanneer sy die groot man met die swart baard in die oë kyk. Haar hele toekoms hang van hom af.

Stadig stap sy met die uitgetrapte voetpaadjie af na Klaus Stolz se huis. Klaus se growwe stem kom laggend deur die oop deur na haar toe aangesweef: "Jy kan darem bier drink soos water, Braam. Jy is die enigste mens wat ek ken wat die goed so kan wegsluk!"

Braam lag bulderend.

"Enige mens wat deur hierdie woestyn gekom het, kan maar bo ingooi. Al die bene en holtes in jou liggaam is uitgedroog. Toe-toe, Duitser, ek is al meer as 'n uur hier en ek het nog net vyf bekers bier in. Hoe is dit dan vandag met jou?"

Martie se moed begewe haar. Sy draai vinnig om en stap eers 'n wye draai op die werf. Sy probeer diep en egalig

177

asemhaal. Sy weet nie wat sy nou die meeste vrees nie – hierdie wilde, onbekende land of hierdie woeste mansmens!

Dis al sterk skemer toe sy doelgerig terugstap na die huis toe. Sy stap sommer by die agterdeur in. Die voorkant, wat dien as winkel en kroeg, is net met 'n gordyn van die kombuis geskei.

Sy hoor hoe die mans nog sonder ophou gesels. Dan steek sy egter in haar spore vas en luister onbeskaamd af.

Klaus se stem klink rustig en dit laat die bekommernis 'n oomblik uit haar gemoed wyk.

"Sy sal nie 'n probleem wees nie, Braam. Sy is op pad na ou sendeling Schlage toe. Hy is daar naby jou, as ek reg onthou. Sy wag al amper drie weke lank vir jou. Sy ken nie die wêreld nie. Dis darem nie 'n land waarin 'n vrou alleen kan rondtrek nie. Sy weet ook nie waar die drinkplekke is nie."

Martie gee 'n tree nader aan die gordyn en wag angstig op sy antwoord. Toe hy egter praat, is dit so hard dat sy maar in haar wa kon gewag het. Sy sou in elk geval alles kon hoor.

"Nee wat, dankie! Ek is haastig en wil by my huis kom voordat die reëntyd aanbreek. Dis al klaar September. Daar kan nou enige tyd buie begin uitsak."

"Maar, Braam, luister nou . . ."

Dit klink of hy Klaus nie eens hoor nie. Sy stem is 'n paar tone laer toe hy weer praat.

"Ek is nou klaar met transport ry, ou Klaus. My pa is mos verlede jaar dood en die plaas staan nou alleen. Daar is te veel wilde goed en 'n mens kry te veel skade. Dit sal lekker wees om net te boer. Hierdie maande op die wapad is nie 'n lewe nie. Ek het my huis verbreek en groter gemaak. Op my wa is nog boumateriaal wat ek saamvat. Met die geld wat ek vir die velle en ivoor gekry het, gaan ek vir my mooi koeie en kalwers koop. Spoggoed! Ou Vaal Jaap wil syne verkoop. Hy wil mos trek. Simpel! Waar wil jy nou 'n beter en mooier wêreld kry as daar bo by ons in die Noorde? Die man is getik, sê ek jou! Maar hy is hoeka al so snaaks vandat sy ou vrou dood is. Ek sê nog altyd . . ."

Met 'n sinkende gevoel staan Martie weer terug. Hy oorweeg nie eens die versoek nie! Hy is ook nou besig om heeltemal van die punt af te dwaal. Dankbaar hoor sy hoe Klaus hom in die rede val.

"Haar osse is mooi vet, Braam, en sy sal jou nie hinder nie. Sy sal net so vinnig soos jy kan trek. Sy wil ook graag voor die reëntyd op Grootfontein wees."

"Hoe het sy hier gekom?" Braam se stem is driftig en verskrik druk Martie haar hand voor haar mond.

"Sy het saam met 'n sendingpaar wat Walvisbaai toe is van die Kaap af tot hier gekom. Hulle moes natuurlik nou wegdraai en sy moet noordwaarts gaan."

"Nou wil jy hê ék moet met die ou kerkgeraamte aan-sukkel! Vir dae en weke moet ek alleen saam met die ou fossiel in die veld wees. Klaus, jy ken tog die Noorde. Jy weet dis ruig en bebos. Die ou ding sal haar flou skrik vir elke voël wat voor haar opvlieg. Ek sê nou vir jou, sy kry haar eerste hartaanval voor ons op Omaruru is."

Martie hoor hoe hy driftig sy bier opslurp voordat hy weer praat.

"Sy is in elk geval simpel om iets in die Noorde te gaan soek."

"Ag, Braam, man, jy is nou sommer onnodig moeilik. Ek sê mos vir jou sy is op pad na ou sendeling Schlage toe. Jy ken tog die ou, sy sendingstasie is op jou pad. Ek het al gesien dat jy vir hom goed saamneem."

"Ja, die ou siel ken ek. Hy is seker by die honderd en tag-tig jaar oud. Die laaste keer wat ek hom gesien het, was hy ellendig siek van koors. Hy het nie eens geweet ek was daar nie. Ek het nooit gehoor of hy dit toe oorlewe het nie."

"Braam, luister nou net 'n slag na my –"

"Nee, Klaus, jy kan na mý luister! Ek is die een wat met haar gaan sukkel. Wat gebeur as die ou sendeling intussen die emmer geskop het en ons kom daar op 'n verlate sendingstasie aan? Wat maak ek dán met haar?"

Daar is 'n kort stiltetjie en Martie is so geskok dat sy glad nie haar gedagtes kan formuleer nie.

Dan tier Braam voort: "Nee wat, dankie, ou Klaus. As jy aangebied het dat die ou ding hier kan bly, is sy jou verantwoordelikheid. Jy gaan haar sowaar nie op my afskuif nie. Ek sal vir ou Schlage gaan sê dat hier 'n ou plooigesig vir hom wag. Hy kan haar self kom haal."

Martie hoor hoe hy verontwaardig snork. "Verbeel jou! Ék moet nou weke lank met die ou pikkewyn op die wapad wees!"

Klaus se stem is ook nou driftig.

"Braam, wees net redelik. Teen die tyd dat die sendeling die boodskap kry, is dit reëntyd en dan is dit maande voordat hy kan trek. Jy weet tog ek het nie plek hier vir 'n gas nie. Sy kan mos darem nie maande lank en dwarsdeur die reënseisoen in die wa bly nie."

"Ag, Duitser, gooi vir my liewer nog 'n bier in. Ek vererg my sommer vir jou! Is dit haar ou wa wat daar onder die boom staan?"

"Ja, dit is. Hoekom vra jy?"

"Ek sal nie van my agterdeur af skuur toe trek daarmee nie. Dis dan net 'n bondel planke. Die Noorde is nie gemaak vir sulke mankoliekerige goed nie. Die ou wa sal ook nie Omaruru haal nie."

"Braam, sy wil nie hê jy moet haar help nie. Sy wil net saam met jou trek sodat sy kan sien waar die uitspanplekke en drinkplekke vir die diere is."

Braam vloek grof en die hoendervleis slaan op Martie se arms uit.

"Klaus, jy ken my tog – ek kan vloek dat die son stilstaan. Moenie dat een van my waens vasval of breek nie, dan gaan kruip die son weg. Jy weet ook hoe kan ek bier drink. Die ou plooigesig sal heeldag vir my loop en preek oor my sondigheid. Ek het tog nie lus daarvoor nie en ek sal haar dalk 'n paar woorde toevoeg wat haar hart sal laat staan."

Martie staan verslae en vasgenael op een plek. Sy hoor nie meer die helfte van wat Braam so gekleurd kwytraak nie.

Een sinnetjie bly by haar maal: "Hy was ellendig siek van koors." Haar pa is siek! Dalk is sy te laat, dalk leef hy nie eens meer nie! Bekommernis en vrees meng met die ongeduld in haar.

Sy draai sag om en stap kop onderstebo terug na haar wa toe. Die wa kraak kermend toe sy inklim. Haar gedagtes registreer egter nie sulke alledaagse dinge nie. Alles maal en kolk onstuimig binne-in haar. Sy sal nou baie vinnig 'n besluit moet neem. Sy moet eenvoudig so gou moontlik by haar pa kom.

Vinnig sit sy regop toe 'n idee haar skielik te binne skiet. As hy moet weet sy is die sendeling se dogter en glad nie so oud as wat hy dink nie, sal hy dan bereid wees om haar saam te neem? Ingedagte byt sy op haar lip. As sy aan die bebaarde man dink, maak die vrees haar lam en gedagteloos. So 'n woestaard wat soveel bier kan drink en so vreeslik kan vloek – tot wat is hy nie nog alles in staat nie?

Moedeloosheid dwing haar op haar knieë. Lank staan sy so voor die kampbedjie – sonder raad of hoop. Haar gedagtes wil nie vorm aanneem nie en haar denke is net 'n warboel van skokke. Sy staan later op. As sy rustiger is, sal sy weer probeer bid. Nou is dit hopeloos.

Sy gaan sit in die opening van die watent. 'n Ligte bries stoot soos 'n asemteug teen haar wange. Die werf raak stil en die aandgeluide meng met die stilte binne-in die wa.

181

Sy eet 'n stukkie en begin haar aandwerkies afhandel. Haar hande werk stil en sommer vanself, terwyl haar gedagtes koorsagtig 'n opening uit die doolhof soek.

Vasberade stoot sy haar probleem later op die agtergrond. Tyd bring raad. Vannag as sy rustiger is, sal sy die probleem weer uithaal en probeer orden.

Die wit linnenagrok vou los en sag om die skraal lyfie. Haar hare hang in twee dik vlegsels oor haar skouers en dit laat haar jonk en weerloos lyk.

Heelwat later klim sy bo-op die kampbedjie en vou haar bene onder haar in. Haar hande klem om die verslete ou Bybeltjie waaruit sy al soveel leiding en vertroosting geput het. Sy sluit haar oë en toe sy hierdie keer bid vir leiding, is dit stil en afwagtend binne-in haar.

Vanaand sal sy uit Rut lees: Rut wat ook eens na 'n vreemde land moes gaan; Rut wat ook sonder heenkome was. Sy lees die hele boek deur en dan val haar blik weer op 'n stukkie wat sy reeds gelees het – hoofstuk drie, van vers sewe af. Dis asof die flikkerliggie van die kers dié gedeelte spesiaal uitsonder.

Nadat Boas geëet en gedrink het, en sy hart vrolik was, en hy gaan slaap het by die ent van die hoop, het sy stilletjies gekom en sy voetenent oopgemaak en gaan lê. En die man het teen middernag geskrik en vooroor gebuig en gesien daar lê 'n vrou aan sy voetenent. En hy vra: "Wie is jy?" Toe antwoord sy: "Ek is Rut, u dienares, brei dan u vleuel oor u dienares uit, want u is die losser."

Ingedagte bêre Martie haar Bybel onder haar kussing en lê agteroor. Sy vou haar hande onder haar kop en staar peinsend na die skrefie naghemel wat deur die opening van die seil sigbaar is.

Boas se hart was ook vrolik. Dit maak seker nie nou saak of dit van wyn of van bier was nie. Tog . . . Rut het in hom 'n oplossing vir haar probleem gesien.

Sy sug. Sy glo nie Boas kon vloek soos hierdie man nie. Hy sê dit in rympies op, en met soveel smaak dat dit seker vir hom lekker is! Wel, van een ding is sy amper seker en dis dat Boas ook so 'n nare swart baard moes gehad het. Ten spyte van alles het Rut egter haar toekoms in Boas se hande geplaas.

Martie trek haar skraal skouers agteroor toe sy haar op haar elmboog lig om die kers dood te blaas. Wel, as Rut kans gesien het . . . wie is sy dan om terug te deins?

Die reuk van die vetkers hang gesellig in die tent toe sy teen die kussing teruglê. Sy glimlag wrang en fluister dan in die donker stilte: "Slaap rustig, ou Boas met jou vrolike hart. Sodra jy die wapad vat, slaap Rut by jou voetenent!"

2

Net die feit dat sy nou 'n definitiewe besluit geneem het, laat haar die volgende oggend rustiger voel. Aan al die gevolge wat die besluit kan inhou, wil Martie glad nie dink nie.

Sy veins 'n hoofpyn en Klaus se vrou is die ene simpatie. Sy hou die kleingoed ver van Martie se wa af weg.

Martie voel skuldig omdat sy die dierbare vroutjie so bedrieg, maar sy wil nie hê die bebaarde Braam Potgieter moet haar te sien kry nie.

Klaus kom later die oggend daar aan met die nuus dat Braam haar nie wil saamneem nie.

Eers antwoord sy nie. Toe Klaus haar afwagtend en skewekop staan en betrag, sug sy en sorg dat sy baie geskok lyk.

"Ek sal daaroor moet nadink, meneer Stolz. Ek weet nie wat om nou te doen nie. Ek sal jou laat weet."

Sy roep egter vir Apools en Chrisjan en laat hulle in haar geheim in. Saam bespreek hulle die saak tot in die fynste besonderhede.

Die dag is eindeloos lank en warm. Sy probeer 'n bietjie borduur, maar haar hande sweet só dat dit 'n onbegonne taak is. Dit voel vir Martie soos 'n ewigheid voordat die skemerte uiteindelik oor die werf toesak.

"Juffrou Martie!" Apools staan agter by die watent om te kom verslag lewer oor die dag se gebeure.

"Ja, Apools?"

"Die mense trek môre. Dit is soos juffrou Martie gedink het."

"Dan is dit reg, Apools. Is alles in orde?"

"Ja, juffrou, alles is reg. Ek wag net vir die donkerte, dan sal ek die vaatjies vol vars water kom maak."

"Goed, baie dankie. Julle moet goed slaap. Sodra hulle op pad is, kom roep julle my. Ons gee hulle 'n uur tyd om voor ons uit te trek."

Die dag breek nog rosig en skaam in die ooste, toe is Martie se wa al ingespan. Chrisjan is voor by die osse en Apools moet nog net die perd opsaal.

Klaus Stolz is glad nie gelukkig oor haar besluit nie.

"Is jy doodseker jy wil dit doen, juffrou? Jy kan regtig maar nog hier bly. Hier sal wel weer die een of ander tyd mense verbykom wat in daardie rigting gaan."

"Ek moet by my pa kom, meneer Stolz. Hy is siek en jy het tog gehoor wat meneer Potgieter gesê het."

"Maar, juffroutjie, Braam Potgieter is 'n vreeslike mens. Hy is goed op sy manier, maar wild! Ek weet regtig nie of dit die regte ding is om te doen nie. Hy het gesê hy vat jou nie saam nie, maar nou weet ek nie! Hy kan soms vreeslike goed aanvang."

"Hy sal my darem nie kan wegjaag nie. Ek vra mos niks van hom nie. Ek trek net al in sy spore, dis al!"

184

"Dit sal dalk nie altyd so maklik wees nie. Wees maar net gewaarsku en op jou hoede. Sorg dat jy altyd 'n gelaaide geweer byderhand het."

Die lang rus het die osse die wêreld se goed gedoen. Hulle is vet en uitgerus en sommer vol lewe. Martie hou die pad gespanne dop. Sy verwag dat die bebaarde reus enige oomblik hier voor haar in die pad sal opdoem. Hy het seker al teen hierdie tyd agtergekom dat hulle aan die kom is.

Hulle trek egter gemaklik in Braam se spore wat duidelik in die rooi grond lê. Teen die middag is die hitte egter ondraaglik. Die wêreld is nog pragtig en ruig vir hierdie tyd van die jaar. Martie ril liggies toe sy na die bosse en die lang, geel gras langs die wa kyk. Wat skuil nie alles in hierdie ruigtes nie!

Apools ry kort-kort 'n entjie vooruit met die perd. Hy is ook maar versigtig en Martie weet dat Braam Potgieter by hom net so 'n vrees ingeboesem het as by haar.

Die son sak al laag in die weste toe Apools vinnig terugkom ná een van sy verkenningstogte.

"Die mense span uit, juffrou Martie. Gaan ons nader?"

Martie byt ingedagte op haar lip. Rut is nou glad nie meer so seker van Boas se toegeneentheid nie!

"Ons sal maar nader moet gaan, Apools. Dis seker die enigste water vir die osse."

"Goed, juffrou Martie."

"Apools, julle moet uit die ander mense se pad bly. Ek wil tog nie moeilikheid hê nie."

"Hulle is gawe mense, juffrou Martie. Die drywers is Ovambo's, maar daar is een van hulle – sy naam is Willem – wat ons taal praat. Hy sê sy oupa het ook van die Kaap af gekom."

"Nogtans, Apools. Ons moenie iets doen wat die man vies kan maak nie. Maak liewer maar jul kamp eenkant."

"Reg, juffrou Martie."

185

Die skraal gesiggie loer vuil en vol stof onder die groot, wit kappie uit. Sy was nog nooit iemand wat haar aan ander kon opdring nie. Sy het beskermd grootgeword en daar was altyd iemand om haar probleme mee te deel. Sy weet nie of sy dalk oor krag beskik waarvan sy nie bewus is nie; sy hoop maar so. Haar bravade van gisteraand begin egter nou baie vinnig 'n laagtepunt bereik. Hulle het goed bygehou. Haar diere is darem uitgerus in vergelyking met syne. 'n Uur later sien hulle die seile van Braam se watente, bleekwit in die ondergaande son.

Hy wag hulle in. Sy arms is hoog oor sy bors gevou. Die rooi son wat besig is om agter die horison te verdwyn, rek sy skaduwee lank uit. Sy oë is hard en koud en met sy hoed teruggestoot op sy stowwerige swart hare, lyk hy skrikwekkend groot en boosaardig.

Martie skuif haar kappie van haar kop af sodat dit agter haar rug hang en vee senuweeagtig oor haar hare. Sy trek egter haar skouers agteroor en kyk hom waterpas in die oë. Die man sal dit nie waag om haar hier van die drinkplek af weg te jaag nie.

Sy praat haarself moed in, maar haar bene voel lam en bewerig toe sy van die wa afklim en nader stap.

Braam se oë vernou toe sy nader kom. Martie sien die ongeloof op sy gesig en skielik het sy lus om hard te lag. Sy sluk egter haar lag toe die groot man sy oë 'n paar keer vinnig knip. Hy maak geen aanstaltes om nader te kom of te groet nie en Martie ignoreer hom dus ook.

"Apools, julle kan maar die wa onder daardie boom intrek!"

Sy wys na 'n geskikte boom die verste van Braam se waens af. Sy draai om om saam met die wa te stap, maar 'n rits vloeke en verwensings laat haar vinnig omswaai.

"Wie de . . . wie is jy?" Die groot man bulder die woorde woedend uit.

Martie vee die haarsliet teen haar wang agtertoe en druk dit by haar bolla in. Haar laaste bietjie bravade smelt vinnig voor sy oordonderende houding. Haar oë is egter versluier, sodat hy nie die twyfel en vrees daarin kan sien nie.

"Ek is Martie Schlage – sendeling Schlage se dogter."

"Sy dogter!" Sy hoor die ongeloof in die man se stem en knik net haar kop.

"Van wanneer af het hy 'n dogter? Hy woon dan al jare lank stoksielalleen hier." Die opregte verbasing maak sy stem nog harder en growwer as wat dit gewoonlik is.

Martie voel verlig dat hy haar nie sommer dadelik wegjaag nie. Sy glimlag breed vir hom. Sy wens sy kan al haar bekommernisse en vrese vir hom vertel, sommer alles wat aanleiding gegee het tot hierdie maande lange reis.

Die woorde stol egter op haar lippe toe sy harde, sarkastiese woorde opklink.

"Wát wil jy nou ewe skielik daar gaan maak? Al die jare moes die arme ou siel maar so alleen en siek daar aansnork. Daar is meestal nie eens 'n lewende wese om vir hom te sorg nie. Dis darem 'n vreeslike liefde wat sy dogter vir hom het!"

Martie sluk die woorde wat op haar tong huiwer terug, en staar net stil na hom toe sy mond in 'n sarkastiese glimlag vertrek.

"Waarvoor vlug jy? Hoekom word jou liewe, dierbare ou vadertjie nou skielik ná al die jare opgesoek? Nou is jy seker vreeslik lief en jammer vir hom. Toe hy jou egter nodig gehad het, het jy nie kans gesien vir hierdie eensame wêreld nie. Toe rinkink jy natuurlik te lekker daar waar jy vandaan kom. Nou is jy nie meer so jonk nie en kon jy seker nie jou kloue in 'n man vasgeslaan kry nie. Nou is Pappa goed! En 'n mens weet nooit – dalk kan jy sommer hier 'n man kry . . . een wat nie te kieskeurig is nie!"

187

Martie draai sonder 'n woord om en haar rug is baie styf en regop toe sy na haar wa stap.

"Moenie van my hulp verwag nie! Julle moet uit my pad bly. Julle gaan my nie weke lank verpes nie – ek skiet sommer alles vrek wat in my pad kom!"

"Jy kan maar die osse laat suip, Apools." Haar stem is dik van die ongestorte trane. Die seer brand in haar bors.

Die kaal kol waar die waens staan, is nie so groot dat sy ongesiens haar gang kan gaan nie. Braam is ongemaklik bewus van die stil figuur wat so stil-stil haar werk doen.

Apools het solank 'n vuur aan die gang gekry en Chrisjan is met die osse water toe.

Apools loer onderlangs na Martie. As die oë so blink en die stemmetjie so verlate klink, sit die hartseer baie vlak. Hy sal maar vanaand vir haar rugstring en aartappels opsit, sy is tog so lief daarvoor.

Braam kyk vererg anderpad. Sy blik val weer op die stil, eensame figuurtjie by die flikkerlig van die vuur. Sy is klein en skraal. Hy het nie in sy wildste drome gedink dat ou Schlage 'n dogter het nie. Hy het nie eens geweet hy is getroud nie. Toe Klaus van 'n vrou praat wat na hom toe wil gaan, het hy maar gedink dis die een of ander verpleegster wat daar wil gaan werk. Hulle is altyd aan die ou kant. Geen jong vrou sal tog hiernatoe kom nie.

Hy wonder hoe oud sy is. Sy lyk nie meer na 'n kind nie, maar is glad nie so oud as wat hy verwag het nie!

Martie peusel net aan die geurige kos. Sy kan die knop in haar keel nie afsluk kry nie. Haar hartseer loop hand aan hand met die bekommernis oor haar pa. Vanaand klink die jakkalse se gehuil vir haar weemoediger as ooit tevore. Sy bly buite by die vuur sit totdat dit heeltemal uitgebrand is.

Toe sy eindelik opstaan om te gaan slaap, kyk sy na Braam se netjiese, stewige waens wat bleek in die maanskyn afgeteken staan. Sy sal nie kan byhou nie. Sy weet dit nou al. Haar wa is oud en mankoliekerig en daarby nog baie swaar gelaai. Haar span osse is ook nie so groot soos Braam se span nie. Hy het 'n sterk span voor elke wa.

Die pas wat hulle vandag gekom het, sal sy diere kan volhou, maar sal hare kan? As hulle tog net oor halfpad kan kom, kan sy dalk iewers op 'n dorpie of by boere wag en vir haar pa laat weet dat hy haar daar moet kom haal.

Braam lê met presies dieselfde gedagtes. Sy sal met daardie swaar, stokou wa nie ver kom nie. Hy moet haar laat verstaan dat sy moet omdraai, en sommer binne die volgende dag of twee, voordat hulle te ver van Karibib af is. Dit sal vir haar die heel beste wees om daar te gaan wag.

Hy grinnik. Môre sal hy 'n pas handhaaf wat haar voor die middag sal laat besluit om om te draai. As sy môre al omdraai, is die spore nog vars en duidelik. Die pad is ook nie so ruig soos die dele wat nog vir hulle wag nie.

Dis nog donker die volgende oggend toe Martie die bedrywigheid buitekant hoor. Dit voel vir haar of sy nou net aan die slaap geraak het. Sy spring egter op en trek vinnig aan. Die plek waar die osse gisteraand water gedrink het, is 'n pap, modderige affêre en sy sal maar liewer nie daar gaan probeer was nie.

Sy gooi 'n bietjie water in 'n skotteltjie en was haar hande en gesig. Toe sy by die watent uitloer, sien sy dat Apools al 'n vuurtjie gemaak het en die waterketel opgesit het. Braam is nêrens te sien nie, maar daar brand 'n vrolike vuur naby sy wa. Dis so sinneloos dat elkeen sy eie vuur maak. Hulle kan tog maar saam 'n vuur gebruik. Hy is egter so onvriendelik dat sy nooit so iets sal voorstel nie.

Martie het darem al haar tweede beker koffie ingegooi toe Braam by die waens terugkom. Twee van sy waens is klaar ingespan en hulle is nou besig om syne ook gereed te kry.

189

Sy sien hoe hy vir hom 'n stuk vleis uit die pot haal. Dis van die vleis wat hulle gisteraand gebraai het. Sy eet maar net 'n stukkie beskuit; sy kan tog nie so vroeg in die oggend al vleis eet nie. Sy weet egter nou al dat sy rasend honger gaan word, want hulle span nie gedurende die dag uit nie.

Die pas is vandag moordend. Braam dryf sy osse met meer vuur as wat nodig is. Sy werksmense loer brommend na mekaar, maar niemand waag dit om te vra wat nou aangaan nie. In hierdie deel is water volop. Dis dus heeltemal onnodig om so 'n vreeslike lang skof te maak.

Sommer van sonop af het Braam onder haar begin uittrek. Hier van twaalfuur af was hy heeltemal buite sig. Met 'n sinkende hart het Martie gesien hoe die afstand tussen hulle groter en groter word. In haar hart het sy gebid dat dit tog net nie 'n lang skof moet wees nie. Dalk kan sy hom voor sononder inhaal.

Dis al amper skemer toe Martie hom eers inhaal.

Sy waens is uitgespan en sy osse het klaar gesuip. Hy sit agteroor teen 'n boom en daar is 'n breë glimlag op sy gesig toe Martie moeg en vuil haar wa onder die verste boom intrek.

Sy drie waens staan op die beste plekke. Hulle is ver van mekaar getrek sodat daar omtrent nie plek vir haar is nie. Sy is dus verplig om haar wa heel aan die ander kant, teenaan die digte bosse, te trek.

Martie kners op haar tande. Hy is die moedswilligste, onuithoudbaarste mens waarvan sy weet. As hy net die twee ongebruikte waens nader aan mekaar getrek het, kon sy maklik ook op hierdie oop kol gestaan het. Hy is egter daarop uit om dit vir haar so onaangenaam moontlik te maak.

Apools is ook nog vanaand siekerig. Die geweldige pas wat hulle vandag moes handhaaf, het hom vanaand vol pyne en hy is behoorlik kromgetrek.

Martie het net een keer met 'n kennersoog na hom ge-
loer en toe vir hom die peuselwerkies gegee om te doen.
Sy maak self hout bymekaar en maak vuur.

Dankbaar dink sy aan Chrisjan wat nog jonk en sterk is.
Hy is fluks en baie getrou. Sy weet nie wat sy sonder hom
sou gedoen het nie.

Sy hoop tog die drinkplek is vanaand lekker skoon sodat
sy 'n slag ordentlik kan was. Sy is vuil en stowwerig en dit
sal haar sommer beter laat voel as sy weer 'n keer skoon
kan kom.

Toe die vuurtjie knetterend brand, stap sy na die drink-
plek toe. Die water is egter maar weer modderig en vuil en
die kante is reeds 'n pappery getrap soos gisteraand.

Moedeloos kyk sy na die water en dan na die beboste
wêreld om haar. 'n Koue rilling hardloop teen haar rug-
string af. Wat kan tog nie alles in hierdie digte bosse skuil
nie? Sy en Apools en Chrisjan sou beslis nie hierdie onge-
temde wêreld alleen kon aandurf nie.

Sy sug diep. Hulle sal beslis ook nie die pas van vandag
kan volhou nie.

Wat moet sy tog doen! Sal sy nie maar weer probeer om
met die man te gesels nie? Sy het nog 'n bietjie spaargeld
wat sy vir haar pa wil gee. Sy weet hoe nodig hy dit het,
maar miskien moet sy dit vir hierdie man aanbied in ruil
daarvoor dat hy hulle tot op Grootfontein vergesel. As hy
hulle net 'n redelike kans wil gee om by te hou!

Die skrik slaan lam in haar bene op toe die groot ge-
stalte van die man wat al heeldag haar gedagtes oorheers,
skielik voor haar in die voetpaadjie opdoem.

Sy staan so naby aan hom dat sy haar kop effens agteroor
moet buig om sy gesig te sien.

"Ek- . . . ekskuus tog! Ek . . . ek was so ingedagte, ek
het jou nie eens gesien nie." Sy stamel die woorde hees en
probeer dan by hom verbykom.

Die ongeduld roer in Braam. Hoekom kan sy nie vloek en raas nie? Vir wat lyk sy soos . . . soos 'n kind wat 'n hou verwag?

Dis al sterk skemer, maar sy staan so naby hom dat hy haar die eerste keer goed kan bekyk. Haar kop kom net tot by sy skouer. Die donkerbruin hare is agteroor gekam en in 'n bolla in haar nek vasgedraai. Die twee groen oë lyk groot en bang. Nou eers merk hy op dat dit stof was wat haar hare so grys laat vertoon het. Die stywe bolla en grys rok met die hoë hals laat haar jare ouer lyk as wat sy is. Sy moet nog betreklik jonk wees – seker in haar twintigerjare.

Haar stem klink benoud toe sy 'n slag kug en dan die bul by die horings pak.

"Meneer Potgieter . . . ek sal nie vir jou moeite wees nie. Ek . . . ek wil net agter jou aantrek. Ek ken nie hierdie wêreld nie. Ek . . . wat jy ook al van my mag dink, ek móét dringend by my pa kom. Ek kan nie . . . ek kan ongelukkig nie byhou teen die pas wat jy handhaaf nie. Kan . . . sal . . .?" Sy sluk swaar en strengel haar vingers inmekaar.

"Sal jy asseblief 'n klein bietjie stadiger trek? Dan . . . dan sal ek kan byhou. Asseblief, meneer Potgieter! Apools is al oud en . . . Ek sal jou betaal, ek het geld."

Braam voel iets soos skaamte in hom roer. Hy trek nooit teen so 'n moordende pas vir die osse nie. Sy vra mos niks van hom nie. Wat sal dit nou aan hom doen as sy net agter hom aantrek?

Martie is oortuig dat hy gaan weier. Hy is net so 'n soort mens. Hy sal nie van plan verander as hy eers op iets be-sluit het nie.

Bang loer sy na hom. As hy nóú weier, sal sy moet om-draai – môreoggend nog. Hulle kan nie hierdie pas volhou nie, en dalk verloor hulle later heeltemal die spoor as hy onder hulle uittrek. Sy sien nie daarvoor kans om alleen in hierdie woeste wildernis te wees nie.

Braam se stem klink egter ongeduldig in die skemer.
"As jy so danig baie geld het, hoekom het jy nie vir jou 'n ordentlike wa gekoop nie?" Hy wag nie vir 'n antwoord nie, druk net by haar verby en verdwyn tussen die bosse.

Peinsend stap Martie terug. Sy weet nie wat om van sy antwoord te dink nie. Sy eet klaar en dan kom skuif Apools en Chrisjan stil langs haar vuur in. Die hele tog van die Kaap af hou hulle saans godsdiens as hulle klaar geëet het. Gisteraand was sy egter te bang om godsdiens te hou. Sy het vir Apools en Chrisjan gevra om liewer te gaan slaap. Vanaand laat hulle hulle egter nie weer keer nie.

Martie gaan haal dus haar Bybeltjie en lees vir hulle 'n stukkie voordat sy 'n gebed doen.

"Ek dink nie ons moet sing ook nie. Ek is bang ons hinder die ander mense."

Sy sien die teleurstelling op Apools en Chrisjan se gesigte en sy voel gemeen. Dis altyd vir hulle die hoogtepunt van die aandgodsdiens; hulle sing tog te graag.

"Ons sal kyk hoe lyk dinge môreaand. Ek kan nie bekostig dat die mense nou vir ons kwaad word nie."

Die pas is egter die volgende dag beslis stadiger en dis met 'n dankbare hart dat Martie sommer vroeg die middag haar wa langs Braam s'n intrek.

Dis eers toe sy al begin vuurmaak dat sy opmerk dat net twee van sy waens uitgespan is. Die derde wa se touleier het rustig onder die boom gesit en dié staan nou op en al steunend kom die span osse weer in beweging.

Martie spring verskrik op. Haar wa is reeds uitgespan. Wat gaan dan nou aan? Sy lig haar rok effens op en hardloop vinnig na Braam toe wat sy geweer in sy saalsak druk en die perd se buikgord stywer trek.

"Meneer Potgieter! Ek het gedink ons span uit vir die dag. Moet ek weer inspan?"

193

Braam se hande verstil en hy draai stadig om. Die maer vroumens met haar twee groot oë laat hom lomp en onbeholpe voel. Wat weet hy tog nou van vroumense af? Hy het nooit daaraan gedink dat die arme siel nie sal weet dat Omaruru net agter daardie plaat bome lê nie.

Hy sien die moegheid op die skraal gesiggie en iets vreemds roer in sy binneste; iets wat hy nie ken nie en wat hom ongeduldig maak.

"Nee, ons span uit. Ek vat net hierdie goed Omaruru toe."

Hy sien die onbegrip in die twee groen oë en verduidelik lomp verder.

"Omaruru lê net agter daardie kol bome. Ek kom netnou weer met my perd terug."

Sy lek senuweeagtig oor haar lippe en staar hom nog steeds onbegrypend aan.

"Die ou handelaar laai solank vanaand die wa af en dan kry ek dit môre weer daar. Sodoende hou hy my nie op nie."

"O!" Martie glimlag verlig. "Ek . . . ek sal solank vir ons kos maak . . . as . . . as jy wil?"

"Ek kom gewoonlik laat terug."

"Ek sal jou kos bêre. Meneer Potgieter, ek wil nog dankie sê vir . . . vir vandag. Ek . . . ons kon toe goed byhou."

Braam frons net en sit sy voet in die stiebeuel. Martie se bruin hare is vaal van die stof en 'n dun lagie stof lê oor haar gesig. Die twee groen oë wat afwagtend na hom opkyk, is egter helder en blink.

Hy kap sy hakke in die perd se sye en Martie gee vinnig pad. Haar hart voel lig en opgewek. As hierdie woeste man haar net saam met hom sal laat trek, sal sy soveel veiliger voel.

Sy gaan staan skielik en skud haar kop. Veiliger? Dis 'n snaakse gedagte wat nou by haar opgekom het!

Braam kyk nie om nie. Die twee groen oë spook by hom. Die vroumensie met haar twee uil-oë moet nou net nie staan en dink dis om haar ontwil dat hy vandag stadiger getrek het nie. Hy wou maar net gister 'n groot stuk pad agter die rug kry. Vandag se skof was toe nie so lank nie. Dis al!

Hulle kampeer vanaand in 'n rivierbedding. Nadat die osse klaar gesuip het, het Apools 'n rukkie gewag totdat die water nie meer so troebel was nie en toe die watervaatjies weer vol gemaak.

"Hier is baie water, juffrou Martie. Kan ek vir juffrou die badjie ook vol maak?"

"Asseblief, Apools. Ek dink ons moet sommer die groot pot op die vuur skuif, dan kan ek 'n bietjie warm water maak."

Dankbaar help Martie vir Apools om die badjie los te maak. Aangesien Braam nie vanaand hier gaan wees nie, kan sy 'n slag ordentlik bad. Die ruimte in die wa is egter so beknop dat 'n mens dit nie juis 'n bad kan noem nie. Dis eintlik maar net 'n ordentlike was.

Sy borsel haar hare totdat al die stof uit is en dit weer sag en blink in die lamplig glinster.

Intussen kook die potjie met die lekker vet skaapblad stadig op die vuur. Sy het nog aartappels en uie en ook droëbone wat sy nou-nou daar wil ingooi. Sy wil vir die man 'n ordentlike bord kos kook. Hy moet darem weet sy is dankbaar dat hy vandag so vriendelik was om haar 'n kans te gee om by te hou.

Vleis is 'n probleem in hierdie hitte. Haar voorraad vleis staan nou einde se kant toe. Sy doen alles wat sy kan om dit te bewaar, maar dit help nie veel nie. Daar is nog net 'n gesoute ribbetjie oor en dan sal sy moet uitkyk vir 'n vleisie.

Hans het altyd vir hulle 'n bokkie gaan skiet. Hulle was toe meer mense en kon dit dus opgeëet kry voordat dit sleg was.

Vanaand laat Apools hom nie weer afsit toe dit tyd word vir aandgodsdiens nie. Nadat hulle klaar geëet het, skuif hy en Chrisjan nader.

"Vanaand kan ons mos maar sing, nè, juffrou?"

"Ja, goed, Apools, ons kan maar sing."

Eensaam en verlate, maar ook met 'n noot van hoop en verwagting, klink die drie stemme in die aandstilte op. Die bekende ou psalm klink vir Martie vanaand so vol hoop dat sy met oorgawe kan sing: "Net soos 'n herder uittrek met sy skape . . ."

Lank nadat Chrisjan en Apools al gaan slaap het, eet Martie eers. Sy het maar bly wag en gekyk of Braam nie terugkom nie.

Sy krap 'n paar kole onder die pot in. Sy sal maar gaan inkruip. Hulle staan soggens so vroeg op.

Die drywers se stemme raak later stil en Martie loer skrikkerig na die skrefie maanlig wat by die opening van die watent inloer. Dis nogal grillerig om so alleen in die veld te wees. Skielik vlieg sy verskrik regop. Natuurlik! Hy is mos vanaand weer op 'n dorp! Hy is seker weer besig om kanne en kanne bier in sy groot liggaam in te gooi!

Sy druk verskrik haar hand teen haar bors. Wat doen sy as hy hier aankom en hy is dalk nie homself nie? Sy sal geen verweer hê nie – hy sal haar gemaklik met een hand kan vashou.

Verwilderd spring sy uit die bed. Sy moes vir Apools gevra het om hier naby die wa te kom slaap! Dit het egter nooit by haar opgekom dat so iets kan gebeur nie.

Sy buk en haal die geweer onder die kampbedjie uit. Sonder om die kers aan te steek, laai sy die geweer en sit dit regop teen die bedjie se voetenent neer.

Versigtig gaan loer sy agter by die tent se opening uit. Alles is egter stil en vreedsaam by die ander wa.

Die hitte gaan ondraaglik wees, maar sy maak die tentseil

196

dig toe en knoop die toutjies stewig vas aan die binnekant. Nou sal sy hom darem hoor as hy by haar probeer kom.

Sy slaap baie lig. Dis egter eers hier teen twee-uur dat sy hom hoor terugkom.

Sy perd proes hier naby haar wa en elke sintuig is onmiddellik helder wakker en waaksaam.

Sy hoor hom gedemp vloek toe hy oor iets struikel en dan hoor sy hoe hy die saal op die grond laat neerval. Sy wag gespanne. Hy behoort tog te weet dat die kos in die pot sal wees. Maar sy wa kraak en dan raak dit stil en Martie weet dat hy nie vannag van plan is om van die kos te eet wat sy so sorgvuldig voorberei het nie.

Anders as wat Martie verwag het, is die son al op toe hulle eers begin inspan.

Dankbaar vir die ekstra rus, vra sy ook nie vrae nie. Braam is in elk geval nêrens te sien toe sy uit die wa kom nie. Daar brand egter 'n vuurtjie naby sy wa.

Gelate trek Martie haar skouers op. Hy is beslis nie van plan om 'n vuur met haar te deel nie. Sy gaan hom ook nie eens nooi nie.

Sy het so gehoop dat hulle darem by Omaruru sal indraai sodat sy kan sien hoe die dorpie lyk en net gou 'n paar benodigdhede by die winkel kan kry. Die ander wa wag egter vir hulle buitekant die dorp en sy sien net van ver af 'n paar wit huisies wat knus en gesellig onder groot, groen bome staan.

Die laat nag het Braam ook nie juis goed gedoen nie. Hy is vanoggend weer stug en vol draadwerk. Hy praat nog steeds nie 'n woord met haar nie, vloek en raas net oudergewoonte.

Martie sug beswaard. Die pad kan soveel korter wees as hy tog net met haar wil gesels. Daar is so baie dinge van hierdie mooi land wat sy graag wil weet.

Dis sommer vroegoggend al hittig warm. Martie vee die sweet, wat in dun straaltjies teen haar nek afloop, met haar sakdoek af. Sy sal versmoor in hierdie rokke van haar. Vandat hulle Suidwesbodem betree het, het sy en Ilze so min onderrokke moontlik aangetrek en ook sonder kouse begin loop. Sy is egter skrikkerig vir die vreemde man en dus is sy baie betaamlik aangetrek.

Teen elfuur kan sy die hitte nie meer verduur nie en sy rol haar rok se moue hoog op. Sy klouter agter in die wa en trek haar kouse uit. Dan krap sy totdat sy die ruwe sandale kry wat Apools vir haar gemaak het.

Sodra sy 'n kans kry, gaan sy vir haar koeler rokkies maak. Sy sal soek vir 'n stukkie ligte materiaal en dan maak sy rokkies met kortmoue en laer halsies. In hierdie land kan 'n mens onmoontlik soveel klere dra.

Sy bind later 'n tou om haar heupe en trek haar rok daarmee op sodat dit nie so in die stof sleep nie. Ligvoets spring sy van die wa af en gaan loop voor saam met Chrisjan by die osse.

"Dis darem warm, nè, Chrisjan?"

"Ja, juffrou Martie."

Braam sit massief op sy perd en sy sien hoe hy terugry om te kyk of alles nog in die haak is by die agterste wa.

"Waar is Apools dan, Chrisjan?"

Sy wys na die perd wat aan die wa vasgemaak is en lui saam met die osse in pas bly.

"Hy was netnou nog hier, juffrou Martie. Hy verdwyn mos maar so kort-kort die veld in. Hy ken die meeste van die plante en hy kry altyd allerhande lekker goed om te eet. Juffrou Martie weet tog hoe is Oupa. Hy kan hom mos verkyk aan alles wat vreemd is in die veld."

Sommer vir die lekker daarvan en om haar litte 'n bietjie te rek, hardloop Martie al met die waspore langs 'n entjie voor die wa uit.

Braam sien haar aangehardloop kom en hou sy perd fronsend in. Hy ruk egter die perd vererg om toe sy uitgelate onder 'n boom neersak.

"Simpel vroumens!" mompel hy vererg. Hy het 'n oomblik gedink daar skort iets. Kan 'n mens dan lus wees om in hierdie hitte rond te hardloop!

Die prentjie steek egter in sy gedagtes vas. Sy lyk so anders; so jonk en vol lewenslus. Haar rok sit bokant haar enkels wat spierwit onder die soom uitloer. Haar arms, wat by die opgerolde moue uitsteek, is amper 'n heuningkleur en 'n mens kan sien dat sy al meermale haar rok se moue so opgerol het.

Sy dra nie graag 'n kappie nie. Sodra sy in 'n koeltekolletjie kom, skuif sy die kappie van haar kop af. Haar vel is dus nie so wit soos wat dit behoort te wees nie. Gistermiddag, toe sy naby hom gestaan het, het hy gesien dat daar 'n paar sproetjies oor haar neusbrug is.

Toe Chrisjan met die wa by haar kom, vat sy die tou by hom.

"Gaan kyk jy liewer waar Apools is, Chrisjan. Hierdie wêreld is so ruig en vol gevare. Ek is bekommerd. Hy moenie so wegdwaal nie."

"Ja, juffrou Martie, maar hy stap altyd net so op in die rigting wat ons gaan en dan kom hy weer by die wa uit as ons daar verbykom."

"Hy is darem al lank weg. Vat die perd en ry tog maar 'n entjie vooruit."

"Goed, juffrou Martie."

'n Uur later kyk Martie al onrustig rond. Waar sou Chrisjan en Apools dan nou wees? Sy hoop tog nie Apools het iets oorgekom nie. Sy is glad nie gerus oor hom nie. Hy lyk vir haar deesdae so moeg. Sy is skielik rasend onrustig.

Dis egter net Apools wat haar 'n rukkie later onder 'n bos sit en inwag.

"Apools, waar was jy? Ek was al so onrustig!"

Hy lag sy ou tandelose laggie.

"Wat kan ek tog oorkom, juffrou Martie? Ek is in die veld gebore. Hoekom loop juffrou Martie dan saam met die osse? Waar is Chrisjan?"

"Ek het hom met die perd gestuur om jou te gaan soek."

Martie sien hoe Apools frons en dan vind die onrus in haar binneste weerklank in sy donker ogies.

"Wag, ek beter hom gaan soek. Chrisjan sal maklik verdwaal. Hy ken nie die veld soos ek nie."

"Apools, nee! Wag!" Martie byt angstig op haar lip. "Ja . . . ja, goed. Maar jy soek nie langer as 'n halfuur na hom nie. As jy hom nie kry nie, kom jy terug sodat ons vir meneer Potgieter kan vra . . ."

"Goed, juffrou Martie."

Dit voel vir Martie soos 'n ewigheid voordat ou Apools se grys kop weer langs haar verskyn.

"Juffrou Martie, jy moet gou kom. Hy het seergekry. Hy het van die perd afgeval."

"Afgeval?"

"Die perd het in 'n gat getrap en sy been gebreek. Hulle is nie ver hiervandaan nie."

"Ag, Apools, dit ook nog!" Martie staar geskok na Apools. Sy gee die tou vir hom en hardloop dan vinnig vorentoe. "Meneer Potgieter! Meneer Potgieter!"

Sy swaai wild met haar arms. Braam sit op die bankie van die voorste wa en hy spring ligvoets af. Hy wag haar in, arms oor die bors gevou.

"Meneer Potgieter, daar het 'n vreeslike ding gebeur! Asseblief, kom help my tog!"

"As ek jou reg verstaan het, wou jy net agter my aantrek. Jy het niks gepraat van hulp nie."

"Asseblief, meneer Potgieter. Chrisjan het met die perd geval. Ek moet by hom kom en die perd –"

"Ek het niks met jou probleme te doen nie. Niks en niemand gaan my ophou nie. Wat moet ek met jou werksmense maak as hulle nie eens bo-op 'n perd kan bly nie?"

"Asseblief, meneer Potgieter, ek moet dadelik by hom kom. Leen my net jou perd sodat ek vir Chrisjan na die wa toe kan terugbring."

"My perd! My perd vir jou leen? Jy sal nie eens twee sekondes op hom kan bly nie!"

Vererg wip Martie om.

"Simpel, eenvoudige ding!" sis sy tussen haar tande deur. Hy het geen menslikheid in hom nie.

"Apools, maak die osse se leiriem daar aan die boom vas. Ek kry net 'n kombers en die geweer."

Martie se hart klop woes in haar kuiltjie. Sal sy ooit genoeg moed hê om die perd te skiet? As hy tog net dit vir haar wou doen. Dit behoort vir hom 'n plesier te wees. Hy lyk so wild en wreed; sy is seker daarvan hy sal dit geniet om 'n dier te skiet.

Woede en frustrasie gee 'n ekstra wippie aan haar stap toe sy en Apools die bosse in verdwyn. Apools loop vinnig vooruit.

Chrisjan lê onnatuurlik stil. Hy het met sy kop teen 'n klip geval en 'n stok het diep in sy been se dikvleis ingesteek. Die perd lê rukkend eenkant, sy een been skeef onder hom ingevou.

Liewe Vader! Martie voel die mislikheid in haar opstoot. Die arme dier sal onmiddellik uit sy ellende verlos moet word. Sy sal netnou na Chrisjan kyk. Hy is bewusteloos en is genadiglik van niks bewus nie.

"Ag, my ou dier!" Martie sak met 'n snik langs die perd neer en streel oor sy kop. Die groot, bruin oë is smekend op haar gerig. "Ek sal dit móét doen, ou Bles. Ek sal net moet. Ek kan jou mos nie so laat ly nie."

Bewend vee sy oor haar oë en staan 'n paar treë terug.

201

Sy tel die geweer met bewende hande op en druk dit teen haar skouer. Haar oë is egter so verblind van trane dat sy glad nie gefokus kry nie.

Sy laat sak eers weer die geweer en vee dan oor haar oë met die agterkant van haar hand.

'n Skoot klap kort agter haar. Die perd ruk net een keer en dan verstil hy.

Verskrik spring Martie om. Braam staan omtrent vyf tree agter haar. Sy oë is stil en onleesbaar op die traannat gesiggie hier voor hom gerig. Hy laat sy geweer stadig sak. Hy het nie gedink sy sou die moed hê om die perd te skiet nie. Dis nie eens vir 'n groot, geharde mansmens soos hy maklik om so iets te doen nie.

Rukkerig laat sy die geweer sak, haar oë nog blink van die trane. "Dankie." Sy prewel dit amper onhoorbaar en sit dan haar geweer teen die stomp neer. Met twee vinnige treë is sy langs Chrisjan en sak op haar hurke neer.

Apools is besig om water in sy gesig te gooi en tussen sy lippe in te dwing.

"Kom ons vat hom wa toe, Apools. Ons kan hom daar probeer lawe. Skuif die kombers onder hom in. Nou rol ons die kante op sodat ons hom kan dra."

"Ons sal hom nooit gedra kry nie, juffrou Martie."

"Jy kan bo vat, Apools. Ek sal onder by sy voete vat."

"Maar, juffrou Martie . . ."

Martie wens sy kan 'n klip in ou Apools se mond druk! Sal hy dan nou sowaar hier voor die stilswyende Braam Potgieter vir haar kom vertel dat hulle nie die eerste probleem wat op hul pad kom self kan oplos nie. Die man wil hê sy moet erken dat sy nie hierdie pad kan aandurf nie. Dit sal sy nie doen nie! Sy moet eenvoudig so gou moontlik by haar pa kom.

"Apools, as daar 'n ander plan was, sou ek daaraan gedink het. Maar daar is nie nou 'n ander uitweg nie. Ons moet hom dra, dis al! Waar ons hom nie meer kan dra nie, daar sleep ons hom."

"Ja, juffrou Martie."

Apools staan kreunend op toe hy die bopunt van die draagbaar vasvat. Martie voel of haar rugstring mors afruk toe sy regop kom.

Apools het ook nie meer veel krag nie en sukkelend beweeg hulle treetjie vir treetjie vorentoe met die swaar vrag.

Sy maak of sy glad nie bewus is van Braam Potgieter se teenwoordigheid nie. As hy darem dink sy sal ooit in haar lewe weer vir hóm iets vra, maak hy 'n fout!

Bekommerd kyk sy na die stil Chrisjan. Wat kan tog nog gebeur?

'n Groot hand hou haar skielik teë. Die las word so vinnig uit haar hande geneem dat sy nie dadelik besef wat gebeur nie.

"Saal die perd af en bring die saal. Ek sal hom met my perd vat."

Martie staan effens terug en kyk hom net verbaas aan. Dis eers toe Apools verbykom en dankbaar in Braam se rigting praat dat sy besef dat hy met Apools en nie met haar gepraat het nie.

"Ja, goed, meneer Braam. Dit sal baie gaaf wees. Juffrou Martie het net so min krag soos ek. Ons sou hom nooit by die wa gekry het nie."

Braam antwoord hom nie. Hy lê vir Chrisjan dwars oor die perd se rug en vat dan die teuels. Met lang treë begin hy aanstap na die waens toe.

Martie draf vinnig agterna. Sy moet saam met hom by die wa kom sodat sy kan help om Chrisjan gemaklik te kry. Sy sien die rooi bloedkol aan Chrisjan se been en bekommernis maak 'n stille vrees in haar wakker. Ag, dierbare Vader, gee tog dat hy nie baie siek word nie. Gee dat ons nie moet agterbly nie. Ek moet by Pappa kom. Die gebed vorm sommerso vanself in haar gedagtes.

Hulle sal maar eers vir Chrisjan agter in die wa moet neerlê. Vanaand as hulle uitspan, kan hulle verder planne maak. Sy hardloop by Braam verby en maak die wa se seil oop. "Meneer Potgieter, jy kan hom sommer hier neerlê. Ek sal dadelik na sy been kyk. Ek wil jou nie verder ophou nie; ek wag net vir Apools, dan kom ons ook."

Braam frons en kyk ongelowig van haar na die bewustelose Chrisjan en dan weer na haar oorvol wa. Sonder om 'n woord te sê, loop hy by haar wa verby tot waar sy waens onder 'n boom wag.

"Willem, maak daardie wa se seil oop en skuif die kiste agtertoe sodat daar plek voor is. Kom help my sodat ons hierdie man daar kan neerlê."

"Maar, meneer Potgieter . . . ek . . . e . . . ek wil nie lastig wees nie. Ons . . . e . . . sal regkom."

Braam steur hom nie aan haar nie. Gemaklik en sonder inspanning tel hy en Willem vir Chrisjan in die wa.

Martie trek gelate haar skouers op en gaan haal dan haar trommeltjie met medisyne om die wond skoon te maak en te verbind en om vir Chrisjan weer by te kry.

3

Chrisjan het 'n geweldige hoofpyn toe hy 'n uur of wat later tot die werklikheid terugkeer. Die wond aan sy been is diep en rou. Martie, met haar kennis van verpleging, maak die wond baie goed skoon en verbind dan die been met 'n spierwit lap wat skerp afsteek teen sy stowwerige vel.

Die waens kom weer in beweging toe Martie uitklim en moeg die sweet van haar voorkop afvee.

Toe sy laatmiddag die osse help uitspan, is sy asvaal van die stof. Sy en Apools het mekaar al om die uur afgelos voor by die osse. Apools is al oud en sy wens sy kon hom meer spaar. Braam het nog nie weer 'n woord met hulle gepraat nie. Hy ry net stil voor op sy perd en maak asof sy glad nie bestaan nie.

Apools lei die osse weg en Martie begin solank hout optel om vuur te maak.

Braam beskou haar stil en ingedagte. By sy wa brand reeds 'n vrolike vuurtjie. Sy werksmense pak sommer een aan sodra hulle begin uitspan.

Hy sien hoe die skraal skouertjies vanaand hang. Sy behoort moeg te wees. Hy het haar vandag lang tye voor by die osse sien loop. Hy kyk toe hoe Apools en Martie 'n rukkie later vir Chrisjan uit die wa help en hoe ou Apools hom ondersteun toe hy met hom wegstap na hul eie kamp toe.

Martie se stem is vol simpatie toe Apools 'n rukkie later terugkom.

"Jy kan maar gerus gaan, Apools. Ek sal alleen regkom en jy is seker doodmoeg."

"Nie so moeg nie, juffrou Martie. Dis maar net die skrik! Ek het gedink die kind is dood!"

"Arme Apools! Ek het netnou weer na sy been gekyk. Dit bloei nie meer nie en ek het dit goed skoongemaak. Ek sal dit môreoggend weer verbind. Gee vir hom van hierdie medisyne en dan drink jy ook twee lepels daarvan. Dit sal julle lekker laat slaap."

"Ek is tog net dankbaar dat juffrou Martie hier is. Jy het goeie hande – die mense by die hospitaal het altyd so gesê. Waar jy werk, word alles altyd gesond."

Braam maak of hy nie hoor nie, maar die ou man se woorde spoel teen hom vas. Dan is die maer, seningrige dingetjie nog 'n verpleegster ook!

Hy gaan krap agter in sy wa vir vleis. Sy vleis raak min. Môre sal hy iets moet skiet. Hy het gelukkig darem nog baie biltong. Partykeer leef hy vir drie dae van biltong en pap.

Martie is vanaand te moeg om nog met kosmaak te sukkel. Sy maak vir haar 'n bietjie pap en gooi 'n stukkie van die soutribbetjie daarby in die pot. Sy weet nou al sy sal tog nie veel geëet kry nie.

Die koffie wat reeds klaar is, ruik so lekker dat sy sommer dadelik vir haar 'n groot beker vol inskink.

Sy gaan sit met haar rug teen die boom en trek haar knieë hoog op terwyl sy haar arms daarom vou.

Hoekom moes dit nou vandag gebeur het? Hulle sukkel juis so om by te hou. Sy kan dit nie bekostig om die man selfs net vyf minute lank te vertraag nie.

Sy drink haar koffie klaar en sit die beker langs haar neer. Haar oë staar stil na die lekkende vlamme wat soveel energie het. Haar nek raak lam en sy laat rus haar kop op haar knieë.

Braam kyk na die stil, eensame mensie wat so alleen by haar vuurtjie sit. Moegheid en verlatenheid hang soos 'n kleed om haar. Weer roer daar iets vreemds en ongewoons in sy binneste.

Hy was vanoggend darem baie ongeskik met haar toe sy kom hulp soek het. Sy is reeds so bang vir hom. Hy kan dit sommer in haar oë sien. Nou is sy natuurlik bekommerd oor Chrisjan, en oor die feit dat sy hom dalk sal ophou.

Die botheid van jare se alleenwees wurg in hom. Hy wens hy kan sommer net na haar toe stap en vir haar van sy kos gee, sodat sy nie vanaand self kos hoef te maak nie. Hy wil vir haar gaan sê dat sy nie bang hoef te wees nie, en dat hy nie regtig so onmenslik is nie. Hy sal haar mos nie met 'n siek mens alleen in die veld los nie.

Haar kop knik 'n slag en sak dan teen haar knieë.

Braam sluk – hierdie vreemde weekheid ken hy nie. Gee hom 'n wilde perd, 'n os, 'n leeu of 'n slang, maar net nie hierdie verlatenheid en lamheid wat nou in hom opstoot nie. Dit laat hom onvergenoeg voel. Dis iets wat hy nie kan hanteer nie . . . nie kan beveg nie!

Eers toe die reuk van gebrande pap tot haar deurdring, sit Martie skielik regop. Sy spring op en gryp die pot van die vlamme af. Sy kyk vies na die bruin rokie wat uit die pot trek toe sy die deksel afhaal.

Niks sal nou help nie. Pap wat gebrand het, het gebrand! Sy gaan sowaar nie nou ander maak nie. As sy dan so onnosel wil wees om te sit en slaap met kos op die vuur, moet sy maar sonder kos gaan slaap.

Sy skink vir haar nog 'n beker koffie en gaan haal 'n paar beskuite in die watent.

Die reuk van Braam se geurige kos hang later om die kamp en Martie vou haar arms om haar maag. Sy sluk aan die speeksel in haar mond. Sy is tóg honger! Hulle span nie bedags uit om te eet nie. Sy knibbel maar aan stukkies biltong of droëperskes.

Braam sien hoe sy in haar wa klim en dan raak alles stil.

Hy kyk na die kos in sy pot. Hy kon haar maar daarvan gegee het. Sy is seker dood van die honger. So heeldag op die pad maak 'n mens honger en sy het juis vandag so baie gedoen.

Hy vloek saggies. Die vroumens kom krap nou aan dinge in hom wat kon gebly het. Vir wat sal hy hom aan haar steur? Sy besorg hom net onnodige moeite en ergernis. Wat wag dalk nie nog alles op hulle nie? Vandag se probleme is seker net die begin.

Vies vir homself omdat sy gedagtes wil grens aan jammerte, stoot hy dit met mening opsy. Hy dink doelbewus aan sy plaas en die beeste wat hy wil koop.

207

Dis toe ook net soos Braam voorspel het: dit wás toe net die begin van die probleme vir Martie.

Sy is die volgende oggend teen donker al op. Sy maak 'n vuurtjie en verbind eers Chrisjan se wond. Apools help haar.

Chrisjan is egter vanoggend koorsig en hy kreun van die pyn elke keer as Martie aan sy been vat.

Sy het verwag dat hy vanoggend koorsig sal wees en dat die been sal pyn, maar sy het dit nie so erg verwag nie. 'n Diepe kommer kom lê in haar binneste.

Sy wonder of sy vir Braam kan vra of Chrisjan weer agter in die wa kan ry. Hy sal vir 'n hele paar dae glad nie op die been kan trap nie.

Braam is vanoggend egter die ongeduld vanself. Twee van sy osse het gedurende die nag afgedwaal en die duiwel is behoorlik los omdat hulle moet wag totdat dit lig is voordat die osse gesoek kan word.

Martie maak solank koffie en toe Braam terugkom by die waens, skink sy vir hom ook 'n beker vol en neem dit saam met 'n paar groot beskuite vir hom. Met die deurmekaarspul het hulle nog nie by sy wa vuur gemaak nie.

"Hier is 'n bietjie koffie, meneer Potgieter. Het jy al die osse gekry?"

Braam swaai vinnig om toe sy skielik agter hom praat.

Sy hou die koffie na hom toe uit. Hy frons en kyk half onbegrypend na haar.

"Kry gerus. Ek het al my tweede beker koffie gedrink!" Sy glimlag vir hom en met 'n grom wat dalk dankie kon gewees het, neem hy die beker by haar.

"Het julle die osse toe gekry?"

"Dit was nog te donker. Hulle het nou eers begin soek."

"Ek sal solank vir ons ontbyt maak." Sy wag nie op 'n antwoord nie, draai net vinnig om en stap terug na haar vuurtjie toe.

Daar is genoeg pap. Sy het beslis ook 'n stewige ontbyt nodig!

Braam blaas die stomende koffie koud en hou haar onderlangs dop.

Martie se hart voel lig omdat sy nou die geleentheid het om ook iets vir hom te doen. Sy wens hy wil haar toelaat om vir hulle kos te maak. Dit sal haar minder soos 'n bedelaar laat voel.

Sy skep vir hom 'n ordentlike bord pap in toe dit gaar is en stap na sy wa toe.

Die ander waens is reeds ingespan en hulle wag nou net dat die twee drosters aangekeer word. Dis al heeltemal lig en die oosterkim is rosig waar die son nou-nou sy kop gaan uitsteek om binnekort soos 'n groot oranje bal in die lug te hang.

Woordeloos oorhandig sy die bord pap aan hom en staan dan 'n oomblik besluiteloos rond. Toe hy net iets brom, stap sy maar weer terug na haar eie wa toe.

Die oggend se frustrasies hang die hele dag in die lug en toe hulle teen laatmiddag uitspan, voel dit vir Martie of sy houding en die bekommernis oor Chrisjan alles binnein haar styf vasgeknoop het. Met besliste treë stap sy na Braam toe waar hulle die waens onder die boom intrek.

"Meneer Potgieter, ek sal 'n vuurtjie maak en die kos voorberei. Dit . . . dis mos darem nie nodig dat ons elkeen sy eie vuur maak nie."

Braam trek net sy skouers ongeërg op en swaai sy geweer oor sy skouer voordat hy tussen die bosse verdwyn.

Martie voel lus en gooi hom met 'n klip tussen sy blaaie. Hy kan haar mos darem net antwoord!

Sy maak egter vuur en kook solank koffiewater. Sy het niks meer vleis nie. Die soutribbetjie is nou ook gedaan. Sy sal maar pap maak en baie vet daarin roer.

Chrisjan word ook gou eers versorg voordat Apools

hom wegvat na hul kamp toe. Hy is nog koorsig, maar die wond aan sy been lyk beter. Dit lyk darem nie of dit gaan ontsteek nie. Hy sal die been net baie stil moet hou vir 'n paar dae.

Martie is moeg! Sy wens sy kan tog net een aand lekker bad. Sy sal haar hare ook moet was. Hulle het egter die afgelope twee aande eers teen die laatmiddag uitgespan en sy kan nie haar lang hare dan was nie, dan word dit nie droog nie.

Sy is so ingedagte dat sy wip soos sy skrik toe Braam skielik tussen die bosse uitkom. Hy hang 'n duikertjie wat hy geskiet het aan die boom op en met net 'n paar hale van sy mes is die diertjie afgeslag. Martie se oë glinster toe hy die lewer en niertjies eenkant neersit. Sy wonder of sy ook van die vleis mag kry. Sy sal dit so lekker vir hom voorberei dat hy sy vingers sal aflek! Sy staan versigtig nader.

"Ek . . . ek sal vir ons kos maak . . . as jy wil."

Braam kyk haar stil aan en verstom hom aan die blos wat stadig in haar hals opstoot.

Martie raak verbouereerd toe hy nie antwoord nie. Nou was sy seker darem te voor op die wa. Hy was seker nie eens van plan om vir haar van die vleis te gee nie.

"Ek . . . e . . . ek is jammer. Ek is mos darem nie geregtig op die vleis nie."

Sy draai om en stap vinnig weg. Braam skud sy kop effens en kyk haar agterna. Hy trek sy skouers liggies op en sny die bakkie uitmekaar.

Martie hou haar baie doenig met die koffiekan en loer in die pot of die water kook. Die trane sit sommer vlak en sy moet haar oë vinnig knip. Sy voel afgehaal en verleë. Sy wens die stil, bot man wil tog net soms met haar gesels.

Hoekom is hy so verskriklik ontevrede oor haar teenwoordigheid? Is sy dan werklik vir hom so 'n remskoen? Sy het tog gesê sy sal hom betaal vir sy diens.

Sy byt hard op haar lip. Dalk glo hy haar nie. Dalk moet sy nou al vir hom van die geld gee. Miskien sal hy dan 'n bietjie vriendeliker en tegemoetkomender wees.

Sy klim in haar wa net om hom nie raak te sien nie en pak sommer haar goedjies 'n bietjie reg. Toe sy reken die water behoort te kook, klim sy uit. Braam is egter nêrens te sien nie. Daar is ook nog nie 'n vuur by sy wa gemaak nie en die skotteltjie met die lewer staan op 'n klip hier by haar vuur. Sy kyk verras daarna en dan sprei 'n glimlag stadig oor haar gesig. Haar hande werk vinnig en geoefen en weldra hang daar 'n geur in die lug wat die gehardste hart sal laat vermurwe.

Dis al heeltemal donker toe Braam weer by die kamp aankom. Hy het 'n handdoek oor sy skouer. Hy lyk skoon en vars en het 'n skoon kakiehemp en -broek aan. Sy hare klou klam aan sy kop.

Martie kyk hom verlangend agterna. Waar sou hy tog gebad het? Sy smag na 'n bad en 'n plek waar sy haar hare kan was.

Vanaand het sy nie eens gaan kyk na die drinkplek nie; sy is te moeg. Sy spaar maar Apools se kragte sover moontlik.

Braam snuif behaaglik in die lug toe hy by die waens kom. Die geur van gebraaide uie en lewer laat sy maag grommend daarvan kennis neem.

Martie skep solank vir hulle kos in en toe Braam uit sy wa kom, roep sy hom.

"Die kos is klaar, meneer Potgieter."

Hy lyk ongemaklik toe hy nader staan en die bord by haar neem. Hy brom 'n duideliker dankie en sak teen die boomstam neer.

Martie gaan sit op haar kampstoeltjie met haar bord kos op haar skoot. Hulle eet in stilte en toe sy skielik opkyk, is

211

sy donker oë stil en opsommend op haar gerig. Sy bloos en vee senuweeagtig oor haar hare.

"Nog kos? Daar is nog baie."

"Ja, dankie. Dit . . . dis baie lekker."

Die lekkerkry kriewel in Martie.

Sy sit haar bord neer en staan vinnig op. Sonder om op te staan, hou hy net sy bord na haar toe uit. Sy skep vir hom 'n stewige porsie in en gee dit vir hom aan. Sonder om te vra, skink sy vir hom koffie in 'n beker en hou dit ook na hom uit. Hy kyk vinnig op en 'n oomblik is sy hele houding, ook sy oë, warm en vriendelik.

Martie bloos liggies toe sy weer op haar stoel gaan sit.

"Het . . . e . . . het ons môre 'n lang skof?" Sy wil sommer net 'n geselsie aanknoop. Hierdie vreeslike stiltes werk op haar senuwees.

"Nee, môre is een van die kortste skofte. Ons behoort teen drie-uur se kant uit te span."

"O, dit sal lekker wees. Is hier 'n rivier naby? Ek sien jy . . . jy het gebad."

"Nee, hier is net 'n fontein. Lekker helder water."

"Ag, ek is jammer dat ek nie geweet het nie. Ek smag darem nou na 'n bad."

Sy bloos bloedrooi toe Braam vinnig na haar kyk.

"Ons span môreaand weer by 'n fontein uit; een met sterker water as hierdie een."

Martie vroetel skaam met haar rok en kyk voor haar op die grond.

"O, ek is so bly. Dan kan ek my hare was. Dis so lank en dik; dit word nie droog as ek dit so laat was nie."

"Hm." Braam kug ongemaklik Sy geselskap droog op. Die meisiekind laat hom lomp voel.

Hy kyk onderlangs na die verleë gesiggie en die skaam neerslaan van haar blik. Iets sags en warms vroetel om erkenning in sy binneste. Niemand was nog ooit vir hom skaam nie. Hy ken ook nie juis vroue nie; net so een of twee van die wilder soort, en dan ook maar net van ver af.

Martie kyk stadig op en toe hy haar nog steeds opsommend en half onbegrypend aankyk, staan sy op en tel die koffiekan van die vuur af op.

"Nog koffie?"

"Nee wat, dankie. Dit was lekker."

"Ek sal altyd vir ons kos maak. Dan . . . e . . . voel ek ek doen darem ook iets nuttigs. Ek voel so oorbodig en nutteloos."

"Net soos jy wil. Ek haat dit om kos te maak. Ek braai maar meestal 'n vleisie."

Sy is dankbaar vir die vergunning. Al kan hulle ook net saans om dieselfde vuur sit, sal dit darem meer kameraadskaplik voel. Dit behoort darem te help teen die vreeslike stilte en die eensaamheid.

Die stilte rek ongemaklik lank. Vrees vir die alleenheid laat Martie vinnig 'n geselsie aanknoop.

"Waar presies boer jy?"

"Hoekom sê jy altyd so?"

"Hoe?" Sy kyk na die frons op Braam se voorkop en raak heeltemal verbouereerd. Nou het sy onwetend weer iets verkeerds gesê of gedoen.

"Jy sê altyd sommer net so in die lug jy en jou of meneer Potgieter – nooit my naam nie. Is dit die regte manier om dinge te doen?" Sy stem is grof en ontevrede.

Martie lag verlig.

"Wel, ja! 'n Mens kan mos nie sommer 'n vreemdeling op sy naam noem nie."

" 'n Vreemdeling? Maar ons trek dan al 'n week lank saam!" Martie kyk ongelowig na hom. Hulle trek wel al 'n week lank saam, maar hulle het nog nie veel meer as tien woorde met mekaar gewissel nie.

"Wel, as jy dan nie omgee nie, kan jy my gerus Martie noem. Dan . . . e . . . sal ek vir jou sê . . . Braam."

"Ja, want hierdie meneer klink simpel. Niemand sê ooit vir my meneer nie."

Martie glimlag stil.

"Waar sê jy boer jy?"

"Anderkant Grootfontein."

"En jou vrou? Is sy nou alleen op die plaas?"

"My wat?"

"Is jy nie getroud nie?"

"Nee. Daar is nie vroumense nie. Ek sal vir my een moet gaan soek."

"O!"

Martie het 'n snuf in die neus gehad dat hy nie getroud is nie. Sy wil haar al verbeel dat Klaus vir haar so iets gesê het. Sy probeer hom egter net aan die gesels kry, maar hy is 'n taai tameletjie! Hy antwoord net op 'n vraag en staar dan weer in die vuur.

Maar die feit dat hy nie opstaan en gaan slaap nie, gee haar moed. Sy wil hom so graag uitvra oor haar pa. Sy wil darem nie sommer met die deur in die huis val nie. Netnou skrik sy hom af en dalk onthou hy dan weer dat sy haar ongenooid by hom aangesluit het.

Noudat sy maag egter vol is, is hy in 'n heel gemoedelike luim.

"Ry jy gereeld transport?"

"Ek het, ja. Twee keer per jaar. Ek gaan nou ophou. Dis my laaste tog."

Martie ken hierdie deel van die storie. Sy het mos afgeluister toe hy dit vir Klaus vertel het. Sy hou haar egter dom.

"Gaan jy nou net boer?"

"Ja. My pa is verlede jaar dood. Ek kan nie die plaas so alleen los nie."

Sy glip soos 'n paling deur die opening.

"Ek is jammer."

Braam frons en haal sy pyp uit sy mond. Hy draai sy groot kop effens skeef asof hy haar woorde ernstig oordink.

"Jammer?"

"Ja. Oor jou pa. My ma is ook 'n paar maande gelede oorlede. Dis hoekom ek nou hiernatoe gekom het. Ek weet hoe seer dit is. Ons . . . ons was baie geheg aan mekaar, ons al drie!"

"Hoekom is jou pa dan al soveel jare alleen hier?" Braam is nie bereid om dié storie sommer te sluk nie.

"My ma was nooit 'n sterk mens nie . . ." Stil en sonder veel emosie vertel sy hom van hul lewe saam: van haar pa se sielestryd voordat hy besluit het om Suidwes toe te kom. Sy vertel van haar ma se siekte en hoe hulle nooit vir haar pa daarvan geskryf het nie.

"Jy sien, me- . . . Braam, dis die eintlike rede hoekom ek so haastig is om by hom te kom. Ek wil self vir hom die vreeslike nuus gaan oordra sodat ek daar kan wees om hom te troos. Hy gaan eensaam en verlore wees. So hartseer! Hulle was oneindig lief vir mekaar."

'n Diep skaamte roer in Braam toe hy dink wat hy alles kwytgeraak het oor haar skielike koms hierheen.

"Ek is bekommerd oor my pa. Jy het vir Klaus gesê dat hy siek is. Ek het gehoor toe julle gepraat het."

Braam kug ongemaklik. Dan het sy seker al die ander dinge ook gehoor wat hy kwytgeraak het. Hoe moes hy nou geweet het dis die ou sendeling se dogter? Klaus het net gepraat van 'n vrou wat na ou Schlage toe wil gaan.

"Was . . . was hy baie siek?"

Sy wag gespanne op sy antwoord en die angstigheid en kommer keep diep plooie op haar voorkop. Die twee groen oë is vol skaduwees en Braam kan die opregte bekommernis in haar hele houding sien.

"Wel . . . wel, ja! Die ou . . . jou pa was die laaste keer dat ek daar was, plat in die bed met koors. Hy het seker darem vir julle laat weet dat hy elke jaar so siek word. Wel, vandat ek hom ken."

"Nee, hy het nie." Sy byt op haar lip en die eerste keer sien Braam 'n vlak kuiltjie wat vinnig kom en gaan in haar wang.

"Hy het seker ook maar soos Mamma gedink: hy wou ons seker nie ontstel nie."

"Juffrou Martie!"

Martie swaai verskrik om. Chrisjan staan asvaal agter haar. Hy leun swaar op die ruwe kruk wat Apools vir hom van 'n tak gemaak het.

"Wat gaan aan, Chrisjan? Hoekom loop jy hier rond? Is dit jou been?"

"Nee, juffrou Martie, dis Oupa! Hy is siek! Kom tog gou, asseblief."

Martie spring op en gryp die trommeltjie waarin sy haar medisyne hou agter uit die wa. Sy storm by Chrisjan verby in die rigting waar Apools-hulle se kamp is. Die vuurtjie is darem 'n ligbaken. Haar rok word geskeur deur die bosse en haar arms kry skrape, maar die vrees in haar maak haar gevoelloos vir sulke onbenullighede.

Die twee Ovambo's en Willem sit in 'n kring om Apools. Hulle het hom naby die vuur neergelê. Daar is 'n doodse grysheid oor sy verrimpelde ou gesig. Hy klou krampagtig met albei hande aan sy bors vas.

Martie sak woordeloos op haar knieë langs hom neer. Dis sy hart! Sy kan dit met die eerste oogopslag sien. Sy het dit verwag. Hy is oud en gedaan en die skrik oor Chrisjan en toe nog die lang rukke op sy bene het hom beslis kwaad aangedoen. Hy wou nie luister en agter in die wa gaan ry nie. Dit was darem vir hom te vernederend dat hy op die wa moes ry terwyl sy voor by die osse moes wees. Sy moes 'n paar keer sommer hard met hom praat.

"Apools! Apools!" Haar stem breek in 'n snikkie. Dierbare, goeie Apools wat haar nog help grootmaak het.

"Klein-Mart . . ."

'n Glimlaggie bewe om sy mond en dan sak die moeë oë toe terwyl die laaste asempie roggelend sy liggaam verlaat.

Martie sit verwese langs hom. Chrisjan het intussen ook stil aan die ander kant kom sit.

"En nou, juffrou Martie?"

'n Droë snik ruk uit haar lyf. Sy staan nog steeds op haar knieë en druk haar gesig in haar hande.

Braam bly stil in die donkerte staan. Hy wil so graag nader gaan en haar troos. Hy weet hoe rou en seer dit nou binne-in haar moet wees. Sy huil rukkend en die snikke kom diep uit haar siel.

Dis Chrisjan wat stil-stil Apools se kombers oor hom trek.

"Ons sal hom môre hier begrawe, juffrou Martie; hier by hierdie mooi plek waar die water so borrel en raas. Hier sal hy gelukkig wees."

Die Ovambo's staan eerbiedig terug toe Chrisjan die kombers oor Apools se gesig ook trek en dit styf onder hom invou.

"Ja, Chrisjan . . . ons sal hom môre hier begrawe. Ek en jy."

Sy staan stadig op soos 'n ou vrou en strompel terug na haar wa toe. Sy sien nie eens die groot figuur van Braam wat stil agter 'n bos intree toe sy verbykom nie.

Hy wens hy kan na haar toe gaan en haar troos. Hy wil vir haar sê sy hoef nie so bekommerd te wees nie. Hy sal haar tot by haar pa neem. En as haar pa dalk nie meer daar is nie, sal hy haar darem nie net so los nie. Hy sal vir haar 'n heenkome kry.

Die jare se alleenwees maak hom lomp en bot. Hy kan

nie eens die woorde reg ingespan kry nie. Hy kan die meeste van die gedagtes nie eens verwoord nie. Hy weet ook nie dat dit jammerte is wat hom so week maak nie.

Vrees knoop in 'n bondel op Martie se maag saam. Wat gaan nou van haar word? Apools is nie meer daar nie en Chrisjan se been is nog ver van gesond af.

Môre moet hulle eers vir Apools begrawe. Braam sal nie vir hulle wag nie – dit het hy haar die eerste dag al laat verstaan.

Teen die vroeë oggendure raak sy onrustig aan die slaap. Sy sal eers vir Apools behoorlik moet begrawe. Dit sal lank neem, want sy sal self die graf moet grawe. Braam het darem gesê dis 'n kort skof môre. Hopelik sal sy en Chrisjan hulle kan inhaal voor donker.

Sy spring verskrik op toe sy 'n beweging buitekant hoor. Sy moes voor die ander op gewees het! Sy sal vandag nog self moet inspan ook.

Sy pluk haar rok aan en klim helderstebolder agter by die watent uit.

Dis Braam wat gebukkend by die vuur staan om die trae vlammetjies 'n bietjie aan te blaas.

"Goeiemôre!" Martie lig die ketel se deksel op en kyk of daar nog genoeg water in is. Sy stap na die wa toe en maak dit uit die balie vol voordat sy dit aan die driepoot hang.

"Môre!" Braam kom eers orent toe die vlamme gulsig aan die droë grassies begin lek.

Sy wil eers vir hom sê dat hulle 'n bietjie later agterna sal kom, maar op die ingewing van die oomblik besluit sy daarteen. Hy sal waarskynlik nie eens agterkom dat hulle nie saamtrek nie. Hy het gisteraand glad nie eens kom kyk wat Apools makeer nie.

Sy stoot die driepoot oor die vlamme en gaan haal dan 'n graaf agter uit die wa. Met die graaf in haar een hand stap sy af na Chrisjan se kamp. Die dag breek in die ooste en die omgewing is al duidelik sigbaar. "Chrisjan!" roep sy gedemp.

Toe sy geen antwoord kry nie, stap sy vinnig nader.

Apools se oorskot lê nog daar waar hulle hom gisteraand gelaat het, maar Chrisjan en die Ovambo's is nêrens te sien nie.

"Chrisjan!"

'n Vreemde geluid laat haar stilstaan en sy wag luiste-rend. Dan hoor sy dit weer. Dis die dowwe geluid van 'n graaf wat in die grond gedruk word en dan die swoesj soos die grond neergegooi word.

Sy stap in die rigting van die geluid. Een van Braam se Ovambo's staan al kniediep in 'n gat terwyl Chrisjan en Willem toekyk.

"Chrisjan?"

"Hier, juffrou Martie. Ons grawe vir Oupa 'n graf."

"Ja . . . maar ons moenie die mense ophou nie, Chrisjan. Ek sal verder grawe. Hulle moet seker gaan inspan. Me-neer Potgieter sal kwaad wees as ons hulle ophou."

"Nee, dis alles reg, juffrou Martie. Meneer Braam het gesê ons moet eers die graf grawe."

"Het hý gesê julle moet die graf grawe?"

"Ja, juffrou Martie."

Verward en ingedagte stap Martie terug na die waens toe. Werktuiglik maak sy koffie en pap terwyl haar gedag-tes met ander dinge besig is. Sy het sowaar gedink Braam weet nie eens van Apools nie.

Sy sug. Haar dae gaan darem nou vol wees. Totdat Chrisjan weer op sy been kan trap, sal sy al die werk moet doen.

Sy krap 'n paar kole onder die pappot in. Sy gaan haal haar Bybel en stap dan weer af na die plek waar die manne die graf grawe.

Twee van die Ovambo's dra vir Apools en lê hom versigtig in die graf neer.

"Baie dankie, Willem," sê sy vir die Ovambo wat Afrikaans verstaan. "Sê sommer vir Filemon ook ons sê baie dankie. Ek en Chrisjan wil net 'n stukkie uit die Bybel lees en bid. Ons sal nou regkom."

"Nee, dis goed, juffrou Martie. Ek sal saam met julle hier bid. Ek sal weer die graf toemaak ook. Chrisjan kan nog nie op sy been trap nie."

"Baie dankie, Willem, maar het meneer Braam jou nie nodig nie?"

Willem skud net sy kop. Hy sê iets vir Filemon in hul taal en Filemon verdwyn in die rigting van waar die gebulk van osse gehoor word.

Martie lees 'n stukkie uit die Bybel en doen dan 'n kort gebed.

Braam hou hom stil op die agtergrond. Hy weet hy kan nie deel wees van daardie geslote kring nie. Die eenvoud van dit alles raak hom egter en bring 'n knop in sy keel wat hy moeilik weggesluk kry.

Teen die tyd dat Martie en Chrisjan terug is by die waens, is haar wa ook ingespan. Sonder 'n woord skep sy vir hulle kos in. Sy neem Braam s'n vir hom.

"Baie dankie . . . e . . . ek waardeer dit vreslik baie. Ek is net jammer dat ek so 'n oorlas is. Ek . . . e . . ."

Die trane in haar oë maak Braam verbouereerd. Hy ken dit nie. Hy het nie eens oor sy pa gehuil nie en sy . . . sy huil oor een van haar werksmense!

Hy soek koorsagtig in sy gedagtes rond na iets om te sê wat haar sal troos, maar toe hy praat, is dit heeltemal die verkeerde woorde wat uitkom.

"Ja, ons sal moet aanstoot. Ons het nou genoeg tyd gemors." Sy woorde klink vir homself verkeerd en nors, maar hy kan aan niks anders dink om te sê nie.

Martie draai seergemaak om. Sy houding sê so duidelik dat sy nou kinderagtig is.

Sy sluk die trane saam met die warm koffie af. Die pap word egter dik in haar keel en sy krap dit uit die bord uit. Sy was die borde en bekers en gaan sit dit terug in die wa. Sonder 'n verdere woord gaan vat sy die tou voor die osse.

"Juffrou Martie, ek sal die tou vat." Chrisjan lyk ongemaklik.

"Nee, Chrisjan. Ons kan nie bekostig dat jy jou been verder seermaak nie. Dit sal ook te stadig gaan. Ry jy maar nog agter in die wa."

"Ai, juffrou Martie, ek kan mos nie in die wa ry terwyl jy al die werk doen nie."

"Toemaar, oor 'n paar dae is jy weer perdfris en gesond, dan kan jy weer jou werk doen."

Teen elfuur skaaf haar sandale haar en haar voete voel of dit aan die brand is. Haar gesig is bloedrooi van die hitte, ten spyte van die kappie.

Braam kyk na die moeë figuurtjie en stap onseker 'n paar treë terug. Hy kan mos maar die leiriem vat sodat sy kan rus.

Hy staan ongemaklik rond. Sy sal hom seker afjak, want hy was vanoggend so sonder simpatie. Hy draai terug, maar binne-in hom knaag 'n verwyt wat met jammerte verstrengel geraak het.

Toe hulle teen vieruur onder 'n plaat bome intrek, voel Martie siek van moegheid. Haar voete brand en haar kop pyn van die son. Haar vel is rooi en teer en sy wens sy kan net wegsink in 'n diep, droomlose slaap.

Chrisjan laat hom nou nie meer keer nie. Met die kruk onder sy arm help hy al springende die osse uitspan. Sy raas nog, maar Chrisjan maak of hy haar nie hoor nie. Al springende beweeg hy saam met haar en die span osse af water toe.

Martie gaan staan verras stil. Die moegheid sypel stadig uit haar uit. Hier voor haar lê 'n laggende, borrelende fontein! 'n Heerlike koel, blink stroom vloei murmelend oor die ronde klippe van die fontein af weg.

Braam se osse het al klaar gesuip. Martie sak op 'n klip neer en kyk verwonderd om haar rond terwyl die osse hul dors in die koel stroom les.

Kom wat wil, sy gaan in hierdie koel stroom bad en haar hare was. Dit behoort sommer al die frustrasie en hartseer, al die moegheid en pyn uit haar te laat wegvloei.

4

Chrisjan is al springende agter Willem aan na hul kampplek toe en Braam is nêrens te sien nie. Martie kry vinnig vir haar 'n paar goedjies bymekaar. Daar is 'n groot rots waarop sy haar handdoek en ander goed kan neersit.

Sy sou darem net vir Braam wou sê dat sy fontein toe gaan sodat hy nie dalk onverwags op haar afkom nie. Maar hy is skielik net weg en singend stap sy dus maar fontein toe; hy moet darem hoor sy is daar.

Sy skuil agter die rots en loer versigtig rond voordat sy haar rok uittrek. Veiligheidshalwe hou sy maar haar wit onderrokkie aan. Sy kan dit darem nie waag om hier in die oop veld te bad asof sy heeltemal privaat is nie.

Die wit onderrok skep lug en staan soos 'n sambreel om haar toe sy plat in die koel, blink water gaan sit.

Sy plas en proes soos 'n kleuter. Sy gee 'n sug van genot en gooi dan haar hare vooroor. Sy was dit met mening sodat die skuimbolle om haar kop staan. Sy draai effens om om water aan die ander kant van haar te kry waar dit nie so seperig is nie. Met geoefende hale spoel sy die lang, digte bruin hare af.

Die seep is in haar oë en sy is 'n oomblik haar rigting kwyt. Sy steek haar hand voel-voel uit op soek na die rots waar haar handdoek is.

Braam kom om die rots gestap, sy handdoek oor sy skouer. Hy bad altyd by hierdie fontein. Die water is lekker diep hier by die rots.

Hy kom verbaas tot stilstand. Die wit onderrok klou nat aan die skraal figuurtjie wat met uitgestrekte hande in die lug tas. Haar hare hang soos 'n waterval oor haar gesig en sy soek heeltemal in die verkeerde rigting.

Haar vroulike rondings is afgeëts onder die nat kledingstuk. Nou eers sien Braam dat sy nie regtig seningrig is nie. Sy is sag ten spyte van haar skraalheid.

Die kaal arm stoot die hare vinnig agtertoe en dan vee sy met haar hande oor haar oë sodat sy kan sien waar die rots is.

Dit word stil en wagtend in Braam. In sy hele dertigjarige bestaan het hy nog nooit iets gesien wat so mooi en vroulik is, so sag en . . . en anders as op hierdie oomblik nie.

Haar gesiggie is blinkskoon en die twee styf toegeknypte oë laat haar soos 'n weerlose kind lyk.

Ingedagte en sonder die minste idee van oortreding, tree hy vorentoe om haar handdoek vir haar aan te gee.

Martie trap op 'n skerp klippie en met 'n sagte gilletjie val sy vooroor.

Braam se hand skiet uit en hy lig haar sonder inspanning op haar voete. Sy hande span styf om haar skraal arms en haar vel is sag en klam onder sy vingers. Dit ontketen iets wilds en ongetems in hom wat vir hom net so vreemd is soos al die ander gevoelens wat deesdae in hom opstoot.

Hy vat die punt van sy handdoek wat oor sy skouer hang en vee haar gesig daarmee af terwyl sy ander hand haar nog steeds stewig vashou om haar te stut.

Martie kyk verskrik op in die bebaarde gesig.

"Wat ... wat soek jy hier?" Sy rem wild van hom af weg. Die geskokte oë en druipende hare laat hom verdwaas na haar staar. Stadig sak sy blik af om weer die prentjie in die nat onderrok waar te neem.

Iets huiwer om erkenning in sy verstand, maar soos in 'n droom span sy ander hand ook styf om haar arm terwyl hy haar net stil en broeiend aanstaar.

"Los my! Los my! Wat dink jy doen jy? Los my, jou bebaarde ding. Jou groot aap! Los my uit!" Martie gil histeries en ruk wild om los te kom.

'n Glinstering kom skielik in Braam se bruin oë en moedswillig hou hy haar vas. Haar vel is sag onder sy groot hande en sy ruik skoon en lekker.

Hy sien die vrees in haar oë en dan eers dring dit tot hom deur: sy is vreesbevange! Sy is werklik bang vir hom!

Buite haarself van vrees sak haar tande in sy hand weg.

"Eina, jou satanskind!"

Braam los haar so skielik dat sy agteroor val en met 'n plons in die water beland. Haar onderrok skep lug en dryf soos 'n paddastoel om haar.

Sy probeer wegkom van die groot man af wat nog stil na haar staan en kyk, maar vrees maak haar knieë lam en sy skuif behoorlik op haar agterstewe agteruit.

Sy lyk so pateties en bedremmeld dat Braam sy kop agteroor gooi en skaterend lag. Sy growwe lag slaan teen die bome en rotse vas en kom dan vrolik en luidrugtig na hulle toe terug.

Martie soek voel-voel in die water en dan vat sy 'n ronde klip raak. Met mening slinger sy dit na hom, maar dis heeltemal links verby en Braam lag weer skaterend.

"Loop! Jou gemene, agterbakse ding! Ek sal –"

"Wat het ek nou gedoen? Ek het jou net gehelp toe jy wou val. Wat is daarmee verkeerd?" Hy gee haar nie kans om haar dreigement te voltooi nie.

"Ek hinder jou nie wanneer jy bad nie . . . loop nou!"

"Ek het nie geweet jy is hier nie. Jy kon my net gesê het. Of wou jy dalk gehad het ek moet jou kom help?"

"Gaan weg!" Histeries slinger sy weer 'n klip in sy rigting.

Braam buk vooroor, tel haar handdoek op en hou dit na haar toe uit. Sy bruin oë glinster van pret.

"Jou handdoek. Dis mos waarna jy gesoek het."

Martie spring regop, gryp die handdoek uit sy hand en hou dit voor haar.

"Loop! Jou gemene ding!"

Braam draai om en stap fluitend weg.

Martie bewe van woede en ontsteltenis. Sy sal nou nie weer 'n rustige nag hê nie. Apools is ook nie eens meer daar om haar te beskerm nie.

Sy trek haar rok oor haar nat lyf aan en hardloop na haar wa toe.

Daar vryf sy haar met mening droog en trek 'n rok met lang moue en 'n hoë halsie aan. Die blos bly op haar wange terwyl sy daaraan dink dat Braam haar feitlik nakend gesien het. Hoe gaan sy hom ooit weer in die oë kyk?

Sy vryf haar hare droog en borsel dit dan driftig uit.

Sy sit nie vanaand haar voete uit hierdie wa nie. Hy kan self sien waar hy kos kry. Sy sal haar geweer ook laai en dit hier langs haar neersit. Toe haar hare heeltemal droog is, kam sy dit in 'n netjiese rol agter haar kop.

'n Rukkie later hoor sy Braam al fluitend terugkom. Sy sit egter so stil soos 'n muis in haar wa. Die geur van koffie styg in haar neus op en sy het baie lus en huil. Sy is rasend honger! Die reuk van vleis wat stadig braai, meng nog la-

225

ter met die ander geure en sy vou haar arms styf oor haar maag.

Versigtig loer sy deur 'n skrefie van die tentopening. Braam sit onder die boom met sy rug na haar toe. Hy eet tydsaam en met smaak aan 'n bord pap en braaivleis wat hy self gemaak het. Vies vir haarself omdat sy haar so van koers af kon laat bring het, gaan sit sy maar weer inmekaar op die bedjie.

Maar die hongerpyne dreig om haar by die wa uit te dryf. Sy raas hard met haarself. As sy nou nie so kinderagtig was nie en self die kos gemaak het, het sy aanspraak daarop gehad. Sy kon maar in die wa kom eet het. Maar sy kan darem nie nou die kos wat hy gemaak het, gaan eet nie.

Dit raak stil en heelwat later hoor sy hoe hy sy pyp uitkap en kort daarna kraak sy wa.

Die volgende oggend is Martie baie vroeg op. Sy trek weer die rok met die lang moue en hoë hals aan. Daar mag nie soveel soos 'n flentertjie enkel of arm wys nie. Skaam druk sy haar gesig in haar hande. Wat 'n situasie om in te wees! Sy is saam met hierdie wilde man in die veld en dan sien hy haar nog in haar nat onderrok wat elke kurwe en ronding van haar liggaam wys!

Op die plek waar hy die vorige aand vuur gemaak het, sit sy weer die houtjies reg en weldra lek die vlamme aan die droë hout en knetter dit vrolik in die stil, fris oggendlug.

Die swart ketel word oor die vlamme gestoot. Sy sal solank haar osse gaan kry en begin inspan. Chrisjan behoort nog daardie been van hom te laat rus. Gister het Braam se mense haar wa vir haar ingespan en sy sal eers moet sien of sy dit alleen sal regkry.

Die waterbalie moet ook vol gemaak word. Sy moes dit gisteraand al gedoen het, maar toe sit sy mos dikmond soos 'n kind in die wa.

Kreunend sukkel sy om die balie los te maak. Sy beskou dit skewekop. Dit sal baie beter wees om die balie met 'n emmer vol te dra. Sy sal in elk geval nie die vol balie weer hier kry nie.

Sy tel die emmer op en drafstap na die fontein toe. Dis gelukkig darem nie ver van die kamp af nie. Toe sy al steunend met die vol emmer water op pad terug is, doem Braam skielik voor haar in die paadjie op.

In die vroeë lig van die ontwakende dag lyk hy nog groter as altyd en vanoggend so heeltemal anders.

Martie kom verskrik tot stilstand en tree dan versigtig agteruit, dadelik op haar hoede. Sy kyk stadig op en dan word alle ander emosies eers op die agtergrond gedruk. Haar gesig is 'n toonbeeld van stomme ongeloof en Braam grinnik verleë terwyl hy oor sy gesig vryf. Hy het sy nare swart baard afgeskeer! Sy gesig is onnatuurlik bleek daar waar die baard was, maar verder is hy nou 'n baie aantreklike man. Hy lyk skielik jonger as wat sy hom aanvanklik geskat het.

Sy sien die glinstering in sy oë en dan keer die behoedsaamheid terug in haar ledemate.

Hy hou sy hand na die emmer uit en sy retireer stadig. Hy vat die emmer met mening uit haar hand terwyl die woede in sy oë blits.

"Luister, ek stel nie in jou belang nie! Ek verkies in elk geval iets met meer om die lyf. Ek wou jou net help. Nou maak jy asof ek jou wou aanrand."

Hy plak skielik die emmer net daar neer en stap by haar verby.

Ingedagte tel Martie die emmer op. Was sy nie dalk 'n bietjie te gou met haar veroordeling nie? Hy het tog eintlik niks gedoen nie. Hy is mos darem ook nie gewoond aan vroue op sy transporttogte nie. Sy sal hom maar die voordeel van die twyfel moet gee.

Eers ná die derde emmer water is haar balie vol en nog steeds is dit stil en rustig by Braam se waens.

Wel, sy sal maar solank begin inspan. Vanoggend kan sy dit minder as ooit bekostig om laat te wees. Dis duidelik dat hy goed die joos in is vir haar.

Daar is nog nie 'n vuur by Braam se wa aangesteek nie en Martie maak dus maar genoeg kos vir hulle albei. Die pot met die res van die vorige aand se braaivleis word ook nader geskuif terwyl die pap stadig kook. Daarna stap sy af na die osse toe waar hulle rustig tussen die bome wei.

"Chrisjan!"

"Ja, juffrou Martie?"

"Wat gaan vanoggend aan?"

"Ek weet nie, juffrou Martie. Ek het nog nie vir Willem gesien nie en ek kan nie die ander manne se taal praat nie."

Martie stap dus maar weer terug en kry vir Braam waar hy rustig onder die boom sit met 'n beker koffie in die hand. Sy vermy sy oë, maar toe sy skielik opkyk, sit hy stil en opsommend na haar en kyk. Hy lyk so anders sonder sy baard. Hy lyk so jonk en . . . en aanvaarbaar, so aantreklik dat sy voel hoe die warm blos in haar wange opstoot. Hoekom sou hy sy baard afgeskeer het? Sou dit dalk wees omdat sy iets gesê het? Ag! Sy is nou heeltemal verspot! Hy sou dit nooit gedoen het omdat sy 'n aanmerking daaroor gemaak het nie. Ongemaklik gooi sy vir haar ook koffie in.

"Jy beter eet vanmôre. Jy is seker dood van die honger."

Sy stem is sag en tergerig en Martie kan die lag daarin hoor.

Dit maak haar woedend en met blitsende oë gluur sy hom net aan.

"Ek het gisteraand vir jou ook kos gemaak, maar toe is jy mos befoeterd! Jy is mos bang ek byt jou."

Martie maak haar mond oop om hom 'n bitsige ant-

228

woord te gee, maar die hongerpyne op haar maag waarsku haar om nie weer iets onsinnigs kwyt te raak nie.

Sy gaan haal twee borde in die wa en skep vir hulle kos in. Woordeloos hou sy sy bord na hom uit.

Sy vingers raak liggies aan hare toe hy die bord by haar neem en dit maak weer al die emosies van gistermiddag in hom wakker.

Martie trek haar hand vinnig weg en bloos pynlik. Sy is skielik oorbewus van die groot man hier by haar. Sy bepaal egter haar aandag by haar kos en begin hongerig eet. Toe sy klaar is, sit sy haar bord neer en betrap sy blik nog steeds op haar.

"E . . . hoe laat wil julle dan vanoggend begin? Kan ek maar solank begin inspan? Ek . . . ek sal voor julle moet ry, want ek is maar stadig." Sy voel skoon verbouereerd.

"Nee, ons staan vandag hier oor. Die diere moet ordentlik vreet en rus."

"O! Dit sal wonderlik wees!" Die spontane woorde glip uit voordat sy dit kan keer.

"Hoekom? Wil jy weer gaan bad?"

Sy stem is vol terglus en blosend draai Martie haar rug op hom. Hy het geen skaamte nie! Sy voel so verneder. Trane kom in haar oë en sy druk haar gesig vinnig in haar hande.

Braam staan op en kom stadig nader. Hy kyk verleë na die rukkende skouers. Hy het haar maar net geterg. Skielik is dit vir hom belangrik dat hulle vriende moet wees.

Gisteraand was dit stil en alleen om die vuur. Hy het kort-kort geloer of sy nie maar wil uitkom en kom eet nie.

"Ek . . . e . . ." Hy steek sy hand uit en raak baie liggies aan haar skouer. "Ek terg sommer . . ."

Martie kyk vinnig op en die ongeloof staan duidelik oor haar gesig geskryf.

Verleë trek hy sy hand terug en swaai om. Vies vir homself stap hy die veld in.

Sy kyk hom verbaas agterna. Hy het so opreg verleë en verskonend gelyk. Sy moet ook ophou om so fyngevoelig te wees. Hy is 'n kind van hierdie opregte land. Vir mense soos hy is dinge eenvoudig en natuurlik soos wat die Here dit geskape het.

Sy stap na haar wa toe en pak van die goed uit. Sy sal sommer vandag haar wa skoonmaak. Dalk raak sy dan van die frustrasie in haar binneste ook ontslae. Kort voor lank is haar griewe vergete en neurie sy saggies terwyl sy werk. Gelukkig kan Chrisjan se been ook vandag rus. Toe alles in haar wa skoon en netjies is, gaan versorg sy eers weer Chrisjan se been en smeer salf aan.

Teen elfuur is daar nog geen teken van Braam nie. Sy vat haar Bybeltjie en gaan sit onder 'n boom en lees. Hier in die oop veld met die sang van die voëls in haar ore en die vars reuk van die veld om haar, voel sy baie na aan haar Skepper. Intussen kook die potjie kos stadig oor 'n paar kole. Sy het nog rys in haar wa wat sy later by die vleis en aartappels wil voeg. Sy wens sy kan weer lekker vars groente in die hande kry.

Sy sluit haar oë en leun met haar kop teen die boomstam. Môre is Sondag. Sy hoop eintlik dat hulle nog môre ook hier sal oorstaan. Dis so stil en rustig hier. Sy twyfel egter of Braam daarmee rekening sal hou dat dit môre die Sabbat is.

Hy kom kort voor middagete terug, maar hy is stil en praat nie met haar nie.

Martie skep vir hom kos in en hulle eet in stilte.

Sy wens sy het die moed gehad om hom om verskoning te vra omdat sy so kinderagtig was. Maar dit sal dalk net weer dinge oprakel wat liewer vergeet moet word, dus knoop sy liewer 'n ander geselsie aan.

"Staan ons môre ook nog hier oor?" Hy sal darem seker weet sy is nie meer kwaad nie – anders sou sy tog nie met hom gepraat het nie.

"Môre? Nee, ons trek vroeg. Dis 'n lang skof môre."

"Maar . . . môre is Sondag."

Braam frons en bekyk haar op en af.

"Wel, wat daarvan?"

"Trek jy dan altyd op 'n Sondag? Kan ons nie maar môre ook nog hier oorstaan nie?"

"Nee, ons kan nie onnodig tyd verspil nie. Ons is reeds agter. Ek trek baie stadiger as gewoonlik."

"O! Ek . . . ek is jammer."

Braam vererg hom vir haar. Hy wens sy wil ophou om so verskonend te wees. Hy laat haar mos nou toe om saam met hom te trek. Dis nie nodig dat sy elke keer daarvoor moet verskoning vra nie. As hy haar nie saam met hom wou gehad het nie, het hy lankal onder haar uitgetrek.

Martie bly verleë stil en waag dit nie om verder iets te sê nie.

Die volgende oggend sorg sy dat sy en Chrisjan klaar ingespan het voordat die ander gereed is. Braam sal nie nodig hê om ooit weer vir haar te wag nie.

Chrisjan steur hom nie aan haar vermanings nie. Hy leun swaar op sy tuisgemaakte kruk en doen soveel as wat hy kan.

Dis egter asof die duiwel self op hierdie stil Sabbat agter hulle aan beweeg. Omdat hy weet hoe onwillig sy is om op hierdie dag op die trekpad te wees, sonder hy haar natuurlik spesiaal uit! Hy wag sy tyd mooi af en toe die son stilstaan bokant hulle, slaan hy met krag en mening toe. So maal die gedagtes deur Martie se gemoed. Dis 'n klipperige opdraand wat hulle moet uit. Chrisjan praat in geen onsekere taal nie met die osse. Die sweet hardloop in straaltjies teen Martie se gesig af en sy rem aan die tou om die osse aan te moedig. Die wa se een wiel steek agter 'n klip vas en Chrisjan spring van die wa af. Hy knyp die kruk styf onder sy arm vas en spring op sy een been vorentoe.

"Komaan! Komaan!" Hy pluk aan die tou.

Hy gaan inspekteer die plat klip en kom dan terug.

"Rem aan daardie tou, juffrou Martie, ek sal met die sweep hier agter hulle praat."

'n Skrikwekkende kraakgeluid laat hulle albei verskrik omspring. Die wa hang skeef na die een kant toe. Met lam knieë stap Martie nader. Sy is te bang om te kyk – bang vir wat sy weet sy daar sal sien!

Die wiel staan skeef en dan sien sy dit: die as het gebreek!

Haar knieë gee onder haar mee en sy sak stadig af totdat sy plat op die grond sit. Sy kyk asof gehipnotiseer totaal sprakeloos na die wiel.

Chrisjan kom staan langs haar. Hy praat nie, leun net swaar op sy kruk.

Braam is hulle seker al 'n goeie halfuur vooruit. Hulle kan hom nie eens meer sien nie; hulle trek maar so al in sy waspore. Hy glo daaraan om vinnig te trek sodat hy vroeg kan uitspan en sodoende die osse 'n ordentlike vreetkans kan gee.

Martie staar dom na die ramp wat hulle getref het. Haar verstand weier om enige sein deur te stuur wat haar van hulp kan wees.

"Juffrou Martie!" Chrisjan kyk bekommerd na die stil figuur op die grond.

"Ai, Chrisjan, het ons dan nie al genoeg probleme die afgelope paar dae gehad nie?" 'n Sug van moedeloosheid styg sommer so vanself uit haar binneste op. "Wat gaan ons nou doen?"

"Ons moet meneer Braam gaan keer sodat hulle kan omdraai en ons kom help."

"Hy gaan vreeslik kwaad wees. Hy sê ons hou hom op."

"Ja, ek weet, juffrou Martie. Willem sê hulle trek baie vinniger wanneer hulle alleen is."

Hierdie woorde help nie juis om haar beter te laat voel nie. Sy kyk magteloos om haar rond. Dierbare Hans het altyd al die probleme opgelos toe hulle van die Kaap af getrek het.

"Juffrou Martie, ons moet die mense keer. Hulle is gewoond daaraan dat ons op ons tyd agternakom. Hulle sal eers vanaand as hulle al uitgespan het, agterkom dat ons teëspoed gekry het. Ons moet hulle nóú inhaal voor hulle te ver is." Chrisjan swaai om en begin met die kruk onder sy arm in die waspore langs spring.

"Nee, Chrisjan, jy kan dit nie doen nie. Bly jy hier by die wa. Ek sal gaan."

"Juffrou Martie, dis baie gevaarlik!"

"Ag, Chrisjan, ek wens 'n leeu wil my vang en opvreet. Ek is nou moeg gesukkel."

"Ai, Oupa sou geweet het wat om te doen."

Martie trek haar kappie wat agter afgesak het op haar kop.

"Agter in die wa is nog braaivleis in die pot. Jy moet maar eet. Ek weet nie wanneer ek hulle sal inhaal nie."

Sy stap vinnig met die spore in die rooi grond langs. Sy loer skrikkerig na die digte ruigtes om haar en dit laat haar sommer vinniger stap. Sy begin redeneer hardop met haarself: "Hy sal nie omdraai nie. Maar hy sal tog nie so onmenslik wees nie. Jy is al weer besig om die man te veroordeel nog voor hy eens van jou probleem weet. Jy is lelik en wil altyd net die slegste van hom glo."

Sy lig haar roksoom effens en hardloop 'n ent met die spore langs. Haar verstand is al weer besig met 'n nuwe argument. Hy het jou tog gewaarsku dat hy nie opgehou wil word nie. Hy is buitendien vies vir jou. Jy was eergister glad te gou op jou perdjie. Hy wou jou net help en toe jak jy hom af. Gisteroggend wou hy die emmer vir jou dra en toe maak jy asof hy 'n slang is wat gaan pik.

Langer as 'n uur strompel Martie in die spore voort. Die moegheid wil soos 'n warm, versmorende kombers om haar toevou en haar teen die grond vasdruk.

Sy is reeds om die kol digte bosse toe sy eers opkyk en Braam se waens omtrent 'n honderd tree van haar af sien. Die seile weerkaats wit in die sonlig.

Sy steek verras vas. Hulle het nie uitgespan nie, net onder 'n paar koeltebome ingetrek. Hulle rus seker net vir 'n halfuurtjie.

Dankbaar hardloop sy vorentoe en waai met haar arms.

Braam sien die moeë figuurtjie raak nog voordat sy heeltemal om die bosse is. Hy het agtergekom dat hulle besig is om heeltemal onder haar uit te trek. Hy het die ruskans voorgestel om haar 'n kans te gee om nader te kom. Die wêreld is baie ruig hierlangs, met allerlei ongediertes. Hy voel onrustig oor haar; Chrisjan kan nog nie behoorlik op sy been trap nie en sal nie van veel hulp wees as gevaar dreig nie. Hy spring verskrik regop toe sy wild met haar arms waai en aangehardloop kom.

Martie se enigste wens is om by Braam te kom. By hom is hulp en veiligheid! Haar bene is lam en onwillig van moegheid. Sy kyk nie meer waar sy loop nie. Sy weet net haar eindpunt is daar voor. Dan haak haar voet aan 'n wortel vas en sy slaan op die grond neer. Sy kruip handeviervoet nader en sukkel om orent te kom. Dit dring glad nie tot haar deur dat Braam nie sal wegraak of dat hy haar reeds gesien het en vinnig nader kom nie. Haar uithouvermoë het breekpunt bereik.

Twee groot hande sluit om haar boarms en sy word sonder inspanning op haar voete gehelp. Anders as gister rem sy nie weg nie, maar leun swaar teen sy breë bors aan terwyl snikke deur haar skraal lyfie ruk. Braam staan verleë. Sy wou hom eergister vermoor omdat hy haar gehelp het, en nou . . . nou leun sy moeg en gewillig hier teen hom aan!

Sy hande los stadig haar arms en dan is haar volle gewig teen sy bors. Hy voel hoe sy stadig teen sy bors afgly toe haar bene onder haar invou. Instinktief gaan sy arms om haar en word sy stewig teen hom vasgehou.

Haar arms gaan om sy groot lyf en sy klou reddeloos aan hom vas, krampagtig soos 'n drenkeling wat 'n stomp in 'n malende rivier in die hande gekry het.

"Wat is dit, Martie? Wat makeer?" Braam se stem klink vir homself hol en ver. Die angstigheid en kommer daarin klink vreemd in sy eie ore.

Sy huil net hard en onbeheers. Die trane maak groot nat kolle op sy hemp en die klammigheid slaan deur tot op sy vel. Lomp en onhandig streel hy oor die bruin hare en dan druk hy haar kop met sy groot hand teen sy bors vas. Stadig kry sy weer beheer oor haarself. Sy word nou eers daarvan bewus dat sy krampagtig aan hom vasklou en staan verleë terug.

Braam laat haar dadelik gaan. Die oë wat afkyk op die vuil, betraande gesiggie is egter vol kommer.

"Wat is dit? Waar is jou wa?"

"Die wiel . . . dit . . . dit staan so skeef. Ek . . . ek dink die as is af . . ." Sy kyk stadig op en die frons op sy gesig ontstel haar.

"Asseblief, moenie vir my kwaad wees nie. Ek . . . ek weet ek hou jou op. Maar ek sal vergoed daarvoor. Regtig . . . regtig, Braam. Ek het nog geld. Jy . . . jy kan dit alles kry. Moet my net nie alleen hier in die veld los nie."

Die seer maak 'n knop in Braam se keel. Die vrou het

darem 'n baie lae dunk van hom. Dink sy nou regtig hy sal so laag wees om haar alleen in die veld te los? Hier waar daar nog soveel wilde diere is?

Sy vertolk die donker onweerswolk op sy gesig heeltemal verkeerd. Angstig staan sy nader en sit haar hande op sy arm.

"Asseblief, Braam, ek sal vir jou werk ook om jou te vergoed. Jy kan my wa en osse ook vat as die geld nie genoeg is me. Ek is bang! Ek is bang vir hierdie wildernis! Ek hoor die leeus brul en die jakkalse huil! Ek kan nie self die wa regmaak nie. Ons het niks nie . . ."

Braam draai om en stap na die waens toe om sy perd te gaan haal.

Martie hardloop strompelend agter hom aan. In haar vreesbevange toestand sien sy geen hoop nie. Vir haar lyk dit asof hy hom nie eens aan haar steur nie en die paniekerigheid maak haar desperaat.

"Asseblief! Asseblief, moenie wegry en my alleen hier los nie!" roep sy snikkend agter hom aan.

Braam gaan staan en draai om. Martie hardloop na hom toe en klou weer krampagtig aan hom vas. Hy kyk magteloos na die ontstelde vroumensie wat so aan hom vasklou. Beslis vat hy haar aan haar skouers en skud haar liggies.

"My kragtie, vroumens! Wat gaan aan met jou? Ek wil net my perd kry, dan sal ek gaan kyk wat makeer jou wa. Loop klim agter in een van die waens en rus daar."

"Nee! Nee, ek wil nie hier bly nie."

Hy sien dat sy na aan histerie is en vloek saggies.

"Nou toe, kom dan."

Voordat Martie mooi besef wat aangaan, vat hy haar om die middel en swaai haar op die perd. Hy trap in die stiebeuel en swaai sy been gemaklik oor die perd se rug.

Sy sit noodgedwonge styf teen hom. Sy arms moet om haar gaan om die teuels vas te hou en dit voel vreemd sterk en beskermend. Geleidelik verdwyn haar vrees en paniek en in die plek daarvan kruip 'n skaamheid stadig in haar op. Sy hou dus haar rug styf en regop sodat sy nie teen hom hoef aan te leun nie. Sy sug vir die soveelste keer. Sy is regtig 'n groot meulsteen om sy nek.

In doodse stilte ry hulle tot by haar wa wat skeef afgeëts teen die blou Suidweshemel staan.

Braam klim van die perd af en toe Martie besef hy gaan haar nie afhelp nie, gly sy versigtig van die groot perd se rug af.

Skewekop en met sy arms oor sy bors gevou, beskou Braam die wa. Martie kom staan stil langs hom en hou sy gesig angstig dop.

Hy draai sy kop en die angstigheid en spanning op die skraal gesig betrap hom heeltemal onkant sodat hy net stil in haar groen oë kan staar.

"Dit . . . dit lyk sleg, nè?" Haar stemmetjie klink hees en verlore.

Hy het skielik lus om haar weer styf teen sy bors vas te trek en haar bruin hare te streel.

"Ja."

Martie byt hard op haar lip om die trane te keer. Hoekom tref al die ongelukke haar juis nou wat sy met hierdie onwillige metgesel op die trekpad is? Sy sluk 'n paar keer tevergeefs. Stadig dam die trane in haar oë op en stoot dan warm oor haar wange.

"Ek sal nou niks daaraan kan doen nie. Ons sal 'n ander as moet kry." Braam kug ongemaklik. "Maar dit sal weke duur en jy sal nie so lank kan vertoef nie."

Hy frons ingedagte.

"Môre se uitspan is op 'n plaas, Pieter van Bergen se plaas. Ek sal hom vra om die wa te kom regmaak."

Martie sluk beangs en haar oë is groot en vol vrees toe sy na hom opkyk.

"Moet . . . moet ek hier bly?"

"Nee, ek sal my goed oorlaai sodat ons een van die waens leeg kan kry. Jy kan dan jou goed daarin laai."

'n Glimlag breek stadig oor haar gesig terwyl die trane nog op haar wange glinster.

"Dankie, Braam. O, baie, baie dankiel Ek was so bang dat . . ."

"Ja, ek weet! Jy dink nie juis veel van my nie! Jy was bang dat ek jou alleen hier in die veld sal los . . ."

Martie sien die seer in sy oë en alles binne-in haar stol.

"Braam . . . ek is jammer! Dis nie so nie . . ."

"Wil jy hier bly terwyl ek die waens gaan haal?"

Martie knik haar kop.

"Julle kan maar vuur maak. Ons sal vannag hier moet slaap."

"Braam, ek is so jammer . . ."

"Jammer! Jy is net vir jouself jammer!" Sy stem is so bitter en seergemaak dat Martie hom net verdwaas agterna kan staar toe hy vinnig wegry.

5

Met die oponthoud van die stukkende wa kom hulle eers die Dinsdagnamiddag op die plaas van Pieter van Bergen aan. Daar is 'n lekker groot huis, gebou van bruin klip.

Martie skat Pieter van Bergen so ongeveer agt en veertig of vyftig jaar oud. Hy is joviaal en baie gasvry, maar daar is iets aan hom wat haar afstoot. Sy oë peul behoorlik uit sy kop toe sy agter uit Braam se gerieflike, groot wa klim.

"Ag nee! Moet net nie vir my sê jy het ook nou vrou gevat nie, ou Braam." Pieter kan sy ongeloof nie vir homself hou nie. Hy kom egter met 'n uitgestrekte hand na Martie toe aangestap. "En dan nogal so 'n mooi mensie."

"Dis Martie Schlage, ou sendeling Schlage se dogter. Sy is op pad na hom toe."

"Ou Schlage! Ek het nie geweet hy het 'n dogter nie!"

"Dit maak twee van ons." Braam brom onderlangs en Martie voel hoe 'n blos in haar wange opstoot. Vandat haar wa gebreek het en sy so geheel en al van Braam afhanklik is, voel sy meer as ooit in die pad en 'n vreeslike oorlas.

Hy het sonder 'n verwyt haar goed op die een wa oorgelaai en toe net eenvoudig aangegaan asof daar nooit 'n oponthoud was nie. As hy maar liewer wou vloek en skel, sou sy beter gevoel het. Sy het nou geen benul wat hy dink en hoe hy oor die saak voel nie. Sy weet net dat hy dalk al by die huis kon gewees het as sy nie so 'n remskoen was nie.

Die skielike lig in Pieter van Bergen se oë toe hy hoor dat Martie ongetroud is, ontgaan Braam se skerp blik nie. Die ou bok! Hy soek natuurlik nou weer naarstiglik vrou. Sy vrou is twee jaar gelede oorlede en in hierdie geweste is vroue maar skaars.

"Ek het 'n paar goedjies hier vir jou, Pieter. Dit het met die boot gekom. Ek kan seker maar op my ou plek uitspan?"

"Natuurlik, Braam! Jy weet goed jy is altyd meer as welkom hier. Jy ook, juffrou. Dis vir my 'n groot voorreg om so 'n mooi dame in my huis te ontvang. Kom staan nader, ons gaan soek 'n bietjie koffie."

Martie kyk vinnig na Braam toe hy hard op die Ovambo's skree. Hy klink so ontevrede en onvergenoeg. Dit laat haar verbouereerd wonder of sy weer iets verkeerd gedoen het.

Die huis is binnekant baie mooier as buite. Daar is 'n paar pragtige stukke handgemaakte meubels en alles spreek van welvarendheid.

'n Uur nadat hulle uitgespan het, ken Martie Pieter se hele geskiedenis. Sy weet dat hy en sy vrou nooit kinders gehad het nie en dat sy vrou hom twee jaar gelede ontval het. Sy weet ook dat hy nou baie eensaam is. Die wêreld hierlangs is maar yl bewoon en daar gaan maande om dat hy geen ander geselskap as sy werkers het nie.

Braam kom in en gooi sy hoed eenkant op die vloer neer. Hy vee die sweet met die agterkant van sy hand van sy voorkop af.

"Wanneer het jy dan jou baard afgeskeer, Braam? Ek sou dit nooit geglo het as ek dit nie met my eie oë gesien het nie!" Pieter loer van Braam na Martie en sy sien hoe 'n vies trek op Braam se gesig verskyn.

Pieter lag joviaal, maar dit ontlok geen glimlag by Braam nie.

"Ons het al koffie gedrink, Braam. Wil jy ook hê, of liewer bier soos gewoonlik? Hier moet nog bier wees."

"Bier sal lekker wees, dankie."

'n Ovambo kom in met 'n biervaatjie wat hy eenkant op die eetkamertafel neersit. Die vars reuk van hops hang in die vertrek toe Pieter die bierbeker tot bo volmaak sodat die wit skuim 'n kop op die bier maak.

Pieter self drink koffie, maar hy maak telkens Braam se beker weer vol bier. Martie loer later bekommerd in Braam se rigting.

Pieter en Braam gesels egter ná 'n rukkie heel gemoedelik oor die weer en beeste en allerhande dinge waarby Martie geen belang het nie.

"Meneer Van Bergen . . ." Sy staan op.

"Ag nee, tog nie meneer nie. My naam is Pieter. Hier is ons tog nie gesteld op sulke formaliteite nie."

"Wel . . . goed. My naam is Martie."

"Wat kan ek vir jou doen, Martie?" Die man se stem is skielik stroperig en hy beloer haar so van onder af.

240

Dit laat die fyn haartjies in haar nek ongemaklik regop staan.

"Kom ek gaan wys vir jou waar jy jou kan tuismaak vir die nag. Vanaand kan jy 'n lekker warm bad geniet en in 'n verebed slaap."

"Dit sal heerlik wees, baie dankie."

Die donker frons wat skielik op Braam se gesig verskyn, ontgaan haar nie. Sy byt ongemaklik op haar lip. Dit was seker nou nie mooi van haar nie. Nou lyk dit of sy bedoel dis baie primitief saam met Braam, en hy was juis die afgelope paar dae so goed vir haar.

Toe sy by die deur wil uitgaan, rus Pieter se hand 'n oomblik warm en strelend op haar arm. Martie gee vinnig pad en kyk terselfdertyd na Braam. Hy kyk hulle smalend agterna en die fyn glimlaggie om sy mond kan enigiets beteken.

Martie trek haar rug vererg styf en stap vinnig weg sodat sy buite bereik van Pieter van Bergen se hande kan kom.

Die kamer is toe werklik gerieflik en ruim. Daar is 'n lang spieël teen die hangkas se deur en die eerste keer in maande kan sy haarself van kop tot tone bekyk.

Sy lyk verwaarloos! Haar vel is bruiner as vroeër en oor haar neusbrug is 'n paar verdwaalde sproete. Haar hare is hopeloos te lank om dit netjies te hou en dit lyk ook dor en leweloos. Sy het boonop beslis maerder geword. Haar klere hang los en sakkerig aan haar.

Sy gaan krap agter in die wa in een van haar kiste en haal 'n wit rokkie met groen kolletjies uit. Wit kouse en skoene kom daarby, en dan kry sy haar toiletbenodigdhede en 'n skêr.

Die warm bad is alles waarvoor 'n mens kan wens! Sy lê amper 'n uur lank in die water en verlustig haar in die weelde daarvan.

Voordat sy gaan bad het, het sy eers haar hare heelwat

241

korter gesny. Dit hanteer dus nou makliker en die rol agter haar kop lyk netjies en gesofistikeerd. Sy draai dus nou voor die spieël rond sodat sy haar beeld van alle kante kan beskou. Hierdie rokkie, wat altyd 'n bietjie nou was, sit nou beter aan haar. Dit pas knus om haar dun middeltjie. Sy sit haar hande op haar heupe en bekyk haarself. Haar middel is darem nou baie dun. Braam sal maklik sy twee groot hande daarom kan span. Braam! Haar hande verstil. Hoekom nou juis hy? Wat laat haar nou aan só iets dink?

Dis al donker toe sy eindelik klaar is en uitstap na die mans toe. Hulle sit nog steeds in 'n diep gesprek gewikkel in die sitkamer.

Twee groot lampe verlig die vertrek en gooi 'n helder lig oor die bekoorlike figuurtjie toe sy in die deur verskyn.

Pieter spring galant op en kom nader. Dis egter in Braam se rigting wat Martie loer. Eg vroulik, glimlag sy geheimsinnig toe sy die trek van ongeloof en verbasing op sy gesig sien.

Pieter vat haar hand en lei haar na 'n diep gemakstoel met mooi geblomde kussings.

"Jy lyk pragtig, Martie! Ons twee mansmense voel gevlei dat jy jou so mooi gemaak het vir ons."

Iets aan die man irriteer haar. Martie kyk na Braam wat met 'n vol beker bier in sy hand sit. Haar hart sak tot in haar skoene. Braam moet tog nie vanaand te veel bier drink nie. Sy is bang vir hierdie Pieter. Daar is iets in sy oë as hy na haar kyk wat haar onrustig maak.

"Braam het my vertel van jou wa wat gebreek het. Ek is jammer om dit te hoor. Ek sal môre mense uitstuur om die wa te gaan haal. Ek kan sommer jou osse ook hier hou. Maar ek het 'n ander voorstel wat ek aan jou wil maak." Martie kyk hom net vraend aan en Pieter gaan vol selfvertroue voort. "Jy wil nie maar hier bly totdat die wa herstel is nie?"

242

"Ek glo nie, Pieter. Ek is baie haastig om by my pa te kom. Ek sal nie hierdie gevaarlike wêreld alleen kan aandurf nie. Braam sal ook nie kan wag nie. Ek het hom reeds baie opgehou; hy gaan lank ná die beplande tyd eers by sy huis aankom."

"Wel, ek sal jou wegneem sodra die wa reg is. Ek weet ou Braam is altyd haastig. Daar is beeste op Grootfontein wat ek wil gaan koop, dus wil ek in elk geval in daardie rigting gaan."

Martie loer onderlangs na Braam, maar die uitdrukking op sy gesig is niksseggend. Beangs wonder sy of die voorstel nie dalk oorspronklik van hom af kom nie. As Pieter haar sal wegneem, is hy mos ontslae van haar en kan hy vinniger trek.

"Dink gerus daaroor na, Martie. Hier is 'n gerieflike huis waarin jy kan bly en oor 'n week of twee kan ons die pad na jou pa toe vat."

Martie kyk stil op haar hande. Sy wil nie by hierdie ou . . . wellustige man bly nie. Dis wat sy netnou in sy oë gesien het en wat sy nie op daardie oomblik 'n naam kon gee nie: wellus.

"Kom ons gaan eet. Die kos is reeds op die tafel." Pieter staan galant op en hou sy hand na Martie toe uit. Sy maak egter of sy dit nie sien nie en stap vinnig voor hulle uit.

Die kos is heerlik en Martie ooreet haar behoorlik aan die vars groente.

"Jy moet weer vir jou groente saamneem, Braam. Hier is so baie."

"Ag, jy weet mos ek is nie juis gepla nie. Martie is die een wat altyd kerm oor groente. Solank ek vleis het, is ek geholpe."

Braam is skielik besonder stil en Martie loer kort-kort bekommerd in sy rigting. Ná die ete verdwyn hy met 'n verskoning dat hy eers na die osse wil gaan kyk. Martie verwens hom in haar hart. Nou moet sy die hele tyd alleen saam met hierdie mansmens wees en sy vertrou hom nie tien tree van haar af nie. Sy soek dus vir haar 'n stoel uit wat eenkant staan en gaan sit ongeërg daarop, sodat sy so ver moontlik van Pieter af kan wees.

"Martie, het jy al oor my voorstel gedink?"

"Voorstel?"

"Ja, omtrent jou wa. Bly hier, dan neem ek jou self Grootfontein toe. Jy moet nou nie snaaks dink as ek dit sê nie, maar ek dink nie dis 'n goeie ding dat 'n dame soos jy alleen saam met Braam in die veld is nie. Hy is 'n wilde, onverfynde soort mens."

"Maar as ek hier bly, is ek tog weer alleen saam met jou."

"Daar is darem 'n groot verskil tussen my en Braam, Martie. Wel . . . dit lyk nou na spog, maar ek is darem 'n opgevoede mens. Ek het seker nie soveel geleerdheid soos jy nie, maar ek het darem genoeg. Verder kom ek uit 'n baie vooraanstaande familie, nie soos . . ."

Braam staan doodstil op die stoep en wag gespanne dat Martie iets moet sê. Diep binne-in hom wil hy hê dat sy hom moet verdedig. Hy het haar mos nie enige leed aangedoen nie. Hy het haar tog nog geen rede gegee om hom te wantrou nie – of het hy?

Martie se verstand werk oortyd. Sy weet nie wat om vir die man te sê nie. Sy wil vir Braam verdedig, maar sy weet nie hoe nie. Braam is wild en ongetem, ja, maar hy het soveel goeie eienskappe ook en hy is so . . . so betroubaar! So sterk!

Pieter se ogies laat die vrees klam in haar handpalms uitslaan. Dit klop soos 'n refrein in haar: sy is baie eerder alleen saam met Braam as saam met Pieter. By Braam voel sy veilig, anders as by Pieter van Bergen.

Sy probeer dus tyd wen. Sy weet nie wat Braam wil hê

nie. Wil hy haar dalk hier aflaai sodat hy vinniger kan vorder? Sy wil liewer saam met hom gaan, maar het hy nie dalk vir Pieter gevra om hierdie voorstel aan haar te maak nie?

"Ek . . . ek wil nou maar gaan slaap. Ek weet nog nie, ek sal vannag daaroor dink."

Sy kan dit nie bekostig om met hierdie man ongeskik te wees nie, al het sy ook 'n gesonde begeerte om dit te doen. Sy word dalk op sy genade afgelaai.

Braam draai teleurgesteld om en gaan klim in sy wa.

Sy was so pragtig vanaand in haar wit rokkie. Die groen kolletjies het soos spikkeltjies van haar oë gelyk wat afgespring het.

Hy het haar mos nie rede gegee om nou hier te wil agterbly nie? Hier by ou Pieter van Bergen! Of het hy dalk? Het hy haar dalk te na gekom?

Alles is vir hom deurmekaar. Hy voel verkul en dit frustreer hom. Hy ken net een pad: 'n mens loop reguit! As daar versperrings in jou pad kom, dan druk jy dit met brute krag weg. Maar hierdie vrou! Sy met haar twee groot groen oë . . . sy het aan hom vasgeklou en hom gesoebat om haar nie alleen in die veld te los nie. Sy het teen sy bors gehuil en sy was sag en warm in sy arms.

Hy klim weer uit en gaan stap 'n wye draai op die werf. Hy trek die vars aandlug diep in sy longe in. Dit wys nou net dat 'n mens nie dinge in jou lewe moet toelaat waarvan jy nie kennis het nie. Hier is sy rustige bestaan nou deurmekaar gekrap. Daar is gevoelens en verlangens in sy binneste waarvan hy niks geweet het nie. Hy het nie eens geweet daar bestaan sulke goed nie!

"Ag! Verdomp!"

Hy skop vies na 'n klip en stap terug. Hulle moes maar die wa vandag afgelaai het, dan het hy môre ligdag al gery. Gewoonlik staan hy 'n dag of wat hier oor. Hier is baie weiding en water vir die diere en ou Pieter is darem 'n bietjie geselskap ná die lang pad.

Uit gewoonte is Martie die volgende oggend ook vroeg wakker. Sy wens sy kan opstaan en vir haar gaan koffie maak. Pieter het haar gisteraand aangesê om laat te slaap en hy sal sorg dat sy ontbyt in die bed kry. Hulle sal dus seker nie eens vir haar koffie bring nie. Hulle sal dink sy slaap nog. Toe die dag streperig in die ooste breek, is sy klaar aangetrek en sluip sy uit op die stil werf. Van Pieter van Bergen is daar gelukkig nog geen teken nie.

By die krale is daar al beweging en die koeie herkou rustig terwyl hulle hul beurt afwag om gemelk te word. Dit laat haar rustiger voel ná die rustelose nag.

Braam gaan môre ry en sy sal moet besluit wat sy gaan doen. Hier diep binne haar is 'n verlate hartseer. Sy en Braam het tog saans lekker gesels om die kampvuurtjie; veral die afgelope twee dae, vandat haar wa gebreek het. Dit was al asof hy haar wou laat vergeet van haar teëspoed. Hy het nooit weer die voorval opgehaal nie.

Haar gemoed is deurmekaar en 'n verlate hartseer meng met die teleurstelling. Sy het gedink hulle is darem al vriende, maar sy wil haar nie verder aan hom opdring nie. Sy sien nou self hoeveel probleme sy hom besorg.

Sy is so diep ingedagte dat sy wip soos sy skrik toe Braam skielik langs haar praat.

"Môre. Ek het gedink jy gaan vanoggend laat slaap. Dan kon jy sprankelend en opgewek wees om jou gasheer vandag te beïndruk." Braam se stem is fyn sarkasties.

"Môre, Braam." Sy maak of sy nie die aanmerking hoor nie. "Ek is so gewoond aan vroeg opstaan dat ek net nie meer kan lê as dit eers lig is nie."

"Ja, 'n mens vergeet soms dat daar mense is wat anders leef."

"Ek was nog nooit een vir laat slaap nie. Ek het altyd

die koffiemakery op my geneem. Mamma was maar altyd baie delikaat en die laaste klompie jare het sy altyd eers 'n bietjie later opgestaan."

Martie se gesels droog op. Sy wil hom so graag vra of sy dan werklik vir hom so 'n oorlas is. Sy sien nie kans om alleen by Pieter van Bergen agter te bly nie.

Sy sluk en loer onderlangs na hom. Hy is glad geskeer en sy swart hare is dig en los om sy kop. Hy lyk glad nie meer so wild en boosaardig soos die eerste dag toe sy hom gesien het nie. Hy vloek ook al baie minder. Trouens, sy het hom lanklaas sy rympies hoor opsê.

Sy sug liggies en leun met haar arms op die kraalmuur. Die koeie staan rustig na hulle en kyk terwyl die kalfies angstig in die ander kraal protesteer, tog te bang dat die mense al die melk sal vat en niks vir hulle oor los nie.

Braam buk ook vooroor en 'n oomblik druk sy arm warm teen hare toe hy ook met sy arms op die muur rus. Sy nabyheid laat haar veilig en rustig voel en 'n wyle skuif sy haar probleem ver terug in haar gedagtes.

"Hulle is mooi, nè? Het jy ook koeie en kalfies?"

"Ja, ek boer met rooi Afrikaners. Hulle is vir my die mooiste. Ek hou nie van so 'n bont kudde nie."

"Môre, môre! Hoekom is jy dan so vroeg op, Martie? Ek sluip nog op my tone by jou kamerdeur verby en hier staan jy sowaar al buite!"

"Môre, Pieter. Ek is nie een wat kan laat slaap nie. Ek is gewoond aan vroeg opstaan. Ons het soggens met dagbreek al klaar ingespan."

"Sies, Braam! Jy moet darem nie die meisiekind so moor nie. Ek sal stadig met jou trek, Martie. Ek is nie so 'n haastige ou soos Braam nie."

Braam loer vinnig na Martie. So, dan het sy tog maar besluit om hier agter te bly. 'n Onverklaarbare teleurstelling woel in hom.

"Jy weet, Martie, Braam is natuurlik die vinnigste transportryer in Suidwes. Sy diere is gesond en goed versorg en so ook sy waens. Hy staan nooit langer as 'n dag op 'n plek oor nie. Ek kan baie goed verstaan dat hy nou al sal kriewelrig wees oor die stadige pas."

Martie kyk verleë af. Sy voel al sleg genoeg. Sy weet sy het haar blatant aan hom opgedring en by dit alles het hy nog genoeg menslikheid gehad om haar te help tot hier. Sy moenie nou onnodig moeilik wees nie. As hy haastig is, moet sy maar hier bly.

Sy kyk stadig op, vas in Braam se peinsende, seergemaakte oë.

"Ja, ek weet ek was vir hom 'n vreeslike las. Ek sal hom nooit kan vergoed vir alles wat hy vir my gedoen het nie."

Die uitdrukking in Braam se oë word sag en tergend en Martie bloos pynlik en kyk dan verleë anderpad.

"Kom ons gaan eet ontbyt. Jy moet sommer vir my sê wat alles met Martie se wa verkeerd is, Braam. Ek wil die nodige gereedskap en onderdele saamstuur."

Pieter van Bergen se blik volg Martie oral, lui en stadig soos dié van 'n tier. Dit ontstel haar en sy veins sommer ná ontbyt 'n hoofpyn en gaan lê in haar kamer. Braam en Pieter gaan soek die gereedskap en onderdele wat nodig sal wees om die wa te herstel en sy kan ongemerk verdwyn.

Sy sorg dat sy uit hul pad bly, maar intussen laai die paniekerigheid in haar op. Sy sien net nie kans om alleen by hierdie man agter te bly nie. Dat sy al dae en weke lank alleen saam met Braam in die veld is, is nie vir haar dieselfde nie.

Aan die etenstafel volg Pieter se blik haar smeulend. Hy lag hard vir een van sy eie grappies en sit dan sy hand warm en klam op haar arm.

Martie gluur hom aan, trek dan haar hand weg en vou haar hande styf op haar skoot. Sy waag dit liewer nie om in

248

Braam se rigting te kyk nie. Sy is te bang vir wat sy dalk in daardie twee bruin oë sal sien. Netnou is dit teleurstelling of dalk verligting omdat sy nie meer saam met hom hoef te trek nie.

Ná die ete spring Braam haar voor. Voordat sy nog aan 'n verskoning kan dink om weg te kom, verdwyn hy met die verskoning dat daar 'n paar werkies aan die waens is wat hy gou wil gaan doen.

Pieter staan ook sommer dadelik op en kom sit op die stoel langs haar, waar hulle op die groot stoep die enigste koelte wat daar hierdie tyd van die dag te vinde is, geniet.

"Jy gaan nou seker by jou pa woon, Martie?"

"Ja, my ma is 'n paar maande gelede oorlede. Hy is al wat ek nou nog het."

"Hoe is dit dan dat so 'n pragtige meisie soos jy nog nie getroud is nie?"

Sy kyk vererg na hom.

"Ag, moenie verspot wees nie! Ek is allerinins pragtig. Ek is 'n maer oujongnooi – dis al!"

"O nee, Martie, dit moet jy nooit sê nie. Jy is die prag-tigste mensie wat ek nog ooit teëgekom het. Ek is vreeslik eensaam hier. Ek wens . . ."

Sy staan vinnig op toe sy hand strelend oor haar arm gaan.

"Martie, jy moet jou tog nie bekommer oor jou wa nie. As ons dit nie regkry nie, neem ek jou met een van my eie waens weg."

Die hoendervleis slaan koud op Martie se arms uit ten spyte van die hitte. Pieter van Bergen is nou langs haar en sy gee vinnig pad toe sy hande strelend oor haar heupe gaan.

"Ek sal nie van jou aanbod gebruik maak nie, Pieter. Baie dankie in elk geval."

Martie verbaas haar vir haar eie woorde. Tot 'n paar sekondes gelede was sy nog heeltemal in die duister oor wat sy moet doen. Die besluit kom egter sommerso op die ingewing van die oomblik.

"Ek is heeltemal gelukkig en tevrede saam met Braam. Ons trek nou net met sy waens. Die kans dat ek hom langer sal ophou, is maar skraal. Ek sal egter bly wees as jy my osse ook hier kan hou. As ons dit nie binne 'n jaar kom haal nie, kan jy dit maar neem om vir die weiding te vergoed."

Braam kan nou maar vuur spoeg van kwaadheid, maar vir hierdie man sien sy nie kans nie! Martie byt op haar tande om hierdie gevoelens nie hardop te verwoord nie.

"Jy kan dit mos nie aan my wil doen nie! Ek het so daarna uitgesien om jou te vergesel. Ek sal goed wees vir jou. Ek is 'n ryk man. Jy sal nooit weer nodig hê om te werk nie . . .?

"Ekskuus!" Martie staar hom geskok aan. "Nou verstaan ek jou glad nie. Ek wil net op Grootfontein by my pa kom."

Martie kan sien dat haar woorde Pieter tot die werklikheid terugruk. Hy het natuurlik van gister af soveel drome gedroom en gesigte gesien dat drome en werklikheid nou heeltemal deurmekaar geraak het.

"Martie, vandat jy gister daar uit die wa geklim het, het ek geweet! Ek het geweet jy is die meisie op wie ek my hele lewe al wag."

"Ag, Pieter, jy was 'n getroude man tot twee jaar gelede. Moenie nou sulke snert praat nie. Enige vrou sal nou vir jou goed genoeg wees. Ek stel regtig nie belang nie."

"Nee, maar jy sien darem kans om saam met Braam Potgieter alleen in die veld te wees." Pieter se teleurstelling borrel oor sy lippe.

"Hy het hom nog die hele tyd soos 'n heer gedra."

"Ou Braam!" Pieter gooi sy kop agteroor en lag dawerend.

Martie se oë blits gevaarlik.

"Ja, Bráám! En wat is so snaaks daaromtrent?"

"Luister, my pop, almal ken vir Braam Potgieter. Hy is wild! Hy is deel van die natuur. Hy is so hard soos daardie kameeldoringboom se stomp. Gaan vertel vir iemand anders wat hom nie ken nie dat hy hom soos 'n heer gedra."

"Of jy dit nou glo of nie, ek sê vir jou dit is so."

Pieter staan nader en slaan sy arm styf om haar middel terwyl sy asem warm in haar nek kriewel.

"Hoekom die vreeslike partydigheid vir hom? Ek kan jou baie meer bied!"

"Ek het niks nodig nie, dankie." Sy kriewel onder sy arm uit en bevind haar dan met haar rug teen die muur.

Pieter is dadelik by haar en sy hande gaan al weer strelend oor haar heupe.

"Braam is 'n wilde, onopgevoede mens! Hy stoot alles wat in sy pad kom met geweld weg. Wanneer dit hom pas, sal hy jou net so aan die genade van die natuur uitlewer. En oppas wanneer hy die dag besef dat jy 'n vrou is! Dan wil ek sien hoe gedra hy hom soos 'n heer."

Die oorveeg wat Martie hom gee, klink soos 'n geweerskaat op die stil stoep.

"Jy is die laaste een wat aanmerkings oor Braam kan maak! En nou haal jy jou klouerige pote van my af!"

Pieter staan 'n oomblik verbaas terug en vryf oor sy wang. Martie se rooi wange en blitsende oë maak egter die jagtersinstink in hom wakker.

"En as ek nie wil nie, hm?"

"Ek sal vir Braam gaan sê."

Pieter kyk haar eers ongelowig aan en dan lag hy hard en lelik.

"Braam? Ek het 'n vermoede, my poppie, dat jy vir Braam 'n oorlas raak. Ek dink hy is maar te gretig om jou af te laai."

251

Die trane blink in Martie se oë.

"Jy is 'n mislike soort mens! Jy hoef ook nie eens my wa te laat haal nie, want ek sal nooit weer my voete op jou grond sit nie."

Sy stamp hom uit die pad, glip tussen sy grypende hande deur en storm met die trap af.

Braam is besig om die wa se bus te smeer waar hy gehurk by die voorwiel sit.

Martie se oë is groot en wild toe sy langs hom tot stilstand kom. Sy druk haar rug teen die wa en haar bors dein vinnig op en af. Sy hou haar kop agteroor en haal hortend asem soos sy sukkel om die wilde snikke te keer.

Braam kyk verbaas op en staan dan stadig op.

"Wat is dit?"

Martie haal sidderend asem en probeer haarself regruk. Sy het nie verwag dat Braam by hierdie wa sal wees nie; sy het sommer net gevlug.

Hy sit sy hande warm en vertroostend op haar skouers.

"Wat is dit, Martie?"

"Braam . . . kan . . . kan ons nie maar ry nie?"

"Ek ry mos môreoggend."

"Kan ons nie nou ry nie? Asseblief!"

"Nóú?"

"Asseblief, Braam. Kom ons ry sommer nou."

"Gaan jy dan nie hier bly nie?"

Sy skud net haar kop wild heen en weer.

"Jy is dan altyd so bang vir my. Hoekom laat glip jy nou die geleentheid om van my af weg te kom deur jou vingers?"

"Ek wil nie hier bly nie. Ek wil saam met jou gaan."

"Wat het gebeur?"

Sy stem is onverwags sag en teer en dit laat haar laaste bietjie selfbeheersing verdwyn.

'n Snikkie ruk uit haar bors los en dan druk sy haar kop

styf teen sy skouer vas. Sy arms gaan beskermend om haar en hy hou haar liggies vas totdat die snikke bedaar.

"Braam, ek sal jou mos nie meer ophou nie. Ons . . . ons los die osse sommer ook hier."

"Ek het mos nooit gesê jy moet hier bly nie, Martie. Jy en Pieter het so besluit."

"Nie ek nie! Ek het gedink jy het vir Pieter gevra om so 'n voorstel te maak omdat jy . . . omdat jy haastig is en graag van my ontslae wil raak."

Bruisende vreugde spoel deur Braam. Sy wil sowaar saam met hom verder gaan! Sy wil nie hier by Pieter agterbly nie. Sy arms span 'n bietjie stywer om haar en Martie kan die onreëlmatige slae van sy hart onder haar wang voel.

"Wat het dan tussen jou en Pieter gebeur?"

Die probleem is skielik weer wesenlik by Martie.

"Kan ons nie maar ry nie, Braam? Ek wil nie nog 'n nag hier slaap nie."

Braam kyk na die son en sug gelate. Hy laat haar onwillig gaan.

"Goed. Kry jy net die botter en groente en goed wat ons by Pieter gekoop het. Die skapie is darem al geslag; dit hang in die koeler. Pak dit sommer in jou wa. Ek sal solank vir Willem gaan roep om te kom inspan."

"Nee . . . nee, ek gaan nie alleen na daardie huis toe nie. Jy moet saam met my gaan."

Braam lag ongelowig af in die skraal gesiggie. Sy hande rus nog steeds liggies op haar boarms en sy moet effens agteroor leun om in sy gesig te kyk.

"Hy moet iets baie erg gewaag het dat jy glad by my kom hulp soek!"

Martie bloos, maar die knaende vrees van die afgelope vier en twintig uur is skielik weg en daar is net 'n stille vrede wat haar hele wese omvou.

"Ek gaan roep net gou die ander dat hulle die osse kan gaan haal." Braam los haar skouers en draai om.

"Ek . . . e . . . ek stap sommer saam met jou."

'n Lui glimlaggie speel om Braam se mondhoeke terwyl iets uitbundigs en onstuimigs in sy binneste losbars.

"Nou toe, kom, ou bange!"

6

"Ons sal teen namiddag op Otjiwarongo wees. Ek het goed om daar af te laai. Ons span gewoonlik sommer so half op die dorp uit."

Braam kom ry met sy perd langs die wa waarop Martie sit.

"O!" Sy klink verras. "Ek het nie geweet hier is 'n dorp so naby nie."

"Seker nie wat jy 'n dorp sal noem nie. Dis maar iets soos Omaruru: 'n winkeltjie en omtrent vyf huise. Die winkel is ook sommer die hotel. 'n Mens kan altyd daar bier en 'n bord kos kry."

Die afgelope tien dae trek hulle in stille harmonie. Die vrede van die veld het tussen hulle kom lê.

Die middag daar op Pieter se plaas het hulle ingespan en toe so drie uur lank getrek voordat hulle uitgespan het vir die nag. Martie kan nou nog die nuuskierigheid in Braam se oë sien as Pieter ter sprake kom. Sy kan mos darem nie vir hom vertel dat sy vir Pieter geklap het omdat hy aanmerkings gemaak het oor hom wat Braam is nie.

Daar is egter nou 'n vriendelike kameraadskap tussen hulle. Saans maak Martie vir hulle heerlike kos en dan gesels hulle ure lank om die vuur voordat hulle gaan inkruip.

"Dis môre Sondag." Martie sê dit so half versigtig. Sy

wens hy wil dit so bewerk dat hulle Sondae kan oorstaan. Dis vir haar so verkeerd om die Sabbat so te ontheilig.

"Ag, dit maak nie saak nie. Hierdie ouens maak hul winkels oop as daar klante is. Veral vir my. As ek hul voorrade bring, sal hulle twaalfuur in die nag ook opstaan."

"Dis nie wat ek bedoel nie."

Braam kyk haar fronsend aan en Martie sug. Sy is tog baie versigtig om hom nie verdere moeite te gee nie. Sy sal hom nie nou belas met haar gewetensbeswaar nie.

"Jy is darem 'n eienaardige mensie. Jy het 'n manie omtrent Sondae!"

"Maar dis die Sabbat. Gaan jy dan nooit kerk toe nie?"

"Ag, ek het altyd na die sendeling gaan luister en toe ek klein was, het my pa my so 'n bietjie vertel. Maar my pa was maar wild. Veral later jare. Hy kon 'n vaatjie bier uitdrink sonder om om te val!"

Martie kyk geskok na hom en Braam kyk verleë weg.

Sy manier van lewe het hom nog nooit gehinder nie. Dit het maar gevoel of dit so hoort, soos wat hy al die jare doen. As sy hom egter so geskok aankyk, lyk dit selfs vir hóm verkeerd.

Sy byt ingedagte op haar lip toe Braam sy perd in die sye kap en wegry. Sy lees nog getrou elke aand vir haar en Chrisjan uit die Bybel. Willem kom skuif ook nou saans om die vuur in. Hulle sing egter nie meer soos vroeër nie. Sy is altyd bang dat dit vir Braam sal hinder. Gewoonlik staan Braam op en stap 'n draai in die veld solank sy met die godsdiens besig is. Die afgelope tien dae, vandat hulle van Pieter se plaas weg is, bly hy egter ook saans om die vuur sit. Dit lyk nie juis of hy luister na wat sy lees nie. Tog is dit vir haar baie bemoedigend. Die een of ander tyd gaan daar wel 'n saadjie gesaai word.

Daar is so baie waarvoor sy die Here kan dank. Chrisjan se been is ook al feitlik genees.

Teen drie-uur se kant kom ry Braam weer met sy perd langs haar wa.

"Otjiwarongo lê net agter daardie koppie, ons kan so oor 'n uur daar wees."

Martie klim agter in die wa, borsel haar hare uit en maak haarself 'n bietjie netjies. Op die ingewing van die oomblik trek sy vir haar 'n skoon rokkie aan. Die geel rokkie hang fyn en vroulik in sagte voue tot op haar voete. Sy het die middeltjie al 'n bietjie verstel en dit pas haar nou netjies.

Die rokkie het ongelukkig lang moue en 'n hoë halsie soos die meeste van haar klere en dit maak haar benoud en warm. Sy het al van haar klere verstel wat sy op die pad dra sodat dit nie so warm moet wees nie. Met die eerste geld wat sy kan spaar, wil sy egter vir haar van koeler materiaal rokkies met kort moue maak.

Sy sien egter nie kans om in hierdie hitte kouse en skoene aan te trek nie. Die ruwe sandale word dus maar net met 'n lap afgevee.

Braam kyk verbaas op toe hulle onder die bome stilhou.

"Vir wie het jy jou so uitgevat?"

"Ag, ek is nie eintlik uitgevat nie. Ek het net 'n skoon rok aangetrek. Hier is darem vreemde mense!"

Braam grinnik en sy oë blink.

"Niemand besonders genoeg om jou voor uit te vat nie, hoor! Die ou winkelier is stokoud en so doof soos 'n kwartel!"

Martie kan die pret wat in haar opstoot nie keer nie en sy giggel saggies. 'n Kuiltjie duik in haar wang en haar oë vonkel ondeund.

"Hoekom het jy my nie eerder gesê nie? Dan sou ek nie soveel moeite gedoen het nie!"

"Toemaar, ek sal maar vir jou kyk – dan was al jou moeite nie verniet nie!"

Die skertsende woorde laat haar ongemaklik bloos en met verwondering kyk Braam na haar.

Sy pluk skaam aan haar rok en probeer die verleentheid wegpraat.

"Dis net so warm. Ek sal vir my koeler klere moet maak as ek in hierdie warm land van julle wil kom bly."

"Ja, die vroue wat hier bly, dra rokke met kort moue en sulke lae halse."

Martie kyk geskok op. Dit klink darem baie banaal.

Braam hou haar onderlangs dop en lag skaterend toe hy haar geskokte gesiggie sien.

"Hier sal jy nog baie dinge leer. Sulke kerkmense soos jy . . ."

"Sulke kerkgeraamtes!" help sy hom met 'n sedige gesig reg. Haar tergende oë maak sy gedagtes deurmekaar en hy vergeet skoon wat hy wou gesê het.

"Ek het jou gehoor! Ek was die aand in die kombuis daar by Klaus Stolz-hulle. Ek wou jou kom vra het of ek saam met jou kan trek."

" 'n Mens luister nie ander mense af nie. Dis baie lelik! Het jou pa dit nie vir jou geleer nie?"

"Ek sal dit nou nie juis afluister noem nie. 'n Mens kon jou op 'n afstand hoor! Jy praat nie altyd baie sag nie, weet jy?"

"Ek stap net gou oor na Lewis toe. Ek wil vir hom gaan sê hy kan maar sy goed laat aflaai."

Braam maak sy perd aan 'n boom vas en is al omtrent twee tree weg toe Martie se woorde hom tot stilstand bring.

"Braam, kan ek maar saamgaan? Ek het 'n paar goedjies nodig . . ."

"Ja, seker! Kom!"

Hy wag vir haar en verkort ongemerk sy treë om by haar aan te pas.

257

Ou Lewis lyk inderdaad stokoud. Hy is krom en vol plooie met verbleikte blou ogies.

Sy vrou lyk baie jonger as hy. Sy herinner Martie aan 'n kraaloog-voëltjie. Sy praat Afrikaans en Duits deurmekaar.

Sonder om te vra, tap ou Lewis vir Braam 'n groot beker bier.

"En jy, juffroutjie, wil jy ook bier hê?"

"Ag, nee wat, ou man!" Sy vrou praat hard hier by ou Lewis se oor. "Die juffroujie sal liewer 'n bietjie tee saam met my drink."

"Dankie, mevrou. Dit sal baie lekker wees!"

"Og, nein, tog nie mevrou nie! Ek is tannie Rosa. Niemand praat ooit hier van mevrou nie."

"Wel, dankie dan, tannie Rosa. Tee sal heerlik wees."

Ou Lewis gee vir haar 'n stoel oor die toonbank aan en Braam kom leun hier naby haar op die toonbank terwyl ou Lewis hom inlig omtrent al die nuus van die omgewing.

Braam verstaan die kuns om met die hardhorende ou man te gesels.

"Lewis, jou mense moet jou goed aandra. Ek kom nie vandag nader nie."

"Nee, dis goed. Laai hulle al af?"

"Ja."

Martie staan op en drentel deur die winkeltjie. Dit is tot oorlapens toe volgepak met alles waaraan 'n mens kan dink. Sy haal 'n stuk boerseep van die rak af, asook twee koekies lekkerruikseep. Dan kry sy vir haar nog medisyne, want hare begin skraps raak, en suiker en koffie. Sy het geen idee hoe lank hulle nog op die pad gaan wees nie. 'n Paar handgemaakte sandale, baie netjies en fyn afgewerk, trek haar aandag. Dis van sagte, gebreide leer gemaak – net die ding vir dié warm weer.

Sy wil so graag materiaal vir twee koel rokkies ook koop.

'n Vinnige berekening van haar geldsake laat haar egter daarteen besluit.

Daar is blykbaar nie juis meer winkels hoër op in die Noorde nie. Die een op Grootfontein hou net die heel noodsaaklikste goed aan.

Sy moet egter nog vir Braam betaal vir hierdie reis. Sy eet saam met hom en sy sal hom graag wil vergoed vir alles. Hy vervoer dan nou selfs haar goed met sy eie wa!

Met 'n suggie vee sy oor die sagte, syerige materiaal. Dit sal 'n heerlike koel rokkie maak. Tog sal sy maar liewer net dié sandale koop. Sy kan altyd haar ou rokkies verstel sodat dit nie so warm is nie.

Martie kom nie agter dat dit stil word in die winkeltjie nie. Ou Lewis het gaan toesien dat sy voorrade veilig in die pakkamer kom.

"Het jy alles gekry wat jy wil hê?" Braam praat skielik agter haar en haar hande verstil op die rol wit materiaal met die rooskleurige blompatroon.

"Ja, dankie. Ek dink ek het nou alles. Ek wil net gou hierdie sandale aanpas. Hulle is so sag."

"Watter materiaal wil jy hê? Tannie Rosa kan gou vir jou kom afsny."

"Nee . . . ek . . . ek wil nie materiaal hê nie."

"Jy sal nie by Grootfontein se winkel mooi materiaal kry nie. As ek jy is, koop ek dit liewer hier."

Haar ingebore eerlikheid maak dat sy nie sommer 'n blatante leuen kan vertel nie en sy struikel dus oor haar woorde.

"Nee, ek . . . ek het nie nou materiaal nodig nie. Ek het oorgenoeg rokke."

Braam raai onmiddellik wat haar probleem is.

"Jy het dan netnou gesê jy wil vir jou koeler rokke maak."

Blosend ontwyk Martie sy oë. Sy vat die sandale en gaan

259

sit op die stoel om dit aan te pas. Dit gee haar iets om mee besig te wees sodat sy hom nie in die oë hoef te kyk nie.

"Hulle pas net reg!" Sy hou haar voete effens uit en kyk dan op na Braam.

Sy oë lyk vreemd, sag en teer, en onverwags klop Martie se hart onstuimig in haar kuiltjie.

"Hoeveel materiaal het jy nodig vir 'n rok?"

"Ek . . . ag, Braam, ek kan dit nie nou bekostig nie! Ek moet jou nog betaal vir al die moeite en uitgawes wat jy met my gehad het. Ek het dalk nie eens genoeg geld daarvoor nie en die wa en osse wat ek jou kon aanbied, is nou ook uit my hande uit."

Braam sluk aan die knop wat so onverwags in sy keel kom. Hy kan etlike sekondes lank geen woord uitkry nie. Toe hy sy mond oopmaak om iets te sê, staan sy vinnig op en draai effens skuins sodat sy nie in sy oë hoef te kyk nie. "Ek het dit regtig nie nodig nie. Ek het baie klere. Ek sal dit verstel sodat dit koeler kan wees. Daar is ander dinge wat nou belangriker is."

Sy probeer desperaat om die gesprek te verander en stap na die anderkantste rakke toe.

"Ek wil juis nog medisyne ook koop. Ek wens ek het geweet wat my pa presies makeer sodat ek medisyne daarvoor kan kry. Jy weet nie dalk nie?"

Braam kyk haar stil aan. Hy hoor die trane in haar stem.

"Ek is nie seker nie, maar dit kan malaria wees."

Martie vlieg verskrik om en haar oë is groot en blink.

"Dink jy so? Ek was bang daarvoor."

"Martie . . ."

"Hm?"

"Jy skuld my niks nie. Ek wil geen betaling hê nie. Jy is mos nie moeite nie."

"O nee! Nee, Braam, dit sal nooit deug nie. Ek weet dat

ek jou opgehou het. Buitendien . . . ek eet jou kos en ek ry nou in jou wa ook."

"Jý maak die kos. Dit beteken vir my baie. Ek haat dit om kos te maak."

"Maar ek doen dit graag en dan voel ek nie so 'n oorlas nie."

"Hou op met daardie storie! Jy is nie 'n oorlas nie."

"Ek is, Braam! Jy het van die begin af geweet dit gaan gebeur en daarom het jy geweier om my saam te neem. Jy het gesê . . ."

"Nee, Martie, kom ek vertel jou die regte rede. Jy is so bang vir my dat jy kan neerslaan van vrees. Jy wil niks van my aanneem nie, want jy is bang dat ek dalk iets van jou sal terugeis. Ek sal niks van jou eis nie! Ek het darem ook menslikheid in my, al dink jy nie so nie!"

Sy sien die seerkry in sy oë en gee vinnig 'n treetjie nader aan hom.

"Braam, dis nie waar nie! Ek is nie bang vir jou nie – nie meer nie."

Haar oë pleit by hom en Braam kan die skielike gevoel wat hom wil oormeester nie verstaan nie. Hy wil haar styf teen hom vasdruk en daardie bewende lippe onder syne voel beweeg. Hy wil vir haar die hele winkel present gee. Sy moet net nie vir hom bang wees nie! Hy sal haar nooit leed aandoen nie.

"Hier is ons tee, kindjie." Tannie Rosa kyk nuuskierig van Braam na Martie en haar ogies begin vonkel.

Ou Braam Potgieter het sy hart verloor! Daarop sal sy hierdie winkeltjie en vir ou Lewis op die koop toe verwed. Sy is mos darem 'n vrou met sestig somers agter die rug. Sy ken daardie kyk in 'n man se oë . . .

"Braampie, het jy nou alles wat jy nodig het?"

"Ja, dankie, tannie Rosa. Martie wil nog 'n paar goed hê. Sy het dit daar uitgesit."

"Nee, dis reg."

Braam stap uit na ou Lewis toe en toe hulle later terug-kom, verkeer hulle druk in gesprek.

"Julle tweetjies eet seker vanaand hier by ons, Braam-pie."

Ou Lewis praat ook soos sy vrou van Braampie en dit bring weer 'n vonkeling in Martie se oë. Braam is so groot en grof dat 'n mens kwalik van hom in verkleinwoordjies kan praat!

Martie kyk na Braam wat stadig met haar glimlag.

"Ons kan maar. Ek eet egter deesdae so lekker, tan-nie Rosa. Martie maak saans vir ons kos en dis altyd baie smaaklik."

"Ag, dis goed!" Tannie Rosa vee liefderik oor Braam se swart hare en Martie verstom haar aan die toegeneentheid waarmee hulle hom behandel.

Tannie Rosa nooi vir Martie saam kombuis toe en al ge-selsend skil sy groente wat sy eenkant op die swart stoof sit.

"Dié Braam, hy is 'n groot, ruwe soort mansmens, maar hy het 'n baie goeie hart. Sy ou pa was 'n wilde esel van 'n mens. Hy het hier aangekom met die klein ou seuntjie. Sy vrou is op pad hiernatoe dood. Nooit weer getrou nie. Die ou seuntjie maar so alleen-alleen grootgemaak. Arme kind, hy het ook maar min liefde in sy lewe geken. Sy pa was so . . . ag, jy weet tog hoe kan mans soms wees."

Martie luister geïnteresseerd na tannie Rosa. Die ouer vrou is uitgehonger vir gesels en gun haar nie 'n woordjie tussenin nie.

"Hy het al baie vir ons gedoen, dié Braampie! Ons enig-ste seun is op 'n jagtog deur 'n leeu aangeval en gedood. Braam het ons kom haal en ons weer teruggebring. Hy het hier gebly en gesorg dat alles weer glad verloop voordat hy terug is na sy plaas toe."

"Was tannie Rosa al op sy plaas?"

"Ja, ons was al daar. Dis groot en mooi! Braam is 'n netjiese boer. Sy ou pa het later jare nie juis veel gedoen nie. Braam boer maar so alleen."

"Was sy pa dan siek?"

" 'n Mens kan seker maar so sê. Die ou het die afgelope jare baie gedrink en die drank het hom maar later onder die grond ingekry."

"Die arme man! Dis seker maar eensaamheid wat hom daartoe gedryf het, tannie Rosa."

"Ja, ek het ook so gedink. Hy was baie lief vir sy vrou. Het altyd baie van haar gepraat. Hy was 'n goeie pa vir Braampie toe hy nog klein was, verantwoordelik gevoel vir hom. Hy het nogal 'n bietjie geleerdheid gehad, ou Groot Braam. Hy het die kind geleer lees en skryf en so aan. Toe hy egter later besef dat Braampie nou na homself kan kyk, het hy maar boedel oorgegee."

"Het tannie Rosa nog nooit my pa ontmoet nie?"

"Nee, kindjie. Ek het net al gehoor dat mense wat van daardie wêreld af kom baie oor hom praat. Hulle is lief vir hom. Hy is 'n goeie mens."

Die ete saam met die Lewisse is heerlik. Martie betrap egter 'n paar keer tydens die ete Braam se blik op haar. Sy kan dit glad nie peil nie. Sy oë is sag en teer maar verder onleesbaar.

Ná die gesprek met tannie Rosa is Martie se hart vol jammerte vir Braam. Arme eensame mens wat nog nooit die liefde en versorging van 'n vrou geken het nie!

Dis al laat toe Braam lui opstaan en hom behaaglik uitrek.

"Ons moet teruggaan, tannie Rosa. Die kos was heerlik."

"Vat 'n lamp, Braampie. Daar is nie 'n maan vanaand nie. Julle kan dalk val."

"Nee wat, dankie, tannie Rosa. Ons sal regkom."

"Jy dalk, maar Martie kan nie soos 'n uil in die nag sien nie!"

"Ek sal haar sommer dra!"

Martie lag verleë.

"Jy is skoon verspot. Ek wil net my goedjies kry en gou daarvoor betaal."

"Ek het dit oorgestuur na die wa toe, Martie." Tannie Rosa pomp aan haar ou wederhelf en verduidelik waaroor die gesprek gaan.

"Wat skuld ek oom Lewis?" Martie praat by sy oor en wys na die geld.

"Niks! Dis 'n presentjie vir jou. Braam wil nooit iets hê nie. Hy sê altyd hy het genoeg van alles. Nou kan ek vir jou iets gee."

"Ag, nee, oom. Ek kan dit mos nie doen nie." Sy kyk hulpsoekend na tannie Rosa.

Tannie Rosa druk egter net haar hand saggies.

"Natuurlik kan jy dit vat. Jy het dan heelmiddag na 'n ou vrou se stories geluister."

Martie kyk skepties na Braam wat kastig baie doenig is met iets in die verste hoek van die vertrek.

"Braam – het jy vir my inkope betaal?"

"Ek? Nou hoekom sal ek so iets doen? Jy wil tog niks van my hê nie."

Martie is glad nie gerusgestel nie. Sy ken darem ook 'n winkelier. Oom Lewis kry min genoeg klante; hy sal nie sommer vir enigeen goed present gee nie. Dan kan hy mos maar sy winkel toemaak.

Oom Lewis verander die gesprek vinnig. Hy kan nie hoor wat hulle alles praat nie, maar Braam het hom die dood voor die oë gesweer as hy laat deurskemer dat dit Braam is wat vir die goed betaal het.

Hy trek sy skouers gelate op. Besigheid is besigheid. Hy gee nie om wie betaal vir die goed nie.

"Ons wil sommer groet ook. Ons sal môre vroeg moet roer en sal julle nie weer sien nie."

"Maar, Braam! Dis dan môre Sondag." Tannie Rosa is sommer ontsteld. As die kinders môre ook nog oorstaan, is daar darem geselskap vir nog 'n dag. Die jonge Martie is dan so 'n aangename kind.

Braam sug en kyk na Martie wat kop onderstebo angstig wag vir sy antwoord.

"Hier is nie weiding vir die osse nie. As ek 'n dag oorstaan, moet daar darem ordentlike weiding en water wees om dit die moeite werd te maak."

"Ja, dis ook weer waar." Tannie Rosa het al geleer om nie te kef oor 'n saak nie. Sy aanvaar dus maar die uitspraak gelate.

"Nag, Braampie. Nag, Martie-kind. Ek hoop jou pa is heeltemal gesond as julle daar kom. Jy moenie jou so bekommer oor hom nie." Sy groet hulle elkeen met 'n klapsoen.

"Nag, tannie Rosa. As ek ooit weer hier verbykom, kom slaap ek 'n nag hier by tannie-hulle. Daar is nog so baie waaroor ons moet gesels," groet Martie die dierbare ou tante.

Die waens staan 'n goeie twee of drie honderd tree van die winkel af. Dis pikdonker en toe Martie die tweede keer struikcl, steek Braam sy hand uit en vat hare stewig vas.

"Jy gaan val. Ek kan goed sien in die nag."

Martie voel veilig met haar hand so in syne en sy is dankbaar dat dit donker is sodat hy nie die verraderlike blos op haar wange kan sien nie.

Die smal handjie in syne maak 'n vreemde teerheid in Braam wakker. Sy is klein en broos en hy wil haar net altyd beskerm. Hy wens sy wil hom toelaat om meer vir haar te doen. Sy is so koppig!

265

"Dis darem drukkend warm. Ek het gedink dit sal koeler word as die son sak."

Martie knoop 'n geselsie aan om die wilde klopping van haar hart te probeer stil. Sy weet nie wat skielik met haar aangaan nie. Haar hart klop onstuimig in haar borskas en sy is vreeslik bewus van Braam se nabyheid.

"Hier is reën aan die kom."

"Ag, nee!"

"Hoekom sê jy so? Ons is dan altyd dankbaar vir reën."

"Maar jy wou dan by jou huis gewees het voor die reëntyd?"

"Dis darem nie die ergste nie. Dis net as dit baie en aanmekaar reën dat 'n mens sukkel met die waens. Jy val vas en so aan."

"Braam!" Sy gaan staan en draai na hom toe. "Jy moet my belowe dat jy my sal toelaat om te betaal vir hierdie tog."

"Hoekom? Jy is niks aan my verskuldig nie. Ek kan jou mos nie laat betaal omdat jy my waspore gebruik het nie."

"Ja, maar jy het soveel ongerief en probleme met my gehad. Jy sorg selfs vir my en nou ry ek nog in een van jou waens ook."

"Jy het dan nie eens geld om vir jou 'n stukkie materiaal te koop nie!"

"Ek het genoeg om jou te betaal. As dit nie genoeg is nie, sal ek by my pa nog kry."

Braam skud net sy kop en wil weer aanstap, maar Martie se stem is dringend en sy staan 'n treetjie nader sodat sy sy gesig kan sien.

"Jy moet my belowe, Braam. Anders . . . anders kan ek nie verder van jou goedheid misbruik maak nie."

"En as ek nie belowe nie, wat gaan jy dan doen? Hier bly?"

"Ja, en my pa laat weet dat hy my hier moet kom haal.

Ek kan nie so sonder skaamte wees nie. Ek het my sommer aan jou opgedring van die begin af."

"Goed, ek belowe." Hy sê dit egter tergend en tong in die kies. Martie voel glad nie gerusgestel nie.

"Braam, ek is ernstig!"

"Ek ook! Onthou net, ék bepaal die prys."

"Ja . . . Ja, natuurlik."

"Goed, dan verstaan ons mekaar."

Sy hand sluit weer vaster om hare en hy fluit 'n vrolike deuntjie terwyl hulle die laaste entjie na die waens toe stap.

Die volgende oggend met sonop is hulle al in die pad. Teen tienuur roep Braam egter halt en beduie vir die touleiers dat hulle onder 'n groot maroelaboom moet uitspan. Die ongeloof op Willem se gesig is lagwekkend en Martie byt hard aan die binnekant van haar kieste.

Braam lag egter hardop vir Willem se ongelowige gesig.

"Dis Sondag vandag, Willem. Ons rus vandag."

"Sondag?"

"Ja, Willem. Ons het mos nou 'n vrou wat ons regeer, jong! Sy sê dis verkeerd om op 'n Sondag te trek."

"O!" Martie kan egter sien dat Willem nog steeds nie die kloutjie by die oor kan bring nie.

Sy lag opgewek en dankbaarheid maak haar oë blink en sag.

"As julle klaar uitgespan het, Willem, sal ek vir julle kerk hou. Dan sal ek vir julle vertel van Sondag en hoekom 'n mens dan moet rus."

Martie glimlag breed met Braam en steur haar nie aan die ondeunde glinstering in sy oë nie. Sy hoop hy kom luister ook, sodat hy ook kan hoor waaroor dit alles gaan.

Sy neurie saggies terwyl sy met die werkies om die kamp help. Sy is stil en eerbiedig dankbaar vir hierdie Sondag waarop hulle kan rus en dit soos 'n Sabbat heilig.

Dis heerlik koel onder die bome en Martie gaan sit met haar Bybeltjie op haar skoot op een van die veldstoeltjies.

Chrisjan, Willem en selfs die twee Ovambo's wat weinig Afrikaans verstaan, kom skuif eerbiedig in 'n kring om haar in.

Sy sien uit die hoek van haar oog hoe Braam nog by sy wa doenig is. Sy wag nie vir hom nie; dalk wil hy nie hierby betrokke wees nie. In haar mooi sagte stem begin sy vir hulle die skeppingsverhaal vertel. Kort-kort lees sy 'n versie uit die Bybel en verduidelik dit dan so eenvoudig moontlik vir hulle. Meer uit aanvoeling as iets anders kom sy agter dat Braam iewers agter haar moet wees. Sy maak egter of sy nie bewus is van sy teenwoordigheid nie. Hy moet tog nie die idee kry dat sy vir hom wil preek nie.

Hulle sing 'n eenvoudige liedjie wat Willem ook ken. Dan sluit sy haar oë en dank die Groot Voorsiener dat Hy hulle veilig tot hier gelei het. Almal luister eerbiedig en met geslote oë na haar kinderlik opregte gebed.

Sy draai baie ongemerk skuins en loer deur haar wimpers. Sy kan Braam se groot gestalte duidelik sien waar hy rustig teen die boomstam aanleun.

"En baie dankie, Heer, dat U vir Braam oor my pad gestuur het. Dankie dat hy so geduldig is met my en ons soveel help. Sonder hom sou ek nooit by my bestemming uitgekom het nie. Bewaar hom asseblief, Here. Dankie dat U vir Chrisjan gesond gemaak het. Wees verder met Willem, Filemon en Samuel. Amen."

Toe sy haar oë oopmaak, staan Braam stil na haar en kyk. Dit laat 'n warm blos in haar wange opstyg. Etlike oomblikke hou hy haar blik gevange. Daar is 'n vreemde, peinsende uitdrukking in sy oë wat haar ongemaklik oor haar hare laat vee.

Chrisjan, Willem en die twee Ovambo's stap al geselsend terug na hul kampplek. Martie staan vinnig op om haar By-

bel te gaan bêre en net weg te kom van Braam se broeiende
oë af.

"Ek gaan vandag vir jou lekker kos maak. Tannie Rosa
het vir my groente gegee en as jy solank vir ons vuur maak,
bak ek vir ons 'n potbrood." Sy praat vinnig om haar self-
bewustheid weg te steek.

Hy antwoord haar nie, maar vang net haar hand vas toe
sy by hom verbykom.

"Dankie!" Sy stem is hees en laag en Martie kyk verbaas
na hom.

"Waarvoor?"

"Dat jy vir my ook gebid het. Ek is so 'n ou sondaar . . ."

7

Die weer bly drukkend warm. Teen Donderdag begin die
donderwolke op die horison saampak.

Braam loer kort-kort bekommerd na die horison. Hy
skerm met sy hand bokant sy oë en kyk met 'n kennersoog
na die dreigende blou wolke.

Die diere word genadeloos aangejaag. Hulle moet 'n ge-
weldige pas handhaaf.

Martie kan die spanning aanvoel en sy klim later van die
wa af en gaan stap voor langs Braam.

"Gaan dit gou reën?"

"Hier is 'n groot storm aan die kom."

"Wat gaan jy nou maak?"

"Ek probeer by die uitspanplek kom voordat die storm
losbars. Daar is 'n bietjie beskutting vir die osse en 'n lek-
ker fontein waar hulle kan suip."

"Is dit nog ver?"

"Nie so baie ver nie. Ek wil juis nou vooruit ry en takke

gaan soek sodat ons vir die osse 'n kraal kan maak. Hulle raak soms verbouereerd as die weer so swaar is en hardloop dan die veld in."

Hy bly staan en wag dat die wa waaraan die perd vasgemaak is, moet verbykom. Hy maak die teuels los en kyk na Martie.

"Wil jy saamgaan? Dan kan jy help takke aansleep."

'n Glimlag breek oor haar gesig oop. Dit sal heerlik wees om iets nuttigs te doen. Sy voel juis nou met die naderende storm opnuut skuldig omdat sy Braam so opgehou het.

"Ja, dankie, ek sal graag wil help."

Braam se hande span om haar middel en met gemak lig hy haar op die perd. Haar rok is wyd en sy swaai haar been oor die perd se rug sodat sy gerieflik kan sit.

Braam skuif agter haar in en sy arms rus liggies op haar heupe toe hy die teuels vasvat. Sy skuif vaster teen hom aan totdat sy gemaklik sit. Sy lyf voel groot en stewig hier agter haar. Sy kan die hitte van sy liggaam deur haar rok voel.

"Willem, ons gaan solank 'n kraal maak by die uitspanplek. Sorg dat julle so vinnig moontlik kom – hierdie weer is op ons."

Die ritmiese galop van die perd laat Braam se arms stywer om Martie se middel span. 'n Milddadige gevoel van eenwees met hierdie groot man vul haar binneste.

Hy is anders deesdae. So . . . so goed; so sag, soms byna teer. Sy wens sy kan meer dinge vir hom doen, hom so 'n bietjie bederf! Hy het gisteraand glad gekla dat sy hom te veel kos gee. Hy sê sy voer hom soos 'n dier wat op hok staan.

Sy kyk af na die groot hande hier voor haar. Hulle is sterk en bruin gebrand deur die fel Suidwesson.

Haar gedagtes dwaal so ver van die werklikheid af dat sy 'n oomblik nie besef wat sy doen nie. Sy sit haar hand op

270

syne en vryf ingedagte die swart haartiies op sy hand met haar duim.

Braam buk vorentoe sodat sy warm asem in haar nek kriewel. Sy gesig is hier by haar wang.

"Hm?"

Martie skrik wakker uit haar dagdroom. Sy voel 'n yslike gek! Hy dink seker sy wil sy aandag op iets vestig.

Wild soek haar oë rond na iets wat sy aan hom kan uitwys. Daar is egter niks in die onmiddellike omgewing wat vreemd of snaaks is nie. Sy draai haar kop effens en 'n lam gevoel kom lê op die krop van haar maag. Sy glimlaggende gesig is 'n asemteug van hare af! Sy oë is sag, vraend en sy kan hom net stil en effens kortasem aanstaar. Opgewonde, maar tog ook 'n bietjie paniekerig, sien sy iets in sy oë wat sy nog nooit daar gesien het nie. Dis iets so anders, so vreemd dat sy dit glad nie 'n naam kan gee nie: iets tussen hartstog en teerheid, iets baie broos en delikaat.

Sy dwing haarself tot rasionele denke. Hulle moet nog lank saam op die pad wees. Sy kan nie toelaat dat hul verhouding 'n ander wending neem in 'n oomblik van aangetrokkenheid nie.

Sy lag saggies en leun stywer teen hom aan terwyl sy haar kop weer draai sodat sy voor haar kan kyk.

"Ek het altyd so saam met my pa gery. Ek het dan sy hande hier voor my vasgehou. Ek was nou 'n oomblik in 'n wêreld van my eie en het skoon vergeet dat dit nie saam met hom is wat ek ry nie."

Braam sit teleurgesteld regop. Sy asemhaling is hard en onegalig. 'n Kort oomblik was daar tog iets in haar oë. Iets teers – soos liefde?

Hy sug, maar toe hy weer na haar kyk, sien hy die verraderlike blos op haar wange. Met 'n sagte laggie span sy arms stywer om haar en hy trek haar baie styf teen hom vas.

"Nou toe, verbeel jou maar dis jou pa. Verlang jy baie na hom?"

"Ek is so bekommerd oor hom. Ek bid net elke dag dat hy tog nog daar moet wees, en dat hy gesond moet wees."

Braam laat rus sy wang teen haar hare en dit ontlok 'n vloedgolf van emosie in haar.

"Dis darem nie meer lank nie. Ons behoort volgende week daar te wees as alles goed gaan."

"Regtig?"

"Ja. Ek sal maar instaan vir jou pa totdat ons daar kom. Jy moet maar kom troos soek as dinge vir jou te veel word."

"Dankie, Braam." Haar stem sterf weg in 'n fluistering toe sy lippe saggies teen haar slaap beweeg. Met 'n suggie ontspan sy teen hom en sit albei haar hande op syne.

'n Rukkie later trek hulle fluks doringtakke nader en maak 'n kraaltjie teen 'n klompie rotse wat lekker skuiling bied. Die lug is heeltemal toegetrek en skewe blitse maak blink strepe deur die bloupers lug teen die tyd dat die waens eindelik daar aankom.

Martie werk kliphard saam. Terwyl die mans uitspan, maak sy die waens se seile vas en bêre die losgoed binnein. Sy draf later nader en help om die osse in die kraaltjie te kry. 'n Windvlaag jaag fyn klippies teen haar rok vas. Sy sleep eers gou nog takke nader om die opening van die kraal mee toe te maak. "Jy moet hardloop, die reën is hier!" skree Braam hard bokant die geraas uit.

Sy hardloop vinnig na haar wa toe terwyl groot reëndruppels in die stof neerplof.

Die storm duur lank en is hewig. Dit voel vir Martie later soos ure wat sy daar in die benoude tent is. Dis feitlik donker binne, maar kort-kort verlig 'n krakende blits die hele omgewing glinsterwit.

Die bome keer gelukkig die ergste aanslae van die reën weg van die waens. Die ergste onweer trek darem later verby. Dit reën nog hard, maar nie meer met soveel geweld nie. Martie trek die seil agter oop om 'n bietjie vars lug te soek en sien net betyds hoe Braam, met Willem kort op sy hakke, in die rigting van die osse se kraaltjie hardloop.

Dit reën nog te hard om uit te klim en sy sal ook net in die pad wees. Sy moet maar bly waar sy is. Sy wag geduldig totdat die reën ophou voordat sy vies-vies uit haar wa klim. Sy trek haar skoene uit en bind 'n band om haar heupe sodat sy haar rok 'n entjie kan optrek. Met haar kaal voete plas sy deur die water. Dit sal maar 'n gesukkel wees om vanaand 'n vuur aan die gang te kry, maar Braam het gelukkig 'n bietjie hout agter in die een wa gegooi voordat die storm losgebars het.

Op 'n groot, plat klip waar die water gou afgeloop het, maak sy later vuur. Sy sal maar kos maak en dit warm hou, want as hierdie droë hout uitgebrand is, is daar nie nog nie. Sy gaan haal vir haar 'n stoeltjie en kom sit by die vuur sodat sy 'n ogie oor die kos kan hou. Braam is nog steeds weg en sy loer later bekommerd in die rigting waarin hulle verdwyn het. Daar het seker van die osse uitgebreek.

Dis al later heeltemal donker en nog steeds is daar geen teken van Braam nie. Toe die kos gaar is, skuif sy dit eenkant op 'n paar groot klippe en krap van die warm kole onder dit in. Sy skink vir haar nog koffie in. Arme Braam! Hy is seker nou al baie koud en nat. Hy het nog nie eens 'n bietjie koffie gedrink nie. Sy wonder skielik of hulle nie dalk by die kraaltjie besig is nie. As hulle daar werk, kan sy mos maar vir hom koffie neem.

Sy spoel haar hande en voete in 'n poeletjie af en trek haar ou sandale aan. Met die lamp hoog voor haar stap sy na die kraal toe. Filemon sit by die kraal, maar verder is daar geen sterfling te sien nie. Martie probeer uitvis waar die ander is, maar Filemon kyk haar net verlore aan. "Meneer Braam!" sê sy naderhand onredelik ongeduldig.

273

Dit verstaan Filemon darem en hy beduie in 'n rigting agter die rotse.

Martie klouter oor die groot rotse en hou dan weer die lamp bokant haar kop.

"Braam! Braam! Chrisjan!"

In haar angstigheid dwaal sy verder en verder weg. Sy roep en roep, maar net die veldstilte en die geraas van die krieke en paddas wat ook nou aan die koor deelneem, begroet haar. Sy draai om en stap terug, die lamp nog steeds soos 'n fakkel voor haar. Die lig val egter in 'n kring om haar en sy kan nie verder as 'n paar treë voor haar sien nie.

Ná 'n rukkie gaan sy staan. Sy behoort nou al by die kraal te wees. Sy draai haar kop effens skuins, maar daar is geen gebulk of gesteun van die osse nie. Sy lig die lamp weer so hoog moontlik. Dis egter net die nat, donker bosse wat haar omring.

"Filemon!" Sy sit die lamp neer en hou haar hande bak voor haar mond. Sy wag, maar daar is geen antwoord op haar dringende geroep nie.

"Braam! Waar is julle?" 'n Noot van histerie slaan deur in haar stem.

Sy tel die lamp op en draai al in die rondte.

Dan dring die verlammende besef tot haar deur dat sy haar rigting heeltemal byster is. Daar is ook nie eens sterre of 'n stukkie maan te bespeur in die toegetrekte lug nie.

Vreesbevange gaan sy staan. Dit sal haar nou niks baat om sommer net in 'n rigting te begin stap nie. Die kans is dan soveel groter dat sy net verder en verder van die waens af sal wegdwaal.

Skielik is die naggeluide hard en vreesaanjaend om haar.

Sy sluk benoud. Sy sal nie histeries word nie! Dit gaan haar niks in die sak bring nie. Braam sal haar kom soek! Sodra hy by die kamp kom en sien sy is nie daar nie, sal hy haar kom soek. Sy moet net vir haar 'n beskutte plekkie kry waar sy kan sit en wag. Hierdie positiewe gedagtes maak haar 'n bietjie rustiger. Sy hou weer die lamp in die lug op en soek om haar na 'n plekkie waar sy kan gaan sit. Sy beweeg tien tree vorentoe en toe sy nie 'n geskikte plek kry nie, gaan sy terug na waar sy begin het en beweeg in 'n ander rigting.

Ná die derde probeerslag sien sy 'n groterige, donker kol 'n entjie vorentoe. Sy tel haar treë tot daar. Dankie tog! Dis 'n taamlike groot rots waarteen sy met haar rug kan sit sodat sy darem nie vir gevaar van agter hoef te vrees nie. Sy gaan sit teen die rots en draai die lamp laer. Die olie moet hou sodat sy die ongediertes vannag hier kan weghou. Sy skuif die lamp versigtig onder die beskutting van die oorhangende rots in sodat die vlammetjie nie doodwaai of doodreën nie. Alles om haar is sopnat. Sy ril liggies en vryf oor haar arms. Haar rokkie voel baie dun, al het dit lang moue. Die luggie wat nou oor die nat aarde trek, is nogal koel.

Sy wag gespanne, luisterend, of hulle nie dalk na haar roep nie.

Groot druppels reën begin weer neerplons en trek sommer onmiddellik deur die dun materiaal van haar rok.

Ag, nee! Martie kreun hardop en maak haar lyf skraal agter die rots. Die oorhangende gedeelte is egter te laag en sy kan nie daar inkruip nie.

Die druppels val vinniger en sy rol haarself in 'n bondeltjie op. Dalk kan sy so keer en darem voorlangs droog bly. As dit ophou reën, kan sy dan met haar nat rug teen die rots sit.

Dis 'n harde maar vinnige buitjie reën wat nou uitsak.

Sy is deurnat tot op haar vel en haar hare klou nat en slierterig om haar kop vas. Haar rokkie kleef aan haar liggaam en kort voor lank bibber sy van die koue.

Sy is later vol krampe van die inmekaar sit. Sy staan op

en stap 'n paar treë vorentoe en weer terug na waar die lamp nou flou brand – haar enigste baken!

Die hongerpyne knaag aan haar en sy dink hartseer aan die potjie kos wat so geurig geruik het en nou op die harde kameeldoringkole warm gehou word. Sy krul haar maar weer in 'n bondeltjie op en druk haar kop op haar knieë. Sy probeer haar gedagtes vry maak van kommer en haal so egalig moontlik asem. As sy 'n bietjie kan slaap, sal hierdie nag dalk nie so eindeloos lank wees nie. Sy sal dit nie kan waag om na die kamp te gaan soek voordat dit lig is nie.

'n Jakkals skree 'n entjie van haar af en dan antwoord sy maat sommer hier naby haar.

Die vrees bekruip haar weer stadig en laat trek haar maag op 'n knop. Die geluid van die paddas en krieke klink skielik oorverdowend om haar. Sy sal mos nooit vir Braam hoor as hy na haar roep nie!

"Braam! Braam!" Sy gil die woorde hard uit, histerie is stadig besig om in haar stem te kruip.

Waar bly hy dan? Sy sit al ure lank hier teen die rots.

Die lamp flikker-flikker en Martie kyk bekommerd na die vlammetjie wat net wil doodgaan. Sy het lanklaas olie in die lamp gegooi, want sy gebruik dit nie dikwels nie. Sy steek sommer saans 'n kers op. Die vlam flikker nog een keer en dan is dit net die reuk van olie wat in die lug bly hang.

Sy knyp haar oë styf toe en probeer bid. Sy sê versies uit die Bybel op om haarself moed in te praat, maar steeds bly die vrees aan haar klou.

'n Leeu se gebrul laat haar vinnig regop spring.

Ag, Braam! Waar is jy dan? Sy sug moedeloos. Die knaende, vretende gedagtes wat sy tot nou toe so met mening op die agtergrond probeer druk het, kom staan nou lewensgroot en pertinent hier voor haar en weier om verder geïgnoreer te word. Die gebrul van die leeu vee alle weerstand weg. Hoekom is Braam nog nie terug nie? Hy het seergekry! Dis donker en hier is leeus! Braam . . . dierbare, wonderlike, groot Braam lê iewers in pyn . . . of dalk dood! Die vreeslike storm! Die blitse . . . die nat rotse . . . die leeus!

Paniek maak haar desperaat en sy hardloop die donkerte in. Haar voet haak aan iets vas en sy val in 'n poel modderwater. Die skrik en die koue water verdryf die laaste bietjie rasionele denke. Sy spring op en hardloop huilend vorentoe om deur 'n groot bos gestuit te word. Haar rok skeur toe sy dit losruk. Sy spring om en hardloop in 'n ander rigting, net om weer hard met die grond kennis te maak. Dan bly sy doodstil lê.

Stadig breek die grys newels om haar oop. Martie staar voor haar uit. Sy het geen benul waar sy is nie. Sy lig haar hand op en vee oor haar gesig. Sy voel iets klams en taais. Sy bring haar hand nader aan haar oë en kyk verward na die donker taaierigheid aan haar hand. Haar kop sak terug en 'n lang ruk lê sy doodstil met die grys newels wat kom en gaan om haar. Stadig dring die afgelope klompie ure se gebeure tot haar bewussyn deur.

Sy lig weer haar hand op en kyk daarna. Sy kan haar hand nou duidelik sien! Styf en seer lig sy haar hande en probeer regop sit.

Met meer konsentrasie vat sy weer aan haar gesig en kyk dan na haar hand. Dis modder! Die bosse en omgewing is ook helder sigbaar.

Dankie tog, die donker nag is verby!

Braam! Waar is Braam? Skielik is die nag se paniekerigheid weer in haar.Wat het van Braam geword? Hy kon haar tog nou al gekry het. Hy moes baie lankal terug by die kamp gewees en gesien het sy is nie daar nie.

Sy maak haar hande bak voor haar mond om na hom

277

te roep. Dan sien sy die rots en laat sak weer haar hande. Miskien moet sy maar daar opklim en kyk of sy nie kan agterkom waar sy is nie. Dit help nie om haar asem te staan en mors met 'n onnodige geskree nie.

Moeisaam en styf klouter sy op die rots. Haar kop klop met hamerslae. Sy voel versigtig met haar vingers daaroor en voel die knop. Dis so groot soos 'n duifeier en baie gevoelig.

Sy tuur na alle kante toe. Sy staan 'n hele rukkie op die rots en probeer onthou waar hulle behoort te wees. Dan dring dit tot haar deur: die son het mos reg voor die waens ondergegaan. Sy skud haar kop liggies. Dit sal ook nie juis veel help nie. Sy het geen benul in watter rigting sy afgedwaal het nie.

Die bui reën gedurende die nag het die spore wat sy gisteraand in die modder gelaat het ook nog uitgewis.

Sy klouter van die rots af en staan verdwaald rond. Sy sal eenvoudig 'n hoë uitkykpunt moet kry. Sy kan nie te ver van die kamp af wees nie: sy loop seker maar net in sirkels.

Angs gee haar krag. Sy móét by die kamp kom sodat hulle na Braam kan gaan soek.

Die enigste klimbare boom in die omgewing is haar volgende doelwit. Sy trek haar rok so hoog moontlik op en klouter soos 'n bobbejaantjie in die boom.

Sy tuur om haar rond. Dis egter net die stil, groen veld wat haar in die eerste sonstrale begroet.

Sy vervat haar greep op die tak en draai stadig na links. Ook niks nie! Sy draai na die ander kant toe, maar die digte bosse en bome versper haar uitsig. Moedeloosheid wil haar oorweldig.

Sy klim af en draai haar lyf 'n bietjie om vastrapplek te kry, toe sy skielik iets wits sien beweeg. Sy vee oor haar oë, skud haar kop en draai dan meer na daardie kant toe. Dis egter nou weg. Sy is amper seker sy het iets witterigs vinnig gesien kom en gaan! Sy tuur angstig in daardie rigting. Die fris oggendluggie beweeg die blare van die bome en dan . . . daar sien sy dit weer!

Huilend klim sy uit die boom. Die geluid van skeurende materiaal dring glad nie tot haar deur nie. Sy ruk net hard aan die halsstarrige rok wat nog aan die takke wil vasklou. Snikkend hardloop sy vorentoe. Dis die waens! Dit móét die waens wees!

Sy, Chrisjan en Willem moet dadelik na Braam gaan soek. Dalk weet hulle al wat van hom geword het. Miskien het hulle al deur die nag na haar kom soek en sy was bewusteloos en kon nie op hul geroep antwoord nie!

Braam kom by sy wa uit. Hy het net nog patrone kom kry om dan weer sy soektog na Martie voort te sit.

Toe hy en Willem gisteraand eindelik weer die osse almal in die kraal gehad het en by die kamp aankom, was sy nie hier nie. Hy het gedink sy is maar in haar wa en dat sy dalk aan die slaap geraak het. Ná 'n uur het hy egter onrustig geraak. Hy kon sien sy het ook nog nie geëet nie, want die kos het nog onaangeraak op die vuur gestaan.

Hy het geroep en toe in haar wa gaan kyk, maar daar was alles stil. Hy is dadelik kraal toe en Filemon sê toe dat sy daar was en met die lamp in 'n suidelike rigting gestap het om na hom, Braam, te gaan soek.

Hulle soek al die hele nag. Hy het later die ander gestuur om te gaan rus, hulle moet maar wag totdat dit lig is. Sy het beslis iewers seergekry, anders sou sy hulle gehoor het. Hy het selfs al 'n paar skote afgeskiet. Hy het homself nie eens die tyd gegun om te eet of selfs koffie te drink nie. Die donker, maanlose nag het dinge ook net vererger.

Huilend en strompelend kom Martie om die plaat bosse. Daar staan die drie waens lewensgroot! Uitdagend en tog ook vriendelik, asof hulle geen ongerief deur die storm ondervind het nie.

279

Sy strompel vorentoe en die honderdste keer haak haar voet aan iets vas en haar slap knieë vou onder haar in.

Braam sien die beweging agter die bosse, maar voordat daar iets in sy moeë verstand kan registreer, val die modderbesmeerde wesentjie lankuit in die sagte, modderige grond neer.

Die geweer val kletterend uit sy bande en met 'n paar lang treë is hy by haar. Twee groot hande vou om haar arms en lig haar regop sodat sy op haar voete staan.

"Martie! Martie . . . meisiekind! Waar was jy!" In sy angstigheid en oorweldigende verligting besef hy nie eens dat hy haar wild heen en weer skud nie.

"Braam! O, Braam . . . jy is dan hier!" Die ongeloof skyn uit die blink, groen oë, wat die enigste skoon plekkies aan die modderbesmeerde mensie is.

Braam se arms gaan beskermend om haar en hy vou haar sag teen sy bors vas.

"O, Martie!" Hy lag bewerig en sy hand vee teer die modderige hare van haar voorkop af weg. "Ek soek al die hele nag na jou. Hoekom het jy nie geantwoord nie? Ons het selfs 'n paar skote geskiet!"

"Ek het in 'n stadium geval en my kop gestamp. Ek het vanoggend toe dit lig word eers weer bewus geword van die wêreld om my."

Sy staan effens terug en vat aan die pynlike knop teen haar kop. Die verligting in Braam is so groot en die woorde borrel sommer oor sy lippe.

"Wat het jou besiel om in die donker te gaan staan en rondloop? Is jy dan gek?"

Martie kyk op in die onstuimige bruin oë so naby aan hare. Sy was rasend bekommerd oor hom, want hy kon mos ook seergekry het. En nou word sy uitgetrap. Sy voel sommer seergemaak. Sy maak haar uit sy arms los en antwoord hom nie.

"Jy weet tog die veld is gevaarlik. Hier is leeus ook. Ek het hulle gehoor brul!" Sy stem is nou sagter en vol teerheid.

"Ja, ek het hulle ook gehoor en dis hoekom . . ." Sy bly stil en kyk voor haar op die grond.

"Martie . . . jy doen dit nie weer nie. Hoor jy my?"

Sy kyk op na die groot man met die tekens van 'n slapelose nag vol kommer oor sy hele gesig geskryf. Alles in haar raak stil en afwagtend.

Dierbare ding! Sy kan mos nie vir hom sê dat sy rasend van bekommernis en vrees was oor sy welsyn nie! Hulle moet nog 'n week lank saam hier in die veld wees. Hy mag nooit weet van hierdie gevoelens wat sy in haar binneste moet wegsteek nie.

"Toemaar, jy is een van die dae van my ontslae. Ek gee jou darem ook baie probleme, nè, Braam?"

"Ek wonder . . .!" Sy stem is nog steeds sag en tergerig en van die kwaai, bekommerde woorde van netnou is daar nou niks meer te hoor nie.

"Wat wonder jy?"

"Ek wonder of ek ooit van jou ontslae gaan raak. Jy klou soos klitsgras."

Martie vinnig weg sodat hy nie die glimlag om haar mond moet sien nie. Wel, dis nou te sê as 'n mens dit 'n glimlag kan noem. Haar vel span styf onder die modder wat daarop droog geword het. In haar hart jubel dit egter en 'n wilde, bruisende opgewondenheid laat haar kop draai.

Haar hart praat sag in haar binneste en haar verstand stem heeltemal saam. Ek hoop tog nie so nie, Braam. Ek hoop regtig nie jy raak ooit van my ontslae nie. Ek wens ek kan in jou hart inkruip en daar ook soos klitsgras klou!

Braam kyk af na haar en glimlag stil.

"Ek moet die ander laat weet dat jy hier is. Arme ou Chrisjan is verwese geskrik."

Hy gaan haal sy geweer en skiet 'n skoot in die lug. Hy wag vyf tellings en skiet dan nog een.

"Jy beter jou skoonmaak of anders verander jy in 'n standbeeld! Ek maak solank vuur sodat jy iets warms in jou lyf kan kry."

"Braam!"

"Hm?"

Hy stap aan na die vuurmaakplek toe. Hy wil nie nou in daardie twee groot, groen oë kyk nie. Die verligting in hom is só groot. Hy het minstens sewe dode gedurende die nag gesterf. As hy egter langer in haar oë moet kyk, gaan hy haar in sy arms neem en dan gaan hy nie verantwoordelik wees vir sy dade nie. Selfs nou, met haar modderbesmeerde gesig en die nat, modderige rok wat kiewend aan haar skraal lyfie klou en feitlik aan flarde geskeur is, is sy vir hom die begeerlikste wesentjie denkbaar. Hy sal net moet sorg dat hy nie weer aan haar raak solank hulle nog hier in die veld is nie.

"Braam . . . baie dankie dat jy my kom soek het."

"Ek sal jou eendag los, dan kan die jakkalse jou ore afkou!" Sy stem weerspreek sy woorde en daar is geen kwaad in nie.

"Jy sal dit nog nooit toelaat nie!"

"Dis wat jy dink. Ek is 'n wilde ou! Ons soort kan baie dinge doen." Hy blaas die kole liggies aan sodat die fyn houtjies kan vlamvat. "Spoel eers net die ergste modder met koue water af. Ek sal vir jou water in daardie pot opsit, dan kan jy later in warm water bad. Jy gaan siek word. Om so nat te reën in die somer is 'n verkouemaker."

Martie sleep die badjie van die wa af en Braam neem woordeloos die waterbalie en keer dit oor die badjie om.

Sy spoel haar gesig en hande en ook haar hare met die koue water af. Sy was haar modderige voete en bene en draai solank 'n handdoek om haar kop terwyl sy vir die water wag om warm te word.

Braam hou homself baie doenig by die vuur en voordat die groot pot se water nog warm is, bring hy vir haar 'n beker koffie.

"Ek kan net nie verstaan hoekom jy uit daardie rigting gekom het nie. Filemon het vir my gesê dat jy in heeltemal die teenoorgestelde rigting geloop het."

"Ek het my rigting heeltemal verloor."

"Kon jy dan nie hoor dat die leeus ver weg is nie?"

"Ja, ek kon hoor hulle is nie naby my nie."

"Hoekom was jy dan so bang toe jy hulle hoor?"

Martie loer onderlangs na hom. Sy kan mos nie vir hom sê dat al haar vrees om sy onthalwe was nie. Hy sal hom flou lag daaroor en haar nog terg ook.

"Ag, ek weet nie. Dis seker maar omdat dit so donker was, en toe gaan die lamp ook nog dood."

Braam gooi die vuil water uit die bad en spoel dit uit. Hy gooi die warm water daarin en sit die bad agter in haar wa.

"Jy kan maar gaan bad."

"Dankie, Braam. Jy is meer besorg vandag as wat my pa gewoonlik was!"

"Ek . . . ek wil jou darem heel en gesond aan hom besorg."

"Ek is seker daarvan hy sal jou ewig dankbaar bly." Hy grinnik net en antwoord haar nie.

Die warm bad is heerlik en Martie voel soos 'n nuwe mens. Sy trek 'n lekker warm rok met lang moue aan. Die lug is vanoggend koel en vars ná die reën. Die eerste keer in 'n lang ruk trek sy vir haar kouse en skoene aan in plaas van haar sandale.

Sy vryf haar hare droog. Dis lank en dik en sy sal dit maar eers in die handdoek toedraai totdat die sonnetjie warmer is.

Met die handdoek om haar kop klim sy 'n rukkie later uit die wa uit.

"Ek is rasend honger. Ek het gisteraand nie geëet nie. Ek wil darem vir ons kom kos maak."

"Die kos is nog alles in die pot. Ek het ook nie geëet nie."

Sy kyk vinnig na hom en dan net so vinnig weer weg toe sy die vreemde sagtheid in sy oë sien.

"Arme Braam! Jy het darem vir jou 'n vreeslike sak sonde op hierdie tog saamgebring!"

"Nie gebring nie . . . gekry."

Martie skater dit uit van die lag en bly dan verleë stil toe Braam haar net stil, verbaas aankyk.

Sy vee verleë oor haar gesig.

"Hoekom kyk jy my so snaaks aan? Skort daar iets?"

"Nee, niks is verkeerd nie. Dis net die eerste keer dat ek jou so spontaan hoor lag, en dit nog ná verlede nag se ondervinding."

Martie byt ingedagte op haar lip. Ja, dit is eintlik vreemd. Sy was gedurende die nag met rukke so bang dat sy kon doodgaan. Vandat sy egter met haar eie oë gesien het dat Braam veilig is, is alles sommer weer lig en vry hier binne-in haar.

"Braam, hoe ver is jou plaas van die sendingstasie af?"

"So vyf uur te perd. Met die waens trek ek gewoonlik twee dae."

"Hoe lyk dit op die sendingstasie?"

"Die huis waarin jou pa bly, is 'n wit baksteengehou met 'n rietdak. Nie eintlik groot nie. Ek skat daar is twee slaapkamers en ek weet daar is so 'n lang vertrek wat hulle gebruik vir 'n eetkamer en studeerkamer."

"Hoeveel mense is daar? Pappa het vir ons geskryf, maar ek het vergeet."

"Dis hoofsaaklik Herero's wat daar woon. Ek weet nie hoeveel daar is nie, maar daar is altyd 'n goeie klompie kleingoed op die werf."

"O, dis gaaf! Ek wil hulle leer lees en skryf."

"Is jy dan 'n onderwyseres? Ek dog dan jy is 'n verpleeg-ster."

"Albei. My ma was 'n onderwyseres en sy het my baie geleer. My ouers wou gehad het ek moes vir verdere oplei-ding gaan, maar ek het nie kans gesien om hulle so alleen te laat nie."

"Hier in Suidwes is die meeste ouens maar so . . . nie juis geleerd nie. My pa het my maar geleer lees en skryf en boer. Ek was nooit in 'n regte skool nie."

"Ek ook nie. My ma het my altyd by die huis geleer." Sy verduidelik vinnig om hom nie te laat voel dat sy meer kennis as hy het nie.

Braam sug en staar in die gloeiende kole. Sy is fyn opge-voed en geleerd. Hierdie land en ook hy is nie vir haar be-doel nie. Hulle is wild en ongetem . . . ru en soms wreed!

Sy en haar pa sal seker een van die dae oppak en terug-gaan. Daar in die Kaap kan sy vir haar 'n man kry wat geleerd is en 'n goeie opvoeding het; iemand wat al die fyn puntjies ken om 'n vrou te plesier.

"Hoekom is jy nog nie getroud nie?" Hy vra die vraag so onverwags en blatant dat sy hom eers net met 'n onge-lowige glimlaggie kan aankyk.

"Hoekom is jý nog nie getroud nie? Ek dink jy is 'n hele paar jaar ouer as ek!"

"Hier is nie vroue nie. Ek sal eers vir my 'n vrou moet gaan soek. Ek het nog net nie tyd gehad daarvoor nie."

"Dis maar 'n flou verskoning!"

"Wel, dis darem 'n verskoning. Is daar baie vroue in die Kaap?"

"Taamlik. Ek glo daar sal seker vir elke hubare man een wees."

"Wag daar iemand vir jou?"

"Hy het moeg geword vir wag. Ek kon nie vir Mamma

285

so alleen los nie. Sy was altyd maar sieklik en toe Pappa weg is, het sy elke dag net meer agteruit gegaan. Hendrik le Roux het later op die Oosgrens gaan boer. Hy wou gehad het ek moet saamgaan en het gesê ons kan vir Mamma saamneem. Haar gesondheid sou dit egter nooit toelaat nie."

"Is die . . . watsenaam . . . die Hendrik al getroud?"

"Nie sover ek weet nie. Hy het gereeld geskryf en telkens gevra ek moet na hom toe kom. Ná Mamma se dood het ek egter net een begeerte gehad en dit was om by Pappa te kom."

"Jy moet maar jou pa ompraat sodat julle kan teruggaan. Hy wag seker nog steeds vir jou."

"Dalk bly ek so lekker hier dat ek sommer hier vir my 'n man soek."

"Hierdie mans sal nie by jou pas nie. Hulle is wild en hard . . . ongeleerd ook, die meeste van hulle."

Martie glimlag sag. Sy dink weer aan Pieter van Bergen se woorde: "Braam is soos daardie kameeldoringboom se hout, hard!"

Sy kyk na die gloeiende kole en skielik laat dit haar daaraan dink: die kameeldoringhout se kole is so betroubaar! Soms kan hulle die volgende oggend 'n vuur aan die gang kry deur net op die kole te blaas. Braam is ook so. Hy is hard en gebrei, maar so betroubaar!

"Ek is nou net haastig om by my pa te kom – om vas te stel of alles reg is en of hy nog lewe en gesond is. Trou pas in hierdie stadium nie juis by my planne in nie."

Braam staar stil voor hom uit. Hy moet hierdie wilde, onstuimige gevoel in sy binneste hokslaan. Hier gaan hy die eerste keer in sy lewe sy moses teëkom! Sy is nie vir hom bedoel nie; nie vir hom of sy land nie!

8

"Ons kan môre 'n lang skof kafdraf, maar dan moet ons baie vroeg begin. Ons kan dan so teen skemeraand by jou pa wees."

"Regtig! O, Braam, maar dis wonderlike nuus! Ek was amper te bang om te vra wanneer ons daar gaan kom."

"Ja, die reën het ons 'n bietjie opgehou. Die grond is pap en modderig. Ons vorder party dae nie baie ver nie." Braam gooi nog 'n stuk hout op die vuur. "Dis nou een ding van my ou land: as dit eers begin reën, dan hou dit aan."

"Ja, dis amper soos in die Boland. Ons kry net nie sulke vinnige storms soos hier nie. Die afgelope tien dae, vandat daardie eerste bui uitgesak het, reën dit nog omtrent elke dag."

"Jy verstaan darem seker nou hoekom ek haastig was om voor die reëntyd by die huis te kom? 'n Mens kan dit eers weer hier van Februarie af waag om die trekpad te vat."

"Ja, Braam, ek verstaan baie dinge nou eers. Ek is jammer dat ek jou opgehou het, maar ek het so baie geleer."

"Ag, dit was niks nie! Die tyd het gou omgegaan. Ek het mos geselskap gehad en jy het my so bederf met die lekker kos. Ek is maar bly ek gaan nie meer transport ry nie. Ek sou dalk . . ."

Martie lag en kyk op in die ondeunde oë waarin die flikkerlig van die vuur weerkaats.

"Wat sou jy gedoen het?"

"Ek sou jou dalk kom ontvoer het om weer saam met my te ry."

Martie gooi haar kop agteroor en lag skaterend, iets wat sy deesdae heel dikwels doen.

"Dit glo ek vir geen oomblik nie! Jy sou nie weer vir jou soveel sonde en ergernis op die langpad saamgevat het nie."

"Ek sal jou mos nie met jou ou wa en al ontvoer nie. Dit

287

gaan baie beter vandat ek nie meer daardie ratelende bondel hout hier agter my aan het nie."

"Sies, skaam vir jou, Braam! Ek is baie hartseer oor my ou wa."

"Jy gaan hom mos weer haal. Pieter het gesê hy sal dit vir jou laat regmaak. Hy is 'n heel betroubare ou."

"Ek sal nooit weer my voete op sy plaas sit nie!"

Braam kyk nuuskierig na haar.

"Jy het my nooit vertel wat werklik daar gebeur het nie. Een oomblik sou jy nog daar bly en die volgende oomblik moes ons onmiddellik oppak en ry."

"Ek wou nooit daar bly nie."

"Martie! Jok jy nie nou nie?"

"Ek het mos vir jou gesê ek het gedink jy wil van my ontslae raak en my daar aflaai. Ek het toe darem ook al besef hoeveel probleme ek jou gee en ek wou nie onnodig moeilik wees nie."

"Waar het jy aan so 'n idee gekom? Ek het dan niks gesê toe jou wa gebreek het nie. As ek reg onthou, het ek nie eens gevloek nie!"

Martie giggel en krap met 'n stok in die vuur.

Nee . . . noudat ek daaraan dink, jy het nie! Jy het net soos 'n Indiaan die spul gestaan en bekyk – jou arms hoog oor jou bors gevou!"

"Jy moes maar by ou Pieter gebly het. Hy is 'n ryk man en het darem meer geleerdheid as die meeste van die ouens hierlangs."

"Gmf! Die klouerige ou ding!"

"Wou hy jou soen?" Braam loer tergerig na haar en sy stem is stroopsoet en onskuldig.

"As hy die kans gekry het, sou hy. Toe hy egter nog die vermetelheid het om jou . . .! Ek het hom so 'n klap gegee."

Sy los die sin net so in die lug toe sy Braam se openlike nuuskierigheid sien.

"Wat het hy van my gesê?"

"Ag, niks nie!"

"Martie, as ek reg onthou, is jok net so 'n groot sonde soos vloek."

"Ag, jy is nou verspot."

"Maar ek wil graag weet, Martie. Sien, ek weet niks van vroumense af nie. Ek sal een van die dae vir my ook 'n vrou moet gaan soek. Wel . . . netnou verbrou ek my kanse soos ou Pieter en kry ek ook 'n klap!"

"Dit was nie wat hy aan my gedoen het wat hom die klap besorg het nie. Dit was . . ."

Braam kyk nie op nie. Hy kerf net rustig en tydsaam aan die stokkie in sy hand.

"Dis wat hy van jóú gesê het."

Hy kyk vinnig op en die verbasing en ongeloof lê oop op sy gesig.

"Van my?"

"Ja."

"Hoekom klap jy hom dan toe dáároor? Daar is soveel dinge wat hy kan sê wat seker waar is."

"Wel, wat hy gesê het, was beslis nie waar nie."

"Wat het hy dan gesê?"

"Ag . . .!"

Braam sit die houtjie neer en maak stadig sy knipmes toe. Sy hele houding is een van nuuskierigheid en afwagting.

"Wat is dan so vreeslik, Martie?"

"Nee! Ag, Braam, man! Ek wil nie vir jou sê nie. Ek is nou skaam."

"Skaam? Vir my?"

"Ag . . . Ek kan ook maar vir jou sê wat dit was. Ons paaie gaan môre uitmekaar. Ek was toe reg en Pieter was verkeerd. Hy het daardie klap verdien."

"Nou is ek darem baie nuuskierig. Ek het nie gedink ek

is in staat om ooit iets te doen wat goed in jou oë sal wees nie.”

“Pieter van Bergen was glad te vatterig en klouerig en ek moes net sukkel om onder sy hande uit te bly. Toe kom hy met ’n storie dat ek en hy . . . dat ek die mooiste iets is wat hy nog gesien het. Dat hy vir my sal goed wees en . . . ag, al sulke snert!”

Braam se stem is laggend.

“Dit was ’n bedekte huweliksaanbod, Martie.”

“Gmf! Ek wil hom tog nie hê nie.”

“Jy het nog nie gesê wat hy van my gesê het nie.”

“Ag, net dat ek vir jou ’n oorlas word en dat jy my nou wil aflaai en jy sal my uit jou pad vee as ek in jou pad is.”

Sy kug ongemaklik en kyk op haar hande.

“En . . . as jy die dag agterkom dat ek ’n vrou is, sal jy jou glad nie meer soos ’n heer gedra nie.”

Braam se oë is sag en baie teer, maar sy stem is nog steeds tergend.

“ ’n Heer! Wel, wat gee hom die idee dat ek my soms soos ’n heer sou gedra? Ek bedoel, dis nie ’n woord wat ’n mens met my sal verbind nie.”

“Ek het so gesê!”

Sy vroetel met haar rok en kyk nie op nie.

“Hy . . . hy het gesê dat ek kans sien om saam met jou alleen in die veld te wees, maar ek wil nie by hom agterbly nie. Toe . . . toe sê ek maar jy gedra jou darem altyd soos ’n heer.”

Dis lank stil en Martie kyk later versigtig op. Braam se oë verwar haar. Elke sintuig is snaarstyf gespan en haar hele wese is skielik wagtend.

“Dankie, Martie. Dis die mooiste iets wat iemand nog van my gesê het.”

“Maar dis tog waar, Braam.”

"Ek was dan so ongeskik met jou. Ek het sulke nare goed vir jou gesê en ek vloek en swets en . . ."

"Dis sommer net uiterlik. Jy sal dit nog heeltemal afleer."

Braam kyk na die geboë hoof en die sagte kurwe van haar wang. Haar wange is al 'n bietjie voller as toe hulle van Karibib af weg is en sy is so rustig en gelukkig deesdae.

'n Begeerte wel skielik in hom op om sag oor haar wang te streel. Hy wil haar net weer een keer styf in sy arms vashou. Hy wil net een keer daardie lippe soen.

"Sal . . . sal ek jou weer sien, Braam? Ek bedoel . . . kom jy nie so af en toe daar na die sendingstasie toe nie?"

"Nie juis nie. 'n Mens weet egter nooit, ek kan dalk eendag lus kry vir jou lekker kos."

"Sal jy? Sal jy regtig vir ons kom kuier?"

"As jy my nooi."

"Ek nooi jou sommer nou al."

"Wat sal jou pa sê as 'n ou soos ek daar aankom om met sy dogter te kom gesels?"

"Jy sal nog baie lief word vir Pappa. Hy sal baie dankbaar wees omdat jy my veilig tot by hom gebring het."

Braam kyk na die stil gesiggie en hy verwens die minderwaardigheidsgevoel wat in hom opstoot. Hoekom kan hy haar nie sommer net in sy arms neem en vir haar sê hoe hy voel nie?

'n Heer! Sy het vir Pieter gesê hy gedra hom soos 'n heer. Hy, Braam Potgieter van alle mense!

Hy sal net eenvoudig van dinge soos vasdruk en soen moet vergeet. Hy sal haar veilig by haar pa besorg. Later sal hy vir haar gaan kuier. Sy moet net eers weer aan haar pa se geselskap gewoond raak. Sy moet weer besef wie en wat sy is. Hierdie tyd in die veld alleen saam met hom het haar afgestomp vir die fyner dinge in die lewe. Sy moet dit eers self besef.

Hy sug effens. Sy is sag en vriendelik en so dierbaar. Soms is daar 'n sagte lig in haar oë wat sy hart wild laat bons. Hy kan dit egter nie nou misbruik nie. Sy was ook eensaam en alleen hierdie afgelope ruk. Hy kan dit mos nie nou uitbuit nie!

"As jy nou so stil is, Braam?" Martie loer na hom.

"Ek dink sommer aan die plaas en ek wonder of alles goed gegaan het. My pa het darem altyd daar 'n ogie gehou. Dis die eerste keer dat ek alles sommer net so gelos het."

"Jy het darem seker betroubare werksmense?"

"Ja, ek het. Veral een ou. Hy het nog saam met my ouers gekom. Toe was hy sommer nog 'n agaroppie. Maar hy staan ook nou mooi sterk in die jare. Sy vrou sorg in die huis en vir die kos."

"Het jy dit nog nooit oorweeg om terug te gaan nie?"

"Terug te gaan waarheen?"

"Daar waar jou ouers vandaan kom."

"Transvaal toe? Nee! Nee, ek sal nooit hier weggaan nie. Hierdie land is deel van my. Ek kan nie sonder hom bestaan nie!"

"Maar hier is so min geselskap. Dis seker vreeslik eensaam?"

"Ek is gewoond daaraan. 'n Mens kan mos nie na iets verlang as jy dit nooit geken het nie."

"Jy is baie lief vir hierdie land, nè, Braam?"

"Ja! Dis al liefde wat ek ken. Hierdie land is al wat my ooit liefgehad het."

Die trane sit skielik baie vlak in Martie se oë. Arme, eensame mens. Sy wens sy kan haar arms om hom sit en hom styf teen haar vasdruk. Sy wens sy kan vir hom haar gevoelens wys.

Haar gevoelens! Sy sit vinnig agtertoe sodat haar gesig in die skaduwee is.

Wat is haar gevoelens? Sy onderdruk dit. Sy steek dit vir haarself weg. Noudat sy dit egter onverwags hier naak voor haar sien, is dit te veel om te verwerk. Ongemerk het hierdie groot man baie, baie diep in haar hart vir hom 'n plek kom uitsoek.

Môre moet sy van hom afskeid neem. Dis dalk maande of jare voordat sy hom weer sien. As sy hom óóit weer sien.

Meteens is hy alles wat reg en goed is, wat groot en betroubaar is. Dit vul stadig haar hele wese. Dierbare, eensame Braam wat nog so min liefde in sy lewe geken het. Sy het soveel om vir hom te gee. Jare en jare se opgekropte liefde! Al haar drome en verlangens smelt saam in 'n onstuimige, wilde klopping in haar binneste.

"Ek het 'n groot plaas, Martie. Dis mooi daar. Die wêreld is ruig en daar is volop wild. Voor my deur staan groot flambojante. Hulle vorm 'n sambreel oor die grasperke en dra trosse rooi blomme."

Sy stem is sag en vol drome en dit dring stadig tot Martie se koorsagtige gedagtes deur.

"Dit klink of dit baie mooi kan wees."

"Ja, dit is. Jy moet eendag saam met jou pa kom en kom kyk. Hy kom gewoonlik so een keer per jaar daarlangs en dan preek hy vir die mense in ons omgewing."

"Ek sal graag wil." Haar stemmetjie klink maar klein en verlore.

Gaan hulle werklik soos twee vreemdelinge uiteen? Hy nooi haar beleef om saam met haar pa soontoe te kom. Hy sal hulle dan seker vir 'n koppie koffie of dalk 'n ete nooi en dan moet hulle weer verder gaan.

Sy kyk na sy bruingebrande, aantreklike gesig. Hy kan so onverwags sag en dierbaar wees. Kyk net wat het hy alles op hierdie tog vir haar gedoen! Selfs die twee stukkies materiaal wat hy vir haar gekoop het.

Soms is daar 'n vreemde, sagte lig in sy oë. Sy het haar al verbeel dat dit liefde kan wees. Of . . . of is dit dalk die kere dat hy agtergekom het sy is 'n vrou?

Sy wil hom nie weer uit haar lewe laat gaan nie. Hy het haar nodig soos wat sy hom nodig het. In hierdie land, wat vir haar wild en vreesaanjaend is, het sy hom bitter nodig. Vir hóm weer is hierdie land die enigste liefde wat hy ooit geken het.

O, Braam! kerm haar hart. Sê tog dat jy my nie sommerso sal vergeet nie. Sê tog dat hierdie weke saam vir jou ook iets beteken het.

Dit voel of haar hart saggies ween terwyl 'n glimlaggie styf om haar lippe span.

"Ek sal beslis saam met Pappa kom as hy daardie koers ingaan. Ek is nuuskierig om te sien hoe lyk jou plaas. Het jy 'n groot huis?"

"Taamlik. Ek het verlede jaar aangebou en verbreek. Ek het juis nou nog boumateriaal gekry wat ek nodig het."

Hy staan op en skud die stof van sy broek af.

"Ons moet gaan inkruip. Môre moet ons vroeg roer."

"Ja. Wil jy nie nog 'n bietjie koffie drink nie?" Sy probeer nog 'n paar minute saam met hom steel. Dis hul laaste aand saam om die kampvuur.

Sy wil hierdie nuutgevonde gevoel in haar binneste 'n bietjie vertroetel terwyl hy daar sit. Sy wil haar in sy manlike nabyheid verlustig.

"Nee dankie, Martie. Ek het vanaand weer hopeloos te veel geëet."

Dan staan sy maar op.

"Nag, Braam."

"Nag, Martie. Lekker slaap."

Martie voel die nag rusteloos. Sy is bang dat hierdie tog moet eindig; bang vir wat dalk vir haar by die eindpunt wag; bang ook vir die wete dat Braam moet voortgaan na sy eie plaas toe en dat sy alleen moet agterbly. Nie eens die wete dat haar pa dalk gesond kan wees en dat sy hom eindelik ná ses en 'n half jaar weer gaan sien, kan hierdie ongelukkige newels verdryf nie.

Braam is ook nie juis spraaksaam die volgende oggend nie. Dis eers lank ná sonop dat hy by haar op die wa kom klim.

"Die wêreld is mooi hierlangs, nè?" Martie hoor die trots in sy stem. "Dis die heel mooiste deel van Suidwes, hierdie noordelike deel. Jy moet nou sien, so oor 'n maand of twee is dit lowergroen!"

"Ek moet erken dit lyk hier baie beter as daar onder in die suide. Daar is dit maar kaal."

Vandag is dit egter of hul gesels kort-kort opdroog.

Teen die middag laat Braam die waens onder 'n boom intrek.

"Ons maak net gou koffie en eet 'n paar stukkies beskuit. Dis vandag 'n lang skof en ons sal waarskynlik eers ná skemer by die sendingstasie aankom."

"Braam, dis nie nodig dat ons so jaag nie. Ons . . . e . . . ons kan mos maar môre ook eers daar aankom."

Sy wenkbroue trek ongelowig op. "Ek het dan gedink jy is so haastig om daar te kom! Ek is al die hele dag bang dat jy dalk voor die waens sal begin uithardloop."

Martie lag net verleë.

"Ja, ek is haastig, maar ek is ook bang."

"Bang?"

"Ja, ek weet nie wat om te verwag nie. Wat het dalk al alles daar gebeur!" Sy glimlag stram. "Ek is weer besig om die bobbejaan agter die bult te gaan haal, nè?"

"Martie . . ." Hy wil iets sê om haar gerus te stel, maar hy besluit daarteen. Noudat die afskeid so naby is, is sy woorde min.

Dis drukkend warm en die sweet loop in straaltjies teen haar nek af. Sy loer ook al soos Braam met 'n kennersoog na die lug. Daar is egter net 'n paar wit wolkies op die horison.

Hulle het ook net koffie gedrink en beskuit en biltong geëet, toe die touleiers die waens weer aan die beweeg kry.

Martie sit stil en starend op die skommelende wa. Haar gedagtes dwaal ver weg. Sy kyk na Braam se groot figuur op sy perd en die nuutgevonde emosies van gisteraand wil haar versmoor en vasdruk. Sy druk haar hande teen haar gloeiende wange.

Hoe kon dit gebeur het? Hoe kon sy haar hart so onherroeplik verloor het? Die eerste dag dat sy hom gesien het, het sy hom dan gevrees!

Sy glimlag wrang. Dis nou ook een ding van die liefde: hy vra nie, hy kom sommer net so stil-stil in jou menswees in en dan moet jy maar self sien en kom klaar.

Sy wonder nuuskierig of hy ooit aan iets soos die liefde dink. Het 'n vrou dan nog nooit 'n rol in sy lewe gespeel nie? Seker nie! Dierbare Braam wat nog nooit liefde geken het nie.

Skielik wens sy dat hierdie tog nog 'n week of twee kon aanhou. Sy wil hom leer wat liefde is. Sy wil vir hom op soveel maniere wys hoeveel sy werklik vir hom omgee.

Hierdie liefde is al 'n tydjie sluimerend in haar binneste. Sy wou dit egter nie 'n naam gee nie. Hierdie vreemde, opgewonde, teer gevoel moes nie erkenning kry nie.

Gisteraand het dit egter so blatant voor in haar gedagtes kom dring dat sy dit nie meer kon ignoreer nie. Nou is sy spyt, want as sy die bestaan daarvan al vroeër erken het, was daar dalk tyd om iets daaraan te doen. Nou gaan hulle uiteen. Maande lank gaan sy hom nie sien nie. Hy gaan vergeet dat hy haar geselskap geniet het en dat sy lekker kos gemaak het. Hy gaan hom weer terugtrek in sy eensame bestaan wat net die natuur en sy wette ken.

Braam praat skielik hier langs haar en sy wip soos sy skrik.

"Ons is nou omtrent so twee uur te perd van die sendingstasie af. As jy wil, kan ons solank vooruit ry."

Dankbaar vir iets om te doen en om nie so alleen met haar gedagtes te wees nie, neem sy die aanbod dankbaar aan.

"Dit sal gaaf wees, dankie, Braam. Ek wil my net gou netjies maak, my hare kam en so aan."

"Druk vir jou 'n kam en 'n waslap in die saalsak, dan kan ons so 'n entjie van die sendingstasie af stilhou sodat jy jou kan optooi vir jou pa. Ek is seker daarvan hy sal dit nie eens opmerk nie, maar dit sal jóú beter laat voel."

Martie glimlag sag.

"Dan sê jy altyd jy weet nie wat om vir 'n vrou te sê nie. Jy het soveel insig en jy verstaan beter as die meeste mans."

Braam kyk ongemaklik weg. Dis darem nie 'n beeld waarmee hy homself kan vereenselwig nie. Dit laat hom ongemaklik voel.

Om so styf teen Braam se groot lyf te sit, is vir Martie vandag louter vreugde en 'n kosbaarheid wat sy diep in haar hart bêre. Hy ruik so bekend: na tabak en stof, na die veld en die son.

"Jy moes jou kappie opgesit het."

"Ek haat 'n kappie. My ma moes altyd baklei om een op my kop te hou."

"Ja, maar daar is al 'n ry sproete oor jou neus. Jou pa gaan dink ek het nie goed na jou gekyk nie."

Sy kyk na hom en haar oë vonkel ondeund.

"Ek hóóp my pa raas met jou."

"Hoor nou net! Dis nou vir jou dankbaarheid!"

"Ja, jy was darem baie onredelik daardie eerste week. As ek darem dink hoe ek twintig dae lank in die hitte daar by ou Klaus moes wag en toe wil jy niks van my probleme weet nie. Jy weier net botweg om my te help. Jy is toe glad nie bereid om saam met 'n pikkewyn in die veld te wees nie!"

Braam lag verleë.

"Nou hoe moes ek weet jy is nié 'n pikkewyn nie?"

"Nee, jy stel toe nie eens al die feite vas nie. Ek is toe mos 'n ou fossiel en 'n kerkgeraamte!"

"Jy het darem ook gesorg dat jy elke woord hoor wat daar gesê word."

"Ja, ek het, en ek gaan dit alles vir my pa vertel."

Sy arms span stywer om haar middel en hy trek haar baie styf teen hom vas.

"Alles? Gaan jy vir hom vertel hoe kwaad jy vir my was toe ek daar by die fontein op jou afgekom het waar jy bad?"

"Ag, Braam! Nou maak jy my weer skaam."

"Jy was baie mooi, weet jy."

"Verspotte ding! Wie kan nou mooi wees met nat, slierterige hare en 'n nat onderrok?"

"Jý was! Vir my was jy pragtig. Ek wil nou sommer bieg ook: daardie dag wou ek my glad nie soos 'n heer gedra nie."

"Braam!"

"Daardie dag het daar 'n begeerte in my ontstaan wat ek net nie hokgeslaan kry nie. Dis nog altyd in my." Martie kyk hom blosend aan.

"Kan ek maar? Net één keer?"

"Wat?"

"Jou soen."

Sy stem is sag en hees en Martie kan die verlange na hierdie groot man nie langer onderdruk nie. Sy draai dwars in die saal en haar een arm gaan om sy lyf terwyl haar vingers soek-soek na 'n vashouplek aan sy breë rug. Haar lippe is 'n handbreedte van syne af.

Sy wil nog praat. Sy wil nog vir hom dankie sê vir alles wat hy vir haar gedoen het, maar sy kop sak vinnig af en dan sluit sy lippe warm en teer oor hare.

Hy vat die teuels in een hand en sy ander hand skuif op tot tussen haar hare en sy duim vryf liggies oor haar wang.

Martie voel hoe die liefde in haar binneste klop en pyn. Haar arms span styf om sy rug en sy soen hom met al die oorgawe in haar.

Die oomblik is vir hulle albei te groot. Elkeen worstel met sy eie gedagtes en verlangens. Hiervandaan sal hulle eers die pad vorentoe moet uitwerk. Nou is hulle in 'n doodloopstraat.

Met 'n suggie los hy haar stadig en onwillig en Martie draai weer reg in die saal. In doodse stilte ry hulle verder met net die vars geur van die veld om hulle en die son wat milddadig op die aarde neerbak.

"Wel, meisiekind, net agter daardie kol bome is jou bestemming. Wil jy jou gesiggie nou eers nog mooier maak?"

"Asseblief, Braam."

Hy gly van die perd af en hou sy hande na haar uit.

Hy hou haar 'n oomblik vas. Sy oë is stil en onleesbaar en dit wakker 'n wilde verlange en hartstag in Martie aan. Sy onderdruk egter die begeerte om haar arms om sy nek te gooi en hom te soebat dat hy haar tog moet liefhê.

Sy vee haar hande en gesig af en kam haar hare. Dit kalmeer haar en dan eers dring die besef tot haar deur dat daar agter daardie plaat bome vir haar 'n nuwe lewe wag.

Braam tel haar weer op die perd en op 'n stadige stappie nader hulle die sendingstasie. Die wit huisie met sy groen deure en swart rietdak lê soos 'n skadukol in die groen ruigtes. Op die werf is 'n paar Herero's al besig met hul aandwerkies.

"Braam!"

"Hm?"

"Ek is bang."

"Daar is niks om voor bang te wees nie. Alles sal goed gaan."

"Sê nou maar . . . sê nou maar net die koors het sy tol geëis."

"Ek is mos darem hier by jou."

"Braam, as my pa . . . Braam, jy sal my nie alleen hier los nie?"

"Ek het jou mos nog nooit alleen gelos nie, Martie."

"Ek weet, maar . . . maar wat gaan jy doen as . . ."

"As daar 'n probleem is, sal ons dit oplos. Vertrou my net."

"Braam . . ."

"Hm?"

"Ek is bly jy is hier by my."

Sy arms span stywer om haar middel en dan beweeg sy lippe liggies op haar hare.

Hy hou die perd op die werf in en praat met een van die Herero's. Die man wys met sy hand na die huis en Martie sien hoe Braam frons.

"Wat . . . wat sê hy?"

"Jou pa is darem nog hier, maar hy is siek . . . in die bed."

'n Glimlag sprei oor haar gesig en sy swaai haar been oor die perd se rug. Braam wil haar nog afhelp, maar sy wip af en staan reeds langs hom.

Sy wag nie vir hom nie, lig net haar rok se soom op en hardloop dan na die huisie toe. Sy sien niks raak nie – nie die netjiese kombuisie of die karig gemeubileerde eet- en studeerkamer nie. Sy soek net angstig na 'n deur wat na die slaapkamer lei.

Sy stoot die een deur saggies oop. Haar blik val op haar

pa. Hy is maer en uitgeteer, en lê doodstil met geslote oë.

"Pappa!" Die woord eindig in 'n snikkie toe sy langs hom op die bed neersak.

Die moeë oë gaan stadig oop. Daar is geen herkenning in hulle nie.

"Pappa . . . dis ek, Martie."

'n Glimlag trek stadig om sy mond en sy weet dat hy hom nou verbeel dat hy droom. Die werklikheid wil nie tot sy koorsige verstand deurdring nie.

"Pappa!" Sy skud hom liggies aan sy skouer. "Pappa, ek het na jou toe gekom. Kyk na my! Dis ek! Pappa, dis Martie, jou dogter."

Die oë flikker weer oop en dan steek hy stadig sy hand uit.

"Jy lyk soos sy. Sy is net jonger as jy, my klein Martie!" Hy prewel die woorde en 'n stil glimlag bly om sy mond huiwer toe hy weer sy oë toemaak.

"Pappatjie, jy droom nie! Luister na my!" Sy staan op en trek die gordyne oop.

Stadig kom daar herkenning in die siek man se oë.

"Pappa! Kyk na my."

"Martie?"

"Ja, Pappa, dis ek."

"Martie, my ou dogtertjie?"

"Ja, ou Papsie! Dit is regtig ek." Die trane loop nou vrylik oor haar wange.

Hy beur regop en dan slaan Martie haar arms om hom en lag en huil deurmekaar. Hy hou haar effens weg en soek dan agter haar na iemand anders.

"Sy . . ." Hy kan haar naam nie uitspreek nie en Martie sien hoe die skrik en vrees stadig in sy blou oë kom lê.

Sy knik net liggies met haar kop.

Stadig daal daar 'n verlatenheid in sy hele houding en hy lê weer moeg terug teen die kussings.

"Ag, Pappa, sy was so siek. Sy het die meeste van haar dae maar in die bed deurgebring. Ons wou nie vir Pappa laat weet nie. Sy het haar sterk gehou tot op die einde. Een oggend was sy net nie meer daar nie."

"My dierbare liefling! Ek het al maande lank die gevoel dat daar iets verkeerd is. Ek wou na julle toe gaan, maar toe trek die koors my weer plat."

Martie val snikkend teen sy bors. Die verligting dat sy eindelik hier by hom is en dat hy nog lewe, is skielik vir haar te oorweldigend.

"Hoe het jy hier gekom, kindjie? Dis nog te wonderlik om te kan glo. Ek sal netnou wakker word en besef dat dit tog maar net 'n droom was."

"Dis nie 'n droom nie, Pappa. My reis hierheen is 'n lang storie. Die man wat my tot hier gebring het, staan nog steeds buite. Ek gaan hom net gou haal."

Braam sit buite op die houtblok en kyk afgetrokke na die Herero's wat met hul werkies doenig is.

"Braam!"

Hy staan vinnig op en kom haar tegemoet. "Hoe gaan dit met hom?"

"Hy is siek, maar hy lewe darem. Ek sal hom nou kan versorg. Kom in, hy wil jou graag ontmoet."

"Het jy hom toe alles vertel? Jy het mos gesê jy gaan dit doen."

"Ja! Hy wag jou in met die sambok!"

Braam hoor egter die trane in haar stern. Haar hand glip in syne en sy groot hand vou beskermend om hare.

"Ek is jammer dat ek jou so lank alleen buite gelos het, maar Pappa kon net nie glo dat dit ek is nie. Hy het gedink hy droom. Ek . . . ek moes hom ongelukkig reeds van Mamma vertel."

"Was dit vir hom baie swaar?"

"Ja. Maar dit lyk ook of hy dit verwag het."

Sy stap saam met Braam kamer toe en sy groot liggaam verdonker die vertrekkie.

"Pappa, dis Braam Potgieter."

"Braam Potgieter! Maar ek ken jou mos. Jy ry mos transport."

"Ja. Ek het al 'n paar keer vir oom hier kom goed aflaai."

Martie verduidelik hoe sy tot op Karibib gekom het en dat sy daarvandaan saam met Braam getrek het.

Heinrich Schlage steek sy hand na Braam toe uit.

"Baie dankie, ou seun. Ek weet nie hoe ek jou ooit sal kan vergoed nie."

Martie onthou skielik van die geld wat sy vir Braam aangebied het. Sy sal dit vir hom gee sodra die waens aankom.

"Ek gaan vir ons koffie maak. Ek sal seker alles in die kombuis kry?"

"Roep net daar na Sofie. Sy sal vir ons maak."

Sofie kom ook dadelik op Martie se roep. Sy knik glimlaggend toe Martie koffie vra.

"Is juffrou die nuwe juffrou?"

Martie frons. Sy is nou nie seker wat die vriendelike vrou bedoel nie. Sofie verstaan seker glad nie waar sy inpas nie.

"Ek is die sendeling se dogter, Sofie. Ek kom nou hier by hom bly."

"O! Dis baie goed." Sofie slaan haar hande saam en Martie kan sien dat hierdie nuus haar baie vreugde verskaf.

Braam vertrek ná die koffie met die verskoning dat hy wil gaan kyk waar die waens is.

"Ons sal vir jou wag vir ete, Braam." Martie is so bang dat hy dalk sal besluit om by die waens te bly. Hy glimlag egter net stil.

Dis al taamlik donker toe hy weer daar aankom. "Die wa

met jou goed is buitekant. As jy vir hulle sê waar dit moet kom, kan die manne dit sommer vir jou indra."

"Baie dankie, Braam."

Sy sluk aan die knop in haar keel toe die leë wa later wegry. Alles lyk skielik vir haar so verlate.

Heinrich wil niks weet van in die bed eet nie. Hy sukkel regop en Martie moet hom ondersteun tot by die tafel. Volgens hom kan so 'n feestelike geleentheid nie in die bed gevier word nie. Ná die ete is hy egter moeg en uitgeput en hulle help hom terug.

"Braam, wil jy nie maar 'n dag of twee hier oorstaan nie?" vra die ou man hortend.

"Pappa, ek het hom baie opgehou. Hy is al so haastig om by sy huis te kom. Daar is nog so baie wat ek vir Pa moet vertel. My wa het gebreek en Braam het al my goed op een van syne gelaai. Dit was maar een van die baie probleme wat ek hom besorg het. Intussen het die reën ons oorval. Braam is seker al siek van onrus oor sy plaas."

Braam loer onderlangs na haar. Sy is so opreg dat hy nie dink sy bedoel iets anders met haar woorde nie!

Die gevoel van minderwaardigheid knaag weer aan hom. Hy sal haar tyd moet gee om te besluit. Sy moet hierdie land leer ken en dan besluit wat sy wil doen. Hy sal weer eendag oorkom en dinge kom deurkyk.

Hulle gaan sit op die stoep en Martie se hand omsluit die geldsakkie in haar roksak.

"Braam, daar is iets wat ek nog moet afhandel."

"Wat is dit?"

"Ek moet jou nog betaal vir hierdie reis."

"O, dit!"

"Braam, jy het belowe."

Hy staan op en sy stem is sag en tergerig.

"Ja, maar ek het gesê ek gaan die prys bepaal."

"Wel, ja, daaroor stry ek nie." Sy haal die geldsakkie uit

en hou dit in haar hand. "Braam, dis nie veel nie, maar dis al wat ek het. As dit nie genoeg is nie, sal ek en Pappa die res afbetaal."

Sy hand sluit om hare wat die sakkie vashou en hy vou haar vingers daaroor toe.

"Ek wil nie jou geld hê nie, Martie."

"Jy . . . jy het belowe, Braam. Ek sal altyd sleg voel as ek weet dat ek my so onbeskaamd op jou afgedwing het en jou soveel probleme veraarsaak het en jy wil niks daarvoor neem nie."

"O, ek het 'n prys! Dis net nie geld nie."

"Nou wat dan?"

Sy hande kom rus swaar op haar skouers en Martie kan sy warmte deur haar rok voel. Hy trek haar stadig nader en dan gaan sy arms om haar sodat sy in die kring daarvan staan.

"Dis my prys en jy het belowe om te betaal, daarom mag jy my nie klap soos vir ou Pieter nie."

Sy kop sak laer en dan rus sy lippe intens en met 'n vreemde dringendheid op hare. Alles om haar vervaag en haar arms gaan styf om sy lyf terwyl sy deel word van die kloppende onstuimigheid in haar hart.

9

Martie druk die deeg in die pan en vee dan haar hande aan die spierwit vadoek af. Sy druk die haarsliert wat uit haar bolla losgekom het sommer agter haar oor in. Dan maak sy die broodpanne met 'n doekie toe en sit dit naby die stoof neer. Hier het sy al geleer dat dit nie eens nodig is om deeg warm toe te maak nie. Die hitte hier is genoeg om dit te laat rys.

Gedagteloos werk haar hande en sy is nie eens bewus daarvan dat sy die werkies so een ná die ander afhandel nie.

Twee koppies tee en 'n bordjie met koekies word op die skinkbord gesit en dan stap sy na haar pa se kamer toe. Dit lyk of hy rustig en droomloos slaap en sy wil net omdraai toe sy oë oopflikker.

"Kom in, kindjie, ek wens al die hele oggend jy wil kom gesels."

"Hoe voel Pappa?"

"Goed, dankie, my kind. Dis so lekker vandat jy hier is. Jy sorg mooi vir my."

Trane spring in Martie se oë en sy sluk aan die knop in haar keel. Hy is tog so dankbaar vir alles. Die eerste week kon hy net nie glo dat dit werklik sy is nie. Sy moes altyd naby hom wees sodat hy net sy hand kon uitsteek en haar aanraak.

Sy het net begin hoop dat dit 'n teken van die keerpunt in sy siekte is toe hy skielik swakker word. Die besef dat sy dierbare Petronella nie meer daar is nie, het hom waarskynlik toe eers werklik getref. Die een ligpunt wat hom deur die jare maar laat aanhou veg het teen die siekte, was nie meer daar nie. Daar was vir hom niks meer oor om voor te stry nie. Hy het net stiller en stiller geword.

Dis al meer as 'n maand dat Martie hier by hom is en die afgelope twee weke raak die lig in sy oë al dowwer. Hy het sy lus vir die lewe verloor en daarvoor help geen medisyne nie.

Vrees stoot in Martie op toe sy na die maer, afgeremde gesig kyk. Wat gaan van hom word? Wat gaan van háár word? Hier sit sy op die uithoek van die aarde met . . . ja, laat sy dit maar erken, 'n sterwende pa!

Vir Braam het sy nog nie weer gesien nie. Hy het haar die aand op die stoep deeglik gesoen en toe met 'n haastige tot siens verdwyn.

Hier is net 'n ou wa wat in nog 'n swakker toestand is as wat hare was, en boonop behoort dit aan die sendinggenootskap.

"Ek het vir Pappa 'n bietjie tee gebring. Vanmiddag maak ek lekker groentesop en vars brood."

Hy steek sy hand uit en hou hare vas.

"Jy moenie so baie moeite doen nie. Ek is tog nie honger nie. Ek voel altyd so skuldig as die kos net so teruggaan kombuis toe."

"Dis mos nie moeite nie, Pappa. Paps moet nou net gesond word sodat ons kan teruggaan Kaap toe. Hierdie wêreld is nie meer goed vir Pappa nie. Ons moet by 'n dokter kom."

"Nee, my kind, my tyd is verby. Ek . . . ek is jammer. Ek het net nie meer die krag en die lus om aan te gaan nie."

"Hoe kan Pappa so iets sê? Wat dan van my?"

"Ja, kindjie, ek weet."

"Pappa, jy moet stry. Pappa kan my nie alleen hier agterlaat nie. Ek kan nie hier bly nie. Hier is niemand na wie toe ek kan gaan nie." Martie se stem is driftiger as wat sy bedoel, maar die angs sit vlak in haar oë.

"Ek besef dit, my kind. Ek weet egter ook dat die Here sal voorsien. Hy het my nog nooit in die steek gelaat nie. Hy sal ons ook nie nou in die steek laat nie. Kyk dan net hoe het Hy jou tot hier gelei."

"Ai, Pappa." Die trane loop ongehinderd oor Martie se wange en drup op die maer hand wat hare vashou.

'n Teer glimlaggie lê om die bleek lippe.

"Jy weet, kindjie, die Here het my hier in die aand van my lewe ook weer iets baie waardevols geleer."

"Wat is dit, Pappa?"

"Braam Potgieter was in ons oë maar 'n wilde, ongetemde soort mens. Sy pa was so en ons het maar aangeneem dat hy ook so moet wees. Ek is baie eerlik as ek nou vir jou sê dat ek hóm nooit sou gevra het om jou te gaan haal nie. Ek het hom sommer by voorbaat al veroordeel. Maar ons wonderlike Here ken elkeen se hart en dis juis vir Braam Potgieter wat Hy oor jou pad gestuur het. Hy het jou so . . . so ongeskonde hier aangebring. Hy het jou gehelp en versorg en weet jy, kind, ek het die goedheid van God in sy oë gesien."

"Pappa!" Martie kyk verbaas na Heinrich. Hy sê sulke mooi dinge; dinge wat haar hart so graag wil hoor. Sou hy dalk die geheim van haar hart geraai het?

"Jy het my tog vertel wat alles langs die pad gebeur het. Dit is min mans wat soveel geduld sal hê en wat 'n jong meisie met soveel respek sal behandel. Dit is mos so, nè, my kind?"

"Ja, Pappa, hy was wonderlik! Ek was aan die begin so bang vir hom! Hy kon vreeslik vloek en het wild en boos gelyk met daardie vreeslike swart baard. Dit is soos Pappa sê, 'n mens oordeel sommer op grond van iemand se voorkoms."

"Martie, ek . . . ek dink al die afgelope week aan hom. Jy moet vir Kamua met 'n briefie stuur. Sê vir hom hy moet oorkom. Ek wil hom spreek."

"Vir wie?" Martie is seker daarvan dat sy haar pa verkeerd verstaan het. Dis sommer haar hart wat so onstuimig klop by die hoor van sy naam wat haar nou allerhande dinge wil wysmaak.

"Vir Braam."

Heinrich kyk na die blosende gesiggie en helder, blink oë en in sy hart is 'n stille dankgebed. Hier is al weer uitkoms soos wat hy geweet het die Here sal voorsien.

Hy het verlede nag so 'n duidelike droom gehad. Hy het gesien hoe Braam sy arms oophou en hoe Martie na hom toe hardloop.

Hy het vroeër net Braam se uiterlike aangesien en was

blind vir die liefde van God wat in hom skuil. Heinrich voel klein en nederig voor sy Skepper. Wie is hy om iemand te veroordeel as God self in hom teenwoordig is? Die afgelope weke was daar net één gebed op sy lippe: 'n smeekgebed vir sy kind se toekoms. Maar nou weet hy wat om te doen.

"Martie."

"Ja, Pappa?"

"Vertrou jy vir Braam, geheel en al?"

"Hoekom vra Pappa nou so 'n snaakse ding?"

"Ek moet weet, kindjie. Ek moet! As daar dalk iets gebeur het wat jy nie vir my wil vertel nie, dan moet jy net vir my sê of jy hom vertrou."

Sy druk haar hande teen haar blosende wange. Haar pa se stem is egter dringend.

"Martie . . . jy weet en ek weet dat my tyd min is."

"Ja, Pappa, ek vertrou vir Braam."

"Genoeg om . . ."

Die stilte rek en Heinrich oorweeg sy woorde eers baie deeglik. Soms is dit beter om dinge 'n natuurlike gang te laat gaan en nie 'n groen vrug ryp te druk nie. Hy is seker hy lees daardie blos op haar wange reg.

"Om wat, Pappa?"

"Om . . . e . . . om dalk weer hierdie lang pad saam met hom aan te durf."

Sy oë ontwyk hare, want sy woorde stem nie ooreen met die planne hier diep in sy hart nie.

"Ja, Pappa, maar . . ."

"Dis al wat ek wil weet, kindjie."

"Pappa, ons kan mos nie weer so iets van hom verwag nie. Hy was maande lank weg van sy plaas af. Hy was reeds so haastig om weer terug te wees. Dis nou reëntyd en ons sal in elk geval nie voor Februarie kan teruggaan nie."

"Ek weet, my kind. Maar ek weet ook dat die dood vir niemand wag nie."

"Pappa moenie so praat nie. Ek kán net nie vir Pappa nou ook afgee nie."

Haar stem eindig in 'n snik en Heinrich kan die angstigheid in haar aanvoel.

"My arme ou dogtertjie. Jy het al soveel deurgemaak in jou lewe en nou nog hierdie vreeslike pad afgelê om . . ."

"Pappa en Mamma was twee wonderlike mense. Julle het my soveel geleer. Ek sal julle nooit dankbaar genoeg kan wees nie. Ek sal altyd dankbaar wees omdat ek Pappa se laaste dae kon deel. Ek wens net Pappa wil gesond word sodat ons weer in die veld kan gaan stap. Pappa sal my nie meer op Pa se skouers kan dra nie. Daarvan is ek seker!"

Martie hou aan praat toe sy sien hoe hy ontspan en 'n teer glimlaggie om sy mond speel.

"Ja, dit was mooi jare. Ek het so baiekeer al gewens dat ons nog net een so 'n jaar saam kon hê."

Hy glimlag bewerig en sukkel dan op sy elmboog om sy tee te drink.

"Wil Pappa nie hê ek moet die bed skoon oortrek nie? Ek kan vir Pappa ophelp tot in die stoel."

"Ek is te moeg, kindjie."

"Pappa moet nou weer medisyne drink."

"Ou klein moedertjie! Jy laat my so aan 'n hennetjie dink wat net altyd haar kuikens onder haar vlerk wil insteek om hulle te beskerm."

"Pappa is al wat ek het."

"Dit was 'n moedige ding om te doen, Martie – om hierdie vreeslike lang reis van die Kaap af aan te pak om by my te kom."

"Ag, Paps, as ek dit weer moet doen, sal ek! Dit was al die moeite en opoffering werd."

Martie neem sy leë koppie en laat hom medisyne drink. Sy laat lê hom versigtig teen die kussings terug en vee sy gesig en hande met 'n nat lap af.

"Pappa moet nou probeer slaap."

Sy trek die gordyne toe en is al by die deur toe hy weer praat.

"Martie."

"Ja, Pappa?"

"Jy sal daardie briefie skryf en vandag nog oorstuur, nè?"

"Maar, Pappa . . ."

"Ek het so gehoop hy sou self al hier aangekom het. Ek moet hom spreek, Martie."

"Kan ons nie maar wag totdat hy eendag kom kuier nie?"

"Dit sal te lank duur."

"Maar wat moet ek vir hom sê, Pappa?"

"Sê net vir hom ek wil hom dringend spreek."

"En sê nou maar hy kan nie dadelik kom nie?"

"Dan . . . dan sal ek 'n ander plan maak. Maar dan moet hy my net laat weet hy kan nie kom nie."

Martie se handpalms is klam van spanning en haar keel voel droog toe sy stadig met die kort gangetjie afstap. Sy gaan sit sommer by die eettafel en begin skryf. Daar is so baie wat sy vir Braam wil sê. Sy wil vir hom vra hoekom hy nog nie kom kuier het nie. Sy wil vir hom sê dat sy elke Saterdag die rooi stofpad droog kyk of hy nie dalk aan die kom is nie.

Liewe Braam

Sal dit nou nie te voor op die wa klink nie? Nou, vandat hy by sy huis is, het hy haar geselskap mos nie nodig nie. Hy het sy werk, sy plaas en sy beeste waarvoor hy so lief is.

Sy frommel die brief op en begin weer.

Braam

Pappa het met die eienaardige versoek gekom dat hy jou graag dringend wil spreek.

311

Dit gaan glad nie goed met hom nie. Die eerste week was hy opgewek en vol gesels. Toe het hy net stiller geword. Ek dink Mamma se dood het toe eers tot hom deurgedring. Van toe af het hy alle belang in die lewe verloor. Hy lê sommer net so met sy toe oë. Hy probeer om met my te gesels, maar dit vermoei hom sommer gou. Braam, as jy nie nou kan kom nie, laat ons tog asseblief net weet. Dit was ook een van Pappa se versoeke.

Ek weet nie wat hy so skielik met jou wil bespreek nie; ek het regtig nie by hom geskinder nie. Ek is baie bekommerd oor hom. Hy is so vreemd. Hy is so ernstig en hy praat kort-kort van die dood.

Ek voel egter ek is dit aan jou verskuldig om jou te waarsku. Ek dink Pappa wil jou vra om my terug te neem – seker darem net Walvisbaai toe of tot by ander mense. As jy dus nie daarvoor kans sien nie, gee ek jou nou al die geleentheid om 'n ander plan voor te stel of om jou woorde agtermekaar te kry. Ek het jou een keer onkant betrap en jou in 'n baie onbenydenswaardige posisie geplaas. Ek wil dit nie graag weer doen nie.

Martie

Sy lees die briefie oor en oor. Dit klink so kinderagtig. Dis nie ernstig nie en ook nie heeltemal lig nie.

Sy weet egter nie hoe om dit anders te bewoord nie en vou die velletjie papier dus vinnig op en sit dit in 'n koevert. Met 'n sierlike skriffie skryf sy sy naam daarop.

"Kamua!"

"Hy is onder by die kraal, juffrou."

"Gaan roep hom tog gou vir my, asseblief."

Martie kyk die skraal seuntjie wat vinnig met sy kaal bolyfie in die voetpaadjie afhardloop glimlaggend agterna.

Nie te lank nie, toe sien sy vir Kamua van die kraal af kom. Hy is in sy vroeë twintigerjare, jonk en sterk.

"Soek juffrou my?"

"Kamua, weet jy waar Braam Potgieter se plaas is?"

"Ja, juffrou, maar dis ver. 'n Goeie vyf, ses uur te perd."

"Kamua, as jy nou ry, kan jy seker darem voor donker daar wees?"

Hy loer eers na die son en knik dan sy kop bevestigend.

"Gaan saal solank vir jou 'n perd op en kry vir jou water. Ek sal vir jou kos inpak. Jy moet asseblief hierdie brief vir hom neem en 'n boodskap terugbring as hy nie saam met jou kan kom nie."

"Goed, juffrou." Kamua lyk heeltemal vrolik en gewillig om vir twee dae van alle ander pligte onthef te word.

Martie pak die kos in en sit dan die brief daarby.

"Ek is gereed, juffrou."

"Jy moet versigtig ry, Kamua."

Hy neem die brief en die pakkie kos en glimlag breed.

"Nee, dis reg, juffrou."

Martie staan 'n oomblik doelloos rond, maar dan begin haar hart skielik wild bons. Dalk sien sy môre of oormôre vir Braam.

Sy vee oor haar hare en kyk dan af na haar rok en plat leersandale. Sy sal iets aan haar voorkoms moet doen; Braam kan haar nie só sien nie.

Sy hardloop kamer toe en gaan staan voor die kollerige ou spieëltjie. Sy lyk so verwaarloos en moeg.

Sy pluk haar kas oop en kyk haar rokke deur. Sy weet hier diep binne-in haar wat sy wil aantrek, maar soos 'n kind steek sy dit vir haarself weg. Sy wil die lekkerte daarvan so 'n bietjie uitrek.

Ongeërg kyk sy deur die kleurlose ou rokkies tot agter in die kas, waar die wit rokkie met die rooskleurige blompatroon hang. Dis gemaak van die stukkie materiaal wat Braam vir haar gegee het. Sommer die tweede week wat sy hier was, het sy al vir haar 'n rokkie daarvan gemaak.

Saggies streel sy oor die wasige rokkie met sy kort moutjies en lae halsie. Sy druk die rokkie teen haar wang vas en haar oë is sag en dromerig.

Sy sal die sandale aantrek wat sy op Otjiwarongo gekoop het. Hulle is so sag en lyk so mooi by haar rokkies. En sy moet haar hare was en dit met suurlemoensap afspoel sodat dit 'n bietjie kan blink.

Sy bêre die rokkie en stap terug kombuis toe. Haar verstand maan haar tot kalmte. Sê nou maar net Braam kan nie kom nie. Dalk is hy op jag of op 'n deel van die plaas waar Kamua hom nie kan bereik nie. Haar hart klop egter onstuimig en verlangend en steur hom min aan haar vermanings. Braam sal kom! Hy is goed en betroubaar en as hy weet hulle het hom nodig, sal hy kom. Maar sal die niksseggende ou briefie hom kan oortuig dat dit dringend is? Met hande wat sy kort-kort moet afvee omdat hulle so sweet van opgewondenheid, berei sy die middagete voor.

Heinrich slaap onrustig en is papnat van die sweet. Hy haal hard en hortend asem toe sy weer later by hom gaan inloer. Sy longe het al 'n geweldige knou weg.

Stil staar sy af in die bleek gesig. Hy kan mos nie ook nog weggaan nie. Dan het sy niks oor nie; niemand wat vir haar omgee nie.

"Pappa." Sy vat liggies aan sy skouer.

Hy maak sy oë moeisaam oop.

"Ek het vir Pappa 'n bietjie sop gebring."

"Ag, my ou doggie, maar Pappa het regtig nie honger nie. Jy moenie daaroor bekommerd wees nie, my kind. Ek het nie meer kos nodig nie. Ek . . . ek is te moeg!"

"Dis net sop, Pappa. Kom ons probeer net so twee slukkies."

Sy sit die skinkbord neer en help hom eers regop teen die kussings.

"Pappa het vanoggend ook niks geëet nie, en gisteraand ook nie." Sy kan sien hoe dit hom vermoei. Hy sluk egter gehoorsaam twee lepels sop om haar tevrede te stel en lê dan weer agteroor.

314

"Kan ek vir Pappa 'n bietjie rooibostee gaan maak? Pappa was altyd so lief daarvoor. Ek sal lekker baie melk ingooi."

"Dit sal lekker wees, dankie."

Hy drink nogal die hele koppie tee toe Martie dit vir hom bring.

Sy voel bekommerd met haar hand teen sy voorkop. Hy is beslis sieker as gister. Hy is ook heelwat sieker as toe sy hier aangekom het.

Vrees laat trek haar maag op 'n knop saam. Al die opgewondenheid oor Braam se moontlike koms is weg. In haar binneste is nou net 'n stuk klipharde, dooie vrees.

Sy was haar hare, sommer net om die tyd om te kry, en maak 'n pap van room en komkommer wat sy op haar gesig sit.

Die werkies hou haar hande besig, maar haar gedagtes bly by haar pa daar in die kamer. Sy gaan loer kort-kort in. Hy slaap egter onrustig en is warm en klam van die sweet.

Dié nag sleep sy haar matrassie tot in sy kamer en laat die lamp laag brand.

"Kindjie!"

Sy is dadelik wakker en op haar voete.

"Wat is dit, Pappa?"

"Hoekom slaap jy hier?"

"Pappa is siek. Ek kan nie vir Pappa alleen los nie." Sy sê dit teer maar sonder om doekies om te draai. Die tyd van dinge wegsteek, is verby.

Sy maak die waslap in die skotteltjie water nat en vee sy gesig af.

"Ek weet, kindjie. My werk is amper voltooi, dan . . . dan kan ek gaan."

"Amper, Pappa? Wat wil Pappa dan nog doen?"

"Ek wag net vir Braam. Hy . . . hy moet na jou kyk."

Hy praat stadig en hortend en Martie kan sien hoe die paar woorde hom vermoei. Hy gaan by die uur agteruit.

"Pappa moet nou rus. Dis al amper dagbreek. Braam sal seker teen vanaand hier wees."

Sy sê dit met soveel oortuiging dat Heinrich net stil glimlag.

In haar eie gemoed is egter soveel twyfel en bekommernis. Haar pa se tydjie raak min; baie, baie min. Braam moet tog net gou kom.

Sy kan nie weer aan die slaap raak nie en wag die dag met groot, starende oë in. Sag breek die rooi gloed deur die donkerte en kleur die oosterkim blosend, soos 'n jong meisie in haar eerste liefde.

Sy trek skoon lakens oor die bed en spons Heinrich se koorsige liggaam met koel water af. Sy probeer nie eens om hom iets te laat eet nie. Hy drink darem af en toe 'n bietjie water.

Martie wag gespanne by sy bed. Sofie bring later vir haar koffie en beskuit en verdwyn dan weer net so stil.

Die hele sendingstasie se inwoners kom verneem deur die oggend by die kombuis hoe dit met hul geliefde herder gaan. Hulle praat sag en gedemp en verdwyn dan weer stil-stil.

Martie het nog nie weer aan haar mooi nuwe rokkie en sandale gedink nie. Haar hart is net hier in die siekekamer vasgevang. Al haar aandag en gedagtes is toegespits op haar dierbare en geliefde pa.

Dis kort ná die middag toe sy perdepote op die werf hoor. Sy spring op en druk haar hand teen haar hors.

Braam!

Ag, Vader, bid sy saggies, laat dit asseblief tog Braam wees. Laat dit tog nie net Kamua wees wat met 'n boodskap terugkom nie.

Sy kyk na Heinrich wat rusteloos slaap en dan hardloop sy by die deur uit.

Buite is die lig skerp toe sy so skielik uit die donker kamer in die helder sonlig kom. Sy knip haar oë 'n paar keer om behoorlik te kan sien. Toe sy hulle weer oopmaak, is Braam sommer hier by haar. Sy groot hande kom rus warm en vertroostend op haar skouers. Die trane dam in haar oë op en haar arms gaan styf om sy lyf. Skielik gee die keerwal in haar gemoed mee en sy druk haar kop styf teen sy bors vas; 'n breë bors wat veilig en bekend onder haar wang voel.

"O, Braam! Jy het regtig gekom!"

"Natuurlik het ek gekom. Hoe gaan dit hier, Martie? Is hy . . . is hy . . .?"

"Hy is baie siek, Braam. Hy klou van verlede nag af met 'n ysere wil aan die lewe vas totdat jy kom."

"Dan moet ons nou dadelik na hom toe gaan."

Haar hand glip in syne en hy vou dit warm toe. Meer tevrede en rustig stap sy saam met hom. Sy is nie meer alleen nie. Braam is hier, hy sal help.

Sy trek die gordyne effens oop en stoot vir Braam nader aan die bed.

"Pappa! Papsie!"

Die bleekblou oë flikker oop.

"Hier is Braam."

"Braam?"

"Ja, Pappa. Hy het sommer dadelik gekom. Dit was maar so pas middag."

Heinrich knik sy kop en beduie vir Braam om te sit.

"Sit, Braam."

Braam sak stil in die stoel neer.

"Martie, gaan maak vir hom koffie. Ek . . . ek wil alleen met hom . . . praat."

"Goed, Pappa."

Sy buk oor en fluister by Braam se oor: "Kom roep my dadelik as iets nie reg lyk nie."

Hy knik met sy kop. Martie verlaat die kamer en trek die deur agter haar toe.

"Braam . . . my tyd . . . is verby."

Braam sit vorentoe. Hy praat nie en laat die siek man klaar praat. Hy kan sien hoeveel inspanning dit van hom verg.

"Martie. Jy . . . jy moet na haar kyk."

"Ja, oom, ek sal dit doen."

Die maer hand beweeg vorentoe en druk Braam se hand.

"Braam . . ."

"Ja, oom?."

"Trou met haar."

"Maar, oom . . .!"

"Asseblief."

"Oom . . . ek sal graag met haar wil trou, maar sy . . . ek weet nie . . . ek weet nie of sy met my sal wil trou nie."

"Sy sal."

"Maar, oom, ek weet darem nie. Ek . . . as sy wil, sal ek haar terugneem Walvisbaai toe. Maar trou . . ."

"Wil jy nie? Is . . . is jy nie lief vir . . . Martie nie?"

Braam vat ongemaklik aan sy kraag en loer dan benoud na die deur. "Oom . . . ek . . . ek is baie lief vir haar! Maar, oom . . . ek is anders as sy. Ek ken nie 'n ma nie . . . ek is wild en ek weet nie van al die fyner dinge waarvan 'n vrou hou nie. Sy . . . sy is fyn en slim en opgevoed. Ek sal haar dalk ongelukkig maak."

Braam bly ongemaklik stil en vleg sy vingers inmekaar.

"As jy net lief is vir haar. Jy sal altyd goed wees vir haar."

"Maar sy dan, oom? Sy . . . sy is dalk nog lief vir daardie man in die Kaap. Sy . . ." Braam lek oor sy droë lippe.

"Sy sal leer! Ek . . . sal vir haar sê dit is my wens."

"Oom, ek weet darem nie . . ."

"Jy . . . jy moet net goed wees vir haar. Wees vir haar . . . baie . . . lief."

"Ja, oom. Ek sal, oom."

"Braam . . ." Die siek man se stem is pleitend. Hy praat met sy laaste krag. "Ek kan haar nie so alleen agterlaat nie. Dit . . . dit reën . . . Jy sal nie nou . . . kan ry nie. Julle . . . julle kan nie . . . alleen . . . bly nie."

"Ek verstaan, oom. En, oom . . . baie dankie vir die vertroue in my. Ek sal altyd probeer om dit waardig te wees."

"Jy . . . sal, Braam! Jy sal . . . goed wees vir haar. En sy . . . sal vir jou 'n . . . goeie vrou wees. Gaan roep haar, Braam."

"Goed, oom."

Braam kry vir Martie in die kombuis waar sy stil deur die venster staar. Sy swaai verskrik om, haar hand onmiddellik teen haar keel.

"Jou pa roep jou."

Sy stap voor hom uit en eers in die kamer kom sy agter dat hy weer langs haar by die bed kom staan.

"Pappa?"

"Martie, ek . . . ek wil hê jy . . . en Braam moet trou. Nou! Ek . . . sal julle nou trou."

"Maar, Pappa!"

Hy lig sy hand swak op.

"Jy moet, kindjie . . . hy het ingestem."

Martie kyk vinnig na Braam, maar hy ontwyk haar oë.

"Maar, Pappa, ek kan dit mos nie doen nie! Ek het gedink Pappa wil hom vra om my iewers heen te neem."

Heinrich haal swaar asem en die sug kom van diep uit sy moeë liggaam uit.

"Asseblief, kind. Nie . . . so alleen los nie. Die reën . . . Ek is . . . moeg. Braam . . . sal goed wees . . . vir jou."

Braam kom staan styf langs haar en sy arm gaan beskermend om haar skouers.

"Hy is baie moeg, Martie. Ons moet hom nie verder vermoei nie. Sy tyd is min. Ons kan later gesels."

"Goed, Pappa. Ek sal die register gaan haal."

Hy knik sy kop bevestigend.

"Kamua en Frederik . . . kan lees en . . . skryf. Getuies wees . . ."

"Goed, oom. Ek gaan roep hulle solank."

Martie kyk verbouereerd na haar verkreukelde blou rokkie. Sal sy nie maar net 'n ander rok gaan aantrek nie?

Haar pa se asemhaling is vlak en sy kuiltjie beweeg amper nie. Daar is nie nou tyd vir sulke dinge nie.

Braam kom terug en die twee getuies kom staan bedremmeld en vol stof in die deur. Braam help vir Martie om haar pa gestut te kry teen die kussings.

Sy sit die Bybel en die register op sy skoot en die pen eenkant op die tafeltjie. Hy stoot egter die Bybel eenkant toe.

"Te moeg . . ."

Hy haal diep asem en sy woorde is net-net hoorbaar.

"Martha Maria Schlage, belowe jy om te neem as jou wettige eggenoot vir . . ." Hy kyk hulpsoekend na Braam.

"Abraham Johannes Potgieter." Braam sê dit met soveel gewydheid dat Martie nie die trane wat stadig oor haar wange loop, kan keer nie.

Heinrich knik net sy kop en kyk na Martie.

"Ja, ek belowe, Pappa."

"En jy, Braam, neem jy vir . . . Martie as jou wettige vrou?"

"Ja, oom."

"Ek . . . verklaar julle dan . . . man . . . en . . . vrou."

Sy oë sak toe en hy leun swaar agteroor.

Martie vat die register en vul dit in. Sy het al vantevore

vir hom sulke werkies gedoen. Sy teken en gee die pen vir Braam. Toe hy klaar is, sit sy die pen in haar pa se hand.

"Sal Pappa kan teken?"

Hy haal diep asem en Martie gee eers vir hom 'n slukkie water. Sy sien hoe hy konsentreer om die lyntjie raak te sien. Sy vingers is stram en onwillig, maar met bomenslike inspanning teken hy sy naam die heel laaste keer in sy lewe.

Hy glimlag tevrede toe Martie die register by hom neem en dit vir Braam gee. Sy beduie met haar kop na die twee verbouereerde, stil getuies in die deur.

Hulle teken waar Braam vir hulle wys en verdwyn dan stil-stil. Martie maak haar pa gemaklik en probeer haar stem vrolik hou.

"Nou gaan ons gou koffie drink."

"Ek sal die koffie gaan haal." Braam stap by die deur uit en Martie weet dat hy die geleentheid aangryp om net 'n paar minute lank uit hierdie sombere atmosfeer te kom.

Alles voel so onwerklik! Enkele minute gelede het sy nog in die kombuis gestaan en deur die venster na die ganse gekyk. Sy het gewonder wat môre en volgende week vir haar inhou, en nou is sy getroud. Getroud met Braam Potgieter!

10

"Rus my siel, jou God is koning,
oral voer Hy heerskappy.
Alles wissel op Sy wenke,
onveranderlik is Hy."

Hartseer en weemoedig klink die paar stemme in die stille

gewydheid van die somersdag op. Martie druk snikkend haar gesig in haar hande terwyl haar skraal skouers onbedaarlik ruk.

Braam se arm vou om haar en hy druk haar liggies teen hom vas. Die ruwe houtkis sak stadig weg in die ryk, rooi aarde: 'n aarde wat mildelik gee, maar wanneer ons lewenstaak voltooi is, weer dit wat syne is, opeis.

Martie het self 'n stukkie uit die Bybel gelees en gebid. Dis egter nou, terwyl die mense van die sendingstasie die kis in die graf laat sak, dat alle selfbeheersing padgee.

Heinrich Schlage is daardie selfde nag nadat hy vir Martie en Braam getrou het, oorlede. Hier teen die vroeë oggendure het die doodsengel sy sending voltooi. Hy was rustig en kalm toe hy moes gaan. Sy taak was voltooi.

Braam was die afgelope twee dae 'n toring van sterkte. Hy het self vir Heinrich versorg en in die kis gesit. Hy het toegesien dat die graf gegrawe word. Al die reëlings het glad verloop.

"Kom ons gaan nou huis toe. Alles is nou verby."

Martie probeer met hom glimlag, maar dan glip 'n verlate snikkie uit.

"Ek sal toesien dat hulle die graf toegooi. Gaan maak jy solank vir ons koffie. Jy het vandag nog niks geëet nie."

Martie verdwyn dankbaar. Sy kan dit nie aanskou dat hulle die sand so bo-op die kis gooi nie.

Braam is so goed vir haar. Sy het nog nie eens kans gehad om aan haar nuwe verbintenis met hom te dink nie.

Hy kom 'n rukkie later in en sit sy hoed op die kas neer.

"Ons sal môre jou goedjies inpak. Hier is 'n wa en osse. Kamua kan saamgaan en dan weer die wa terugbring, en Chrisjan kan by ons agterbly. Ek wil een van hulle Grootfontein toe stuur met 'n brief sodat die sendinggenootskap ook in kennis gestel kan word."

"Dankie, Braam. Jy dink ook aan alles. Ek is nog so deurmekaar."

"Jy is maar net geskok. Dit sal een van die dae beter wees."

"Ek het gesien hoe hy agteruitgaan. Hy het net eenvoudig alle belang in die lewe verloor."

"Arme Martie, nou is jy ook heeltemal alleen."

Die feit dat sy haar pa ses en 'n half jaar lank nie gesien het nie, maak sy dood vir haar makliker om te aanvaar as haar ma s'n. Haar ma se dood was vir haar 'n groot skok. Hulle twee was so een in wese, so afhanklik van mekaar.

Braam ontvang die koffie by haar met 'n dankie en gaan haal dan self vir hom 'n paar beskuite uit die blik.

"Braam, jy het ook mos nog nie vandag geëet nie. Ag, ek is jammer!"

"Ek het vanoggend vir my 'n stukkie brood gevat. Ek sal nou-nou 'n vuur laat maak, dan kan ons 'n vleisie braai."

"Nee, dis nie nodig nie. Ek sal vir jou kos maak."

"Moenie moeite doen nie, Martie. Ek sal regkom."

"Dit sal my goed doen. Ek moet die lewe weer in die oë kyk. Ek moet sommer dadelik begin met die alledaagse ou werkies."

Sy kook dus vir hulle 'n ete en maak die aand weer vir Braam 'n bed in die sitkamer op. Hy sal nie daarvan hou om nou al in haar pa se bed te slaap nie.

Die troue is vir haar nog heeltemal onwerklik. Sy sal eers weer daaroor moet dink en dan kan hulle dit uitpluis en rustig bespreek.

Dis 'n hele bedrywigheid op die werf toe sy die volgende oggend wakker word. Braam het reeds die ossewa voor die deur laat trek en hulle wag net vir haar om te sê wat sy alles wil saamneem.

Die meeste goed in die huis behoort aan die sendinggenootskap. Sy pak dus net haar persoonlike goedjies in. Van haar pa se boeke waarvoor sy geen nut het nie, los sy ook daar. Die volgende sendeling kan dit miskien gebruik.

Teen elfuur is die wa klaar gelaai en kan Kamua die pad vat. "Kan jy perdry, Martie?"

"Ja. Onthou jy dan nie?"

"Ja, ek onthou nou."

"Dan kan ons twee liewer te perd gaan. Dis so tydsaam met die ou wa. Ons kan dus vanaand al by die huis wees."

Sy trek vir haar 'n wye, gemaklike rok aan en sluit die deure agter haar toe. Sy oorhandig die sleutel aan Frederik wat die oudste en nou seker eerste in bevel is.

"Ons sal gereeld kom loer of alles nog goed gaan, Frederik." Braam is in beheer en Martie laat hom dankbaar begaan. Sy is moeg van besluite neem en probleme probeer oplos. Dis heerlik om iemand te hê wat dit vir haar doen.

"As daar iets gebeur, moet julle iemand oorstuur om ons te kom roep."

"Reg, meneer Braam. Maar ons sal alles hier probeer reg hou."

"Goed, Frederik, kyk dan maar mooi na die plek. Hier sal seker een van die dae 'n ander sendeling kom."

Ná omtrent drie uur se ry saal hulle eers af en rus so 'n halfuurtjie. Hulle eet van die kos wat Martie vir hulle ingepak het en begin dan die laaste skof na haar nuwe tuiste.

Noudat alles weer rustig is, is Martie skielik skaam vir Braam. Hulle twee is nou in sulke ongewone omstandighede. Sy vermy dus enige gesprek wat hom daaraan kan herinner.

Braam respekteer haar hartseer. Hy sal later met haar gesels wanneer sy meer haarself is. Hy sal vir haar sê dat sy nie hoef bang te wees nie. Hy sal geen eise aan haar stel nie – nie voordat sy self daarvoor kans sien nie.

Kort voor sononder trek hy sy perd langs hare in.

324

"Net agter daardie bome is die plaashuis. Jy kan nou al die rooi blomme van die flambojante sien."

Martie kyk in die rigting waarin hy beduie en haar hart klop onstuimig in haar binneste.

Braam se huis. Háár huis! Haar nuwe tuiste saam met die wonderlikste, dierbaarste man in die hele wêreld.

Hoe wonderlik sou dit nie gewees het as hy haar self gevra het om met hom te trou nie. As hy net nie nodig gehad het om 'n sterwende man se laaste wens op só 'n wyse te vervul nie!

Skielik lê die groot, wit plaashuis voor hulle. Ná die beknopte sendinghuisie lyk dié plek vir Martie kolossaal.

Met stille verwondering staar sy na die prentjie van winkende vriendelikheid. Die vensters blink in die ondergaande son en knipoog goedig vir haar.

Sy gly sprakeloos van die perd se rug af.

Groot, groen grasperke strek tot teen die wit mure. Die pragtige bome met hul trosse rooi blomme gooi lang skaduwees oor die gras en laat dit heerlik koel en aanloklik lyk.

Op die groot stoep staan handgemaakte stoele en 'n bank. Martie kan sommer raai dat dit seker die leefplek in die somermaande is.

Welige struike gee kleur aan die omgewing en haar hande jeuk behoorlik om akkers en akkers blomme al teen die randjies van die grasperke te plant. Dit sal hierdie stukkie aarde in 'n sprokieswêreld omskep.

"O, Braam, dis 'n pragtige huis! Jy het nooit vir my gesê dis so mooi nie!"

"Is dit dan regtig vir jou mooi?" Hy lyk opreg verbaas en Martie kan nie help om te lag nie.

"Dis pragtig! Dis die grootste huis waarin ek nog gebly het . . ." Sy bly verleë stil en kyk sommer anderpad.

Braam se hand sluit om haar elmboog en saam stap hulle

teen die treetjies op. By die voordeur hou hy haar egter terug.

"Is dit dan nie gebruiklik dat die bruid oor die huis se drumpel gedra word nie?"

"Ag, Braam! Dit . . . dis mos nie 'n gewone huwelik nie."

"Ons kan maar altyd maak of dit is."

Hy buk af en tel haar gemaklik in sy arms op. Hy stoot die deur met sy voet oop en stap in. Binnekant laat hy haar onwillig gaan. Sy oë is sag en tergerig en dit laat Martie blosend wegdraai.

Oral in die huis is pragtige handgemaakte meubels. In elke vertrek is daar egter 'n skreiende hunkering na die hand van 'n vrou. Alles is onpersoonlik en pure man. Die eetkamerbuffet wat van knap vakmanskap getuig, lê vol stapels papiere en boeke. Verder is daar 'n tafel en twaalf stoele en Martie kan al in haar verbeelding sien hoe hierdie vertrek gaan lyk as sy met hom klaar is.

"Jy het pragtige meubels, Braam!"

"My pa het dit gemaak. Hy was 'n kunstige ou siel wat dit betref."

"Hier kort . . ." Sy bly skielik stil en kyk hom met groot oë aan. "Ek is jammer, Braam. Alles is baie, baie mooi."

"Jy wou gesê het hier kort 'n vrou se hand, iemand wat dit 'n bietjie mooi kan maak?"

Martie kyk verleë op haar hande. Sy kan al sien hoe mooi lyk haar gehekelde lappies op die buffet en haar groot, geborduurde tafeldoek oor daardie pragtige tafel. Die koperbak, wat sy nog van haar ouma geërf het, vol blomme sal pragtig lyk in daardie hoek. En die fyn, blou porselein-eetservies daar op die buffet uitgestal, sal 'n prentjie vorm.

"Ek hét mos nou 'n vrou, Martie. Jy kan nou na hartelus die plek vir ons mooi maak. Hierdie ou huis wag nog al die jare vir 'n vrou. Hy het nog nooit een gehad nie, weet jy? Jy is die eerste."

Sy frommel verleë haar sakdoek in haar hand op.

"Kom ek gaan wys jou waar jou kamer is."

Hy stoot die deur oop en soos in die vorige vertrekke is daar ook pragtige donkerhoutmeubels. En 'n kolossale hemelbed. Dis die grootste bed wat Martie nog ooit gesien het. Die style en pilare is kunstig uitgekerf en dit moet maande se arbeid geverg het. Teen die een muur is 'n spieëltafel met dieselfde kunstige houtsneewerk.

Oor die bed is daar egter net 'n kombers om die matras te beskerm en dit skree behoorlik om die versorging wat 'n vrou dit kan gee.

"O, Braam, dis pragtig! Dis die grootste bed wat ek nog ooit gesien het!"

Hy glimlag ondeund en toe sy blosend wil wegdraai, lig hy haar ken met sy vinger op.

"Ek hoop jy sal baie gelukkig hier wees, Martie. Ons sal eendag weer Otjiwarongo toe gaan en dan kan jy alles koop wat jy nodig het vir die huis. Gordyne en allerhande fieterjasies."

"Braam, jou huis is goed genoeg vir my. Ek sal mos nie jou goed sommer kom verander nie."

"Dis nou joune ook. Ek wil dit graag verander hê. Ek sal graag wil sien hoe lyk dit as dit onder jou hande deurgeloop het. Ek dink jy sal dit net so goed doen as wat jy kan kos kook."

Sy glimlag stralend vir hom en hy los haar vinnig en stap uit.

Sy het net 'n sak met die nodigste toiletware en 'n paar stukkies klere saamgebring. Die ander goed kom met die wa.

Heeldag op die perd se rug en die min slaap van die afgelope paar nagte eis vroegaand reeds sy tol. Sy gaap lang gape en kan glad nie reg laat geskied aan die heerlike kos wat Siena, Braam se huishoudster, gemaak het nie.

327

"Ek dink jy moet gaan inkruip. Daar in die gangkas is komberse en lakens. Kom ek gaan wys vir jou."

Martie protesteer nie eens nie. 'n Bed sal nou baie welkom wees.

Die son betrap haar die volgende oggend nog in die bed. Die helder strale lê al blink oor die vloer toe sy haar oë oopmaak.

Sy trek haar aan en was sommer haar gesig in die waskom.

Die wonderlikste van alles in hierdie groot huis is die feit dat hier selfs 'n badkamer is, 'n badkamer met 'n groot, wit bad. Hulle het gisteraand vir haar emmers warm water ingedra en sy het soos 'n koningin daar gelê, amper 'n uur lank.

Braam is nêrens te sien toe sy uit haar kamer kom nie.

Sy stap na die kombuis toe en rol solank haar moue op. Sy sal van nou af self vir haar man kos maak.

Siena is maar te gewillig en ook dankbaar om die kospotte af te gee. Ná al die jare is dit vir haar die wonderlikste ding wat kon gebeur het: hierdie huis het 'n vrou gekry!

Braam kom in vir ontbyt en hy snuif behaaglik in die lug.

"Dit ruik lekker! Ek is jammer dat ek jou vandag aan jouself sal moet oorlaat. Een van die windpompe het gebreek en die beeste by daardie kamp staan sonder water. Ek sal seker eers vanaand by die huis wees."

Hy verdwyn ná die ete en Martie neem die kans waar om die huis en plaaswerf te verken. Dit is 'n heerlike ontdekkingsreis.

Alles is pynlik netjies en presies. Met 'n stil glimlaggie kyk sy na die netjiese skuur. Sy moes dit verwag het. Braam se waens was mos so netjies en goed versorg. Elke ding is op sy plek en daar is nêrens 'n skewe hek of 'n slap draad nie.

Braam kom donkeraand eers by die huis – moeg en vuil. Hy gaan bad voor ete en hulle gaan weer vroeg slaap. Martie het darem al agtergekom dat hy in een van die stoepkamers slaap, 'n ruim en baie manlike vertrek.

Die volgende dag teen skemeraand kom die wa met haar goed daar aan. Sy is dankbaar om iets te hê om te doen en kan haar dus die dag daarna heeldag besig hou met die uitpak van haar goedjies.

So gaan 'n week stil-stil verby. Braam los haar sover moontlik alleen sodat sy haar hartseer kan verwerk. Hy weet maar te goed: as hy haar eers een keer in sy arms geneem het, sal hy haar nie weer wil laat gaan nie. Hy is so bang sy is nog nie ryp genoeg nie ... getroos genoeg nie! Dalk verbrou hy net alles deur oorhaastig te wees.

Martie pak haar goed uit en oral pryk al van haar ornamente en lappies. Die huis ondergaan 'n merkbare verandering. Sy verlustig haar in die mooi meubels en versorg dit met al die liefde en respek wat dit verdien.

Vanaand, 'n week nadat sy op die plaas aangekom het, voel sy egter rusteloos. Op die sendingstasie het sy so na Braam verlang, so gedroom oor die dag wanneer sy hom weer sou sien. En toe was dit vir haar so 'n hartseer dag, so anders as wat sy haar dit voorgestel het.

Nou raak sy weer kennelik bewus van sy nabyheid. Noudat die skok van haar pa se dood begin vervaag, is die kloppende, brandende liefde weer oorheersend in haar binneste.

Sy haal die wit rokkie met die groen spikkels wat sy die aand by Pieter van Bergen se huis aangehad het, uit die kas. Vanaand wil sy mooi lyk vir hom! Hy moet sien sy kan ook nog jonk en aantreklik wees.

Sy borsel haar hare totdat dit blink en kam dit dan in 'n los rol agter haar kop. Haar wange is blosend en haar oë sag en geheimsinnig toe sy by die eetkamer instap. Sy dek die tafel met een van die mooi tafeldoeke wat sy vir haar bruidsuitset gemaak het. Sy is mos 'n bruid! Alles binne-in haar is lig en vrolik. Sy glimlag stil. Ou Braampie, ek en jy is tog nou aan mekaar verbind. Jy kan my ook maar liefhê. Ek is seker daarvan dit sal nie te moeilik wees nie. Sy mymer saggies en as dit nie so verspot sou klink nie, sou sy saggies gesing het terwyl sy werk.

Die kerse gooi 'n flikkerlig oor die tafel en die lamp teen die muur maak geheimsinnige liggies in haar oë en blink guitig op haar dik, bruin hare.

Sy draai stadig om toe Braam se groot gestalte in die deur verskyn. Hy is skoon gebad en sy swart hare is blink en los om sy kop. Hy leun gemaklik teen die kosyn aan. Hy het 'n langbroek en 'n wit hemp aan en vir Martie is hy op hierdie oomblik die aantreklikste man op aarde.

Die liefde in haar pyn en klop en roep om erkenning. Dierbare mansmens! Hoe vreeslik, oneindig baie lief het sy hom nie!

"Martie . . .!" Hy kyk verwonderd na haar.

"Ek het jou nie gehoor nie."

Hy kom stadig nader en sit sy hande op haar skouers.

"Jy lyk so mooi! Jy het hierdie rok nog laas aangehad om vir Pieter van Bergen mooi te lyk."

Sy glimlag guitig en 'n koketterige liggie kom brand in haar oë. "Wie sê dit was vir Pieter?"

"Dit was net ek en Pieter wat daar was."

Sy steek haar hand uit en vee liggies oor sy wang.

"Ek sou sê jy en Pieter het ewe veel kans gehad."

"Martie!" Braam se stem is skor.

"Hm?" Sy loer onder haar wimpers deur na hom. Sy weet dat sy haar nou net soos 'n koket gedra, maar sy is nie skaam daaroor nie; hy is mos haar man. En buitendien is sy lief vir hom . . . so vreeslik baie lief.

Hy trek haar nader en sy leun met haar kop teen sy bors.

"Ek is net 'n man, Martie. Jy moenie so vir my kyk nie."

"Hoe, Braam?"

Martie is die ene onskuld. Sy teken patroontjies met haar vinger op sy bors. Haar oë is rond en geheimsinnig. Met 'n kreun vou hy haar styf in sy arms toe en sy snak liggies na asem. Die saligheid van sy nabyheid maak haar lam en willoos. Sy wil nooit weer van hom af weg wees nie. Sy het so verskriklik baie na hom verlang.

Dis so lekker om te weet hy begeer haar ook. Sy weet sommer hy is vir haar ook lief. Sy kan dit aan die bewing in sy liggaam en die dringendheid van sy aanraking voel.

Maar sy wil hierdie liefdespel so 'n bietjie uitrek. Sy wil soos 'n ware bruid voel as sy haar ten volle aan hom oorgee. Stadig steek sy haar hande uit en sit dit teen sy wange. Sy trek sy kop af en soen hom liggies op sy lippe. "Kom ons gaan eet."

"Martie . . . ons moet eers gesels."

Sy sit haar vingers op sy lippe.

"Later."

Hy vang haar hand en druk sag 'n soentjie op haar vingerpunte.

"Goed, mevrou Potgieter. Jy is tog nou die baas in hierdie huis."

Sy lag net sag en gaan sit op haar plek.

Braam se blik rus feitlik onophoudelik op haar. Hy hou haar broeiend dop. Sy is so anders vanaand, so asof sy vir hom ook omgee, vir hom ook lief is soos wat hy vir haar is.

Hy sal vir haar goed wees. Hy sal alles leer wat daar te leer is oor 'n vrou. Sy sal 'n goeie lewe by hom hê. Hy het nie 'n tekort aan geld nie. Dis net dat hy altyd so minderwaardig voel, en sy is so fyn en goed, so mooi van binne.

Martie gesels oor allerhande onbenullighede. Braam

331

antwoord op haar vrae, maar sy gedagtes is met baie ernstiger dinge besig.

Ná die ete gaan sit hulle 'n rukkie op die stoep, maar Martie stel vroeg al voor dat hulle moet gaan slaap.

Braam keer haar egter toe sy wil opstaan.

"Martie, ek wou jou tyd gee, maar kan ons nie nou gesels nie?"

"Waaroor?"

"Oor ons! Dit was vir my 'n moeilike week. Jy is so naby my en tog . . ."

Sy sit haar hand sag op sy mond.

"Môreaand. Kom ons gesels môreaand."

"Hoekom nie nou nie?"

"Jy sal nie verstaan nie. Dit . . . dis weer een van my vroumensgrille."

"O, jou Delila! Of wie is daardie vroumens wat die ou sterke so verlei het?"

Martie lag sag.

"Ja, haar naam was Delila, Simson. Jy is 'n regte ou Simson. So sterk en groot en net so ongeduldig!"

Braam kyk af in die geheimsinnige oë en stadig vat die reëls van haar speletjie pos in sy verliefde verstand.

Hy trek haar sag nader en sy arms gaan styf om haar. Sy kop sak laer en dan rus sy lippe warm en besitlik op hare. Hy soen haar talmend en selfversekerd voordat hy traag sy kop oplig.

"Goed, môreaand. Lekker slaap . . . my vrou!" Astrant tik hy haar met sy plathand op haar sitvlak toe sy by hom verbystap na haar kamer toe.

'n Rukkie later lê Martie droomverlore na die dak en staar. Die vreugde en liefde in haar is te groot om tot rus te kom. Haar laaste gedagtes is nog steeds om hom verweef toe sy met 'n glimlag op haar lippe en 'n dankgebed in haar hart lank ná middernag aan die slaap raak.

In Braam se oë is daar die volgende oggend aan die ontbyttafel 'n blik van besitlikheid.

"Het jy lekker geslaap, vroutjie?"

"Ja, dankie, my man."

Hy kyk vinnig op en dan skater hy dit uit van die lag. Hy buk oor en trek haar aan haar hand nader om haar sag op haar lippe te soen.

Ná ontbyt tel hy sy hoed op, maar kom eers weer terug na waar sy besig is om die tafel af te dek. Hy slaan sy arm styf om haar middel en druk 'n soentjie op haar hare.

"Ek sal vir middagete terug wees. Ek sal te veel na jou verlang om die hele dag weg te bly."

"En ek na jou!"

Haar oë glinster en is so vol liefde en aanbidding dat Braam onwillekeurig saggies kreun. Hy tel egter net sy hoed op en stap vinnig by die deur uit.

Martie wens die dag wil gou verbygaan. Intussen hou sy haar besig met allerhande peuselwerkies.

Toe Braam vir middagete huis toe kom, gesels hulle oor allerlei onbenullighede. Elkeen koester egter die wete dat die aand nou nie meer ver is nie. Hulle wil die afwagting uitrek en daaroor droom, dit vertroetel totdat die drome en die werklikheid versmelt.

Martie laat haar wit rokkie met die rosies uitstryk. Vanaand wil sy soos 'n bruid lyk. Sy is dan sommer in 'n gekreukelde blou rok getroud. Vanaand wil sy egter so mooi soos die mooiste bruid wees.

Ongeduldig wag sy dat Braam moet huis toe kom. Sy dek solank die tafel en maak die ete gereed. Sy wil nog gaan bad. Braam mag haar nie sien voordat sy heeltemal klaar aangetrek is nie.

Sy sien hom teen skemer aankom huis toe en verdwyn in haar kamer. Die bruidegom mag mos nie die bruid voor die troue sien nie.

Sy borsel haar hare en op die ingewing van die oomblik laat sy dit los oor haar skouers hang. Sy bind die sykante agter vas sodat dit nie in haar gesig hang nie en dit net agter los oor haar skouers tuimel.

Die wit rokkie met die roospatroon hang sag en mistig om haar skraal lyfie. Die middeltjie pas styf en laat haar fyn en breekbaar lyk.

Vir haarself het sy nog nooit mooier gelyk nie. Haar arms wat by die kort moutjies uitsteek, is sag en wit. Sy is seker Braam sal daarvan hou en vanaand wil sy net vir hom mooi wees.

Dis al donker buite en sy hoor hom in die sitkamer kug. Die lampe is reeds almal aangesteek en gooi breë, goue ligbane oor die blink vloere en sagte, gebreide velle.

Braam sit sy boek stadig neer toe sy in die deur verskyn. Soos 'n slaapwandelaar staan hy op en beweeg vorentoe.

Dit lyk amper of hy te bang is om vinnig te beweeg. Hy kom tree vir tree nader met sy hande effens uitgestrek voor hom. Hy is bang dat die skim . . . hierdie lieflike droom dalk sal verdwyn.

Die liefde gloei lonkend in haar oë. Haar hele wese smag na hom toe sy ook nader kom.

"Martie!" Sy stem is hees van ingehoue hartstog.

"Kyk . . . dis die materiaal wat jy vir my gegee het. Hoe lyk dit?"

"Jy is pragtig! So vreeslik mooi!"

"Dink jy regtig so, Braam?"

"Ja, my liefling!"

Martie kyk dromend op na hom. Kan hy, hierdie wilde kind van dié ongetemde land, so sag praat en sulke mooi dinge sê?

Sy gee 'n treetjie nader en met verwondering vee sy liggies met haar hand oor sy wang.

"Vanaand wil ek vir jou mooi wees, Braam. Net vir jou!"

Hy trek haar saggies nader en sy stem is hees toe hy met sy lippe teen haar slaap vroetel.

"Jy was nog altyd vir my mooi; selfs met net 'n nat onderrok aan!"

Sy lag skaam en druk haar kop stywer teen sy bors vas.

Braam is dadelik meester van die situasie. As sy vir hom skaam is, dan voel hy haar meerdere, haar beskermer! Hy lig die blosende gesiggie met sy vinger op.

"Is jy dan nou skaam, my skat?"

Sy knik liggies met haar kop.

"Hoekom dan?"

"Omdat . . . omdat dit nie reg was nie. Jy moenie sleg dink van my nie. Jy moet my net altyd . . ." Haar stem is sag en hy buk af om beter te kan hoor.

Haar arms gaan styf om sy lyf en sy druk haar kop in die holte van sy skouer vas.

"Moet ek jou net altyd liefhê? Is dit wat jy wil sê?"

"Ja."

"Wie sal dan ooit iets slegs van jou kan dink? Jy is alles wat goed is, my liefling. Ek is so oneindig lief vir jou. Ek het nooit geweet dat liefde 'n mens so . . . so lam en bewerig kan maak nie."

"En ek vir jou! Ek het so baie na jou verlang! Jy het 'n hele maand lank sommer net weggebly."

"O, my liefling, as jy maar weet hoeveel keer ek al my perd opgesaal gehad het en dan het ek myself weer oortuig dat ek nie goed genoeg is vir jou nie."

"Braam!" Sy kyk geskok na hom. "Hoe kan jy so iets sê?"

Hy antwoord nie eens op die geskokte uitdrukking nie. Sy lippe kom rus net warm en hongerig op hare. Hy soen haar met soveel drif en liefde dat Martie later net magteloos aan hom kan vasklou.

Sy lippe streel oor haar wange en haar oë en luier dan

weer in die holte van haar nek voordat dit eisend haar lippe opsoek.

"Braam!" Martie hyg uitasem sy naam.

"Ja, my liefling?"

"Ons . . . ons moet gaan eet."

"Ek wil nie eet nie."

"Kom." Sy maak haar beslis uit sy arms los. "Kom ons gaan eet eers. Daar is nog jare en jare vir ons voor."

Hy los nie haar hand nie en soen haar nog twee keer voordat hulle by die eetkamer kom. Hy peusel net aan die geurige kos. Die liefde maak hulle blind en gevoelloos vir alles wat aards en stoflik is.

Martie kyk op om sy oë met soveel liefde en aanbidding op haar te betrap dat sy weer ongemaklik bloos.

"Braam, moenie so vir my kyk nie."

Hy stoot sy bord terug en sy hand kom rus warm teen haar nek. Liggies vryf hy met sy duim teen die sagte ronding van haar skouer wat by die lae halsie van haar rok uitsteek.

"Kom ons gaan sit buite op die stoep. Ek wil jou in my arms vashou. Ek verlang te veel as jy daar eenkant sit."

Martie staan sonder teëpraat op. Braam wag egter nie tot op die stoep nie, maar vou haar net daar en dan in sy arms toe, om haar wild en hongerig te soen.

Sy vat later sy hand en stap uit op die stoep, waar sy styf teen hom op die bank gaan sit.

"Weet jy dat ek al op pad na my pa toe op jou verlief geraak het, Braam? Ek was soms so kwaad vir myself omdat ek soos 'n bakvissie snags oor jou kon lê en droom. Die nag wat ek in die veld verdwaal het, was ek rasend van bekommernis oor jou. Ek het gedink jy het seergekry."

Sy hand speel in haar nek met haar sagte, syerige hare. Sy vingers streel oor haar wang en hy draai haar gesig na hom toe.

"Regtig, my liefling? Ek kan dit nog nie glo dat jy regtig vir my ook lief is nie."

Haar vingers speel met sy oor en dan soen sy hom sag op sy mond.

"En jy . . .?"

"Ek? Ek weet nie. Dit was seker maar sommer van daardie eerste middag af. Dis nogal lagwekkend dat hierdie wilde, harde ou . . ."

Martie help hom glimlaggend met die woord wat hy soek.

"Kameeldoringstomp."

"Ja, dit kan jy weer sê. Ek is so hard en taai soos 'n kameeldoringboom. Ek gaan staan en verloor toe my hart op 'n . . ."

". . . seningrige ou kerkgeraamte!"

Braam lag saggies.

"Sal jy nou ophou om my storie te steel!"

Sy soen hom net liggies in sy nek en sy kan voel hoe die hoendervleis op hom uitslaan.

"Wel, hierdie ou kameeldoringstomp gaan staan en verloor toe sy hart op 'n sagte, fyne ou dingetjie met die dierbaarste sproetjies oor haar neus." Hy soen haar saggies op haar neus. "O, my liefling, jy is die wonderlikste iets wat nog ooit met my gebeur het! Ek het nooit gedroom dat die liefde so wonderlik kan wees nie."

Martie nestel teen hom vas en daar is oneindig baie teerheid en liefde in haar stem.

"Ek sal jou al die liefde gee wat jy nodig het, my skat. Ek het so baie om te gee. Jy is al wat ek nou het!"

Met 'n kreun vou hy haar styf in sy arms toe. Hy staan op en tel haar ook op. Haar arms gly om sy nek en sy druk haar kop in die holte van sy skouer.

"Kom ons gaan kamer toe. Jy weet, my pa was ook so 'n groot man soos ek. Toe hy destyds daardie bed gemaak het, het ek nog gespot en gevra vir wie hy die vreeslike groot bed maak. Hy het toe gesê: "Vir die een van ons wat eerste 'n vrou kry. Ons is te groot. Ons sal nooit saam met 'n vrou op 'n gewone bed kan slaap nie."

"Ek is so bly dat hy so versiende was," giggel Martie ondeund.

Sandroos uit Meob

1

Die windjie roer die riete liggies, pluk stout aan die meisie se hare en ruk aan haar rok. Soos 'n kind wat nie genoeg aandag kry nie, waai hy die volgende oomblik haar hare baldadig in haar gesig.

Ansa lag hardop en probeer nie eens om die hare uit haar gesig te vee nie. Sy trek haar rok hoër op sodat haar knieë wit uitsteek en hardloop met haar kaal voete om die duin wat plek-plek met polgras en riete begroei is.

Sy trek die vars, skoon lug diep in haar longe in en die vrede van die natuur met sy ongeskonde skoonheid kom vou warm om haar hart.

Op hierdie oomblik is dit haar grootste wens dat hulle vir altyd en altyd net hier kan bly. Vandat die laaste delwers twee maande gelede getrek het, het hierdie verlate woestyndorp die eerste keer vir haar soos 'n tuiste begin voel.

Sy kyk na die ruwe skoonheid om haar en sug. As dit nie vir vader Sebastiaan was nie, was hulle ook nie nou meer hier nie.

"An-saa!" Haar naam kom dof op die windjie aangesweef. Traag om gehoor daaraan te gee, maak sy asof sy dit nie hoor nie.

"Ansa, kom!" Hierdie keer is daar beslis 'n noot van kommer in die stem en Ansa vee die hare uit haar gesig en skerm met haar hand bokant haar oë.

Suster Theresa se wit rok word deur die wind styf teen haar skraal lyf vasgedruk. Sy hou die wit sluier op haar kop krampagtig met haar een hand vas.

341

Sy roep en wink en Ansa kan die dringendheid in haar hele houding sien.

Ansa hardloop oor die dik, sagte sand en die kommer laat haar met meer krag vorentoe beur.

"Wat is dit?" skree sy van ver af, maar suster Theresa het reeds omgedraai en drafstap terug na die houtkerkie en verdwyn dan om die gebou.

Uitasem storm Ansa by die deur in. Haar oë is groot en verskrik. Sy haal 'n paar keer diep asem en knip haar oë vinnig om aan die halfskemer gewoond te raak.

Suster Theresa is nie in die voorkamer van hul woonplekkie nie. Soos een wat 'n heiligdom betree, stap sy met die kort gangetjie direk na vader Sebastiaan se kamer toe.

Suster Theresa sit voor sy bed, en met teerheid vee sy die skraal gesig met 'n nat lap af.

Vader Sebastiaan se hare maak 'n donkerder kol op die wit kussing. Sy gesig is vertrek van pyn terwyl groot sweetdruppels op sy voorkop vorm.

"Suster?" Ansa se vraende stem is net 'n fluistering.

Suster Theresa kyk op. Haar blou oë dra 'n woordelose boodskap oor en Ansa voel hoe die vrees haar stadig bekruip.

Wat gaan van hulle twee vroue alleen hier in die woestyn word? Meob het 'n spookdorp geword. Vandat daar diamante op Oranjemund ontdek is, het die delwers sommer oornag weggetrek om daar na groter rykdomme te gaan soek. Neels en Valerie Dreyer het nog gebly. Hulle wou aanvanklik nie vir haar en suster Theresa met die siek vader Sebastiaan alleen hier los nie.

Vader Sebastiaan het beter begin word en toe, skielik, het dit sommer weer slegter gegaan. Twee maande gelede het die roepstem van die blink klippies selfs vir Neels en Valerie te veel geword. Die gevolg was dat hulle ook opgepak het, en daarna kon hulle nie vir suster Theresa heeltemal in die oë kyk nie. Neels het darem belowe om die polisiepatrollie hierheen te stuur om hulle te kom haal.

Ansa staan versigtig nader en kniel voor die bed. Sy vou die maer hand waarop die blou are uitgeswel lê in hare toe.

"Vader . . . vader moet gesond word. Ons kan nie sonder u wees nie. Ons was dan juis so bly toe u hier aankom om ons te kom haal. Wat . . . gaan nou van ons word?"

Die moeë oë flikker oop en 'n glimlaggie kom lê om die droë lippe.

"Julle sal regkom. Julle is die twee wonderlikste mense wat ek nog ontmoet het."

Ansa se trane drup op die maer hande en suster Theresa se gewoonlik bedaarde gesig vertrek van hartseer en sy byt op haar onderlip om die trane te keer.

"O, nee, vader Sebastiaan, u is die wonderlikste mens wat óns nog ontmoet het. U het u lewe gewaag om ons hier te kom haal. Alleen het u hierdie gevaarlike tog aangepak, en kyk net na die vreslike gevolge. Ek háát daardie man wat dit aan u gedoen het," sê Ansa snikkend.

"Jy mag nie haat nie, my kind. Wie hy ook al is . . . hy is en bly God se kind." Suster Theresa se hand kom rus op haar rukkende skouers en soos gewoonlik bring haar woorde dadelik berusting in Ansa se gemoed.

Dis 'n paar oomblikke lank doodstil in die kamer en suster Theresa sit haar hand op vader Sebastiaan se voorkop.

Sy oë flikker oop en sy glimlag is sag toe hy na haar kyk.

"Jy is 'n wonderlike vrou, suster Theresa. Ek . . . het vir jou lief geword hierdie afgelope klompie weke. Liewer as wat ek ooit vir enigiemand anders in my hele lewe was."

Ansa loer vinnig na suster Theresa en die uitdrukking op haar gesig is byna goddelik, sodat Ansa vinnig haar blik laat sak.

"Vader . . ." Die siek man hou sy hand op om suster Theresa stil te maak.

"My tyd is kort . . . ek moet praat."

Twee blink trane loop nou oor suster Theresa se wange en Ansa kan sien hoe vader Sebastiaan met verwondering daarna kyk. Hy lig sy hand moeisaam op en vee liggies oor haar wang voordat hy dit weer moeg op die spierwit deken laat neerval.

Ansa besef dat hierdie oomblik aan suster Theresa behoort en sy mik om op te staan.

Vader Sebastiaan keer haar egter.

"Bly asseblief hier, kind. Jy . . . moet mooi na Suster Theresa kyk wanneer ek weg is. Julle was so goed vir my. Julle . . . het my laat besef dat daar nog . . . liefde in hierdie wêreld is. Selfs . . . vir my."

"Maar hoe praat u dan nou, vader Sebastiaan? U is dan die een wat ander mense van liefde leer. Kyk net hoeveel het u vir ons twee opgeoffer! U het álles geoffer . . . U het u eie léwe vir ons geoffer." Ansa se stem is rou. Hulle het so lief geword vir hom.

Hy het hier aangestrompel gekom met 'n koeëlwond laag in sy buik. Suster Theresa het alles gedoen wat sy kon. Sy weet meer van medisyne af as enigiemand anders hier teen die kus.

Nadat die Dreyers weg is, het dit met rukke beter gegaan. Hulle besef dat hy eintlik by 'n hospitaal moes kom, maar daar was niemand om hulle te neem nie. Maar van verlede week af het hulle besef dat hulle besig is om die stryd te verloor. Magteloos moes hulle toekyk hoe hy stadig maar seker agteruitgaan.

Suster Theresa glimlag begrypend terwyl sy weer met die nat lap oor sy gesig vee.

"Dis te verstane dat jy nederig sal wees, vader Sebastiaan. Die Meester was ook so. Ons sal jou met baie liefde

344

onthou. Ons sal altyd onthou hoe jou onselfsugtigheid en nederigheid deel van jou menswees was." Suster Theresa se stem is sag en baie teer.

Vader Sebastiaan se hand sluit om hare en daar is soveel liefde in sy oë dat dit 'n knop in Ansa se keel bring.

"Dalk is dit beter dat ek gaan . . . Die eerste keer in my lewe begeer ek 'n vrou en . . . daar sou vir ons geen toekoms saam kon gewees het nie." Sy stem is so opreg en eerlik dat Ansa sommer hardop snik.

"Sal . . . jy vir oulaas vir my 'n bietjie water gaan haal . . . by die pomp?" Hy glimlag vir suster Theresa, wat dadelik opstaan.

Sy hand klem om Ansa s'n met 'n dringendheid wat haar intuïtief laat besef dat hy haar hier wil hou, dat hy vir haar iets wil sê wat suster Theresa nie mag hoor nie.

Toe suster Theresa se skraal gestalte by die deur uit is, draai sy oë na haar en daar is soveel smeking in hulle dat sy weer stil op haar knieë langs die bed neersak.

"Ansa, jy moet mooi kyk na haar. Ek . . . is eerlik wanneer ek sê dat . . . ek lief is vir haar."

"Ek sal, vader. Ek sal. Ek . . ." Haar stem breek in 'n snik.

"Jy moet haar veilig hier wegkry. Wees versigtig . . . pasop vir . . ." Sy stem raak horterig en Ansa spring verskrik op.

"My . . . Bybel . . ."

Haar oë soek wild na sy Bybel op die tafeltjie.

"Joune . . . vat dit vir jou . . . kyk . . ."

Suster Theresa kom vinnig in en Ansa weet dat sy die entjie na die pomp toe gehardloop het. Sy weet presies hóé kort sy tydjie regtig is.

Ansa skuif op sodat suster Theresa weer langs vader Sebastiaan kan staan. Suster Theresa lig hom versigtig op en hou die beker met die koel water teen sy lippe.

Sy asem is gejaag en baie vlak. Hy lê eers 'n rukkie lank met sy oë toe en dan, met bomenslike inspanning, maak hy dit oop en beduie na die Bybel.

"Joune." Die woord vorm net op sy lippe en Ansa knik instemmend terwyl sy die Bybel styf teen haar bors vasdruk.

Vader Sebastiaan voel-voel na die kruis wat hy om sy nek gedra het en Ansa tel dit dadelik van die tafeltjie op en hou dit na hom toe uit. Met dowwe oë waarin die dood reeds skuil, kyk hy na suster Theresa, wat dit eerbiedig by Ansa vat.

Sy mond vertrek en hy knik baie liggies.

Suster Theresa druk die kruis teen haar lippe en haar blou oë is blink van die trane.

"Dit sal van nou af my kosbaarste besitting wees. Want sien, vader Sebastiaan, ek het vir jou ook lief geword. Eendag sal ons weer ontmoet en dan . . . sal daar niks wees wat ons verhinder om vir ewig aan mekaar te behoort nie."

Die uitdrukking van tevredenheid wat oor vader Sebastiaan se gesig kom, is die mooiste en skoonste iets wat Ansa nog aanskou het.

Die ligte deining van sy bors raak stil. Die vrede en heiligheid van suster Theresa se woorde bly oor hom hang terwyl sy haar hand uitsteek en dit op sy bors druk.

Ansa kyk na die twee mense hier voor haar. Daar is geen skrik of vrees op suster Theresa se gesig te bespeur nie. Dis met verwondering dat Ansa besef haar eie gemoed is ook stil en kalm. Hoe mooi is die dood nie vir die mens wat weet waar sy eindbestemming is nie!

Die wind waai die trane op haar wange droog terwyl Ansa al met die lae duine langs stap. Die verslete Bybel is steeds styf teen haar bors vasgedruk.

Hulle het hom so 'n kort rukkie geken, en tog het hy so

diep in hul harte ingekruip. Arme suster Theresa, wat haar eerste en enigste liefdesverklaring op só 'n manier moes kry.

Ansa kan die trane wat nou vinniger kom, nie keer nie. Sy huil oor vader Sebastiaan en sy huil oor suster Theresa, die enigste moeder wat sy die afgelope klompie jare gehad het.

Haar pa was ook 'n delwer soos die meeste ander mense hier rond. Toe diamante op Kolmanskop ontdek is, het hulle sak en pak van die Transvaal af verhuis. Sy was toe vier jaar oud. Die eerste jaar het dit taamlik goed gegaan. Sy en haar ma het in weelde gelewe, want op Kolmanskop was oorgenoeg om van te leef. Eie aan die delwers het die dag van môre nie bestaan nie.

Met haar sussie se geboorte is haar ma en die baba dood. Net sy en haar pa het oorgebly. Op tienjarige ouderdom het sy 'n ma bitter nodig gehad.

Haar pa kon nooit haar ma se dood verwerk nie. Hy het al meer na die bottel gegryp om sy hartseer en verlange weg te drink. Hy het nie meer gelewe nie, net probeer om te bestaan.

Toe diamante hier op Meob ontdek is, was hy een van die eerstes wat hierheen gekom het. Hy wou seker maar ontvlug van al die bekende dinge.

Hier op Meob, die onherbergsame dorpie 'n ent van die kus af, het dit tog beter gegaan. Dit was asof die woestyn en die see hom uitgedaag het. Met hernude ywer het hy sy kragte teen die elemente ingespan. Maar ses jaar gelede het hy sommer skielik net siek geword. Dalk was dit die harde lewe en die ontberings wat hul tol geëis het. Tien dae later was sy alleen en sonder familie op die aarde.

Hier op Meob was suster Theresa alles. Sy was dokter en predikant, sieketrooster en ook 'n moeder vir die arme weeskind. Hier aan die agterkant van die houtkerkie het

Ansa maar haar intrek by Suster Theresa kom neem. Gelukkig is hier vir elkeen 'n kamer, ook een vir vader Ferdinand wat gereeld elke derde maand saam met die polisiepatrollie gekom het.

Hy het gewoonlik 'n week lank gebly. In dié tyd het hy dan gepreek, mense getrou, kinders gedoop en Nagmaal gehou.

Vir haar was dit geensins lekker jare nie. Hier was te veel wilde, ruwe mans. Suster Theresa het haar nie toegelaat om alleen buite rond te loop nie. Veral die afgelope paar jaar, vandat sy in 'n jong vrou ontwikkel het, is sy strenger opgepas. Vir haar vrolike, spontane gees was dit 'n pyniging.

Vader Ferdinand het aan die begin van die jaar afgetree en sal seker terug Duitsland toe gaan. Vader Sebastiaan het intussen in sy plek gekom. Hierdie besoek was sy eerste en ook sy laaste aan hulle.

Toe die delwers agter groener weivelde aan begin trek het, het vader Sebastiaan besluit dat hulle ook moet teruggaan Lüderitz toe. Hy het saam met die polisie laat weet dat hulle hulle solank moes begin voorberei sodat hulle saam met hom kon teruggaan.

Hulle was so opgewonde oor die nuus. Veral sy. Op Lüderitz is meer mense, en sy sou meer vryheid hê. Suster Theresa het reeds begin planne beraam om haar Windhoek toe te stuur sodat sy op haar eie bene kon staan.

Sy sou gaan verpleeg het. Alles wat suster Theresa haar moontlik kon leer, het sy haar geleer. Sy is dus nie heeltemal onkundig wat verpleging betref nie.

Ansa gaan sit teen die duin en kyk peinsend na die rooibruin woestyn wat so in die oneindigheid versmelt.

Wat 'n lewe van kontraste was dit nie die afgelope jare nie. 'n Wêreld van ruwe delwers en die ongenaakbare woestyn met sy onvoorspelbaarheid.

Elke stukkie kos wat hulle eet, moet eers met die boot van Walvisbaai of Lüderitz af kom. Met platboomskuite word die kos tot by die land gebring. Dan eers begin die proses om die goedere die hele ent deur die woestyn na Meob te vervoer.

Gelukkig kon hulle darem water kry hier op Meob. Dis iets wat baie skaars is in hierdie droë geweste. Sy onthou nog hoe bly almal was die eerste dag toe hier 'n pomp opgesit is en die water in 'n blink straal begin uitloop het.

Die delwers het daardie aand tot wie weet watter tyd gedrink en geraas. Dit was een van die min kere dat Ansa vir suster Theresa moedeloos en verslae gesien het.

Ansa onthou nog hoe haar stem gebewe het toe sy hardop vra: "Hoe kan 'n mens op só 'n manier dankie sê vir so 'n groot gawe? Ek verstaan die mense nie, Ansa. Party dae voel dit vir my asof al my werk niks oplewer nie. Bring so iets dan nie die mens nader aan sy Skepper nie?"

Ansa was 'n oomblik lank verslae en het nie geweet wat om te sê nie. Soos altyd het sy maar net haar kop styf teen suster Theresa se skouer gedruk.

"Jou werk hier op Meob was darem nie heeltemal sinloos nie, suster Theresa. Jy het jou oor my ontferm en jy het my al soveel dinge van die lewe geleer. Ek is so lief vir jou en ek sal altyd dankbaar wees vir alles wat jy vir my gedoen het."

Suster Theresa het 'n soentjie op haar hare gedruk, diep gesug en opgestaan.

Omtrent 'n jaar gelede het suster Theresa met haar fyn aanvoeling vir dinge 'n sakie geopper wat haar baie na aan die hart lê. Sy het Ansa 'n rukkie peinsend dopgehou voordat sy gepraat het. "Ons sal jou hier moet wegkry, Ansa. Jy word nou te groot en jy is baie, baie mooi. Hierdie mans sal hulle nie langer laat keer nie. Ek gaan net vanaand vir vader Ferdinand skryf en sê hy moet jou kom haal."

"Ek gaan nie sonder jou nie, suster Theresa," het sy walgegooi.

Daar het 'n glimlaggie in suster Theresa se oë kom skuil toe sy praat.

"My tyd is ook verstreke hier, Ansatjie. Die mense praat van diamante wat op Oranjemund ontdek is. Hulle sal soos vlieë agter die aas aantrek. Ek ken die delwers. Hulle hoop altyd op 'n beter môre. Môre bring groot rykdom en groter kleims."

Dit was toe ook soos sy voorspel het. Van die twintig gesinne het tien dadelik getrek. Toe nog vyf, en 'n maand later die ander vier. Die Dreyers het nog gewag, maar toe dit vir hulle begin lyk asof dit slegter gaan met vader Sebastiaan, het hulle ook maar geswig voor die versoeking van rykdom.

Nou is dit net hulle twee en die elemente van hierdie wrede, ongenaakbare wêreld. Twee vroue alleen met 'n sukkelende groentetuintjie en ingemaakte en gedroogde kos wat baie min word.

Ansa druk die Bybel stywer teen haar vas. Sy sal nie nou daarin kan lees nie. Die wind sal die blaaie skeur. Die Bybel in haar hande bring tog vertroosting en berusting. Hulle weet tog waar hul hulp vandaan kom! Hoekom sal sy nou paniekerig word?

Sy sug diep en kyk na die sagte buitelyne van die duine. Hulle sal dadelik moet begin planne beraam om hier weg te kom. Veel langer sal hulle nie hier kan bly nie. Op hierdie oomblik is daar egter 'n groter bekommernis: hulle sal vader Sebastiaan moet begrawe. Daarna sal die tyd maar verder moet leer.

Traag en onwillig om die morbiede atmosfeer te betree, stap Ansa 'n rukkie later terug.

Suster Theresa is in die kerkie en Ansa gaan sit ook stil agter in die kerk op 'n bankie. Daar brand kerse en suster

Theresa staan op haar knieë, haar hande voor haar saamgevou in gebed. Dierbare mens met haar groot geloof! Haar liefde vir die edel mens hier voor haar hang 'n oomblik salwend om Ansa.

Sy laat haar kop sak en suster Theresa se geluidlose gebede vind aanklank in haar hart. Saam dra sy vir vader Sebastiaan aan die Hoër Hand op. Sy weet dat hy nou afkyk na hulle en sy sien voor haar geestesoog die sagte lig van liefde in sy oë. Net soos vroeër toe hy na suster Theresa gekyk het.

Alles gebeur tog maar met 'n doel, al verstaan die mens dit nie altyd nie. Vir vader Sebastiaan en suster Theresa sou daar nooit 'n toekoms saam kon gewees het nie. Nou het suster Theresa darem mooi herinneringe wat later in 'n droom verweef sal word. 'n Droom wat dikwels baie mooier as die werklikheid is, omdat dit met net die mooiste gevul word.

Ansa sug liggies. Sy weet tog goed hoe hard die werklikheid kan wees. In haar twintig jaar het sy al te veel daarmee kennis gemaak.

'n Hand druk liggies op Ansa se skouer en haar oë fladder oop. Suster Theresa staan stil langs haar. 'n Sagte glimlaggie huiwer om haar mond en haar oë is neergeslaan.

"Kom, ons sal moet regmaak vir die begrafnis."

Ansa staan op en stap saam met suster Theresa by die deur uit.

"Ek sal eerste grawe. Gelukkig is die sandgrond sag."
Ansa rol solank haar rok se moue op.

Suster Theresa keer haar egter met 'n besliste hand.

"Ek sal liewer eerste grawe." Sy glimlag verskonend. "Jy kan die laaste stuk grawe. Ek sal nie meer uit die gat kan klim nie."

Ansa slaan haar arm om suster Theresa se skouer en druk haar styf teen haar vas.

"Hier is mos twee grawe. Ons sal saam grawe en die laaste stukkie sal ek alleen doen. Daar is mos geen haas nie." Haar stem is so sag en vol begrip dat suster Theresa vinnig wegdraai sodat Ansa nie die blink trane in haar oë moet sien nie.

"Ons sal dit ongelukkig diep moet maak. Hier gaan niemand wees om daarna te kyk nie. Die strandjutte sal die graf kom oopgrawe. Ons . . . sal ook eersdaags moet gaan." Suster Theresa se stem is bewerig en Ansa weet dat sy nou bomenslike inspanning gebruik om dit nie te laat breek nie.

"Die strandjutte kan maar vergeet, ons sal die gat diep genoeg maak sodat geen wolf daar sal kan kwaad doen nie," troos Ansa.

Daar is in elkeen van die vroue se hart 'n groot dankbaarheid oor hierdie groot taak wat vir hulle voorlê; hierdie eis wat aan hul beperkte krag gestel word. Dit hou ten minste hul gedagtes besig en help dat hulle nie aanhou tob oor 'n ander probleem nie – 'n probleem wat groot en ontstellend op die agtergrond huiwer.

Dié aand versorg suster Theresa vader Sebastiaan se liggaam en saam plaas sy en Ansa hom in die ruwe houtkis wat nog in die pakkamer is.

Die graf is eers teen laat die volgende middag klaar.

Ansa se spiere is styf en seer en haar gesig vuil van die sand toe sy saam met suster Theresa afkyk in die sandgraf.

"Ons . . . sal maar die diens vanaand hou, Ansa. Jy kan nou gaan bad en jou klere aantrek. Ek sal solank alles regmaak."

"Goed, suster. Ek sal gou maak sodat ons dit nog voor donker kan doen." Ansa sit die graaf eenkant neer en stap na haar kamer toe.

Haar kerkrokkie is al hopeloos te klein. Suster Theresa

het nou die dag belowe om vir haar klere te laat maak so-dra hulle in Lüderitz kom. Die rokkie span styf om haar bors en sit net-net onder haar knie. Die swart kouse wat onder die wit rokkie uitsteek, is dik gestop, maar dit sien Ansa nie eens raak nie.

Sy was haar hare om van die stof ontslae te raak en vryf dit sommer met die handdoek droog. Dis nog klam toe sy dit vleg en om haar kop draai.

Suster Theresa wag al vir haar in die kerk.

Ansa sit stil voor haar en kyk. Soos altyd in die verlede is hier 'n rustigheid en vrede wat jy nêrens anders ervaar nie.

Stadig bedaar die onrus in haar binneste en vloei die moegheid uit haar stram ledemate.

Hulle twee kan nie die kis alleen dra nie en is genood-saak om dit op 'n kombers te sit en tot teenaan die graf te sleep. Ansa kyk met groot oë na suster Theresa toe hulle uitasem langs die oop graf tot stilstand kom. "Ons . . . kan nie anders nie, Ansa. Ons . . . sal maar die kis hier moet inrol." Suster Theresa vermy haar oë.

"Nee! Nee, ons kan dit nie doen nie!"Ansa se stem is beslis. Sy is jonk en sterk. Sy kan nie toelaat dat vader Sebastiaan op so 'n hardhandige manier tot rus kom nie.

"Ek sal 'n tou gaan haal, dan laat sak ons die kis daar-mee."

Suster Theresa kyk bekommerd na Ansa en byt op haar onderlip.

"Ons kan probeer, maar . . . ek dink nie ons is sterk ge-noeg nie."

Ansa kom terug met die tou en skuif dit onder die kis deur. Die tou is gelukkig lank en hulle kan dit twee keer deursit sodat hulle dit met albei hande kan vasvat." Goed, kom ons probeer." Ansa probeer optimisties klink en span al haar krag in.

Hulle lig die kis stadig en met groot moeite tot oor die gat, maar skaars 'n meter van bo af moet suster Theresa die stryd gewonne gee en glip die tou uit haar hande.

Toe die kis met 'n dowwe geluid die bodem van die graf tref, is sy langs Ansa en druk sy haar styf teen haar vas. Sy wieg die snikkende jong vrou liggies heen en weer asof sy nog 'n baba is.

"Hy . . . sal verstaan, Ansatjie. Ons . . . het net nie die krag gehad nie." Toe die snikke effens bedaar, los sy haar en sonder 'n verdere woord tel sy die een graaf op en begin die graf toegooi.

Suster Theresa se gedagtes bly by Ansa wat nog steeds met haar hande voor haar gesig staan. Arme kind! Die lewe het haar tot dusver maar stief behandel. Hulle moet hier wegkom voordat groter ellende hulle tref. Wat gaan van die kind word as sy ook iets moet oorkom?

Die felheid van hierdie nuwe probleem maak haar knieë lam en magteloosheid wil-wil oor haar toesak.

Sy sug diep toe Ansa se graaf hier langs haar in die donker flits.

In stilte skep en gooi hulle – twee vroue wat al geleer het om saam met die ongenaakbare elemente van hierdie harde land te leef. Skep en gooi. Skep en gooi totdat die sand 'n bultjie stoot in die bleek maanskyn.

2

"Suster! Suster Theresa! Daar is iemand aan die kom!" Ansa storm teen die duin af en die sand maak vaal vlerke agter haar voete.

Suster Theresa kom uitgehardloop en 'n glimlag sprei oor haar gesig.

"Waar?"

"Nog ver, suster. Ek het hom met die verkyker gesien."

"Is dit 'n polisiepatrollie?" Daar is 'n hoopvolle noot in suster Theresa se stem.

"Net een man. Ek kon nie sien of dit 'n polisieman is nie. Hy ry op 'n kameel."

"Dan is dit seker 'n polisieman. Neels Dreyer het tóg woord gehou en vir hulle gaan sê dat ons nog steeds hier op Meob is." Suster Theresa lag verlig en dis asof die spanning van die afgelope tyd soos water van haar afrol.

Sy vat Ansa se arm en haar oë is blink en gelukkig.

"Kom ons gaan maak vir hom iets lekkers om te eet. Ons hoef mos nie nou meer spaarsaam te wees nie. Hy sal nou 'n goeie bord kos kan waardeer."

Suster Theresa drafstap behoorlik terug huis toe en Ansa kyk 'n slag om asof sy verwag dat die man al hier agter hulle moet wees. Sy voel lus om te sing toe sy die lewenslus weer in haar voel opborrel. Hierdie afgelope twee weke vandat vader Sebastiaan dood is, was vir hulle maar 'n moeilike tydjie.

Sy en suster Theresa het die saak baie bespreek en uit alle moontlike hoeke bekyk. Hulle het besluit dat dit moeilikheid soek sou wees om die woestyn alleen aan te durf. Hulle sou alles in gereedheid kry sodat hulle kon vertrek sodra hier hulp opdaag.

Die lang wag het vir hulle begin. Daar was nog kos vir omtrent 'n maand oor. Hulle het egter veiligheidshalwe vir hulle padkos eenkant gesit en die ou rolbalie wat tussen die delwershuise gelê het, gaan haal en skoongemaak. Die balie is swaar en Ansa het besluit dat sy dit sou trek. Dit was vir haar nog altyd 'n oulike patent. Aan die vaatjie het hulle twee asse vasgekap en 'n disselboom daaraan vasgesit. Die balie is vroeër agter 'n muil vasgemaak en het dan soos 'n wiel agter die pakdier aan gerol.

Selfs hul roete is klaar uitgewerk. Hulle kan al met die see langs stap. Daar is dit koeler en die moontlikheid dat hulle 'n patrollie sal teëkom, is soveel groter, aangesien dit die roete is wat hulle gewoonlik ry.

"Nou kan ons dalk ons besittings ook saamneem. Dis mos nie veel nie! Die polisieman sal dit op die kameel kan laai." Ansa haal die aartappels uit en begin solank skil.

"Die Here is baie goed vir ons, my kind. Ons sal vanaand vir die polisieman 'n heerlike ete gee en hom goed laat uitrus. Ons behoort seker oor 'n dag of twee in die pad te kan val. Maak jy solank vir ons die groot pot vol water. 'n Reisiger geniet tog altyd 'n warm bad. Die ou woestyn bied mos nie sulke geriewe nie."

Suster Theresa se dankbaarheid en verligting vloei soos 'n stroom water by haar mond uit. Sy praat aanmekaar en Ansa glimlag net. Dierbare mens! Sy het haar natuurlik so stilweg morsdood bekommer oor wat van hulle gaan word. Eie aan haar het sy egter nooit deur woord of daad laat blyk dat sy enigsins kommer in haar gemoed het nie.

Suster Theresa bly skielik stil en haar blik gaan opsommend oor Ansa.

Ansa kyk op en sonder om iets te sê, wag sy met 'n glimlag om haar mond. Sy raak verleë toe suster Theresa net stil na haar kyk en niks sê nie.

"Skort daar iets?" Sy kyk vraend na haar rok wat suster Theresa so ernstig beskou. Die rokkie is klein en span styf oor haar bors, maar dis silwerskoon.

"Jy moet liewer daardie rokkie gaan uittrek. Dit span te styf om jou, dit lyk nie mooi nie."

Ansa lag ongelowig en kyk na die rok wat nou skielik vir suster Theresa aanstoot gee.

"Maar suster weet tog hulle is almal te klein." Sy rem aan die rok se bolyf asof sy dit só groter kan maak.

"Dis ook waar. Ek wens ek kon iets aan die saak doen."

Ansa maak dit egter met 'n handgebaar af.

"Ek hoef mos darem nie vir 'n polisieman mooi te lyk nie, suster."

"Dis nie die ding nie, kind! Dis net . . . jy is nou 'n volwasse vrou en 'n man bly maar 'n man, of hy nou 'n polisieman is of nie."

"Wat bedoel suster?"

"Ek bedoel maar net dat daardie rokkie te veel wys. Ek wil nie hê hulle moet besef dat jy al 'n vrou is nie. Solank hulle dink jy is nog 'n onskuldige meisietjie, is dit beter."

Suster Theresa raak ongemaklik onder Ansa se eerlike blik en sy verander sommer die gesprek.

"Kom kyk hier na die kos, dan gaan kyk ek gou hoe naby ons reisiger al is." Suster Theresa is reeds by die deur uit en Ansa skud haar kop onbegrypend.

Sy skrik met 'n skok uit haar drome wakker waar sy ingedagte die inhoud van die pot staan en roer toe suster Theresa asvaal geskrik by die deur instorm.

"Gaan trek een van my rokke aan. Die swarte wat ek altyd vir kerk gebruik."

Ansa vergeet behoorlik om haar mond toe te maak terwyl sy suster Theresa onbegrypend aanstaar, heeltemal uit die veld geslaan.

"Maak gou!" Suster Theresa druk haar na die middeldeur toe.

"Maar hoekom? Wat gaan aan?" Sy rem terug, maar suster Theresa is heeltemal verwilderd en druk haar met meer krag deur se kant toe.

"Ek sal later verduidelik, maak net gou!" Sy bondel die verdwaasde Ansa by die deur in en trek eers die pot van die stoof af voordat sy haar hande afvee en dan stadig en statig op die werf uitstap.

Die skrik sit klam in Ansa vas. Iewers is 'n groot skroef los. Sy kan glad nie begryp wat aangaan nie. Suster Theresa is altyd so kalm en bedaard en nou dié vreemde optrede en die ongewone opdrag. Iets só ongehoord het sy nog nie by suster Theresa teëgekom nie. En dit nogal haar kerkrok! Haar pragtige swart mondering met die wit sluier om die gesig ... haar nonnedrag waarop sy so trots is dat dit amper 'n soort heilige uitrusting daarvan maak.

Ansa weet egter intuïtief dat sy nie hierdie versoek moet verontagsaam nie. Maar sy klim eers op die lae bankie sodat sy deur die hoë venstertjie kan loer om te kan sien wat daar buite aangaan.

Sy sien net vir suster Theresa wat waardig en sonder die minste teken van vrees met haar rug styf en regop staan.

Ansa rek effens om beter te kan sien en dan kom 'n kameel se kop en nek in haar gesigsveld. Die ruiter gly aan die ander kant van die kameel af en dis eers toe hy om die kameel gestap kom dat Ansa besef wat aangaan.

Dis nie 'n polisieman nie!

Die man is groot en grof gebou en op sy gesig is die stoppels van seker al 'n maand oue baard. Hy is vuil en vaal van die stof en oënskynlik baie moeg.

Ansa vou haar arms styf om haar lyf. Die hoendervleis slaan op haar arms uit soos iemand wat koud kry.

Sy klim strammerig van die bankie af en staan 'n paar sekondes lank besluiteloos in die karig gemeubileerde vertrekkie rond.

Sy sien haar verskrikte beeld in die kollerige spieëltjie teen die muur en druk haar hande teen haar wange terwyl sy woordeloos bid. Liewe Vader, moet ons tog nie in die hande van 'n rower laat beland nie. Help ons tog! Die man lyk so wreed en ru!

Haar hande werk werktuiglik en sy knoop vinnig haar blou rokkie los. Met dom vingers trek sy suster Theresa se nonnegewaad aan en staar na haarself in die spieël.

Haar gesig lyk so jonk en onskuldig en die vreemdheid van suster Theresa se optrede kelk soos 'n blom voor haar oop.

Die man hier buite sal geen respek aan 'n gewone jong meisie betoon nie, maar dit kan net wees dat hy die nodige respek vir hierdie amper heilige gewaad sal hê.

Op hierdie oomblik is sy en suster Theresa uitgelewer aan die genade van hierdie man.

Die stemme kom dofweg na haar toe aan deur die plankmuur en sy lig haar ken beslis. Sy sal vir suster Theresa moet gaan help. Statig soos wat suster Theresa altyd beweeg, lig sy die rok se soom effens op en stap uit op die werf. Daar daal 'n doodse stilte oor die twee mense toe sy uitkom. Suster Theresa draai na Ansa en daar is 'n goedkeurende lig in haar oë.

"Dit is suster Ansa. Dis net ons twee wat hier op Meob is. Vader Sebastiaan was baie siek en ons kon nie saam met die ander delwers vertrek nie. Neels en Valerie Dreyer sou egter gereël het dat 'n patrollie ons kom haal." Suster Theresa verduidelik breedvoerig, want sy kry al meer die gevoel dat hierdie vuil, bebaarde man haar nie glo nie.

Sy stem is sag maar half sissend toe hy praat.

"Vader Sebastiaan? Ek dog dan jy sê dis net julle twee wat hier is."

Ansa gee 'n treetjie nader en haar stem is sag en kalm toe sy hom antwoord.

"Dit is net ons. Vader Sebastiaan is twee weke gelede oorlede."

Daar verskyn 'n skewe glimlag om die man se mond en sy stem is snydend sarkasties.

"Jammer, ou pikkewyntjie, maar ek glo jou nie." Hy druk haar sonder ontsag uit die pad en stap sonder uitnodiging na die kerkie toe.

Die man trek 'n rewolwer uit sy gordel en sy liggaam is

snaarstyf gespan. Ansa voel hoe die skrik haar lam maak tot onder in haar tone.

Suster Theresa herwin eerste haar teenwoordigheid van gees. Met 'n paar lang treë is sy by hom. Sy sal nie toelaat dat hy hul heiligdom so sonder respek betree nie.

'n Groot hand sluit egter ferm om suster Theresa se maer arm.

"As hier niemand is nie, hoef julle mos nie te vrees nie." Sy stem is snydend sarkasties.

Ansa is nou ook by. Sy haal 'n paar keer diep asem sodat die man nie moet agterkom hoe bang sy is nie.

"Los haar arm, jy maak haar seer. Jy het geen reg om hier in te storm en ons soos . . . gevangenes te kom behandel nie."

Sy mond plooi in 'n glimlag, maar daar flits tog iets soos respek in sy oë toe hy suster Theresa se arm los.

"Laat ons mekaar net eers mooi verstaan. Julle sê vir my wat ek wil weet, dan kry niemand seer nie." Hy staan 'n entjie terug sodat hy hulle beter kan sien, maar die waaksaamheid verlaat nie sy lyf nie.

"Vra dan wat jy wil weet en los ons in vrede. Ons sal bly wees as jy jou ry sal kry. Ek voel duidelik hier is nie plek vir ons én vir jou op Meob nie." Ansa se stem is vas en daar is geen teken van die vrees wat haar wil versmoor nie. Suster Theresa het altyd gesê 'n mens kry krag in 'n krisis en nou ervaar sy dit self.

"Wie is dan nog almal hier op Meob?" Die man se stem sny deur Ansa se oomblik van selfvoldaanheid.

"Suster Theresa het mos al vir jou gesê dis net ons. As jy agter om die kerk stap, sal jy vader Sebastiaan se graf daar kry."Ansa staar hom uitdagend aan.

Die ongelowige trekkie verskyn weer om sy mond en weerkaats in sy oë en haar bloed begin kook.

"Dis nie een van ons se tydverdryf om leuens te vertel

nie, meneer . . . e . . .Wat het jy gesê is jou naam?" Sy probeer so waardig moontlik wees.

"Ek het nie gesê nie, suster." Hy lê onnodig klem op die laaste woord en Ansa het lus en bespring hom en grawe vore met haar naels deur die sarkastiese grinnik op sy gesig.

Suster Theresa ken Ansa al 'n hele paar jaar en sy sien dat dinge nou-nou gaan skeefloop. Sy staan vinnig nader sodat sy tussen Ansa en die man staan.

"Wie soek jy, meneer? Die delwers is almal Oranjemund toe. Die eerstes is al omtrent ses maande gelede weg. Daarna is die res streep-streep agterna."

Die man frons diep en hy lyk boos en gevaarlik.

"Het hier dalk enige vreemdelinge die afgelope paar maande opgedaag?" Hy praat met Suster Theresa en ignoreer Ansa heeltemal.

Sy het ongemerk nader aan suster Theresa geskuif en hulle staan nou styf teen die muur. Vrees is besig om deur die korsie bravade te breek.

"Vreemdelinge?" Suster Theresa dink diep. Dan skud sy haar kop beslis. "Nee, hier was geen vreemdelinge nie."

"Dink, suster . . . dink 'n paar maande terug. Drie, vier, ses . . . Enigeen, 'n polisieman, 'n delwer of 'n handelaar . . . was hier niemand nie?"

"Nee, hier was niemand nie. Toe die eerste delwers begin trek, het ek vir vader Sebastiaan laat weet om ons ook te kom haal. Ek het geweet hulle sal almal soos vlieë agter die diamante aantrek."

"Is jy seker, suster? Was hier nie iemand wat net 'n nag oorgebly het of 'n week of wat nie?" Die groot man leun behoorlik vorentoe van gretigheid.

"Nee. Vandat die delwers weggetrek het, weet almal dat Meob 'n spookdorp geword het. Wie sal nou hierheen wil kom?"

"Maar julle is dan nog hier." Die man lyk skepties.

"Neels Dreyer het gereël dat die polisiepatrollie ons moet kom haal. Ek het mos reeds verduidelik dat vader Sebastiaan siek was. Ons kon nie saam met die ander gegaan het nie."

"Ek sal nie daarop reken dat die polisiepatrollie een van die dae sal kom as ek jy is nie, suster. Die polisie is salig onder die indruk dat hier geen sterfling meer is nie. Ek is bevrees jou boodskap het nooit daar uitgekom nie."

Ansa loer onderlangs na suster Theresa. Die vrees maak haar sprakeloos. Hierdie man weet blykbaar meer as hulle. Daar is nie eens meer hoop oor nie! Hy weet nou ook dat dit net hulle hier is, met geen lewende wese om hulle te beskerm nie.

Die man beduie met sy rewolwer na die kerk.

"Stap voor my uit. Ek wil sien of hier nie dalk nog iemand is nie."

"Maar ons sê dan –" begin Ansa vererg, maar sonder ontsag druk hy die rewolwer in haar ribbes sodat sy vinnig padgee.

"Stap stadig en moenie iets waag nie. Ek sal julle sonder die minste gewetenswroeging skiet."

Die man kyk oral in die kerk en hul wooneenheid. Sonder om weer met hulle te praat, bondel hy hulle in die beknopte pakkamertjie in en sluit die deur.

Sy stem dra duidelik deur die houtmuur.

"Ek gaan net gou die dorp deursoek om te kyk of daar nie iemand wegkruip nie. Ek sal julle later kom uithaal."

Suster Theresa slaan haar arms om Ansa en druk haar styf teen haar vas.

"Alles is reg, my ou kleintjie. Ons twee is mos nie bang nie. Hy sal ons niks aandoen nie, jy sal sien. Ons wag net ons kans af en dan verdwyn ons. Ons goed is mos alles reggesit. Dis beslis vir ons 'n teken dat ons vinnig hier moet wegkom."

Suster Theresa se nabyheid kalmeer Ansa en daar is 'n ongewone veglus in haar oë toe die vuil, bebaarde man hulle heelwat later kom oopsluit.

Sy stap kop in die lug by hom verby en haar oë is koud toe sy hom kopskuddend aankyk. Suster Theresa kyk na die man se moeë gesig. Dis vir haar duidelik dat hy baie uitgeput is. Nou is hy vir haar 'n mens in nood en dit sal nie gevaarlik wees om hom te help nie.

"Ons het kos gemaak. Kom eet. Jy is moeg en honger." Haar stem is sag en simpatiek en met genoegdoening sien Ansa hoe dit die man heeltemal onkant betrap.

Sonder 'n woord stap hy agter hulle aan. Hy sak langs die tafel neer, maar sy amper swart oë verloor nie hul waaksaamheid nie. Hy beduie met die rewolwer vir Ansa om regoor hom te kom sit terwyl suster Theresa die kos opskep.

Ansa loer onderlangs na hom en sien hoe hy hongerig die kos verorber. Hy moet seker dae laas ordentlik geëet het. Hulle sal hul kans goed afwag. Sodra hy gaan slaap, sal hulle 'n plan moet maak om hier weg te kom.

"Wil jy nie gaan rus nie? Jy lyk moeg." Sy probeer haar stem op dieselfde simpatieke noot kry as suster Theresa s'n. Sy sien egter met 'n bang gevoel hoe 'n fyn, sarkastiese laggie om sy mond kom lê.

Hy antwoord haar nie eens nie, hou net sy bord na suster Theresa uit vir nog. Die twee vroue sit doodstil en wag dat hy moet klaar eet. Hulle probeer nie eens om 'n gesprek aan te knoop nie.

Eindelik stoot hy sy bord terug en tel sy rewolwer op. Hy kyk na suster Theresa toe hy praat. "Jammer, ou suster, maar ek sal julle weer moet toesluit terwyl ek 'n bietjie slaap. Ek is doodmoeg; ek het twee dae laas gerus."

Suster Theresa sug net gelate en knik.

"Dis regtig nie nodig nie. Ons kan nêrens heen gaan nie." Haar stem klink so eerlik en opreg dat die mansmens sowaar 'n verleë grinnik op sy gesig kry.

"Ek kan ongelukkig nie die kans waag nie." Hy beduie met die rewolwer na die oop agterdeur.

"Buffel!" Ansa kan haarself nie meer keer nie. "Wat wil jy van ons hê? Hoekom moet ons gevangenes in ons eie huis wees?"

"Omdat ek jóú nie regtig vertrou nie, suster. Ek het so 'n vermoede dat julle iets vir my wegsteek. Die leidraad was te duidelik dat Braam Venter hierheen gevlug het. Ek dink . . . hy is nog altyd hier."

"Braam Venter?" Suster Theresa skud haar kop onbegrypend en kyk na Ansa. "Hier was nooit iemand met die naam Braam Venter nie. Nie waar nie, Ansa?"

Die man beduie weer met sy kop na die agterdeur. "Ons sal môre die sakie uitpluis. Ek is nou te moeg om helder te kan dink."

Suster Theresa draai om en druk die rewolwer se loop wat hy op hulle gerig het eenkant toe.

"Bêre die ding. Jy het tog nie 'n rewolwer nodig om jou teen twee weerlose vroue te verdedig nie. Sluit ons liewer in een van die kamers toe. Die pakkamer is te stowwerig en beknop. My kamer het net 'n hoë venstertjie wat jy van buite af kan toemaak." Haar stem dra soveel gesag dat Louw Greyling haar sonder 'n verdere woord laat begaan. Sy druk by hom verby en stap in die skemer gangetjie af.

Ansa gaan sit styf teen suster Theresa op die bed. Dis eers toe hulle die man se luide snorke deur die plankmure hoor dat suster Theresa fluisterend praat.

"Ons sal 'n plan moet maak om hier weg te kom, kindjie."

"Suster Theresa . . ." Ansa sit skielik regop toe 'n plan begin vorm aanneem.

"Ons moet hóm gebruik om ons hier weg te kry. Hy het 'n kameel en hy is groot en sterk."

"Maar hy sal ons mos nooit saam met hom vat nie!"

"Hoe het hy gesê, na wie soek hy?"Ansa byt ingedagte op haar onderlip.

"Ene Venter . . . dink ek." Suster Theresa kan glad nie die kloutjie by die oor bririg nie.

"Dis reg, Braam Venter. Ons moet dié Braam Venter gebruik om hom te oorreed om ons saam te vat."

"Maar ons ken dan nie 'n Braam Venter nie!" Suster Theresa is nou heeltemal uit die veld geslaan en Ansa giggel saggies.

"Ag, vergeet dit! Dit was in elk geval 'n simpel plan." Sy strek haar op die bed uit, maar intussen werk haar verstand kliphard soos sy planne beraam.

Sy sal hierdie plan alleen moet deurvoer. Suster Theresa se eerlike geaardheid sal maak dat 'n mens met 'n stok kan aanvoel dat sy die waarheid so 'n bietjie verdraai.

Sy sug liggies en maak haar oë toe. As hulle net op Walvisbaai of Lüderitz kan kom! Hier sal hulle die dood sit en inwag. Die polisie weet dan nie eens dat hulle nog hier is nie.

Ja-nee! Hierdie woestaard met sy bebaarde gesig en rewolwer is hul enigste hoop op oorlewing.

3

"Luister . . .!" Ansa fluister en staan 'n entjie nader aan die man met die rewolwer.

Sy houding verskerp en die loop van die rewolwer lig 'n fraksie sodat dit dodelik op haar bors gerig is.

"Ek moet alleen met jou praat." Sy beduie met haar kop

na suster Theresa wat van die waterpomp af aankom met 'n emmer water.

"Hoekom?" Die frons op sy voorkop keep dieper en hy kyk haar wantrouig aan en kyk dan weer na suster Theresa se skraal figuur wat skeef trek onder die gewig van die emmer water.

"Ek dink ek kan jou help."

"Help? Waarmee?"

"Met Braam Venter." Ansa vermy sy oë. Sy is darem al te lank onder suster Theresa se sorg om sommer so oop en bloot te kan staan en jok.

"Braam Venter?" Die man bulder die woorde uit en Ansa kyk vinnig na suster Theresa se kant toe.

"Sjuut!" Sy draai vinnig om toe suster Theresa by die deur inkom en help haar om die emmer water op die rak neer te sit.

Die kyk wat sy Louw Greyling gee, is vol verwyt.

"Ek weet nie hoekom sy al die swaar werk moet doen nie. Ek het vir jou gesê ek sal dit doen." Sy kners die woorde in sy rigting uit.

"Ek vertrou jou nie. Jy is jonk en vol planne. Jy bly net hier onder my oë. Buitendien, wat weet jy van . . .?"

Ansa draai om en kyk hom vas in die oë. Sy daag hom woordeloos uit om iets te sê. Daar is nie 'n sweempie vrees in die twee groot blou oë nie.

Suster Theresa kyk onbegrypend van Ansa na die groot man wat hul lewe so skielik kom bedreig het.

Die besef dring op hierdie oomblik baie duidelik tot Louw deur dat as hy iets van Braam Venter wil weet, hy hierdie blouoog-non met haar wit-en-swart uitrusting soos 'n pikkewyn nie sal kan dreig nie. Hy sal die speletjie volgens háár reëls moet speel totdat hy al die inligting uit haar gekry het.

Hy beduie met die rewolwer na die deur se kant toe.

366

"Kom saam met my. Sy kan alleen hier aangaan. Ek wil so gou moontlik eet, ek wil voor die middag weer op die pad wees." Hy druk met die rewolwer in suster Theresa se sy toe dit vir hom lyk asof sy nie luister nie. "Het jy gehoor? Ek wil oor 'n uur eet en jy moet vir my genoeg padkos inpak vir minstens 'n week."

"Maar ons het nie kos nie. Dis al wat ons het om van te lewe!" Ansa staan dreigend voor hom.

Louw vat haar stewig aan haar arm. Hy druk die rewolwer in sy gordel en met die ander hand vat hy die waterkan.

"Dis julle probleem. Vat daardie ander kan sodat ons dit kan gaan vol maak."

Ansa tel die kan op en moet dan haar treë rek om by te hou. Toe hulle buite hoorafstand van suster Theresa is, sis Louw afgemete: "Praat! Wat weet jy nou skielik van Braam Venter af? Ek is al vier en twintig uur hier. Soveel kosbare ure wat ek sit en mors ."

"Ek . . . e . . . het laas nag aan iets gedink. Sê eers vir my hoe lyk Braam Venter."

Louw is so gretig om iets van Braam Venter te hoor dat hy nie eens agterkom dat hy reg in die slagyster trap nie. As 'n mens desperaat is, doen jy vreemde dinge en soms onnosel dinge ook. Hier sit hy nou in die middel van nêrens en intussen verdwyn Braam Venter dalk landuit!

"Hy is middelmatig gebou. Korter as ek. Vaal hare, effe geset om die middel, maar hy kon maerder geword het. Bruin oë, omtrent vyf en vyftig jaar oud."

"Dan . . . kan dit hy wees."

"Wie? Wanneer was hy hier? Waarheen is hy?" Louw los die waterkan en vat haar aan die skouers. Met elke vraag skud hy haar wild heen en weer.

Ansa se verstand verwerk vinnig al die gegewens wat hy die afgelope vier en twintig uur kwytgeraak het.

"Omtrent twee maande gelede het hier so 'n man aangekom. Hy was moeg, honger en siek. Hy het in een van die delwershuise gaan slaap en ek het vir hom kos gevat."

Ansa ontwyk sy oë sodat hy nie moet agterkom hoe sy nou staan en jok nie.

"Hoekom het jy nie gister al vir my daarvan gesê nie?" Die waaksaamheid is terug in sy oë.

Sy het die vorige nag haar storie mooi agtermekaar gekry en sy versin dus nou die storie met meer gemak.

"Ek het nie dadelik aan hom gedink nie. Gisteraand het ek onthou, maar ek wou nie voor suster Theresa praat nie. Sy het nie van hom geweet nie. Sy wil nooit hê ek moet met vreemdelinge gesels nie. Daardie tyd was vader Sebastiaan baie siek, en sy het omtrent al haar tyd by hom deurgebring. Sy sal hewig ontsteld wees as sy moet weet dat ek die man versorg het."

Sy kan sien dat hy haar glo, want hy ontspan en blaas sy asem stadig uit.

"Watter koers is hy in, of is hy nog hier?"

"Nee, hy is nie meer hier nie."

"Waar is hy dan?" Louw is ongeduldig en sommer aggressief.

"Ek sal jou gaan wys."

"Nee. Braam Venter is gevaarlik. Buitendien kan ek nie tyd verspeel nie. Ek moet hom kry, en gou ook!"

Sy skud haar kop beslis.

"As jy ons saamneem, sal ek jou sê, anders nie."

"Nee, volstrek nie! Die man het drie maande se voorsprong op my. Ek moet hom kry voordat hy landuit verdwyn. Ek vertrek dadelik."

Haar stem raak pleitend en sy staan 'n bietjie nader aan hom.

"Asseblief, neem ons saam. Ons móét hier wegkom. Ons kan nie alleen die woestyn aandurf nie."

"Jy jok vir my. Dis sommer net 'n set om hier weg te

kom." Louw verloor belangstelling en buk om die kan weer op te tel.

"Wel, jy kan my glo of jy hoef nie. Hy was hier. Hy was siek en koorsig. Ek het hom 'n paar dae lank versorg. Hy het baie gepraat terwyl hy so koorsig was. Jy sal hom in der ewigheid nooit kry as ek jou nie sê waar hy is nie."

"Siek? Wat het hom makeer?" Louw Greyling toon darem weer belangstelling.

Ansa soek wild in haar gedagtes rond na 'n siekte.

"Koors!"

"Waarvan?"

"Ek weet nie. Hy wou my nie toelaat om hom te verpleeg nie. Ek moes net altyd die medisyne en verbande en goed voor die deur neersit. Die kos ook."

"Verbande? Dink jy hy het 'n koeëlwond gehad?"

"Ek . . . e . . . weet nie. Heel moontlik. Hy kon 'n ander soort wond ook gehad het." Sy probeer om 'n uitweg oop te hou.

"Dis beslis Braam Venter. Die vuilgoed!"

Ansa blaas haar asem stadig uit. Wel, Braam Venter, wie en wat jy ook al is, jy gaan nou twee weerlose vroue help om weer in die beskawing te kom.

Louw staan dreigend nader en vat haar hard aan haar skouer.

"Waar is hy?"

"Sal jy ons saamvat tot op Lüderitz as ek jou sê?"

Hy sug van verligting en glimlag selfvoldaan.

"Dan is hy Lüderitz toe. Ek kon dit verwag het." Hy los haar so skielik dat sy agteruit steier.

Ansa is nie gewoond daaraan om dinge te versin nie en besef te laat dat sy nou 'n yslike gemors daarvan gemaak het.

Louw stap met lang treë na die pomp toe en maak die kan vol. Ansa staan versteen.

"Ek ry dadelik. Gaan haal jy solank my kameel en bring haar agter om sodat ek my goed kan oplaai."

"Maar . . . ons sal nie so gou gereed kan wees nie." Sy weet nie wat die man dink of beplan nie.

"Julle gaan nêrens heen nie, ou pikkewyntjie. Ek gaan alleen. Ek sal Braam Venter kry as ek net weet in watter rigting hy is."

Ansa kyk magteloos na die breë rug hier voor haar. Sy lig egter haar ken beslis. Daar is 'n swanger stilte in die lug.

Louw Greyling kyk stadig op in die spottende, amper versluierde oë hier bokant hom.

Hy rek hom tot sy volle lengte uit en sy oë blits vuur.

"En jy beter bid dat ek hom kry, suster! Jy moet al jou kersies opsteek, want as hy nie daar is nie, kom ek terug. Dis 'n belofte."

"Dit help nie om my te kom dreig nie. Ek weet waar Braam Venter op hierdie oomblik is." Ansa onthou skielik van die boot waarmee vader Ferdinand sou teruggaan Duitsland toe.

"Daar is binnekort 'n boot Duitsland toe. Dalk gaan hy daarmee." Sy loer tussen haar wimpers deur na hom en sien die ingehoue woede op sy gesig.

"Die boot sal by Lüderitz aangaan. Ek sal daar vir hom gaan wag."

"En wat as hy besluit het om die boot op Walvisbaai te kry? Jou kameel is te stadig. Teen die tyd dat jy agterkom hy gaan nie op Lüderitz aan boord nie, sal jy te laat wees vir Walvisbaai."

"Magtie, vroumens! Ek wurg sommer die laaste druppel lewe uit jou uit. Verstaan jy dan nie! Ek soek al maande na die man en nou wil jy kom kat-en-muis speel!" Hy sug diep, maar dis asof hy dan weer rasioneel dink. "Jy het netnou jou mond verbygepraat oor Lüderitz. Ek sal hom daar gaan uitsnuffel."

"Die wêreld is groot." Ansa se stem klink meerderwaardig en Louw grinnik net.

"Ek ken daardie omgewing soos die palm van my hand. Ek sal hom daar gaan uitsnuffel."

"Jy sal hom nooit kry nie. Ek het ook daar grootgeword en ek het nog nooit eens van die plek gehoor nie." Ansa veg nou met elke wapen wat in haar hand kom.

Louw lag sag, sarkasties.

"So? Ek wonder darem of dit waar kan wees!"

"Luister, ons gaan laai vir suster Theresa op Lüderitz af, dan sal ek jou persoonlik daarheen neem." Haar oë is afgewend sodat die man nie die onsekerheid daarin moet lees nie.

"Nee! Ek het nie nog tyd om met daardie ou fossiel ook te sukkel nie. Ek kan binne 'n paar dae op Lüderitz wees. Jy gaan alleen saam met my en dan sal ek haar kom haal sodra ek vir Braam Venter gekry het."

"O nee! Ek los nie vir suster Theresa alleen hier nie. Ons neem haar eers na veiligheid toe."

"Vergeet dit dan. Ek het genoeg inligting uit jou gekry. Ek sal hom kry." Hy druk haar sonder ontsag uit die pad en sy voel hoe die vrees en magteloosheid oor haar toesak. Sy het 'n groot gemors van hul enigste kans gemaak.

Sy lig egter haar kop hoog op en stap stadig en rustig terug. Sy sal nie toelaat dat hy sien hoe bevrees sy werklik is nie.

Woordeloos gaan help sy vir suster Theresa in die kombuis. Dis asof hulle nie eens meer vir mekaar woorde het nie. Sy dwing haarself om kalm en selfversekerd te lyk toe hy later by die agterdeur inkom.

"Is die kos klaar?" Hy sit die rewolwer langs hom op die tafel neer en gluur Ansa aan.

Dis egter suster Theresa wat op haar bedaarde manier antwoord: "Ja, dis klaar. Jy kan maar kom eet."

Daar is net aartappels en wortels en 'n skeppie kerrievis in die bord wat sy voor hom neersit.

Louw kyk fronsend na die kos.

"Waar is die vleis dan?"

"Ons het al die afgelope maand nie meer vleis nie. Ons lewe maar van die groentetuintjie. Die groente staan egter ook nou einde se kant toe. Ek is jammer . . ."

Ansa kyk ongelowig na suster Theresa toe dié verskoning maak vir die karige maaltyd.

Op die ruwe mansmens se gesig is 'n frons en Ansa verlekker haar daarin. Sy hoop daar is iewers onder daardie harde kors nog 'n druppel menslikheid, want dan sal hy hulle nie hier in sulke omstandighede alleen los nie.

Hy eet egter sy kos sonder 'n verdere woord en met 'n duidelike gejaagdheid in sy houding. Toe hy klaar is, prop hy die kos wat suster Theresa eenkant neergesit het in sy saalsakke.

Die twee vroue staan stil langs mekaar en kyk swyend na die bedrywigheid.

Hy voel blykbaar hul oë op hom en kyk vinnig op. Ansa kan sweer dis 'n sweempie jammerte wat daarin verskyn voordat hy vinnig wegkyk.

Met die saalsak oor sy skouer stap hy na die spens toe om hom te vergewis dat hulle nie daar nog kos wegsteek nie.

Suster Theresa kom staan handewringend agter hom en haar stem is pleitend.

"Jy kan nie daardie ook vat nie. Ons . . . het niks anders om te eet nie. Daardie bietjie het ek vir ons uitgehou, want . . . ons sal dit moet saamneem. Ons sal ook dadelik moet vertrek. Jy sê dan die polisie weet nie eens dat ons nog hier is nie."

Toe die man omdraai, is daar 'n diep frons op sy voorkop.

"Julle gaan tog seker nie simpel genoeg wees om alleen hierdie pad aan te durf nie? Groot mans sal dit nie eens doen nie!"

Ansa besef dat sy die yster moet smee terwyl dit warm is. Sy gee vinnig 'n treetjie nader sodat sy langs suster Theresa staan.

"Ons sal maar moet. Ons sal nie veel langer as 'n week kan uitkom met daardie kos nie. Ons kan mos nie wag totdat alles op is voordat ons 'n plan maak nie!"

"Ek sal die polisie op Lüderitz laat weet dat julle nog hier is." Sy stem is grof en ongevoelig.

Die magteloosheid maak Ansa heeltemal onredelik. Sy lag smalend.

"Jy? Ek dink nie jy sal dit naby die polisie waag nie. Die hele wêreld soek seker na jou."

"Ansa!" Suster Theresa se stem is skerp. "Verskoon haar tog maar, meneer. Sy is nog jonk en bekommer haar ook maar oor ons. Sy bedoel dit nie regtig nie."

"Ek bedoel elke woord wat ek sê. Dis net 'n opperste, ongevoelige skurk wat twee weerlose vroue alleen in die woestyn sal los en dan nog al hulle kos ook wil vat."

Louw Greyling smyt die kos op die tafel neer. Met lang treë stap hy woedend by die deur uit. Sonder om weer in die huis se rigting te kyk, klim hy op die kameel se rug. Die kameel staan lomp op en kom skommelend in beweging. Trane van magteloosheid brand agter Ansa se oë. Suster Theresa draai net stil om en stap deur die huis na die kerkie toe. Ansa weet dat sy, soos in die verlede, nou al haar kommer in sterker hande gaan oorgee.

Die voortvarendheid van die jeug en die wete dat hulle magteloos is, maak haar roekeloos. Sy lig die swart rok se soom hoog op en hardloop agter die kameel aan.

"Jy sal hom nooit kry nie! Hoor jy my? Hy is te slim vir jou! Hy sal hom nooit laat vang nie! Ek sal hom gaan waarsku net sodra ek die kans kry!" Sy gil die woorde agter hom aan.

Sy sien hoe sy kop ruk en sy weet dat haar woorde duidelik deur die windjie aangedra is. Hy kyk egter nie om nie.

Magteloosheid en woede wissel mekaar in haar gemoed af en dan sak sy stadig op die sagte, rooi sand van die Namib neer en laat die trane ongehinderd oor haar wange loop.

Hy verdwyn agter die eerste duin, en dan druk Ansa snikkend haar gesig in haar hande.

Dis 'n hele rukkie later dat suster Theresa se hand vertroostend op haar skouer kom druk.

"Wat is dit dan, hartjie? Ons was baie gelukkig dat die man ons geen leed aangedoen het nie. Hy het selfs nie eens ons laaste kos gevat nie. Daar was toe darem heelwat menslikheid in hom oor. Ons sal vir hom moet bid. Jy weet, die Here het hom ook lief."

Ansa vee haar trane met die agterkant van haar hand af. Suster Theresa sal tog nie verstaan nie. Sy weet nie eens waaroor sy huil nie. Sy het van haar enigste poging 'n mislukking gemaak. Dit het net weer gewys dat sy niks op haar eentjie kan doen nie. Dat die hemele nooit na haar kant toe ook oopmaak nie. Sy moet maar altyd net tevrede wees met die krummels wat die ander nie wil hê nie. Sy wou so bitter graag dit vir suster Theresa gedoen het: haar na veiligheid gebring het.

Hierdie mansmens gaan nou nog terugkom en haar en suster Theresa koelbloedig kom doodskiet. Sy weet niks van Braam Venter af nie. Die moontlikheid dat Braam Venter op Lüderitz sal wees, is maar baie skraal en met háár geluk in die lewe . . .

Braam Venter is seker lankal landuit. Hier was in geen maande 'n vreemdeling nie. Sy wonder vaagweg hoekom die man hom so naarstiglik soek.

Sy staan swaar op en stof die sand van haar rok af. Sy sug

diep soos 'n ou vrou wat die wêreld se laste op haar skouers dra. Suster Theresa se hand vou beskermend om hare en dit laat haar tog beter en geruster voel.

"Kom ons gaan maak 'n bietjie tee. Ek dink ons het dit nou baie nodig." Suster Theresa is gewoonlik maar suinig met die tee, dus moet sy regtig nou voel dat hulle troos nodig het.

"Ons moet maar môre weer die tuintjie aan die gang kry. Dalk . . . kom hier nie gou hulp nie."

Dis vir Ansa maar te duidelik dat suster Theresa haar beter wil laat voel. Daarom antwoord sy nie. Sy weet suster Theresa bedoel dit nie, sy praat sommer om die kommer te verdryf.

In die kombuis is suster Theresa stil, en ná 'n lang ruk staan sy moeisaam op en druk eenkant op die tafel. Sy gaan roer die kole in die stoof.

"Ons moet ook maar iets eet. Ons het vandag nog amper niks geëet nie. Dan kan ons maar gaan inkruip; ons het laas nag maar onrustig geslaap."

"Ek het tog nie honger nie, dankie, suster Theresa. Kom ons bêre maar die kos vir môre. Dit raak juis so vinnig min."

"Ek het ook nie honger nie, dan los ons dit maar."

Sy gooi nog water op die teeblare en skuif die keteltjie oor die vlamme.

Skielik en heeltemal onverwags word die agterdeur met geweld oopgeruk. Ansa spring verskrik op en beweeg werktuiglik nader aan suster Theresa. Albei se oë is groot en verskrik en vasgenael op die donker gestalte.

Die man kom vinnig in en druk die deur agter hom toe. Ansa hoor hoe suster Theresa haar asem vinnig intrek en dan eers herken sy hom ook.

Dis weer hy! Die vreemdeling met die rewolwer. Die een wat so naarstiglik na Braam Venter soek.

"Jy!" Ansa voel vreemd verlig en 'n gevoel van dankbaarheid kom in haar lê. So, dan het sy hom tóg oortuig met haar woorde. Hy het dit toe wel gehoor en daaroor nagedink!

Sy lig haar ken meerderwaardig, maar voordat sy 'n snedige aanmerking kan maak, gee hy 'n tree vorentoe en gryp haar aan die arm.

"Kom! Daar's nie tyd nie. Jy kom saam met my . . . en jy," hy beduie met sy kop na suster Theresa, "bly net hier."

Hy rem aan Ansa se arm."Onthou, jy is al een wat nog hier oor is en jy verwag die polisiepatrollie nou enige dag."

Suster Theresa is heeltemal verward.

"Maar . . . wat van Ansa?"

"Jy sê vir hulle sy is destyds al saam met die delwers weg."

Suster Theresa skud net haar kop onbegrypend.

"Kom!" Hy ruk Ansa nader, maar sy rem met alle mag terug.

"Ek los nie vir suster Theresa alleen hier nie. Wat gaan aan met jou? Ek gaan nêrens heen sonder suster Theresa nie."

"Daar is mense aan die kom." Hy kom staan dreigend voor suster Theresa. "As jy een woord verkeerd sê, dan sien hierdie pikkewyntjie nie weer die son opkom nie. Jy is alleen hier, onthou dit! Hier was nog geen sterfling vandat die delwers weg is nie, is dit duidelik?"

Suster Theresa knik verward.

"Ek los nie vir suster Theresa alleen hier nie. Ek gaan nêrens heen saam met jou nie." Ansa ruk wild om uit sy greep los te kom.

Sonder meer buk hy af en tel haar soos 'n sak oor sy skouer.

Sy slaan met haar vuiste teen sy breë rug, maar sy arms span net stywer om haar bene en sy hang magteloos oor sy skouer.

"Sy kan nie alleen hier bly nie, laat haar saam met ons kom." Sy snik nou die woorde uit.

"Nee, dis te duidelik dat hier nog mense woon."

"Maar dit kan rowers of moordenaars wees wat daar aankom. Hulle sal haar seermaak."

Die man kom tot stilstand en draai dan halfpad om. Ansa loer onder sy arm deur na suster Theresa se bleek gesig waarop vrees nou duidelik sigbaar is.

"Ek sal sorg dat daar niks met jou gebeur nie. Moenie bang wees nie." Die woorde pas glad nie by sy optrede nie en Ansa soebat nou openlik.

"Sit my neer sodat ek by haar kan bly. Asseblief!"

"Nee." Louw stap met lang treë by die agterdeur uit.

Suster Theresa hardloop tot langs hulle.

"Wat van jou kameel? Hoe verklaar ek dit?"

"Ek het haar reeds versteek. Ek en hierdie een sal in een van die delwershuisies gaan skuil. Hulle sal seker net hier oornag en môre vroeg water kry en dan weer ry." Louw se stem is nie meer so kwaai en ongenaakbaar nie, maar nie een van die vroue merk dit in hul angs op nie.

"Laat ek ook by haar bly, asseblief tog! Sy is al oud en . . . ek kan haar nie so in die steek laat nie," smeek Ansa steeds.

Maar suster Theresa bly staan en Louw Greyling stap met lang treë die donker in.

Suster Theresa draai stil om en Ansa lig haar kop om haar gerus te probeer stel. Die agterdeur gaan egter stadig toe en dan is dit net die donkerte wat selfs daardie strepie lig ook uitsluit.

Ansa hang slap en willoos oor sy skouer en dit voel later asof sy skouerknop 'n permanente holte in haar ingewande

377

gedruk het. Hy stap tot by die verste huisie en skop die deur met sy voet oop.

Hy laat haar van sy skouer afgly en hou 'n oomblik lank haar arm vas sodat sy haar balans kan herwin.

Sy ruk vererg haar arm uit sy greep en trek haar rok so waardig moontlik reg.

"Skurk!" Sy sis die woorde uit, maar dit maak klaarblyklik geen indruk op hom nie.

Hy grendel eers die deur voordat hy 'n vuurhoutjie trek.

Hy moet al tevore hier gewees het, want sy saalsakke lê in 'n bondel in die middel van die vloer waar hy dit blykbaar haastig neergegooi het.

Die huisie is nog gemeubileer. Die delwers het hul goed in die haastigheid sommer net so gelos. Hulle het hoofsaaklik kos en water en hul persoonlike besittings op die muile gelaai.

In die vertrek is 'n tafel en stoele en die deur naaste aan hulle lei na 'n karig toegeruste kombuisie.

Louw draai skuins en beduie na 'n ander deur dieper in die vertrek.

"Daar is 'n slaapkamer. Gaan kyk of daar 'n bed is. Ons sal nie 'n kers kan opsteek nie. Hulle behoort nou-nou hier te wees."

Ansa se nek ruk styf. As hierdie lummel dink sy sal haar voet in 'n slaapkamer sit terwyl hy hier is, begaan hy 'n fout.

Met soveel waardigheid moontlik sak sy in 'n stoel neer en vou haar hande plegtig voor haar op die tafel.

"Ek sal hier sit, dankie."

"Luister, jy gaan nie moeilik wees nie, want dan bind ek jou vas en stop jou mond toe."

"Gmf!" Sy probeer ongeërg klink, maar die vrees kom klou klam en klewerig aan haar vas.

Die vlammetjie van die tweede vuurhoutjie flikker dood en hy steek nie weer een aan nie. Hy beweeg na die venster toe en skuif die vuil, stowwerige gordyn opsy.

Roerloos, soos 'n beeld wat uit hout gekap is, bly hy daar staan. Ansa se oë raak gewoond aan die donker en nou kan sy ook die spanning op sy gesig en in sy hele houding sien.

Ná 'n kwartier van doodse stilte kan sy dit nie langer verduur nie. Sy spring op en gaan staan ook voor die venster. Haar kommer oor suster Theresa laat haar vrees vir die man verdwyn.

Hy gee 'n halwe treetjie weg sodat daar vir haar ook plek voor die venster is.

"Hulle het nou net daar om die voet van die duin gekom en stap reguit op die lig agter die kerk af."

"Is daar meer as een?" Ansa se stem is 'n sagte fluistering.

"Ja, daar is twee."

"Jy moes my daar gelos het. Dis wreed om haar alleen daar te los."

"Nee, ek kan dit nie waag nie. Jy weet te veel." Hy probeer ook fluister en dit laat sy stem skor en onnatuurlik klink.

"Ek sal nie vir hulle sê dat jy hier is nie."

"Dis nie waaroor ek bekommerd is nie. Jy sal hulle van Braam Venter vertel en Braam Venter is myne . . . Ek deel hom met niemand nie."

Dit voel vir Ansa asof die boemerang haar met 'n slag teen die kop tref. In plaas daarvan dat sy suster Theresa gehelp het, het sy haar nou vir die wolwe gegooi.

"Ek belowe ek sal nie. Ek wil net by haar wees. Ek kan haar nie aan die genade van sulke mense uitlewer nie. Ek is te veel aan haar verskuldig."

"Nee, ek waag niks nie. Nie nou nie. Daar is iets in jou wat ek nie vertrou nie."

"Maar jy vertrou darem vir Suster Theresa dat sy nie vir hulle sal sê dat jy hier is nie!"

"Presies. Sy sal haar woord hou. Op hierdie oomblik is sy oor jou bekommerd, maar ek glo al sou ek jou nie hier gevange gehou het nie, sou sy nogtans haar woord gestand gedoen het. Maar ek dink jy sal enigiets doen om hier weg te kom."

"Dis nie oor myself wat ek bekommerd is nie, dis oor haar."

"Daar maak sy nou vir hulle die deur oop." Louw steur hom nie eens aan haar verduideliking nie.

Ansa beweeg nader aan hom om beter te kan sien. Vrees en kommer maak haar gedagteloos.

"Jy moet na haar toe gaan. Hulle gaan haar seermaak."

Sonder dat sy besef wat sy doen, gryp sy hom voor sy bors. Haar hande glim wit in die donker toe sy sy hemp vasgryp.

Daar is 'n ongelowige stiltetjie en dan lag hy sag.

"Is ek dan nie 'n groter skurk nie? Wat laat jou dink dat ek haar nie sal leed aandoen nie?"

Ansa sluk en staan verleë terug. Dis 'n vreemde gedagte wat hy nou sommer so goedsmoeds geuiter het. Maar dis tóg asof hy bekender voel, en hy het hulle darem nog nie liggaamlike leed aangedoen nie.

Hy vat haar stewig aan haar arm.

"Goed, ek sal gaan kyk, maar dan sal ek jou hier moet vasmaak."

"Hoekom?"

"Omdat jy 'n klein geitjie is, daarom." Die amper vriendelike houding van 'n oomblik gelede is weg toe hy haar aan haar arm vat en kamer toe sleep.

Sy rem wild toe sy sien waarheen hy op pad is.

"Nee, maak my dan liewer op die stoel vas!"

Louw kom verbaas tot stilstand. Die gesiggie wat by

die swart-en-wit gewaad uitsteek, lyk jonk en onskuldig.

"Ek het maar net gedink dit sal gemakliker vir jou wees op die bed. Ek sal dalk die hele nag daar moet waghou."

Ansa rem egter koppig weg en gaan sit styf en regop op die stoel.

Louw haal sy skouers ongeërg op en maak haar voete aan die stoelpote vas. Hy vat haar hande en maak dit agter die stoel vas. Haar hande voel sag en haar polse dun en fyn in sy growwe hande. 'n Oomblik lank ondervind hy 'n byna onkeerbare drang om daaroor te streel. "Dis net jou eie skuld as jy ongemaklik gaan sit."

Hy trek 'n sakdoek uit sy sak en Ansa se oë raak groot en verskrik toe sy besef dat hy haar mond gaan toebind.

"Nee! Nee, asseblief tog nie! Moenie . . . Ek belowe ek sal nie 'n geluid maak nie. Asseblief tog, ek sal sterf van benoudheid!" Haar oë is so pleitend in die flou maanskyn dat hy met die sakdoek bokant haar kop huiwer.

"Goed . . . maar luister nou mooi. Jy weet nie wie dit is wat daar is nie. Dalk is hulle groter skurke as ek. Hulle kan dalk geen respek vir hierdie nonnegewaad van jou hê nie."

Ansa sug dankbaar toe hy die sakdoek in sy sak steek.

"Dankie . . . meneer . . ."

Louw draai om en sy mondhoek trek skeef.

"Louw . . . My naam is Louw, Louw Greyling." Ansa knik net en haar stem is bewerig.

"Dankie, meneer Greyling."

Louw skud net sy kop ongelowig.

Hy wil iets snedigs sê, maar dit kan net nie op sy tong vorm nie. Hy stap dus maar by die deur uit en trek dit amper geluidloos agter hom toe en die sagte sand demp onmiddellik sy voetstappe.

4

Louw Greyling huiwer 'n oomblik lank in die deur. Sy lyk so jonk en onskuldig. Haar kop het vooroor gesak en rus op die tafel. Haar arms span ver na agter waar hulle vas- gemaak is en hy kan aan die deining van haar bors sien dat sy slaap.

Dan borrel die siedende woede egter weer in hom op en die sweempie simpatie wat flussies in hom 'n skaduwee kom gooi het, verdamp soos 'n wasempie.

Hy druk die deur agter hom toe en met twee lang treë is hy langs haar. Sy groot hand reik na die swart sluier om haar kop en in plaas daarvan om haar kop van die tafel af te lig, ruk hy met 'n woedende beweging die doek heeltemal van haar kop af.

Die lang, bruin hare val sag oor haar wang toe sy haar kop verskrik oplig.

"Wat . . . is dit?" Skrik en vrees is in hierdie onbewaakte oomblik, selfs in die donker, in haar oë sigbaar.

"Leuenaar!" Hy sis die woord woedend uit. "As jy nie eens respek het vir hierdie gewaad nie, hoekom moet ék dit dan hê?"

Die mes se lem blink in die maanskyn en Ansa wurg aan die gil wat in haar keel vassteek.

"Maar wat het ek gedoen? Ek . . . het niks gedoen nie!"

Haar arms val so skielik slap langs haar sye dat haar lig- gaam vooroor op die tafel val.

Hy buk en sny die tou om haar bene ook los. Verligting vloei deur haar. Hy het net die toue met die mes losge- sny.

Dis egter asof die woede in hom opgebou het met hier- die handeling, want hy ruk haar met een beweging regop sodat sy voor hom staan.

"Jy het vir my gelieg! Dit was alles fyn bereken om my

op 'n dwaalspoor te bring. Jy wou my weke en maande lank doelloos laat rondswerf sodat Braam Venter veilig kon wegkom om landuit te vlug."

Hy skud haar so wild heen en weer dat Ansa se tande behoorlik op mekaar klap.

"Maar . . . ek . . . verstaan nie." Sy is magteloos in sy sterk greep en heeltemal in die duister.

Iewers is nou 'n groot fout. Dit dring stadig tot haar deur dat dit iets met die vreemde besoekers te doen moet hê.

"Wie . . . is daar by suster Theresa?"

"Natuurlik sal jy graag wil weet, suster Ansa." Louw se stem drup sarkasme.

"Is . . . dit Braam Venter wat daar is?"

"Hou op met jou sieklike toneelspel. Jou plannetjie het glad verloop. Geen wonder dat hy so tussen neus en ore kon verdwyn nie. Ons is egter nie almal bobbejane nie. Van nou af het jy met my te doen."

"Maar ek . . . verstaan nie . . . ."

"Klein geitjie! Ek was nie verniet onrustig nie. My waarnemingsvermoë laat my nie sommer in die steek nie. Maar gek wat ek was, laat ek my sowaar om die bos lei deur die heilige amp wat jy so misbruik. Jy is dit nie werd om hierdie klere aan jou liggaam te hê nie."

Die woede in hom bereik breekpunt. Hy ruk haar rok se skouer met een kragtige haal oop sodat die materiaal slap oor haar arm val.

Ansa gryp verskrik na die rok en probeer haar kaal skouer toemaak. Haar verstand weier om rasioneel te dink. Woorde en emosies kolk sommer net rond.

"Maar dit belowe ek jou, ek sal die waarheid stukkie vir stukkie uit jou wurg," sê hy met 'n verbete trek om sy mond.

Ansa is sprakeloos. Sy weet nie wat om vir hierdie woedende man te sê nie. Sy het geen benul waaroor dit alles gaan nie. Sy het haar blykbaar nou so in haar eie leuens verstrengel dat sy nooit lewend hier gaan uitkom nie.

Die man se tierende woorde hou egter nie op nie.

"Dis natuurlik hoekom suster Theresa nie hiervan mag weet nie. Sy het nog die eerbaarheid wat van haar vereis word."

Ansa lig haar hand magteloos op.

"Asseblief . . . ek . . ."

'n Sagte geskuifel buite laat Louw Greyling blitsvinnig beweeg. Voordat Ansa besef wat aangaan, staan hy agter haar en sy arms span styf om haar bors terwyl sy een hand stewig om haar mond vou.

Ansa luister gespanne, en dan hoor sy dit weer. Die deur kraak toe dit stadig op sy skarniere oopswaai.

"Ansa . . . meneer . . . Dis ek . . . Ek moet met julle praat."

"Suster Theresa?" Louw se stem is 'n sagte fluistering, maar sy greep om Ansa se bors knel stywer.

Hulle hoor hoe suster Theresa skuifel om haar weg in die donker te vind.

'n Vuurhoutjie knars en eers toe die vlammetjie groter word, kan Ansa suster Theresa se dierbare, bekommerde gesig sien.

Sonder om toestemming te vra, stap sy na die tafel toe en steek die kers op.

Louw staan nog steeds met die verskrikte Ansa styf teen hom vasgedruk en sis sag vir suster Theresa: "Maak dood daardie lig!"

Suster Theresa blaas egter net die vuurhoutjie dood en gaan sit styf en regop op die stoel.

"Hulle slaap albei. Ons kan nie in die donker gesels nie. Los vir Ansa, sy sal niks onverantwoordeliks doen nie."

Suster Theresa se stem dra soveel gesag dat Louw haar

stadig los. Ansa trek die lug diep in haar longe in om die versmorende gevoel weg te kry.

"Ek wou net kom hoor of Ansa nou maar kan terugkom. Hulle het ons kom haal, Ansa. Jy hoef niks te vrees nie, die vreemdelinge is van die –"

"Nee!" Louw se stem sny deur die vertrek.

"Maar dis die polisie –"

"Nee!" Louw se hand knel saam met sy woorde om Ansa se skouerknop.

"Jy kan alleen saam met hulle teruggaan, suster Theresa. Jy rep geen woord van hierdie een nie. Ook nie van my nie. As jy maak soos ek sê, sal sy nie seerkry nie. Sodra my sake afgehandel is, sal ek haar self terugneem Lüderitz toe."

"Maar hoekom? Sy het jou mos niks gedoen nie?" Suster Theresa pleit nou openlik.

"Nee . . . ek het tyd nodig. Niemand mag weet ek is hier nie. Ek moet haar hier hou om vir myself tyd te wen."

Suster Theresa sug moedeloos terwyl haar blik op die geskeurde materiaal van Ansa se rok rus. Ansa voel hoe die trane van magteloosheid en frustrasie in haar oë opdam. As sy tog net nie so dwaas was nie! As sy net nog een dag langer vertrou het. Die uitkoms was al by hul voordeur.

"Ek verstaan jou nie. Wat het jy dan gedoen wat so vreeslik is? Hoekom is jy so bang vir die polisie? Jy is tog nie in jou hart 'n slegte mens nie!"

Louw ontwyk suster Theresa se eerlike oë.

"Dis 'n lang storie wat ek nie nou vir jou kan vertel nie, suster Theresa. Dit het alles met Braam Venter te doen."

Ansa sak op haar knieë langs suster Theresa neer en haar oë swem in die trane. Suster Theresa se knobbelrige hande vryf liefderik oor die lang, bruin hare.

Louw ruk egter vir Ansa vinnig aan haar arm op. Haar sieklike toneelspelery walg hom. Dat sy hom vir die gek wou hou, kan hy aanvaar, maar om darem dieselfde met hierdie eerlike ou vrou te probeer doen!

"Julle moet so gou moontlik vertrek, suster. As dit enigsins moontlik is, moet julle môre al gaan. Ek sal nog voor dit lig word met haar gaan wegkruip totdat julle weg is."

"Maar . . . die wêreld is so onherbergsaam. Jy kan dit nie doen nie."

"Ons kan nie hier bly nie, dis te gevaarlik. Sorg jy maar net dat julle so gou moontlik ry sodat ek haar weer in die beskutting van 'n huis kan kry." Louw se hand verstewig op haar arm en sy woorde is ernstig en beslis.

"Asseblief, meneer, laat haar saam met ons gaan! Ek smeek jou . . . Van watter nut kan sy tog vir jou wees? Sy gaan jou net strem in jou poging om weg te kom. Ons sal nie 'n woord rep dat jy hier was nie."

"Gaan nou. Onthou net, as jy een woord van my of van hierdie een sê, dan . . . skiet ek haar. As hulle weet ek is hier, sal hulle my kom soek en dan is dit klaarpraat met hierdie een."

Suster Theresa druk Ansa styf teen haar vas en huil rukkend.

"Ek sal vir jou bid, kind. Jy sal veilig wees." Sy los Ansa en draai na Louw toe. "As jy haar iets laat oorkom, of net een haar van haar hoof skaad, sal ek jou persoonlik kom soek."

Louw lag sag en Ansa kners magteloos op haar tande.

"Ek dink jy moet maar liewer bid, suster. Dit behoort meer uit te rig."

Suster Theresa loop tot by die deur, maar draai dan om.

"Jy moet na haar kyk . . . asseblief." Haar stem eindig in 'n smekende snikkie voordat die skraal gestalte in die donker verdwyn.

Ansa swaai paniekerig na Louw.

"Laat my asseblief gaan. Ek gee jou my woord van eer dat –"

"Jou woord! Hoekom dink ek dan jou woord is nie so eerbaar soos wat jy wil voorgee nie?"

"Wat bedoel jy?"

"Ons sal later gesels. Ons moet hier padgee voordat dit lig word."

Ansa weet dit sal nie help om verder met hom te redeneer nie. Sy ruk een van die stowwerige komberse van die bed af en draai dit soos 'n mantel om haar.

Louw tel die saalsak op en sy hand klem om haar arm toe hulle die donker nag stil instap.

Ansa is later so moeg dat dit voel asof haar bene onder haar gaan invou. Aan die luggie wat koeler word, kan sy voel dat hulle see se kant toe stap. Dit voel vir haar soos ure voordat hulle eindelik agter 'n klomp groot rotse neersak.

Hulle het 'n hele ruk lank al met die strand langs gestap en die water sal binne die volgende uur of wat hul voetspore doodvee asof hulle nooit daarlangs gegaan het nie.

Sy sak hygend teen die rots af en leun met haar kop agteroor. Sy is te moeg om haar verder aan die man te steur.

Die reuk van rook laat haar heelwat later haar oë oopmaak. Hy is besig om 'n vuurtjie van dryfhout te maak. Uit die saalsak haal hy 'n keteltjie en gooi water uit sy waterbottel daarin.

Ansa draai op haar sy, nog glad nie lus om wakker te word nie. Die sagte, klam sand voel soos 'n verebed onder haar wang.

Sy skrik vervaard uit haar sluimerslaap wakker toe iemand aan haar vat. 'n Oomblik lank is sy heeltemal deurmekaar, maar dan sien sy die groot hand met die beker koffie hier by haar gesig.

Sy sit vinnig regop en vat die beker koffie by hom aan.

387

"Dankie." Sy vou haar hande om die beker om die hitte te voel. Dit brand haar egter gou en sy sit dit eenkant op die sand neer.

"Is jy wakker? Helder en mooi wakker?" Louw se stem kom spookagtig na haar toe deur die mistigheid wat hulle omring.

"Ja . . . ek is wakker."

"Goed, nou kan ons ongestoord gesels. Ek wil alles weet van Braam Venter af."

"Braam Venter?" Ansa herhaal dit soos 'n idioot en probeer sy oë ontwyk.

"Ja, Braam Venter. Ek het geen begeerte om jou seer te maak nie. Maar as jy nie wil praat nie . . . wel, ek ken maniere om jou te dwing."

"Ek weet nie veel nie." Ansa sluk swaar en haar woorde klink vir haarself heeltemal onoortuigend.

"Dis nou net ek en jy, my diertjie. Ons het heeldag tyd. Ons gaan vanaand teen skemer eers terug Meob toe."

Louw kom sit 'n armlengte van haar af, 'n beker koffie toegevou in sy groot hande.

"Ek . . . e . . . het sommer die storie opgemaak. Ek ken nie 'n Braam Venter nie."

"Tj-tj . . ." Louw klap geamuseerd met sy tong.

"Dis die waarheid." Ansa kan egter nie vir Louw in die oë kyk nie en dit maak hom woedend. "Verstaan jy dan nie? Ek wou gehad het jy moet ons saamneem. Ek en suster Theresa kon nie hierdie pad alleen aandurf nie."

"O, ek verstaan baie, baie goed. Dit was 'n briljante plan van Braam Venter. Twee vroue alleen hier in die woestyn. Hy was baie seker dat iemand hom sou kom soek. Wie sou dit dan ooit oor sy hart kry om twee weerlose vroue alleen hier te los? Iemand sou dadelik tot hul redding kom en hulle eers terugvat beskawing toe. Intussen gee dit hom tyd. Of . . ." Iets anders skiet hom te binne en sy oë vernou.

"Of moes jy dalk sy vuil werk vir hom klaargemaak het? Niemand sal mos 'n non verdink nie."

"Nee, dis nie waar nie! Ek weet niks van Braam Venter af nie."

"Luister!" Louw se gesig is skielik hier by hare en sy oë spuug vuur. "Dit was nou genoeg. Jy mors my tyd. Ek kan baie duidelik sien hoe die vurk in die hef steek. Ek wil elke fyn besonderheidjie weet vandat Braam Venter die dag hier aangekom het."

Ansa sug moedeloos."Wat moet ek jou vertel? Ek weet niks nie."

Louw frons en sy oë trek op skrefies.

"Luister, jy hoef my niks van Braam Venter te vertel nie, behalwe waar hy is. Ek ken vir Braam Venter beter as wat ek myself ken. Hierdie hele opset ruik na hom. Iets het my van die begin af gehinder, maar ek kon nie my vinger daarop lê nie."

"Wat . . . is dit?" Ansa soek naarstiglik na 'n oplossing vir haar probleem. Hoe meer hierdie man praat, hoe meer inligting kry sy uit hom uit.

"Dat twee vroue hier alleen op 'n spookdorp is." Louw slaan met sy vuis in sy handpalm. "Kragtie . . . die man is slim! Niemand anders sou aan so 'n plan gedink het nie. Om waaragtig sy agtervolgers te gebruik om sy vuil werk te doen. Maar dat hy darem so ver sou gaan om twee vroue . . . twee vroom vroue van die kerk te kon ompraat om hom te help . . ." Louw skud sy kop in magtelose verdwasing.

"Suster Theresa het niks hiermee te doen nie. Sy is edel en opreg. Sy is die wonderlikste mens op aarde."

Louw kyk haar stil aan en knik liggies.

"Ek is bereid om dit te glo. Sy straal 'n eerlikheid en opregtheid uit waaraan 'n mens nie kan twyfel nie."

Ansa is nou baie na aan trane. Een wete maal egter deur

haar verstand: suster Theresa is veilig. Sy is ten minste op pad na veiligheid. Dis darem iets om voor dankbaar te wees.

"Luister, hoekom praat jy nie die waarheid nie? Die polisie wat hier is, het na Braam Venter gesoek, nie na julle nie. Ek weet sommer dat Braam Venter hierdie inligting op die een of ander van sy duiwelsmaniere die land ingestuur het."

Hoe meer die hele saak ontplooi, hoe meer verbaas raak Louw Greyling. Die briljantheid van die plan kan hom nie sommer net verbygaan nie. Hy skud sy kop soos een wat net nie hierdie meesterplan kan glo nie.

"Ek moet die man dit ter ere nagee, dis 'n baie vindingryke plan: los 'n leidraad dat hy hier op Meob is en sorg dat hier twee nonne alleen op die verlate dorp is. Hy wéét die polisie, of ek, of selfs een van die ander sal die leidraad optel. Iemand sal wel die skone dames uit hul nood verlos en so kan die goed hier uitgesmokkel word, dalk nog deur die polisie self. En hy sluip met 'n ander pad weg en niemand sal ooit weet dat hy heeltemal in die teenoorgestelde rigting verdwyn het nie."

"Maar . . . jy kan mos nie self 'n plan sit en uitwerk en dan glo dis soos dit gebeur het nie!"

Louw hoor haar nie eens nie. Hy slaan weer met sy vuis op sy been.

"Ek raak lam as ek dink wat sou gebeur het as ek 'n dag later hier aangekom het. Julle sou veilig saam met die polisie op pad gewees het."

"Jy maak verkeerde gevolgtrekkings . . . Dinge het nie so gebeur nie!" roep Ansa moedeloos uit.

"Ongelukkig vir jou, Braam Venter, het ék eerste hier aangekom. Ek was nie bereid om die ridder op die wit perd te speel nie en dit het die pikkewyntjie paniekerig gemaak toe sy besef jul plan werk nie uit nie."

Sy sit angstig vorentoe en gryp hom aan sy arm.

"Asseblief, luister na my . . ."

"En wat my die kwaadste maak, is dat ek in my haas om by Braam Venter te kom nooit eens die groot slagysters raakgesien het nie. As dit nie vir daardie polisieman se woorde gisteraand was nie . . ."

"Wat het hy gesê?" Sy móét weet waaroor alles gaan.

"En dat ek sélf nooit daaraan gedink het nie!"

"Wat het hy gesê?" Ansa skud aan sy arm.

"Dat Braam Venter 'n handlanger moet hê. Iemand baie betroubaar en geloofwaardig, anders sou hy nie maande lank kon wegkruip nie."

"Wie dit ook al is, dis beslis nie ek nie . . ." Ansa se stem is nou smekend, maar dit jaag net weer die woede in Louw Greyling op.

Hy kners op sy tande en stamp haar van hom af weg dat sy in die sagte sand val.

"Jy wou my gebruik om die goed hier uit te kry. Jy en Braam Venter is kop in een mus!"

Ansa sukkel regop en druk haar gesig in haar hande. Sy hand sluit egter om haar agterkop en hy ruk haar aan haar hare op sodat sy hom vol in die gesig kan kyk.

"Goed, nou begin ons van voor af. Waar is Braam Venter en waar is die diamante?"

"Diamante? Maar . . ." Ansa voel hoe 'n nuwe vlaag skok en lamheid haar bekruip. Dan is dit waaroor dit alles gaan. Weet sy dan nie hoe meedoënloos mense oor dié blink klippies kan word nie?

Louw los haar kop so skielik dat dit vir haar voel asof haar nek afruk. Sy woorde is sag en druppend sarkasties.

"Noudat ek by die kern van die saak uitgekom het, het ek baie tyd. Ek het Braam Venter se handlanger. Hy sal dit nooit weer in hierdie omgewing waag nie. Jy gaan vir my sê waar die diamante is en dan sal Braam Venter vanself uit sy wegkruipplek kom. Waar die aas is, daar draai die aasvoëls."

Ansa sug diep en sy weet nie wat sy nou die meeste vrees nie: die woestyn en sy elemente, of hierdie wrede mansmens.

"Hier is tog nie genoeg kos nie. Ons sal dit nie eers 'n week hier kan uithou nie." Sy sê dit so vol selfvertroue dat Louw se woede opnuut opvlam.

"Dan beter jy sorg dat ek die diamante binne 'n week kry. Jy kan jouself baie trane en moeite spaar deur sommer môre al vir my te wys waar dit is."

"Ek sê jou ek weet nie waar die goed is nie. Dit sal nie help om vir my te sit en kyk en te dink ek gaan die diamante uittoor nie. Ek weet nie waar die goed is nie."

Ansa se oë blits vuur en Louw lag sag.

"Vir 'n non is jy taamlik driftig. Is julle nie veronderstel om altyd die minste te wees en die ander wang te draai nie?"

"Ander wang se voet! Buitendien is ek . . ." Sy bly oombliklik stil. Sy het al te veel dinge gesê wat sy nie moes sê nie en kyk net waarin het dit haar laat beland!

Louw se mond vertrek in 'n grynslag.

"Buitendien . . .?"

"Niks." Sy drink die laaste bietjie koffie uit die beker. Dan gaan lê sy op die sand en sluit haar oë. Sy loer onder haar wimpers deur na Louw. Hy tuur ver oor die grysblou see en sy weet dat sy aandag nou deur baie ander dinge in beslag geneem word.

Haar hand voel-voel na die groot klip wat agter haar teen die rots lê en so ongemerk moontlik sluit haar vingers stywer daarom.

As hy tog net van die rots af wil beweeg sodat sy hom van agter af kan bekruip! Sy sal hom net een hou moet slaan. As sy hom 'n uur of twee buite aksie kan stel, kan sy 'n voorsprong kry om voor hom op Meob te kom.

Sy wag haar kans gespanne af. Hy loer in haar rigting en sy haal diep en egalig asem soos iemand wat slaap.

Hy staan op en rek hom behaaglik uit. Sonder om weer in haar rigting te kyk, stap hy om die rots en beskou die wêreld om hom.

Ansa span elke spier in haar liggaam. As die geleentheid kom, moet sy net kan opspring. Sy sal nie ver kan beweeg nie. Hy is veels te vinnig en sal haar maklik kan afweer.

Louw beweeg sy skouers soos iemand wat styf is en dan trek iets op die grond sy aandag. Hy sak op sy hurke af en Ansa sien haar kans. Haar spiere trek saam, want sy wil met een kragtige sprong by hom wees.

Louw kyk op en sien haar. Sy verslap onmiddellik.

"O, jy's wakker. Hier is kreef. Ek sal gaan kyk of ek 'n paar daar by die ander rotse kry, dan kan ons dit vanmiddag in die seewater kook."

"Dit sal heerlik wees. Ek is nog steeds honger."

Sy maak van die geleentheid gebruik om regop te sit, maar haar hele houding is nog steeds ontspanne.

Louw trek sy hemp uit en gaan sit om sy stewels uit te trek. Dat Ansa sal probeer ontsnap, is blykbaar op hierdie oomblik nie eens naastenby in sy gedagtes nie.

Hy sit skuins met sy rug na haar toe en met een sprong is Ansa agter hom en slaan met al haar mag. Die onverwagtheid van die aanval betrap Louw onkant. Hy kantel stadig op sy sy om.

Ansa gryp die waterbottel en hang dit oor haar skouer. Sy skop terselfdertyd haar skoene uit en in die hardloop trek sy die lang rok op en knoop dit in 'n bondel voor vas sodat sy makliker kan beweeg.

Sonder om om te kyk, hardloop sy so vinnig as wat sy kan in die rigting van Meob, terug na veiligheid.

Louw is minute lank heeltemal bewusteloos. Die swart waas lig stadig om hom en hy word eerste bewus van die sand onder sy wang. Hy beur regop. Hy kan mos nie bekostig om nou te slaap nie!

Die beweging bring egter 'n steekpyn in sy kop, en vir 'n paar tellings hou hy sy kop in sy hande vas voordat hy sy oë stadig oopmaak.

Hy sien die see en die rotse en draai dan stadig om. Die plek waar sy netnou nog gesit het, bring alles in perspektief.

Sy oë trek op skrefies, en dan sien hy 'n swart stippel kleiner word óp die horison.

'n Laggie kriewel in sy bors. "So 'n klein helkat!"

Onder daardie nonnegewaad skuil allerhande verrassings.

Hy steek sy hand uit na die waterbottel en trek dit dan verleë terug. Sy het dit natuurlik ook gevat.

Louw staan op en stap see toe. Agter sy kop is 'n knop en hy gooi hande vol koue seewater daaroor, wat dit sommer beter laat voel. Die bietjie pyn wat daar nog is, skuif hy met mening op die agtergrond.

Hy trek sy ander stewel uit en rol sy broekspype tot onder sy knieë op. Met sy kaal bolyf waarop die spiere bruin en bulterig speel, hardloop hy al met die hoogwatermerk langs.

Die swart spikkeltjie word geleidelik groter.

Louw grinnik. Die pikkewyntjie word moeg. Daardie ou lang rok strem haar natuurlik.

Ansa loer oor haar skouer en sien hom aankom. Sy span elke druppel krag wat sy het in en ignoreer die brandgevoel in haar bors.

Haar rok pla haar en in die hardloop ruk sy die knope oop. Sy gun haar nie die tyd om te gaan staan en dit uit te trek nie. Sy struikel en val toe sy dit oor haar kop lig, maar dan is sy weer op en hardloop sy in haar wit linne-onder-rok verder.

Dit gaan beslis vinniger, maar haar bene is reeds lam en moeg en die vrees vir die naderende figuur maak haar heeltemal bewerig.

Die bloed suis in haar ore en haar hart klop so hard dat sy die reëlmatige doef-doef daarvan met elke tree kan hoor. Dis eers toe sy skaduwee oor haar val dat sy besef dis sy voetstappe en nie haar hartklop wat sy hoor nie.

'n Gewig val teen haar rug en dan word haar voete on-der haar uitgeruk en rol sy om en om in die sagte, klam sand. Louw se arms is soos klampe om haar en sy gesig 'n handbreedte van hare af toe hulle oomblikke later tot stilstand kom en sy haar oë stadig oopmaak. Sy asem jaag en die hitte daarvan is op haar wang.

Ansa is te moeg om te praat. Sy haal hygend asem en probeer met 'n slap hand die gewig van haar afdruk. Hy pen haar egter met sy groot liggaam op die grond vas, sy kaal borskas skuins oor haar.

"Moet dit nooit weer waag nie . . ." Louw sis die woorde uitasem uit.

"Ek sal! Ek . . . sal elke keer dat ek 'n kans kry, probeer ontsnap. Jy het geen reg om my hier gevange te hou nie," hyg sy.

Louw se gesig kom nader en dan sluit sy lippe warm maar met ingehoue woede oor hare. Ansa wriemel haar liggaam, maar hy is te sterk en te swaar vir haar. Hy soen haar lank en sonder gevoel. Sy een hand skuif op en hy streel oor haar kaal hals. Dit laat die vrees wat net onder die oppervlak skuil weer in haar los. Hy lig sy kop stadig en sy oë is koud van ingehoue woede.

"Daar is baie maniere om 'n vrou in te breek. Onthou dit 'n bietjie. En nog iets wat jy kan onthou, is dat ons twee alleen is . . . net ek en jy. Jy kan maar probeer wegkom, ek sal jou elke keer vang. En volgende keer sal ek vergeet dat jy veronderstel is om 'n soort heilige te wees."

Sy hand streel hard en grof teen haar nek en dan af teen haar kaal skouer. Asof hy hom bedink, staan hy op en ruk haar hardhandig aan haar hand op.

"Kruip liewer in daardie swart gewaad van jou weg voordat ek jou wys wat ek bedoel."

5

"Jy kan maar kom, hulle is weg."

Louw buk en maak die tou los waarmee hy haar vasgebind het.

Hulle het laatmiddag begin terugstap. Dit was 'n goeie drie uur se stap. Buitekant Meob het Louw haar weer vasgemaak sodat hy kon gaan verken.

Haar arms en enkels is seer en skrynerig waar die toue haar geskaaf het. Hy het haar vanoggend tot by die rotse gesleep en haar toe daar vasgemaak totdat hulle die terugtog aangepak het.

Ansa het nog nie weer 'n woord met hom gepraat nie. Sy sal ook nie. Hy besef baie goed dat hy haar hier teen haar wil gevange hou. Sy sal weer probeer ontvlug. Van hom sal sy in elk geval geen genade kan verwag nie. Hy sal haar tog nie terugvat Lüderitz toe nie. Sodra hy die diamante en vir Braam Venter gekry het, sal hy haar net hier los en maak dat hy wegkom. Sy is darem nie so naïef nie. Hy sal dit mos nie tussen die polisie waag met 'n sak gesteelde diamante nie.

Sy het deur die dag baie tyd gehad om te dink. Sy moet sorg dat hy gedwing word om hier weg te gaan voordat hy dalk met 'n gelukskoot vir Braam Venter of die diamante opspoor.

Haar enigste hoop is nou dat suster Theresa-hulle al die kos saamgeneem het. Dit sal hom noodsaak om iewers kos te gaan soek. Hy sal haar saamvat, want hy sal haar nooit hier alleen vertrou nie.

Hierdie hoop beskaam egter toe sy hul bekende huisie aan die agterkant van die kerk binnestap. Suster Theresa het die minimum saamgeneem en omtrent alles wat daar was vir hulle gelos.

"Maak jy solank kos, ek gaan net my kameel versorg."

Ansa hoor hoe hy die deur grendel. Al haar voornemens van stilswye is skoon vergete.

"Simpel! Waarheen sal ek nou in die nag kan gaan?" gil sy die woorde agter hom aan.

Dis eers toe hy met sy saalsak inkom en deurstap na die slaapkamers toe dat die volle implikasie van haar situasie haar tref. Sy tel vinnig die vleismes op en steek dit in haar rok se mou. Kop in die lug stap sy agter hom aan en kyk waar hy sy goed neersit.

Hy draai stil om en staan haar afwagtend en aankyk.

Toe sy egter sien dat hy sy goed in vader Sebastiaan se kamer neersit, stap sy na haar eie kamer toe en sluit die deur agter haar. Sy sit die mes onder haar kussing en steek die kers op.

Haar hare is gekoek van die seewind. Sy is vuil en voel taai van die sand en die sweet. Sy trek egter net die rok se stukkende mou op en steek dit met 'n speld vas. Sy sal later bad en haar skoon aantrek. Hy moet haar glad nie sien wanneer sy goed lyk nie. Netnou dink die skurk sy maak haar netjies vir hom. Hoe aanstootliker, hoe beter.

Hulle eet in stilte die karige maal van mieliepap met 'n bietjie vet in. Dit smaak egter vir Ansa soos koningskos. Die soet swart koffie laat haar ook sommer weer mens voel.

Sy was die twee borde en ruim die kombuis op terwyl Louw haar fronsend dophou.

"Toe! Toe! Jy moet gou maak sodat ek jou deur kan sluit. Ek is doodmoeg. Môreoggend met die eerste lig gaan jy vir my wys waar die goed is. Jy kan jouself baie ellende bespaar deur saam te werk."

Ansa draai om en haar oë is waaksaam. Een ding het sy vandag al besef: hy sal haar nooit glo as sy hom die waarheid moet vertel nie. Sy sal haar woorde nou baie versigtig moet kies. Tyd is nou die hooffaktor. Hierdie man is so ingenome met homself omdat hy Braam Venter se plan, volgens hom, so netjies kon ontrafel. As hy moet weet dat sy hom vir die gek gehou het, sal hy haar net hier doodskiet en in 'n vlak graf begrawe.

Sy wens met haar hele hart sy het meer van Braam Venter geweet, want haar enigste kans is nou om hierdie speletjie enduit te speel.

"Wil jy nie nog koffie hê nie? Hier is nog in die kan." Sy beduie met haar kop na die koffiekan.

Louw se oë word waaksaam. Hy knik egter – en sy skink vir hulle albei nog koffie in.

"Ek wil eers bad voordat ek gaan slaap. Ek het vir my warm water gemaak. Ek sal gou maak." Sy probeer so onderdanig moontlik klink en dit stuur gevaarseine na Louw se moeë verstand.

"Moet liewer niks waag nie. Ek staan voor die badkamerdeur wag en as ek jou nie binnekant hoor nie, kom ek in."

"Goed." Sy sak op die een stoel neer, maar Louw laat net sy voet op die ander stoel rus en stut sy elmboog op sy knie.

"Hoekom soek jy vir Braam Venter? Wat het hy aan jou gedoen?" Sy vra die vraag met haar oë afgewend, maar sy wag ademloos om inligting te bekom.

Dis lank stil en Ansa kyk later vraend op in sy peinsende oë.

"Dit het niks met jou te doen nie, suster. Die feit bly staan dat ek hom soek en dat jy vir my kan sê waar hy is."

Ansa beplan elke gebaar met die uiterste sorg. Sy kyk stadig op en 'n fyn glimlaggie plooi om haar mond.

"En wanneer jy hom gekry het . . . wat dan?"

"Dan sal ek jou terugneem tot op Lüderitz. Ek het mos so gesê."

"Vreemd genoeg, meneer Greyling, maar skielik glo ek jou ook nie meer nie." Haar woorde is lig sarkasties en met genoegdoening sien sy die woede in sy swart oë blink.

"Ek dink nie jy is in enige posisie om eise te stel nie, suster. Op hierdie oomblik het ek die hef in die hand. Ek sal jou dwing om my te sê waar hy of die diamante is."

"Hoe?" Sy kyk hom uitdagend aan.

Hy tel sy voet stadig van die stoel af en sit sy beker op die tafel neer.

Ansa spring verskrik op en beweeg agteruit totdat sy die plankmuur agter haar rug voel. Sy groot gestalte kom doelgerig nader terwyl hy sag en selfvoldaan lag.

"Jy sal dit nie waag nie . . . Raak net aan my . . . Ek . . . belowe jou ek . . ."

Louw druk sy hande aan weerskante van haar teen die muur en sy kan die fyn plooitjies om sy oë sien. Sy stem is sag en sy kan amper dink dis 'n lag wat daarin skuil. "Kan ek nie! Wie gaan my keer? Jy?"

Ansa lek oor haar droë lippe.

"Hulle sal my kom soek en . . ."

"Wie gaan jou kom soek? Suster Theresa sal nie 'n woord sê voor oor twee of drie maande nie. Sy sal te bang wees ek doen jou leed aan."

Sy sluk aan die droogheid in haar keel en sluit haar lippe ferm op mekaar. Sy moet nou met elke sintuig waak dat sy nie weer 'n onbesonne ding kwytraak wat kan boeme-rang nie.

"As jy aan my raak, sal ek . . . jou nooit sê nie. Ek sal met die geheim in my graf ingaan."

Haar stem is bewerig, maar dit dra die boodskap heel duidelik aan Louw oor.

Hy blaas sy asem stadig uit.

"Ek is te moeg om nou helder te dink. Gaan bad sodat ek kan gaan slaap. Ons sal môre verder praat."

Ansa tel die pot met water op, maar Louw vat dit ongeërg by haar. Sy klou 'n oomblik lank daaraan vas, maar sy oë daag haar uit om kragte met hom te meet.

"Stap voor en wys my waar die badkamer is. Ek vertrou jou nie. Jy sal sommer die pot warm water op my uitgooi."

Ansa kyk geskok na hom.

"Ek is nie so wreed nie!"

"Nee, glad nie. Kap net mense met klippe en los hulle vir dood op die strand."

"Aag! Dit was glad nie so hard nie. Jy . . . was nie eens twee minute bedwelm gewees nie."

"Ek kon dood gewees het!" Louw kan nie help om die ontsteltenis op haar gesig 'n bietjie uit te buit nie.

"Ek wou jou net 'n uur of wat buite aksie stel."

"Dan moet jy volgende keer 'n groter klip vat. My ou skedel is maar hard."

Skielik het sy lus om te lag, so onsinnig soos wat dit ook al mag wees. 'n Vonkel verskyn in haar blou oë en sy swaai vinnig om en stap voor Louw uit, maar hy het die fyn trekkie om haar mond gesien.

Die eerste keer die dag dink hy weer daaraan hoe sag en wit haar vel vanoggend daar op die strand was. Sy is so vroulik! So eg vroulik dat dit hom lighoofdig wou maak.

Die badkamer is primitief en baie klein. Daar is 'n houtbad in die vertrekkie en die vuil water moet uitgedra word, aangesien daar geen uitlaatpyp is nie.

Louw gooi die warm water in die bad en Ansa gooi koue

water uit die beker daarby. Hy kyk fronsend na die bietjie water in die bad en Ansa kyk vraend na hom toe hy geen aanstaltes maak om te loop nie.

"Moet ek die ander water ook gaan haal? Daardie is nie genoeg nie."

"Die ander pot water is vir jou. Ons het geleer om met baie min water klaar te kom."

Sy stap by hom verby na haar kamer toe en gaan haal haar dik, blou japon wat sy tot onder haar keel kan toeknoop.

Louw maak hom gemaklik in die gangetjie op die vloer en Ansa is bloedrooi van verleentheid toe sy haar versigtig ontklee. Dit voel vir haar asof die man elke beweging van haar kan vasstel en presies weet wat sy doen.

Toe sy klaar is, knoop sy die blou kamerjas styf toe. Sy is skielik weer bewus van die feit dat hy haar vanoggend net in haar onderrok gesien het. Hy het haar gesoen en met sy growwe hande oor haar nek en hals gestreel.

Sy bondel die nonnegewaad van suster Theresa op en klou dit styf in haar arms vas. Sy sal dit môre was. Sy weet nie wat sy gaan aantrek terwyl dit droog word nie. Maar dat dit vir haar 'n beskerming is, is gewis.

Die sleutel knars in die slot en Louw sit dadelik regop toe sy uitkom.

"Ek gaan net gou die vuil klere in my kamer sit, dan sal ek die water uitdra."

"Toemaar, ek sal dit doen." Louw stap agter haar aan na haar kamer toe en Ansa struikel amper in haar vrees vir hom. Maar hy sluit net die deur agter haar en sy voetstappe verdwyn in die gang af.

Ansa slaap dié nag soos 'n baba. Sy is so uitgeput van die vorige nag se ondervinding dat sy eers die volgende oggend wakker skrik.

Dis al helder lig in die kamer toe sy wakker word en sy spring verskrik op. Eers is sy heeltemal deurmekaar en weet sy nie waar sy is nie. Dan skiet die afgelope dae se gebeure haar weer te binne.

Sy soek in haar kas na iets om aan te trek. Haar ander rokke is almal te klein. Sy trek die beste een aan en maak solank die nonnegewaad van suster Theresa met 'n naald en gare heel.

Sodra die skurk haar deur kom oopsluit, moet sy dit gaan was. Sy sal die sluier ook nog in die delwershuis moet gaan haal.

Haar blik val op haar beeld in die spieëltjie en vinnig soek sy in die kas haar ou donkerblou trui. Nie omdat sy koud kry nie, maar sodat sy die vroulike rondings waarop suster Theresa nou die dag haar aandag gevestig het, kan wegsteek.

Die sleutel knars in die slot en daar word aan die deur geklop.

"Jy kan maar uitkom. Ek is honger en ons moet dadelik begin. Ek is haastig."

Sy stap met 'n stywe rug by hom verby. Sy sien die frons op sy gesig, maar maak asof sy niks opmerk nie.

In die kombuis brand daar reeds 'n vuurtjie in die stoof, en die koffiewater kook al. Sy maak pap en koffie, en stilswyend sit sy dit voor hom neer. "Gaan jy dan nie eet nie?" Louw kyk al kouend na haar.

"Die kos is min. Ek is gewoond daaraan om net een keer per dag te eet."

Hy kyk na die kos voor hom en haal dan sy skouers op. Hy maak asof hy nie die verwyt in haar stem hoor nie.

"Hoekom trek jy daardie klere aan? Ek het dan gedink nonne dra net die soort wat jy gister aangehad het . . . of die wit rokke waarmee julle werk, soos suster Theresa aangehad het."

"Jy het my rok geskeur. Ek het dit heelgemaak en sal dit nou was."

"Het jy dan net die een?"

"Suster Theresa moet die ander per ongeluk saamgeneem het. Hier is nou niks meer nie."

Sy draai vinnig om en hou haar doenig by die stoof. Sy sal maar aan hierdie een skans moet klou. Dis al wat sy nog het om agter te skuil.

"Jy beter maar eet, want ons gaan nou die goed kry en dan kan ons dadelik in die pad val Lüderitz toe."

Ansa skep stilswyend vir haar pap in en 'n plan begin vaagweg in haar kop vorm aanneem. Sy eet in stilte en staan dan op om die borde in die skottel water te was.

"Ek wag vir jou, suster. Ons kan maar gaan. As ek net die diamante het, sal Braam Venter vanself uit sy skuilplek kruip."

"Ek gaan eers my rok was en stryk."

Louw uiter 'n kragwoord en met een tree staan hy voor haar. Sy hande knel soos staalklampe om haar skouers. Hy skud haar wild heen en weer.

"As ek darem my sonde nie ontsien nie . . ." sê hy afgemete.

"Jy maak my seer! As jy weer aan my raak, sal ek jou nie 'n woord sê nie. Ek is nie bang om dood te gaan nie. Jy kan my maar dreig en martel. Ek sal praat wanneer dit my pas." Haar stem is baie beslis en haar blou oë is koud en sonder 'n sprankie vrees.

"Wat jy nie verstaan nie, suster, is dat die tyd aanstap. Tyd is baie, baie kosbaar. Ek soek al drie maande lank na Braam Venter. Nou is hy hier . . . hier onder my neus, en 'n pikkewyn soos jy kom sê vir my voor wanneer ek wat moet doen!"

"Wel, as jy al drie inaande lank na hom soek, gaan 'n uur of twee langer nie juis veel verskil maak nie."

"My magtie! Ek vermorsel jou sommer!" Louw kners op sy tande en Ansa geniet die magteloosheid in sy hele houding.

Sy glimlag stroopsoet vir hom en so waardig moontlik maak sy sy hande om haar skouers los en stap kop in die lug by die deur uit.

Tydsaam gooi sy water in die badjie en was suster Theresa se rok uit. Sy probeer tyd wen. Haar planne sal baie netjies agtermekaar moet wees. Haar grootste taak nou is om vir Louw Greyling van Meob af weg te kry. Die moontlikheid dat hulle op een van die ander delwersdorpies nog mense sal kry, is goed. As daar net 'n ander lewende siel in haar gesigsveld kom, sal sy gaan hulp soek.

Louw dwaal soos 'n ingehokte dier rond terwyl Ansa die rok was en ophang. Doodluiters stap sy by hom verby na die delwershuisie waar hulle die vorige keer geskuil het. Met 'n paar lang treë is hy langs haar en sy hand knel om haar arm.

"Waarheen dink jy gaan jy?"

"Ek loop weg. Ek gaan nou polisiebeskerming soek." Haar woorde drup sarkasme. Baie waardig maak sy haar arm uit sy greep los, maar haar oë blits vuur. "Ek het jou gesê jy raak nie weer aan my nie."

"En ek het gesê ek is haastig."

"Ek gaan net my sluier kry wat jy afgeruk en net daar laat lê het. Jy skeur en verniel mos alles."

Sy stap kop in die lug verby hom en Louw kan nie anders as om haar met respek agterna te kyk nie.

Hy wag voor die deur totdat sy met die sluier uitkom en in stilte stap hulle terug. Hulle is al amper by die huis voordat Ansa praat. "Jy kan solank die kameel laai, ons kan oor 'n uur vertrek. Ek sal die kos wat nog hier is, inpak. Agter die pakkamer is 'n rolbalie vir nog ekstra water. Jy kan dit solank vol maak."

Louw is dadelik op sy hoede.

"Waarheen gaan ons? Is die goed nie hier nie?"

"As ek jou sê, dan los jy my hier en kry jou ry soos nou die dag. Die goed is nie hier nie . . . maar ek sal jou nie nou al sê waar dit is nie."

"Ek moet jou sommer hier los vir die strandjutte. Sulke skelm mense soos jy en Braam Venter is vir niks beters goed nie."

"Wel, jy moet maar besluit. Jy het 'n keuse: óf jy gooi my vir die strandjutte, óf jy kry jou goed waarna jy so naarstiglik soek." Daar is 'n stywe glimlaggie om haar mond en dit maak Louw woedend.

"Goed, ek sal jou vertrou, maar dit belowe ek jou, suster: as Braam Venter en die diamante nie daar is waar jy sê dit sal wees nie, sal die strandjutte jou karkas hier in die woestyn rondsleep. Dis 'n belofte!"

Die hoendervleis slaan op Ansa se arms uit. Hy is doodernstig. Hy sal nie twee keer huiwer om haar dood te skiet en hier in die woestyn te los nie.

Dis egter haar enigste en laaste kans op oorlewing. As sy dit verbrou, kan sy maar seker wees dat die woestynson haar bene hier wit sal bak.

'n Ligte rilling gaan deur haar toe sy kop in die lug by hom verbydruk en die houthuisie binnestap. Sy moet die roete van die polisiepatrollie volg. Sy sal dit egter baie netjies moet uitwerk sodat Louw Greyling nie dadelik agterkom wat haar plan is nie.

Die man is nie 'n gek nie. Hy weet dat Braam Venter so ver moontlik uit die polisie se pad sal bly. Hy weet egter ook dat om in hierdie wêreld te kan oorleef, jy iewers by water en kos moet uitkom – en dit is baie, baie skaars in hierdie geweste.

Ansa stop net die nodigste in 'n sak. Heel onder pak sy die Bybel in wat vader Sebastiaan vir haar gegee het. Ook die hangertjie en oorkrabbetjies wat nog aan haar ma behoort het. Dan 'n paar stukkies onderklere en nog 'n paar snuisterye waaraan sy waarde heg, en toe is daar ook nie meer plek nie.

Sy sal maar met suster Theresa se rok moet gaan, hoe warm en ongemaklik dit ook al is. Dis haar enigste beskerming teen hierdie nare mansmens.

Haar blik dwaal vir oulaas deur die geliefde en bekende ou vertrekkie. Sy sug diep toe sy die deur eerbiedig agter haar toetrek. In die kombuis pak sy al die oorblywende kos in 'n wit linnesak.

Toe sy uitkom, kyk Louw haar fronsend aan. Ansa vererg haar eers vir hom, maar kyk dan self vraend na haar waardige gewaad.

"Jy kan nie in daardie ding die woestyn aandurf nie! Trek die rok aan wat jy vanoggend aangehad het."

Ansa se ken wip op.

"Ek verkies hierdie een."

"Gmf!" Louw snork verontwaardig en skud dan net sy kop ongelowig. Hy vat die sak by haar en maak dit aan die kameel vas. "Is dit al jou goed?"

"Ja, dis al. Die kos is nog in die kombuis."

Sy gaan haal die kos en draai dan om om die deur te grendel. Haar oë is vol trane toe sy die grendel versigtig opskuif.

"Kom . . . Jy sal tog nooit weer hier kom om te sien of iemand jou goed gesteel of jou huis omgekrap het nie."

Louw frons toe iets hom skielik byval. Hy maak haar sak los en dop dit op die sementblad voor die agterdeur uit.

"Wat dink jy doen jy?" Ansa staar geskok na hom.

Hy antwoord haar nie dadelik nie, soek net elke item versigtig deur en dop dan die sak heeltemal om en bevoel die voering.

"Wat maak jy?" Ansa druk vererg aan sy skouer.

"Ek soek die diamante."

"Is jy dan gek? Dink jy ek sal dit aan of by my dra?"

Louw kyk ondersoekend na haar en druk dan alles terug in die sak. Hy staan op en ruk haar aan haar arm nader. Dan gly sy hande hard en gevoelloos teen haar lyf af.

Ansa klap vererg na hom, maar hy voel dit nie eens nie. Hy buk vooroor sodat sy hande al tastend langs haar bene kan afgly.

Hy het hom blykbaar vergewis dat die diamante nie aan haar liggaam versteek is nie en staan met 'n sarkastiese glimlag terug.

Die verleentheid en woede slaan in twee rooi kolle op Ansa se wange uit; sy moet keer dat trane van vernedering nie oor haar wange loop nie.

Louw maak die sak weer vas en draai na haar.

"Kom! Watter rigting gaan ons?"

Ansa wens sy kan hom na die warmplek stuur en net hier bly. Die vermetelheid! Sy hand sluit om haar arm en sy ruk dit vererg weg. "Suid!"

Sy ontwyk sy oë en skielik is Louw onrustig.

"Jy gaan my nie vir die gek hou nie, suster. Jy gaan my nie op 'n dwaalspoor lei nie."

"Hoekom sal ek dit wil doen?"

"Jy dink natuurlik dat ons die polisiepatrollie sal inhaal. Jy wil by hulle beskerming soek."

Ansa sug soos iemand wat met 'n moedswillige, stout kind te make het. Sy weet baie goed dat hier net een pad suidwaarts is, en dis teen die see langs. Op Frandsbaai is water en weer op Spencerbaai, en dis ook koeler langs die see. Daar is ook kreef en mossels om te eet. Geen mens sal die woestyn aandurf om op Spencerbaai te kom nie. Sy lig dus haar ken en bekyk hom uit die hoogte.

"Ons beweeg Spencerbaai se kant toe. Jy kan self die roete uitwerk."

Louw draai sonder 'n verdere woord om en vat die kameel se leisels. Hy klap die kameel op haar boud, en dadelik sak sy sugtend op haar knieë neer.

"Klim op." Louw beduie na die saal, en die eerste keer kyk Ansa verras op.

"Dis nie nodig nie. Ek kan stap."

"Jy mors tyd – klim. Ons sal so baie vinniger beweeg."

Sonder 'n verdere woord klim Ansa op die kameel wat skommelend opstaan. Sy kyk vir oulaas om toe hulle om die voet van die duin gaan. Die trane loop ongehinderd oor haar wange toe die ou houtkerkie al kleiner in sy eensaamheid word. Sy sug diep en haar gedagtes vorm vanself 'n gebed, 'n smeking om tog lewend en ongeskonde hieruit te kom. Sy het haar nou so verstrik in leuens dat net 'n Hoërhand haar sal kan red. Al was dit ook leuens wat uit nood gebore is.

Sy sien hoe hulle die woestyn in beweeg. Hulle ry nou in die rigting van Reutersbrun. Dis gewoonlik die polisie se eerste oornagplek, die volgende dag beweeg hulle meer wes tot by die see. Hulle het hulle al ingerig daar by Reutersbrun. Daar is bale voer en ook water vir die diere, dan hoef hulle nie hul kosbare water sommer die eerste nag al te gebruik nie.

Sy bid nou met alles in haar dat die polisie en suster Theresa tog op die een of ander manier 'n bietjie vertraag moes word op Reutersbrun. Sal dit nie wonderlik wees as sy hulle vanaand of môre al kan teëkom nie! Suster Theresa is natuurlik doodbekommerd oor haar.

Dit is en bly maar 'n moeilike tog. Plek-plek is die duine langs die see so hoog dat hulle vir laagwater moet wag om deur te kan gaan. Dan moet daar weer vinnig beweeg word voordat dit weer hoogwater is. Ansa wonder soms hoe suster Theresa die pas volhou. Hopelik laat hulle haar op die muil ry.

Sy kyk na die vaalbruin duin voor haar wat glad en rond soos 'n tevrede kat in die oggendson lê. Sy byt ingedagte op haar lip. Die vrees lê net 'n asemteug ver.

Onder die oënskynlik rustige uiterlike is die woestyn wreed en sonder menslikheid of deernis. Een oomblik is hy nog kalm en gelykmatig en dan, net die volgende oomblik, is hy 'n woedende monster wat elke druppel lewe uit jou wurg. 'n Monster wat jou verstrengel en verwar totdat jy verstandloos al in die rondte strompel.

Haar blik verskuif onwillekeurig na die groot gestalte wat net 'n paar treë voor haar loop. Sy hoed is laag oor sy oë getrek en die spiere bult onder sy kakiehemp.

Hy kyk voor hom, stap kop omlaag voort en meet die sand tree vir tree af. Doelgerig . . . meedoënloos. Daar is egter iets gespanne in sy liggaam. 'n Gejaagdheid wat Ansa kan aanvoel en wat die vrees in haar laat saambondel.

Sy verloor heeltemal tred met die tyd. Die son brand versengend op haar blaaie. Teen die namiddag weet sy hulle sal nie vanaand al by Reutersbrun kan wees nie. Dis 'n volle dag se reis daarheen en hulle het te laat van Meob af vertrek. Sy is egter te moeg om daaroor te tob.

Die skommelende kameel kom tot stilstand, en met dowwe oë kyk Ansa op. Louw kyk na haar en daar is nie 'n greintjie simpatie in sy koue bruin oë nie. "Ons sal vanaand hier slaap. Dit sal nou-nou donker wees." Hy klap die kameel op die boud en Ansa gryp wild na die saal toe die kameel skielik op die grond neersak.

Sy gly onvroulik van die kameel se rug af en beland in die sand. Sy spoeg die sand uit haar mond en vee vies oor haar gesig. Louw se tande glim wit toe hy omdraai en Ansa is sommer onredelik kwaad. "Ongeskikte ding!" Sy snou die woorde agter sy breë rug aan.

Louw stap egter om die kameel, maak die rolbalie se disselboom los en verlos die kameel van haar swaar las.

Ansa stof driftig die sand van haar rok af en stap sommer 'n ander rigting in sodat sy net kan wegkom van die ongemanierde mansmens af.

Die son verkleur die westerkim oranjerooi terwyl dit stadig agter die duin inkruip. Ansa kyk stil na die rye spore wat hulle nou net daar agtergelaat het. Môre sal dit nie eens meer sigbaar wees nie. Die geringste ou briesie stoot dit weer toe.

Iets hinder haar egter. Sy frons, draai om en kyk na Louw Greyling. Hy is besig met sy kameel en sy weet dat die bron van haar onrus nie daar lê nie. Sy draai weer terug en kyk na die spore.

Die spore! Dis die spore wat haar hinder. Sy skud liggies haar kop terwyl sy na die spore kyk wat direk uit die rigting van die ondergaande son na haar toe aangestreep kom. "Wes!" Ansa sê die woord hardop en druk dan haar hand voor haar mond. "Die son gaan tog in die weste onder!" Haar oë is groot en rond toe sy haar rok effe oplig en oor die sagte sand na Louw toe hardloop. "Ons loop verkeerd! Ons het verdwaal. Ons moenie oos gaan nie! Reutersbrun lê suid van Meob."

Louw kyk na haar ontstelde gesig en lig sy wenkbroue geamuseerd.

"Dis jou skuld! Jy het voor geloop. Ek het gedink jy kan rigting hou." Haar stem het 'n noot van histerie in. Louw draai om, en sonder 'n verdere woord gaan hy aan met die taak waarmee hy besig was.

Ansa ruk hom wild aan sy arm.

"Ons. . . . het . . . verdwaal!" Sy sê dit afgemete en kners op haar tande. "Weet jy wat dit beteken om in die woestyn verlore te wees?"

Louw vee haar hand ongeduldig van sy arm af.

"Moenie kinderagtig wees nie." Hy blaf die woorde behoorlik na haar kant toe.

"Maar ons het verdwaal! Hoor jy? Ons het heeltemal verdwaal! Ons gaan in sirkels loop totdat die aasvoëls bokant ons draai!" Sy gil die woorde onbeheers uit en die kameel draai haar kop skeef om haar met lui oë aan te kyk terwyl haar kakebeen tydsaam van kant tot kant beweeg.

Louw frons toe hy sien dat sy werklik ontsteld en naby aan histerie is. Hy vat haar stewig aan haar boarms en skud haar 'n paar keer goed voordat hy praat. "Ons het nie verdwaal nie. Ons is op pad Sossusvlei toe."

"Maar . . . ek het tog vir jou gesê ons moet suidwaarts gaan, Spencerbaai se kant toe."

"Ons gaan nog steeds daarheen. Ek gaan my net nie soos 'n skaap ter slagting reg in die leeu se bek laat inlei nie."

"Maar ek verstaan nie. Dis tog nader om seelangs te gaan." Ansa het lus en skud hom.

"Daar is te veel ander mense wat ook so dink!" Hy lag sag en sarkasties.

6

Ansa krul haar in 'n stywe bondeltjie op. Die nagte in die woestyn is koud. Sodra die son onder is, word dit koud, ongeag hoe warm die dae is.

Van al die geklike dinge om te doen, het sy vergeet om vir haar 'n kombers saam te bring. Louw Greyling het ook nie een nie, maar hy is blykbaar aan hierdie soort lewe gewoond.

Sy voel soos iemand in wie se gesig die deur toegeslaan is net nadat sy die toekoms blink en vol belofte gesien het. Louw Greyling was weer eens te slim vir haar. Hulle volg 'n heeltemal ander roete as die polisiepatrollie. In hierdie onherbergsame woestyn is die moontlikheid dat hulle 'n ander lewende wese sal teëkom baie, baie skraal.

Nou weet sy nie verder nie. Al haar berekeninge was daarop gemik dat hulle iewers vorentoe mense sou kry. Wat gaan hy maak as hy agterkom dat sy hom gruwelik bedrieg het? Wanneer dit die dag tot hom deurdring dat sy in werklikheid nooit vir Braam Venter met 'n oog gesien het nie, dat sy hom moontlik al verder van sy prooi af lei, gaan hy geen genade aan haar betoon nie.

Nadat hy die kameel afgesaal het, het hy vir haar 'n bekertjie water gegee en self die kos wat sy ingepak het onder sy bewaring geneem en haar gerantsoeneer.

Een ding het sy darem opgelet, en dit was dat hy vir hom net soveel kos geneem het as wat hy vir haar gegee het. Hy het homself nie bevoordeel nie, al is hy amper twee keer so groot soos sy.

Hy lê ontspanne uitgestrek op die sagte sand: daar is geen teken dat die koue hom ongemaklik laat voel nie. Hy snork sag en reëlmatig en dit maak Ansa onredelik kwaad.

Daar lê hy en snork asof die woestyn aan hom behoort en hy nie 'n bekommernis op hierdie aarde het nie en sy lê hier stokstyf van vrees en koue. Sy roer en beweeg effens om die swart mantel stywer om haar te trek. Sy vryf 'n paar keer hard oor haar arms en beweeg haar skouers. Dan praat hy skuins agter haar. "Wat maak jy?"

Ansa sug oordrewe.

"As jy wil wegloop, doen jy dit op eie risiko. Ek sal nie 'n vinger verroer om jou te gaan soek nie. Wees dus gewaarsku." Sy stem is koud en baie beslis.

"O, nie? En wat van jou kosbare Braam Venter en sy diamante?"

"Ek sal hom kry. As ek net weet in watter rigting hy is, sal ek hom kry. Om die waarheid te sê, ek het nou 'n baie goeie vermoede waar hy kan wees."

Ansa is dadelik op haar hoede en sommer wawyd wakker. Elkeen wat hierdie woestyn ken, weet dat jy eerder 'n leeu in die oë kyk as om die woestyn alleen aan te durf.

"Waar nogal?"

"O, jy het baie verduidelik toe jy gesê het ons moet Spencerbaai se kant toe gaan."

'n Sesde sintuig waarsku Ansa om nou baie fyntjies te trap; dalk is hier tog 'n opening.

"Onthou net, ek het nie gesê hy is óp Spencerbaai nie, ek het gesê ons moet in daardie rigting gaan."

"Ek ken hierdie wêreld, suster, ek het hier grootgeword. Ek wil nie spog nie, maar ek dink nie hier is nog 'n mens in Suidwes wat hierdie deel soos ek ken nie. Ek weet waar die water is. Ek weet ook waar Uri-Hauchab is . . ."

Ansa weet dat hy nou op haar reaksie wag. Sy blaas haar asem stadig uit en kan lag van skone verligting. Sy ken glad nie die wêreld hierlangs nie. Wat sy weet, het sy maar by die polisie gehoor. Hulle het destyds met 'n boot tot regoor Meob gekom.

Sy roep die kaart van ou vader Ferdinand, wat altyd in sy kamer agter die deur gehang het, in haar geheue op. Sy kan nou onthou dat Uri-Hauchab 'n klipperige strook is wat diep die woestyn inloop en nie ver van Spencerbaai is nie. Onbewustelik het sy 'n rigting en 'n pleknaam gekies wat hierdie man vir eers gerusgestel het. Louw lag sag en skryf haar stilswye aan verbasing en skok toe.

"Jy het my onderskat, nie waar nie, suster?"

Sy ruk haar vinnig reg en probeer haar stem so verbaas moontlik hou.

"Hoe . . . het jy geweet?"

"By Uri-Hauchab is water en daar is uitstekende weg-kruipplek. Ek het destyds nie baie goed gesoek daar nie, want die leidraad wat ek gekry het, het so pertinent Meob toe gewys."

Ansa is dankbaar vir die donkerte. Sy trek die swart mantel stywer om haar en draai op haar sy sodat sy na die groot gestalte omtrent vyf tree van haar af kan kyk.

Hy beweeg so stil en onverwags dat sy haar lam skrik toe sy gesig skielik hier by hare is.

"Wat het jy met Braam Venter te doen?"

Ansa sug en probeer tyd wen, want haar hart klop skielik wild.

"Ek het jou tog reeds gesê: hy was siek en ek het vir hom kos en medisyne gevat."

"Hoe is dit dan dat jy weet waar hy wegkruip?"

"Dit het ek jou ook al gesê. Hy was koorsig en ylend. Hy is nie eens bewus daarvan dat ek weet nie."

"Ek weet nie hoekom ek dié storie nie regtig wil glo nie. Ek kan net nie verstaan hoe iemand soos jy . . . Julle is tog normaalweg goeie mense; ons beskou julle dan amper as heiliges! Hoe is dit moontlik dat jy in 'n skurk soos Braam Venter se planne verstrengel kon raak?"

"Braam Venter is nie so sleg nie. Daar is tog iets goeds in elke mens." Ansa voel trots op haarself. Sy klink nou net soos suster Theresa.

"Iets goeds in Braam Venter! Nee, suster, al wat goed aan hom is, is die diamante wat hy gesteel het."

Louw se hand sluit skielik om haar ken en hy lig haar gesig na hom toe op in die flou maanskyn.

"Jy het geweet van die diamante, nie waar nie? Die enigste rede hoekom jy stilgebly het, is omdat hy vir jou daarvan gaan gee. Om watter ander rede sou jy hom weggesteek en versorg het?"

Ansa draai haar gesig uit sy hand. Dalk kan sy hier so 'n bietjie van haar eerlikheid terugwen.

"Ek het nie geweet van die diamante nie. Ek het hom versorg omdat . . . ek vir hom jammer was en omdat hy gevra het ek moet vir niemand sê hy is daar nie."

414

Dit verbaas haar al meer dat sy al so glad kan jok. Dit wys jou net hoe maklik verval 'n mens in 'n slegte gewoonte! "Maar jy is tog nie so naïef nie. Jy moes tog besef het dat daar 'n groot skroef los is!"

Sy stem is koud en sy kan die onderdrukte woede en frustrasie daarin hoor. Sy bly stil, eenvoudig omdat sy nie weet wat om hom te antwoord nie. Sy verstrengel haar net in haar eie leuens.

"Jy sit en lieg vir my, want jou storie verander elke keer van vorm. Iets is nie reg nie, maar ek kan nie my vinger daarop lê nie. Jy moet liewer slaap. Ons gaan baie vinnig trek en môre trek ons dieper die woestyn in."

"Ek kan nie slaap nie. Ek kry koud."

"Kom lê hier by my sodat ek jou kan warm maak."

Sy kan sweer daar is 'n glimlag om sy mond toe hy terugkruip na sy plek toe. Sy klou haar mantel stywer vas en beweeg versigtig agteruit. "Jy raak nie aan my nie." Haar stem klink benoud en Louw strek hom weer ongeërg op die sand uit.

"Dan moet jy maar koud kry."

Sy antwoord hom nie eens nie. Sy kan nie dink dat sy so sotlik kon wees om nie vir haar 'n kombers saam te bring nie. Sy ken tog al die woestyn!

Die een of ander tyd moet sy tog ingesluimer het, want die dag luier skaamrooi in die ooste toe sy wakker skrik.

Louw het reeds die kameel gelaai.

"Ons moet maar vroeg begin. Die dag gaan lank en warm wees. Ons moet probeer om vanaand op Sossusvlei te wees. Daar is darem weer water. Ek is maar altyd versigtig om my water op te gebruik, 'n mens weet nooit wat wag om die tweede duin nie."

Ansa knik net en skud die sand van haar rok af. Sy wens nou vurig dat sy tog maar 'n ander rok aangetrek het.

Hierdie een is lomp en baie warm. Maar sy het darem ook gedink hulle gaan seelangs tot by Lüderitz trek.

"Ons moet vir Willemiena so 'n bietjie spaar. Solank dit nog koel is, moet jy maar stap."

Louw praat oor sy skouer en vat die kameel se teuels vas.

Ansa kyk na die ou slaplipkameel met haar groot, ronde oë en moet met mening die krieweling in haar binneste onderdruk. Willemiena . . . dit pas uitstekend by haar.

Die sand is los en die son steek sommer vroeg al. Ansa strompel in Louw se voetspore voort terwyl die moegheid later soos miswolke op haar toesak. Die rooi sand is in haar hare en onder haar ooglede, tussen haar tande en sommer in elke vou en rimpel. Dit lyk egter asof Louw Greyling nog nooit die woord "moeg" gehoor het nie. Met lang los-littige treë stap hy met 'n swaaibeweging van sy voete oor die sagte, warm sand.

Ansa struikel en val en probeer vinnig regop kom voor-dat Louw haar sien. So moeg soos wat sy is, sal sy hom 'n klap gee as hy nou met daardie beterweterige grynslag voor haar moet kom staan.

Sy word egter stewig aan haar arm gevat en gemaklik regop getel. Sonder 'n woord hou hy die waterbottel na haar toe uit. Sy sluk gulsig, maar bedink haar darem en gee die bottel terug.

"Jy kan maar nog 'n bietjie drink. Ons sal vanaand op Sossusvlei wees, dan kan Willemiena daar drink. Ek is altyd net bang 'n mens reken op Sossusvlei vir water, en soms is die vlei droog." Hy klink sowaar verskonend en Ansa merk dit tog op, al is sy te moeg om behoorlik te dink.

"Jy kan maar opklim, ons het darem nou vir ou Wille-miena genoeg gespaar."

Louw klap die kameel op haar boud, en dadelik knak die voorbene en sak sy steunend neer. Dankbaar klim Ansa op en hier van bo af sien sy nou eers hoe moeg hy ook is. Die lyne van vermoeienis is diep in sy stowwerige gesig gegraveer.

Die ergste tamheid skommel en skud uit Ansa se ledemate. As dit nie so 'n onmoontlike gedagte was nie, sou sy geglo het dat sy 'n rukkie lank kersregop gesit en slaap het. Dit voel vir haar asof hulle ure lank beweeg voordat Louw skielik gaan staan. Hy skerm met sy hand voor sy oë en tuur in die verte. Sy skrik uit haar halwe beswyming wakker en volg met trae oë sy bewegings.

"Daar is iets daar voor." Van waar sy sit, kan sy beter sien.

"Kan jy sien of daar water in die pan is?" Louw kyk na haar en Ansa skerm ook met haar hand bokant haar oë en trek hulle dan op skrefies.

"Daar is 'n blinkerigheid. Ek weet nie of dit net 'n lugspieëling is nie."

"Wel, ons hoop maar vir die beste. 'n Lugspieëling gaan ons nou nie veel help nie."

Ansa kyk na sy ernstige gesig wat half bekommerd lyk. Sy weet dat Sossusvlei net water in die reëntyd kry wanneer die water uit die Naukluftberge in die vlei opstoot en daar opdam.

Skielik is hy nie meer die gevreesde vreemdeling van gister en die dae voor dit nie. Hy is ook menslik en kan ook bekommerd wees. Hy is nou haar enigste anker in hierdie bar wêreld, haar enigste hoop op oorlewing.

Toe hulle nader aan die pan kom, snuif ou Willemiena 'n slag in die lug en toe raak die groot pote sommer haastig.

Die streng, onverbiddelike lyne op Louw se gesig versag en hy hou sy hande na Ansa toe uit. Soos iemand wat nie bewus is van haar handeling nie, kantel sy haar lyf vooroor sodat sy hande stewig om haar middel pas en hy haar gemaklik van die kameel aftel.

"Daar is water in die pan. Ou Willemiena het dit ge-
ruik." Hy maak die toue van die rolbalie los en klap die
kameel op haar kruis sodat sy vooruit kan draf.

Sossusvlei is beslis nie 'n groen oase nie en iemand wat
veel meer as 'n pan water in die woestyn verwag, gaan baie
teleurgesteld wees. Daar staan 'n paar kameeldoringbome
wat die dorheid en genadeloosheid oorleef het en 'n droë
boom steek sy takarms spookagtig uit.

Die water in die pan is bruin en modderig. Ou Wille-
miena is egter nie kieskeurig nie en suip en suip totdat
Ansa later bekommerd na haar loer.

Louw het reg op die kameeldoringboom naaste aan die
pan afgestuur. Die boom is groener as die ander en het
darem 'n paar blaartjies wat 'n koeltetjie gooi. Nie dat 'n
koelte nou meer veel saak maak nie, want die son is vinnig
besig om agter die duine weg te sak.

Ansa val onder die boom neer en die sagte sand koester
haar soos 'n ma se arms. Louw haal sy waterbottel uit en
hou dit na haar toe. "Nou kan jy maar drink. Die water is
bruin en modderig, maar dis drinkbaar."

Haar hande vou gretig om die bottel en die water loop
sag en strelend in haar brandende keel af. Sy sluit haar oë
en leun teen die stam van die boom. Die moegheid spoel
oor haar en op hierdie oomblik het sy net een begeerte: sy
wil haar oë toemaak en hulle nooit weer oopmaak nie. Sy
skrik egter wakker uit haar sluimerslaap toe Louw 'n paar
droë takke hier by haar neergooi. Skaam vlieg sy op. Hy is
seker net so moeg soos sy. Hy het die hele dag gestap en sy
het darem 'n hele ruk lank op Willemiena gery. "Ek sal vir
ons iets maak om te eet." Sy staan onhandig rond.

Louw kyk nie eens op nie. Hy pak die hout opmekaar
en steek dan die grassies aan die brand. Ansa kyk na die
vlammetjie wat lek-lek aan die droë grassies en kyk dan om
haar rond. Hier en daar staan 'n pol droë gras wat die lang

droogte oorleef het. Ou Willemiena het reeds die graspolle opgesoek en vreet nou asof dit die sappigste maal denkbaar is.

Sy maak vir hulle pap en koffie toe die water kook. Sy smag na 'n bad, maar die bruin modderwater sal nie van veel hulp vir dié doel wees nie.

Toe Louw rustig agteroor sit met sy tweede koppie koffie, staan sy op en stap in die rigting van die naaste duin. Louw kom vinnig orent en mik om op te staan toe hy sien dat sy al verder wegstap.

'n Flou glimlag pluk aan sy mond toe hy weer gaan sit. Sy wil darem seker ook 'n bietjie alleen wees. Hy wonder tog of hy nie 'n plan kan beraam sodat sy nie môre weer in daardie warm swart gewaad hoef te stap nie. Hy weet dat sy nie 'n ander rok in die sak het nie. Hy het mos die sak deurgekyk voordat hulle van Meob af weg is.

Hy stap na sy saalsak toe wat agter teen die boom lê en maak dit oop. Hy haal die kakiebroek uit en meet dit in die lug, asof hy haar daarin wil pas.

Dan verstar sy bewegings skielik. Sy hele liggaam raak gespanne en so ongemerk moontlik laat hy die broek uit sy hande gly. Met 'n vinnige beweging swaai hy om en terselfdertyd vat sy hand die rewolwer in sy gordel vas.

Die twee mans staan by die voet van die duin en elkeen het 'n geweer wat dodelik sekuur op hom gerig is. Louw se oë vernou soos hy hul bewegings in die laatskemer probeer volg. Woordeloos kom hulle nader, en Louw beweeg dieper die skaduwee in soos iemand wat retireer. Hy slaak 'n hoorbare sug van verligting toe die twee mans nader kom en hy besef dat hulle algehele vreemdelinge is. Oënskynlik is hy joviaal en gasvry toe hy hulle groet, maar elke sintuig is tot die uiterste gespan.

"Goeienaand, kom nader! Julle kan maar die gewere wegsit. Ek is 'n mak ou."

419

Die twee mans kom nog nader en Louw steek sy hand na hulle uit.

"Greyling . . . Louw Greyling."

Die grootste een van die twee laat sy geweer sak, maar Louw weet intuïtief dat dit geen teken is om gerus te word nie.

"Steinkopf!" Die man praat met 'n sterk Duitse aksent en die vinnige blik wat die twee mans wissel, ontgaan Louw nie.

Louw slaan gemaklik oor na Duits en dit stel die ander twee tog meer op hul gemak.

"Waarheen is julle op pad?" Louw gaan sit só dat hy albei goed kan dophou.

"Walvisbaai toe." Die groot een wys met sy kop na die korter, stewiger een wat nog steeds met sy geweer in sy hand staan.

"Dis my broer, Wilhelm, en ek is Heinz. Waarvandaan kom jy nou?"

Louw kyk na die een wat as Wilhelm voorgestel is en iets in die man se stem laat 'n waarskuwingsliggie in sy verstand flikker.

"Van Meob af. Ek moes een van die nonne daar gaan haal."

Wilhelm laat ook nou sy geweer sak en frons gevaarlik.

Louw sien die frons en besef dat hulle nie sy storie maklik sal sluk nie. As hy net vir Ansa kan waarsku om nie 'n woord oor Braam Venter te sê nie, en dat sy nie haar antagonisme en vrees vir hom voor hierdie mense moet laat deurskemer nie!

"Ja, Meob het nou 'n spookdorp geword. Al die delwers het weggetrek en die non het alleen daar agtergebly."

"Jy sê 'n non!" Wilhelm Steinkopf kyk skielik na ou Willemiena wat rustig eenkant lê en herkou, asof hy verwag dat dit sy moet wees.

"Sit gerus. Ek dink daar is nog koffie in die keteltjie."
Louw hou hulle ongemerk dop. "Jy sê julle gaan Walvis-
baai toe? Hoekom kom julle dan hierlangs? Die beste roete
is tog teen die see langs."

Louw gee vir hulle die koffie aan en Heinz sak op sy
hurke neer.

"Ons is ook op pad Meob toe en daarvandaan sal ons
met die strand langs gaan tot by Walvisbaai."

"Wel, ek kan julle baie moeite spaar. Ek verseker julle,
op Meob is niks – nie eens meer kos nie. Suster Ansa was
die laaste inwoner."

Wilhelm is egter dadelik weer op sy hoede en Louw be-
sef dat hierdie mense ook 'n sending het. Dalk dieselfde
een as hy.

Voordat hy egter verder kan verduidelik, verskyn Ansa
asof uit die niet. Louw is skielik baie, dankbaar dat sy wel
met haar nonnegewaad gereis het. Sy lyk waardig en daar
is dadelik blyke van respek in die twee mans se houding.

"Dit is suster Ansa. En dit, suster, is Heinz en Wilhelm
Steinkopf. Hulle is op pad Walvisbaai toe."

Louw sien met 'n verlammende gevoel die flikkering
van belangstelling in Ansa se oë en die afwagting in haar
hele houding.

7

Ansa gaan sit waardig en regop op die droë boomstam,
terwyl sy liggies in die vreemde mans se rigting knik.

Die groot man kap sy hakke flink teen mekaar en glim-
lag breed vir Ansa.

"Ek is Heinz Steinkopf, suster, en dis my broer, Wilhelm.
Ek moet erken ek het darem nou swaar gesluk aan die sto-

rie van 'n non." Hy lag dawerend en klap Louw joviaal teen die skouer.

Louw hou hom ongeërg en kyk verbaas na hulle.

"Ek het so 'n vermoede dat julle iemand anders hier verwag het vanaand, want julle kom maak sommer geweer in die hand kennis."

"Wel . . . ja, ons is eintlik op soek na 'n misdadiger. Ons is eintlik van die veiligheidspolisie. Julle het nie dalk iemand op Meob teëgekom nie?" Wilhelm staan afwagtend nader.

Louw gaan sit langs Ansa en sy hele houding dwing haar tot swye.

"Soos wie?" Hy klink nie juis geïnteresseerd nie.

"Ons soek 'n diamantsmokkelaar. Ene . . . Venter. Braam Venter."

Ansa kan die hitte van Louw se liggaam teen haar voel. Haar kop ruk vinnig op, maar toe sy die uitdrukking op sy gesig en die drukking van sy elmboog teen haar voel, laat sy vinnig haar blik sak.

"Ek het niemand gewaar nie. Ek het maar 'n paar dae gelede op Meob aangekom en net my kameel laat rus en toe het ons weer in die pad geval. Suster Ansa het by ou vader Sebastiaan, wat baie siek was, gebly toe die ander delwers getrek het. Hulle het toe op Lüderitz 'n boodskap afgegee dat iemand hulle moet gaan haal. Intussen het die ou vader gesterf en het sy alleen daar agtergebly." Louw verduidelik breedvoerig sodat Ansa so min moontlik moet sê.

"Het jý dalk iets gewaar, suster? Was daar 'n vreemde persoon die afgelope ruk op Meob?"

Ansa se gedagtes is 'n warboel. Sy sal nóú by hierdie mans beskerming moet soek. Sy sal nie weer so 'n geleentheid kry nie. Hulle het so onverwags hier opgedaag – byna asof hulle gestuur is. Dan voel sy skielik Louw se groot hand agter haar rug waar hy dit ongemerk verbygeskuif het. Iets hards druk in haar rug en sy sluk aan die droogheid in haar keel voordat sy stamelend reageer.

"Wel . . . ek –"

Louw val haar ongeskik in die rede en Ansa kan die dreigement in sy stem hoor.

"Julle moet haar tog maar verskoon. Sy is 'n bietjie verstrooid. Ek dink die skok van die ou vader se dood en die eensaamheid daarna het haar aangetas." Daar is 'n glimlag op sy gesig en vir die ander klink sy stem heeltemal simpatiek en verskonend.

"Wag, ek sal haar vra. Ek het al geleer om net op die regte toonhoogte met haar te praat." Louw knipoog vir Steinkopf en sy gesig is 'n handbreedte van Ansa s'n af toe hy baie sag met haar praat.

"Suster Ansa, die menere vra of jy dalk weet of daar die afgelope ruk 'n vreemde persoon op Meob was? Dink nou mooi!"

Ansa het lus en klap sy skynheilige gesig. Hy maak asof sy onnosel is! Intussen beraam sy koorsagtige planne om die twee mans te laat verstaan dat alles nie pluis is nie.

"Suster?" Heinz staan nou ook versigtig nader.

Louw se hand skuif onder haar hare in en sy vingers knel om haar nek en dan, sonder inspanning van haar kant af, beweeg haar kop ontkennend.

"Ek is seker daarvan die persoon was nie op Meob nie. Hy sou darem nie 'n weerlose vrou alleen daar gelos het nie. Veral nie iemand soos suster Ansa . . . 'n non nie!"

Ansa het lus en byt die skynheilige mansmens. Hy wou dit dan doen! Hy wou haar en suster Theresa net daar los, en nou maak hy asof selfs 'n skurk soos Braam Venter dit nie oor sy hart sou kon kry nie.

Die twee mans ontspan en die geselskap loop in 'n ander rigting. Louw se waaksaamheid verslap egter nie 'n oomblik nie. Die polisie en veiligheidstroepe werk saam. Hulle sal nie twee patrollies in dieselfde rigting stuur nie. Daarvoor is die land te groot en uitgestrek.

"Kom julle nou van Lüderitz af?" Louw vra die vraag ongeërg.

"Ja, maar ons het elke duim grond daar deursoek. Ons het egter 'n voëltjie hoor fluit dat hy Meob toe is." Heinz staan op en swaai sy geweer oor sy skouer. "Maar dit moes al 'n rukkie gelede gewees het. Hy moes iewers hulp gekry het, anders sou hy nie so lank in die woestyn kon oorleef nie."

"Maar waarom dink julle hy is op Meob? Hy kan mos al op Walvisbaai wees of dalk landuit!" Ansa wil die mans op die een of ander manier keer voordat hulle wegstap. As hulle nou om die voet van daardie duin gaan, is haar kans daarmee heen.

"Nee, ons het mense op Walvisbaai. Hy sal nie daar aan boord van 'n skip kan gaan sonder om opgemerk te word nie."

Louw se arm gaan skielik styf om haar skouer en hy druk haar lyf teen hom vas. Sy groot hand omklem haar agterkop en dan word haar gesig versmorend teen sy skouer vasgedruk.

"Toemaar! Toemaar, suster. Alles is reg. Niemand gaan jou terugneem Meob toe nie. Jy is nou veilig, hoor!" Sy stem is paaiend soos iemand wat met 'n bang kind praat.

Hy knik vir die twee mans.

"Die arme ding het die hele tyd in 'n doodse vrees gelewe dat daar iemand sou aankom en haar molesteer. Sy was twee weke lank stoksielalleen daar – en dit nog ná die skok van die ou vader se dood."

Ansa beweeg haar kop effens en dan sak haar tande met mening in die sagte vleis van sy borskas in. Hy trek sy asem vinnig in, maar druk haar dan net nog stywer teen hom vas sodat die ander nie onraad moet merk nie.

"Nou ja, dan sê ons maar goeienag en 'n voorspoedige reis vir julle." Heinz steek sy hand na Louw uit en Ansa maak van die breukdeel van 'n sekonde gebruik om uit sy arms los te ruk en huilend agter Wilhelm weg te kruip.

"Vat my saam met julle! Asseblief, moenie my hier by hom los nie. Vat my tog net saam tot by ander mense. Hy . . . gaan my vermoor!"

Wilhelm Steinkopf is 'n oomblik lank heeltemal uit die veld geslaan. Hy staar dom na Ansa en dan weer na Louw.

Louw skud sy kop meewarig en Ansa voel asof sy hom te lyf kan gaan.

Nou maak hy asof sy die kluts kwyt is! Hierdie twee mans gaan nou omdraai en wegstap! Hulle gaan haar nie glo nie!

Louw gee 'n treetjie nader en Ansa spring weer vinnig agter Wilhelm in en klou hom om die lyf vas.

"Asseblief, julle móét my glo. Ek is nie mal nie. Ek weet . . ."

Met 'n vinnige beweging ruk Louw haar agter Wilhelm se rug uit en sy hande gaan hard en wreed om haar arms.

"Julle moet haar tog maar verskoon. Sy raak altyd so wanneer 'n mens die ou plekkie se naam noem."

"Ek is nié mal nie!" Ansa gil die woorde uit.

Heinz en Wilhelm kyk grootoog en half verlig na Louw wat nou die saak weer ferm beheer, sê vinnig goeienag en verdwyn net so vinnig die donkerte in.

"Julle moet my help. Asseblief . . . hy . . . is nie . . .!" gil sy nog vir oulaas agter hulle aan.

Louw se hand gaan vinnig oor haar mond. Hy sien egter hoe Heinz oor sy skouer loer en dan sluit sy mond hard oor hare om haar woorde te stol.

Heinz se laggie hang tergend in die lug en Wilhelm se woorde word suiwer deur die stil aandlug na hulle toe aangedra.

"Die arme man . . . maar hy weet darem ook hoe om met 'n mallerige vroumens te werk, lyk dit my."

'n Koue rilling gly teen Ansa se ruggraat af toe sy skielik besef waarin sy haarself nou weer laat beland het.

Louw se lippe bly hard en koud op hare. Sy hand knel om haar agterkop sodat sy haar kop glad nie kan beweeg nie en sy staan stil, gevange in sy greep.

Dit voel soos ure voordat hy sy kop oplig en sy stem is sag en sissend toe hy praat. "Jou klein geitjie. Is jy van jou verstand af?"

Ansa stamp hom met al haar mag weg, maar soos staal-klampe span sy hande om haar polse.

"Wat wou jy doen? Jy weet net so goed soos ek dat hulle nie veiligheidstroepe is nie. As ek nie baie ver uit die kol is nie, is dit Braam Venter se twee vennote wat hy gruwelik bedrieg het. Hulle het saam met hom gesteel, maar toe dit by die deel daarvan kom, maak Braam Venter dat hy wegkom."

Ansa se mond gaan oop. Haar verstand weier om nor-maal te funksioneer.

"Dis nie waar nie! Omdat jy 'n skurk is, dink jy almal moet so wees. Hulle sê dan self hulle is van die veiligheids-polisie."

"Gebruik tog net een keer jou verstand. Hoekom sal hulle twee patrollies in dieselfde rigting stuur? Die een wat op Meob was wat vir Suster Theresa saamgevat het, is 'n regte patrollie. Ek het die een outjie al op Lüderitz gesien."

Ansa staar hom geskok aan. Wie moet sy glo? Is hy nie die grootste skurk van almal nie?

"As jy my net wil sê waar Braam Venter is, kan ons baie vinniger beweeg, maar nee, ek moet mos elke stukkie in-ligting eers uit jou wurg. Jy dink mos net aan jouself en aan niemand anders nie."

Louw gryp haar ru aan die arm en sleep haar tot teen die boomstam.

"Wat . . . wil jy met my maak?"

"Ek gaan jou vasmaak. Ek kan mos sien jy glo my nie. Jy gaan net wag totdat ek slaap, dan slaan jy my oor die kop en vlug na daardie twee toe." Louw is so kwaad dat hy haar oor sy skoot kan trek en al haar nukke uit haar kan slaan. Vir hom is sy kastig bang, maar sy vertrou enige ander skelm wat in haar gesigsveld kom. Sy sal haar soos 'n vel voor hul voete gooi net om van hom af weg te kom.

"Asseblief, moenie my vasmaak nie!" Ansa se oë is smekend en Louw kan nie verstaan hoekom daar skielik 'n week gevoel in sy binneste is nie. Sy het hom dan nou net probeer verraai. Om die gevoel weg te kry, baklei hy sommer verder.

"Jy wag net op 'n kans om my uit te lewer. Weet jy wat sal gebeur as daardie twee hoor ek soek ook na Braam Venter? Hulle sal my doodskiet en hier vir die aasvoëls los. Hulle sal jou martel totdat jy vir hulle sê waar Braam Venter is, en dan sal jy dieselfde paadjie loop nadat hulle hul plesier met jou gehad het."

"Dis nie waar nie . . . Ek wou nie . . ." Ansa lek oor haar droë lippe en Louw ruk haar hardhandig langs hom op die sand neer. Hy haal 'n groot kakiesakdoek uit sy sak en maak haar arm aan syne vas.

Ansa hou hom stil dop. Sy gaan hom nie verder kwaad maak nie. Sy sal nie sy woede kan hanteer wanneer dit kookpunt bereik nie.

Louw gaan lê en Ansa sit verleë voor haar en uitstaar. Die groot, wilde mansmens ontsenu haar geheel en al wanneer hy so naby aan haar is.

"Lê plat en slaap. Ons moet môre voor sonop al weg wees. Ek mors nie verder tyd nie. Ons trek nou soos ék wil."

"Maak my los, asseblief. Ek belowe ek sal niks doen nie."

Sonder ontsag rem Louw aan haar skouer sodat sy agteroor val en op haar rug in die sagte sand lê.

Ansa kan hom die volgende oggend nie in die oë kyk nie. Haar optrede van gisteraand voel vir haar kleinlik en gemeen.

Louw is nog steeds woedend kwaad en sy glo nie hy sal ooit weer goed word nie. Hy gooi iets langs haar neer en Ansa kyk verbaas op. "Trek dit aan. Jy kan nie langer met daardie lang rok in die sand sukkel nie, want ore het jy mos nie aan jou kop nie."

Ansa wag dat hy sy rug draai en trek vinnig die groot kakiebroek en -hemp aan. Sy rol die pype tot by haar kuite op en maak die broek met 'n stuk tou om haar middel vas. Die hemp se skouernate hang tot by haar elmboë, maar dis beslis koeler en beweegliker. Die tou om haar middel laat die broek komieklik plooi en dit vlei geensins haar figuur nie. Louw draai om en hy moet vinnig met sy hand oor sy baard vee om nie hardop te lag nie.

"Het jy nie iets vir 'n hoed nie?" Sy stem verraai geensins die pret in sy binneste nie.

Sy streng oë laat Ansa besef dat hy haar nou nog minder vertrou as voorheen. Sy is dus dankbaar vir die bietjie bedagsaamheid.

"Nee . . . maar as jy vir my 'n sakdoek het, kan ek dalk iets prakseer."

Louw soek in sy sak na 'n sakdoek. Die woede en frustrasie is vandag weer 'n skaduwee wat by hom bly. Kon die ellendige vroumens nie al dae gelede vir hom gesê het waar Braam Venter is nie? Nou is die hele wêreld warm op sy spoor. Iemand gaan hom voorspring, en dan gaan hy hierdie klein geitjie nie maklik vergewe nie.

"Wag, toemaar! Ek kan my onderrok gebruik." Ansa draf na waar haar sak staan. Sy haal die onderrok, wat eenmaal wit was, uit. "Kan ek jou mes leen, asseblief?" Louw haal sy mes uit en oorhandig dit sonder 'n woord aan haar. Hy maak asof hy nie in haar bewegings belangstel nie, maar hou haar tog onderlangs dop.

Sy sny 'n ronde stuk lap uit die onderrok. Sy meet so 'n bietjie meer as 'n handbreedte van die rand af en maak dan snytjies reg rondom die materiaal. Met 'n girtsgeluid skeur sy 'n langwerpige strook materiaal van die onderrok af en ryg dit deur die snytjies.

Toe die strook styf getrek word, maak dit dadelik 'n bol. Sy pas dit op haar kop en trek dan die band nog stywer voordat sy dit stewig vasknoop.

Die wit stuk lap vorm nou 'n bol en 'n slap rand wat haar gesig en nek beskerm.

Louw grinnik. Die non is heel vindingryk!

Willemiena is klaar gepak en Louw druk sommer die opgerolde nonnegewaad eenkant in sy saalsak. Die rolbalie is weer vol gemaak en lê wagtend agter Willemiena om nou-nou rollend en skommelend agterna te kom.

Ansa val stilswyend langs Louw in.

Die eerste wat sy opmerk, is dat hulle nog steeds oos beweeg. Sy vra egter nie vrae nie en maak ook nie aanmerkings nie. Hulle gaan seker maar 'n bietjie dieper die binneland in. Sy sal dankbaar wees as hulle die woestyn kan agterlaat. Sy vrees die woestyn meer as enigiets anders.

Arme ou Willemiena kry dié aand nie water toe hulle eindelik tot stilstand kom nie. Louw verlos eers die kameel van haar swaar vrag en kom sit toe 'n entjie van Ansa af op die grond. Hulle is te moeg om te praat of enigsins belang te stel in die omgewing.

Hy oorhandig die waterbottel aan haar, en sonder 'n

woord van dank neem sy dit en sluk 'n paar lang teue voordat sy dit teruggee.

Ansa strek haar op die naat van haar rug uit en sy moet ingesluimer het, want toe sy weer van die omgewing bewus raak, is dit reeds donker. Louw het seker eers 'n bietjie gerus en toe 'n vuurtjie van droë hout aangepak. Haar liggaam pyn van die dag se inspanning en sy staan moeisaam op.

"Ek sal vir ons iets te ete maak. Ek het sowaar aan die slaap geraak."

Louw tel die keteltjie van die vlamme af op en meet 'n bietjie koffie daarin af. "Ons moet liewer maar die laaste beskuit eet. Ons moet stadig met die water, dis nog ten minste drie dae voordat ons weer water kry."

Ansa staan ongemaklik rond. Hy het die hele dag nie veel met haar gepraat nie. As hy tog net die vreeslike stilte wil verbreek, kan hy gerus maar met haar baklei ook. Sy gaan haal die beskuit uit die kossak, en in stilte eet hulle die karige maaltyd.

"Jy moet nou gaan slaap. Môre wag daar weer 'n moordende skof." Louw skud die laaste moer uit sy beker.

8

Ansa weet dat sy nie dadelik aan die slaap sal kan raak nie. Sy stap dus die donker in om 'n bietjie alleen te wees. Toe sy terugkom, lê Louw uitgestrek op die sagte sand naby die droë boom. Sy hande is onder sy kop gevou en sy oë is toe. Hy lyk rustig maar moeg.

Skielik wel daar 'n onverklaarbare jammerte vir hom in haar binneste op. Sy voel klein en gemeen toe sy dink wat sy besig is om aan hom te doen. Sy druk die vuil onderklere, wat sy nou net deur skones vervang het, in die sak en haar hand vat vader Sebastiaan se Bybel raak.

Die Bybel voel skielik so bekend in haar hande en sy druk dit styf teen haar wang vas. Dis jammer dis nou so donker, anders kon sy 'n rukkie gelees het. Dit sal haar kalmeer en weer moed en krag gee vir die pad wat nou so donker lyk.

Sy gaan sit en trek haar knieë op en laat haar kop op die Bybel rus. Al haar bekommernis en moegheid gee sy gelate in die Vaderhand oor toe sy woordeloos bid.

Sy druk die Bybel terug in die sak en krul haar in 'n stywe bondeltjie op. Die koue het weer saam met die donker oor die woestyn toegesak.

Die laaste gedagte wat nog in Louw se moeë verstand ronddwarrel voordat sy oë van moegheid toeval, is dat hy vriendeliker met haar moet wees. Hy sal haar tog daarvan moet oortuig dat Braam Venter die skurk is en nie hy nie!

Die volgende oggend, nog voor sonop, is hulle al weer op pad. Vandag draai hulle heeltemal suid en dit noodsaak hulle om weer 'n strook sagte woestynsand aan te durf. Teen die tyd dat die son behoorlik op is, is Ansa reeds moeg.

Sy kyk later smekend na Louw. "Móét ons dan weer deur die los sand? Kan ons nie maar nog 'n bietjie dieper in beweeg nie? Hierdie sand is net eenvoudig te veel vir my."

Sy vee met 'n vuil hand die sweet van haar gesig af wat bloedrooi onder die slap rand van die primitiewe kappie uitloer.

"Ongelukkig nie. Teen môre sal ons weer by klipperige koppe wees. Dis net hierdie strook sand wat ons eers moet deur."

Dis die eerste paar sinne wat Louw met haar praat en dit laat haar sommer beter voel.

Asof die woestyn wil wraak neem, begin die wind teen elfuur die oggend vlae sand teen hulle vaswaai. Louw loer bekommerd na die horison en rek ongemerk sy treë. Hulle moet uit die los sand kom voordat die wind hulle hier vaskeer.

Willemiena se groot pote trap diep spore in die sand, en terselfdertyd sluit Louw se hand stewig om Ansa se elmboog en word sy deur 'n gespierde arm ondersteun.

Sy probeer floutjies losruk. Louw praat by haar oor, want die geloei van die wind raak hewiger met elke tree wat hulle gee.

"Kom! Die wind raak sterker!" Meer hoef Louw nie te sê nie.

Iemand wat in die woestyn gebly het, weet wat dit beteken.

Ansa loer onder haar kappie uit en laat dan vinnig haar kop sak toe die wind geniepsig 'n hand vol sand in haar gesig gooi.

Sy probeer vinniger beweeg. Dis net sy en hierdie rower in hierdie onherbergsame sandwêreld. 'n Wêreld wat binne die volgende uur of wat 'n malende sandkolk gaan word.

Die wind blaas met venyn vlae sand die lug in. Ansa beur met al haar krag, maar sy weet uit dure ondervinding dat sy binnekort die stryd gaan verloor.

Omtrent 'n uur lank sukkel hulle voort, dan struikel Ansa weer, en Louw pluk ongeduldig aan haar arm om haar weer op die been te kry.

"Ons moet hier uit! Jy moet kom!" Sy stem is dringend bokant die geloei van die wind.

Ansa skud net haar kop moeg.

"Ek . . . kan nie. Los my maar hier."

Louw draai effe skuins sodat sy liggaam nie die volle aanslag van die wind moet kry nie. Ansa se bene knak weer onder haar en dan druk Louw haar styf teen hom vas. Die wind ruk en pluk met soveel geweld dat hy bang word dat dit haar sommer sal wegwaai. Sy arm gaan styf om haar middel en hy sleepdra haar terwyl hy sy kop laag buig teen die wind.

Hy besef dat hulle nie juis vordering maak nie. Die wind waai nou stormsterkte en die sand hang soos 'n grys gordyn om hulle. Hy kan skaars twee tree voor hom sien. Dis in sulke tye dat 'n mens alle sin vir rigting verloor en in sirkels begin stap.

Hy rem Willemiena tot stilstand en klap haar op die boud sodat sy gaan lê. Dan raap hy Ansa in sy arms op en stap om die kameel sodat hulle aan die beskutte kant van haar kan sit.

Uitasem sak hy langs Ansa neer. Hy druk haar kop in die holte van sy skouer vas en buig dan sy ander arm bokant hul koppe om sodoende die ergste sand van hulle af te keer.

Moeg na siel en liggaam lê Ansa slap in sy stewige greep. Haar keel brand soos vuur van die dors en die sand wil haar versmoor. Van uitputting val sy feitlik onmiddellik in 'n onrustige slaap wat vir haar voel asof sy ver weg sweef na 'n plek waar daar vrede en koel water is.

Net so vinnig soos wat die sandstorm opgekom het, bedaar dit 'n ruk later. Een oomblik gooi die wind nog emmers sand op hulle uit en dan skop hy net vir oulaas nog 'n bietjie stof op, om dieper die woestyn in sy woede te gaan ontlaai.

Ansa besef eers dat die storm verby is toe Louw se stem hoorbaar tot haar deurdring. Sy haal 'n paar keer diep asem om weer vars, skoon lug in haar longe te kry. Willemiena is nog valer as gewoonlik, en aan die ander kant van haar het die wind 'n nuwe duin gewaai.

"Arme ou Willemiena. Jy het vandag ons lewe gered,

jong!" Ansa sit haar arm om die ou slapoogdier se nek en soen haar op haar stowwerige wang. "Dankie, ou Willemiena."

Louw kyk geamuseerd na dié dogtertjie-optrede en 'n weekheid kom maak nes in hom. Sy is maar nog sommer 'n kind. As Braam Venter tog maar net nie sy stempel vir goed op haar afgedruk het nie. Skielik is dit vir hom lewensbelangrik dat sy nie van die begin af van die diamante moes geweet het nie. Dat dit toeval en jammerte moet wees wat haar in hierdie ding laat beland het.

"Jy kan nou ook 'n bietjie water kry, Willemiena," sê Louw en meet versigtig 'n bietjie water in sy hoed uit.

"Dit raak al skemer, ons sal maar vannag hier bly. Hier is ongelukkig nie hout nie en ons sal maar sonder kos moet bly. Die beskuit is ook al op." Louw hou 'n bekertjie water na Ansa uit.

"Daar is nog droëperskes in die sakkie," sê Ansa dan. Sy maak die sakkie op en deel die perskes tussen hulle. Sy maak sy hopie twee keer so groot soos hare en die weekheid is sommer weer deel van Louw.

"Ek is nie juis honger nie. Eet jy dit maar," sê Louw met 'n dik stem.

"Nee, dis nie waar nie. Jy moet baie honger wees, want jy het my ook nog vandag saamgesleep en gedra. Ék sal liewer sonder kos bly." Ansa klink so beslis dat Louw maar liewer die perskes optel en tydsaam begin eet.

Die son sak vinnig en kort voor lank kruip die koue stadig teen hul bene op.

"Ons behoort môre by water te wees as alles goed gaan. Dalk kry ons 'n bakkie ook iewers. Hulle kom soms tot in die woestyn." Louw probeer om 'n geselsie aan te knoop. Dis asof die wind vandag al die woede uit hom gewaai het.

Ansa sit in 'n bondeltjie opgetrek, haar hande om haar knieë gevou.

Louw tel die nonnegewaad op en hou dit na haar toe uit. "Trek dit ook aan. Dit behoort darem 'n bietjie te help teen die koue."

Gehoorsaam trek sy dit aan.

"Wat van jou? Kry jy nie ook koud nie?"

"Nee, ek kry nie sommer koud nie. Jy sien mos ek ry nie eens 'n kombers saam met my nie. 'n Mens misgis jou egter met die woestyn. Ek het nooit daaraan gedink om vir jou te sê jy moet vir jou een saambring nie."

Dis lank stil tussen hulle. Ansa het weer haar arms om haar bene geslaan en staar ver voor haar die donker in.

"Wat . . . gaan jy met Braam Venter maak as jy hom kry?" Sy soek nou naarstiglik na 'n geleentheid om vir Louw die volle waarheid te vertel.

"Wat wil jy maak as jy weet? Hom gaan waarsku?" Vir Ansa klink Louw se stem sarkasties en sy bly seergemaak stil.

Louw loer onderlangs na die afgehaalde gesiggie. Hy wens hy kan hierdie vrou verstaan. Een oomblik wil hy alles oorboord gooi en haar onvoorwaardelik glo, maar dan waarsku iets hom weer dat alles nie pluis is nie. Hy het al genoeg in sy lewe gesien hoe die glans van diamante die wonderlikste mens se stralekransie kan uitdoof.

"Hoekom sal ek dit nou wil doen?" Ansa besef dat haar swye nie die probleem gaan oplos nie.

"Ek wens ek kon jou verstaan. Ek wens ek kon weet wat in jou gedagtes omgaan. Glo my tog net as ek vir jou sê dat Braam Venter nie jou soort is nie." Louw sug diep soos 'n ou man. "Maar blykbaar dink jy dat ek 'n groter skurk as Braam Venter is."

"Vertel my van hom. Wat het hy aan jou gedoen dat jy hom so haat en agtervolg?" Haar stem is sag en begrypend, maar dis net 'n doodse stilte wat haar woorde begroet.

"Waar kry Braam Venter die diamante?" Ansa se vraag

bly in die aandlug hang toe sy dieper delf na 'n oplos-sing.

"Ek kan jou nie vertel nie. Ek vertrou jou nog nie. Ek weet nie wat jy alles weet en wat jy wil uitvis en vasstel nie." Louw se stem klink so anders, so ongelukkig, en Ansa kyk vinnig op. In die helder maanlig is haar oë groot en onskuldig en selfs met haar vuil, verwaarloosde uiterlike lyk sy fyn en broos.

"Ek wens jy wil my vertel. Dalk . . . verstaan ek dan be-ter." Sy wag nog steeds haar kans af om met die hele waar-heid vorendag te kom.

"Ek wens jý wil my alles vertel. Nou sal die verduideli-kings eers moet wag totdat Braam Venter veilig agter tra-lies is. Daar is nog te veel dinge wat kan skeefloop."

Ansa sug en die benoudheid bekruip haar soos asma. Môre, as hulle by die water is en die son skyn, sal sy hom vertel. Nou lyk alles te spookagtig en onheilspellend. As hy haar dalk in sy woede hier in die woestyn los, sal sy nooit lewend hier uitkom nie.

Die klein bietjie gemoedelikheid wat tussen hulle ge-heers het, is skielik ook weg en hy is weer die geslote vreemdeling van vroeër.

Louw staan op en rek hom behaaglik uit.

"Ek stap in daardie rigting. Ek sê maar net indien jy ook 'n draai wil gaan loop." Hy beduie met sy hand en met 'n paar treë verdwyn hy die donker in.

Ansa is eerste terug. Sy krul haar in 'n stywe bondeltjie op en trek die swart mantel oor haar voete. Vannag gaan dit weer bitter koud word en intussen vreet die honger-pyne ook nog aan haar.

Louw kom strek hom omtrent vyf tree van haar af uit. Hy het darem sy baadjie uit die saalsak gehaal en dit aan-getrek. Lank nadat hy al rustig begin snork het, lê en staar Ansa nog die donker in. Die koue voel asof dit tot in haar rugmurg indring en haar hele liggaam is styf en gespanne. Ná 'n ruk is sy vol krampe en staan sy saggies op om hom nie te steur nie. As sy 'n bietjie rondstap, sal haar bloed beter sirkuleer. Louw roer skielik in sy slaap, en toe is hy byna dadelik helder wakker. Ansa verstom haar telkens daaroor. Slaap sy verstand dan nooit nie? Dis kompleet asof daar altyd 'n sintuig op wag is.

"Wat maak jy?" Hy lig hom op sy elmboog.

"Ek . . . kry koud en ek kan nie slaap nie."

Louw hou sy twee hande langs mekaar en stoot 'n holte langs hom oop.

"Kom lê hier." Hy sê dit so ongeërg dat Ansa verlangend na die holte langs sy groot liggaam kyk. Daar sal dit beslis warmer wees.

Toe sy nie dadelik reageer nie, strek hy hom net weer ongeërg op die sand uit. Hy kan tog nie help as sy van koppigheid en trots wil koud kry nie.

Ansa staan besluiteloos. Sy sien hoe sy bors egalig op en af begin dein. Sonder om verder te dink, gee sy twee treë nader en krul haar in die holte op wat hy oopgestoot het.

Louw glimlag in die donker.

9

"Ons sal môre moet voortgaan." Louw hou die beker koffie na Ansa toe uit en toe sy opkyk, is haar oë so blou soos die hemel bokant hulle.

"Kan ons nie maar nog 'n dag bly nie? Dis so lekker hier." Ansa suig aan die reeds wit afgeëete ribbebeentjie en vat die beker met een hand aan.

"Ons is dan al drie dae hier. Jy behoort darem nou uitgerus te wees. Ons sal netnou die balie vol water moet gaan maak."

Ansa sug gelate. Sy wens hulle kon vir altyd hier tussen die bruin klipkoppe gebly het. Hier is ten minste water en Louw het sowaar vir hulle 'n bokkie geskiet. Dit voel vir haar soos die Bybelse groen weivelde, al is hier maar net 'n skrale groenigheid oor die duine en die eensame klipkoppies wat so in 'n string hier sit asof die Skepper hulle per ongeluk hier vergeet het.

Sy het nog nie die moed gehad om vir hom die waarheid te vertel nie en sy het haar gewete gesus met die gedagte dat hy ook darem eers moet rus.

Louw ken hierdie wêreld soos die palm van sy hand. Hy weet presies waarheen hy gaan en wat hy soek. Hulle het die los sandduine agtergelaat. Hierdie omgewing, hoewel ook nog sanderig, is meer begroei met narras en daar is selfs hier en daar 'n geharde graspol.

In die verte het die strepie klipkoppe op die horison verskyn en Louw het reguit daarheen gestap. Sy was heeltemal uitgeput toe hulle hier aangekom het. Louw het haar hand gevat en saam met haar teen die los klippe uitgesukkel. Eers toe hulle bo was, het sy gesien dat die koppie deel van 'n reeks is en dat dit aan die ander kant 'n soort holte of vallei gevorm het. Eintlik is dit nie regtig 'n vallei nie, 'n holtetjie is 'n beter beskrywing.

Louw het Willemiena halfpad teen die koppie gelos en hulle twee is alleen tot bo. Ansa het stil na die klippe gekyk. Hier lewe seker nie eens 'n akkedis nie, het dit deur haar verstand geflits. Dis net sand en klippe en selfs die woestynagtige plantegroei ontbreek hier in die holte.

Louw het 'n tou om haar middel vasgemaak en toe ook om syne, sodat sy nie moes gly en seerkry nie.

Hulle is sukkel-sukkel teen die gladde, ronde, bruin klippe af. Onder het Louw haar losgemaak en 'n oomblik lank die omgewing om hom bekyk. Hy het verder van haar af beweeg en Ansa het op een van die klippe neergesak en daar bly sit.

"Kom, dis net anderkant daardie groot rots." Louw het sy hand na haar toe uitgesteek en haar opgetrek.

Ansa kon haar oë nie glo nie. Louw het die los klippe weggestoot en daar, in 'n holtetjie, het water baie stadig uitgesyfer. Dit het sommer net in die rots verdwyn en sy was seker daarvan dat die dorstige aarde dit so gulsig verorber het.

Toe eers het sy verstaan wat hy met die potjie waarin hulle hul pap kook wou maak. Hy het 'n voortjie met klippe gepak en die potjie 'n bietjie laer as die voortjie gesit sodat die water daarin kon loop. Die eerste bietjie water het hy vir Ansa gegee en sy het dit sommer so uit die potjie gedrink. Sy het dit met eerbied aangevat en Louw het sag gelag vir die verbasing op haar gesig.

"Sover ek weet, is dit net ek en Tjai wat van hierdie water weet." Sy mondhoeke het geamuseerd opgetrek.

"Tjai! Wie is dit?"

"Die Boesman wat my so te sê grootgemaak het. Dis ook hy wat my van die woestyn en al sy nukke geleer het. Ons het soms sommer weke lank die woestyn ingevaar. Hy het my geleer dat die woestyn 'n rustige, veilige plek is wanneer 'n mens hom eers ken en jou vrees vir hom afgeskud het."

Louw het alleen teruggeklim en die balie met 'n tou laat sak. Dit het hulle omtrent die hele oggend gekos om dié vol te kry. Daar was soveel water dat sy selfs die tweede dag op 'n manier kon bad ook. Dit was weliswaar maar net 'n ordentlike was, maar dit het nietemin gehelp. Nou is hulle besig om alle moontlike houers vol water te maak.

"Ek sal weer die balie laat sak, dan maak jy dit solank vol," sê Louw en grinnik toe hy na die eienaardige figuurtjie voor hom kyk. Sy is al heel tuis in sy klere. Haar hare is ook skoner, want sy het dit op 'n manier gewas by die syferwatertjie. Dis in 'n dik vlegsel gevleg wat agter haar rug afhang en dit laat haar jonk en onskuldig lyk.

"Daar is nog baie water in die balie. Ons kan dit sommer met die pot en die ketel en die waterbottels vol maak. Dis so ongemaklik met die ou balie." Ansa gesels rustig met Louw. Hulle twee het die afgelope drie dae nog nie een keer gestry nie, en die vrees het haar so stil-stil verlaat.

"Nou maar goed dan. Ek gaan kyk of ek nog 'n bokkie kry. Dan braai ons vanaand al die vleis sodat ons daarvan kan saamneem. Môre en oormôre gaan moeilike dae wees. Die volgende water is twee dae ver."

Ansa knik net en ontwyk sy oë. As sy tog net nie so papbroekig was nie! Sy sien net nie kans om alleen hierdie onherbergsame wêreld aan te durf nie. Louw swaai sy geweer oor sy skouer en dan verdwyn hy om die voet van die koppie.

Ansa sug en staan op. Sy pak alles uit haar sak uit en skud dit goed uit. Dan skud sy die sak ook goed uit en vou alles weer op en pak dit een vir een terug.

Haar hande verstil op vader Sebastiaan se Bybel. Hul lewe sou so anders gewees het as dit nie vir vader Sebastiaan was nie. Hulle sou saam met die delwers getrek het. Hulle sou nou veilig en rustig op Lüderitz gewees het. Sy dalk al in Windhoek.

Sy skuif haar gemaklik teen die klip en maak die Bybel oop. Die afgelope drie dae gebruik sy maar elke oomblik om 'n bietjie te lees en voedsel vir haar siel te put. Wanneer hulle eers weer op pad is, is daar nie tyd daarvoor nie.

Vader Sebastiaan se Bybel is oud en al baie gelees. Oral is aantekeninge gemaak, en groot dele van die ou Duitse Bybel is onderstreep. Sy blaai rustig deur die Bybel. Gelukkig dat sy Duits so goed magtig is, anders sou sy nie die Bybel so kon geniet het nie.

Sy streel liggies met haar vinger oor die merke in die Bybel waar sy vingers male sonder tal gevat het. Sy dink deesdae so baie aan vader Sebastiaan en Braam Venter. Sy wonder tog of dit nie Braam Venter is wat hom daardie koeëlwond toegedien het nie. Vader Sebastiaan het nie geweet wie die man was nie. Alle tekens dui daarop dat Braam Venter op pad was Meob toe. Dit moet omtrent dieselfde tyd gewees het wat vader Sebastiaan op pad was na hulle toe. Terwyl vader Sebastiaan siek was, het hy by tye geyl en dan vreeslik deurmekaar gepraat.

Ansa sit in haar gedagtes verdiep terwyl sy die saak probeer uitpluis. Die frons op haar voorkop verdiep toe sy vader Sebastiaan se woorde in haar geheue probeer oproep.

Sy sit skielik regop en byt haar lip vas. Hy het so baie van Spencerbaai gepraat. Dis dalk wat in haar onderbewussyn vasgesteek het, en daarom het sy ook nou Spencerbaai uitgekies. Hy het gepraat van water ook en van 'n ongeluk. Sy doen haar bes om te onthou. "Dit was 'n ongeluk," het hy herhaal. "'n Ongeluk, die rotse was glad." En met tye weer: "Water, ek moet water hê. Verstaan julle dan nie? Ek moet water hê."

Ansa sug moedeloos. Sy móét eenvoudig onthou. Sy het haar destyds nie aan vader Sebastiaan se ylery gesteur nie, maar as dit Braam Venter was wat hom geskiet het, is dit baie belangrik dat sy nou alles moet onthou.

Sy probeer al die gegewens in haar gedagtes orden.

Veronderstel dit wás Braam Venter wat hom geskiet het. Vader Sebastiaan kon hom daar op Spencerbaai raakgeloop het. Sy water het seker opgeraak en hy wou by Braam Venter water kry. Dalk wou hy die water vat en toe het Braam Venter hom geskiet. Maar wat van die rotse?

Ansa byt haar lip vas. Wel, hulle kon gestoei het en een

van hulle kon gegly het. Dalk wou Braam Venter hom nie skiet nie, maar het hy gegly op die gladde rotse en was dit 'n blote ongeluk. Dit klink vir haar soos die enigste logiese afleiding.

Daar is 'n flaminkveertjie in die Bybel en asof vanself val die blaaie daar oop.

Hierdie inligting kan sy altyd gebruik om haar handelswyse te motiveer. Sy moet dit nog net verwerk, want sy weet nie wat gaan gebeur as hulle op Spencerbaai aankom en sy niks meer het om vir Louw te sê nie.

Haar blik rus op die Bybel op haar skoot. Die opskrif van die hoofstuk oor die Kanaänitiese vrou trek dadelik haar aandag. Sy voel altyd so een met dié vrou. Sy is nie werklik 'n non soos suster Theresa nie, en diep in haar hart voel dit maar altyd asof sy net die krummeltjies onder die tafel optel.

'n Los klip beweeg skielik en Ansa kyk vinnig op. Skielik raak alles in haar yskoud van skrik.

Skaars tien tree van haar af staan 'n man met 'n geweer wat sekuur op haar bors gerig is. Sy hoed is laag oor sy oë getrek en sy kan nie sy gesig sien nie.

Ansa is nie in staat om 'n geluid te maak nie. Sy staar net met groot, geskokte oë na die man.

Die Bybel gly van haar skoot af en beland tussen die klippe toe 'n hand skielik van agter om haar mond vou en sy in dieselfde beweging regop geruk word.

Sy staar met groot, geskokte oë na die man met die geweer en dis toe hy opkyk dat sy hom herken. Wilhelm Steinkopf!

Die twee mans kommunikeer woordeloos en Ansa voel net hoe haar voete van die grond af gelig word, en dan word sy met 'n kragtige arm gesleepdra.

Sy kon nog nie die ander man se gesig sien nie, maar sy is oortuig daarvan dat dit Heinz moet wees.

Die een met die geweer gryp haar sak en laat sy blik vinnig oor die kamp gaan om hom te vergewis dat hulle al haar goed het. Met 'n veeg van sy voet maak hy die enkele spore dood, en Ansa sien dat hulle velle en gras om hul voete gebind het. Dit voel vir haar asof al die lug uit haar longe gedruk word. Sy probeer spartel, maar haar lyf kry so seer dat sy maar later willoos in die sterk greep hang.

Toe hulle 'n goeie ent van die kamp af is, word haar mond met 'n vuil lap toegebind en word sy soos 'n sak meel oor Heinz Steinkopf se skouer gegooi.

Ná wat vir Ansa soos ure voel, word sy hardhandig op die grond neergesit. Die lap word losgemaak en dan staan Heinz met 'n smalende glimlag op sy gesig, die geweer op haar gerig, voor haar.

"Nou kan ons praat. Al skree jy ook, sal Greyling jou nou nie meer kan hoor nie."

"Wat . . . wil julle met my maak?"

"Net 'n bietjie inligting hê, suster, dis al."

"Waaroor?" Ansa probeer om die bewing uit haar stem te hou sodat die mans nie moet agterkom hoe vreesbevange sy werklik is nie.

"Jy weet baie goed waaroor. Oor Braam Venter!"

"Ek . . . weet niks van Braam Venter af nie."

"Jy, sustertjie, is die enigste een in Suidwes wat iets van Braam Venter af weet!"

"Ek ken die man glad nie."

Heinz Steinkopf se oë vernou en hy sak op sy hurke voor haar neer. Sy oë is yskoud en sy gesig is skaars 'n handbreedte van haar af. Sy stem is sag en sissend.

"Julle is nou op pad na hom toe, nie waar nie?"

"Nee!" Ansa skud haar kop, maar voordat sy verder kan praat, klap hy haar hard. Dit weerklink soos 'n sweepslag en trane kom sommer vanself in die groot, blou oë.

"Jy kan maar net sowel praat. Hier gaan jy nie wegkom voordat ons alles gehoor het wat jy weet nie. Louw Greyling gaan jou ook nie kom soek nie. Hy sal aanneem dat jy uit vrye wil saamgekom het. Het jy ons dan nie 'n bietjie meer as 'n week gelede gesoebat om jou saam met ons te neem nie?"

Ansa staar hom geskok aan. Elke woord wat hy sê, is waar. Louw vertrou haar nie. Hy sal dink sy het weggeloop. Hulle het gesorg dat hulle haar sak saambring sodat dit nie na 'n ontvoering lyk nie.

Die man se hande knel skielik om haar skouers en hy skud haar wild heen en weer.

"Maar jy is vir hom baie werd. Hy gaan hierdie stuk aarde omkeer om jou weer terug te kry en intussen gaan jy vir ons sê waar die diamante is. Terwyl hy nog hier soek, is ons lankal by ons bestemming."

Ansa sluk net en staar hom grootoog aan.

"Ons het julle amper die aand op Sossusvlei geglo. Dit was Wilhelm wat onrustig was. Iets was vir hom vreemd. Hy het teruggesluip tot by jul kamp. Nou, suster, het ons die padkaart na Braam Venter se diamante, en daardie kaart is jy!"

Iets maan Ansa om nou baie, baie versigtig te wees. Hierdie mans is gewetenloos. Hoe kon sy so dom gewees het om nog by hulle te gaan hulp soek? Sy sal nou weer soos vroeër moet probeer tyd wen.

"Wat . . . wil jy weet?"

"Ons wil weet waar die diamante is wat Braam Venter by hom gehad het. Dieselfde diamante waarna Louw Greyling ook soek."

"Ek . . . e . . . weet nie." Ansa keer vinnig met haar arms voor haar gesig toe Heinz sy hand dreigend oplig. "Hoe moet ek weet of hy nog die diamante by hom het? Teen hierdie tyd kon hy hulle al verkoop het."

Dit voel vir Ansa asof sy duiselig word toe die man haar weer met al sy mag klap. Sy verloor haar balans en die trane loop nou ongehinderd oor haar wange.

"Praat! My geduld raak op."

Ansa besef dat sy nie 'n indruk van hulpeloosheid moet wek nie, en sy sit regop en kyk hom uitdagend aan.

Hy lig weer sy hand op en Ansa draai haar gesig sodat hy die ander kant ook kan klap. Die man se hand verstil in die lug toe hy haar onbegrypend aankyk.

Wilhelm kom sak ook nou op sy hurke neer en Ansa voel die rillings teen haar ruggraat afgly toe die man se blik warm en hongerig oor haar gaan.

"Nee, Heinz, hulle het in 'n ander skool as ons geleer. Slaan gaan nie help nie, ons sal 'n ander taktiek moet gebruik."

Heinz laat sak sy hand en lag sag.

"Nou toe, kry jy die inligting uit haar uit. Ek gaan laai solank die muil. Ons ry vanaand nog."

Ansa sit gespanne en wag en haar verstand werk in hoogste versnelling.

"Ons wil jou nie seermaak nie, suster. Ons wil net graag weet wat Braam Venter met die diamante gemaak het. Sien, die diamante behoort eintlik aan ons. Dis ons regmatige eiendom. Ons wil dit nie steel of iets nie. Braam Venter het dit van óns gesteel."

Ansa frons en die man kan sommer sien sy glo hom nie. Sy meet die son met haar oë en bepaal vinnig haar rigting.

Die man se oë vernou.

"Wat het Louw Greyling met die diamante te doen? Watse storie het hy vir jou opgedis?"

"Ek weet nie. Ek weet nie eens hoekom hy na Braam Venter soek nie. Alles is nou al so deurmekaar," sê Ansa moedeloos.

"Luister, suster, ons is jou goedgesind. Jy het die aand daar op Sossusvlei gevra ons moet jou saamneem. Ek is jammer dat ons dit nie toe gedoen het nie. Maar ons het die man geglo. Later, toe ons eers agtergekom het waaroor dit gaan, het ons nie weer die geleentheid gekry nie. Hy het jou seker 'n vreeslike lewe laat lei. Ek glo goed dat Louw Greyling 'n opperste skurk is."

Ansa is skielik sonder rede sommer woedend. Wie is hulle om allerhande dinge teen Louw Greyling te sê?

"Louw Greyling het hom nog altyd soos 'n heer gedra. Hy het nog nie een dag soveel as 'n haar op my hoof geskaad nie. Ek durf liewer hierdie eensame wêreld saam met hóm aan as –"

"O, is dit hoe sake staan? Wel, jammer, suster, maar jy het nou nie meer 'n keuse nie."

Ansa se ken wip op, maar Wilhelm haal die wind uit haar seile toe hy slu lag.

"Ons sal jou veilig in Lüderitz besorg as jy vir ons wys waar die diamante is. Ons vertrek vandag nog sodat ons 'n goeie voorsprong op Louw Greyling kan hê."

Ansa lek oor haar lippe, maar voordat sy iets kan sê, praat Wilhelm weer.

"Dit was nogal slim van jou om nie vir Greyling te sê waar die diamante is nie. Dis beslis nou tot ons voordeel, al het jy geprobeer om jou lewe te verseker totdat julle die goed gekry het."

Ansa hou haar effens vermakerig.

"Wie sê vir julle ek het nie dalk al vir hom gesê waar dit is nie?"

Wilhelm lag egter net smalend.

"Nee, suster, dan sou hy nie nog hier rondgesit het nie. Dan was hy lankal by sy bestemming. Jy pers hom af, maar onthou, ons is nie Louw Greyling nie. Ons het geen ontsag vir 'n non nie."

Die gesig met die oë wat te naby mekaar sit, kom nader en Ansa moet haar inhou om nie te gil nie.

Sy besef skielik met 'n helder sekerheid wat 'n heer Louw Greyling werklik is. Dae lank was hulle alleen in die veld en in die woestyn en nie een dag het hy haar só hardhandig behandel of te na gekom nie.

Haar hande word skielik vasgevat en die gesig met die dik, wellustige lippe kom stadig nader.

Ansa stamp hom vinnig en hard weg sodat hy sy balans verloor en agteroor val. Soos blits is sy op en hardloop so vinnig as wat sy kan. Die sand is sag en strem haar. Sy is dus 'n skrale tien tree weg voordat sy hard teen die grond geslinger word.

Die walglike gesig is hier by hare en sy dik lippe lê warm en klewerig op hare.

Ansa veg soos 'n besetene. Sy krap en byt en skop en slaan, en dan vat sy 'n hand vol sand en gooi dit in sy gesig. Dit bring hom tot sy sinne; hy spring op en ruk haar wild aan haar hand op. Hy sleep haar behoorlik terug en Heinz kom geamuseerd nader.

"Dit lyk nie juis of jou taktiek werk nie, Wilhelm."

Ansa sien die onderdrukte woede op Wilhelm se gesig. Haar ken wip astrant en haar stem klink beslis.

"As julle aan my raak, sal ek nie praat nie. Ek is nie bang om doodgemaak te word nie."

"Ons is glad nie van plan om jou dood te maak nie. Dooie mense kan nie praat nie. Ons het ander planne met jou om jou aan die praat te kry," sê Wilhelm en grynslag.

"Goed, suster . . ."

Heinz staan ook nader en daar is 'n onderdrukte onge-duld in sy hele houding.

"Watter rigting gaan ons? Ons sal dan ook maar stukkie vir stukkie die inligting uit jou wurg soos wat Louw Grey-ling moes doen."

Ansa kyk verras op, maar laat dan weer haar blik vinnig sak. Hierdie twee mans weet nie dat sy en Louw Greyling op pad was Spencerbaai toe nie. Hulle het dieper die binneland ingetrek en die maklikste pad Spencerbaai toe is teen die strand af. Wat hulle dus nie weet nie, is dat Louw die een of ander tyd wel op Spencerbaai gaan uitkom. Sy sal hulle net so stadig moontlik moet laat beweeg sodat hy hulle kan inhaal.

Sy onderdruk die snik wat in haar keel sit. Nou eers besef sy hoe dierbaar en wonderlik Louw Greyling werklik was. Ag, as sy hom tog maar net meer vertrou het!

"Ek praat met jou. Ons mors kosbare tyd. Môre wanneer die son opkom, moet ons baie ver hiervandaan wees."

Ansa sluk swaar toe Heinz dreigend voor haar kom staan.

"Die waarheid, suster. As jy ons probeer bedrieg, sal ons jou sonder om te huiwer net hier in die veld doodskiet. Geen haan sal daarna kraai nie. Niemand weet dat jy by ons is nie."

"Louw Greyling sal weet. Hy sal my kom soek."

Hy lag sag. "Daaraan het ons ook gedink, suster. Sien, ons is net so 'n bietjie slimmer as julle. Ons het spore in 'n heel ander rigting gelaat. Teen die tyd dat hy daar rondgesnuffel het na sy kosbare padkaart, het ons al 'n goeie voorsprong opgebou."

Voor Ansa nog iets kan sê, word haar ken hardhandig deur Heinz se hand opgelig. Sy hand knel om haar kakebeen.

"Suid! Ons . . . moet suid gaan."

Heinz laat haar gesig selfvoldaan los en sy sien die betekenisvolle blik wat die twee mans wissel.

Wilhelm bring die muil en sy word hardhandig bo-op getel. Hy staan 'n oomblik langs haar en sy kyk hom feitlik in die oë.

"Jy besef natuurlik dat ons jou eers gaan vrylaat wanneer ons die klippies in ons hande het. Moet dus liewer niks waaghalsigs probeer doen nie. Jy kan jouself baie ellende spaar."

"En . . . as Braam Venter nie meer daar is nie?" Ansa kyk na die twee mans voor haar en vrees maak 'n knop op haar maag.

"Die klippies het mos nie voetjies nie, suster. Hulle kan tog nie self wegloop nie. Tensy . . . iemand hulle wegdra."

"Ek praat van Braam Venter." Ansa se stem is skor. Sy besef dat die strik nouer en nouer om haar trek.

Heinz is skielik teenaan haar en sy stem is weer sissend en sag soos dié van 'n slang en dit laat koue rillings teen Ansa se rug afgly.

"Ek praat nie van Braam Venter nie, suster. Sien, óns weet ook waar Braam Venter is."

"Maar . . ." Ansa is nou heeltemal verward.

"Of sal ek liewer sê: wat nog van Braam Venter oor is. Dit was nie veel nie, suster . . . net wit bene en sy klere, en dié was ook maar taamlik gehawend. Die son en die seewind speel nie met 'n man nie."

Wilhelm se oë blits toe hy ook tot die gesprek toetree.

"Al wat nie daar was nie, is dit waarna ons so soek. Braam Venter het ons weer uitoorlê, of amper. Hy het dit weggesteek en net een persoon in hierdie bar land weet waar dit is: jy!"

10

Ansa staar geskok na die walglike gesig voor haar. Al probeer sy ook, sal sy nie nou 'n geluid uit haar stram keel kan kry nie.

Die man se gesig is vertrek en 'n donker frons lê op sy voorkop.

"Dis tog nie vir jou nuus nie, suster, of is dit?"

Ansa voel asof sy van ver af terugkom aarde toe. Dan is dit wat vader Sebastiaan in sy koorsdrome vir hulle probeer sê het! Op die een of ander manier het Braam Venter op die gladde rotse gegly, met noodlottige gevolge.

Liewe Vader van genade, wat nou? Daar was darem nog altyd die voordeel van die twyfel wanneer hulle op Spencerbaai sou aankom. Sy kon darem probeer om hulle te oortuig dat Braam Venter verder gevlug het.

"Hè, suster?" Wilhelm se stem is dringend en Ansa besef dat sy haar rol nou oortuigend sal moet speel as sy nie aasvoëlkos wil word nie.

"Dan . . . weet julle!" Sy ontwyk die slinkse ogies toe hy sag en selfvoldaan lag.

"Ons weet, suster, ons weet! Ons weet blykbaar meer as Louw Greyling, nie waar nie?"

Ansa antwoord nie dadelik nie; sy hand sluit hard om haar gesig en met 'n vinnige beweging ruk hy haar kop op.

"Of hoe, suster?"

"Nee . . . Louw Greyling weet nie hiervan nie."

"Wel, dan is dit net ons drie wat hierdie geheimpie deel, nie waar nie?"

Ansa is te bang om asem te haal. Sy draai haar al stywer in hierdie gekke deurmekaarspul vas.

"Ons het Braam Venter se lyk gekry en ons glo die diamante sal nie te ver daarvandaan wees nie. Dit sal jou dus nie help om ons te probeer kul nie. Ons sal weet wanneer jy vir ons lieg!" Wilhelm se stem sweepslag deur die lug.

Dit voel vir Ansa asof sy dieper en dieper in 'n bodemlose put afsak.

Heinz raak ongeduldig.

"Ons mors tyd. Waarheen gaan ons?"

"Ek het mos gesê ons gaan suid." Ansa se stem klink vir haarself maar bang en bewerig.

"Suid is groot en wyd, suster. Ons is nie so goedgelowig soos Louw Greyling nie. Jy probeer tyd wen en soek 'n wegkomkans sodat jy self die diamante kan gaan oppik."

"Nee, dis nie waar nie!"

Heinz lig sy hand op en Ansa deins onwillekeurig terug.

"Ons . . . moet Spencerbaai toe gaan."

Ansa sien met verligting hoe hulle vinnig na mekaar kyk en dan selfvoldaan glimlag. Dan was haar vermoede tog reg. Dan wás dit Braam Venter wat op Spencerbaai verongeluk het.

"Dis beter. Dit wil dan tog vir my lyk asof ons die regte kaart gekry het." Heinz grinnik en vat die muil se teuels.

Die muil kom in beweging en dit voel vir Ansa asof hulle al verder van die lewe af wegbeweeg. Hierdie twee mans is meedoënloos; van hulle kan sy geen genade verwag nie. Haar gedagtes vorm 'n stille gebed. Sy smeek om vergifnis omdat sy die eerste keer 'n leuen vertel het om haar en suster Theresa van Meob af te probeer kry. Dit voel vir haar asof sy nou so in leuens verstrengel is dat sy nooit lewend hier sal uitkom nie.

Ansa sluimer 'n paar keer byna in, maar elke keer as haar nek ruk, is sy weer wawyd wakker.

Dis lank ná dagbreek toe hulle die muil tot stilstand rem. Hulle sak sommer soos dooie goed op die grond neer. Ansa gly teen die muil se rug af en rek haar bene en arms so 'n bietjie.

Sonder om te vra, drink sy 'n paar lang teue water uit die waterbottel wat Heinz eenkant neergesit het.

"Ons rus net so 'n uur of wat. Hoe gouer ons ons bestemming bereik, hoe beter." Heinz lê met sy hoed oor sy gesig terwyl hy met haar praat.

Hulle is blykbaar nie eens van plan om te eet nie, en Ansa gaan sit 'n entjie van hulle af. Sy bekyk die wêreld om haar. Sy meet die son met haar oë en sien dat hulle nou meer in 'n suidwestelike rigting beweeg. Hulle is besig om stadig maar seker die begroeide duine agter te laat, en voor hulle strek net die wrede, alles uitmergelende sand.

Louw . . . Die naam kom vanself in haar gedagtes op. Asseblief, vertrou my tog genoeg en kom soek my dadelik. Jy moet mos nou al weet dat ek jóú vertrou en nie sal wegloop nie! Sy probeer haarself oortuig en moed inpraat met die versugtinge van haar hart. Sy weet dis maar 'n skrale troos. Sy het haar dwaas gedra op Sossusvlei.

Wilhelm beweeg en staan dan traag op. Hy gee vir die muil 'n bietjie water uit sy hoed en verlos die arme dier van die vrag op sy rug.

Ansa se gedagtes dwaal weer terug na haar probleem. Sy moet haar gedagtes orden. Sy moet met wilsinspanning vir Louw Greyling dwing om haar te kom soek, om haar genoeg te vertrou en te weet dat sy hom nie in die rug sou steek nie.

Sy maak haar sak oop en soek na vader Sebastiaan se Bybel. Ag nee! Sy kreun dit verslae uit. Die Bybel het daar tussen die klippe agtergebly! Nou het sy nie eens meer dié vertroosting nie. Sy maak die sak moedeloos toe.

Hulle rus net 'n uur lank en pak toe weer die vrag op die muil. Dit word 'n moordende dag. Niemand praat nie; hulle stap net uur ná uur aan.

Teen hierdie pas behoort hulle oor drie of vier dae op Spencerbaai te wees, en wat dan? As sy hulle net op die een of ander manier kan vertraag sodat Louw hulle kan inhaal!

Sy loer kort-kort om in die hoop dat sy Louw iewers in die verte sal gewaar. Teen die aand het sy egter alle hoop laat vaar.

Sy kyk op in die lug waar die maan vanaand net 'n dowwe kol maak. In haar hele lewe was sy nog nooit so dankbaar vir donkermaan soos vanaand nie.

Hulle het die klipperige woestyn en die begroeide duine verlaat en vanaand lyk dit weer soos op Sossusvlei. Hier en daar is nog oorblyfsels van 'n geharde ou kameeldoringboom, maar verder is dit net sand en nogmaals sand.

Ansa sak uitgeput op die sagte sand neer. Sy is moeg na gees en liggaam en die slaap omvou haar genadig en sag soos 'n wollerige kombers. Selfs nie eens die woestynkoue in die nanag kan haar wakker kry nie.

Dit voel vir Ansa asof sy net ingesluimer het toe sy weer hardhandig aan haar skouer geruk word.

"Kom, die dag breek al! Ons moet verder." Heinz staan oor haar gebuk.

Ansa kreun saggies. Haar lyf is seer en haar gesig is blou en opgehewe waar hulle haar geslaan het. Die hele dag se son gister op haar teer vel het sake geensins verbeter nie.

Die muil is klaar gelaai, maar Ansa het nie meer die voorreg om op die dier te ry nie. Die sand word sagter en dikker en die son al ongenadiger.

Ansa se asem brand naderhand in haar bors en haar oë sien alles dubbel. Die son bewe op die bruin aarde en dit voel by tye asof selfs haar verstand gloei. Uur ná uur strompel sy voort, totdat dit voel asof daar nie meer 'n druppel vog in haar liggaam is nie.

Uiteindelik struikel sy en val en bly dan doodstil op die warm sand lê. Heinz rem aan haar arm, maar daar is geen lewe in die skraal figuurtjie nie.

"Wilhelm! Sy is klaar, ons sal moet rus."

Wilhelm kom tot stilstand en draai moeisaam om.

"Laai haar op die muil."

"Die dier kan homself nie meer dra nie. Hy het nie gister of vandag water gehad nie."

Heinz buk by Ansa en draai haar op haar rug. Hy sien die algehele uitputting op haar opgehewe gesig.

"Dra jy haar dan." Wilhelm steur hom nie verder aan hulle nie, maar stap met afgemete treë voort.

Heinz tel haar steunend op en gooi haar oor sy skouer. Sy voete sak diep weg in die sagte sand en omtrent elke vyftig tree moet hy eers rus. Sy oë soek na Wilhelm se spore voor hom en tree vir tree meet hy die sand af.

Hy loop hom skielik trompop teen Wilhelm vas en steier terug met sy swaar, ongemaklike vrag.

Wilhelm staan by die muil wat in sy spore neergesak het en dit lyk kompleet asof hy nie inneem wat nou hier voor hom gebeur nie. Dan uiter hy net een woord.

"Dood!"

"Is . . . hy regtig dood?" Ansa vra die vraag versigtig, amper te bang dat hulle haar moet antwoord.

"Ja." Wilhelm maak die vrag op die muil se rug los.

Woordeloos maak hulle van die kombers 'n drasak en daarin word die water en kos gesit. Hulle bind die punte vas en haak dit elkeen om 'n skouer.

Ansa tel haar sak op en strompel agter hulle aan.

Hulle steur hulle nie verder aan haar nie. Hulle weet dat sy haar laaste kragte sal gebruik om by te bly. Sy besef maar te goed dat om alleen in die woestyn te wees, amper beteken om die dood na jou toe te nooi.

Ansa verloor heeltemal tred met die tyd. Dis nou 'n oorlewingstryd. Dis nou 'n kwessie van vorentoe en aanhou en leef, of bly lê en sterf.

Sy raak traag bewus van iets wat anders is. Iets wat vroeër nie daar was nie, en wat tree vir tree hinderliker raak.

Met oë wat glad nie meer wil fokus nie, probeer sy die twee figure omtrent twintig tree voor haar uitmaak.

Hulle is net skewe beelde teen die hittegolwe. Nou dring dit tot haar deur: dis vaal strepe stof wat haar uitsig so versper.

Sy voel hoe die trane in haar oë brand. Sal hulle dan vandag nog deur 'n sandstorm ook oorval word? Sy weet dat die wind nou al sterker gaan word totdat dit met woeste geweld losbars.

"Wag! Wag vir my . . ." Sy probeer haar treë rek om by die mans te kom, maar haar bene knak eenvoudig onder haar. Sy beur op en probeer weer vorentoe, maar val en struikel net. Snikkend bly sy lê.

Dit voel asof die stof besig is om haar te versmoor. Sy kan nie haar oë oopmaak nie, want die sand waai onophoudelik.

Ansa gee nie meer om wat van haar word nie. Hulle kan haar maar liewer doodskiet, dit sal genadiger wees as hierdie uitgerekte marteling.

Sy voel koel water in 'n straaltjie by haar mondhoek uitloop en al teen haar nek af, en dan verdwyn dit by haar hals in en kan sy die lafenis daarvan teen haar brandende vel voel.

Sy weet nie waar sy is nie, maar sy gee ook nie om nie. Haar seer en gepynigde liggaam voel skielik so gemaklik. Agter haar is iets sags. Haar wang rus op iets wat warm en amper bekend is, iets wat sy al vantevore ervaar het.

Haar oë fladder oop. Hulle kan nie eens fokus nie. Hier voor haar is iets groots en bekends, iets goeds. Dit kan sy aanvoel.

"Ansa . . . suster . . . hoor jy my?"

Iets stewigs kom rus onder haar ken, en dan word haar gesig baie teer en baie versigtig opgelig. In haar verwarde denke is sy daarvan bewus dat die wind opgehou waai het. Die storm is verby. Sy het dit oorleef, of het sy? Waar is sy?

Haar ooglede fladder weer moeisaam oop. Die blou oë lyk verward en deurmekaar.

Die man wag dat sy iets moet sê en die frons op sy gesig word dieper. As sy net wil praat. Enigiets! Hy moet net weet of sy nog by haar volle positiewe is.

Twee bekommerde, bruin oë swem voor haar en dan skuif alles stadig in fokus. Ansa lek oor haar lippe en probeer iets sê, maar dis net 'n skor geluid wat oor haar lippe kom. Die twee bekommerde oë kom nader en Ansa se mond vorm die naam. "Louw . . .?"

Die ernstige gesig ontspan en 'n glimlag kruip in die bekommerde oë.

"Ek was amper te laat! Hoe voel jy?" Sy stem is teer en Ansa hoor die kommer daarin. Dis vir haar vreemd. Louw bekommerd oor haar? Nee, sy droom. Sy móét droom! Dit kan tog nie waar wees nie!

Sy een arm is stewig om haar skouers en haar kop rus gemaklik teen sy breë hors. Haar gesig word met sy hand gestut sodat sy hom in die oë kan kyk.

"Louw! O, Louw! Jy . . . het regtig . . . gekom. Ek . . . was so bang . . . ek . . ."

Die vrees kom klou weer klewerig aan haar vas en registreer in die blou oë. Haar kop word egter vinnig met 'n groot hand styf teen sy bors vasgedruk.

"Kom, rus nog 'n bietjie. Jy was feitlik dood. Die vuilgoed!"

Ansa sluit haar oë en die vrede daal soos mis, koel en lawend, om haar neer. Haar arms kruip styf om sy lyf en dan, sonder dat sy dit kan verhelp, loop die warm trane oor haar wange en maak groot, nat kalle op sy hemp. Dit slaan klam deur op sy warm vel en maak 'n ongekende emosie in die groot Louw Greyling wakker.

11

Ansa knyp haar oë styf toe sodat die droom nog 'n bietjie kan aanhou. Sy wil nog 'n rukkie vry wees van die nagmerries wat al deel van haar lewe geword het.

Intussen word sy styf vasgehou. Sy is vaagweg daarvan bewus dat daar minder stof in die lug is, want sy kry tog met tussenposes vars lug in haar longe. Sy roer effens en dadelik verslap die greep om haar. "Arme kleinding! Kom drink 'n bietjie water." Die stem is so dierbaar bekend.

Ansa se oë fladder oop en sy kyk vas teen 'n kakiehemp waarvan die een knoop los is. Sy droom nie! Louw is hier, hy het tóg gekom! "O, Louw, ek is so bly jy het gekom! Ek . . . was so bang!" Sy kyk na hom uit 'n vuil gesiggie en haar blou oë is vol trane.

Iets gee mee in die ongenaakbare Louw Greyling toe hy haar styf in sy arms toevou en soos 'n baba heen en weer wieg. Hy praat gesmoord by haar oor. "Ek dag dan al die tyd dis vir my wat jy bang is."

"Louw . . ." Sy rem weg sodat sy hom in die gesig kan kyk. "Ek het nie uit vrye wil saam met hulle gegaan nie. Hulle het my ontvoer. Hulle het my met geweld daar kom wegsleep. Ek was so bang jy . . . dink ek het jou verraai."

"Het jy dan nie?" Sy stem is sag en tergerig, maar Ansa kom dit nie eens agter nie. Hy moet tog nie sleg dink van haar nie. Hy moet net nie toelaat dat daardie twee wrede mans weer naby haar kom nie.

"Nee, ek het nie. Jy móét my glo." Toe hy nie dadelik antwoord nie, probeer sy vinnig verder verduidelik: "Ek weet ek het my sotlik gedra op Sossusvlei. Maar toe . . . het ek besef dat jy . . . dat jy . . ."

"Dat ek wat?" Louw kyk na die vernielde gesiggie en kners op sy tande. As hy die Steinkopfs in die hande kry, gaan hy elke druppel lewe uit hulle wurg!

"Dat jy 'n ware heer is. En . . . dat jy my nie sal leed aandoen nie. Ek . . . is jammer dat ek so gemeen was, Louw."

Louw vertrou nie sy eie stem nie en Ansa vertolk sy stilswye verkeerd.

"Asseblief, Louw, laat my by jou bly! Moenie dat hulle my weer in die hande kry riie."

Sy vinger vee liggies oor die merk op haar wang en daar is 'n vreemde teerheid in die aanraking.

"Wat het hulle nog aan jou gedoen?" Hy vra die vraag sag, maar daar is onderdrukte woede in sy stem.

"Dit . . . was al . . ."

"Ek sal hulle met my kaal hande vermoor as ek hulle in die hande kry. Hulle sal boet vir elke druppel leed wat hulle jou aangedoen het."

Daar is paniek in Ansa se oë en stem toe sy Louw se hemp met albei hande voor sy bors vasgryp.

"Asseblief, Louw, moenie hulle gaan soek nie! Ek wil hulle nooit weer sien nie! Hulle sal my doodmaak en niemand sal ooit weet nie. Ek is bang . . ."

Louw besef dat sy besig is om beheer oor haarself te verloor toe hy die verwildering in haar oë sien.

"Niemand gaan jou doodmaak nie. Bedaar nou."

Sy slaan onverwags haar arms om sy nek en druk haar kop in die holte van sy nek. Haar lippe beweeg klam en warm teen sy vel en dit laat hoendervleis op sy arms uitslaan.

"Laat ek asseblief by jou bly. Jy kan met my maak net wat jy wil. Ek . . . is lief vir jou . . ."

Haar stem is rukkerig en Louw weet dat sy nie weet wat sy nou alles kwytraak nie. Die vrees vir die ander twee mans het haar alle redelike denke laat verloor.

Sy arms gaan stywer om haar en hy druk haar teen hom vas. Sy hande vroetel in die sanderige, natgeswete hare en dan rus sy lippe sag en warm op haar voorkop.

Ansa is skielik skaam omdat sy so styf teen hom gesit het. Sy is ook skaam vir die vreemde gevoel wat skielik in haar opwel. 'n Gevoel wat sy self nie kan verklaar nie. Sy weet net dat sy bly is, vreeslik bly en dankbaar dat hy hier is. By hom is sy veilig. Sy bloos, maar haar gesig is só vuil dat 'n mens dit glad nie kan sien nie.

Sy hande kom rus op haar skouers, en dan trek hy haar stadig nader.

"Ek dring daarop aan om ordentlik bedank te word vir my heldedaad."

"Dankie, Louw. Jy weet nie hóé dankbaar ek is dat jy hier is nie." Haar lippe begin bewe en sy buk vinnig vorentoe en soen hom sag op sy mond voordat sy weer 'n gek van haarself maak. Sy ontwyk sy oë en praat vinnig verder sodat hy nie die verdwasing in hare moet sien nie. "Hoe het jy so vinnig op ons spoor gekom? Ek was so bang dat jy daar om die kamp sou rondsoek en so kosbare tyd sou verlore laat gaan. Hulle het spore in heeltemal 'n ander rigting gelaat."

"Ek weet, ja, en ek het my amper daardeur laat flous. Ek was net op pad om dit te volg en wou net vir my kos en water kry, toe ek jou Bybel kry."

"My Bybel!"

"Dit het tussen die klippe gelê. Ek het al opgemerk dat jy besonder verknog is aan die Bybel. Toe besef ek jy sou nie jou kosbaarste kleinood daar laat as jy uit vrye wil saam met hulle gegaan het nie."

Sy kyk verras op en Louw voel ongemaklik toe sy hom met groot, eerlike oë aankyk.

"O, Louw, ek het nooit aan die Bybel gedink nie. Ek het vreeslik ernstig gebid dat jy . . . my tog moes vertrou en weet dat ek nie . . . wel, dat ek jou nie in die rug sou steek nie."

Hy grinnik skeefweg en sy laat haar kop skaam sak.

"Ek weet ek het nie jou vertroue verdien nie, maar . . . ek het tog gehoop."

"Ansa . . ." Sy stem is skielik baie ernstig. "Het jy vir hulle gesê waar die diamante is?"

Sy ontwyk sy oë en skud haar kop ontkennend.

"Wat het jy alles vir hulle gesê?"

"Dieselfde as vir jou. Net dat ons Spencerbaai se kant toe moet gaan. Ek het geweet jy sal daarheen gaan . . ." Sy besluit vinnig: nou, op hierdie oomblik, moet sy hom die waarheid vertel.

Daar is egter 'n onverbiddelike trek om Louw se mond en haar hart sak in haar skoene.

"Jy besef seker nou dat jy hierdie speletjie sal moet staak." Sy stem, wat nog 'n paar minute gelede sag en teer was, is nou weer hard soos wat sy dit ken.

Ansa lek oor haar droë lippe. As sy tog net kan weet wat hy alles vir die vervloekte ou diamante sal opoffer!

Sy hande kom rus weer op haar skouers en hy kyk met 'n ernstige uitdrukking na haar.

"Jy kan nie langer hiermee aangaan nie, Ansa. Jy speel nou met jou lewe. Sê vir my waar die goed is en ek sal dit self gaan haal. Jy het vandag by die dood omgedraai. As ek 'n halfuur later gekom het, was jy nie meer lewend nie. Ek is al van gister af op jul spoor. Ek wou vannag, wanneer dit donker is, toeslaan. Ek kon jou darem heeltyd dophou, maar toe die wind begin waai, was ek later baie bekommerd dat ek jou spoor gaan verloor. Jy moet vir my sê waar dit is, Ansa."

"Ek . . . kan nie." Haar stem is skor en Louw kyk magteloos na haar.

"Hoekom nie? Wat wil jy met die goed maak? Ek sal vir jou daarvan gee. Maggies, vroumens! Verstaan jy dan nie? Hulle sal jou keel afsny nog voordat hulle die goed behoorlik uit die wegsteekplek gehaal het."

"Dis nie wat jy dink nie, Louw . . . Ek . . . Ag, Louw, ek . . ."

Sy druk haar gesig in haar hande en haar skouers ruk.

Hy staan op en trek haar aan haar hand op.

"Ek is jammer. Ons sal later gesels. Jy is nog te verskrik. Kom ons stap 'n entjie sodat die bewerigheid uit jou knieë kan kom."

Hy vat Willemiena se teuels, en stadig stap hulle in 'n oostelike rigting. Verligting vul Ansa se gemoed toe sy besef dat hulle wegbeweeg van die see af. Sy sal heeltemal van haar verstand af raak as sy ooit weer van aangesig tot aangesig met een van die Steinkopfs moet kom. Noudat sy veilig by Louw is, besef sy eers hoe 'n nagmerrie die ondervinding in werklikheid was.

Sy arm bly om haar lyf toe hulle om die voet van die duin stap en stadigaan sypel 'n groot dankbaarheid in haar gemoed.

Toe die skemer lang, donker skaduwees tussen die duine verf, kom Louw tot stilstand.

"Ons slaap vannag hier. Môreoggend kan ons verder gaan."

Hulle moet 'n hele ent gestap het, want in die laatskemer doem die geraamte van 'n ou kameeldoringboom skielik voor hulle op.

"Aa! Kyk net wat het ons hier! Ons kan gerus 'n bietjie koffie maak."

Louw verlos Willemiena van haar vrag en begin maak droë takke bymekaar.

"Die ou boom is sowaar net hier vir ons gerief. Kyk, dis die enigste een in die hele omgewing."

Louw se stem is lig en gesellig. Hy het gesien hoe die skrik en wildheid haar verlaat en hy wil vanaand niks verder sê wat haar kan ontstel nie. Die arme ding het die afgelope dae genoeg vrees geken.

461

Hy maak vir hulle 'n bietjie pap en koffie, en vir Ansa is dit 'n koninklike maaltyd. Die laaste paar kole gloei nog warm toe Louw hom 'n entjie van die vuurtjie af uitstrek. Ansa trek haar swart rok bo-oor die vuil klere aan en gaan sit by die vuurtjie. Sy staar na die sterwende kole en kyk bang na die donker nag om hulle. Hoeveel gevaar skuil nie net agter die eerste swart newels nie?

Sy kyk na Louw se groot liggaam 'n entjie van haar af. Louw en Willemiena lê naby mekaar, en skielik voel sy bang en alleen.

Sy lek oor haar droë lippe.

Louw lê met sy hande onder sy kop en dit lyk asof sy bors egalig op en af dein. Dis donker en die kole maak nie meer genoeg lig sodat sy mooi kan sien nie. Sy kyk nog 'n slag vinnig om haar rond en dan kruip sy sommer hande-viervoet tot by Louw, wat verskrik op sy elmboog orent kom. "Wat is dit?"

"Ek is bang! Kan . . . ek maar hier by jou lê?"

Hy lag hardop en sy stem is vol terglus.

"As ek reg onthou, het jy gesê ek mag nie aan jou raak nie. En verder het party mense verkies om liewer te ver-kluim van die koue."

Ansa steur haar nie aan sy geterg nie. Sy wikkel vir haar 'n holte in die sand met haar heup en skuif dan styf teen Louw se groot liggaam vas.

Louw gaan lê weer op sy rug en vou sy hande onder sy kop.

Ansa kry nie haar lê nie en skrop soos 'n hoenderhen. Eindelik is sy tevrede. 'n Sagte, tevrede suggie ontsnap uit haar bors, en dan skuif die skraal armpie liggies om sy mid-del. Die vrede en veiligheid van sy nabyheid vou sag en beskermend om haar toe.

Louw glimlag teer. Hy haal sy hand onder sy kop uit en vou dit liggies om die skraal skouers sodat sy gemaklik in die ronding van sy arm inpas. Hy draai sy gesig sodat sy wang teen haar hare kan rus. Sy voel so sag en klein in sy arm. Haar hare ruik na stof, maar vir hom is sy op hierdie oomblik die begeerlikste wese wat nog oor sy lewenspad gekom het. Onbewustelik streel sy hand oor haar arm, en Ansa laat die genot van sy nabyheid salig oor haar spoel.

"Louw . . ." Haar stem is sag.

"Hm?"

"Was jy baie kwaad toe jy sien ek is weg?"

"Ja, woedend!"

"En toe jy die Bybel kry?"

"Toe was ek nie meer so kwaad nie." Sy stem is weer vol terglus. Dit laat 'n tintelende gevoel deur Ansa se binneste spoel.

"Jy was seker bly dat ek toe my verdiende loon gekry het." Sy probeer hom uitlok. Sy wil weet of sy nie al die dinge gedroom het wat hy vanmiddag gesê het nie. Daar was toe 'n teerheid in sy stem en sy hande. As sy dit net weer een keer kan hoor. As sy haar net kan vergewis dat dit nie 'n droom was nie!

"Ek was bly, ja. Jy is 'n onhebbelike vrournens. Ek het al lus gehad om jou oor my skoot te trek en ordentlik te foeter."

"Sou jy regtig?"

"Wat?"

"My slaan soos wat Heinz gemaak het." Sy kan aan die skielike verstywing van sy liggaam voel hoe hy sy woede moet beteuel.

"Ek was dan so kwaai met jou die dag op die strand. Ek . . . het jou amper geslaan."

Sy hand skuif op en streel liggies oor haar wang waar die kneusplek is.

"Ansa . . . ek gaan jou terugvat Lüderitz toe. Ek kan jou nie langer so aan die gevaar blootstel nie. Jy moet asseblief

463

vir my sê waar Braam Venter is. Ek sal alleen verder na hom soek."

Ansa se asem stol in haar keel. Dit het sy darem nie verwag nie. Dat hy alles sal los om haar eers in veiligheid te bring. Sy voel klein en gemeen. Sy het hom nie vertrou nie, en al die tyd is sy die een wat nie vertroue werd is nie.

Louw vertolk haar stilswye verkeerd.

"Verstaan jy dan nie? Dis nie 'n speletjie vir 'n vrou nie. Leer jy dan nie? Die mense is gewetenloos waar dit diamante aangaan. Hulle sal jou regtig doodskiet. Jou vrese van vanmiddag was nie ongegrond nie. Sodra hulle die diamante het, sal hulle jou doodmaak sodat daar geen getuie kan wees nie."

Al sy vermanings kan egter nie die blye opgewondenheid in haar binneste demp nie. Hy gee om! Hy gee genoeg om vir haar om haar eers in veiligheid te kry. Sy skuur met haar wang teen sy skouer en haar arms gaan stywer om sy lyf.

"Ansa, jy móét na my luister."

Sy stem is dringend en sy antwoord gesmoord: "Maar ek luister dan. Jy maak net heeltyd rusie en ek wil nie met jou rusie maak nie. Ek is so bly jy is hier."

Louw kreun soos 'n dier wat in pyn is. Sy arm span stywer om haar skouer en voordat Ansa besef wat aangaan, het hy haar gesig met sy vinger opgelig en sluit sy lippe warm en hongerig oor hare.

Hy soen haar lank en talmend en Ansa se lippe gaan oop onder syne.

Hy sug liggies toe hy sy kop oplig en weer agteroor leun.

"Is dit 'n nuwe speletjie wat jy nou speel?" Sy stem is vraend en die eerste keer vandat sy hom ken, onseker.

"Speletjie?" Sy sit regop en kyk in die donker na sy gesig.

"Ja, hierdie verleispeletjie waarmee jy nou besig is. Ek

464

het nie geweet julle nonne ken dit ook nie. Maar nou ja, dis seker ingebore in 'n vrou."

Sy lag saggies en dit laat hom vinnig na haar kyk.

"Wat is so danig snaaks? Jy het jou bes gedoen om die diamante vir jouself te hou. Ek het eerlikwaar gehoop dat jy teen hierdie tyd sou besef dat ek die waarheid praat. Dat jy nou al groot genoeg sou geskrik het."

"Ek het, Louw. Ek het vreeslik geskrik. Ek probeer om nie daaraan te dink nie. Dit was 'n vreeslike paar dae gewees."

"Sal jy dan vir my sê waar Braam Venter en die diamante is? Iemand het nog nooit só tussen neus en ore verdwyn nie. Jy besef natuurlik dat jy die enigste mens in hierdie land is wat iets van hom af weet."

Sy kyk stil na sy ernstige gesig wat net 'n donker silhoeët is.

"Hoekom soek jy so naarstiglik na hom? Is dit net oor die diamante? Ek . . . kan dit amper nie glo nie."

Hy sug en dis 'n lang ruk stil. Ansa sit gespanne en wag.

"Vertel my, asseblief? Dan . . . sal ek jou alles vertel wat ek weet." Sy troos haar daaraan dat sy darem 'n klein bietjie inligting vir hom het. Sy weet ten minste dat Braam Venter dood is.

"Dis 'n lang storie. Ek weet nie eens of jy my sal glo nie."

"Ek sal. Ek belowe jou ek sal." Sy vou haar arms om haar knieë en kyk na hom waar hy nou weer roerloos met sy hande onder sy kop lê. Aan die uitdrukking op sy gesig kan sy sien hy is diep versonke in sy eie gedagtes. Gedagtes wat baie, baie bitter is.

12

Ansa wag gespanne dat hy moet praat. Dis nou net 'n kwessie van tyd, dan sal hierdie geheim oopgevlek voor haar lê.

"Ons het hier naby Helmeringhausen geboer. Ek en my ouers en my sussie, Maryn . . . Jy moet omtrent so oud soos sy wees."

Ansa is te bang om hard asem te haal, bang dat sy die gang van sy gedagtes sal versteur. Dis skielik vir haar lewensbelangrik dat sy moet weet waaroor alles gaan.

"My ma is 'n klompie jare gelede al dood. Ons drie was egter baie gelukkig. Maryn het soos 'n regte ou moedertjie vir ons gesorg." Ansa hoor die trots en verlange in sy stem en iets sny diep in haar hart.

"My pa was ook vroeër 'n delwer en dit het seker maar in sy bloed gebly. Soms was daar 'n hunkering en verlange wanneer hy gepraat het van die diamante wat op Lüderitz ontdek is, maar ons het gedink hy is gelukkig en tevrede op die plaas, want met die boerdery het dit toe baie goed gegaan. Hy het nooit gepraat van teruggaan delwerye toe nie, totdat . . . Braam Venter daar aangekom het."

Louw sit nou ook regop en Ansa weet sonder dat hy dit hoef te sê dat sy gedagtes hom wil versmoor.

"Braam Venter en my pa het vroeër jare saam gedelf. Daar was skielik weer 'n kinderlike opgewondenheid in my pa en voordat ons ons oë kon uitvee, is hulle twee weg delwerye toe."

Louw sug swaar en Ansa weet intuïtief dat dit vir hom moeilik is om oor dié dinge te praat.

"Ek en Maryn het op die plaas agtergebly. Pa het eers net al die spaargeld gevat om die nodige toerusting te koop. Ek was bekommerd. Die diamante is 'n paar jaar tevore al ontdek en so iets hou tog nie lank nie. Pa was egter weer jonk en vol hoop. Hy het geglo dat geluk en rykdom iewers in die toekoms wag."

Ansa hoor die wroeging in sy stem. Ken sy dit dan nie ook nie? Weet sy nie ook hoe die verwagting en hoop die wonderlikste mens kan verander wanneer die geluk wegbly nie?

"My pa en Braam Venter was vennote. Die grotes het weggebly, maar so af en toe was daar 'n kleintjie. Die uitgawes het meer geword en ons moes later die plaas verkoop sodat hulle 'n groter en beter kleim kon koop."

"Ag nee!" Ansa leef haar volkome in die vertelling in. "Wat het toe van jou en jou suster geword?"

"Ons moes toe ook maar Kolmanskop toe. Arme Maryn het elke oomblik daar gehaat. Gelukkig het Piet Marais daar aangekom en hulle het getrou. Was dit nie vir die omstandighede nie, sou ek haar nooit toegelaat het om so jonk te trou nie. Piet is ook 'n plaasseun wat noodgedwonge moes gaan werk. Sodra ek die diamante kry, gaan ek vir hulle hier 'n plaas koop sodat hulle weer die skoon, vars lug kan inasem."

Louw se stem raak dromerig en Ansa wag gespanne dat hy verder moet vertel.

Sy kan haar ongeduld nie langer beteuel nie. "En die diamante en Braam Venter . . . hoe pas hulle verder in die storie in?"

"Daar wás toe al die tyd diamante. Veral met die groter kleim. Braam Venter het dit net so stil-stil laat verdwyn terwyl my pa die meeste van die uitgawes moes betaal. Skuld wat selfs ons plaas ingesluk het."

"Het jou pa dan nooit iets agtergekom nie?"

"My pa het destyds met die Herero-oorlog sy been beseer. Hy het nie so maklik beweeg nie. Die vennootskap het hom dus uitstekend gepas. Hy het die geld voorsien en Braam Venter het die werk gedoen. Pa kon meestal nie

467

by die kleim kom nie. Hy was 'n goeie mens, so goedge-
lowig. Ons moes sit en toekyk hoe hy stadig maar seker
wegkwyn."

"Is hy dan dood?"

"Ja, sommer in sy slaap. Verwyt het hom opgevreet."

"Het jy toe ook op jul kleim gewerk?"

"Nee, Braam Venter het daarvoor ook gesorg. Toe ons
die plaas moes verkoop, het hy vir my 'n werk by die dia-
mantkopers gekry. Agterna het ek eers besef wat agter sy
skynbare goedhartigheid gesit het."

Ansa begin stadigaan meer begrip kry vir die haat wat in
Louw se hart is. Hy het dan tog meer reg op die diamante
as Braam Venter.

"Ná my pa se dood het dinge verander. Ek was voor sy
dood al onrustig en het Braam een aand na die kleim toe
gevolg. Ek het gesien hoe hy met vreemde mans gesels en
iets aan hulle oorhandig. In daardie stadium wou ek my pa
nie ontstel nie en ek het stilgebly. Ná my pa se dood het ek
egter besluit om self sy aandeel oor te neem."

Louw trek sy knieë op en slaan sy arms om sy bene.

"Ek was fris en gesond en het van vroegdag tot laatnag
op die kleim gebly."

"Het hulle toe diamante gekry?"

"Ja, sommer binne die eerste week. Meer as wat my pa
gedurende die vorige drie jaar gekry het. Dit het my ver-
moede bevestig. Braam het natuurlik sy rol oortuigend ge-
speel. Hy was kastig elke keer net so bly soos ek oor die
diamante. Ek kon egter die gejaagdheid in sy houding sien.
Ek het hom weer snags gevolg en gehoor hoe die nagtelike
besoekers hom dreig as hy nie dadelik die diamante wou
oorhandig nie."

"Die nagtelike besoekers, was dit die Steinkopfs?" Daar
val meer dele van die legkaart nou vir Ansa in plek.

"Ek is nie seker nie, maar ek dink so. Ek het die besoekers nooit gesien nie. Hulle het altyd in die donker geskuil met hoede wat laag oor hul oë getrek was. Die feit dat hulle nou naarstiglik na Braam soek, maak hulle meer verdag."

Hy sug diep voordat hy sy storie hervat. "Wel, Braam Venter het begin paniekerig raak. Hulle het hom begin dreig. Ons het juis in daardie tyd 'n besonder goeie week gehad. Die kopers het net een keer 'n week gekoop en daar was al 'n goeie klompie in die sakkie. Ek het egter die diamante by my gedra. Toe kom die groot geluk! Die droom van elke delwer. Ons het op 'n hele paar afgekom. Dit het daar voor ons oë gelê, die rykdom waarna my pa sy hele lewe lank gesoek het. Die droom van jare!"

Ansa hoor die hartseer en verlange in sy stem en sy wens sy kan haar arms om hom sit en sy kop styf teen haar bors vasdruk.

"Braam Venter het dit in sy hande opgeraap. Hy was soos iemand wat van sy verstand af geraak het. Ek het hom egter met dodelike beslistheid weggedruk en die diamante een vir een in die sakkie gesit. Hy het soos 'n dier gegrom en my bestorm. Ek was egter te sterk vir hom en hy het dit geweet."

"En toe?" Ansa sit gespanne vorentoe om nie iets van hierdie drama mis te loop nie.

"Toe hy kalmer was, het hy voorgestel dat ons nie die goed aan die plaaslike kopers moes verkoop nie. Ons kon glo veel beter doen deur dit in Johannesburg te gaan verkoop. Hy ken toevallig iemand in Johannesburg en hy sou self die diamante daarheen neem."

Louw se groot hande beweeg onrustig en Ansa weet dat hy homself tot kalmte moet dwing.

"Dit was die eerste keer dat ek hom in woorde laat verstaan het dat ek hom nie vertrou nie. Ek het die sakkie toegemaak en voor by my hemp ingesteek. Hy het vreeslik veronreg gelyk en gesê dis 'n bose dag wat hy moet belewe

469

dat sy boesemvriend se kind hom wantrou. Ek het my egter doof gehou. Ek het hom die helfte van die diamante belowe en gesê ons moet die volgende dag saam na die kopers toe gaan."

Ansa skuif ongemerk nader. Die arme, arme Louw. Skielik het sy net een begeerte en dis om werklik te weet waar die diamante is, sodat sy dit aan hom kan teruggee.

"Ek het eerlikwaar nie gedink hy sou tot sulke uiterstes gaan nie. Ek het regtig nie gedink hy sou probeer moord pleeg oor die diamante nie, anders sou ek meer op my hoede gewees het."

"Hy het tog nie geprobeer om jou dood te maak nie?" Ansa kyk geskok na hom.

"Hy het."

"O, Louw, maar dis vreeslik!" Ansa sit haar hand op sy arm en sy is hewig ontsteld. "Hy het toe natuurlik die diamante gevat en gemaak dat hy wegkom."

"Ja, ek was byna dood toe hulle my kry. Ek was weke lank in die hospitaal. Teen die tyd dat ek weer op die been was en na Braam Venter kon begin soek, was hy al 'n maand lank weg."

"Hoe het jy toe sy spoor gekry?"

"Ek het eers op Lüderitz gaan soek. Ek het geweet hy sou iewers skuil solank ek nog lewe. Toe het ek die saak by die polisie gaan aangee en gevra hulle moet my help met die soektog. Dié land is te groot vir een mens. Ek het egter besluit om self hierdie woestynstrook te fynkam."

"Hoe het jy toe op sy spoor gekom? Ek bedoel, wat het jou Meob toe gestuur?"

"'n Boesman. Ek kan hul taal praat en ken hul gewoontes. Die Boesman het Braam Venter gesien. Hy het ook 'n man gehelp wat deur Braam Venter geskiet is en toe half-dood in die woestyn gelos is."

"Wie was dit?"

"Ek weet nie. Maar die man het eindelik by die polisie op Lüderitz uitgekom, en toe het hulle besluit om self ondersoek in te stel. Dit was hulle wat daardie aand op Meob aangekom het. Ek het hul gesprek deur die venster gehoor. Die Boesman het ook vir my gesê dat Braam Venter geskiet is. Hy het 'n koeëlwond in sy buik gehad."

Louw sug diep en Ansa krimp ineen toe sy dink aan die vreeslike taak wat vir haar voorlê.

"Verstaan jy nou hoekom ek hom soek? Alles wat ek het of ooit kan hê, is in sy vuil hande. Ek wil net genoeg geld hê om my plaas terug te koop en vir Maryn en Piet 'n grondjie te koop. Hy kan sy deel kry, ek stel nie daarin belang nie."

"O, Louw, en om te dink ek het jou al hierdie tyd verniet laat . . ."

Louw is dadelik waaksaam en sit gespanne vorentoe.

"Wat bedoel jy?"

"Louw, jy . . . gaan so kwaad wees vir my! Ek . . . het Braam Venter nog nooit gesien nie. Ag, ek wens uit die diepte van my hart ek het geweet waar die diamante is."

"Wat sê jy?" Hy bulder die woorde uit.

"Ek is jammer, Louw . . . so verskriklik jammer."

"Jy lieg vir my!"

"Asseblief, Louw, jy moet my glo. Dit was die eerste keer sommer net 'n plan om jou sover te kry om ons saam te vat. Ek . . . het 'n yslike gemors van alles gemaak."

"Nee! Ag, nee! Nee, tog nie weer alles van voor af nie! Ek is so moeg van soek en haat. Ek was so dankbaar dat dinge eindelik 'n punt bereik het."

Ansa het lus en huil saam met die groot man, want die moedeloosheid wat nou oor hom toesak, is net so goed soos groot, blink trane.

Hy druk sy kop in sy hande en Ansa steek haar hand na hom uit, maar trek dit dan weer stadig terug.

Sy stem is gesmoord toe hy praat. "Ek het jou vertrou. Om te dink ek wou alles los om jou eers in veiligheid te kry omdat . . . ek omgee . . ."

"Vegewe my, Louw. Dit was in daardie stadium die enigste manier om van Meob af weg te kom."

"Maar ek het tog gesê ek sal die polisiepatrollie uitstuur. Maar hoekom sal jy my glo?"

"Louw –"

"Ek wil niks meer hoor nie. Môre sal ek weer my soektog van voor af moet begin. Waarheen nou? Nou is hy seker al landuit met die goed. Ek het nou weke vermors deur jou selfsugtigheid." Hy val haar bitter en skerp in die rede.

"Louw, ek kan nie langer hieroor swyg nie. Dit sal al jou planne verander. Ek het dit self nie geweet nie. Die Steinkopfs het dit vir my gesê. Louw . . ."

Sy sit haar hand op sy skouer en wag dat hy moet opkyk, want hy het sy kop op sy arms laat sak soos iemand wat baie hartseer is.

"Louw . . . Braam Venter is dood! Die Steinkopfs het sy lyk by Spencerbaai gekry. Hulle het gedink ek steek die diamante iewers weg, want dit was nie by hom nie."

Louw kyk nie op nie. Hy praat ook nie met haar nie en Ansa wil in trane uitbars.

"Ek wou jou vanaand alles vertel het. Ek besef lankal dat ek nie so kan aangaan nie. Luister net na my, dan vertel ek jou alles."

Ansa kyk na die moedelose gestalte. Sy begin stotterend met haar storie, en raak al haastiger om die lug tussen hulle gesuiwer te kry, sodat hulle saam hierdie teleurstelling kan oorkom.

Sy vertel hom hoe sy sy navrae oor Braam Venter gebruik het om sy belangstelling te prikkel sodat hy hulle moes saamneem. Sy laat niks weg nie en voeg ook niks by nie, vertel net gejaag die hele storie.

Louw sug soos 'n ou man en kyk met leë oë na haar. Die woede het hom verlaat en daar is nou net 'n doodse leegheid in sy binneste.

"Ek het so gehoop my soektog is op 'n end. Nou begin dit weer heel voor en hierdie keer is daar dalk nóg minder leidrade. Braam Venter gaan vir hierdie vrugtelose maande boet . . . dit belowe ek." Sy stem is sonder emosie en dit klink amper asof hy met homself praat.

"Louw . . . Louw, verstaan jy dan nie? Braam Venter is dood!"

"Braam Venter is nie dood nie."

"Maar die Steinkopfs het tog gesê . . ."

"Dit was nie Braam Venter se lyk nie."

"Maar . . . hoe weet jy?"

"Ek het daardie geraamte met Braam Venter se klere aan ook gekry."

"Maar hoe kan jy sê dit was nie hy nie? Kon jy hom dan nog herken?"

"Nee, 'n mens kon hom nie meer herken nie. Ek het egter ses maande lank saam met Braam Venter gewerk en gebly. Dit was nie hy nie."

"Maar hoe kan jy so seker wees?"

"Braam Venter se linkerhand se pinkie het nie die eerste twee litte gehad nie. Aan daardie geraamte se pinkie het niks ontbreek nie."

Ansa staar hom lam geskok aan. Dit voel skielik asof haar maag draai. Die suising in haar kop word harder en sy kan voel hoe swart newels haar oorweldig.

"Linkerhand? Jy sê sy linkerhand se pinkie . . .?"

Hy knik afgetrokke en Ansa kan die moedeloosheid soos 'n kombers om hom sien toevou.

Haar mond word droog en sy weet dat sy nou so wit soos 'n laken moet wees, want sy kan dit aan die koudheid van haar gesig voel. Sy trek haar hande deur haar hare en staar met groot oë na Louw terwyl haar hart wild in haar borskas klop.

Liewe Vader van genade, dit kan tog nie wees nie. Dit kan mos nie waar wees nie!

13

Ansa voel heeltemal verslae toe die ironie van alles skielik tot haar deurdring. Dit voel asof elke senuwee in haar liggaam gespanne is. Sy is intens bewus van Louw wat moeg en moedeloos lyk. Hy wat nou weer die soektog van voor af moet begin.

"O, Louw . . ." Sy kreun sy naam uit."Asseblief, vergewe my! Ek het nie geweet hoeveel dit vir jou beteken nie. Ek . . ."

Hy sug swaar en sy stem is doods soos iemand wat uit 'n diep donkerte terugkeer.

"Nee, jy het net aan jouself gedink en aan niemand anders nie. Maar dit maak nie meer saak nie. Niks maak meer saak nie. Ek wens ek kan my oë toemaak en hoef dit nooit weer oop te maak nie. Dit was in elk geval 'n vals leidraad. Julle sê tog daar het niemand aangekom nie."

Ansa lek oor haar droë lippe. Dit voel asof sy die woorde nie hardop kan uitspreek nie, maar sy sal eenvoudig nou moet deurdruk. Sy kan hom nie weer tevergeefs hierdie wilde land laat aandurf nie.

"Vergeet dit. Kom ons slaap. Môre sal ek jou Lüderitz toe vat en dan . . . sal ek maar weer terugkom. Wat anders is daar wat ek kan doen?"

"Louw . . . Braam Venter is dood! Ek . . . het hom met my eie hande begrawe." Ansa se stem is skor toe sy hom die grusame nuus meedeel.

Haar woorde registreer nie by Louw nie. Hy kyk haar skewekop aan en sy sit 'n bietjie vorentoe sodat haar gesig 'n handbreedte van syne af is.

"Hoor jy wat ek sê?"

"Ek hoor, maar ek verstaan nie."

"Louw . . . vader Sebastiaan . . . ek en suster Theresa het hom self begrawe."

Hy frons en Ansa gryp skielik sy arm vas.

"Wat het vader Sebastiaan met die hele storie te doen?" Hy is nog heeltemal in die duister.

"Vader Sebastiaan se pinkie . . . dit was in die tweede lit af. En hy het 'n koeëlwond gehad. Nadat ek van Braam Venter gehoor het, het ek gedink dis hy wat vir vader Sebastiaan geskiet het."

Louw se mond hang letterlik oop en Ansa skud hom liggies aan sy arm.

"Louw, eerlikwaar, ek het nie geweet nie. Ek het geen benul gehad nie . . ."

"Vader Sebastiaan." Hy herhaal die woorde stadig soos 'n kind wat sy les leer. "Maar het julle hom dan nie geken nie? Ek bedoel, hoekom het julle nie geweet dis nie regtig hy nie?"

"Vader Ferdinand het ons altyd kom besoek. Hy het egter afgetree en sou teruggaan Duitsland toe. Vader Sebastiaan het toe in sy plek gekom. Dit was die eerste keer dat ons hom gesien het. Dit wás vir ons vreemd dat iemand wat nie juis die wêreld ken nie, so alleen kom. Hy was egter so siek dat ons hom nooit daaroor uitgevra het nie."

"Ek moet dadelik terug Meob toe. Hy sou dit dáár weggesteek het."

"Nie op Meob nie, daarvan is ek seker. Hy was baie siek. Ons het hom dae lank verpleeg voordat hy eers met ons gepraat het. Ek het persoonlik sy sak uitgepak. Daar was niks in nie. Suster Theresa het hom uitgetrek en versorg

475

en aan sy liggaam was ook niks nie." Ansa klink baie seker van haar saak en die moedeloosheid kom hang sommer weer oor Louw.

Hy besef skielik hoe 'n onmoontlike taak dit is. Moet hy nie maar alles los en teruggaan nie? Maar waarheen? Sy plaas en alles wat vir hom dierbaar is, lê in daardie sak wat Braam Venter gesteel het. Iewers het hy dit weggesteek en niemand sal ooit weet waar nie.

"Ek sal die pad volg wat hy gegaan het. Ek sal elke vierkant grond van Spencerbaai af fynkam tot op Meob. Ek weet ten minste nou waarna om te soek."

Louw kyk na Ansa se gespanne gesiggie en 'n nuwe gedagte skiet hom skielik te binne.

"Is jy baie seker vader Sebastiaan se vinger was af? Jy jok nie dalk weer vir my nie?"

"Nee, dis die waarheid. Ek sweer by alles wat heilig is. Hy . . . vader Sebastiaan, ek bedoel Braam Venter, het baie onsamehangend gepraat toe hy so koorsig was. Dan het hy altyd van Spencerbaai gepraat. Hy het iets gesê van water. Dat hy moes water hê anders sou hy sterf van dors. Verder het hy ook van 'n ongeluk gepraat. Hy het kortkort iets geprewel van die rotse wat glad was en ook iets van 'n heilige. Ek het dit maar altyd vertolk as dat hy die een of ander heilige oproep as getuie dat dit 'n ongeluk was."

"Die vuilgoed! Hy het seker die regte vader Sebastiaan se water probeer afvat en toe het hulle gestoei en het hy teen die rotse afgeval. Ons sal natuurlik nooit weet wat regtig gebeur het nie, maar dit klink vir my taamlik logies."

Louw strek hom op die sand uit.

"Ons moet maar slaap. Hoe gouer ek jou by jou bestemming kry, hoe gouer kan ek terugkom en die woestyn kom fynkam."

"Louw, los dit liewer. Jy mors jare van jou lewe, en dalk

kry jy dit nooit nie. Netnou kom jy nog op die Steinkopfs ook af en dan maak hulle jou dood."

"Gmf!" Hy gee 'n snorkie wat enigiets kan beteken en Ansa weet dat dit niks sal help om nou verder met hom te redeneer nie. Sodra hulle terug is op Lüderitz, sal sy weer probeer.

Sy gaan lê weer langs hom, maar hierdie keer 'n entjie weg van hom af. Die gemoedelikheid van vroeër is heeltemal weg en daar is nou weer 'n stywe koudheid tussen hulle. Sy teleurstelling hang soos 'n swaar, donker gordyn tussen hulle.

Sy rol rusteloos rond, hoewel ou Willemiena darem taamlik baie van die koue afkeer. Toe sy Louw se reëlmatige asemhaling hoor, skuif sy versigtig nader aan hom. Dis eers toe sy sy liggaam se hitte kan voel dat sy ook eindelik aan die slaap raak.

Dis nog donker toe Louw roer en Ansa is ook dadelik wakker. Louw steek die vuur aan met die oorblywende droë houtjies en skuif die swart gebrande keteltjie oor die vlamme. Ansa sit regop en rek haar onvroulik uit. Sy trek die vars lug diep in haar longe in en Louw loer met verwondering onderlangs na haar. Dit lyk sowaar asof sy gelukkig is! Kyk net met hoeveel genot asem sy die fris oggendlug in.

"O, kyk daar! Die son . . . is dit nie pragtig nie?" Ansa wys na die oosterkim waar die son die swart naghemel skaamrooi verkleur. Louw draai om en kyk ingedagte daarna.

"Ja . . . 'n mens vergeet hoe mooi dit is. Wanneer jou hart so vol haat is soos wat myne die afgelope ruk was, mis 'n mens baie dinge."

"Ek dink nie daar is nog 'n plek in die wêreld waar die son soggens so mooi is soos hier in die woestyn nie." Ansa strek haar arms bokant haar kop en wikkel haar skouers.

Sy trek die swart nonnegewaad uit, vou dit op en druk dit terug in haar sak.

"Ek is darem so bly dat jy my ou sak in die hande gekry het, Louw. Weet jy, alles wat ek op hierdie aarde besit, is in hierdie ou sak."

Sy streel liefderik oor die verslete sak en Louw skud sy kop ongelowig. Hy kan nie glo dat 'n mens so dankbaar kan wees vir so 'n armoedige erfenis nie.

"Wat het toe van vader Sebastiaan se goed geword? Is dit nog op Meob of het suster Theresa dit saamgevat Lüderitz toe?"

"Dis nog daar op Meob, maar daar was nie veel nie." Ansa kyk na Louw en dis asof sy weet wat in sy kop aangaan.

Hy skink vir hulle koffie en hou die een beker na haar toe uit.

"Louw, ek sal saam met jou teruggaan Meob toe. Dit gaan jou te lank ophou om my eers terug te neem."

"Nee! Jy moet nou uit hierdie woestyn kom, voordat ek jou dood op my gewete het."

"Maar ek wil graag saam met jou gaan. Ek voel gemeen omdat ek jou so misbruik het."

Om Louw se mond huiwer 'n skewe glimlag.

"Ek was gisteraand baie teleurgesteld en ek het lus gehad en gooi jou vir die jakkalse. Maar hoe meer ek daaroor nadink, hoe meer besef ek dat dit die beste was. Anders sou ek nooit geweet het dat Braam Venter regtig dood is nie. Ek sou maar bly soek het."

Ansa oordink sy woorde en glimlag stralend van dankbaarheid.

"Dankie, Louw. Ek is so baie aan jou verskuldig. Ek het baie sleg gevoel, en as dit my skuld moes wees dat jy alles verloor het . . . dan sou ek nie met my gewete kon saamleef nie."

Die son se kop verskyn versigtig in die ooste, en dan kruip die goue bal vinnig onder sy komberse uit totdat hy groot en vrolik in die lug hang.

Louw kom sit op sy hurke skuins voor Ansa.

"Ek wil hê jy moet goed nadink oor alles wat Braam Venter gesê het. Elke woord. Elke gebrabbel terwyl hy koors gehad het. Sodra jy iets onthou, hoe onsamehangend ook al, moet jy my daarvan sê!"

Ansa se glimlag is oop en daar is vanoggend 'n ongekende vrolikheid in haar binneste. Iets wat haar wil laat skaterlag en vrolik ronddans.

Sy blaas die swart koffie koud en 'n plooitjie keep tussen haar oë soos sy probeer onthou wat vader Sebastiaan alles gesê het.

"Ek sal begin by die dag waarop hy daar aangekom het. Ons het hom sien aankom en uitgegaan om hom te ontmoet. 'n Mens kon sien hy het seergekry en suster Theresa het nader gehardloop. Ons het hom in vader Ferdinand se kamer ingedra . . ." Ansa se stem bly op een toonhoogte terwyl sy elke liewe besonderheidjie in haar gedagtes oprakel.

Hul bekers raak leeg en Louw deel die laaste bietjie koffie in die keteltjie vir hulle terwyl Ansa nog woorde en insidente uitgrawe en oopvlek.

Louw luister aandagtig, maar niks in haar vertelling kan vir hom 'n leidraad gee nie. Braam Venter se gemompel oor Spencerbaai en die heilige moes maar net met die regte vader Sebastiaan se dood te doen gehad het. Dit het seker swaar op sy gewete gerus.

Toe Ansa van vader Sebastiaan, soos sy hom maar bly noem, se laaste oomblikke vertel, is haar oë skielik vol trane.

"Ek wonder –" begin sy, maar Louw val haar onverwags in die rede.

"Jy sê suster Theresa was meestal by hom? Sou hy nie dalk vir háár gesê het nie?"

Ansa byt op haar lip en haar oë blink bekommerd.

"Ek ... e ... sal nie graag wil hê dat sy moet weet dat hy nie die regte vader Sebastiaan was nie."

"Nou hoekom op aarde nie?"

"Ag ..." Ansa is nie baie lus om vir Louw te vertel dat vader Sebastiaan op sy sterfbed 'n liefdesverklaring aan suster Theresa gedoen het nie. Sy het egter geen ander keuse nie.

Met neergeslane oë vertel sy van vader Sebastiaan se laaste woorde.

"Verstaan jy? Ek voel dat suster Theresa nie nodig het om te weet nie. Laat sy maar dink dat dit regtig vader Sebastiaan was. Ons kan tog met sekerheid aanneem dat dit sy lyk is wat daar op Spencerbaai is."

"Ja, dis seker maar goed so. Ons kan darem nie toelaat dat sy uitvind dat haar enigste liefdesverklaring van die grootste skurk in die hele Suidwes gekom het nie."

"Skaam jou, Louw. Suster Theresa is 'n wonderlike mens, en ek is soveel aan haar verskuldig; ek wil haar maar net nie seermaak nie."

"Dalk het Braam Venter vir haar die diamante gegee, en sy weet dit nie eens nie." Louw gooi die koffiemoer op die sand uit en skop dit met sy voet toe.

"Nee, hy het niks vir haar gegee nie. Net die houtkruisie wat om sy nek gehang het. Daarin kon hy tog niks versteek het nie." Ansa is baie seker van haar saak.

"Ja, dis seker soos jy sê."

Ansa staan ook op en skud haar beker uit. Sy druk dit in die sak en skop die kole met haar voet toe.

"Hy het nie die diamante by hom gehad toe hy op Meob aangekom het nie. Hy het dit iewers versteek. Ek is seker daarvan. Hy was nog by sy volle positiewe en hy was seker slim genoeg om te weet dat hy nie die goed by hom kon hou terwyl hy siek was nie. Dan is 'n mens te afhanklik van ander."

Louw sug en maak die vrag goed op Willemiena se rug vas. "Ons sal in elk geval by suster Theresa 'n paar dingetjies te wete moet kom. Ek sal dit maar aan jou oorlaat om dit so diplomaties moontlik te doen. Anders sal ek dit self moet doen as jy nie kans sien nie." Louw weet baie goed dat Ansa dit maar sal doen, of sy nou wil of nie. Suster Theresa lê haar baie na aan die hart.

Hy vat Willemiena se leisels en Ansa val langs hom in. Hulle stap reg oos en Ansa weet nou nie meer waarheen hulle gaan nie. Dit kan Lüderitz toe of terug Meob toe wees.

"Louw . . . dink jy die Steinkopfs sal my weer kom soek?" Sy klink so bang en verlore dat hy nie kan help om te lag nie.

"Dit sal jou verdiende loon wees. Ek het in my lewe nog nie 'n non teëgekom wat so kan jok soos jy nie."

Ansa lag sag. "Die helfte is jou nog nie eens vertel nie."

Toe Louw die glinstering in haar oë sien, vertrek sy mond in 'n breë glimlag.

"Moenie vir my sê daar is nog nie! Waar gaan die wêreld tog heen as die nonne al sulke goed doen!"

Die sand is dik en sag en Ansa struikel effens soos sy probeer byhou. Louw steek sy hand uit om haar te keer, en dan skuif haar hand in syne met 'n kinderlike vertroue wat 'n warm gevoel in Louw laat opstoot.

Sy vingers krul om hare en Ansa se hart raak wild aan die klop. Skaam ontwyk sy sy oë. Met haar hand so styf in syne sien sy selfs vir die Steinkopfs ook kans. Hulle stap 'n lang ruk in stilte voordat Ansa weer praat.

"Gaan ons nou terug Meob toe?"

"Ek weet nie. Ek het nog geen plan nie. Dit voel so sinloos om terug te gaan Meob toe. Waar begin 'n mens soek?

Jy sê dan dis nie daar nie. Alle spore het Meob toe gelei en dit was toe op die ou end ook heeltemal korrek. Daar is egter 'n yslike verskil tussen soek na 'n mens en soek na 'n sakkie diamante."

"Ek wens regtig ek kan jou help."

"Sou jy regtig, Ansa?"

"Wat?"

"My help soek het na die diamante, ná alles wat jy al deurgemaak het?" Die vreemde, teer klank is weer in sy stem en dit bring 'n blos op haar wange.

"Ja, ek sou. Dit sal jou weer gelukkig maak. Jy sal dan weer jou plaas hê. Dan sal jy weer 'n heel mens wees. Een sonder haat."

Louw gaan staan en kyk af in die onskuldige gesiggie wat nou vraend na hom kyk.

"Jy is 'n vreemde entjie mens, suster Ansa van Meob."

Daar is iets oneindig teer in sy oë en sy kry weer daardie lam gevoel op die krop van haar maag wat stadig afsak na haar knieë toe.

"As ek nou na jou kyk, kan ek nie dink dis dieselfde mens wat die eerste dag so stadig en statig uit die ou houtkerkie gekom het nie. Kyk net hoe lyk jy nou! Suster Theresa sal van skrik 'n hartaanval kry as sy moet sien hoe lyk haar ou lammetjie."

Ansa kyk af na die groot broek wat diep voue om haar middel maak en die hemp se skouers wat amper op haar elmboë hang en sy giggel verspot.

Die lag kruip in Louw se oë en hy vee met sy vinger oor die punt van haar neus.

"Ek moet sê, ek hou nogal meer van jou in jou woestynklere. Dit laat jou meer na 'n gewone mens lyk. Iemand met wie 'n mens kan lag en gesels en kan . . ."

Ansa lag saggies. "Hoekom sê jy nie liewer iemand met wie jy kan baklei nie?"

482

Louw vat Willemiena se teuels weer vas en met sy hand nog in hare gevleg, stap hulle aan.

"Hoekom trou nonne nie?" Hy vra die vraag so onverwags dat dit haar 'n oomblik onkant betrap.

"Wel . . . dis hulle geloof. Hulle glo dat hulle met die kerk getroud is. Hulle wy hulle geheel en al aan God."

Louw antwoord nie en namate dit warmer raak, word daar min gesels.

Ansa raak teen die middag bewus daarvan dat sy makliker loop.

Hulle is dus uit die sanderige woestyn uit en die grond is nou harder en klipperiger. Sy gaan staan stil en loer onder die rand van haar hoed uit om beter te kan sien. "Ons is uit die sand uit." Sy sê dit met verwondering en Louw lag net.

"Sien jy kans om nog aan te gaan? Jy kan nou op ou Willemiena ry. Ons behoort vanaand by water te wees. Ons beweeg nou reg oos. Ek sal jou 'n slag by 'n plaashuis moet kry, want jy het 'n ordentlike bord kos nodig. Jou twee oë is al so groot soos pierings."

Ansa skerm met haar hand voor haar oë en loer op na hom toe. Sy glimlag stadig en dit laat die groot Louw Greyling se hart wild te kere gaan. Die klein nimf met die stowwerige hare en klere maak sowaar iets sags en teers in hom wakker.

"Jy verdien ook teen dié tyd 'n ordentlike bord kos. Wanneer laas het jy goed geëet?"

Louw dink kastig diep na en skud dan sy kop. "Toe ek 'n seuntjie was." Hy steek sy hande uit en tel haar sonder inspanning op Willemiena se rug.

Die moegheid wieg stadig uit Ansa se liggaam. Ou Willemiena se rug voel soos 'n verebed. Sy wens Louw kan ook 'n bietjie saam met haar ry. Dan kan hy sy arms om haar sit sodat sy met haar kop teen sy breë bors kan leun.

Hulle kom eers teen laatskemer by die water en soos al die vorige aande eis die moegheid vroegaand al sy tol.

Die dae raak lank en warm. Hulle gesels raak al minder en so af en toe as sy nog iets onthou wat Braam Venter gesê het, vlam daar weer 'n sprankie hoop op, maar dit raak ook skraler.

Ses dae lank beweeg hulle al oos. Hulle het die woestyn verlaat en kronkel nou tussen die klipkoppe en begroeide duine deur.

Water raak volopper en Louw het twee dae gelede vir hulle 'n springbokkie geskiet. Die pas is nie meer so moordend nie. Hulle kom smiddae vroeg tot rus en Ansa weet dat Louw dit ter wille van haar doen. Een namiddag kom hy skielik onder 'n groot boom tot stilstand.

"Agter daardie rots is 'n heerlike fontein. Ons gaan vandag vroeg halt roep."

Ansa se oë begin skitter.

"Regtig, Louw! Kan ek maar bad ook?"

"Jy kan maar bad ook. Onthou jy egter wat verlede keer gebeur het toe ons so lank by die water gestaan het?"

"Maar dink jy hulle sal ons nog steeds agtervolg?" Ansa se stem is skielik sommer weer vol vrees.

Louw lag sag. Hy wou haar darem nie skrikmaak nie.

"Nee wat, ek dink nie so nie. Ek sal maar nie te ver van jou af weggaan nie. Dit lyk my jy beland te maklik in die moeilikheid as ek nie by is nie."

Ansa kyk weg. As hy net moet weet hoe waar dit is! As hy moet weet dat haar hart hom smeek om naby haar te bly, sal hy hom doodlag.

'n Uur of wat later sit sy onder die boom met haar nonnegewaad aan. Haar ander klere lê oopgesprei op die rotse om droog te word.

Louw bad luidrugtig agter die rots. Hy blaas soos 'n jong seekoei en Ansa glimlag.

Sy leun met haar rug teen die boom en trek haar sak nader. Hierdie afgelope paar dae was dit nie altyd geleë om Bybel te lees nie. Vandag wil sy sommer lees totdat dit te donker word om verder te lees.

Sy haal die Bybel uit en dit val vanself weer by die flaminkveertjie oop. Sy kyk na die Bybel op haar skoot. Sy het al vir Louw gesê dat sy dit by vader Sebastiaan gekry het. Hy het die Bybel uitgehaal en fyn bekyk, asof hy die diamante daar wou uithaal.

Dit was blykbaar regtig vader Sebastiaan se eiendom, want sy naam staan voorin. Dit moet natuurlik sy kosbaarste besitting gewees het. Sy sal op Lüderitz gaan vasstel waar sy mense is en dit vir hulle stuur.

Louw kom om die rots gestap. Sy bolyf is kaal en die spiere speel onder sy brons vel. Ansa voel hoe die bloed in haar wange opstoot. Hy lyk so groot en manlik.

Hy kom tot stilstand en kyk skewekop na haar in haar swart-en-wit nonnegewaad.

"Ek het al vergeet hoe jy in daardie ding lyk. Jy lyk vandag heel vreemd."

"Is dit nie maar net omdat ek skoon is dat ek vreemd lyk nie? Kyk, selfs my hare lyk anders."

Louw grinnik net en gaan sit eenkant op die rots.

Ansa lees weer die deel oor die Kanaänitiese vrou en druk dan met haar vinger op die plek terwyl haar gedagtes dwaal. Braam Venter, of soos sy aan hom dink, vader Sebastiaan, het saans ernstig en met konsentrasie geluister as sy vir hom uit die Bybel voorgelees het.

Toe sy die stukkie van die Kanaänitiese vrou die derde keer gelees het, het hy stil geglimlag en sy stem was begrypend toe hy met haar praat.

"Jy is lief vir daardie stukkie in die Bybel. Hoekom?" Sy

485

onthou nog dat sy gelag het en eers diep daaroor nagedink het.

"Ek weet nie . . . Ek voel altyd so een met die vrou. Sy is soos ek. Ons is maar te dankbaar vir die krummels wat van die ander se tafel afval."

Vader Sebastiaan het die veertjie waarmee sy gesit en speel het, gevat en dit toe tussen die bladsye ingesit.

Ansa sug liggies. So is nog 'n droom aan skerwe. Dis vir haar so swaar om te aanvaar dat die dierbare vader Sebastiaan in werklikheid so 'n groot skurk was.

Haar oë volg werktuiglik die kort reëls en sy lees tot aan die einde van die bladsy. Haar blik verskuif na die volgende bladsy.

'n Maansieke kind word gesond gemaak.

Sy frons. Sy ken tog hierdie stukkie al uit haar kop uit. Waar is die deel waar Jesus vir die vrou sê dat dit nie mooi is om die brood van die kinders te neem en dit vir die hondjies te gooi nie?

Sy lees weer die laaste paar reëls op die vorige bladsy en die frons tussen haar oë word dieper. Sy staar dom na die Bybel. Hoe kan die woorde dan nou skielik anders wees? Dis tog die regte hoofstuk. Haar blik dwaal na die regterkantste bladsy. Hier is iets vreemds aan die gang. Sy kyk na die bladsynommers. Hier is sowaar 'n bladsy uit die Bybel geskeur! Dis egter so netjies gedoen dat 'n mens dit nie sommer sal opmerk nie. Die veertjie! Die veertjie wat vader Sebastiaan self op hierdie spesifieke plek gesit het.

"Louw! Louw, kom kyk hier!"

14

"Jy sê hy het self die veertjie op hierdie plek ingesit?"

"Ja, ek sê mos so!"

Louw sak op sy knieë langs haar neer.

"Vertel weer vir my die storie van voor af. Ek is seker daarvan dis die sleutel tot die geheim."

Ansa kan die opgewondenheid in hom aanvoel en geduldig vertel sy weer alles van voor af.

"Dan beteken dit iets. Hy het geweet dat jy weer daardie stuk sal lees, en jy ken dit en sal weet daar skort iets. As ons die uitgeskeurde bladsy kan kry, behoort ons die geheim te kan ontrafel."

Hy gryp die Bybel van haar skoot af en skud dit heftig.

"Nee!" keer sy vinnig. "Jy sal dit skeur. Dit sal nie hierin wees nie, want dan het hy mos nie nodig gehad om die bladsy uit te skeur nie."

Stadig verlaat die opgewondenheid hulle toe hulle besef hoe groot hierdie wêreld is en hoe klein die stukkie papier is waarna hulle soek.

"Louw . . ." Ansa se oë blink. "Dit . . . die bladsy kan net op Meob wees. Ek het hierdie stukkie nog die aand voor sy dood vir hom gelees. Dit was die aand toe hy die veertjie hier ingesit het. Dit kan ook net in sy kamer wees. Hy was te swak om op te staan en iewers heen te gaan."

"Sodra ek jou by mense gekry het, gaan ek terug Meob toe."

Daar is skielik weer moed en 'n lus vir die lewe in Louw se oë en dit bring 'n warm gevoel in Ansa se hart.

"Louw . . ." Sy lê haar hand op sy arm. "Rus eers ordentlik en gee vir ou Willemiena ook 'n kans om uit te rus."

Hy glimlag skeefweg en daar is 'n sagtheid in sy oë.

"Is jy tog nie bekommerd oor my nie?"

"Ja, ek is." Sy kyk hom reguit aan en dit laat die bloed wild deur Louw se are bruis.

Hy maan homself tot kalmte. Hy moet ophou om sulke gedagtes te koester. Nonne mag nie trou nie. Die afskeid gaan net bitter moeilik wees, want of hy dit nou wil erken of nie: hierdie meisie het die afgelope weke baie diep in sy hart gekruip.

Hy probeer die gesprek op 'n ligter noot kry.

"Dis maar moeilik om te glo, want eers wou jy my met alle geweld uit die weg ruim!"

Ansa is sommer hewig ontsteld. Hy weet tog dat sy lankal nie meer so voel nie.

Sy spring op en gaan staan met haar rug na hom toe sodat hy nie die verspotte trane in haar oë moet sien nie. Sy snuif egter hard en vee met die agterkant van haar hand oor haar oë.

"Ansa?" Sy hande kom rus sag op haar skouers en dan trek hy haar liggies teen hom aan. "Ek maak sommer 'n ou grappie. Wat is dit dan nou?"

Sy vertrou nie haar eie stem nie. Sy wil nie hê hy moet weggaan nie, nie weer die wrede woestyn in nie. Die Steinkopfs dwaal ook nog daar rond. Sy sal liewer weer saam met hom gaan. Hy moet tog net nie alleen gaan nie.

Sy leun liggies teen hom aan en voel sy warm asem in haar nek. Dit maak iets vreemds en wilds in haar wakker.

"Nou wat dan nou? Jy is mos nie so liggeraak nie."

"Nee, ek wil net nie hê jy moet weer alleen daardie wêreld ingaan nie. Ons kan net 'n bietjie rus en voorrade kry en dan . . . sal ek saam met jou gaan."

Hy trek haar styf teen hom vas en sy lippe vroetel in haar nek.

"Wil jy saamgaan om my te beskerm? Dink jy ek sal nie vir myself kan sorg nie?"

Die syerigheid van haar skoon hare bedwelm sy sinne.

Haar hare hang los en welig om haar skouers en dit ruik na son.

Haar woorde klink nou vir haar verspot en sy is sommer kwaad vir haarself én vir hom. Haar hart sal in elk geval saam met hom gaan.

"Aag!" Sy snuif en Louw lag sag agter haar.

Ansa staan doodstil in die kring van sy arms. Dis so lekker veilig hier. Sy voel so tevrede hier. Sy hoort hier. Daar het die afgelope paar dae 'n stille kameraadskap tussen hulle gekom.

Dalk sien sy hom nooit weer nie. As hy eers die diamante het, sal hy gou vergeet van hierdie klein laspos wat hom so bedrieg het.

Louw se wang rus swaar op hare en Ansa voel hoe die hoendervleis op haar arms uitslaan. Die lamheid is reeds op die krop van haar maag en die wêreld is 'n mallemeule van kleur en vrolike musiek.

"Gaan jy darem na my verlang wanneer ek weg is?" Louw se stem is hees en vol hartstog.

"Ek . . . sal jou dalk nooit weer sien nie. Jy sal heeltemal van my vergeet as jy eers die diamante het." Ansa se stem bewe en die teerheid in Louw verdring alle ander gevoelens.

Hy draai haar om sodat sy voor hom staan en lig haar gesig met sy vinger op.

"Nee, vergeet sal ek jou nooit nie, suster Ansa. Ek sal nie kan nie. Weet jy waaraan laat jy my dink?"

Sy skud haar kop ontkennend en probeer sy oë ontwyk, want hulle ontsenu haar.

"Aan 'n sandroos!"

"'n Sandroos?" Sy is opreg verbaas. "Maar 'n sandroos is pragtig! Dis so uniek! 'n Mens haal dit onder die dooie, lewelose sand uit. Niemand weet presies hoe dit gevorm word nie. Dis 'n geskenk uit die hand van die Here." Sy kan glad nie die verband tussen haar en die sandroos sien nie.

"Presies! Dis net soos jy is. Iets spesiaals wat ek hier in die barre woestyn kom kry het." Sy kop sak af, en dan rus sy lippe sag en baie teer op hare.

Met groot, onskuldige blou oë kyk sy na hom, en Louw wens vuriglik dat sy nie vandag hierdie nonnegewaad van haar aangehad het nie. In haar ou groot kakiebroek en kakiehemp kon hy dalk makliker vergeet het dat sy met haar kerk getroud is.

Hy los haar traag en staan 'n entjie weg.

"Ons kan vanaand al die oorskietkos opeet. Ons sal môre so teen die middag se kant by die Van Wyks op Springboklaagte wees."

Ansa kyk verras na hom.

"Ken jy die mense?"

"Ja, dit was ons bure. Die man het destyds my plaas gekoop. Hy het gesê ek kan dit terugkoop wanneer ek die dag weer geld het. Wonderlike mense!"

Die plaashuis is groot en hulle sien die wit mure en groen dak al van ver af. Die boer sien hulle aankom en kom met 'n uitgestrekte hand oor die werf aangestap. "Maggies, kêrel, ek was al bekommerd dat 'n strandjut jou in die hande gekry het!"

"Onkruid vergaan nie. Gaan dit goed met julle?"

"My aarde, is dit tog nie jy nie, Louw?"

Die boervrou kom nou ook vinnig aangedraf en soen Louw twee, drie keer voordat sy na Ansa kyk. Ansa stoot haar hoed terug en kyk met twee helderblou oë na die vriendelike mense. Louw staan effens opsy sodat sy kan verbykom.

"Dis suster Ansa van Meob, oom Kerneels. En dis oom Kerneels en tant Mien."

Ansa steek verleë haar hand uit om te groet. Louw verduidelik in breë trekke wie sy is, en dadelik verander Mien se houding. "Aarde, kindjie, maar kyk net hoe lyk jy! Dis net Louw se klere wat so te groot kan wees vir 'n mens."

"Sy kon nie met daardie wit-en-swart gewaad van haar deur die woestyn aansukkel nie, tannie Mien, ons moes eenvoudig 'n plan maak."

Mien lei haar huis toe en voor Ansa haar kom kry, sit sy met 'n heerlike beker koffie waarin die room goudgeel blink.

Die Van Wyks is blykbaar op die hoogte van Louw se sake en hy vertel wat alles die afgelope vier maande gebeur het.

'n Rukkie later lê Ansa in 'n heerlike bad warm water. Mien kloek soos 'n broeis hen om haar en Ansa geniet die bietjie bederf terdeë.

Toe sy 'n rukkie later in die spieël kyk, lyk sy vir haarself mooi.

"Die mans het nou al 'n donkie se kop afgesels. Kom ons gaan maak vir hulle iets om te drink." Mien stap in die rigting van waar die mans se stemme kom, met Ansa agterna.

Sy bly in die deur staan terwyl Mien in die gang af verdwyn om te gaan koffie maak.

Louw sien haar raak en sy oë bly vasgenael op die bekoorlike prentjie. As hy nou sy hand uitsteek, kan hy aan haar raak. Daar is 'n suising in sy ore.

Mien kom in met die koffie en die geselskap kry 'n ander koers. Maar dis asof Louw nie mooi hoor wat hulle alles sê nie. Sy hele wese is een groot, kloppende verlange na die vrou langs hom.

Hy maak 'n oomblik lank sy oë toe om haar beeld weg te dink. Daar skuif egter net 'n ander, bekender een in sy plek in. Een met groot kakieklere aan en 'n slap hoed wat oor haar oë hang.

Asof sy sy hunkering kan aanvoel, kyk sy hom 'n stonde lank vas in die oë.

Louw laat sy kop sak. Hy het diamante kom soek en 'n sandroos gekry. 'n Sandroos wat nou vir hom dierbaarder en begeerliker as die blinkste edelgesteentes geword het.

Hy het tyd nodig om alleen te wees sodat hy hierdie saak kan verwerk. Van hierdie drome kan niks kom nie. Hoe gouer hy die diamante kry en sy plaas kan terugkry, des te beter. Dan kan hy weer werk totdat hy saans te moeg is om aan twee helderblou oë te dink.

"Ek wil so gou moontlik Meob toe gaan, oom Kerneels. Ek laat net vir Willemiena so 'n bietjie rus." Louw se stem dring deur Ansa se verwilderde gedagtes.

Daar was nou net iets in sy oë, 'n hunkering wat haar lam laat voel het.

"So gou al, Louw? Rus eers, man. As ek die storie reg verstaan, weet niemand anders van hierdie ding nie."

"Ek is haastig, oom Kerneels. Weet Oom nie waar Tjai is nie? Hy kan saam met my gaan."

"Tjai is nog steeds op jou plaas. Hy kyk maar vir my daar na die dinge. Ek sal hom laat roep as jy hom wil hê."

"Asseblief, oom Kerneels. As dit moontlik is, wil ek oor twee of drie dae weer in die pad val."

Hy kyk vinnig na Ansa toe sy haar asem skerp intrek.

"Ek het met oom Kerneels-hulle gereël. Hulle gaan volgende week Lüderitz toe en sal jou saamvat. Dit sal darem nie so 'n vermoeiende reis wees nie."

Ansa glimlag stram in Kerneels se rigting en mompel 'n dankie, maar haar verstand huil oor haar liefde wat sy hier sal moet groet.

Mien bederf haar en Louw en kook die heerlikste kos, maar vir Ansa is dit nie eens lekker nie. Haar hele wese smag na Louw en wil ineenkrimp van kommer as sy daaraan dink dat hy wil teruggaan Meob toe.

Die paar dae vlieg verby en toe is dit tyd vir Louw om te vertrek. Tjai het glimlaggend op die plaas aangekom en is oorgehaal vir die tog. Louw spreek met Mien af om die volgende oggend vroeg te vertrek.

Die aand ná die ete onttrek Mien en Kerneels hulle vroeg aan die geselskap, want hulle kan aanvoel dat die twee jong mense nog baie vir mekaar te sê het.

Louw staan van die stoepmuurtjie af op en hou sy hand na Ansa uit.

"Kom ons gaan stap tot daar by die dam. Dis dalk die laaste keer dat ons die geleentheid het."

Sy hand sluit om hare toe hulle in die voetpaadjie afstap en Ansa se keel is so dik van die trane dat sy te bang is om te praat.

"Louw . . . jy sal versigtig wees, nè? Ek . . . is so bang."

"Waarvoor is jy bang?" Sy stem is tergerig.

"Netnou kry die Steinkopfs jou daar."

"Die Steinkopfs moet pasop dat ek húlle nie daar kry nie! Ek het nog 'n appeltjie met hulle te skil." Ansa is sommer vies toe sy die lag in Louw se stem hoor.

"Dis niks om oor grappies te maak nie. Hulle is slu, hulle sal jou onverhoeds probeer betrap."

"Tjai gaan saam. Tjai ruik die vyand uit voordat die vyand self weet waar hy is. Hy ken die woestyn asof hy elke sandkorrel op sy plek neergesit het."

Ansa sug net en die kommer wil maar nie heeltemal wyk nie.

"Dit lyk byna asof jy regtig bekommerd is oor my."

"Maar ek is! Regtig, ek is. Ek is soveel aan jou verskuldig. As dit nie vir jou was nie, was ek nou net 'n bondel spierwit gebleikte bene in die woestyn."

Louw trek haar skielik in sy arms in en druk haar kop teen sy bors vas.

"Jy moenie sulke dinge praat nie. Ek wil nog altyd vir jou sê hoe jammer ek is dat ek daardie eerste ruk op Meob so wreed teenoor jou was." Sy stem is gesmoord en sy groot hand vryf liggies oor haar sagte, syagtige hare.

"Dit was alles my skuld. Ek was ook maar 'n moeilike entjie mens."

Hy lag sag.

"Ek het darem vergoeding geëis daarvoor."

Sy bloos bloedrooi en is dankbaar vir die donker toe sy aan die dag daar op die strand dink toe sy met haar onderrok aan weggehardloop het. Sy soen was hard en ongevoelig, maar sy kan nog die intensiteit daarvan oproep.

Sy staan sommer weg uit die kring van sy arms en keer haar rug op hom.

Louw kom staan langs haar en steek sy hand na haar uit. Hy trek dit egter stadig terug. Hy sal moet leer dat daar vir hulle twee geen toekoms saam is nie.

Ansa sug liggies. Sy verstaan haarself nie. Sy wil hê Louw moet haar in sy arms neem en styf teen hom vasdruk. Hy moet haar wild en onbeheers soen. Hy moet haar vashou en haar nooit, nooit weer laat gaan nie. Sy kan haar nie iets wonderlikers indink nie. Met bewende hande vee sy die hare uit haar gesig.

Vandat hulle op die plaas aangekom het, het Louw sy baard geskeer en is hy altyd netjies en skoon en baie, baie aantreklik. Hy is net stiller die afgelope drie dae en dit verwar haar. Vandat sy baard af is, kan sy ook sien dat hy heelwat jonger is as wat sy aanvanklik gedink het.

Sy draai na hom toe en daar is onverbloemde hartseer in haar oë. Sy steek haar hande uit en slaan dit om sy nek en druk 'n oomblik lank haar kop in sy nek vas.

"Jy moet versigtig wees, Louw. Jy . . . moet terugkom."

Sy versmoor die snikke deur haar mond vinnig op syne te druk. Voordat Louw nog sy arms om haar kan kry, staan sy weg van hom af.

Sy hand kom rus onder haar ken en sy stem is sag en baie teer.

"Tot siens, suster Ansa. Ek sal jou kom opsoek wanneer ek weer op Lüderitz kom."

"Ja . . . jy moet. Jy moet vir my kom sê of jy toe die diamante gekry het."

Hy soen haar liggies en vat dan weer haar hand toe hulle terugstap.

By die deur hou hy haar teë. "Tot siens, suster Ansa. Ek . . . sal hierdie tydjie altyd onthou."

Sy draai vinnig om en hardloop by die deur in. Sy sien vir haarself geen toekoms sonder hom nie. Die lewe lyk skielik so vaal en leeg vorentoe.

15

"Ek is darem so dankbaar dat jy veilig is, kind!" Suster Theresa steek haar hand uit en dadelik vleg Ansa se vingers deur hare.

"Ek ook, suster Theresa. Ek was so bang dat ons mekaar nooit weer gaan sien nie." Sy gee haar hand 'n drukkie. "Maar dit het ons seker al twintig keer vir mekaar gesê hierdie afgelope tien dae."

Suster Theresa lag, maar moet dan vinnig vorentoe sit toe 'n hoesbui haar oorval.

"Ja, maar dit bly nog vir my 'n wonder." Suster Theresa is effens kortasem ná die hoesbui, maar die dankbaarheid straal uit haar uit. "Ek kon my oë nie glo dat jy hier is en dat jy so goed lyk nie."

Ansa glimlag teer. Sy het al drie of vier keer vir suster Theresa die hele reis van Meob af tot op Springboklaagte en daarvandaan Lüderitz toe beskryf.

Dis egter asof suster Theresa nog steeds na die storie ágter die storie soek. Ansa het net die deel van vader Sebastiaan verswyg. Vir alle praktiese doeleindes het hy en Braam Venter plekke omgeruil. Watse verskil maak dit tog? Hulle is albei dood.

Die feit dat Louw terug is Meob toe, het sy ook vir die suster vertel. Maar die leidraad wat hom daarheen gelei het, het sy so 'n klein bietjie verdoesel.

Ansa skink vir hulle tee. Suster Theresa ontvang hare dankbaar en sak dieper weg in die diep leunstoel.

Die kerk en die woonvertrekke is alles saamgegroepeer en hier waar hulle is, vorm die eenheid 'n binnehof waar pragtige plante die grys mure 'n bietjie opvrolik. Met die mure wat die wind keer, floreer hulle hier.

'n Klokkie verder in die gebou af klingel en Suster Theresa draai haar kop om beter te kan hoor.

"Ek sal gaan kyk. Suster kan maar bly sit."

Ansa stap oor die plaveiklippe en verdwyn by die deur in. Haar bont romp swaai los om haar bene en laat haar jonk en pragtig lyk.

Die polisieman is heeltemal tuis in hierdie omgewing en is al halfpad deur die vertrek toe Ansa inkom.

"Môre, Ansa. Is suster Theresa hier?"

"Ja, Kurt, hier buite in die binnehof. Ons drink tee, jy is net betyds."

Ansa wag vir hom, en al geselsend stap hulle na suster Theresa toe.

Kurt Krüger was lid van die patrollie wat op Meob aangekom het en vir suster Theresa veilig hierheen gebring het. Dis egter eers toe Ansa in lewende lywe hier aangekom het dat suster Theresa vir hom die hele storie vertel het.

Ansa glimlag. Kurt was tot in sy wese geskok. Sy ervaar weer die lekker warm gevoel om haar hart toe sy aan sy woorde dink nadat sy hom háár deel van die storie vertel het.

"Jy kan baie gelukkig wees dat Louw Greyling eerste daar aangekom het. Hier is 'n paar nare karakters wat na Braam Venter soek."

"Ken jy dan vir Louw Greyling?" het sy gevra.

"Ja, ek ken vir Louw Greyling, en juis daarom is ek bly ek is nie Braam Venter nie. Hy sou nie opgehou het met soek nie, al het dit ook jare geduur. Maar nou ja, ek sou ook seker maar so gevoel het as dit mý erfporsie was wat iemand gesteel het."

Sy onthou ook hoe ontsteld hy was toe sy hom van die Steinkopfs vertel het. Hy het behoorlik tot op die punt van die stoel geskuif en Ansa moes elke voorval haarfyn beskryf voordat hy tevrede was.

Van die uitgeskeurde Bybelbladsy het sy niks gesê nie. Suster Theresa was by en sy kon dit nie voor haar sê nie, omdat sy nie daardie deel van die storie ken nie.

As Louw die diamante kry, kan hy maar vir Kurt die hele waarheid vertel en net vra dat hulle niks aan suster Theresa moet sê nie. Sy het maar net gesê dat Louw reken die diamante is tog maar iewers op Meob versteek en dat hy weer daarna gaan soek.

Kurt het fyn geglimlag en sy kop geskud.

"Wel, as Louw reken dis daar, sal ek my beste uniform verwed dat dit so is. Hy is te koelkop om sommer op loop te raak oor 'n ding."

Kurt het gereël dat hulle alle verdere ondersoeke na Braam Venter aflas. Die polisie glo ook dat dit Braam Venter se oorskot is wat op Spencerbaai tussen die rotse lê en hulle het reeds mense gestuur om dit te gaan haal.

"Môre, Kurt. Kom sit, kind," groet suster Theresa

vriendelik. "Ansa, gaan haal tog vir Kurt ook 'n koppie."

Ansa is gou terug en dis eers toe Kurt met sy koppie tee terugleun dat hy met die doel van sy besoek vorendag kom.

"Ek het grusame nuus . . ." Hy sien die skrik op Ansa se gesig en gaan vinnig voort. "Wat darem nie vir julle sulke slegte nuus sal wees nie, aangesien . . ." Kurt voel 'n gek en hy begin stotter. Suster Theresa en Ansa kan 'n mens altyd met sulke eerlike oë aankyk en 'n mens weet nooit hoe hulle op so iets gaan reageer nie.

"Wel, sien, dis die Steinkopfs. Hulle het dit toe nie gemaak nie. Die woestyn het weer twee slagoffers geëis. Die polisie wat na Braam Venter se oorskot gaan soek het, het hulle ook daar naby gekry."

"Ag nee! Is hulle . . . dood?"

Kurt knik net en Ansa kan nie help om haar hand ontsteld oor haar mond te druk nie. 'n Mens wens nie eens jou grootste vyand só 'n dood toe nie.

"Is hulle geskiet?" Suster Theresa vra die vraag met ontsteltenis in haar stem.

"Nee, suster Theresa, die woestyn was te veel vir hulle. Hulle moet verdwaal het en hul water het opgeraak."

"O, maar dis vreeslik!"

Ansa is werklik ontsteld en Kurt glimlag begrypend. Dis hoekom hierdie twee altyd vir hom 'n raaisel is. Selfs die persoon wat hulle die grootste leed aangedoen het, kan aanspraak maak op hul deernis en jammerte.

"Ek het gedink ek kom sê maar gou, want ek het al gesien dat Ansa skoon bevrees raak wanneer 'n mens net hul name noem."

Ansa glimlag hartseer. Die verlange na Louw is groter as die vrees. Dit maak van haar 'n leë mens en oorheers haar hele wese.

Lank nadat Kurt al weg is, bespiegel sy en suster Theresa nog oor die gebeurtenis. Teen skemer gaan stap sy langs die strand. Daar is tog 'n bevryding in haar. Die vrees dat hulle weer na haar sal kom soek, het maar gedurig op die agtergrond gehuiwer, en Louw is nie eens hier naby nie.

Sy wonder of hy al terug is op sy plaas en of hy toe die diamante gekry het. Hy sal natuurlik nie nou al Lüderitz toe kom nie. Daar sal seker 'n duisend en een dinge wees wat hy eers wil doen.

Sy buk by 'n poeletjie en kyk na die vissies wat doodluiters in die bietjie water rondswem. Kalm en rustig wag hulle maar op hoogwater om hulle weer die diepsee in te dra waar hulle vry en ongebonde kan wees.

Sy wens sy kon ook so rustig en kalm wees en toelaat dat môre sy eie sorge en vreugde bring.

Haar wange is rooi van die koue seewindjie toe sy teen amper donker eers terugstap.

Arme suster Theresa. Die ontberings en die koue nagte het sy tol geëis. Sy het 'n nare griep opgedoen tydens hulle tog hiernatoe en sy kry dit nie afgeskud nie. Haar bors bly seer en rou. Sy het vir Ansa baie agteruitgegaan, sy het werklik geskrik toe sy haar sien.

Ansa maak vir hulle lekker sop vir aandete en toe suster Theresa al in die bed is, gaan sit sy 'n bietjie by haar en gesels.

"Ons sal seker die een of ander tyd oor my toekoms moet gesels, suster Theresa. Ek sal nie veel langer hier kan bly nie."

"Dis nie nodig om nou al haastig te raak nie. Dis so lekker om jou hier te hê. Jy moet buitendien eers 'n bietjie rus."

"Ek is nie so haastig nie, en ek sal graag bly totdat suster eers heeltemal gesond is, maar ons moet solank begin planne maak."

Suster Theresa glimlag begrypend en laat rus haar hand teen Ansa se wang.

"Ek sal môre skryf. Ek ken die matrone van die hospitaal in Windhoek. Ek het destyds daar van Meob af vir haar geskryf en sy het gesê dat ek haar moet laat weet wanneer jy gereed is."

"Dankie, suster Theresa. Dit sal my goed doen om 'n slag hard te werk. Ek moet sommer saans te moeg wees om nog aan ander goed te dink."

Die wyse ou oë is sag toe sy na Ansa kyk.

"Jy het lief geword vir hom, nie waar nie, kind?"

Ansa kyk na hul hande wat ineengestrengel op die wit deken lê. Sy knik, en onverwags loop daar twee blink trane oor haar wange.

"Ek . . . weet nie hoe dit gebeur het nie. Toe . . . ek maar weer voel, toe . . . is dit so. Toe het hy reeds in my hart ingestap met sy vuil, stowwerige stewels en sy swart baard." Sy glimlag hartseer en suster Theresa hou haar arms oop sodat Ansa styf teen haar bors kan aanleun.

"My arme, arme kleintjie! 'n Mens weet nooit wat jou vorentoe beskore is nie. Dalk . . . is jul name langs mekaar in die Groot Boek opgeskryf . . . dan sal niks julle van mekaar kan weghou nie."

Ansa sit terug en vee die trane met die rugkant van haar hand af.

"Nee wat, suster. Vir die Ansas van hierdie lewe is daar net so af en toe 'n paar krummels onder die tafel. Partykeer, soos nou, laat val die kinders nie eens die krummels nie."

Suster Theresa skud haar kop.

"So ken ek darem nie my ou meisietjie nie. Onthou jy nie hoe jy altyd gedroom en gefantaseer het nie? Jy kon van 'n boomstomp 'n koets maak. Van gedroogde perskes en vla kon jy aarbeie en room maak. En my ou sluier . . . dit was jou bruidsluier."

Ansa glimlag deur die trane.

"Dit was mooi dae, suster Theresa. Jy is die beste ding wat ooit met my kon gebeur het. Ek . . . is so lief vir jou." Sy druk 'n soen op die sagte wang en nou huil suster Theresa onbeskaamd.

"En jy, Ansatjie, is 'n heel broodjie wat die kinders per ongeluk laat val het. En ek was so gelukkig om eerste daarop af te kom."

Ansa raak verleë en die hartseer wil haar versmoor toe sy dink dat sy nog van hierdie dierbare mens ook moet afskeid neem.

"Ek gaan maak gou vir ons tee." Op hierdie oomblik ontbreek woorde geheel en al om die liefde in haar hart oor te dra.

"Ja, gaan maak liewer vir ons tee. Ons is nou soos twee groot babas. Ek is so tranerig van dankbaarheid vandat jy terug is."

Hulle drink tee in gemaakte lighartigheid, maar elkeen is in haar hart tog ontsteld en onseker oor die toekoms.

Die volgende oggend is suster Theresa sommer olik. Teen tienuur tree Ansa egter beslis op en boelie haar tot in die bed.

"Suster sal só nooit gesond word nie. Ek gaan vir suster Erica haal om vir suster 'n inspuiting te kom gee. Ons moet nou daardie griep se nek breek."

Suster Theresa laat haar maar begaan en kort voor lank lê sy onder die spierwit lakens.

Ansa gaan maak vir hulle tee en toe sy met suster Theresa s'n inkom, is sy vas aan die slaap. Sy draai saggies om. Die dierbare mens het die slaap nodiger as tee; sy sal later vir haar vars tee maak.

Ansa gaan haal die gietertjie. Sy sal solank die plante in die binnehof natgooi. Sy het een van haar nuwe rokkies aan wat suster Theresa vir haar gekoop het. Dit het 'n pragtige, bloedrooi romp met 'n breë wit soom. Die rok is wyd en swaai los en vrolik om haar kuite. Die wit bostuk het kort pofmoutjies en 'n ronde hals wat ingetrek is en los en pofferig om haar skraal lyfie sit. Met sandale aan haar voete wek sy die indruk van 'n sigeunerin. Was dit nie vir die bruin hare wat los om haar skouers hang en die helderblou oë nie, sou 'n mens maklik so 'n oordeelsfout kon begaan.

Ansa sing saggies, maar haar stem klink vir haarself hartseer. Hoe sy ook al probeer om dit dood te smoor, wil die verlange en die liefde in haar hart maar nie minder word nie.

"Ansa!"

Sy hou op met sing. Die verlange is al so deel van haar dat sy nou al glad sy stem in die windjie hoor.

"Verskoon my . . . Sou u dalk vir my kon sê waar suster Ansa . . .?"

Ansa swaai verskrik om. Sy is nie in staat om haar mond toe te maak nie. Die gieter hang slap in haar hande en toe sy die straal water voor haar op die grond hoor val, ruk sy dit vinnig op.

Haar keel is droog en sy staar die man voor haar soos 'n slaapwandelaar aan.

"Ansa? Dan is dit jy? Ek dog ek maak 'n fout toe jy my nie hoor nie."

"Louw!" Die lamheid kruip teen haar knieë op en oor haar maag en slaan dan trillend in haar verstand vas.

Hy is so aantreklik! Dit voel asof sy fisiek seerkry deur net na hom te kyk. Sy gesig is glad geskeer en hy het splinternuwe klere aan. Die wit hemp steek skerp af teen sy sonbruin vel. Sy swart hare is netjies gesny en is los en blink om sy kop. Die bruin oë is lewendig en tog sag en Ansa wil versmoor van die liefde wat in haar opstoot.

Hy glimlag stadig en steek sy hand na haar uit toe hy oor die plaveiklippe na haar toe aankom.

Ansa sluk en beweeg 'n treetjie nader. Die gieter gly uit haar hand uit en dan is sy by hom.

Louw se hande sluit om haar arms en hy trek haar liggies nader en soen haar broederlik op haar voorkop. Ansa kyk teen sy bors vas sodat hy nie die liefde en hunkering in haar oë moet sien nie.

"Ansa . . . Jy lyk pragtig! Jy lyk so góéd. Hoe gaan dit met jou?"

"Goed . . . en met jou? Het jy dit toe gekry?"

Hy knik bevestigend en glimlag ondeund.

Haar nuuskierigheid kry die oorhand en sy is weer die ou Ansa met haar kakieklere en onderrokhoed. Haar neusie kreukel op en haar blou oë blink.

"Vertel tog . . . waar?"

"In die kamer waar hy geslaap het. Daar was 'n ruwe skets op die Bybelbladsy en dit was in 'n skeurtjie in die matras ingedruk. Met die inligting wat ek by jou gekry het, was dit toe glad nie moeilik nie. Die diamante het ons ook maklik met behulp van die kaart en Tjai se neus uitgesnuffel."

Louw trek die ruwe kaart uit sy sak en Ansa vat dit eerbiedig aan. Dis op die Bybelbladsy met iets soos houtskool geteken. Al wat sy kan dink, is dat hy 'n vuurhoutjie of iets oor die kers laat swart rook het.

Die diamante was versteek by Reutersbrun, nie ver van Meob af nie. Braam Venter was nogal slim. Hy het toe sowaar sy rykdom aan haar toevertrou en sy het dit nooit geweet nie. Hoe dankbaar is sy tog dat juis Louw Greyling eerste daar moes aankom!

"Waar is die diamante nou?" Sy oorhandig die kaart aan hom. Daar is 'n wilde opgewondenheid in haar wat sy glad nie kan beteuel nie.

503

"Ek het dit reeds aan die diamantkopers verkoop. Die geld is al veilig in die bank en ek het klaar vir Maryn en Piet geskryf om huis toe te kom."

Ansa het 'n entjie van hom af wegbeweeg en kyk voor haar op die grond.

"En jou plaas? Het jy dié al teruggekoop?"

"Ons is besig daarmee. Kerneels van Wyk is ook hier. Ek het saam met hom gekom. Ons sal vandag die nodige kontrakte teken . . . Maar dis nou genoeg oor my. Ek weet nog nie hoe gaan dit met jou nie."

Sy kyk op en haar oë is blink en helder en Louw kan sy oë nie glo toe hy die suiwer liefde daarin lees nie. Sy vat haar rooi romp met albei hande vas en draai verspot in die rondte.

"Dit gaan goed. Jy kan mos sien . . . Suster Theresa het glad vir my nuwe klere gekoop. Dit lyk darem beter as my woestynklere, of hoe?"

"Hoekom . . . dra jy sulke klere?" Louw besef dis wat hom nog die hele tyd hinder, maar daar was nie kans om daaroor te dink nie: sy het dan gewone klere aan.

"Wat bedoel jy? Dis doodnormale vroueklere."

"Maar jy . . . julle dra nie sulke goed nie. Mag julle dan nie net daardie swart-en-wit rokke dra nie?"

Sy lag en Louw moet sy hande agter sy rug saamklem om haar nie in sy arms vas te gryp nie.

"O, ja! Die nonne dra net daardie swart-en-wit rokke en dan dra hulle nog 'n wit rok as hulle werk. Dit was suster Theresa se rok wat ek aangehad het."

Louw frons onbegrypend en skielik gaan daar vir Ansa 'n lig op.

"Het ek dan nooit vir jou gesê nie?"

"Wat?" Iets is besig om in Louw se sinne te ontplof. Iets wat hom jubelend van geluk wil maak.

"O, Louw . . . dit was nog een van my jokstories! Ek is

nie 'n non nie. Dit was suster Theresa se rok. Sy het gesê ek moet dit aantrek toe sy jou sien aankom. Sy het gedink 'n man sal meer respek vir 'n non hê as vir 'n jong meisie, aangesien al my klere te klein was. Volgens haar het dit te styf om my lyf gespan en so aan . . ."

"Jy bedoel . . . jy is nie met die kerk getroud nie? Jy kan . . . met 'n gewone man trou?"

"Natuurlik! As 'n gewone man my vra, maar ek dink nie juis ek het 'n kans nie . . ."

Voordat sy nog haar sin kan voltooi, word sy versmorend teen hom vasgedruk en dan reën die soene wild en onbeheers op haar gesig. Hy soen haar oë en haar wange, haar voorkop en haar slape, en dan kom sy mond hongerig op haar lippe neer.

Ansa glo sy droom! Net 'n droom kan so wonderlik wees. Net 'n droom kan so volmaak wees. Sy sal nou-nou wakker word en sien sy is in haar kamertjie met die blou geruite gordyne.

"O, Ansa, o, my liefling! Jy het my deur 'n verskriklike tyd laat gaan. Ek het gedink hierdie liefde in my is doodgebore. Ek het jou so lief . . . Sê jy sal met my trou, asseblief?"

Sy kyk op en daar is soveel eerbied, soveel suiwer liefde in haar blou oë dat Louw haar met 'n kreun weer styf teen hom vastrek.

Haar arms gaan styf om sy lyf en sy druk haar kop teen sy bors vas totdat sy sy hartklop onder haar oor kan voel.

"Louw, sê dit weer. Sê dit weer en weer en weer sodat ek kan weet ek droom nie."

Hy lig haar gesig met sy vinger op. Sy oë is baie ernstig en sy stem sag en nederig.

"Ansa, ek het jou so oneindig lief! Trou asseblief met my. Sommer môre. Ek kan nie sonder jou teruggaan nie. Dit was twee baie lang weke hierdie."

"Ek sal, Louw!" Haar stem is 'n snikkie terwyl sy net stywer aan hom vasklou. "Ek wou gek word van verlange! En . . . al die tyd was dit nie nodig nie." Haar oë is blink toe sy opkyk na hom en 'n stout laggie kom lê om haar mond. "Ek het my so verstrik en verstrengel in my eie leuens! Maar dit belowe ek jou: nooit weer sal daar iets anders as die waarheid oor my lippe kom nie."

Louw soen haar sag op haar lippe.

"Al die ander leuens kan ek jou vergewe, maar hierdie een sal jy lank voor moet boet. Jy weet jy was die sondigste non wat nog hierdie aarde bewandel het. Eers kruip jy agter suster Theresa se heilige gewaad weg, en toe belieg en bedrieg jy my so dat ek nooit weer 'n woord sal kan glo wat jy sê nie. Jy sal alles moet bewys."

Ansa lag gelukkig en haar arms span styf om sy nek sodat sy sy kop kan aftrek na haar toe.

"En jy is die dierbaarste rower wat ek nog ontmoet het!"

Louw lag gelukkig en soen haar lank en innig. Sy stem is nederig toe hy haar uit sy arms laat gaan en haar hand in syne vat. "Ek sal seker vir suster Theresa moet gaan vra of ek jou maar kan kry. Of . . . het jy ouers iewers?" Hy kyk haar geskok aan toe dit tot hom deurdring dat hy werklik niks van haar af weet nie. "Wat is jou van?"

Ansa lag klokhelder en die geluk vibreer in haar stem.

"Ons het 'n leeftyd voor waarin jy alles kan uitgrawe. Ek het nie meer ouers nie. Jy sal maar by suster Theresa moet verbykom. Ek hoop sy gee jou al jou dae."

"Ansa . . . !" Hy hou haar aan haar hand terug toe sy wil omdraai. "Ek het vir jou iets gebring." Hy haal 'n pakkie uit sy sak en oorhandig dit aan haar.

Sy draai die sagte papier af en dan lê die grys sandroos met sy unieke skoonheid in die palm van haar hand.

"Louw . . . O, Louw, ek voel so klein dat jy my kan vergelyk met iets wat so mooi en so uniek is." Sy staan op haar tone en soen hom sag op sy lippe. "Ek is lief vir jou."

Haar woorde klou saam met die soen aan sy lippe vas en hy steek sy hande verlangend na haar uit.

"Nee, kom, ons moet eers na suster Theresa toe gaan. Sy sal bly wees dat jy hier is."

"Ek sal haar op my knieë smeek om my te vergewe. Ek sal enigiets doen om jou te kry."

Ansa strengel haar vingers deur syne en druk haar kop teen sy skouer vas.

"Die geheim is lankal nie meer net myne nie. Met haar wysheid het sy dit ook al geraai, en sy sal gelukkig wees omdat ek gelukkig is."

Louw gaan staan en soen haar eers sag op haar voorkop voordat hy sy asem diep intrek en ondeund vir haar knipoog terwyl sy liggies aan suster Theresa se kamerdeur klop.

Ook beskikbaar!

Ook beskikbaar!

Ook beskikbaar!

Sarah du Plessie

Omnibus 5

**As die Nina-wind waai · Die woestynplantjie
Die voshaar van Biesiesvlei**